용의 나라

용의 나라
中
선지 장편 소설

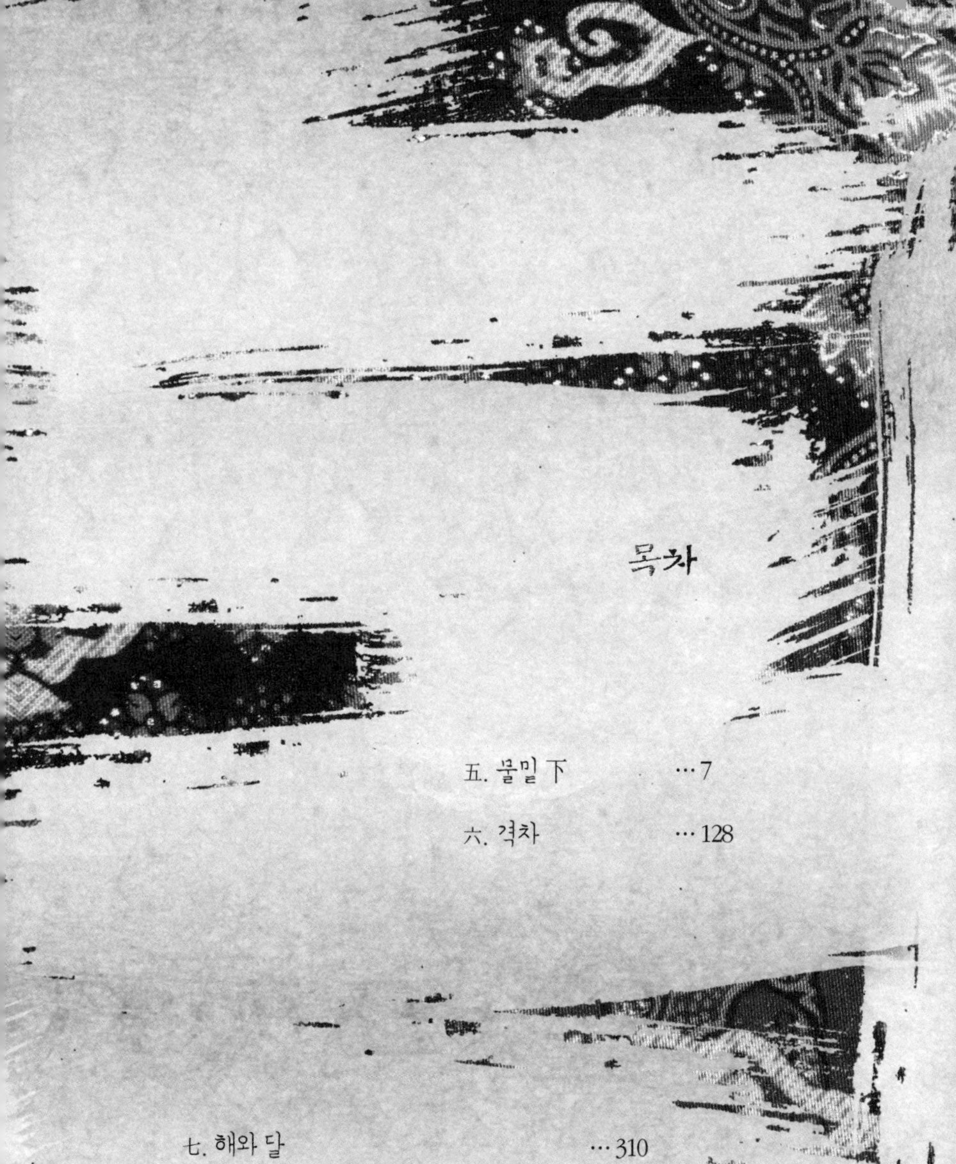

목차

五
물밑 下

밤에 몰래 감사부를 살피러 나왔다가 청하 때문에 후원의 정자로 들어온 사예는, 봉인되어 있었던 정자 지하에서 나타난 신수와 마주하고 서 있었다. 어둠 속에서 나온 신수는 북선 류가의 신수인 현무가 분명했다. 시건과 함께 암굴에 봉인되어 있었어야 하지만, 그녀가 찾을 수 없었던 신수.

사진검을 검집에 꽂은 사예는 신수에게로 좀 더 가까이 다가갔다. 다행히 신수는 별다른 거부의 표현이나 저항이 없었다. 솟은 머리 하나는 사예에게 향해 있었고, 다른 머리 하나는 청하에게로 향했다. 청하는 연신 묵현의 주변을 날아다녔다. 사예는 조심스러운 시선으로 현무를 살폈다.

"너, 봉인되어 있는 게 아니구나. 헌데 왜 주인을 찾아가지 않는 거야?"

묵현은 자기 앞발을 들어 보였다. 사예는 다리에 무언가가 채워져 있는 것을 깨달았다.

"뭐야, 오행궁? 아니……."

실체 없는 신수에게 오행궁을, 아니 오행궁이 아니더라도 일단 무언가를 채울 수 있을 리가 없었다. 사예는 당황스러운 마음으로 묵현을 좀 더 자세히 살폈다. 묵현의 발에 묶인 것에서 토기가 느껴졌다. 생김새는 오행궁과 비슷하게 생겼지만 분명 오행궁과는 미묘하게 달랐다.

'신수에게 채우고, 신수의 움직임을 봉한다…….'

어렴풋이, 짐작이 가는 게 생겼다. 혹시나 하여 좀 더 자세히 보려고 사예는 몸을 숙이고 팔을 뻗었다. 그러나 묵현이 얼른 발을 빼고 뒤로 빠져 버렸다. 제대로 확인하지 못한 사예는 혀를 찼지만, 확인하지 못했어도 그녀가 본 물건의 정체를 대충 짐작할 수 있었다.

"하지만 어찌……."

도무지 이해할 수 없는 노릇이라 사예는 고민에 빠졌다. 그리고 그녀가 고민하는 동안, 몸을 웅크린 묵현은 주변을 날아다니는 청하를 심드렁한 얼굴로 쳐다봤다. 앞발을 파닥거리며 날아온 청하는 긴 몸을 연신 들썩거리며 묵현에게 다가갔다가, 묵현이 아무런 반응도 없자 기가 팍 죽었다. 눈을 가늘게 뜬 청하는 꼬리로 묵현의 머리 하나를 퍽 쳤다. 그제야 묵현이 반응을 보였다. 사예에게 향해 있던 머리가 날아와 청하의 머리를 퍽 쳤다. 머리가 옆으로 확 꺾였다가 겨우 바로잡은 청하는 노란 눈을 매섭게 치떴다. 묵현의 각 머리에 달린 네 개의 눈은 이미 날이 서 있었다. 시선이 마주치자마자, 그것이 신호탄이라도 된 듯 신수 두 마리는 서로의 긴 몸과 꼬리, 짧은 앞발 등 온갖 것을 활용하여 서로를 공격하기 시작했다. 긴 목과 몸을 휘두르며 투닥거리던 둘은 결국 목과 몸이 엉켜서 허공에서 데굴데굴 굴렀다. 둘이 이쪽으로 구르고, 저쪽으로 구르는 동안 사예는 홀로 계속 고민하고 있었다.

"이건 아무래도 보통 일이 아닌데……."

사예는 그녀의 눈앞에 펼쳐진 상황을 정리했다. 천서 이전, 그러니까 천 년 전에는 그런 물건이 있었다고 들었다. 그 물건은 조쇄(操鎖)로, 선인이 신수의 의지를 구속하기 위해 만든 족쇄였다. 본래 무각도인은 신수로 하여금 마음과 뜻이 맞는 선인과 계약을 맺고 그 곁을 지키게 했지만, 선인들 중에는 나쁜 마음을 먹고 다른 신수를 탐낸 자들이 있었다. 그들은 자신들을 선택하지 않은 신수를 억지로라도 가져 계약을 맺고자 했으며, 선택받아 계약을 맺지 않고서도 신수의 의지를 억압하고 그들의 말을 따르도록 하는 도구를 만들었다. 그것이 바로 조쇄였다. 그리고 사예가 보기에는 아무래도 현무의 발에 채워진 것이 바로 그것인 것 같았다. 그렇지 않고서야 멀쩡한 신수가 주인을 찾아가는 것을 막을 수 있을 리가 없었다.

문제는, 이 조쇄라는 것이 천서제 이후로는 엄격히 금지된 물건이라는 점이었다. 천서제가 선, 하계를 나누고 나라의 기틀을 바로잡을 때 가장 엄격히 규제를 가한 것이 바로 이 조쇄였다. 천서제가 정한 율법에 따라, 조쇄를 지니거나 신수에게 채운 선인은 역적보다도 더한 죄인으로 취급받았다. 발각되면 신수는 즉시 풀어 주고 죄인은 거열형(車裂刑)에 처해졌다. 실제로 천서제 시절에는 조쇄와 관련된 선인들을 모두 잡아다가 용수궁 앞에서 능지처참했다. 천서제의 극심한 탄압과 규제로, 천 년이나 지난 지금은 조쇄를 만드는 이도 없고 볼 수도 없는 상황이었다. 사예도 그저 얼핏 이야기만 들었을 뿐, 이 이상 조쇄에 대해서는 알지 못했다.

사예는 이 감사부에 오래된 진귀한 물건들이 모두 보관되어 있다고 말했던 감사를 떠올렸다.

'그 말대로라면, 감사부의 수많은 물건 중에 저 조쇄가 남아 있었고, 감사가 그걸 현무에게 채웠단 말인가?'

물론 제후 가문의 세 신수 중 하나인 현무는 충분히 탐을 낼 만한 신수였다. 하지만 아무리 그래도 암굴에 봉인되어 있어야 할 신수를 몰래 훔쳐 와 조쇄를 채우다니, 간이 배 밖으로 나오지 않고서야 어찌 이런 일을 할 수 있는지 알 수 없었다. 이건 그냥 단순한 약점 정도가 아니라, 감사를 완전히 나락으로 떨어트릴 수 있는 일이었다. 이 사실이 밝혀진다면 감사는 그 목숨을 부지할 수 없을 터였다. 아마 내려질 수 있는 가장 무거운 벌로, 가장 끔찍하게 처형당하리라.

'일단, 확인이 필요해.'

고민하던 사예는 조쇄에 대해서 좀 더 자세히 알아봐야겠다고 생각했다. 더불어 감사가 왜 현무를 훔쳐 왔는지 알기 위해서, 시건과의 사이에 대해서도 알아볼 필요가 있었다. 그냥 신수가 탐이 나서 그런 건지, 아니면 시건과 뭔가 악감정이라도 있었는지. 고개를 끄덕인 사예는 계단 쪽으로 몸을 돌리며 말했다.

"청하, 그만 가자."

투닥거리던 두 신수가 정지한 듯 멈췄다. 청하는 꼬리로 묵현을 퍽 치고는 유연하게 빠져나와 사예를 따라갔다. 묵현의 머리 두 개도 그녀를 따라왔다. 따라오는 와중에도 청하를 툭툭 건드는 묵현의 머리를 보면서, 사예는 신수끼리 저런 게 다 가능하구나, 했다. 그리고 묵현과 청하의 모습을 보던 사예는 의아함을 느꼈다. 두 신수가 꼭 원래 알던 사이처럼 놀고 있지 않은가.

'……도통 모르겠네.'

아버지 백운의 신수였던 자운영과 청하는 저런 사이가 아니었던 것으로 기억하고 있었다. 두 신수의 모습이 마치 본래 아는 사이라도 되는 것처럼 보여 영 이상했다.

'청하가 말이라도 하면 이유라도 들을 수 있을 텐데.'

혀를 찬 사예는 서둘러 계단을 올라갔다. 계단을 다 올라간 사예는 잠깐 뒤를 돌았다. 어둠 사이에 불꽃 하나가, 그녀를 쳐다보고 있는 신수를 비췄다. 묵현은 머리 두 개를 나란히 들고 그녀를 빤히 쳐다보고 있었다. 그 모습으로 인해 사예는 마지막으로 본 시건의 모습을 떠올렸다. 기와의 그늘 아래 서서 그녀를 쳐다보고 있던 검은 사내의 모습이 다시금 또렷하게 떠올랐다. 사예는 불편한 마음으로 고개를 돌렸다.

사예는 계단을 다 올라간 다음 문을 닫았다. 그녀는 토행의 술법 수준이 높지 않았고, 그녀의 술법으로 봉인을 걸어 두었다가 혹 괜한 위험을 자초할까 우려되어 구태여 술법으로 다시 봉인을 걸지는 않았다. 일단 환술로 가려 놓으면 아마 감사일 게 분명한, 문제의 상황을 만들어 둔 이도 당장 이상하게 여기진 않겠지 생각했다. 사예는 얼른 머리카락을 뽑은 후, 정신을 집중해 환술을 걸었다. 환술에 의해 바닥의 문은 보이지 않게 가려졌다.

돗자리로 바닥을 다시 덮어 놓은 후에, 눈에 띄는 청하는 사예의 손등 표식 안으로 빛을 내며 사라졌다. 걸어 뒀던 결계를 푼 사예는 얼른 정자에서 나와, 선군들을 피해 신정당으로 돌아갔다. 목표가 확실해선지 돌아가는 데는 그리 오래 걸리지 않았다.

감사부는 여전히 어두웠고, 사예는 조심스럽게 문을 열고 그녀의 방으로 들어갔다. 그녀도 모르는 사이 더러워진 옷을 벗어 접어 놓은 뒤에, 이부자리에 누웠다. 눕고 나니 그제야 마음이 좀 놓였다. 비교적 차분해진 마음으로, 사예는 그녀가 본 것에 대해 생각했다. 효청에게 물어봐야 할 것이 산더미같이 늘어나 있었다.

❋ ❋ ❋

잠을 제대로 자지 못한 사예는 새벽같이 자리에서 일어나, 그녀가 어제 입고 돌아다녔던 옷을 다시 입고는 밖으로 나갔다. 빛 아래에서 보니 과연 어젯밤에 정신없이 뛰어다닌 터라 치마 끝이 더러워져 있었다.

일단 사예는 신정당의 뜰을 돌아다니며 여기저기 눈치를 살폈다. 혹시 그 짧은 사이 그녀가 감사부를 돌아다닌 것이나 신수 현무를 확인한 게 들켰다면 선군들이 그냥 있지 않을 터였다. 그러나 신정당 바깥쪽을 아무리 살펴도 선군들은 그저 감사부를 지킨답시고 오갈 뿐 별다른 급한 움직임을 보이지 않았다.

안심을 한 사예는 일단 며칠은 얌전히 있으며 감사의 동태를 살펴야겠다고 생각했다. 마음을 정한 그녀는 산책이라도 하는 것처럼 신정당의 후원을 마구 돌아다녔다. 뛰고 걷고 앉았다 일어나고 온갖 행동을 한 그녀는 선녀 효청과 술시들이 복도를 걸어오는 것을 확인하고는 얼른 그쪽으로 걸음을 옮겼다. 과연 효청과 술시들은 사예에게 오던 참이었는지, 그녀를 발견하고는 방향을 틀었다.

"이른 아침부터 산책이라도 하셨습니까?"

효청의 물음에 사예는 그제야 더러워진 치맛단을 알아차린 것처럼 민망한 척 어색하게 웃었다. 효청은 그런 사예에게 괜찮다 말하며 웃었다.

"잠자리가 바뀌어 잠이 잘 오시지 않은 모양입니다."

"아닙니다, 잠은 한 번도 깨지 않고 푹 잤습니다. 다만 아침 공기가 너무 좋아 나와 있던 참이었습니다."

"그래도 오래 계시기엔 공기가 차니 어서 안으로 드시지요. 너희는 귀빈께서 갈아입으실 옷을 가져와라."

사예는 효청의 뒤로 소세할 물을 들고 있던 술시가 남고, 다른 술시들이 바로 물러나는 모습을 볼 수 있었다. 사예는 미소 짓는 효청과 함께 방으로 돌아갔다. 효청은 사예에게 술시들과 함께 준비를 하고 아침 식사를 하러 나오라고 말했다. 효청은 감사부의 생활 살림을 돌봐야 하는 선녀였기 때문에 감사의 아침 식사 준비가 원활히 이루어지고 있는지 확인을 하러 가야 했다. 효청은 감사의 식사가 끝난 후 조금 늦게 식사를 할 예정이라고 했다. 사예는 그럼 자신도 조금 늦게 아침 식사를 하러 가야겠다고 생각했다. 그녀는 일단 효청에게 알겠다고 대답을 한 후, 술시들과 함께 방으로 돌아갔다.

방 안으로 돌아가 소세를 하자, 술시들이 새로 가져온 옷을 건넸다. 술시들은 그녀가 거부하면 지나치게 간섭하려 들지는 않았고, 여러모로 숨길 게 많은 사예는 그녀가 숨긴 노리개나 사진검, 교서 등을 감추기 위해 직접 옷을 갈아입겠다고 말했다. 옷을 갈아입고 나오자 기다리고 있던 술시들이 머리를 매만져 줬다. 사예는 밤에 잠깐 쓴 오행궁의 기를 다시 채우며 방에서 시간을 보내다가, 느지막하게 아침 식사를 하러 나갔다.

선단을 취한 선인들은 본래 식사를 하지 않아도 그다지 문제가 없는지라, 아침 식사가 이루어지는 자리에는 선녀들이 거의 없었다. 사예는 그 사이에서 찻주전자를 확인하는 효청을 발견했다. 효청은 사예를 보고는 웃으며 말했다.

"이제 나오십니까. 아침 일찍부터 산책을 하셨는데 다행히 허기가 지지는 않으셨던 모양입니다."

사예는 전혀 그렇지 않았지만 그저 웃으며 대답했다.

"예. 선녀님께서는 아침 식사를 하셨습니까?"

"저는 간단히 차를 마실까 생각하고 있던 참입니다. 귀빈께서도 함께하시겠습니까?"

"방해만 되지 않는다면 그리하고 싶습니다."

"방해라니 그럴 리가요. 감사께 이 곶감을 올리고 오려 하는데, 그 후에 함께 차를 드시지요."

효청은 술시들을 불렀다. 술시들은 찻주전자와 찻잔을 소반 위에 올리고, 곶감을 담은 접시와 함께 내왔다. 사예는 소반을 든 술시들과 함께 가려는 효청에게 따라붙었다.

"저도 함께 가도 되겠습니까? 감사 어르신께 아침 문후도 드려야 할 듯합니다."

"예, 그럼 그리하시지요."

사예는 얼른 효청을 따라갔다. 효청과 함께 신정당을 나서며 사예는 연신 이곳저곳을 살폈다. 사예는 부러 더 빠르고 높아진 목소리로 효청에게 말했다.

"아침에 조금 내다보니 심정당의 후원도 아름다운 것 같습니다. 허나 어제 감사 어르신을 뵌 호수와 정자가 참으로 경치가 좋았습니다."

효청은 그녀의 질문을 듣고 웃었다.

"그 말씀을 감사 어르신께서 들으시면 참 좋아하실 겁니다. 그 후원에 호수를 만들고 정자를 세우는 데 많은 공을 들이셨지요."

"감사 어르신의 명으로 만든 정자입니까?"

"예. 정자를 세운 지가 대략 사십여 년 됐지요. 그 후로 감사 어르신께서는 후원에서 많은 시간을 보내신답니다."

"그렇군요. 감사 어르신께서는 진정으로 자연의 운치를 즐기시나 봅니다."

그렇게 말하면서 사예는 사십 년 정도면 시건이 암굴에 갇힌 사이니 그때쯤 현무를 훔쳐 그 정자 아래 가둬 두었겠구나 생각했다. 특별히 많은 공을 들인 것은 그 아래 비밀스러운 공간을 만들기 위함이 아니었겠는가. 어쩌면 조쇄를 채운 신수를 숨겨 놨기에 늘 그곳에서 시간을 보내는 걸지도 몰랐다.

"참, 오전에 백호위 상장군께서 드셔서 귀빈에 대한 이야기가 나왔답니다."

"저 말입니까?"

사예는 깜짝 놀라서 되물었다. 효청이 고개를 끄덕였다.

"아무래도 지금 상황이 가볍게 볼 게 아닌지라, 상장군께서 근시일 내에 선계로 돌아가실 예정인가 봅니다. 천제 폐하께도 현 상황을 아뢰어야 하니까요. 감사 어르신께서는 현재 하계 상황이 안 좋으니, 귀빈께서도 최대한 서둘러서 선계로 돌아가시는 게 좋겠다고 생각하신 모양입니다. 그래서 이번에 백호위 상장군께서 선계로 돌아가실 때 귀빈을 모시고 가는 게 어떻겠느냐고 물으셨답니다. 아마 그때 귀빈께서도 상장군과 함께 선계로 돌아가게 되실 듯합니다."

"예?"

사예는 당황했다. 너무 갑작스러웠다. 그렇다면 그녀에게 이 감사부에 있는 서고를 뒤져 볼 충분한 시간이 주어지지 않을 수도 있었다. 감사부에 온 보람이 없어지는 것이었다. 심지어 그녀는 바로 어제 이 감사부 안에 시건의 신수가 있는 것까지 발견한 상황이었다. 이대로 선계로 돌아갈 수는 없었다.

"그, 지금 상장군께서 감사 어르신을 만나고 계신지요?"

"예."

"그분께서도 그리하겠다고 하셨습니까? 저를 데려가시겠다고……."

"예, 그럼요."

사예는 열심히 머리를 굴렸다. 이 일을 어쩐다, 이 상황을 어떻게 빠져나간다, 하고 안절부절못하며 효청을 따라가는데 갑자기 걸어가던 효청이 멈춰 섰다.

"어머, 마침 상장군께서 감사 어르신을 뵙고 나오는 모양이네요."

"예?"

사예는 당황한 얼굴로 효청의 시선을 따라 고개를 돌렸다. 돌린 시선에는 용마를 데리고 있는 선군들이 걸어오고 있었다. 효청의 말대로 방금 감사를 만나고 나오는 모양이었다. 사예의 시선은 그중 제일 앞에 서 있는 선군에게로 향했다. 효청은 가까워진 백호위 상장군 혜강에게 인사를 했다.

"선계로 돌아가십니까?"

"수일 내로 그럴 것 같습니다."

효청이 바로 사예를 보며 말했다.

"마침 잘되었군요. 이리 밖에서 할 이야기는 아니지만, 여기 이분이 바로 천제 폐하의 교서를 받으신 귀빈이랍니다. 상장군께서도 이미 들으셨지요?"

혜강의 시선이 사예에게로 향했다. 사예는 일단 최대한 아무렇지 않은 척 미소 지으며 고개를 숙여 인사했다. 가볍게 그 인사를 받아 고개를 숙였다 든 혜강이 말했다.

"서선에서 큰 고초를 겪었다고 들었소. 백호위 선군들이 함께 있었으나 귀빈께 도움이 되지 못했다 하던데, 그 일에 대해서는 위의 책임자로서 사과를 하겠소."

혜강이 진심으로 안타까워하는 어조로 말했다. 그러나 그 사과는 사예의 귀에 제대로 들어오지 않았다. 사예는 그저 이 상황을 벗어날 방법에 집중하고 있었다.

"저는 무사하니 개의치 마십시오. 상장군 나리께서 사과하실 일이 아닙니다."

"그리 말해 주니 고맙소. 듣자 하니 선계로 돌아가야 한다고 하던데, 내 용마 천금은 성미가 사납지 않으니 성의껏 부탁하면 그대를 함께 태워 줄 것이오. 백호위 선군들과 함께 선계로 돌아가야 하오. 오래 걸리지 않을 터이니 준비를 하고 계시오."

그 말에 사예는 곤란해하는 얼굴로 답했다.

"사실은 그에 대해 드릴 말씀이 있습니다. 잠시 괜찮으시다면 자리를……."

사예는 슬쩍 효청을 쳐다봤다. 효청은 안 그래도 감사께 차를 올리고 와야 한다며 술시들과 함께 그 자리를 떠났다. 혜강은 의아해하는 얼굴로 사예를 응시하다가, 그녀의 뒤에서 기다리던 백호위 선군들을 보냈다. 결국 그 자리에는 사예와 혜강 둘만 남았다. 사예는 조심스러워하던 기색을 완전히 버리고 혜강에게 직접적으로 말했다.

"죄송하지만 전 백호위와 함께 선계로 갈 수 없습니다."

"그게 무슨 소리요?"

놀란 혜강에게 사예는 태연한 얼굴로 말했다.

"상장군께서도 제가 서선에서 어떤 변을 당했는지 아시지요? 그때 분명 백호위 선군들이 함께 있었음에도 불구하고 그들 중 아무도 절 지켜 주지 못했습니다. 위의 책임자를 면전에 두고 이런 말을 드리게 되어 송구하지만, 저는 백호위와 함께라면 마음이 놓이지 않아 선계로 돌아갈 수 없을 듯합니다."

혜강은 사예가 순식간에 돌변하여 당차게 말을 쏟아 내는 태도에 놀라기도 했지만, 그보다 부끄러움이 더 컸다. 백호위 선군들이 그들의 역할을 제대로 해내지 못한 게 사실이니 뭐라고 할 말도 없고 면이 서지 않았다. 그래서 혜강은 차분한 어조로 대답했다.

"알겠소. 그런 일을 겪었으니 우리 백호위와 함께 갈 수는 없겠지. 허나 감사께서는 귀빈께서 선계로 돌아가는 시일이 빠르면 빠를수록 좋을 것이라 생각하고 계시오. 내 사정상 그대와 함께 선계로 가지 못하겠다 말씀드릴 터이니, 청진위나 흑귀위의 다른 선군들의 보호를 받아 하루속히 선계로 돌아가도록 하시오."

사예는 혜강을 빤히 쳐다봤다. 그녀는 아직 선군에 대한 경계심을 그대로 지닌 상태였고, 머릿속으로는 계속 혹시 이 장수가 그녀에게 선군을 보낸 장본인일까 아닐까를 고민하고 있었다. 그러나 어떤 증거도 없어 결론 내릴 수 없는 상태였고, 그래서 사예는 그에 대한 고민은 뒤로 미뤘다. 해서 그녀가 취한 행동은 최대한 태연하게 미소를 지으며 시간 벌기였다.

"아니요. 저는 위의 선군들은 믿지 못하겠습니다."

"……지금 뭐라고 하셨소?"

혜강이 눈을 가늘게 뜨고 물었다. 사예는 조금의 물러섬도 없이 답했다.

"저는 서선의 궁에서 백호위의 보호를 받고 날아가던 중 하계로 떨어졌습니다. 솔직히 지금 저는 어떤 선군도 믿을 수 없다고 생각하고 있습니다. 하지만 그렇다고 저 홀로 선계로 돌아갈 수는 없는 노릇이고, 천제 폐하께서 내리신 교서를 감히 무시할 수도 없는 노릇이지요. 그러니, 저는 폐하께서 직접 저를 지킬 선군을 보내 주시길 바랍니다."

"그게 무슨 소리요? 폐하께서 직접 보내 주시다니?"

"선계로 돌아가는 길에 저를 보호해 줄 선군으로, 천제 폐하의 간용군을 보내 주십시오. 용수궁에서 천제 폐하를 지키는 선군들이라면 충분히 믿을 만하겠지요."

그 당돌한 요구에, 혜강은 한동안 넋을 놓고 말을 잇지 못했다. 겨우 정신을 차린 그녀는 엄한 어조로 말했다.

"간용군은 천제 폐하의 직속 친위군인 2군 중 하나요. 어찌 한낱 여선을 지키기 위해 보내 줄 수 있단 말이오?"

사예는 그 말을 기다렸다는 듯 얼른 대답했다.

"백호위의 상장군께서 그런 생각을 하고 계시니, 백호위 선군들이 한낱 여선을 제대로 지켜 주지 못한 것이겠지요."

"……."

"그로 인해 제가 하계로 떨어져 그간 잘 알지도 못하는 하계를 헤매야 했습니다. 상장군께서 아까 제게 사과를 하고 싶다고 말씀하지 않으셨습니까? 그 말씀이 진심이시라면, 천제 폐하께 제 청을 아뢰어 주십시오. 폐하께서 교서를 내려 저를 부르셨으니, 저는 그에 마땅한 대우를 받겠습니다."

혜강은 아무 말 없이 사예를 응시했고, 사예도 물러섬 없이 그런 혜강을 응시했다. 사실 사예는 천제가 진짜 간용군을 보내 주든지 말든지 관심도 없었다. 그저 혜강이 그녀의 요구를 고하면 적어도 상대가 천제이고 천제의 친위군이니 그 결정이 내려지는 데 시간이 걸리겠거니 생각했다. 그럼 저 백호위 상장군이 선계로 올라가고 나서도 얼마간의 시간은 벌 수 있을 터였다.

그리고 그즈음 혜강은, 사예가 은연중에 품은 경계심을 느끼고 있었다. 혜강으로서는 당연히 그 경계심의 이유를 전혀 알 수가 없었다. 그녀는 자신이 과민한가를 의심하면서도 사예에게 물었다.

"내가 뭔가 그대에게 실수한 게 있소?"

"아니요. 어찌하여 그런 질문을 하십니까?"

고개를 저으며 천연덕스러운 얼굴로 사예가 되묻자 혜강 역시 고개를 저었다.

"아니오. 내 생각이 과했던 모양이오."

사예는 미소 지으며 말했다.

"제 청이 불쾌하셨나 봅니다. 부디 백호위를 모욕하고자 하는 마음은 결코 아니라는 걸 알아주시길 바랍니다."

혜강은 문뜩, 석호와 자희에게서 들었던 이야기를 떠올렸다. 석호가 이 여선을 해하기 위해 보낸 선군들이 들은 바에 의하면, 이 여선이 웬 사내와 있다고 했다.

'그럼 그 사내는 지금 어디로 갔단 말인가.'

더불어 간용군을 보내 달라니, 지나치게 맹랑한 여선이었다. 용과 계약을 맺은 여선이, 심지어 천제 친위군인 간용군의 보호를 받으며 용수궁에 오는 것이 어찌 보일지는 고려조차 하지 않는 듯했다. 혜강은 이 여선이 용과 계약을 맺은 사실이 영원히 감춰질 거라고는 생각하지 않았고, 그 언젠가 그 모든 사실이 밝혀진다면 선계 모든 선인의 시선이 이 여선에게로 집중될 것임을 알았다. 석호가 지나친 과민 반응으로 터무니없는 짓을 했을 때는 그를 책망했지만, 이 여선이 이리도 쉽게 정도에 넘어서는 과분한 것을 탐내는 이라면 석호의 행동이 과민 반응이라고 말할 수는 없을 터였다.

그래서 혜강은 어쩐지 물러설 수 없는 심정으로, 사예를 쳐다봤다. 허공에서 두 여선의 눈이 마주쳤다. 둘 다 한 치의 물러섬도 없이 쳐다봤다. 그러나 선군에 대한 의심이 마음 깊이 박힌 사예와 달리 혜강은 그 대치를 지속할 만한 이유가 전혀 없었기에, 금방 생각을 다잡았다.

'사고로 하계에 떨어졌으니 안심이 되지 않겠지. 주석호 그놈이 보낸 선군으로 인해 곤욕을 치렀을지도 모르고. 누구라도 불안할 상황이긴 하다.'

또한 정체를 알 수 없는 사내에 대해서도 뭐라고 확신할 수 있는 문제가 아니었다. 그녀도 모르게 주석호의 멍청한 의심에 물이라도 들은 듯했다. 혜강은 당돌한 여선에 대한 경계와 걱정은 마음 한쪽에 덮어 둔 채로, 일단 한발 물러나기로 했다. 애초부터 백호위 선군들이 제 몫을 다 해내지 못한 탓이 컸다. 그녀는 어쨌든 백호위의 책임자로, 확실한 책임을 느꼈다.

"좋소. 내 선계로 돌아가 폐하께 그대의 말을 전하겠소. 하지만 간용군은 엄연히 천제 폐하를 지키는 친위군, 그대가 원하는 대로 간용군의 보호를 받는 일은 쉽지 않을 것이오. 따라서 간용군이 오는 것은 불가능할지도 모르나, 그대 말대로 백호위가 제 역할을 다하지 못한 것은 사실이니 시간이 조금 걸리더라도 최대한 그대가 안심할 수 있는 방향으로 결정이 나도록 성심을 다하겠소."

사예는 눈을 크게 떴다. 눈앞의 선군에 대한 의심이 완전히는 아니어도 조금은 허물어졌다. 특히 그녀가 마지막으로 한 말이 상당히 마음에 들어서, 사예는 진심으로 미소 지었다. 어느 측면으로 보나 만족스러운 결과였다.

"그리 말씀해 주신 것만으로도 기쁩니다. 배려 감사합니다."

"그럼."

혜강이 고개를 살짝 숙여 인사하자 사예도 얼른 허리를 숙여 인사했다. 혜강이 그녀를 지나가 그녀를 기다리는 선군들에게 걸어가는 와중에, 마침 감사에게 차를 올리러 갔던 선녀 효청이 나왔다. 효청은 사예에게 다가왔다.

"말씀은 다 끝나셨습니까?"

"예. 아무래도 제가 지금 당장 백호위와 함께 선계로 돌아가는 것은 어려울 듯합니다."

"정말입니까? 상장군께서 그리 말씀하셨습니까?"

"예."

"이런, 귀빈께서 실망이 크시겠습니다."

"저는 괜찮습니다."

사예가 공손히 대답하자 효청은 웃으며 고개를 끄덕였다.

"일단 신정당으로 돌아가지요. 감사께서는 급히 처리하실 일이 있어 지금 찾아뵙기는 어려우실 것 같습니다."

"급히 처리하실 일이요?"

"네. 사실은 며칠 전 암굴에 잡혀 있던 중죄인들이 탈출을 하여, 선군들이 계속 암굴로 가 상황을 살피고 있답니다. 백호위 상장군께서 아침 일찍 드신 것도 그 때문이셨나 봅니다. 감사께서도 그 일 때문에 신경이 예민하십니다."

사예는 진심으로 안타까워하는 얼굴로 말했다.

"저런, 감사 어르신께서 고충이 많으시겠습니다."

"그렇지요."

사예와 효청은 나란히 신정당으로 발걸음을 옮겼다. 신정당으로 향하는 길에, 사예는 용마들을 타고 날아가는 백호위 선군들을 볼 수 있었다. 사예는 그 가장 앞에 하얀 용마를 탄 혜강을 볼 수 있었다.

"저분은 어찌 여선이신데 선군의 직책을 맡고 계십니까?"

사예의 물음에 효청이 웃었다.

"그것은 저분의 사정이니 제가 함부로 입에 담을 일은 아닙니다만, 그래도 대단하시지요? 다른 선군들과 똑같이 무술을 수련해 시험을 치르고 선군이 되셨답니다. 선상태산의 선녀일 시절에도 그 재능이 남다르셨지요. 서선 제후께서도 기대가 많으시다고 들었습니다."

"예……."

사예 역시 서선 지왕의 장녀가 백호위의 상장군이라는 사실은 알고 있었다. 그러나, 선녀로서 날개옷을 받은 선녀가 선군으로서 용마까지 받았다는 것은 확실히 놀라운 일이었다. 그녀는 자신이 부린 억지에도 순순히 잘못을 시인하며 배려 넘치는 판단을 내린 혜강에 대해 떠올렸다. 기이하게도 그녀는 혜강이 아리따운 날개옷을 차려입은 모습은 상상을 할 수가 없었다. 어쩐지 그녀는 처음부터 각이 진 철갑주를 차려입고 있었을 것만 같았다. 고개를 든 사예는 날아가는 하얀 용마를 보며 저놈을 훔쳐 가면 딱 좋겠다, 생각했다.

“저 용마는 참 예쁜 것 같습니다. 무려 상장군께서 타시는 용마이니 건강한 놈이겠지요?”

“호호, 그렇지요. 빠른 것은 물론이거니와 말도 잘 들으니까요. 특히 순해서 선녀들이 쓰다듬어도 얌전히 있답니다. 물론 위에 타는 것은 허락하지 않지만요.”

“얌전하지 않은 용마도 있습니까?”

사예는 문뜩 밤에 난리를 치며 울던 용마들을 떠올렸다. 효청은 웃으며 그렇다고 대답했다.

“용마도 사나운 놈도 있고 얌전한 놈도 있지요. 특히 사나운 것으로 유명했던 용마가 바로 그 옛날의 흑뢰인데……. 사나운 만큼 그 빠르기가 남달라 많은 선인들이 탐을 냈었지요. 자고로 선군이라면 빠른 용마를 소유하고 싶은 법이니까요. 여선들이 고운 날개옷을 꿈꾸는 것처럼.”

사예는 눈을 빛냈다. 사나운 거야 청하가 있으니 아무 문제 없었다. 그녀로서는 그 빠르기가 남다르다는 말만 귀에 박혔다. 이왕 훔쳐 가는 거 빠른 놈이 좋지 않겠는가.

“그 용마는 지금 어디에 있습니까? 그리 사나운 용마인데 길들인 선인이 있습니까?”

“그럼요. 귀빈께서 아시는지 모르겠네요. 흑뢰는 옛날 류가의 난으로 역적으로 몰려 암굴에 갇힌 역적 류시건의 용마였답니다. 지금은 선계에 있다고 들었지요.”

사예의 표정이 미묘하게 굳었다. 신수에 용마에, 동하를 떠나와도 마주하는 온갖 것이 죄다 시건과 연관되어 있었다.

“물론 그 주인이 역적이 되었으니 이제 그냥 말만도 못한 신세이긴 하지만요.”

덧붙이는 효청의 말을 듣던 사예는 그저 시선을 피했다.

'왜 자꾸 역적 역적 그러는 거야, 듣는 역적 풀어 준 사람 찔리게 시리.'

다행히 효청은 다른 이야기를 꺼냈다.

"헌데, 귀빈께서는 아직 태산으로 수행을 떠나지 않으셨지요? 이미 태산에서 수행을 하고 있는 여선들도 몇십 년은 더 수행해야 익의를 하사받을 터인데, 귀빈께서는 어찌하여 아직도 수행을 떠나지 않으셨는지요?"

효청의 물음에 사예는 당황했다.

"저희 부모님께서 제 걱정이 많으신지라, 곁을 지키느라 가지 못했습니다."

"저런, 헌데 지금은 이리 곁을 비우고 계셔도 괜찮은 겁니까?"

"그래서 저도 우려가 이만저만이 아니랍니다."

"저런, 저런……."

사예는 동정 가득한 시선으로 바라보는 효청과 적당히 대화를 하며 신정당을 향해 걸어갔다. 효청과 걸어가는 내내 그녀의 생각은 다른 데에 꽂혀 있었다. 돌리는 시선마다, 감사부 뜰에 자란 나무가 보였다. 그녀는 그 나무의 가지 위에서 흔들리는 나뭇잎들을 쳐다봤다. 떨어지던 나뭇잎, 양상은 도술을 통해 그 나뭇잎을 단숨에 멀리 보낼 수 있다고 했다.

'아, 뭔가 기분이 좋지가 않아…….'

그녀에게 간자 노릇을 하라고 은근슬쩍 찌르던 양상의 모습이 자꾸만 떠올랐다. 지금 그녀가 하는 고민이 마치 양상의 뜻대로 움직이는 것만 같아 불쾌했다. 하지만 그럼에도, 사예는 그녀의 고민을 멈출 수 없었다. 그녀는 시건만 암굴에서 신수를 찾지 못했음을 기억하고 있었고, 그리고 지금은 감사부에 그의 신수가 있다는 사실을 알고 있었다.

'어쩐다…….'

이제 그쪽에 대해서는 관심을 딱 끊고 신경도 쓰지 않으려고 했는데, 시선은 자꾸만 흔들리는 나뭇잎에 가 꽂혔다.

❈ ❈ ❈

사예는 낮 내내 고민에 고민을 거듭했다. 방으로 돌아오기 전에 무심결에 뜯어 가져온 나뭇잎 하나를 손에 들고 방 안에 앉아 있었다. 방석 위에 책상다리를 하고 앉아서 고민하다가, 그대로 누워서 고민하다가, 다시 일어나 앉았다가를 반복했다. 한숨이 푹푹 나왔다. 손에 든 나뭇잎을 팔랑팔랑 흔들다가, 마음을 다잡고 눈을 감았다. 그러곤 손에 나뭇잎이 없다 생각했다. 그러나, 손가락 사이에서 느껴지는 나뭇잎은 사라지지 않았다.

"아, 이게 뭐 하는 거야."

사예는 인상을 찌푸리고는 고민을 하다가, 문뜩 무언가를 깨달았다.

"아, 내 술시!"

그녀는 동하에 그녀의 머리카락을 심어 만들었던 술시를 떠올렸다. 그 술시의 실체인 나무가 능림의 가옥에 심어져 있으므로, 술시에게 시켜 그녀의 뜻을 전하게 하는 것은 어려운 일이 아니었다.

'마침 잘됐다.'

술시를 확인도 해 볼 좋은 기회였다. 새로운, 어쩌면 청하나 청아 같이 어린아이들이 아닌 제대로 된 술시를 확인할 것을 생각하니 마음이 들떴다. 사예는 얼른 마음을 다잡고 먼저 오행궁의 수기를 움직여 수기를 뿌리고, 그 위에 목기를 더했다. 술시를 부리기 위한 술법 수인을 맺었다. 수기를 먹은 목기가 나무가 자라듯 삐죽삐죽 자라났다. 술시가 드디어 제 모습을 드러내는 광경을, 사예는 기대가 잔뜩 담긴 시선으로 쳐다봤다. 그리고, 자란 술시가 완벽히 모습을 갖추고, 이내 바닥으로 고꾸라졌다.

"……."

사예는 멍하니 눈앞에 드러누운 술시를 쳐다봤다. 술시가 몸을 파들파들 떨었다. 사예는 믿을 수가 없어 술시를 계속 쳐다봤다.

"저기……?"

사예가 조심스럽게 말을 걸었다. 나타난 술시는 드러누운 채로 손을 들어 귓가로 가져갔다. 몸짓의 의미인즉슨 잘 안 들린다는 의미였다. 사예는 목소리를 키웠다.

"내가 시킬, 아니 부탁드릴 일이 있는데……요?"

술시는 인상을 찌푸리고 귓가의 손을 몇 번 흔들었다. 안 들리니까 더 크게 말하라는 의미였다. 사예는 입을 꾹 다물고 술시를 쳐다봤다. 주름진 얼굴과 힘없이 늘어진 팔다리. 동하의 나무는 나이가 너무 많았다. 나무로 볼 때야 크고 든든해 보였지만, 사람의 형상으로 바꿔 놓으니 이건 도무지 그녀가 뭔가를 시킬 상태가 아니었다.

"……."

사예는 일그러진 표정을 어떻게 펴야 할지 알 수 없었다. 그녀는 처음으로 자신의 큰 자부심이었던 술시에 대해 회의감을 느꼈다.

❋ ❋ ❋

문제의 동하 능림에 심어진 나무는, 무성한 나뭇잎으로 가옥 마당에 그림자를 드리우고 있었다. 그 그늘 아래 암굴에서 나온 선인들과 도사 하나, 그리고 늙은 인간 하나가 모여 있었다. 그들은 무언가 그들만의 진지한 이야기를 하고 있었다.

반면 도깨비들은 마당 한쪽에 모여 앉아 저들끼리 했던 씨름의 결과에 대해 신이 나서 떠들고 있었다. 덕향과 몇몇 여자 도깨비들은 씨름판에 판돈으로 걸었던 메밀 씨에 대해 이야기하며, 차라리 그녀들이 씨름을 했어야 했다고 소리쳤다. 그녀들의 말에 남자 도깨비들은 흥분해서 그럼 어디 한번 보자고 소리를 쳤다. 커다란 도깨비들이 옹기종기 모여 앉아 소란 떠는 모습이 우스웠지만, 그들은 그들이 제일 좋아하는 씨름에 대해 이야기를 나누느라 다른 데에는 신경도 쓰지 않고 있었다.

그들과 조금 거리를 두고 서 있는 선인들의 사이에서, 나무 지팡이를 들고 서 있던 양상이 말했다.

"이상하게도 하계 선군들에게서는 아직 큰 움직임은 없소이다. 그대들의 도주 사실이 이미 감사의 귀에 들어갔을 텐데 어찌 된 일인지 모르겠소."

양상의 말이 끝나기 무섭게 선인들 사이에 있던 유신이 말했다.

"그쪽에서도 아마 너무 말이 안 돼서 당황을 한 게 아니겠습니까. 저만 해도 이런 전대미문의 당사자가 제가 될 줄은 상상도 못 했습니다. 하긴 상장군께서 암굴 탈옥수가 될 줄 누가 상상을…… 아!"

옆에 서 있던 현록이 질겁한 얼굴로 유신의 어깨를 손으로 퍽 쳤다. 비틀거린 유신을 외면한 채로 시건이 말했다.

"양상, 지금 하계 감사가 여전히 황장명이라고 했나."

양상은 고개를 끄덕였다.

"그렇소이다. 그래서 이 하계 상황이 점점 나빠지기만 한 것이지."

양상의 말을 들은 유신이 이해할 수 없다는 듯 말했다.

"아무래도 이상하지 않습니까? 천자께서 제위에 오르셨는데 왜 우리는 아직도 죄수인 것이며, 황장명은 아직도 감사직을 맡고 있는 것입니까? 어찌 천자께서 벗이신 상장군을 이리 외면하실 수 있습니까?"

"어이, 박유신이."

현록이 경고하듯 이름을 부르자 유신은 못마땅한 얼굴로 입을 다물었다. 양상은 웃으며 대답했다.

"아마도 명계 귀제 때문일 것이오. 현재 안희제께서는 귀제와의 기싸움 때문에 다른 부분에서 분란을 일으킬 상황이 아니거든."

"하지만 아무리 그래도 어찌 천자께서……."

시건은 생각에 잠긴 얼굴로 침묵했다. 누가 그에 대해 뭐라고 한들 당사자인 시건만큼 답답할 리가 없을 게 분명한데도, 그는 무진에 대해서는 극히 말을 아꼈다. 오히려 시건 이상으로 그의 수하들이 불편함을 드러냈다. 그들은 내심 비록 암굴에 갇혀 있다고 해도 언젠가는 무진의 명으로 누명을 벗고 다시 선군으로 복귀하게 될 것이라 믿고 기다리던 이들이었다. 그런데 정작 상황은 역적의 누명에 설상가상으로 이제는 탈옥까지 더해진 판이었다.

"물론 무슨 이유이건 저희는 상장군을 따를 것입니다만, 적어도 앞으로 어찌하실 생각이신지는 여쭙고 싶습니다."

현록의 조심스러운 물음에 선인들 모두 시건을 쳐다봤다. 시건은 대답 없이 선인들을 쳐다봤다. 그를 응시하고 있는 선인들은 모두 그 옛날처럼, 그의 하명을 기다리고 있었다.

여기 있는 이들은 모두 그를 위해 싸우다 죄인이 되고, 결국 살아남은 이들이었다. 그들이 선군이던 시절 흑귀위의 장군의 직책을 맡은 이가 총 다섯, 그중에 살아남은 장군은 오직 현록뿐이었다. 장군의 직책 아래 열한 명의 중랑장과 서른다섯 명의 낭장 중 살아남은 이는 지금 이 자리에서 손가락으로 셀 수 있을 정도니 더 말할 것도 없었다. 그 외에 더 살아남은 이들 중 몇은 이 자리에 있고, 몇은 현재 흑귀위 선군에 그대로 있으리라. 그를 위해 죽은 자들, 그를 위해 산 자들. 그리고 시건은 이제 그들에게 다시 한 번 그를 따라 싸우라고 말해야 했다.

시건이 침묵하자 무거운 분위기를 환기시키기 위해 양상은 하하 웃으며 말했다.

"자, 지금 북하는 요선이 태수와 손을 잡고 온통 휘젓고 있소이다. 덕분에 북하에서 도망친 인간들은 그들을 받아 주지 않는 서하나 남하로는 차마 가지 못하고 보살핌도 제대로 받지 못하는 이 동하로 넘어오고 있소. 이 동하에는 마을에 숨어 사는 인간들과, 동하 태수의 무관심으로 인해 아무 도움도 받지 못하고 굶주려 죽는 이들이 허다하다오. 파적의 난 이후 도깨비에 대한 대우도 좋지 못하지. 아직껏 감사직에 앉아 있는 황씨 선인은 하계의 일에 관심도 없소. 선인들은 그런 감사의 곁에 붙어 제 역할은 하지 않고 희희낙락하고 있고. 하여 소생은, 이 하계에서 그 선인들을 몰아내고자 하오."

몇몇이 경악한 얼굴로 양상을 쳐다보는 와중에, 현록이 시건에게 물었다.

"상장군께서도 그 의견에 동의하십니까."

모두의 시선이 이번에는 시건에게로 향했다. 그 사이에는 그 어느 때보다 진지한 양상과 함께 서 있던 이 노인의 시선도 포함되어 있었다. 지금 이 자리에서 시건이 할 대답이 모인 선인들을 좌지우지할 것임을 알았기 때문에, 양상은 그답지 않게 굳은 얼굴로 시건을 응시했다. 그리고, 시건 또한 결국 그가 인정할 수밖에 없는 하계의 현실에 대해 말했다.

"하계의 선인들이 제 역할을 하지 않고 있는 것은 사실이다. 현 상태라면 선인들이 구태여 하계에 있을 이유가 없다."

시건의 말에 선인들은 서로 간의 시선을 교환했다. 그들은 애초에 시건에 의해 선군이 되고, 시건을 따라 암굴에 갇힌 이들이었다. 고개를 끄덕이는 그들에게서 시선을 돌린 양상은 씨익 웃었다.

"문제는 지금부터지. 어쨌든 암굴에서 도깨비와 선인들이 탈출했다는 사실은 선계에 알려질 테고, 선계에서도 이 상황을 좌시하지는 않을 터. 우리는 이제 무장한 선군들과 마주해야 하는 것이외다. 허나 현재 장군들은 그 옛날처럼 갑주와 용마로 무장한 상태가 아니지. 물론 하계 도깨비들을 모을 생각이지만, 도깨비 요술이 아무리 위대하다 하나 그것만으로 가능할까 싶은데. 따로 염두에 둔 방도가 있소이까, 장군."

"인간이 선인을 상대하긴 어렵고, 도깨비도 끌어들였는데 요선이라면 어떤가. 양상, 그대 일전에 요선들과 손을 잡지 않았나."

양상은 놀란 듯 눈을 크게 떴다. 그러나 그는 곧 곤란한 얼굴로 답했다.

"그렇긴 했지만, 글쎄."

주위의 시선이 양상에게로 향했다. 양상은 편치 않은 얼굴로 그의 생각을 말했다.

"전에도 이미 말한 바요. 소생이 지난날 은공과 함께해 본 바, 요괴의 폭력성은 그 근본에 내재된 것이라. 시작이 결핍이기 때문에 결국은 본능적인 욕구에 지나치게 몰두하게 되더이다. 소생이 어떻게든 되돌리고자 하였으나 그 어떤 노력으로도 해결할 수 없었소. 요선을 끌어들이는 것은 위험 요소가 너무 많소이다."

양상의 말을 듣고 있던 시건이 말했다.

"용수궁에는 부적을 새긴 요괴들이 있다. 그를 금욕부라고 하지. 그것이 있으면 요괴의 욕구를 억누르고 의도대로 부릴 수 있다고 알고 있다. 또한 내 듣기로는 그 부적이 도술과 관련되어 있다고 알고 있다."

"그건 그렇소. 그건 도술이오. 허나 금욕부를 순순히 받아들일 요선은 어디에도 없소."

양상의 대답에 시건이 고개를 저었다.

"요선의 허락 따위는 필요 없다. 어중이떠중이들도 어차피 필요 없고. 쓸 만한 요선만 간추려 잡은 다음 금욕부를 심으면 된다."

시건의 말을 들은 양상은 어색하게 미소 지었다. 그는 전에 암굴로 가기 전에 시건이 파적의 요술을 부린 검에 대해 쓸 만하다고 평했던 것을 떠올렸다. 양상은 지금 시건이 요선을 쓸 만하다고 말하는 것이 마치 그 검에 대해 평가할 때와 비슷하다고 느꼈다. 그리고 그것을 느낀 건 양상만이 아니었다. 옆에서 조용히 듣고 있던 이 노인이 입을 열었다.

"장군께서는 요선을 물건처럼 말씀하시는군요."

모두의 시선이 이번엔 이 노인에게로 향했다. 시건의 시선 역시 마찬가지였다.

"요선이라고 해 봤자 원귀와 만나 변이된 존재다. 물건이 쓰임새라도 있다는 것을 고려하면 요괴는 물건보다도 못한 존재지. 환술로 혼란을 불러일으키는 요선은 그보다 더 악질이고."

"본래는 굶어 죽은 백성일 수도 있지요."

"요괴가 된 순간부터 백성이 아니다. 요괴마저 백성이라 여긴다면 요괴를 상대로 아무것도 할 수 없다. 그럼 요괴의 먹이가 되는 수밖에."

"지당하신 말씀입니다만, 쓰임새로 가치를 논하는 장군의 태도가 조금 걱정이 되는군요."

"무슨 말을 하고 싶은 건지 모르겠군."

시건은 이해를 할 수 없어서 물었다. 이 노인은 하얗게 센 눈썹을 찌푸리고 한숨을 내쉬더니 말했다.

"요선의 존재를 무시하는 장군의 태도가 지금 이 하계에 있는 다른 선인들과 다를 바가 없는 듯 보여 걱정이 됩니다. 선인들을 선계로 돌려보내도 장군께서 계속 선인들과 같은 태도를 취하신다면, 그 이후는 결국 어찌 되겠습니까?"

이 노인의 말을 들은 시건이 양상에게로 시선을 돌렸다.

"순서가 잘못되었군. 그 이후라. 그 이후에 대해 제대로 논한 적이 없지 않나, 양상."

양상은 이 노인의 눈치를 봤다. 둘의 눈치로 보아하니 이미 말을 맞춘 것이 분명해 보였다. 선인들도 의아해하는 눈으로 쳐다보는 와중에, 양상이 말했다.

"선인 관리들을 쫓아내고 나면, 하계 감사부가 빌 것이외다. 각 하도 그들을 이끌어 줄 이가 필요할 테고. 그리고 지금 귀제는 이 하계를 그의 지배하에 두길 바라고 있소. 문제는, 소생은 귀제에 대해서는 잘 모른다는 것이오. 그가 과연 이 하계의 인간들을 도울 수 있을지 알 수 없지. 허나……. 소생은 장군에 대해서는 잘 알고 있소이다."

양상이 손으로 시건을 가리키며 말했다. 선인들의 시선은 그대로 시건에게로 넘어갔다. 시건은 무표정한 얼굴로 양상을 응시하고 있었다. 양상은 그 시선을 여유롭게 받아넘기며 말했다.

"소생이 말하지 않았소이까, 장군. 역적이 역적이 아니게 되는 방법이 하나뿐이라고."

시건의 눈이 가늘어졌다. 선인들 중 하나가 이런, 하고 중얼거렸다. 그들로서는 전혀 예상하지 못한 이야기였다. 선인들이 각자 어색한 시선을 교환했다. 그러나 양상은 주변의 싸한 분위기가 느껴지지도 않는지 그저 미소 짓고 있을 뿐이었다. 시건이 말없이 양상을 응시하는 시간이 길어지자, 주변 분위기는 점점 더 긴장이 흘렀다. 그 긴장은 침묵하던 시건이 짧게 한숨을 내쉼으로 인해 깨졌다.

"내가 아까 말하지 않았던가, 양상. 현 상태라면 선인이 구태여 하계에 있을 이유가 없다고."

양상은 눈을 크게 뜨고 시건을 쳐다봤다. 시건은 담담한 어조로 말을 이었다.

"그리고 나 또한 선인이지. 더군다나 내 지난 시간, 암굴에 갇혀 있어 이 하계 상황에 대해서 아는 바도 없다. 차라리 나보다 그대들 쪽이 하계에 대해 더 잘 알겠지."

양상과 이 노인은 서로를 쳐다봤다. 양상이 곤란해하는 얼굴로 입을 열려는 순간, 시건이 다시 말했다.

"무엇보다, 선인들을 몰아낸다고 다가 아닐 것이다. 선계에는 여전히 많은 선인들이 있을 것이며, 그들이 하계의 상황을 그대로 좌시하지는 않겠지."

"……그건 물론 그럴 것이오. 바로 그렇기 때문에, 하계에 중심을 잡고 있을 이가 필요한 것이외다, 장군. 선계의 선군들이 하강을 해도 흔들림 없이 맞서고 하계 상황을 유지시킬 이가 말이오."

"난 그리할 생각이 없다, 양상."

"장군."

시건은 단호한 태도로 말을 이었다.

"하계 감사가 늘 하던 변명이 있지. 그의 시간이 그에게 변명을 할 명분을 주었다. 그리고 나 또한 선단을 취한 선인이다. 나 역시 감사만큼 긴 시간을 살 수 있으며, 심지어 내가 선인들을 몰아내고 하계의 중심에 선다면 내 남은 시간을 또 하나의 감사로 살지도 모르지. 어쩌면 그보다 더한 권한을 가지고 살아갈 수도 있을 것이다. 그 상황이 됐을 때 내가 정도를 지킬 수 있으리라 장담할 수 있나."

"상장군께서 설마요."

유신이 말도 안 된다는 듯 고개를 저었다. 그러나 이 노인이나 양상은 쉽사리 입을 열지 않았다. 그것이 그 언젠가 그들 또한 나누었던 이야기이기 때문에. 그리고 요선을 이용하겠다 태연하게 말하는 시건의 태도로 하여금 그 역시 부정할 수 없는 선인이라는 사실을 깨닫게 해 주었기 때문이다. 그들의 마음 깊은 곳을 찌르듯 시건이 말했다.

"선인을 몰아내고 다시 선인을 내세울 생각이었던가, 양상."

양상은 시건의 말에 그답지 않은 진지한 얼굴로 고개를 저었다.

"소생 또한 그에 대한 걱정을 하지 않은 것은 아니외다. 허나 장군, 그렇다면 하계 인간들을 어찌 보호한단 말이오? 인간들만 남는다면 그들은 요괴의 공격과 요선들의 횡포를 이기지 못할 것이외다."

"그래서 요선에게 금욕부를 심는다 하지 않았나. 요괴는 강한 요기에 굴종하고, 강한 요선을 다스리면 그 아래야 쉽지. 그리고 그게 아니더라도 요선과 요괴는 이 일에 최대한 끌어들이는 편이 낫다."

"……그게 무슨 말이오?"

양상의 물음에 시건은 가라앉은 어조로 말했다.

"파적은 물론이고 나와 내 장수들이 암굴 밖으로 나온 사실이 알려진다면 제법 많은 선군이 하계로 하강할 것이다. 그때 요선을 최대한 끌어들여 요괴를 방패막이로 삼으면 선군들이 요괴를 처리할 테지. 보아하니 그동안 요괴가 많아지고 요선이 되지도 않는 권세를 누리는 모양이니 그렇게라도 처리할 필요가 있다. 우리는 피해를 줄이는 동시에, 하계에도 여러모로 이로운 일이지."

차갑고, 현실적인 판단이었다. 그 냉정함에 양상조차 걱정스러워하며 말했다.

"요괴한테 무슨 억하심정 있소이까? 너무한 거 아니오?"

"요괴를 위해서도 그게 낫다. 요괴들은 생애 내내 결핍에 시달리다 스스로를 잃고, 온전하지 않은 상태로 변이되어 결핍에 목을 매고 살아야 하는 존재들이다. 차라리 그 생을 거두는 게 그들에게 있어서도 자유임을 모르겠나."

시건은 언제나와 같은 표정으로 말을 이었다. 선인들도 그 말의 의미를 잘 알고 있었다. 원귀는 인간이 죽었으나 한이 남았을 경우 저승사자를 피해 명계에 가지 않고 하계를 떠돌다 악해진 귀신들이었다. 그리고 그 원귀와 하나가 되어 변이된 요괴는 본래는 동물일 수도, 사람일 수도 있었다. 모든 기회를 박탈당한 상태로, 결핍에 시달리며 오로지 살육을 일삼는 존재. 그게 바로 요괴였다.

"이것이 잔인하다면 애초에 원귀가 생겨나지 않도록 해야 한다. 결핍으로 인하여 요괴가 생기는 일이 없게 했어야 하지. 허나 그 누구도 그것을 하지 못했고, 그리하여 이리 피를 볼 수밖에 없는 것이다. 하찮은 동정심에 살려 둬 봤자 요괴들은 그것을 이해하지 못하고 살육을 일삼을 테니, 차라리 죽여 자유롭게 해 주는 것이 요괴나 남은 이들을 위해 이로운 일이지."

시건은 암굴에 가득하던 결괴를 떠올렸다. 굶주리다 못해 삶을 놓게 된 이들, 해 줄 수 있는 것은 그저 죽음을 선사하는 것뿐. 그로 인한 죄책감은 바로 선인들이 안고 가야 할 몫이었다. 더불어 요괴의 수가 이리 늘어난 것은 선인들이 폭정을 일삼고 있어 한이 남은 원귀들이 하계를 떠나지 못해 벌어진 일이었다.

선인이 힘없는 인간을 도와야 한다 생각했던 과거의 그는 더 이상 없었다. 지금 하계는 그 선인들로 인해 오히려 위험한 요괴가 들끓고 있었다. 그러니 선인들이 요괴들로부터 인간들을 보호해야 한다 말하는 것은 합리화에 불과했다. 이대로는 끊이지 않는 악순환일 터였다. 요괴가 더 이상 늘지 않게 하기 위해, 시건은 선인들이 그들의 그

릇된 흔적을 모두 지우고 하계를 떠나는 것이 최선임을 알았다.

"더불어 말하는데, 하계 상황을 바로잡는 것도 중요하나 내겐 선계로 돌아가는 게 우선이다. 나는 역적의 누명을 쓰고 계속 하계에 있을 수는 없다. 또한 역적인 내가 계속 하계에 머문다면 하계와 선계 간에 불화만 만들 터."

시건의 말에 양상이 눈을 크게 떴다.

"그게 무슨 말이오? 장군."

"우린 선계로 갈 것이다."

양상과 이 노인은 물론, 선인들조차 이해할 수 없어 눈만 감았다 떴다. 고개를 갸웃거리던 유신이 말했다.

"실례지만 전혀 이해가 되지 않습니다."

"도깨비와 요괴를 앞세워 선인을 위협하면 선계 측에서는 선인들의 안전을 위해 그들을 선계로 귀환시킬 것이다. 그럼 양상 그대가 원하는 대로 하계는 인간들의 세상이 되겠지. 그때 우린 선계로 간다. 역적인 내가 선계에 간다면 선인들은 더 이상 하계에 신경을 쓸 겨를이 없을 것이다. 누명을 벗기 위해서는 내게도 필요한 일이고."

"허나, 어찌 선계로 올라간단 말입니까? 지금 저희에겐 용마도 없습니다."

"무엇이 문제인가. 우리에게 천 리를 십 리로 만들 수 있는 도사가 있다."

선인들은 동시에 양상을 쳐다봤다. 시건의 말을 듣고 있던 양상은 뒤늦게 되물었다.

"……예?"

뭐라고요? 양상은 잘못 들었겠지 싶어 손가락으로 귀를 팠다. 시건은 양상에게 확인이라도 하듯 물었다.

"거리는 좁히는데 높이는 좁히지 못하나? 양상."

"아니, 잠깐, 장군……."

시건은 당황한 양상을 무시하고 그의 생각을 풀어 놓기 시작했다.

"지금 선계와 명계 간 충돌도 있다고 하지 않았나? 우리가 선계에 나타나면 선인들은 하계까지 선군을 보내 병력을 분산시킬 이유가 없어질 테니 오히려 잘됐다고 여길 것이다. 하계를 지키는 것을 선계를 지키는 것만큼 중요시 여길 선인들이 아니니, 선군들은 하계를 버리고 선계로 귀환할 터. 그런데 그 전에, 귀호가 현재 어느 정도 직책에 있는지 모르겠군."

"장군 아래에 있었던 대장군 연귀호를 말하는 것이라면, 그는 지금 흑귀위 상장군이라오."

양상의 대답에 시건은 고개를 끄덕였다.

"잘됐군. 그럼 내가 암굴에서 나온 게 알려지면 선계 쪽에서는 흑귀위를 하계에 그대로 주둔시키지는 않을 것이다. 최적의 상태는 천제가 최대한 많은 수의 선군을 하강시키고 선인 관리들과 흑귀위를 선계로 귀환시킨 상태겠지. 우리는 선계로 가 귀호와 접선하고 북선으로 간다. 양상 그대는 하계에 남아도 상관없다. 그 이후는 명백히 내 개인적인 일이니까."

"어찌 개인적인 일이 될 수 있습니까? 그동안 하계는 어찌합니까? 혹 장군이 선계로 간 후에 선인 관리들이 다시 하계로 내려오거나, 선계로 간 장군이 패배라도 하면요?"

이 노인의 물음에 시건이 고개를 저었다.

"일이 커지면 결국 천제 또한 그간 하계에서 선인 관리들이 한 행태에 대해 알게 될 것이다. 그걸 알고도 다시 그들을 하계로 하강시킬 무진이 아니다. 모든 일이 정리될 때까지는 선인 관리들을 다시 하강시키지 않을 것이다. 그리고 그동안 그대도 할 일이 있다."

시건의 말에 이 노인이 아까 귀를 파던 양상처럼 되물었다.

"……예?"

시건은 당황한 그에게 무미건조하게 설명했다.

"일단 지금 우리는 어쨌든 죄인의 입장이라 인간들의 시선이나 인식이 어떨지 알 수가 없다. 따라서 그에 대해 인간들을 이해시키고 혼란을 잡아 줄 이가 필요하다. 어차피 그대는 선군과의 투쟁에 직접적으로 개입하지 못할 테니, 뒤에서 그 역할을 해라. 만일 그대가 제대로 자리만 잡고 인간들끼리도 삶을 이끌어 가는 모습을 보인다면, 후에 우리가 패배하여 정말로 역적이 되더라도 하계가 완전히 그전으로 되돌아가지는 않겠지."

무진이 현재 하계의 상황을 깨닫기만 한다면 현 하계 상황은 충분히 개선의 여지가 있다고 여기며, 시건은 그리 말했다. 이 노인은 놀란 얼굴로 물었다.

"어찌 제가 그런 일을 할 수 있겠습니까?"

"선인이 아니라 인간이어야만 한다. 인간들이 도깨비나 선인보다 더 쉽게 안심을 하고 믿을 테니. 그리고 인간 중에서도 나이가 많은 자가 좋다. 인간은 외형에 쉽사리 현혹되기 때문에 아무리 백 년을 넘게 살았어도 외형이 젊은 자보다 백 년도 살지 못했음에도 겉보기에 늙은 자를 더 공경한다. 또한 내 아까 말하지 않았나. 지금 이 상태로는 더 이상 선인이 하계에 있을 이유가 없고, 그렇다면 당연히 인간은 인간끼리 살아가야 한다. 내가 남는다면 그건 내 스스로 내가 찾은 명분을 부정하는 꼴이다. 다른 선택지가 있나."

이 노인이 아무 말도 못 하고 곤란해하고 있는데, 양상이 옆에서 고개를 끄덕이며 말했다.

"흠, 그건 일리가 있는데."

양상은 그 말로 이 노인의 당황을 한층 더 키웠다. 이 노인은 시건이 이리 한 발짝 물러나 그에게 과중한 책무를 떠넘길 거라고는 생각하지 못한 얼굴이었다. 그런 이 노인에게 시건이 말했다.

"그대가 걱정했듯, 선계로 간다고 해도 내 모든 누명을 벗고 돌아온다고 당장 장담할 수는 없다. 그러니 계속 인간들의 곁에 있으며 자리를 잡을 누군가가 필요한 것이다. 그대는 하계를 걱정하고 또한 인간이니, 그대가 남는 게 가장 나아."

그러나 이 노인은 여전히 걱정에 가득 찬 얼굴이었다. 시건은 걱정을 덜어 주기라도 하듯, 짧게 덧붙였다.

"구름 위에 사는 자는 구름 아래를 보지 않는다고 했나. 그러니 구름 아래 사는 자가 구름 아래를 보는 게 옳겠지."

뭘 위해서든 우선 시건은, 선계로 가야 했다. 역적인 상태로 그가 할 수 있는 것은 아무것도 없었다. 암굴에서 기다리는 동안 당연히 무진이 그를 도와줄 거라 믿었지만, 현실은 달랐다. 그로 인해 모든 희망을 버리기도 했다. 하지만 이제는 아니었다. 시건은, 지금의 그가 역적이라 그를 외면하고 도울 수 없었던 무진의 입장을 이해했다. 그러니 진실은 그가 밝힐 셈이었다. 그의 아버지가 역모를 일으켰을 리가 없고, 진실이 밝혀지기만 하면 빼앗긴 모든 것을 되찾을 수 있을 것이라고 믿었다. 또한 그것이 지금의 그가 할 수 있는 최선이었다. 그의 최선에서 벗어나는 모든 것까지 그가 떠안을 수는 없었다.

그리고 그로 인해 생각지도 못하게 큰 책임을 떠안은 이 노인은 당황과 부담으로 쉽사리 입을 열지 못했다. 말문이 막힌 이 노인의 어깨를 옆에 있던 유신이 쯧쯧, 한 삼십 년만 젊었어도, 하며 두드려 줬다. 그 모습을 보고 씨익 웃은 양상은 시건에게 시선을 돌렸다.

"뭐, 일단 우선적인 문제는 하계에서 있을 선군과의 충돌이라오. 일단 선군들은 하늘을 날며 공격을 할 테고, 분명 쉬이 물러나지 않을 것이오. 아무리 요괴를 끌어들여도 용마를 타고 날며 공격하는 선군을 상대로 시간을 끄는 게 가능하겠소이까?"

"도깨비를 끌어들이는 게 가장 중요한 문제인데. 그들만 완벽히 끌어들인다면 그다지 어려울 일은 아닐 것이다. 그들의 감투는 모습을 감추고, 방망이는 요술을 부린다. 심지어 이제는 붉은색마저 두려워하지 않게 만들 수가 있다."

때마침 씨름에 대해서 떠들고 있던 도깨비들이 하나, 하나 일어나 움직이고 있었다. 도깨비들은 씨름에 대한 이야기를 메밀묵을 먹으며 더 나누기로 하고 가옥 안으로 들어가던 참이었다. 시건은 걸어오는 도깨비들 사이에서 파적을 발견하고는 쳐다봤다. 선인들도, 그리고 양상과 이 노인의 시선도 도깨비들에게로 향했다. 시선을 눈치챈 파적이 고개를 돌리자 양상이 파적을 불렀다.

"파적 씨! 잠깐 이리 와 보시오! 궁금한 게 있소이다!"

"뭐야?"

얼굴 한쪽을 긁적거린 파적이 쿵쿵 발소리를 내며 다가오자 시건이 물었다.

"궁금한 게 있는데, 혹 도깨비 요술로 하늘을 날 수는 없나?"

파적은 별 해괴한 소리를 다 듣겠다는 듯 소리를 질렀다.

"도깨비가 새냐? 하늘을 날게!"

잠시 후, 파적은 하늘을 날고 있었다.

"야야, 이거 봐라! 나 난다! 난다!"

도깨비방망이를 들고 하늘을 나는 파적을 구경하기 위해 마당에 온 도깨비가 모였다. 양상은 고개를 끄덕였다.

"흠, 이거 괜찮은걸. 용마를 탄 선군을 상대하는 것이 꼭 불가능한 일만은 아니겠소."

"그러게 말입니다."

"이럼 도깨비 요술로 선계로 가셔도 되겠는데, 장군. 아니, 도깨비가 저런 요술이 있는데 왜 천하를 지배하지 못했지?"

그러는 동안 파적은 땅에서부터 하늘 높이 펄쩍펄쩍 뛰어오르며 소리쳤다.

"야야, 이거 봐라! 나 뛴다! 뛴다!"

"예, 예."

양상은 대충 대답하고는 선인들과 이 노인과 머리를 맞대고 저리 유능한 도깨비들을 어떻게 그들의 계획에 끌어들일 것인가에 대한 이야기를 나눴다.

"도깨비가 메밀묵을 좋아하니 그것으로 현혹시키는 게 어떨까요?"

"메밀묵을 좋아하긴 하지만, 도깨비가 그에 대해 아쉬울 것은 없는 상황이라. 필요하면 그들이 길러 먹으면 되는 노릇 아니오. 음, 그간 이 가옥에 머물며 먹고 자고 했으니 밥값을 하라고 해야 하나?"

"그럼 그간 도깨비들이 무상으로 여기서 먹고 자고 했습니까?"

"아니, 이 가옥을 고쳐 준 게 도깨비들이니 꼭 그렇게 말하기도 애매한 것이……."

그러는 동안 파적이 다시 뒤에서 소리쳤다.

"야야, 이거 봐라! 나 떨어진다! 떨어진다!"

"예, 예……. 예?"

양상은 놀라 고개를 돌렸다. 파적은 그대로 바닥으로 곤두박질쳤다. 그와 동시에 땅이 거세게 진동했다.

"으아악!"

주변에서 구경하던 도깨비들은 지진 난 듯 흔들리는 땅 위에서 그대로 엎어져 버렸다. 서 있던 양상과 선인들, 이 노인도 봉변을 당했다.

"으윽, 이게 뭐야……."

"아니 얼마나 무거운 거야? 저 도깨비."

파적은 흙먼지를 털며 몸을 벌떡 일으켰다. 바닥에 파적이 떨어진 자리가 크게 파였다. 파적은 몸을 툭툭 털며 말했다.

"야, 큰일 날 뻔했다."

"이쪽은 큰일이 났소이다……."

겨우 제대로 몸을 세운 양상이 흙투성이가 된 몸을 터는 동안, 중심을 잡고 선 시건은 파적이 떨어져 파인 자리를 쳐다보고 있었다. 양상이 파적을 손짓을 해 불렀다.

"이리 좀 와 보시오, 파적 씨……. 지금 아주 중요한 이야기 중이라오."

"왜? 어디서 씨름 대회가 열려?"

"아니……. 씨름 아니면 중요한 게 없소?"

양상이 어이가 없어 묻자 파적은 이해할 수 없다는 듯 목소리를 키웠다.

"뭐가 그렇게 따지는 게 많고 복잡하냐?"

"도깨비가 너무 단순하다고는 생각하지 않소이까. 안 그래도 파적 씨도 함께 들을 이야기요. 우린 함께 선인들을 이 하계에서 몰아내기로 했소이다. 파적 씨도 일전에 김 서방의 일로 선인들에게 맞서지 않았소이까? 심지어 암굴에도 갇혀 있었고! 이번에 도깨비들도 뜻을 함께해 주었으면 좋겠소."

그 말에 파적과 다른 도깨비들의 시선이 모아졌다. 도깨비 중 하나가 외쳤다.

"우리가 암굴에 갇힌 건 저기 저 선인들 때문이지!"

시건은 팔짱을 낀 채로 침묵했다. 다른 선인들은 딴청을 부렸다. 대신 양상이 얼른 대답했다.

"그건 그런데, 여기 류 장군도 이제는 그대들과 같은 처지라오. 그때 듣지 않았소이까, 파적 씨!"

"그래, 맞아. 여기 류시건은 옛날엔 나쁜 놈이었지만 지금은 불쌍한 놈이야!"

파적은 시건을 삿대질하며 고개를 끄덕였다. 서하 도깨비들 사이에서 형님이자 천하장사로 통했던 파적의 말에 도깨비들은 저들끼리 시선을 교환했다. 도깨비 하나가 말했다.

"하지만 김 서방은 어차피 다시 환생할 텐데. 굳이 우리가 이제 와서 어쩔 필요가 있나?"

"환생한다고 죽은 김 서방의 억울함이 풀어지는 것은 아니지. 그리고 그대들이 암굴에 간 동안 다른 서하 도깨비들이 동하로 도망쳐 얼마나 힘들게 살았는지 아시오? 그 시절을 생각해서라도 이대로 가만히 있어서는 안 될 것이오. 우리와 함께 이 하계에서 선인들을 쫓아냅시다!"

"아니에요, 저희는 그다지 힘들게 살지 않았는데요. 형님들께서 마음 쓰실 필요 없어요."

홍례가 순진하게 대답하자 도깨비들이 양상을 쳐다봤다.

"그렇다는데."

"으음……."

양상은 곤란해하는 얼굴로 시건을 쳐다봤다. 몇몇 도깨비는 이미 흥미를 잃고 자리를 떠나고 있었다. 가만히 서 있기만 하던 시건이 결국 파적에게 말했다.

"만일 내가 너와 다시 씨름을 할 경우가 있다면, 파적. 그건 이 일이 모두 해결되고 선계로 올라간 후가 될 것이다."

"뭐?"

이해하지 못한 파적에게 시건이 다시금 설명했다.

"나를 도와 선계로 간다면 모든 일이 끝난 후에 너와 씨름을 한판 하겠다."

"……."

"도깨비들이 모두 합심하여 돕는다면 그 일은 더 빨리 끝나겠지."

그 말에 파적은 바로 도깨비들을 전부 불러 모았다.

"야, 내 말을 잘 들어라, 이 멍청한 놈들아! 우린 지금 일생일대의 기로에 놓여 있다! 지금 저 선인들이 우리에게 도와 달라고 청을 하고 있는데, 그에 응할지 말지를 정해야 하는 중요한 시점이다!"

도깨비들은 하나둘 입을 열었다.

"응할 필요 없다."

"그렇습니다. 우린 우리대로 살면 됩니다."

"골치 아프게 왜 그래. 내려와! 씨름이나 한판 하자!"

"배고픈데 메밀묵부터 먹고 합시다!"

도깨비들이 전혀 흥미를 느끼지 못하고 투덜거리는 사이, 파적이 목소리를 더 높였다.

"야, 잘 들어라! 저 선인들과 손을 잡는 게 어떤 의미인지 아냐? 엉? 지금 저놈들이 하계를 접수하고 선계까지 올라가겠다고 하는데, 우리가 같이하면 어떻게 되는 건지 아냐고."

"당연히 알지! 우리가 바본 줄 알아? 그건 우리가 아주 오랫동안 씨름을 할 수 없다는 거야."

"암굴에 다시 가면 메밀묵도 못 먹잖아요, 형님."

"그리고 우린 어쩌면 또 그 보기 싫은 색을 봐야 할지도 몰라. 그땐 으으, 진짜 무서웠어. 잔인한 선인 놈들이 사방에 팥을 뿌려 놨다고."

"맞아! 맞아!"

하나하나 안 되는 이유가 망설임 없이 쏟아져 나왔다. 파적은 혀를 차더니 도깨비들에게 말했다.

"멍청한 놈들. 너희가 한 말은 다 틀렸어. 뭐, 보기 싫은 색? 그건 저 도사가 해결해 줄 수 있단 말이다! 여기 다섯째가 증명해 줄 거다. 하지만 제일 중요한 건 그게 아니야. 만약 우리가 저놈들과 손을 잡고 선계로 간다면 말이지, 그건."

파적의 눈이 빛나고, 도깨비들은 긴장한 얼굴로 그런 파적을 응시했다. 무거운 침묵과 긴장을 깨고, 파적이 말했다.

"우리가……. 하늘 위에서 씨름을 할 수 있다는 거다."

"……."

양상은 어이가 없어서 파적을 쳐다봤다. 그러나 도깨비들의 반응은 더 어이없었다.

"오?"

그들은 솔깃한 모양이었다. 눈을 크게 뜨고 시선을 집중하는 도깨비들에게 파적이 외쳤다.

"그럼 어떻게 되느냐! 우린 모래가 아닌 구름 위에서 씨름을 할 수 있다!"

"오오?"

"땅은 물론이요 하늘 위의 천하장사가 될 수 있다는 거다!"

"오오오오오!"

"……."

도깨비들은 상상만으로도 견딜 수 없는 것처럼 신이 나서 소리를 지르기 시작했다. 그리고 그 모습을 지켜보며 양상은 대단한 요술을 부릴 수 있는 도깨비가 어찌하여 천하를 지배하지 못하는지 깨달았다. 그건 요술의 유일한 약점 때문이었다. 도깨비 요술의 유일한 약점은 바로, 그 요술을 부리는 주체가 씨름밖에 모르는 도깨비라는 것이었다.

❋ ❋ ❋

며칠이 흐르는 동안, 도깨비들은 매일같이 모여 연신 하늘에서 씨름을 하면 어떨지에 대해 떠들어 댔다. 얼마 지나지 않아 도깨비들과 술법을 쓸 수 없는 시건이 선계에서 버틸 방법이 화두에 올랐다. 이들에게는 선인들의 날개옷이나 용마, 운편기처럼 구태여 힘을 들이지 않고서도 지속적으로 하늘을 날 수 있는 방법이 필요했다. 운편기에 대한 이야기를 들은 도깨비들은 그에 대해 금방 방안을 내놓았다.

"우리 감투 만드는 도깨비들에게 우리도 신발을 만들어 달라고 하면 되지 않을까?"

파적은 고개를 끄덕였다.

"엉. 신발에 요술을 걸면 돼. 감투장인들이 만들면 요술이 오래가는 좋은 신을 만들어 줄 수 있지 않겠냐?"

본래 하계에서도 남하는 가장 따뜻하고 토지가 비옥해 다양한 발전이 많이 이루어진 곳이었다. 선계로 올라가는 화려한 자기나 공예품 같은 경우 모두 남하에서 제작한 공물이었고 선인들이 사용하는 괴황지 또한 종이 만드는 기술이 남다른 남하에서 만들어 선계로 진상했다. 그런 발전은 도깨비들에게도 영향을 끼쳐, 남하 도깨비들은 다른 곳의 도깨비들보다 유독 손재주가 좋았다. 그리하여 남하에는 도깨비들의 도깨비감투를 만드는 도깨비공방이 따로 존재하고 있었다.

이 도깨비감투는 공방의 감투장인들이 특별한 요술을 걸어 만든 감투로, 쓰는 순간 그 모습이 사라지는 기이한 감투였다. 도깨비감투를 쓰면 모습이 보이지 않는 것은 물론이요 선인들이 기척조차 느낄 수 없었다. 감투를 쓴 이의 모습을 볼 수 있는 것은 오로지 감투를 쓴 이뿐이었다. 도깨비들은 그들의 요술로 모습을 감추는 게 불가능한 일은 아니었지만, 이 도깨비감투에는 상징적인 의미가 있었다. 도깨비감투를 받은 도깨비는 성인 도깨비로 인정을 받을 수 있는 것이었다. 또한 이 감투는 도깨비방망이와는 달리 도깨비가 아니라 인간이나 선인이라도 머리에 쓰기만 하면 모습을 감출 수 있었다.

하늘에 가 씨름을 할 생각으로 신난 도깨비들이 감투장인들에게 요술로 연락을 보냈고, 오래 걸리지 않아 긍정적인 답변이 돌아왔다. 남하의 감투장인들 역시 도깨비는 도깨비였다. 그들은 그들이 만든 신발이 하늘나라의 천하장사를 만들 수 있다는 이야기에 상당히 마음이 동한 듯했다.

긍정적인 답을 받아 신난 파적과 도깨비들은 하루 내내 문제의 신발을 뭐라고 부를지에 대해 고민했다. 하늘을 나는 신발은 너무 길었고 입에도 잘 붙지 않았다. 끙끙대던 도깨비들 중에 홍례가 지나가던 유신을 붙들고 운편기의 뜻을 물었다. 유신은 그에게 시선을 모은 도깨비들에게 운편기에 대해 설명해 줬다.

"그건 구름을 엮어 만든 신발이라는 뜻이다."

유신의 설명에 도깨비들은 그게 뭐야, 너무 어렵다, 하고 쑥덕거렸다.

천서제는 신선들의 문자인 도문(道文)이 아니라 인간들의 문자인 인문(人文)을 공식적인 문자로 공인했고, 그 이후 선, 하계는 모두 천서제가 공인한 인간들의 문자를 쓰고 있었다. 도문의 경우 신선들이 사용했던 옛날 글자인지라 음양오행술이나 지명 및 이름으로만 사용되고 있었고, 인간들이나 도깨비들은 제대로 알지 못했다.

선인들은 처음으로 음양오행의 각 술법을 장서로 정리한 다섯 선인들이 모두 천서제 이전의 선인들이라, 장서의 내용이 모두 도가의 도문을 토대로 만들어져 있었기 때문에 음양오행술을 사용하기 위해서는 무조건 도문을 인문과 함께 익혀야 했다. 반면 도깨비나 인간들은 굳이 어렵기만 한 도문을 사용할 필요가 없어 도문을 모르고 인문만 겨우 아는 이들이 대다수였다. 따라서 도깨비와 인간들은 옛날부터 이어진 관습에 따라 태어난 아기의 이름을 도문사전을 뒤져 도문으로 짓기는 했지만, 그 문자를 쓰거나 읽는 것까지는 불가능했다.

어쨌든 그런 이유로 도문으로 만들어진 이름인 운편기를 어렵게 느낀 도깨비들이 신발의 이름에 대해 계속 고민하던 중, 한 도깨비가 말했다.

"아! 이거 어떠냐? 우리가 쓰는 방망이는 도깨비방망이고, 우리가 쓰는 감투는 도깨비감투잖아. 그러니까 우리가 신고 하늘을 날 신발은 도깨비신발!"

유신은 그 말을 듣고는 어이가 없어서 헛웃음을 흘렸다. 고민한 시간이 아까운 이름이었다. 그는 다른 도깨비들이 당장 그 도깨비를 비웃을 거라고 생각했다. 그러나 도깨비들의 반응은 이랬다.

"엇?"

"괜찮은데?"

"뭐가 괜찮아!"

유신은 어이가 없어서 소리쳤다. 그러나 도깨비들은 이미 그 이름이 마음에 쏙 든 모양이었다. 유신은 부르기도 쉽고 의미도 쉽다고 신나서 떠드는 도깨비들 사이에서 조용히 빠져나왔다. 그리하여 도깨비 요술이 걸린, 신으면 하늘을 날 수 있을 신발의 이름은 도깨비신발로 확정되었다. 근시일 내에 남하에서 도깨비감투를 만드는 감투장인들이 도깨비신발을 만들어 보낼 예정이었다.

도깨비가 그렇게 떠들고 있을 동안 양상과 시건, 파적은 그들끼리 방 안에서 이야기를 나누고 있었다. 도깨비의 거대한 몸 때문에 꽉 들어찬 방에서 양상이 말했다.

"이제 다른 도깨비들을 어떻게 불러 모으느냐가 문제로군. 이왕이면 도깨비가 많으면 많을수록 좋을 터인데."

"도깨비 모으는 것은 쉽다. 하늘에서 씨름 대회를 연다는 사실을 알리면 된다."

양상은 파적의 그 말을 듣고 시건이 그 씨름 대회의 유일한 선인 참가자가 될 거라는 사실을 알 수 있었다. 아마 도깨비가 아닌 유일한 참가자일 게 분명했다. 무표정하게 앉아 있는 시건을 보고 웃은 양상은 알았다며 고개를 끄덕였다. 파적의 말대로, 도깨비는 남녀노소 씨름을 좋아하므로 그것으로 모든 하계 도깨비를 모을 수 있을 터였다. 파적의 탈출 문제로 선인들이 도깨비의 움직임을 주시할 테지만 도깨비의 요술이 있으니 은밀히 모이는 것도 어려운 일은 아니었다. 시건 역시 고개를 끄덕이곤 말했다.

"일단 파적, 네가 암굴 밖으로 나온 사실은 이미 알려졌으니 한동안 너와 도깨비들이 하계를 오가며 선군들을 혼란스럽게 하는 것이 낫겠다. 그리고 양상, 다른 선인들은 제대로 된 무기가 필요하다. 무장한 선군과 맨몸으로 싸울 수는 없다."

"무기에 대해서는 소생이 그간 선군들의 화살을 모아 둔 양이 꽤 되오. 도깨비 요술을 써서 새것처럼 만들어 쓰면 되겠지. 더불어 갑주나 다른 무기는 동하의 인간들이 도와줄 것이외다. 선군들의 철갑옷까지는 아니어도, 도깨비들이 요술을 걸면 되니까."

"야! 누가 그렇게 해 준댔냐!"

파적이 소리치자 시건이 말했다.

"나를 돕고 계획이 성공해야지만 씨름을……."

"알았다!"

파적이 씩씩대며 대답했다. 양상은 너털웃음을 흘렸다.

"그동안 여기 있는 도깨비들이 소란을 피워 선인들의 시선을 돌리고, 동시에 요선들을 끌어들이는 게 낫겠소이다. 선인들의 시선이 동하에 집중되어서는 곤란하니 동하의 요선들은 최대한 조심스럽게 만나고, 다른 곳에서 소란을 피우는 게 낫겠소. 그럼 북하가 좋을 텐데, 어떤 요선부터 끌어들인다?"

고민하는 양상에게 시건은 북하에서 사예에게 들었던 요선에 대해 말했다.

"일전에 듣기를, 북하 금산 가까이 있는 마을의 요선 소군강이 그의 환술로 군사를 만든다고 들었다."

"군사를?"

"그렇다고 하더군. 더불어 그 요선이 북하 태수와 가까운 사이라고 했다. 아마 그 요선을 끌어들이면 북하의 많은 요선과 요괴를 손에 넣을 수 있을 것이다."

시건의 대답에 양상이 씨익 웃었다.

"그럼 먼저, 그 요선부터 좀 만나 볼까."

※ ※ ※

그리하여 어둠이 내린 밤, 북하의 금산 주변에 도깨비 무리가 나타났다. 허공에서 갑작스레 나타난 이 도깨비 무리는 파적과 암굴에서 나온 서하 도깨비들이었다. 그들은 그 언젠가 사예가 찾아갔던 마을로 찾아가 마구 도깨비방망이를 휘둘렀다. 그러니까, 일단은 말 그대로 휘두르기만 했다. 요술을 부리지는 않았다. 그러나 거대한 도깨비가 나타나 도깨비방망이를 휘두르는 것만으로도 마을은 이미 난리였다. 있는 사람도 얼마 없는데 그 얼마 안 되는 사람들이 겁에 질려 도망가고, 쿵쿵거리며 돌아다니는 도깨비를 막기 위해 요선들이 나섰다.

요선들이 나오자 제일 앞에 서 있던 파적과 다른 도깨비들은 드디어 요술을 부리기 시작했다. 요선들은 상대가 도깨비라는 것을 알고는 바로 그들의 환술로 붉은 팥을 만들어 뿌렸다. 그 모습에 출발 직전 양상이 줬던 부적을 품에 챙긴 덕분에 붉은색에 대한 두려움을 느낄 수 없는 도깨비들은 분노했다.

"야……. 지금 이것들이 뭐 하는 거냐?"

"우리가 저거 보고 도망칠 줄 알았지? 무서워할 줄 알았지?"

"다시는 이런 끔찍한 짓을 못 하게 만들어 주겠어."

요선들은 팥을 보자마자 소리를 지르며 도망쳤어야 할 도깨비들이 멀쩡히 서 있자 당황했다. 화가 난 도깨비들은 도깨비방망이를 휘둘러 요선들을 이리 던지고, 저리 던졌다. 요선들은 어떻게든 환술을 부리려고 했으나 도깨비들은 요술로 그들이 만든 환술을 지푸라기 더미로 바꿔 버렸다. 도깨비들이 요술로 밧줄을 만들어서 완전히 지쳐 버린 요선들을 꽁꽁 묶었다. 그러고는 요술로 멍석을 만들어 요선들을 하나씩 그 안에 넣고 만 뒤 도깨비방망이로 마구 두드려 팼다. 파적은 도깨비방망이로 팥을 만들어 멍석말이 당하는 요선들에게 쫙쫙 뿌렸다.

"이거나 먹어라, 이 팥만도 못한 놈들아!"

멍석 밖으로 튀어나온 요선들 머리 위로 팥이 마구 떨어졌다. 도깨비들은 안에서 으악으악 소리를 지르는 요선들을 보고는 낄낄거렸다.

파적과 도깨비들이 그렇게 묶인 채로 발버둥만 치는 요선들에게 멍석말이를 하고 있는 동안, 양상과 시건, 홍례는 문제의 소군강과 이 마을의 요선들을 휘어잡고 있는 요선 모양해를 찾아갔다. 마을의 다른 초라한 초가집과는 달리 으리으리한 가옥에 숨어 있던 모양해는 갑자기 나타난 양상의 일행을 보고 놀라 요선들 뒤로 도망쳤다. 마당에 요선들이 흉흉한 기세로 서 있고, 그사이 시건과 양상, 홍례가 서 있는 대치 상태였다. 감투를 쓰고 비단옷을 입은 모양해는 거대한 몸으로 뒤로 물러나며 거칠게 소리쳤다.

"침입자다! 어서 저놈들을 잡아라!"

조그마한 도깨비 홍례가 도깨비방망이를 휘둘렀다. 그러자 모양해 앞을 가로막은 요선들은 그대로 굳어 돌이 되어 버렸다. 다른 요선 중 하나가 그 즉시 검을 꺼내 옆에 있던 요선을 베자 붉은 피가 팍 터져 나왔다. 검에 베인 요선이 쓰러지고, 피 냄새에 요선들이 흥분해 거친 소리를 내질렀다. 피 묻은 검을 든 요선은 위협적으로 홍례 앞에 검을 휘둘렀다. 그러나 홍례는 아무렇지 않았다. 오히려 위험하다 싶을 정도로 검을 든 요선에게 돌진해 도깨비방망이를 흔들었다. 피 묻은 검을 든 요선은 그대로 돌이 되어 버렸다. 홍례는 도깨비방망이로 돌이 된 요선을 내려쳤고, 요선은 그대로 가루가 되어 부서졌다. 뒤쪽에 서 있던 요선 모양해는 냉큼 소리쳤다.

"어서 저놈들을 처치해!"

그러나 붉은 피를 보고도 아무렇지 않은 도깨비 홍례 때문에 요선들은 함부로 달려들지 못했다. 놀라서 어수선한 요선들이 모양해가 아닌, 다른 요선의 눈치를 봤다. 그들의 시선이 향하는 곳에 한 요선이 꼿꼿하게 서 있었다. 창백하고 갸름한 얼굴에 푸른 도포를 입은 요선은 날렵한 눈을 하고 있었다. 그는 다른 요선들과는 달리 조금의 동요도 없이 갑작스럽게 나타난 불청객들을 응시하고 있었다. 시건과 양상은 대충 어림짐작으로도 그 요선이 그들이 찾는 요선 소군강이라는 사실을 알 수 있었다. 요선들이 서로 눈치만 보자 얼굴이 시뻘개져서 난리가 난 모양해와 달리 소군강은 차갑기 그지없는 태도로 말했다.

“안 그래도 서하의 암굴로 갔던 도깨비 파적이 돌아왔다는 사실을 전해 들었는데. 도깨비 파적이 그 누구도 나올 수 없는 암굴에서 나온 것이 도사의 도움 덕분이라더니 사실이었나 보오.”

양상은 지팡이를 들어 올린 채로 눈을 크게 떴다.

“오, 소문이 그리 났나 보군. 허나 그건 소생이 아니외다.”

소군강은 팔짱을 낀 채로 냉담하게 대답했다.

“중요한 일도 아니지. 이 북하 요선들이 도깨비들을 암굴로 보낸 것도 아니거니와, 도사 그대는 외려 요선을 이용하고 헌신짝처럼 내버린 인물이 아니던가. 은공이 결국 그 암굴에서 생을 마감했을진대, 어찌 그대가 요선들의 마을에서 이 소란을 피운단 말이오?”

“요선들의 마을?”

가만히 서 있던 시건이 그도 모르게 되물었다. 어조는 자연히 냉랭해지고 분위기는 심상치 않게 가라앉았다.

“우습군. 천하 어디에 요선들의 마을이 있단 말인가.”

소군강의 차갑던 얼굴이 단숨에 일그러졌다.

“뭐라고?”

그 말과 동시에 분노한 요선들이 달려들었다. 홍례는 얼른 도깨비 방망이를 휘둘렀다. 가옥의 지붕을 덮은 기왓장들이 동시에 아래로 쏟아져 내렸다. 기왓장들이 그대로 요선들의 머리 위를 덮쳤다. 기왓장은 요선들을 짓누르고 떨어지며 와장창 깨졌다. 뒤로 물러서 있어 무사한 요선들에게는 깨진 기왓장들이 인정사정없이 날아갔다. 홍례가 도깨비방망이를 휘두름에 따라 기왓장들은 줄을 지어 날아가 요선들을 공격했다. 깨지는 기왓장과 요선들의 칼부림으로 마당은 금세 난장판이 되었다.

뒤로 숨어 버린 모양해 앞에 서 있던 소군강도 더 이상 참을 수 없었는지, 그의 품에서 작은 주머니를 꺼냈다. 주머니를 열자마자 내용물이 쏟아졌다. 소리를 내며 바닥으로 쏟아진 그것은 바로 녹두였다. 소군강이, 두 손으로 환술의 수인을 맺었다. 그러자 녹두가 바닥에 싹을 틔우고 자라나기 시작했다. 녹두가 땅에 뿌리를 내리고 사람의 형상으로 자라났다. 자란 녹두들은 조그맣지만 분명 갑주를 두르고 검을 들고 있었다.

"오호라……."

양상은 저도 모르게 감탄을 흘렸다. 그리고 옆에서 시건이 말했다.

"제법이군."

선인이 술법으로 술시를 만드는 것만큼이나 수준급이었다. 넓은 마당이 온통 무장한 녹두군사로 가득 찼다. 녹두군사들이 막아선 바람에 홍례도 뒤로 물러났다. 기왓장 세례가 멈추자 요선들도 녹두군사들의 뒤로 물러났다. 녹두군사들은 검을 휘두르며 양상과 시건, 홍례에게로 돌진했다. 녹두군사가 나타나 앞장서자 자신감이 생겼는지, 물러서 있던 요선들도 다시 검을 뽑아 들고 달려들었다.

시건은 뒤로 물러나고, 양상과 홍례가 녹두군사들을 막아섰다. 양상은 도술로 군사들을 다시 녹두로 만들었고, 홍례는 달려드는 요선들을 돌로 만들었다. 그사이 소군강은 계속 환술을 부려 녹두군사의 수를 늘렸다. 진짜로 군사의 수를 늘린 게 아닌, 진짜와 같은 여러 개의 형상을 만드는 분신술이었다. 양상과 홍례가 실력 발휘를 해도 무용지물로 여겨질 정도로, 군사의 수는 삽시간에 곱절로 불었다.

뒤로 물러나 있던 시건도 더 이상 물러서지 않고 검을 뽑았다. 그는 빠른 속도로 녹두군사들의 틈을 파고들었다. 몸을 낮췄다가 그대로 뛰어올라 달려드는 녹두군사들을 밟고 넘어갔다. 단숨에 환술을 부리던 소군강에게로 달려간 시건이 거침없이 검을 휘둘렀다.

그러나 소군강은 바로 뒤로 피하며 다시 수인을 맺었다. 바닥을 구르던 녹두들이 다시 군사가 되어 시건에게로 달려들었다. 소군강은 그의 환술로 끊임없이 무장한 군사를 키워 냈다. 검으로 그 군사들을 베어 넘기던 시건이 이대로는 끝이 안 나겠다고 생각하고는 소리쳤다.

"홍례! 불을 붙여라!"

그 말에 소군강이 기겁을 하고 소리쳤다.

"안 돼!"

소군강이 다시 환술을 부릴 틈도 없이, 시건은 검을 소군강의 코앞까지 휘둘렀다. 그사이 홍례는 얼른 도깨비방망이로 요술을 부렸다. 도깨비 특유의 푸른 불꽃이 녹두군사들을 덮쳤다. 식물인 녹두군사들은 불에 속수무책으로 타기 시작했다. 요술로 만든 도깨비불은 살아 있는 것처럼 오로지 소군강의 군사들에게만 옮겨붙으며 활활 탔다. 이를 간 소군강이 다시 환술의 수인을 맺으려는 찰나였다. 거의 동시에, 귀가 떨어져 나갈 만한 기합 소리가 들렸다.

"으랏차차!"

거대한 무언가가 돌담을 뛰어넘었다. 나타난 파적은 홍례의 것과는 비교도 안 되게 커다란 도깨비방망이를 휘둘러 요선들을 한 방에 날려 버렸다. 소군강도 그대로 날아가 가옥의 기둥에 처박혔다. 뛰어오른 파적이 땅에 내려서자 주변이 크게 울렸다. 파적의 뒤로 다른 도깨비들도 나타났다. 그들이 여기저기 요술을 쏘자 정신이 없었다. 도깨비들은 요술을 부려 그나마 남은 요선들을 돌로 만들었다. 도깨비들이 뒤로 숨어 있던 모양해를 특별히 거꾸로 매달고, 그의 집을 마구 뒤졌다.

"야, 여기 금이 있다!"

모양해가 놀라서 소리쳤다.

"안 돼! 내 금!"

시끄럽다고 소리치며 파적이 모양해에게 요술을 부렸다. 모양해는 그대로 돌이 되어 굳어 버렸다. 파적은 돌이 된 모양해를 그대로 땅으로 떨어트렸다. 땅으로 곤두박질한 석상 모양해는 그대로 산산조각이 나 버렸다. 그러는 동안 다른 도깨비들은 곳간에 갇혀 있던 인간들을 발견했다.

"어, 여기 김 서방이 있다!"

안에서 겁먹은 인간들이 살려 달라고 비는 목소리가 흘러나왔다. 인간들은 험상궂은 도깨비들을 보고 겁을 먹은 모양이었다. 양상은 일단 그쪽으로 걸어갔다. 무서운 도깨비들 사이에서 인간인 양상이 다가오자 인간들은 구세주라도 만난 듯 울음소리가 한층 커졌다. 양상은 웃는 얼굴로 그런 그들을 안심시켰다.

"자, 자. 일단 진정들 하시고……."

양상이 인간들을 상대하는 동안, 파적에 의해 날아갔다가 겨우 몸을 일으킨 소군강은 도리가 없다고 여겼는지 은신술로 사라지려고 했다. 그러나 파적은 그런 소군강을 그냥 내버려 두지 않았다. 그는 도깨비방망이를 이리저리 휘둘렀다. 허공에서 무거운 도깨비방망이가 휭휭 소리를 냈다. 소군강은 거대한 도깨비방망이를 재빠르게 피해야 했다.

파적이 그렇게 소군강의 시선을 잡아 두는 동안, 시건이 검을 들고 돌진했다. 빠르게 빈틈을 파고든 시건이 검으로 소군강을 베었다. 촥, 하고 옆구리가 베이고 피가 터져 나왔다. 소군강은 피를 흘리며 쓰러졌다. 쓰러진 그에게 시건이 다가왔다. 시건은 미리 양상에게 받아 두었던 금욕부를 꺼냈다. 복종심을 심기 위해 부러 시건의 피로 새긴 부적이었다. 시건은 쓰러진 소군강의 상처 안으로 거칠게 꽂았다.

"크억!"

소군강은 고통에 짧게 신음했다. 상처를 벌리고 그 안으로 무언가를 쑤셔 넣는 것은 참을 수 없는 고통이었다. 시건이 꽂은 부적은 그대로 소군강의 상처 속으로 스며 들어갔다. 더없이 끔찍한 고통이라 소군강은 계속 몸을 떨며 고통의 신음을 흘렸다. 피 묻은 손을 털며 시건은 짧게 말했다.

"끌고 가라."

그 말과 함께 그는 몸을 돌렸다. 그리고 소군강은 정신을 잃었다. 뒤에서 다가온 도깨비 하나가 소군강을 짐짝처럼 짊어졌다. 그리고 다른 도깨비들이 꺼내 온 각종 물건을 살피던 파적이 양상에게 소리쳤다.

"야, 여기 무기가 있다!"

"당장 챙기시오! 떨어진 무기들도 좀 챙기시오! 거기 돈도. 자, 어서들 나오시오."

양상은 갇혀 있던 인간들을 데리고 나오고, 도깨비들은 신나서 모양해가 쌓아 둔 재물들을 챙겼다. 도깨비들이 무거운 무기도 잔뜩 짊어지는 동안 양상은 일단 인간들을 돌려보냈다.

양상과 도깨비들이 그렇게 바삐 움직이고 있을 때, 시건은 그의 상태를 살폈다. 옷자락에 핏물이 묻은 것을 보고는 그의 손목에 꽉 묶인 댕기를 확인했다. 다행히 푸른 댕기에는 핏방울이 조금도 묻지 않았다. 왼팔에 매어 두길 잘했다고 생각하며 시건은 그 푸른 빛깔을 응시했다. 손을 들어 만지고 싶었으나 오른손에 피가 묻어 그러지도 못했다. 그래서 그저 왼팔을 든 채로 묶어 둔 댕기를 쳐다만 봤다.

"장군, 이제 갑시다."

인간들이 도망치다시피 사라지자 돌아온 양상이 말했다. 시건은 몸을 돌려 양상에게로 걸어갔다. 양상은 짐을 잔뜩 짊어진 도깨비들과 시간과 붙어 서서 그의 지팡이를 휘둘렀다. 펑 하는 소리와 함께 연기가 일고 그들의 모습은 순식간에 사라졌다. 기와가 다 쏟아지고 엉망이 된 가옥에는 돌이 된 요선들, 그리고 타다 만 재들만 남았다.

✻ ✻ ✻

북하에 파적의 무리가 나타나 온통 난리를 피웠다는 이야기는 금세 감사에게 알려졌다. 덕분에 감사부는 완전히 혼란의 도가니였다. 그뿐만이 아니었다. 문제의 파적 무리는 그 이후에도 며칠에 한 번 꼴로 북하 이곳저곳에 나타나며 온갖 난동을 부리고 사라졌다. 이미 파적 무리가 북하로 그 근거지를 옮긴 게 분명하다는 말이 선군들 사이에 돌고 있었다. 파적은 그 옛날 서하에서 선인들을 공격하던 때처럼, 지금은 북하의 요선들을 공격하고 있었다. 파적의 무리가 지나간 자리에는 살아남는 요선이 없었으며, 그들은 모두 마치 죽은 도깨비처럼 돌이 되어 있었다. 난동을 피운 게 도깨비라는 사실을 안 것도 바로 돌이 된 요선들 때문이었다. 피를 두려워하는 도깨비는 본래 베거나 찌르는 방법으로는 살생을 하지 않았다. 다만 도깨비가 죽어 돌이 되는 것처럼, 산 것을 돌로 만들어 버릴 뿐이었다.

사안이 사안인지라, 자숙을 명받았던 흑귀위 상장군 연귀호도 감사부에 와 있었다. 청진위 상장군과, 선계로 돌아갈 예정이었던 백호위 상장군 혜강도 한자리에 모였다. 감사는 제일 상석에서 눈에 띄게 좋지 않은 얼굴로 앉아 있었고, 북하의 태수 허채와 서하의 태수, 그리고 다른 선인 관리들은 모두 근심 어린 얼굴로 감사를 바라보고 있었다.

"대체 이것이 어찌 된 일인지 모르겠습니다. 어찌 파적이 북하로 왔는지!"

북하의 태수 허채가 안절부절못하고 말하자 혜강이 말했다.
"아무래도 상황이 심상치 않은 듯합니다. 감사께서는 암굴에서 도주한 죄인들에 대한 파악이 모두 끝나셨습니까?"
혜강은 일부러 확실히 감사를 지목해서 물었다. 분명 그녀가 암굴을 지키겠다 말했을 때 그저 서하를 지키라고 명했던 이가 감사였기에, 그에게 이번 일에 대한 명백한 책임이 있다 여겼기 때문이었다. 그러나 그녀가 바로 지목해서 묻자 감사는 놀란 눈치였다. 눈에 띄게 당황한 안색의 감사를 그 자리의 모두가 의아한 시선으로 응시했다. 감사는 초조한 안색으로 혜강의 시선을 피하며 헛기침을 했다.
"으흠, 흠. 그래, 그렇소."
"암굴에서 나온 죄인이 얼마나 됩니까? 정확히 누구입니까?"
그 말에 감사는 다시 움찔했다. 그는 갑자기 말을 바꾸었다.
"아니, 아직 확인 중에 있소. 지금 선군들을 보내 알아보고 있으니 기다리시오."
그 대답에 혜강은 정말로 울컥해서 목소리가 높아졌다.
"아직까지 알아보고 있다니요? 도주한 죄인이 그만큼 많기 때문입니까, 아니면 선군들이 암굴에 대한 관리가 그만큼 소홀했기 때문입니까!"
혜강이 목소리를 높이자 감사도 그에 질세라 목소리를 높였다.
"어허! 암굴은 본디 기의 흐름이 번잡하고 어두워 내부를 확인하기가 쉽지 않소! 청진위와 흑귀위 선군들은 충분히 성심을 다하여 임무에 임해 왔으며, 지금도 마찬가지요! 상장군은 그리 함부로 선군들의 노고를 무시하지 마시오!"
"맡은 바 임무를 다하지 못했다면 그에 대한 책임을 묻는 것이 지당하지 않습니까! 지금이라도 당장 폐하께 이 사실을 고해야 하는데 아직까지 그 어떤 것도 명확히 확인된 바가 없다면, 폐하께 대체 뭐라 아뢰어야 한단 말입니까!"

감사는 초조한 마음으로 눈치를 봤다. 긴 소맷자락에 감춰진 주름진 손이 부들부들 떨렸다. 그 또한 당황스럽고 혼란스러웠다. 혜강의 말대로였다. 아직까지 암굴을 탈출한 죄인에 대해 확인이 되지 않은 것은 말이 되지 않았다. 사실 감사의 명으로, 선군들은 도주한 죄인들에 대한 확인을 이미 끝낸 상황이었다. 그러나 감사는 그가 확인한 사실을 그저 묻어 둘 수밖에 없었다.

'대체 어찌한단 말이냐!'

감사는 바싹바싹 마르는 입술을 연신 깨물며 말을 잇지 못했다. 지금 그에게는 도깨비 따위가 문제가 아니었다. 하필이면, 그 많은 죄수 중에 역적 류시건이 나올 것은 뭐란 말인가! 더불어 그의 휘하 장수들까지 암굴을 탈출했다니!

그 이야기를 전해 듣자마자, 감사는 바로 그가 정자 아래 숨겨 놓은 신수 현무를 찾아갔다. 그리고 환술을 풀고 그가 걸어 두었던 봉인을 확인하자마자, 그는 땅이 꺼지는 기분을 느꼈다.

'봉인이 풀렸어!'

그가 걸어 놨던 봉인은 아무나 풀 수 있는 봉인이 아니었다. 그러나 봉인은 분명 풀려 있었다. 다행히 조쇄를 채워 둔 상태라 신수 현무를 데려가진 못한 게 분명했지만, 감사는 도무지 마음을 진정시킬 길이 없었다. 그는 그의 봉인을 푼 이의 기 흔적을 느끼고자 노력했다. 그러나 사방은 후원에 가득 찬 목기만 한가득이었다. 그가 생각하기에 하계에는 그가 걸어 둔 8장의 봉인을 풀 만큼 실력 있는 선인이나 선녀가 없었고, 그나마 시도할 수 있을 만한 흑귀위 상장군 연귀호는 그가 그간 감사부에 출입하지 못하도록 근신 명을 내려 둔 상태였다. 목기 때문에 감사는 문뜩 얼마 전부터 이 감사부에 머무는 목행의 여선을 떠올렸으나, 그는 연로한 선인으로서 스스로의 술법에 대한 자부심으로 그의 의혹을 부정했다. 감사는 스스로가 걸어뒀던 봉인이 그리 어린 여선이 풀 수 있는 술법이 아니라고 자신했다.

'누구냐, 누가 왔다 간 것이야!'

혹시나 싶어 그간 술시에게 명해 그 여선을 살폈으나, 그 여선에게서는 별다른 움직임이 없었다. 그 여선은 그저 하루의 대부분을 얌전히 방 안에서 보낼 뿐이었다. 사예는 그렇게 그의 의심 대상에서 제거되었다.

더군다나 마음에 가득 찬 불안함 때문에, 감사는 냉정한 판단을 내릴 수 없었다. 암굴을 탈출한 무리 중에 역적 류시건의 수하들도 있다는 사실을 안 후로는 정말로 가만히 앉아 있을 수가 없었다. 그는 도깨비와 도사, 그리고 그 역적이 손을 잡은 것이 분명하다고 결론지었다.

거기까지 생각이 닿으니 감사로서는, 그의 봉인을 풀고 현무를 확인한 이가 류시건일지도 모른다는 불안감에 사로잡혔다. 도사는 그 기이한 도술로 순식간에 모습을 감추고 드러내는 재주가 있었다. 또한 도깨비도 그 요술을 자유자재로 부려 무슨 짓을 할 수 있는지 알 수 없었다. 어쩌면 류시건은 도사나 도깨비와 함께 몰래 감사부로 와, 그의 신수를 확인했을지도 몰랐다.

'만일 그렇다면 대체 이 일을 어찌해!'

솔직히 말해, 감사는 지금 찾아와서 그를 귀찮게 하는 선군과 선인 관리들을 모조리 쫓아내고 당장 어딘가로 숨고 싶었다. 조쇄를 사용하는 것은 역적보다도 더한 중죄, 만일 그 사실이 알려진다면 거열형으로 사지가 찢겨 죽을 터였다.

'안희제에게 그 역적의 탈옥 사실이 알려져선 아니 된다!'

류시건이 역적이 된 터라 안희제가 제위에 오른 후에도 그를 부르진 않았지만, 어쨌든 둘은 과거 둘도 없는 벗이었다. 감사는 그 류시건이 암굴 밖으로 나온 것을 안다면 안희제가 어떻게 나올지 알 수 없다고 생각했다.

'안 될 일이다, 안 될 일이야!'

처음 파적이 나타났을 때, 신수 현무를 빼낸 일이 들킬까 염려되어 암굴을 제대로 조사하지 않은 게 이리 큰 후환이 될 줄 누가 알았으랴! 이제 남은 방도는 한 가지였다. 안희제가 알기 전에, 어떻게든 그 역적과 도깨비 무리를 처리해야만 했다.

감사는 일단 시건을 잡아들이기만 하면, 무슨 수를 써서든 신수 현무에 대한 것을 덮을 수 있을 거라 생각했다. 류시건이 지금 표면에 나서지 않는 이유도 그의 신수가 없기 때문이 분명했다. 현무는 지금 급히 그의 처소로 옮겨 두고 그 후로 불안해서 감사부의 경계를 좀 더 강화시켰지만, 확실히 류시건을 붙잡고 다시 암굴로 보내지 않는 한 안심할 수 없었다. 그러나 함부로 군사를 움직이자니 혜강은 물론이고, 그 류시건의 수하였던 연귀호가 거슬렸다. 도통 어찌해야 할지 알 수가 없었다. 지금 감사는 완전히 혼란의 늪에 빠져 있었다.

감사가 침묵으로 일관하자, 혜강은 결국 더 이상 참지 못하고 말했다.

"좋습니다. 저는 선군들과 함께 선계로 귀환해야 하니, 일단은 천제 폐하께 현 상황에 대해서 고할 것입니다. 감사께 이 일에 대한 명백한 책임이 있으시다는 사실 또한 아뢸 것입니다. 더불어 북하의 태수께서는 북하에 어찌 그리 요선들이 많은지에 대해서도, 설명을 하셔야 할 겁니다."

혜강은 마지막 말을 하며 북하의 태수 허채를 차가운 시선으로 응시했다. 태수 허채는 헛기침을 하며 혜강의 시선을 피했다. 비록 혜강의 말은 협박조였으나, 어쨌든 그녀가 선계로 돌아간다는 말에 감사는 일단 안심했다. 혜강은 눈치만 보는 선인들을 싸늘하게 쳐다본 후에, 몸을 홱 돌렸다. 혜강이 나간 후 감사는 두 태수를 향해 말했다.

"그래도 그 도깨비들이 요선들만 공격한다고 하니 그나마 다행이오."

"그러게 말입니다."

"허나 태수 그대는 요선들에 대하여 필히 책임을 져야 할 것이오. 급습을 당한 요선들 집의 위용이며 그 크기가 선인 관리들의 집에 못지않다고 하니 대체 이 일이 어찌 된 것이오? 더불어 그 요선들의 재화를 모두 도깨비들이 훔쳐 간 듯하니, 이 일을……."

감사는 혀를 찼다. 그는 조용히 서 있는 흑귀위 상장군 연귀호를 쳐다봤다. 역적 류시건이 암굴에서 나왔으니, 저자를 만날 가능성도 없지 않았다. 감사는 사뭇 엄한 표정을 지어 보이며 말했다.

"……상황이 급박하니, 흑귀위의 상장군은 흑귀위 선군들과 함께 이 감사부를 지키도록 하시오. 그리고 청진위 상장군은 청진위 선군을 감사부와 북하에 나눠서 배치하도록 하시오. 죄인들이 다시 나타날 때를 대비해야 할 것이오. 죄인들이 나타나면 즉시 그들을 모두 잡아들이도록 하시오."

"예."

두 장군은 고개를 숙이며 대답했다. 고개를 숙였다 든 연귀호는 차가운 시선으로 감사를 응시했다. 북하에 요선이 나타나는데 본래 북하의 방비를 담당해야 할 흑귀위를 감사부에 두다니, 아무리 귀호 자신을 경계한다고 해도 도통 이해할 수 없는 처사였다. 귀호는 내심 감사가 시건이 암굴에서 나온 것을 이미 알고 있는 게 아닐까 하는 의심이 들었다.

'그리고 그걸 숨기려고 한다?'

귀호가 그 이유를 알 수가 없어 생각에 잠긴 동안, 감사가 말했다.

"천제 폐하께서 이 일을 아시면 아마 선계에 있는 선군을 보내 주실 것이오. 허나 이곳은 하계, 그때까지 시간을 끌어 폐하께 근심을 드려선 안 되오. 북하에 다시 그 도깨비들이 나타나면, 그 즉시 처형할 수 있도록 전 선군들이 최선을 다해야 할 것이오."

"예."

감사는 굳은 얼굴로 모두에게 그만 물러가 보라고 했고, 그 자리에 있던 선군과 태수 둘은 조용히 물러났다. 그들이 모두 나가고 나서야 감사는 답답함과 걱정에 가득 찬 얼굴로 한숨을 내쉬었다. 그는 어떻게 해야 이 상황을 타개할 수 있을 것인가를 고민했다. 고심에 고심을 거듭하던 그는 곧 누군가를 떠올렸다.

'……그래, 정왕.'

감사는 남선의 제후인 정왕을 떠올렸다. 오랜 인연으로, 류시건의 가문인 류가와는 그 옛날부터 사이가 좋지 않았던 주가의 선인 아닌가. 더불어 정왕은 검용군 상장군 시절 가장 앞장서서 간용군 상장군이었던 류의민을 잡아들인 선군이었다.

'역적 류시건이 암굴에서 나왔다는 사실을 알면 가장 분노할 자가 바로 그자다.'

선제인 헌정제가 류시건의 목숨을 거두지 않고 암굴에 가둘 것을 명했을 때 그 결정을 그 누구보다 거세게 반대했던 정왕이었다. 역적은 본보기로 삼아 삼대를 멸해야 한다고 주장했던 그의 본심은 류의민에 대한 질투였으리라. 두 가문이 대대로 사이가 좋지 않다는 것은 선계에서는 모르는 이가 없는 이야기였다. 정왕이 어린 시절부터 류의민에 대해 지나친 경쟁의식을 가지고 있었다는 것은 감사 또한 잘 알고 있었다. 또한 그것은 정왕뿐만이 아닌 현재의 검용군 상장군인 주석호에게까지 이어져 있었다. 그러니 검용군 상장군 주석호가 하계로 하강하게 된다면, 분명 앞뒤 안 가리고 류시건을 잡아들이려고 할 터였다.

'잘만 끌어들이면.'

일이 그의 생각대로만 풀린다면, 설령 중간에 신수 현무에 대한 사실이 밝혀진다고 해도 그때는 이미 돌이킬 수 없을 터였다. 주가의 입장에서는 질긴 악연인 류가의 대를 완전히 끊고, 감사에게는 신수 현무를 온전히 그의 손에 넣는 결과가 될 수도 있었다. 어떻게 손에 넣은 신수인데, 이렇게 놓칠 수는 없었다. 길고 의미 없는 하계 감사로서의 삶, 그렇게라도 얻는 것이 없다면 기나긴 생만 낭비한 셈이 아닌가. 또한 죄인들을 처벌하는 데 일조한다면 현재 하계 상황에 대한 책임을 조금쯤 면할 수 있을지도 몰랐다.

급히 마음을 정한 감사는 바로 술시를 불러 선군 하나를 들라고 시켰다. 선군이 오기 전에 그는 급하게 편지를 썼다. 갑주를 입은 선군이 들어오자마자 감사는 준비한 편지를 내밀며 말했다.

"당장 이것을 가지고 가 서선 제후 정왕에게 전해라. 최대한 빨리 전하고 답신을 받아 와야 한다."

"예."

편지를 받아 든 선군은 공손히 인사를 하고 방에서 나갔다. 감사는 이제 초조한 마음으로, 정왕이 보낼 답신을 기다려야 했다.

❋ ❋ ❋

혜강은 백호위 선군들과 함께 선계의 용수궁으로 향했다. 용마를 타고 날아온 선군들은 그 즉시 천제와 선인 관리들이 있는 위정전으로 향했다. 위정전으로 들어가 복도를 걸어가는 동안 혜강은 술시들과 함께 서 있는 자희를 발견했지만, 그녀에게 조금도 눈길을 주지 않고 지나쳤다. 술시들이 문을 열어 주고 방 안으로 들어서자마자 심상치 않은 분위기가 느껴졌다. 이미 선계에도 하계에 대한 소식이 전해진 모양이었다. 무진의 곁을 지키고 서 있는 석호의 표정도 좋지 않았다. 혜강은 바로 가장 상석에 앉은 무진에게 인사를 하고 말했다.

"폐하, 신 백호위 상장군 호혜강, 명하신 임무를 모두 완수하지 못하였습니다. 어떤 처벌을 내리시든 달게 받겠습니다."

"그럴 것 없다, 상장군. 짐 또한 하계의 일에 대해서 들었다. 사안이 그리 심각하리라고는 생각하지 않았던 짐의 실책이다. 현재 하계의 정황은 어떠한가?"

"감사께서는 선군들을 보내어 암굴을 빠져나간 이들에 대해 조사를 하고 계십니다. 파적과 그 외 도깨비들은 불규칙적으로 북하에 등장하며 북하의 요선들을 해하고 그들의 재산을 훔쳐 가고 있습니다."

혜강의 말에 서 있던 선인 관리 중 하나가 물었다.

"안 그래도 폐하께서도 이상하다 생각하시던 일이오. 어찌 북하에 그리 요선들이 많단 말이오? 한낱 요선이 재산을 가지고 북하에 자리를 잡고 있다니."

"폐하, 이는 도저히 그냥 넘어갈 수 없는 일입니다. 북하의 태수는 그간 뭘 한 것이며, 감사는 뭘 했단 말입니까?"

무진은 시끄러워지기 시작하는 선인 관리들을 진정시키기 위해 손을 들어 올렸다. 그의 손짓에 선인 관리들은 일단 입을 다물었다. 무진은 조금의 동요도 없는 목소리로 말했다.

"그에 대해서도 의문이 많으나, 일단은 암굴을 탈출한 도깨비들을 다시 잡아들이는 것이 급선무이다. 감사가 탈주한 죄수들에 대해 알아내고 그에 대한 보고가 올라오는 즉시, 선군들을 파견하여 그 죄수들을 모조리 잡아들이는 데 주력할 것이다. 북하 태수 허채와 감사 황장명을 문책하는 것은 그 이후로 하겠다."

혜강은 잠시 무진의 눈치를 살폈다. 그녀는 조심스럽게 말했다.

"폐하, 송구하오나 폐하께 따로 고할 긴한 사안이 있습니다. 주변을 물려 주십시오."

그 말에 무진은 의아함에 시선을 집중하는 선인 관리들을 모두 물렸다. 의아함이 가득한 시선으로 어물쩡거리던 선인들이 모두 나갔지만 석호는 끝까지 나가지 않고 무진의 곁을 지키고 있었다. 그러나 혜강은 그에 대해서는 아무런 말도 하지 않았다.

"더 안 좋은 소식이라도 있는가?"

선인 관리들이 모두 나가고 나자 경계가 서려 있던 무진의 태도가 무너졌다. 무진의 걱정스러운 물음에 혜강은 바로 답했다.

"그것이, 신이 감사부에서 폐하께서 교서를 내려 부르신 여선을 만났습니다."

"정말인가?"

무진이 놀라서 되묻자 혜강은 예, 하고 대답했다. 무진의 말이 조금 빨라졌다.

"안 그래도 짐이 지금 감사부에 그 여선이 있다는 소식을 들은 참이었네."

"예. 아무래도 하계의 상황이 좋지 않아, 신이 이번에 선계로 돌아올 때 그 여선을 데리고 함께 돌아올 생각이었습니다. 하오나……."

혜강은 조금 망설이다가, 하는 수 없이 사예의 당돌한 청을 아뢰었다.

"그 여선이 백호위의 호위를 받는 와중이었음에도 불구하고 사고를 당해 하계로 떨어졌으니, 위의 선군들을 믿을 수 없다고 합니다.

폐하께서 폐하의 친위군을 내려 주시면 그들의 보호를 받아 안전하게 선계로 귀환하길 청한다 했습니다."

혜강의 그 말에 조용히 서 있던 석호는 거센 불만을 터뜨렸다.

"어찌 그런 무엄한!"

혜강은 저럴 줄 알았다는 시선으로 석호를 쳐다봤다가 무진에게로 시선을 돌렸다. 무진은 금방 반응을 보이지 않았다. 그는 그저 조용히 앉아 있다가, 고개를 끄덕였다.

"그래, 그렇군."

"그렇군이 아닙니다, 폐하!"

석호는 말도 안 된다고 생각하며 소리쳤다.

"어찌 감히 그런 청을 올릴 수 있단 말입니까! 오만방자하기 짝이 없습니다!"

"아니, 꼭 그렇다고는 볼 수 없네. 갑작스러운 변을 당했으니 다시 돌아오기가 두려웠을 만도 하지. 상장군은 못 봤으니 모르겠지만, 내 직접 본 바로는 그 여선이 변을 당한 곳의 상황이 처참하기 그지없었네. 그 여선이 그때 충격이 많이 컸을 게 분명하네."

무진은 고개를 저었다. 그는 혜강에게 시선을 고정한 채로 말했다.

"차라리 잘됐네. 간용군을 보내 하계 상황에 대해 좀 더 자세히 알아본다는 명분하에 그 여선도 함께 데려와야겠네."

"하오나 폐하, 그 여선을 불러들이신 이유라도 밝혀진다면 그에 대해 선인들이 어찌 생각하겠습니까? 더불어 폐하께서 분명 은밀히 찾아오라고 명하셨는데, 흑귀위 상장군은 입을 가벼이 놀려 하계 감사까지 그 여선에 대해 알게 되지 않았습니까! 명을 제대로 따르지 않은 흑귀위 상장군을 그냥 내버려 두셔서는 안 됩니다!"

석호의 단호한 말에 무진은 어설프게 웃으며 답했다.

"어쩌겠는가. 그 여선이 교서를 들고 감사부에 나타났고, 연 상장군으로서는 별다른 도리가 없었을 걸세. 사실은 일이 좀 이상하게 되었는데, 아무래도 감사는 일종의 오해를 하고 있는 것 같네. 그는 그 여선이 명문 가문의 여식이고 짐이 그 여선을 불러들인 이유가 장래 짐의 비에 대해 논의하기 위해서라고 생각하고 있는 듯해."

"……예?"

이해할 수가 없어 석호는 고개를 갸웃거렸다. 무진은 결국 다시 그의 입으로 제대로 설명을 해야 했다.

"그러니까, 감사는 짐이 그 여선을 마음에 두고 있다고 생각하고 있는 것이지. 그러니 선녀도 아닌 여선을 궁으로 불러들였다고 생각하는 모양이야. 아마 연 상장군이 그 여선을 부른 까닭을 명확히 몰라 감사에게 제대로 전달할 수 없었기 때문이겠지."

"아니, 무슨 그런 얼토당토않은……."

석호는 어이가 없어 중얼거렸다. 천제의 비라 함은 다음 대의 제위에 오를 천자를 낳아야 할 중요한 자리인데, 출신 성분도 명확하지 않은 여선에게 그런 자리를 허락할 이유가 있겠는가. 그러나 혜강은 고개를 끄덕이며 말했다.

"다른 선인들의 눈으로 보기에는 그리 오해할 만하다고 생각합니다. 더불어 신이 본 바로도 감사께서 그 여선에 대해 논하는 태도가 상당히 조심스러웠습니다."

무진은 곤란해하는 얼굴로 말했다.

"사실 감사의 그 오해가 잘된 일인지, 잘못된 일인지 모르겠네. 다른 선인들의 입장에서는 그 여선의 신수가 용이라는 것이 밝혀지면, 오히려 내 곁에 두는 게 낫다고 생각할지도 모르겠네. 밝혀지지 않더라도 그리 오해할 법하기도 하고."

무진의 말에 석호는 기겁을 했다.

“그럴 수는 없습니다! 어찌 그런 오만방자한 여선을!”

무진은 웃으며 고개를 저었다.

“지금 논의할 문제는 아니지. 어쨌든 좋네. 감사에게 보고가 올라오는 대로 명을 내려 간용군을 하계로 보내겠네. 백호위 상장군 그대는 그만 물러가 보도록 하게.”

“예, 폐하.”

인사를 하고 혜강은 무진의 뒤에 선 석호의 표정을 봤다. 그녀는 그가 이 상황을 굉장히 마음에 안 들어 한다는 사실을 한눈에 알 수 있었다.

‘그나저나 하계에 선군을 보낸 일에 대해서는 고한 건지 안 고한 건지 알 수가 없군.’

혜강은 태연하게 술시들과 서서 인사를 하던 자희의 모습을 떠올렸다. 태연하게 미소 짓던 그 얼굴을 떠올리니 아무래도 개운하지 않은 느낌이었다. 그에 대해서는 추후에 물어봐야겠다고 생각하며, 혜강은 일단 물러났다.

❊ ❊ ❊

석호는 하루 종일 불편한 마음으로 무진의 곁을 지켰다. 그는 혜강이 올린 보고로 인해 울화가 치밀고 속이 답답해 견딜 수가 없었다. 용과 계약한 여선이 감히 천제에게 그 같은 무리한 요구를 했다는 사실을 어찌 받아들여야 할지 도무지 알 수 없었다.

‘대체 이 일을 어찌한다.’

그는 일전에 그 여선을 처리하기 위해 적오위 선군들을 하계로 보냈을 때, 그 적오위 선군들이 올린 보고를 떠올렸다. 그때 그 적오위 선군들은 분명 그에게 두 가지 사실을 전했다. 한 가지는 혜강과 자희 모두 알고 있는 대로 그 여선이 웬 사내와 함께 있었다는 것이었고, 두 번째는 둘 모두에게 말하지 않은 사실로, 그 여선의 신수가 푸른 용이라는 것이었다.

'푸른 용이라니.'

혹시나 싶어 서선에 선군을 보내 알아보니 진정, 그 여선의 신수는 청룡이었다고 했다. 그러나 하늘과 땅의 주인, 천제와 계약을 맺는 신수는 황금 빛깔의 용인 황룡이었다. 즉, 그 여선의 신수는 무진과 계약을 맺지 않고 사라진 황룡이 아니었다. 그리고 그 사실이 석호에게는 전혀 위안이 되지 못했다. 전후 사정을 모르는 혜강이나 다른 선인들의 입장에서는 그 용이 황룡이 아닌 것이 당연했을 수도 있었다. 그러나 무진이 황룡과 계약하지 않았다는 사실을 아는 석호에게는 그 사실이 더없이 심각하게 받아들여졌다.

'황룡이 사라지고, 다른 용과 계약한 선인이 나타났다니.'

그야말로 천하의 기반이 흔들릴 만한 일이 아닌가! 이 나라는 황룡이 선택한 천제가 천하를 지배해 왔고, 그것은 아주 오랫동안 이어져 왔다. 그런데 그 황룡은 사라지고, 이제 다른 용과 그 용의 선택을 받은 선인이 존재하고 있었다. 심지어 그 여선은 거만하기 짝이 없었다. 이미 석호의 마음속에서 그 여선은 오만방자하고 제 주제를 모르며 선계를 혼란에 빠트릴 위험한 선인으로 낙인찍힌 상태였다.

석호는 무진에게라도 그 사실을 고하고 싶었으나, 차마 그 여선을 해하기 위해 하계로 선군을 보냈다 아뢸 수가 없어 차마 고하지도 못했다. 요사스러운 여우는 당연히 스스로의 잘못에 대해 고하지 않았으니, 상황은 혜강이 하계로 떠나기 전과 조금도 달라진 바가 없었다. 아니, 오히려 더 혼란스러워졌다. 아무래도 걱정이 되어서 선녀 자희가 단순히 요선이 둔갑해 만들어 낸 존재가 아닌 진짜로 태산에 존재했던 선녀라는 사실만은 무진에게 고했으나, 무진으로서도 달리 아는 바는 없으니 어찌할 도리가 없었다.

하루 종일 걱정에 휩싸인 채로 용수궁에 있었던 석호는, 해가 다 지고 어둠이 내린 후에야 남선 조현궁으로 돌아왔다. 그는 돌아오자마자 아버지인 정왕의 부름을 받았다. 그는 정왕에게 가기 전에 눈에 넣어도 안 아플 도화를 한 번 보고 가려고 걸음을 빨리했다. 그는 그를 도화에게 안내하는 술시의 뒤를 급히 따라갔다. 그가 돌아왔다는 이야기를 전해 들었는지 마침 도화도 복도를 걸어오고 있었다. 걸어오다 석호를 발견한 도화는 작은 목소리로 말했다.

"오셨습니까."

"다녀왔소. 오늘 하루 별일 없었소?"

"예."

도화는 주변을 조금 살피더니 말했다.

"그나저나 단우가……. 아버지가 오셨는데 어찌."

아버지가 돌아왔는데도 나오지도 않는 아들을 바로 데려올 것처럼 시선을 돌리는 도화를 보며 석호는 얼른 두 손을 내저었다.

"아니, 아니오. 괜찮소. 나는 지금 아바마마를 뵈러 가야 하오."

"예. 허면 차를 올릴까요?"

도화의 물음에 석호는 그래 주면 고맙겠다고 대답했다. 혼례를 올리고 초반에는 도화가 찻잔이든 소반이든 뭐만 들라치면 연약한 그녀에게 난리라도 날 것처럼 호들갑을 떨던 석호도 이제는 그녀가 올리는 차를 기쁘게 받을 정도는 되었다. 물론 그렇게 올린 차는 아까워서 차마 제대로 마시지도 못하다가 다 식고 나서야 이대로 버릴 게 더 아까워 한 모금, 한 모금 아껴 마시곤 했다.

석호는 바로 준비하겠다고 공손히 답하고 물러나는 도화를 아쉬운 듯 계속 쳐다보다가, 겨우 발걸음을 돌렸다. 아버지 정왕에게 가면서도 계속해서 도화가 있는 쪽을 뒤돌아보며 느릿느릿 걸어갔다. 도화가 보이지 않게 되고 나서야, 석호는 정신을 차리고 걸음을 제대로 했다. 그래도 곱디고운 도화의 모습을 보고 나니 힘들었던 마음에 조금의 위안이 되는 듯했다. 석호는 본래 조현궁으로 돌아오면 당연히 집안의 어른인 정왕을 제일 먼저 찾아갔지만, 오늘은 정왕이 부러 그를 부른 것을 보아하니 무슨 일이 있다는 생각에 발걸음을 빨리했다.

정왕이 머무는 처소에 도착한 석호는 바로 정왕이 있는 방으로 들어갔다. 정왕의 술시가 쳐져 있던 발을 거두고, 방에서 물러났다. 석호는 보료 위에 앉아 있는 정왕을 향해 절을 했다.

"부르셨습니까."

"그래. 앉아라."

정왕이 방석이 놓인 자리를 권하자 석호는 그 자리에 앉았다. 마주 보는 부자의 사이에는 어색함이 흘렀다. 실상 이 부자는 그리 친근하다고 말하기는 어려운 사이였다. 정왕은 엄격한 아버지였고, 또한 석호를 늘 부족하게 여겼기 때문에 석호로서는 그의 아버지를 어렵게 생각할 수밖에 없었다. 그나마 둘 사이를 중재해 온 정왕의 비는 이미 죽고 없었다. 그 후로 어색한 부자 사이가 이어진 게 언제나 당연한 일이었기 때문에, 정왕은 바로 본론을 꺼냈다.

"하계 일에 대해 들었다. 천제 폐하께서는 어찌하겠다 하시더냐?"

석호는 조금 망설였다. 그는 아버지가 어디서부터 어디까지 알고 있는지 알 수가 없었다.

"폐하께서는 일단 하계 감사께서 올리시는 보고를 기다리신다 하셨습니다. 아직 암굴에서 도주한 죄인들에 대한 확인이 끝나지 않은지라, 보고가 올라오면 간용군을 내려보내 정황을 면밀히 살필 생각이십니다."

정왕은 경상 위에 올려져 있던 편지지를 들어 내밀었다. 석호는 어리둥절한 얼굴로 쳐다봤다.

"이것이 무엇입니까?"

"하계 감사가 내게 선군을 보내 전한 것이다. 읽어 보아라."

석호는 일단 두 손으로 편지를 받아 들었다. 그는 편지를 펴서 그 내용을 확인했다. 그리고, 편지에 써진 내용 사이 어떤 이름을 발견하고서는 그대로 굳을 수밖에 없었다.

"……."

석호는 차마 어떤 말도 하지 못했다. 그는 그저 입을 벌린 채로, 편지를 잡은 손을 부들부들 떨었다. 그는 그 즉시, 그가 정왕에게 오기 전에 봤던 도화의 얼굴을 떠올렸다. 그와 그녀의 아들에 대해서 말하고, 그에게 차를 올리겠다 말하던 그녀의 얼굴을.

"어찌……."

석호는 입만 연신 벌렸다, 닫았다 했다. 차마 말도 잇지 못하는 석호를 보며 정왕은 혀를 찼다.

"당황을 감춰라. 어찌 이런 일로 그리 동요를 하느냐."

"하지만 아바마마……. 여기 써진 대로라면, 암굴에서……."

정왕은 손으로 경상을 세게 내리쳤다. 쾅, 소리가 났다. 놀란 석호가 큰 체구에 어울리지 않게 몸을 움찔 떨었다. 정왕은 장성하고 혼례까지 치렀어도 여전히 그에게 있어서는 어릴 뿐인 아들을 보며 혀를 찼다.

"잘 보아라. 감사는 아직 그 역적의 도주를 알리고 싶어 하지 않는다."

완전히 얼어붙은 얼굴의 석호는 그가 읽은 이름의 뒷부분을 좀 더 자세히 읽었다. 정왕의 말대로였다. 감사는 최대한 사실을 알리지 않고, 그에 대한 일을 처리하길 원했다.

"책임을 지기가 싫은 것이겠지. 도깨비만 해도 큰일인데 암굴에서 그 역적이 나온 것까지 알려지면 감사가 그 자리를 계속 유지하기는 어려울 테니. 죄수들을 다시 잡아들이고 나면 아마 하계에 대대적으로 물갈이가 행해질 것이다. 거기에 걸러질 게 두려운 게야. 하지만 아무리 그렇다고는 해도 불쾌하기 짝이 없군. 감사는 우리를 이용해 자신의 죄를 덮으려 하고 있다."

정왕은 차게 식은 어조로 말했지만, 석호는 본능적으로 그의 아버지가 뜨겁게 분노하고 있다는 사실을 알았다. 감사는 건드려서는 안 될 정왕의 치부를 건드린 것이다.

"감사가 내게 이 일을 알린 까닭이 무엇이겠느냐? 그는 내가 당장 이 일에 나설 것이라 생각했을 것이다. 하지만 왜? 내겐 그런 이유가 없다. 우린 이미 승리자야."

그 길고 긴 경쟁의 관계에서, 결국 류가는 역적이 되었고 주가는 살아남았다. 그것을 이룬 게 바로 정왕 본인이었다. 이제 그는 왕의 자리에 올랐고, 그의 아들은 현 천제의 최측근이었다. 그런 그들이 역적에 탈옥수에 불과한 선인을 잡기 위해 안달복달할 이유 따윈 없지 않은가.

정왕의 그 태도에 석호가 오히려 긴장했다. 정왕은 편지를 읽은 순간부터 얼어붙어 있는 석호를 매서운 시선으로 응시했다.

"그러니 잘 들어라. 구태여 나설 일이 아니다. 그것은 하계의 일이다. 역적이 도주를 했다곤 하나 결국은 잡힐 것이다. 그러니 너는 천제 폐하의 곁을 지키는 데에만 집중하도록 해라."

석호는 답답한 마음에 고개를 저었다. 편지를 쥔 손에는 땀이 한가득 고였고, 놀란 심장은 이미 쿵쿵 뛰고 있었다.

"어찌 그럴 수가 있겠습니까? 지금 하계는 도사와 도깨비가 손을 잡고 난동을 부리고 있다 들었습니다. 거기에 류시건마저 함께한다면! 차라리 감사의 말대로 저라도 당장 하강하는 것이……"

정왕은 버럭 성을 냈다.

"그래 봤자 이젠 아무것도 아니다! 선군도 아니고 역적에 불과해! 제깟 놈이 할 수 있는 게 없다는 걸 아니 아직껏 나타나지도 않는 거겠지! 모르겠느냐! 상대할 가치도 없단 말이다!"

거센 기세에 석호는 입을 다물었다. 정왕은 숨을 거칠게 몰아쉬며 말을 이었다.

"괜히 나섰다가 화만 자초하게 될 것이다. 그러니 이 일에 대해서는 함구하고, 설령 류시건에 대한 이야기가 제대로 나와도 천제께서 먼저 명을 내리지 않는 한은 물러서 있어라. 고작 하계의 죄수들이 탈출한 일에 친위군까지 보내지는 않겠지. 감사야 이미 바람 앞의 촛불인데 무슨 발악을 하던 신경 쓸 일이 아니다."

정왕은 손을 휘둘렀다. 석호는 손가에서 느껴지는 뜨거움에 얼른 편지를 잡고 있던 손을 놓았다. 화기를 움직인 정왕이 편지를 그대로 허공에서 태워 버렸다. 떨어지는 재를 보던 석호는 시선을 내리깔았다.

그는 아직도 기억하고 있었다. 본래 무슨 일이 있을 때면 늘 그의 아버지는, 그에게 앞으로 나설 것을 종용했다. 뒤로 물러서는 것이 패배로 보일까 걱정하며, 그가 가진 경쟁 심리로 인해 늘 그의 아들을 채근했다. 나서서 능력을 보이라고. 류의민의 아들보다 더 뛰어나다는 것을 증명하라고.

그러나 언제부터였던가, 그런 정왕의 태도가 달라진 것은. 언제부터인가 그는 그의 아들이 나서지 않고 물러서 있기를 바랐다. 처음에야 뭣 모르고 편해졌다고 좋아했고, 그의 아버지가 가지고 있었던 무리한 기대가 사라졌다고 안도했다. 류시건은 여전히 싫었으나 아버지의 태도가 변하니 꼭 그렇게 치가 떨리게 증오스러운 놈은 아니다 생각하기도 했다. 그러나 얼마의 시간이 흐른 후에, 석호는 깨달았다. 사라진 기대 뒤에 남은 것은 체념과 부끄러움뿐이라는 것을. 그의 아버지는, 그를 부끄럽게 여겼다.

석호는 가쁘게 숨을 내쉬는 정왕에게서 시선을 피한 채로 말했다.

"제가 류시건을 잡지 못할 거라 생각하십니까."

"……뭐라고?"

정왕이 석호를 쳐다봤다. 석호는 시선을 들어 울분이 섞인 얼굴로 정왕을 마주했다.

"화를 자초하게 될 것이라 하셨습니까. 어찌하여 화가 됩니까? 예, 상대는 아바마마 말씀대로 오십 년이나 암굴에 갇혀 있었던 죄인에 불과합니다. 반면 저는 그간 늘 수행을 게을리하지 않으며 이제는 군의 상장군이 되었습니다. 제가 류시건을 잡기 위해 하계로 하강한다 하여 화가 될 일이 무엇입니까? 아바마마 말씀대로 상대도 되지 않을 것이며, 선군도 아닌 이를 두려워할 이유도 없는데! 차라리 솔직하게 말씀하십시오! 저를 믿지 못하시겠다고! 제가 류시건을 잡지 못해 아바마마와 검용군의 명성에 치욕을 남길 게 우려스럽노라, 차라리 그리 말씀하십시오!"

"네 이놈!"

분노한 정왕이 석호에게 질세라 소리를 질렀다.

"그래! 어리석은 녀석 같으니! 네가 그 역적도 잡지 못해 우리 가문에 해를 끼칠 것이 분명하다! 네 어릴 적부터 단 한순간도 그놈의 재능을 뛰어넘질 못했느니! 괜한 분란을 자초하지 말고 그저 모르는 척 조용히 있으란 말이다!"

석호는 아무 말도 하지 못하고 정왕을 쳐다봤다. 그는 정왕이 말실수를 했다고 말해 주길 바랐다. 그러나 화가 나 씩씩대는 정왕은 아예 석호에게서 고개를 돌려 버린 상황이었다. 보이는 것은 돌린 고개 아래, 지겹도록 익숙한, 다시는 열리지 않을 것처럼 꽉 다물린 턱.

그 모습에 석호도 일말의 기대를 꺾었다.

'승리자라고.'

그런데 어찌하여 당신은 아직도, 승자의 여유를 보이지 못하나. 어째서 그는 아직도 못마땅한 아들인가.

잠시간의 침묵이 흘렀다. 조금 마음을 가라앉혔는지, 정왕은 겨우 진정한 목소리로 말했다.

"마지막으로 말하겠다. 암굴에서 역적 류시건이 나왔다는 이야기를……."

그 순간, 밖에서 큰 소리가 났다. 쨍그랑, 하는 소리로 인해 분위기가 깨졌다. 갑작스러운 소리에 놀란 석호와 정왕이 고개를 돌렸다. 석호는 그대로 일어나 문을 확 열었다. 그리고, 그 너머에 손을 든 상태 그대로 굳어 있는 도화가 서 있었다.

"……."

"……."

침묵이 흘렀다. 정왕이나 석호 둘 다 이상할 정도로 그들이 있는 방 주변으로 누가 다가오는 기척을 알아차리지 못했다. 굳어 있는 세 사람 뒤에, 왜 이 자리에 있는지 도통 알 수 없는 자희도 서 있었다. 그녀는 도화와 함께 정왕을 찾아오고 있던 모양이었다. 그러나 지금 석호에게는 눈을 가늘게 뜨고 미소 짓고 있는 자희를 쳐다볼 정신이 없었다. 왜 자희가 정왕을 찾아왔는지를 생각할 여유도 물론 없었다. 그는 그저 석상처럼 굳은 얼굴로, 도화를 쳐다봤다.

굳어 있는 그들 사이에, 소란을 듣고 달려온 술시들이 끼어들었다. 술시들은 바로 몸을 숙여 도화가 떨어트린 소반과 깨진 찻잔 조각을 치웠다. 그들이 쏟아진 것을 치우는 동안, 멍하니 서 있는 도화에게 정왕이 전혀 걱정이 담기지 않은 냉랭한 목소리로 말했다.

"다친 곳은 없느냐."

창백하게 질린 얼굴로 서 있던 도화는 그제야 정신을 차렸다.

"예……. 예."

그녀는 거의 얼이 나간 표정으로 겨우 대답했다. 석호는 그런 도화를 뚫어져라 응시했다. 도화는 석호의 시선을 피했다. 그 모습에 석호는 두 주먹을 꽉 쥐었다. 목이 타기 시작했다. 시선을 피하는 그녀로 하여금 그를 보게 만들고 싶었다. 어디서부터 어디까지 들은 거냐고, 당장 묻고 싶었다. 그러나 도화는 석호의 시선을 끈질기게 외면한 채로, 떨리는 목소리로 중얼거렸다.

"다시, 다시 준비를……."

도화는 어쩔 줄 몰라 하는 얼굴로 술시들이 치운 바닥만 쳐다보다가, 허둥지둥 몸을 돌렸다. 석호는 거의 반사적으로 손을 뻗어 그녀를 잡으려고 했다. 그러나 그의 손은 결국 그녀에게 닿지 못했다. 도화는 뒤도 돌아보지 않고 서둘러 그 자리를 벗어났다. 도화의 뒤에 서 있던 자희는 도화를 따라 시선을 돌렸다가, 다시 석호를 쳐다보고는 입술 끝을 올려 미소 지었다. 그러나 그 미소를 오로지 도화가 사라진 자리만 쳐다보고 있던 석호는 보지 못했다. 결국 석호는 들었던 손을 그대로 내려놓는 수밖에 없었다. 차마 어쩌지도 못하고 서 있는 석호의 뒤로, 정왕의 낮은 목소리가 들렸다.

"한심한 놈……."

석호는 주먹을 세게 쥐었다. 이를 악문 그는 그대로 그 자리에서 벗어났다. 걸음을 빨리해 경보라도 하듯 걸어 나왔다. 복도를 다 빠져나와 돌계단을 급히 내려가는데, 언제 그의 뒤를 따라왔는지 자희가 그를 불렀다.

"상장군."

석호는 우뚝 멈춰 섰다. 그는 뒤도 돌아보지 않고 말했다.

"꺼져라."

자희는 피식 웃으며 석호의 뒤로 걸어왔다. 일부러 발소리를 내며 걸어온 자희가 말했다.

"뭔가 심상치 않은 일이 생긴 모양인데, 분위기를 보아하니 상장군께 다른 여유가 없으신 모양이군요. 소녀는 폐하께서 하계로 간용군을 보낸다는 이야기를 듣고 도통 근심을 놓을 수가 없어 이리 온 것이온데."

그 말에 석호는 자희가 정왕이 아닌 그를 찾아왔다는 사실을 알 수 있었다. 뒤도 돌아보지 않고 서 있던 석호가 고개를 돌렸다. 그는 참을 수 없는 혐오감으로 일그러진 얼굴로 말했다.

"함부로 나대는 것도 정도껏 해라. 내 더는 네깟 것의 세 치 혀에 놀아나지 않을 테니."

"어머, 이게 무슨 말씀이람? 상장군께서도 듣지 않으셨사옵니까? 그 여선이 폐하께 어떤 무례한 청을 올렸는지 말입니다. 소녀는 보지 않아도 그 여선이 얼마나 오만한 이일지 알 듯한데, 그런 여선이 용수궁으로 오면 얼마나 더 주제를 모르고 설칠지. 혹여, 폐하에 대해서라도 알게 된다면. 그럼 과연 폐하께 어떤 해를 끼칠지 소녀는 상상도 하기 싫사와요."

석호는 이를 갈며 말했다.

"당장 꺼져라. 지금 네년과 그딴 일에 신경 쓸 때가 아니다."

"그딴 일이라……. 정말 큰 문제가 생긴 모양이네. 대체 무슨 일일까?"

석호는 대답할 가치도 없어 완전히 몸을 돌렸다. 무시하고 걸어가는 그의 등 뒤로 자희의 목소리가 들렸다.

"뭐, 그렇다면 하는 수 없지요. 소녀도 나름 생각이 있답니다."

석호는 그 말에서 굉장한 꺼림칙함을 느꼈다. 그러나 더는 저 요괴를 상대하지 않기로 마음먹었으므로, 그저 무시하고 걸어갔다. 그의 등을 보고 선 자희는 눈을 가늘게 뜨며 진하게 미소 지었다.

'한심한 놈 같으니. 네놈이 요괴라고 나를 그리 무시해도 아무렴 내 어리석음이 네놈만 하겠느냐.'

마음이 약하고 스스로의 감정에 짓눌려 있는 어리석은 선인. 그나마 잘 타고난 혈통 덕분에 천제 무진이 곁에 두지 않았다면 진즉에 한 입 거리로 삼았을 놈에 불과했다.

'아니, 오늘 보니 그럴 가치조차 없구나.'

어둠 속에 미소 짓는 자희와 그녀의 웃음소리만 남았다.

❊ ❊ ❊

감사부에 머물던 사예는 그 후로 한동안 손에 든 나뭇잎을 그녀가 원하는 곳으로 보내는 데 열과 성을 다했다. 그녀는 양상이 했던 말을 떠올리며 마음을 다잡았다. 매일 방 안에만 틀어박혀 나뭇잎을 없는 것으로 여기려 노력했다. 그러나 아무리 집중해도 손에 들린 나뭇잎이 사라지는 일 따윈 일어나지 않았다. 며칠 동안 지쳐 버린 사예는 반쯤 포기한 마음으로, 신정당에서 나왔다. 감사가 그녀를 불러 그를 만나러 가야 했기 때문이었다.

북하에 계속 도깨비 무리가 나타나는 일로 분위기가 어수선한데도 불구하고, 감사는 여전히 후원의 정자에서 시간을 보내곤 했다. 솔직히 말해 사예는 감사가 정사를 돌봐야 할 근정전에 있는 모습보다, 후원의 정자에 있는 모습을 더 많이 봤다. 사예는 앉아서 차를 마시는 감사를 볼 때마다 바깥의 도깨비들이 만드는 소란이 마치 없는 일 같다고 생각했다.

실제로 신정당의 선녀들은 저들끼리 차를 마시거나 붓글씨 연습이나 하며 시간을 보내고 있었고, 감사 또한 마찬가지였다. 신정당

밖에서 바쁘게 오가는 선군들이나 용마를 타고 날아가는 선군들을 보지 않았다면 그녀는 정말로 시건이나 양상 쪽에서 아무것도 하지 않고 있다고 생각했을지도 몰랐다. 같은 하계임에도 불구하고, 감사부 안은 밖과는 정말 경계가 지어져 있는 것 같았다.

그리고 오늘도 마찬가지로, 선녀들은 정자에서 부적에 술법의 인을 쓰는 연습을 하고 있었다. 감사에게 부름을 받은 사예 역시 마찬가지였다. 그녀가 방금 써서 보인 붓글씨를 칭찬하는 감사를 보며 사예는, 얼마 전부터 그녀가 얼핏 가지고 있었던 의심을 확신으로 바꾸었다. 확실했다. 그녀에게 말을 거는 감사의 태도가 전보다 훨씬 조심스러웠다. 굳이 말하자면, 감사는 눈에 띄게 그녀에게 잘 보이려고 노력하는 것 같았다.

'뭐지?'

사예는 감사의 이 같은 태도 변화를 도통 이해할 수가 없었다. 그전에야 그녀가 교서를 가지고 천제를 만나러 갈 여선이니 어느 정도 잘 대해 준다 정도였다면, 이제는 대놓고 그녀의 비위를 맞추는 형상이었다. 아무리 생각해도 그 이유를 알 수가 없어서 사예는 감사의 호의를 받으면서도 어딘가 꺼림칙했다.

'혹 내가 현무를 봤다는 사실을 알았나?'

저번의 그날 이후로 사예는 다시 현무를 보러 오지 못했다. 북하에 나타난 도깨비들 때문인지 감사부를 지키는 선군들의 경계 태세가 강화된 터라 함부로 감사부를 돌아다닐 상황이 아니었다. 더군다나 그놈의 나뭇잎 때문에 밖으로 나다닐 시간도 없었다. 그리고 지금은 좀 나아졌지만, 얼마 전까지만 해도 감사부의 술시들이 묘하게 그녀를 주시하곤 했다. 그 때문에 괜한 의심을 키울까 우려되어 사예는 선녀들과 이야기를 나눌 때에도 조쇄나 시건에 대한 이야기는 입도 뻥끗하지 않았다.

사예는 정자에서 차를 마시고 있는 감사를 보며 그가 과연 무언가를 안 걸까, 무슨 생각을 하고 있는 걸까 계속 고민했다. 혼란스러워하는 그녀의 마음을 아는지 모르는지 감사는 계속 그녀에게 말을 걸었다.

"며칠 후에 선계에서 간용군이 내려올 것이오. 그대를 데려가기 위해서요."

"저를 말입니까? 폐하께서 친위군을 보내 주신단 말입니까?"

"그렇소. 허허, 내 그대에 대해서 잘 알지는 못하나, 폐하께서 친위군까지 내려 주실 정도라니 아무래도 보통 연이 아닌 모양이오……."

사예는 그 말을 하며 그녀의 눈치를 살피는 감사를 빤히 쳐다봤다. 사예는 요 며칠 이어진 감사의 지나친 대우가 천제의 큰 배려 때문임을 확신했다. 감사는 천제가 무려 친위군을 보내 그녀를 데려가려고 하니 그녀가 보통 선인이 아니라고 판단한 모양이었다. 어쨌든 사예 역시 천제가 진짜로 친위군을 보내 줄 거라고는 생각하지 못했기 때문에, 감사의 말에는 순수하게 놀란 얼굴로 말했다.

"천제 폐하께서 그리 큰 은혜를 베풀어 주실 줄은 몰랐습니다."

"허허, 그러게 말이오. 보통 일이 아니지. 선계에서 그대를 데려가기 위해 간용군과 용수궁 선녀가 올 것이오."

감사의 말을 들은 사예는 곤란함을 느꼈다. 선군들이 다시 내려오면 그녀는 감사부의 서고를 몰래 살펴볼 기회를 영영 잡지 못할 터였다. 곤란한 마음으로 앉아 있는데, 감사의 말을 들은 선녀 하나가 옆에서 물었다.

"허오면 그때 행궁장인께서도 함께 오시는 것입니까?"

"음, 아마 그렇지 않을까 싶네……."

그 이후에 선녀들은 그들이 새로 받을 오행궁에 대해 기대를 늘어

놓았다. 사실 하계에 있는 선인들은 선계에 있는 선인들만큼 오행궁이 꼭 필요하지는 않았다. 하계는 선계보다 기가 고정되어 있어 굳이 미리 기를 모아 둘 필요성이 크지 않았기 때문이었다.

그러나 선녀들에게 있어서 오행궁은 일종의 장신구의 역할이기도 했다. 그녀들은 누구의 오행궁이 빛깔이 더 곱고 끈의 매듭이 아름다운지에 대해 열심히 토론했다. 사예는 그 이야기들을 반쯤 흘려 넘기며 효청의 오행궁에서 볼 수 있는 나비매듭이 제일 예쁘다고 대답했다. 선녀들이 그 이야기로 깔깔거리는 동안 사예는 조심스럽게 감사의 눈치를 살폈다. 그러나 감사는 다른 말을 흘리지는 않았고, 덕분에 사예는 감사의 태도 변화나 신수 현무에 대한 다른 정보를 얻을 수는 없었다.

선녀들과 신정당으로 돌아온 사예는 그녀의 방으로 들어오자마자 방문을 꼭꼭 걸어 잠그고 자리를 잡고 앉았다. 그녀는 요 며칠간 계속 그래 왔던 것처럼, 나뭇잎 하나를 손에 들고 집중을 하기 시작했다. 초반에는 그저 불편하고 신경 쓰이는 마음으로 시작했는데, 이제는 오기가 생겼다. 내 기필코 이 나뭇잎을 동하의 이 노인 댁으로 보내고 말리라, 생각하며 사예는 나뭇잎을 열심히 째려봤다. 그러나, 아무리 집중하고 마음을 다잡아 봐도 손에 있는 나뭇잎을 양상이 그랬던 것처럼 없앨 수는 없었다.

"아, 도통 모르겠네."

사예는 손에 든 나뭇잎을 놔 버렸다. 나뭇잎이 팔랑팔랑 날리다가 바닥으로 떨어졌다. 그녀는 그대로 맨바닥에 누워 버렸다. 며칠간 고민하며 사예는 양상이 답을 알고 있음에도 신선이 되지 못한 이유를 알 만하다고 생각했다. 살아 있는 자가 어찌 스스로를 무의 존재로 받아들일 수 있단 말인가. 손에 들린 나뭇잎 한 장조차 그리 여길 수가 없는데. 그녀는 도술을 전혀 이해할 수 없었다. 천장을 쳐다보며 사예가 중얼거렸다.

"술시만 제대로 됐으면 뭘 해도 당장 했는데."

결과적으로 사예의 도술 연습은 늘 늙은 술시에 대한 책망으로 끝을 맺었다. 도술을 시도하다 못해 지친 사예는 그 후로도 몇 번 동하에서 만든 술시들에게 일을 시키려고 시도를 했지만, 이놈의 나무들이 나이는 먹을 대로 먹고 자라기는 그들 마음대로 자라서 그런지 도통 사예의 말을 들으려고 하지를 않았다.

"야생 나무는 참 어렵구나……."

그녀는 어리고 말을 잘 듣는 청하와 청아의 소중함을 깨달았다. 이렇게 된 이상 그녀는 아예 하계에 나무를 심든지, 아니면 청하와 청아의 실체인 나무가 동선에서 무사하기를 바라는 수밖에 없었다. 사예는 한숨을 푹 내쉬었다.

'동선에 부적 좀 더 붙여 둘걸…….'

청하와 청아의 실체는 어쨌든 동선에 있는 나무인 만큼, 그 나무의 생사가 참으로 중요한 문제인 것이었다.

"어……."

그녀는 순간 눈을 크게 떴다.

'내 술시…….'

그녀는 누워 있던 몸을 벌떡 일으켰다. 사예는 머리카락 한 가닥을 뽑아 떨어트리고, 얼른 손안에 목기를 모았다. 동시에 오행궁에서 수기를 움직였다. 목기와 수기가 더해져, 바닥에 떨어진 머리카락이 방바닥 위에서 자리를 잡고 뿌리를 내렸다. 수기를 먹고 자란 목기가 술시의 형상이 되었다. 금세 나타난 사예의 술시 청하가 두 눈을 깜빡거렸다. 사예는 두 팔을 뻗어 그런 청하를 붙들었다. 놀란 청하가 눈을 동그랗게 뜨고 사예를 쳐다봤다.

'청하가 여기 있다.'

하지만 사실 이 술시는 여기 있지 않았다. 청하의 실체는 동선에 있었다.

'사실, 여기에는 없는 거야.'

청하를 잡은 그녀의 손에 힘이 들어갔다. 손에 잡힘에도 불구하고, 청하는 여기 없었다.

사예는 입술을 꽉 깨물었다. 그녀는 바로 청하를 놓고 그녀가 던져 버린 나뭇잎을 찾았다. 방바닥에 떨어져 있는 나뭇잎을 얼른 손에 들었다. 사예는 손에 나뭇잎을 들고, 눈을 감고 마음을 집중했다.

'이것은 여기에 없다.'

그녀는 손가락 사이에서 느껴지는 질감을 느끼면서도, 그렇게 생각했다. 손가락 사이에 들린 나뭇잎이 아니라, 아까 그녀가 던져 방바닥 한가운데 떨어져 있던 나뭇잎을 떠올렸다. 손에 들린 것의 실체가 사실은 아까 그 자리에 그대로 있다고 생각했다. 그리고, 느낌은 아주 순간이었다. 전에 양상이 그녀를 순식간에 감사부에 데려다주었던 그때처럼.

사예는 천천히 눈을 떴다. 시선을 내리자 아무것도 들지 않은 빈 손가락이 보였다. 사예는 고개를 돌렸다. 방바닥 가운데, 떨어졌던 나뭇잎이 그대로 있었다. 그녀의 손이 아닌, 방바닥 위에.

※ ※ ※

현재 동하 능림은 양상의 도술로 결계가 쳐져 있어 겉보기엔 그저 조용한 숲에 불과했지만, 사실은 유례없이 복작대고 있었다. 북하에서 요선 소군강을 데려온 이후에도 도깨비들과 시건, 양상은 계속 북하와 동하를 오가며 이름 있는 요선들에게 금욕부를 심어 데려왔다. 북하를 선군들이 지키기 시작하고서는 시건이 물러나고 도깨비와 양상이 요괴들에게 금욕부를 심고 다녔다. 그리고 그렇게 금욕부를 심은 요선들을 북하와 동하 이외의 남하와 서하에 은밀히 보냈다. 하계 곳곳에 숨어 있는 요괴들을 모두 다스리고 모으기 위해서였다.

요선과 요괴들을 모으는 동안, 동하 능림의 가옥에는 씨름 대회의 소식을 전해 듣고 도깨비들이 삼삼오오 모이고 있었다. 서하 도깨비들이 각 하로 아주 놀랍고 새로운 씨름 대회에 대한 소식을 전하자마자 소식을 들은 각 하의 도깨비들은 호기심을 품고 모여들었다. 도깨비들은 본래 도깨비감투를 쓰고 모습을 감춘 채로 돌아다니다가 갑자기 나타나 인간들을 놀라게 하곤 했으므로, 동하에 오는 길에도 당연히 도깨비감투를 쓰고 왔다. 대부분의 도깨비들은 그렇게 감투를 쓴 채 요술을 부려 바로 동하에 도착했다.

도깨비들이 동하로 모여드는 동안, 전에 연락을 주고 받은 감투장인들도 도깨비신발을 만들어 동하에 도착했다. 감투장인들이 만들어 온 도깨비신발은 양상과 시건이 제일 먼저 확인했다. 그 후 도깨비 중 가장 먼저 도깨비신발을 받은 파적은 어색하기 그지없는 모습으로 하늘을 날아다니다가, 이제는 수시로 하늘에서 날아다녔다. 그는 도깨비신발을 신은 채로 날아다니며, 매일 저녁마다 모인 도깨비들에게 우린 하늘나라에서 씨름을 할 거라는 이야기로 분위기를 띄우는 중이었다.

도깨비신발을 나눠 받은 도깨비들은 감투를 쓰고 하늘로 올라가 하늘 위에서 뛰고 날고 걷는 연습을 했다. 감투가 없는 어린 도깨비들이나 여자 도깨비들은 서로 요술을 걸어 모습을 감추고 하늘 위로 올라갔다. 겉으로 보기에 능림의 하늘은 평화로웠지만 겉보기에만 그렇지, 진실은 도깨비신발을 신은 거대한 도깨비들이 그득그득 차 있었다. 도깨비들의 수는 점점 늘어났고, 씨름 대회에 참여하고 구경하겠다고 모여든 온갖 도깨비들을 능림에 모두 둘 수는 없었다. 그래서 양상은 많은 도깨비들을 동하 각지의 여러 마을로 보내야 했다.

요선에 심지어 수많은 도깨비들이 모여드니, 그 사이에서 인간들이 불안해하는 것은 당연지사였다. 이 노인은 시건이 말했던 대로, 도깨비 홍례와 함께 동하 각지를 오가며 이 상황에 대해 설명해야 했다. 다행히 이미 그 전에 양상과 이 노인으로부터 이야기를 전해 들어 사정을 알고 있는 마을도 있었다. 도깨비들을 보고 놀란 인간들은 이 노인이 어린 도깨비와 잘 지내는 모습을 보임으로써 안심시켜야 했다. 동하 태수관의 선인 관리들은 동하에 도깨비나 요선이 나타난 것조차 모를 정도로 인간사에 관심이 없었으므로, 이 노인과 홍례의 동하 순회는 수월하게 진행되었다.

이 노인이 해야 할 일은 단순히 인간들을 안심시키는 것뿐만이 아니라, 선군과 있을 싸움의 준비에 박차를 가하는 것도 포함이었다. 양상은 도깨비들의 붉은색에 대한 두려움을 없애기 위하여 만든 부적을 이 노인 편에 보냈고, 이 노인은 홍례와 함께 동하 이곳저곳을 순식간에 오가며 그 부적을 인간들에게 건넸다. 이 노인의 설명에 따라, 동하 각 주와 군, 현의 인간들은 억새풀을 엮어 갑옷을 만들었다. 인간들은 도깨비들이 입을 거대한 갑옷을 만들 때 억새풀과 양상의 부적을 같이 꿰어서 만들었다.

만들어진 억새풀 갑옷은 각 마을로 간 도깨비들의 요술로 능림의 가옥으로 보내져 이 노인 댁의 곳간에 쌓여 갔다. 도깨비방망이를 만들던 남하 도깨비방망이 장인들은 곳간에 쌓인 갑옷에 요술을 부려 그 갑옷들을 절대 뚫리거나 찢어지지 않는 튼튼한 갑옷으로 만들었다.

또한 동하 인간들은 지푸라기를 묶어 보냈는데, 이 지푸라기 묶음

들은 도깨비들이 요술을 부려 모두 날카롭게 빛나는 검으로 변했다. 이렇게 만든 갑옷과 검은 선군들의 철갑옷과 무기처럼 멋들어지지는 않아도, 그 단단함에 있어서는 뒤지지 않았다. 가끔 몇몇 도깨비들은 마을에서 인간들을 도와 억새풀로 갑옷을 만드는 것을 돕기도 했다. 물론 도깨비들의 손이 너무 크고 서툴러 별 도움은 되지 않았다.

갑옷과 검은 동하 각지에서 계속적으로 보내오고 있어 금방 개수가 많아졌다. 요술을 거는 것까지 마친 갑옷들은 동하로 온 도깨비나 요선들에게 크기별로 지급되고, 선인들에게도 지급되는 중이었다. 무기들은 선인들과 요선들이 나눠 받고 있었다. 또한 인간들 중에서도 이 노인이나 남은 인간들을 계속 지킬 이들이 필요했으므로, 선별된 이들에게 무기가 계속 지급되었다. 양상이 그간 모은 선군의 화살은 음양오행술을 활용할 수 있는 선인들에게 지급되었다.

씨름 대회의 일로 각지의 도깨비가 동하로 모이는 것은 좋았으나, 예상치 못한 문제도 발생했다. 그건 바로 도깨비 내부의 갈등이었다. 도깨비는 파가 둘로 갈렸다. 하나는 서하의 파적을 중심으로 한 혁신파로 씨름판에도 새로운 바람이 필요하다는 쪽이었고, 하나는 북하에서 내려온 보수파 도깨비들로 씨름은 자고로 모래밭 위에서 해야 한다는 쪽이었다. 시건이고 양상이고 끼어들 틈도 없이 저들끼리 옳다고 꽥꽥 소리를 지르며 싸우던 도깨비들은 결국, 도깨비다운 결론을 내렸다.

"야! 씨름을 해서 천하장사가 된 놈이 어느 쪽이 옳은지 결정을 내리는 거다!"

결국 도깨비들은 각 입장의 대표로 하나씩 나와 씨름을 했다. 다행히 혁신파의 수장이 된 파적이 우승함에 따라 도깨비들은 모두 힘을 합쳐 하늘에서 씨름 대회를 열기로 합의했다. 오십 년 만에 암굴 밖으로 나와 치열한 접전 끝에 승리한 파적의 경기는 도깨비 씨름사에 길이길이 남을 터였다.

역사에 길이 남을 씨름 경기의 결과로 하늘로 올라가기로 합의를 본 도깨비들은 현재, 능림의 숲 사이에 서 있었다. 말이 숲이지 지금은 모래밭이었다. 전에 도깨비들이 씨름을 하겠다고 요술을 부려 모래밭을 만들어 놓은 결과였다. 온갖 도깨비가 모인 사이에서, 파적이 도깨비신발을 신은 채로 하늘에서 걸어 다니며 말했다.

"야, 봐라. 이게 바로 도깨비신발이다. 이걸 신으면 우리는 하늘에서 날아다닐 수 있다! 즉 이걸 신으면 우린 하늘에서 자유롭게 씨름을 할 수 있다 이 말이지!"

"우와아아!"

허공에 대고 씨름하는 자세로 발을 거는 시늉을 하는 파적을 보며, 도깨비들의 고함이 높아졌다. 그 모습을 보며 도깨비신발을 만들어 와 나눠 줄 준비를 하고 있었던 감투장인들은 뿌듯해했다. 파적은 도깨비신발의 좋은 점을 마구 설파했다.

"그걸로 끝이 아니다! 이 신발을 신으면 날개 달린 말처럼 빨리 달릴 수도 있다!"

"그건 필요 없는데."

"그러게."

"멍청이들아, 빨리 움직여야 씨름할 때 빨리 다리를 걸지!"

"아, 그렇구나!"

도깨비들은 과연 감투장인이라고 칭송하며 박수를 쳤다. 파적이 그런 도깨비들을 진정시키며 말했다.

"야, 다들 알고 있겠지! 우린 하늘에서 씨름 대회를 열 것이다! 나쁜 선인 놈들을 물리치고 선계로 올라가서, 구름 위에서 씨름 경기를 열 것이다! 씨름에서 하늘의 천하장사가 되는 놈은, 하늘에서 메밀묵도 먹을 수 있다!"

"우와아아!"

도깨비들은 목이 터져라 환호성을 질렀다. 파적이 손짓을 하자, 도깨비신발을 마대자루에 담은 남하 감투장인들이 아직도 신발을 받지 않은 녀석들은 나와서 신발을 받아 가라고 소리쳤다. 신난 도깨비들은 줄을 서서 도깨비신발을 나눠 받았다. 물론 그냥 받을 수는 없었다. 메밀 씨를 가져온 도깨비가 메밀 씨가 든 주머니를 내밀며 말했다.

"도깨비신발 둘!"

감투장인은 화를 냈다.

"그럼 메밀 씨를 두 주머니는 가져와야지! 이 양심이 팥만 한 놈아!"

그 말에 도깨비는 도깨비방망이를 휘둘러 손에 들고 있던 주머니를 두 개로 만들었다.

"여기!"

"그래."

메밀 씨 두 주머니를 받은 감투장인은 도깨비신발 두 개를 넘겨줬다. 도깨비신발을 받은 도깨비들은 신발을 바꿔 신고 머리에 감투를 써 모습을 감춘 채로 하늘로 날아 올라갔다. 그들은 익숙하지 않은 신발을 신고 하늘에서 제대로 움직이는 법을 연습해야 했다. 이미 하늘에는 도깨비신발에 익숙해진 다른 도깨비들이 많이 있었고, 도깨비들은 하늘 위에서 씨름하는 척을 하며 낄낄거리고 웃었다.

그 무렵, 무기를 받은 선인들은 능림 숲의 서쪽에서 금욕부가 심어진 요선들을 확인하고 있었다. 그중에서 환술 능력이 단연 돋보이는 이는 소군강이었다. 시건은 일단 요선들 조를 넷으로 나눴는데, 그중 한 조는 군사의 수를 최대한 확장하기 위해 소군강에게 녹두를

군사로 만드는 환술을 전수받았다. 그들에게 녹두를 지급하기 위해 도깨비들이 집 옆에 만든 텃밭에서 이제는 메밀만 키우는 게 아니라 녹두도 키우고 있었다. 도깨비들은 하늘을 날다가 심심하면 도깨비 방망이를 휘둘러 텃밭의 메밀과 녹두가 쑥쑥 자라게 했다.

그러나 녹두군사가 대단하지만 식물이라는 지대한 약점을 가지고 있어, 그에 대한 해결책이 필요했다. 그리하여 남은 세 조 중 다른 한 조는 능림의 숲에서 짱돌을 모아 와, 짱돌을 군사로 만드는 환술을 수행해야 했다. 그 결과 능림의 서쪽에서는 요선들의 녹두군사와 짱돌군사가 만들어지고 있었다. 이 군사들을 부릴 요선들은 그 실력을 인정받아 시건의 허락으로 도깨비신발까지 받을 수 있었다. 남은 두 조는 동하와 북하 등 각지에서 요선들이 불러 모은 요괴들을 지휘할 조였다.

요선들의 상태를 보고 오던 유신은 능림 가옥의 마당에서 오랜만에 검을 들고 서 있는 현록을 발견했다.

"할 만하십니까."

유신의 물음에 현록은 인상을 썼다.

"딴짓하지 말고 너도 몸이라도 풀어라. 검을 든 지가 벌써 얼마나 됐냐. 도깨비에 심지어 요선마저 저리 열심인데 선인인 우리가 놀 수는 없지."

"장군이나 열심히 하십쇼. 전 원체 검은 체질이 아니라."

활을 쏘는 데 더 재주가 있는 유신은 그렇게 말하며 딴청을 부렸다. 현록은 그런 유신을 보며 혀를 찼다.

"다 같은 암굴 탈옥수 신분에 무슨 아직도 장군이냐."

"어? 그럼 이제 내가 이름으로 불러도 되냐? 현록아."

현록은 대답 대신 바로 검을 빼 들었다. 유신은 얼른 뒤로 물러났다.

"농입니다! 농이에요!"

현록은 그제야 검을 내려놨다. 유신은 안도의 한숨을 내쉬며 말했다.

"우리끼리야 뭐 어떻습니까. 밖에서는 장군도 뭣도 아니어도 적어도 우리끼리는. 어차피 이제 그리 부를 사람도 없는데."

유신은 그렇게 투덜대며 마루에 걸터앉았다. 현록은 검을 든 팔을 내린 채로 침묵했다. 류가가 역적으로 몰리던 당시 시건은 어쨌든 역적으로 몰렸고, 함께 싸우던 선인 중 많은 이가 목숨을 잃었다. 그리고 선인들끼리는 암굴에서 나왔어도 부러 그 이야기를 피했다. 잃은 자들에 대한 상실감을 구태여 상기시키고 싶지 않았고, 어쩌면 애써 외면하고 싶었기 때문일지도 몰랐다.

그런데 굳이 상실한 이들에 대해 입에 담는 유신 때문에 현록도 마음이 불편해졌다. 아무튼 박유신 저놈 할 말 못 할 말 못 가리는 건 50년이 지나도 여전하다고 생각하며 현록은 혀를 찼다. 그는 다시 검을 움직이는 데 집중했다. 기운 없이 앉아 있던 유신이 발로 바닥의 흙을 긁으며 말했다.

"감투 확인은 하셨습니까? 도깨비신발은요?"

"확인했다."

유신의 물음에 현록은 고개도 돌리지 않고 성의 없이 대답했다.

지금 능림에 있는 선인들은 모두 수행을 타고나 음양오행술로 얼마든지 운보를 사용할 수 있었지만, 힘을 비축해야 한다는 시건의 의견에 따라 도깨비신발을 나눠 받았다. 도깨비신발은 선인들이 수기를 사용하지 않고서도 하늘을 날 수 있게 해 주었기 때문이었다. 더불어 선인들은 감투장인들의 배려로 도깨비감투도 나눠 받았다. 도깨비감투는 꼭 도깨비가 아니어도 쓰면 모습을 감출 수 있었으므로 선인들 또한 유용하게 쓸 수 있어서 나눠 준 것이었다.

현록의 무관심한 태도에도 불구하고 유신은 기죽지 않고 현록에게 말을 걸었다.

"그나저나 대장군도 참 대단합니다. 아직껏 선군으로 있는 걸 보면요."

현록은 얼이 빠진 얼굴로 그들을 쳐다보던 연귀호의 모습을 떠올렸다. 어쨌든 시건의 휘하에 있었고 그로 인해 선군이 되었으니 계속 그 자리에 있기도 힘들었을 텐데, 용케 버텼다 싶긴 했다. 애초에 우직하게 버틸 수 있는 인물이란 걸 알기에 시건도 그에게 그런 명령을 내렸을 터. 아마 조만간 시건이 귀호에게도 연락을 보낼 게 분명했다.

"아무리 그래도 상황이 상황이었는데, 이리 나오고 상황 변하는 것을 보니 우리 상장군께서 난 놈은 난 놈인가 봅니다."

"무슨 소리냐?"

유신은 웃으면서 말했다.

"거 왜, 될 놈은 뭘 해도 된다고. 역적이 돼도 이리 암굴 밖으로 나와 도사와 만난 걸 보면 확실히 우리 상장군이 보통 운이 따르는 건 아니지 싶습니다. 하긴, 그러니까 오십 년 갇혀 있다 나왔어도 웬 여선하고 정분을 쌓지요."

"지금 무슨 소릴 하는 거냐! 그 입 안 다물어!"

현록이 질겁을 하고 외치자 유신은 찔끔 놀랐다.

"여기 듣는 사람도 없는데요. 헌데 그 여선은 어디 간 거래요? 상장군이랑 어떻게 된 거랍니까?"

"몰라, 인마. 입에도 올리지 말라는 말은 귓등으로 들었냐? 안 되겠다. 이리 와라. 네놈이 기운이 넘쳐 입 놀리는 걸 보아하니 다른 데 그 기운 좀 쓰자."

현록은 그 말과 동시에 다시 검을 빼 들었다.

"아, 거참."

유신은 투덜대며 하는 수 없이 일어났다. 결국 유신은 현록과 대련을 하기 위해 도깨비들에게 가서 검을 받아 와야 했다.

그리고 그동안, 양상과 시건은 도술로 하늘로 올라갈 때 어찌할지에 대해 논의하고 있었다. 선인이 수행의 술법인 운보로 선하계를 오가는 게 무리이듯, 도깨비들의 방망이로 요술을 부려 선계로 올라가는 것도 무리였다. 선계로 올라가면 도깨비들이 선군과 맞서 싸워야 하는데, 그 전에 모든 도깨비의 기력을 탕진하게 만들 수는 없었다. 양상이 도깨비신발을 신고 올라가면 되지 않겠느냐 제의했으나, 시건은 따로 올라가다가 하늘로 올라가는 길에 선군의 방해를 받아 괜한 희생이 생길 수 있으므로 도술로 한 번에 올라갈 것을 주장했다. 그리하여 양상은 빼도 박도 못하고 수많은 도깨비와 선인들을 모두 선계로 보내는 크나큰 책임을 떠안게 되었다.

이제 양상이 도술을 부릴 때, 도깨비나 선인들도 그와 함께 하늘로 올라갈 수 있을 만한 매개체가 필요했다. 양상은 대개 그가 요술을 부릴 때 다른 이에게 그의 지팡이를 잡게 했으나, 모두 함께 선계로 올라가기 위해서는 그것만으론 부족했다. 그리하여 양상은 모두에게 나눠 주기 위하여 그의 머리카락을 일부 자르고 손톱 발톱을 열심히 길러 모아야 했다.

"정 안 되면 도깨비한테 손, 발톱을 길러 달라고 하든가. 그리고 한 번에 여러 개로 나누면 되지 않나."

"너무하시오, 장군……."

양상은 조만간 정말로 도깨비에게 그런 부탁을 해야 할 것만 같은 불안감을 느꼈다. 양상의 투덜거림을 외면하던 시건은 문뜩 예민하게 무언가를 느꼈다. 시선을 돌린 그는 허공에서 떨어지는 것을 향해 손을 뻗었다. 그의 손이 빠르게 뻗어 나가 허공에서 떨어지던 것을 잡아챘다. 양상이 시건을 쳐다봤다. 시건은 손을 내려 그가 잡은 것을 확인했다. 시건이 잡은 것을 보고 양상이 눈을 크게 떴다.

"오!"

양상이 내뱉은 감탄을 흘려들으며 시건은 손에 잡힌 나뭇잎을 쳐다봤다. 무엇이든 판별하는 그의 눈이 나뭇잎의 도술을 봤다. 그러나 그보다 그의 시선을 잡아챈 것은 따로 있었다. 나뭇잎에 붓으로 쓴 글자. 시건은 그 글자를 읽었다.

글자는 묵현. 그의 신수의 이름이었다.

❊ ❊ ❊

겨우 손에 들고 있던 나뭇잎을 완전히 사라지게 한 사예가 그녀의 도술이 과연 성공을 했는지, 실패를 했는지를 궁금해하며 또 며칠이 지났다. 사예는 그간 감사부에 머물며 감사가 기이할 정도로 잘해 주다가, 갑자기 온갖 근심 걱정에 휩싸인 얼굴로 한숨을 푹푹 내쉬고, 혹은 연신 불안한 듯 주변을 살피는 모습을 보며 계속 이상하다고 생각하고 있었다.

도통 종잡을 수 없이 혼란스러운 태도를 보이는 감사 때문에 사예는 마음이 불안해서 아무것도 할 수 없었다. 아무래도 감사가 현무의 봉인이 풀린 것을 안 게 분명했다. 이 상황에 함부로 밤에 돌아다니다가 발각이라도 되면 무슨 난감한 상황에 처하게 될지 상상도 하기 싫었으므로 사예는 밤에 몰래 서고를 찾아 나서는 걸 완전히 포기해야 할지도 모르겠다고 생각했다.

일단 사예가 감사를 더 유심히 살피며 시간을 보내는 동안, 선계에서 드디어 천교가 내려왔다. 행궁장인들이 탄 천교가 내려옴과 함께, 사예를 데려갈 천제 친위군인 간용군과 용수궁의 선녀도 내려왔다.

신정당의 선녀들은 새 오행궁을 받을 생각에 들떠 온통 그 얘기뿐이었고, 사예는 그녀를 데리러 온 용수궁의 선녀를 만나러 가야 했다. 바로 선계로 돌아갈 것은 아니었으나, 그녀를 위해 하강한 선녀에게 인사를 하기 위함이었다.

신정당에서 나와 걸어가던 사예는 드문드문 보던 청진위나 흑귀위 선군이 아닌, 조금 다른 갑옷과 투구를 걸친 간용군의 모습을 볼 수 있었다. 그들은 푸른 술도, 검은 술도 아닌 황색의 술이 달린 투구를 쓰고 있었고, 갑옷에는 용의 문양이 그려져 있었다. 그들은 시선을 똑바로 들고 조금의 미동도 없이 일렬로 늘어서 있었다. 지키는 선군의 수가 늘어 감사부 전체의 경계가 더 심해진 듯했다. 사예는 간용군 선군들을 지나치며 저들의 시선을 피해 몰래 서고에 숨어드는 것은 정말로 어렵겠다고 생각했다.

감사는 그녀를 데리러 용수궁에서 온 선녀와 함께 있었고, 사예는 감사와 함께 그녀를 만나야 했다. 사예는 감사부 술시를 따라 감사가 있는 전각으로 가 방으로 들어갔다. 방 안에는 하얀 저고리에 매화가 수놓아진 자색 치마를 입고, 비색의 쓰개치마를 옆에 곱게 내려놓은 선녀가 앉아 있었다. 사예는 들어가자마자 저 선녀가 전에 포호궁에서 봤던 영랑처럼 그녀를 데려가기 위해서 온 용수궁의 궁관이라는 사실을 알 수 있었다. 사예가 방에 들어와 인사를 하자마자, 감사가 웃는 얼굴로 말했다.

"오, 그래. 어서 오시오. 거기 앉으시오."

사예는 감사의 권유에 따라 빈 방석 위에 앉았다. 감사는 사예를 봤다, 선녀를 보며 소개를 했다.

"자, 여기 이 여선이 바로 폐하께서 교서를 내리신 귀빈이오. 그리고 이쪽은 용수궁에서 특별히 천제 폐하께서 보내신 궁관이요. 인사하도록 하시오."

감사의 소개에 사예는 공손히 고개를 숙이며 말했다.

"처음 뵙겠습니다, 선녀님. 저 때문에 번거로운 걸음을 하게 되셔서 송구하기 그지없습니다. 저는 이사예라고 합니다."

사예의 말에 선녀는 호호 웃었다.

"그럴 리가요. 지당히 소녀가 해야 하는 일인 것을요. 귀빈께서 서선에서 겪으신 일에 대해 소녀도 익히 들어 알고 있답니다. 얼마나 두렵고 놀라셨을지, 이 소녀는 상상도 할 수 없사와요. 귀빈의 상황이 하도 안타까운지라, 부러 천제 폐하께 소녀가 직접 귀빈을 모시러 가겠노라 청을 드렸답니다. 그러니 걱정하지 마시어요. 이번엔 소녀와 간용군이 귀빈을 안전히 선계까지 모실 것입니다."

"선녀님의 하해와 같은 은혜, 정말 감사합니다."

사예는 선녀에게 고개를 숙여 인사했다. 선녀는 붉은 입술 끝을 휘며 진하게 미소 지었다. 문뜩, 사예는 눈앞의 선녀가 그간 본 선녀들과는 많이 다르다고 느꼈다. 선녀의 목소리는 기이할 정도로 간드러져 마치 그녀의 비위를 맞추고자 노력하는 것만 같았다. 사예는 그간 줄곧 선녀들과 붙어 지냈지만, 스스로의 익의나 궁관이라는 직책에 대해 자부심을 지닌 선녀들이 비록 친절할지언정 저리 달게 구는 것은 처음 보았다. 단순히 친절한 태도가 아니라 과하게 교태를 부리는 태도였다. 명확히 잡아낼 수는 없어도 그 목소리가 기이하게 신경을 긁었다. 그리고 선녀는 그 변함없는 태도로, 사예에게 웃으며 말했다.

"앞으로 선계로 돌아갈 때까지 잘 부탁드리겠습니다. 소녀는 용수궁의 상의인, 선녀 자희라 하옵니다."

그리 말하는 미소가 만개한 꽃처럼 화사했다.

✻ ✻ ✻

저녁에, 감사부에 연회가 열렸다. 용수궁에서 가장 지위가 높은 선녀는 물론이고 선계에서 오행궁을 만드는 행궁장인들이 왔으니 당연하다고 감사는 말했지만, 사예는 도통 이해할 수 없었다. 북하에 도깨비가 나타나 난리를 피운다고 걱정을 하던 모습은 온데간데없었다.

그러나 사예의 이해 여부와는 상관없이, 그날 술시들은 가장 화려한 연회를 준비했다. 감사는 감사부로 선인들을 모으고, 선녀들도 연회에 초대했다. 감사의 초대로 선군들 또한 이날 밤만큼은 감사부를 지키는 임무에서 벗어나 연회를 즐길 예정이었다.

연회 자리에 참석하기 전에, 술시들은 연회를 준비한답시고 저녁에 사예에게 유달리 고운 한복을 가져다주었다. 사예는 꽃 자수가 새겨진 미색 비단 저고리를 입고, 그 아래 맑은 하늘 빛깔의 비단 치마를 입었다. 저고리의 자색 옷고름을 가지런히 치마 위로 내려놓았다. 술시들은 특별히 사예의 머리를 곱게 땋아 주고 치마에는 산호와 붉은 술이 달린 노리개를 매어 줬다. 술시들이 얼굴에 분도 발라 주고 연지도 발라 준 후에야 사예는 겨우 방 밖으로 나설 수가 있었다.

선녀들과 함께 연회에 도착한 사예는 선녀들의 사이에서 조용히 앉아 있었다. 감사의 주변에는 선인 관리 몇 명과 행궁장인들이 앉아 있었고, 사예와 선녀들은 연회 자리에 오자마자 그들에게 인사를 간단히 하고 그들끼리 자리를 잡고 앉았다.

주변을 둘러보며 사예는 어쩌면 감사가 이리 화려한 연회를 준비하는 이유가 저 자희라는 선녀에게 하계에 아무런 문제가 없다고 과시하기 위한 것일지도 모른다고 생각했다. 선녀 자희는 다른 선녀들과 어울리며 하계는 정말 활기차고 즐겁다는 이야기를 하고 있었고, 감사와 선녀들은 그 말에 흐뭇하게 웃고 있었다.

사예는 얌전히 자리에 앉아 각종 음식이 올라간 연회의 상을 응시했다. 각종 음식으로 가득 찬 상을 보고 있자니, 양상과 했던 대화가 떠올랐다. 양상은 선인들이 비단옷을 입고 고기를 뜯으며 연회를 여는 동안 인간들은 고통받고 있다고 말했다. 그때 그녀는 그녀가 그런 선인이 아니기 때문에 아무래도 상관없다 대답했었다. 그러나 지금 그녀는, 바로 그런 선인의 입장이 되어 있었다.

사예가 젓가락을 든 채로 각종 빛깔로 멋을 낸 음식들을 쳐다만 보고 있는데, 선녀 자희가 그런 사예에게 말을 걸었다.

"귀빈께서는 왜 들지 않으십니까? 어디가 불편하십니까?"

"예? 아닙니다. 그저 먹고 싶은 게 하도 많아 무엇을 먼저 먹을지 고민하고 있었습니다."

사예의 대답에 선녀들이 웃었다. 자희 역시 웃으며 대답했다.

"시간은 많고 음식도 많으니 천천히 하나씩 맛보셔요."

사예는 그저 미소 지으며 예, 하고 대답했다. 사예는 억지로 젓가락을 움직여 조청이 묻은 산딸기정과 하나를 앞접시에 덜어 담았다. 젓가락을 움직이는데 자희가 사예에게 다시 물었다.

"귀빈께서는 아직 태산으로 수행을 떠나지 않으셨다고 들었사온데, 사실인지요? 어인 연유인지 여쭤도 될는지요?"

자희의 물음에 대답은 효청이 해 줬다.

"부모님의 곁을 비울 수 없었다고 합니다."

"저런, 효심도 깊으셔라."

자희가 웃으며 사예에게 말했다.

"헌데 이리 하계에 와 계시니 부모님께서도 걱정이 많으실 텐데. 귀빈께서 생각만 있으시다면, 소녀가 선계에 연락을 해 미리 그분들께 귀빈의 안부를 전하도록 하겠사와요."
"어머, 참 좋은 생각입니다."
선녀들이 맞장구를 쳤다. 고개를 끄덕인 자희가 웃었다.
"소녀의 술시를 선군 편에 보내 연락을 하면 될 테지요. 부모님께서는 선계 어디에 계신지요?"
선녀들이 모두 사예를 쳐다봤다. 사예는 웃으며 대답을 기다리는 자희를 쳐다보며 태연하게 대답했다.
"선녀님의 마음은 감사합니다만, 부모님께는 제가 직접 안부를 전하고 싶습니다. 선계로 돌아가면 제가 술시를 보내려고 합니다. 선녀님께서는 마음 쓰지 마십시오."
자희는 안타까워하는 얼굴로 말했다.
"저런, 하지만 하루라도 빨리 안부를 전하는 것이 좋지요."
"어차피 곧 선계로 돌아갈 테니까요. 더욱이 겨우 그런 일로 바쁘신 선군 나리를 선계까지 오가시게 할 수야 있겠습니까."
사예는 웃으면서 대답했다. 자희는 더 이상 권하지 않고 물러났다.
"어쩜, 효심만큼 생각도 깊으셔라. 귀빈의 생각이 그러시다니 그럼 하는 수 없군요. 허나 정말로 괜찮으신 거지요? 만에 하나라도 마음이 변하시면 소녀에게 꼭 말씀하셔요."
"예. 감사합니다, 선녀님."
사예의 입장에서는 다행이었다. 그녀는 지금 하선이 어디에서 뭘 하고 있는지 알 수 없었으니까. 하선을 떠올리자 갑작스럽게 걱정이 되기 시작했다. 하선이 만약 찾아야 한다고 했던 물건들을 다 찾고 지금 그녀를 찾고 있다면 어쩌나 하는 생각이 들었다.
'아, 지금 내가 남의 신수고 뭐고 신경 쓸 상황이 아니었는데…….'

차라리 빨리 서고를 뒤져 가문에 대한 진실을 알아내는 데 집중했어야 했다. 우울해진 사예는 터져 나온 선녀들의 웃음소리에 얼른 마음을 다잡았다. 일단은 이 감사부 상황이 심상치 않으니, 사예로서도 어쩔 도리가 없었다. 이제는 천제의 친위군마저 감사부를 지키고 있는데 그녀가 밤에 몰래 나가 서고를 뒤질 수는 없는 노릇이었다. 그녀는 하는 수 없이 선계로 돌아가는 것만 생각하기로 했다.

사예는 얼른 표정을 밝게 하고 선녀들의 대화에 집중했다. 선녀들은 사예처럼 저녁 끼니를 꼭 챙길 필요는 없었지만, 그래도 드문드문 보기 좋은 음식을 맛봐 가며 이야기를 나누었다. 이야기는 대부분 용수궁에서 온 자희가 궁에서 있었던 일을 이야기하고, 선녀들이 부러워하거나 즐거워하는 형상이었다.

보통 선녀들은 담소를 나눌 때 사예가 적당히 듣고 반응만 해 주면 그들끼리의 대화를 이어 가는 데 집중했다. 그래서 사예는 거의 반쯤 다른 생각을 하다가 드문드문 선녀들의 대화를 들으며 적당한 반응 정도만 보였다. 그러나 이 자희라는 선녀는 배려심이 넘치는 건지 아니면 무슨 억하심정이 있는지 조금 다른 생각을 할 만하면 사예의 의사를 물어 대는 것이었다. 그러면 자연히 선녀들의 시선은 사예에게 집중되었고 사예는 대화의 흐름에서 어긋나지 않는 답변을 웃으며 해야만 했다. 덕분에 그 시간을 보내는 내내 사예의 머릿속에는 선녀 자희에 대한 거부감이 생겼다. 사예는 저 선녀가 지나치게 그녀에게 신경을 집중하고 있는 것 같아 이상하다고 생각했다. 단순히 감사가 그녀의 비위를 맞춰 주는 것과는 묘하게 다른 느낌이었다. 사예를 떠보는 것 같았고, 예민한 시선으로 살피는 것 같기도 했다.

'혹 저 선녀가, 내가 천제로부터 부름을 받은 이유를 알고 있나?'

사예는 저도 모르게 저고리 여밈 쪽에 손을 들어 눌렀다. 품속에 감춰 둔 사진검과 교서의 형태가 손에 얼핏 느껴졌다. 자희가 천제의 바로 곁을 지키는 용수궁 최고 궁관이라고 했으니, 어쩌면 이미 청하에 대해 들어 알고 있을지도 몰랐다. 아니면, 그보다 더 많은 걸 알고 있을지도 몰랐다.

'과민 반응인가.'

알 수 있는 건 아무것도 없었기 때문에, 사예는 마음을 다잡았다. 그러나 그 이후에 사예는 저절로 자희에게 시선을 집중하게 됐다. 그러나 자희는 그 이상 사예에게 말을 걸거나 시선을 두지는 않았다. 그래서 사예도 자희에 대해 판단할 근거는 없었다. 괜히 더 시선을 두었다가 의심만 살까 하여 사예도 자희에게서 신경을 끊었다. 그러나 마음 한편에 선녀 자희에 대한 불편함은 남아 있었다.

사예는 선녀들 사이에서 시간을 보내다가, 수태를 한 미란 선녀가 자리에서 일어날 때 눈치를 보며 슬그머니 일어났다. 그녀가 일어나자 옆에 있던 효청이 물었다.

"자리가 불편하십니까?"

사예는 얼른 고개를 저었다.

"아닙니다. 다만 제가 밤에 잠을 좀 설친 터라, 오늘은 이만 돌아가 볼까 합니다."

사예의 말에 선녀들 몇이 예의상 더 있다 가라고 말을 건넸다. 그런 선녀들을 웃으며 자희가 막았다.

"저런, 귀빈께서 많이 피곤하신 모양이옵니다. 그만 돌아가서 푹 쉬셔요."

사예는 다행이라고 생각하며 인사를 하고는 그 자리를 벗어났다. 미란 선녀와 그 외 피곤해하는 선녀들과 함께, 사예는 연회장에서 벗어나 신정당으로 돌아갔다. 선녀들과 복도에서 헤어지고, 사예는 그녀가 머무는 방으로 돌아왔다.

사예가 방 안으로 돌아오자 술시 하나가 따라 들어와 초를 켜 줬다. 술시가 물러난 후, 사예는 크게 심호흡을 하며 연회장에서 꾸역꾸역 쌓인 답답함을 풀어내려고 했다. 소리라도 지르고 싶었으나 당연히 그럴 수는 없었다.

답답함에 한숨을 내쉰 사예는 습관처럼, 품속에 챙겨 뒀던 사진검과 교서를 꺼내 확인했다. 환술로 크기를 작게 한 두 물건이 안전한 것을 보며 괜찮다고 스스로 되뇌었다. 검과 교서를 나란히 내려놓고 보다가, 치마 속에 매어 둔 노리개도 확인했다. 청하의 여의주도 무사히 잘 있었다. 마음을 가라앉히며 숨을 크게 들이마시고 내쉬던 사예는, 결국 안 되겠다고 생각하며 자리에서 일어났다. 그녀는 창을 열고 그 너머에서 느껴지는 목기라도 느끼기로 했다.

얼른 창 쪽으로 다가간 사예는 손을 뻗어 창을 열었다. 어둠이 내려 바깥이 제대로 보이진 않았으나, 어둠 속에서도 흔들리는 나뭇잎들의 소리가 들리고 그 사이로 목기가 흘러 넘쳤다. 후원을 밝히고 있는 술법의 불꽃이 드문드문 그 사이를 비추고 있어 분위기도 그만이었다. 연회가 열린 탓에 대부분의 선녀들이 연회에 가 있어 신정당의 후원은 조용하기 그지없었다. 아, 좋다, 하고 생각하며 숨을 깊게 들이마시던 사예는 무심결에 고개를 돌렸다가 그녀의 방과 가까운 나무 아래, 누군가 서 있는 것을 발견했다.

"헉."

그녀는 깜짝 놀라 열었던 창의 문고리를 바로 잡았다. 그러나 창을 닫고 그대로 방으로 들어가지는 않았다. 급하게 든 손에 내려트려 놓았던 옷고름이 걸려 버렸으나 사예는 그 불편함조차 인식하지 못했다. 다만 그녀는 주변의 불빛이 비춰 준 탓에 나무 옆에 서서 그녀를 쳐다보고 있는 이가 누군지 알았다. 그리고, 그가 거기 있을 수 없는 선인이라는 것도 알았다. 설마 하는 마음에 문고리를 잡은 손에 힘이 들어갔다. 그녀는 몸을 앞으로 내밀어 그를 다시금 확인했다. 자세히 봐도 그녀가 잘못 본 게 아니었다. 검게 내려선 나무 그림자 아래, 그보다 더 검은 사내. 그는 그녀에게 시선을 고정한 채로 미동도 없이 서 있었다. 사예는 놀란 마음을 안도의 한숨과 함께 뱉어 냈다.

"깜짝 놀랐잖소……."

서 있던 사내가 좀 더 앞으로 나왔다. 그늘 속에서 나온 그는 구름 모양으로 장식된 난간을 뛰어넘어 사예에게로 다가왔다. 열린 창을 사이에 두고 거리가 가까워졌다. 창을 사이에 두고, 시건과 사예는 마주 보고 섰다.

"어찌 여기 있소?"

사예는 가까이로 다가온 시건에게 물었다. 이곳은 감사부 내에서도 오직 선녀들만 머무는 신정당이었다. 그런데 그런 신정당의 한가운데에, 그것도 시건이 떡하니 와 있으니 두 눈으로 보고도 꿈인가 싶었다. 시건은 그녀의 물음에 담담하게 대답했다.

"양상과 함께 왔다. 양상이 전에 감사부에 왔던 일이 있나 보더군."

"아……."

사예는 양상이 순식간에 사라지고 나타나는 도사라는 것을 떠올렸다. 그런데 감사부만으로 모자라 신정당까지 알다니 솔직히 이상했다. 대체 양상은 감사부에 와서 무슨 짓을 하고 갔단 말인가. 어쩌면 염탐을 했을지도 몰랐다.

"……도사님은 어디에 있소?"

"주변을 살피고 있다."

"신수를 찾으러 왔소?"

"그래."

사예는 그녀가 처음으로 한 도술이 제대로 효력을 발휘했다는 사실을 알 수 있었다. 뿌듯한 마음이 들었지만 한편으로는 이상하게 쑥스러운 마음이 들었다. 그녀가 보낸 나뭇잎을 보자마자 야밤에 위험을 무릅쓰고 감사부로 나타난 시건을 보고 있자니 어쩐지 마음이 진정되지 않았다. 사예는 괜히 창 문고리를 만지작거리며 말했다.

"현무는 후원에 있는 정자 밑에 있소. 그대가 암굴에 갇힌 후에 만든 호수와 정자라고 하오. 헌데, 아무리 그래도 이리 무턱대고 감사부에 찾아오면 어떡하오? 지금 여기 분위기가 어떤 줄 알고."

열심히 시건에게 설명을 하던 사예는 곤란한 마음에 눈썹을 찌푸렸다. 지금 감사부에는 선계에서 내려온 천제의 친위군도 있었고 선녀와 선인 관리들도 한가득이었다. 그러나 시건은 그 위험한 상황에 대한 조금의 위기감도 없는 것 같았다.

"내가 걱정이 되나?"

시건이 언젠가 했던 질문을 반복했다. 사예는 도끼눈을 뜨고 그때만큼 단호하게 부정했다.

"아니! 그쪽이 걸려서 괜히 나까지 위험해지면 안 되니까 그렇지!"

"……그래."

시건은 사예에게 손을 내밀었다. 사예는 시건의 손을 쳐다봤다. 큰 손 안에 조그만 나뭇잎이 있었다. 그녀가 열심히 글자를 써서 보낸 나뭇잎이었다. 안 그래도 작은 게 시건의 손안에서 더 작아 보였다.

"그대 때문에 안 올 수가 없었다."

사예는 눈을 크게 뜨고 시건을 쳐다보다가, 깜빡깜빡거렸다. 그대 때문에, 그대 때문에, 그 말만 귓가에 맴돌았다. 뭐라고 대답해야 할지 알 수가 없어서 사예는 그저 시선과 말을 동시에 돌렸다. 즉, 딴소리를 했다.

"……사실 이건 엄청 중요한 이야기인데, 내가 써서 보내는 건 영 불가능해서. 내 보니 그대 신수는 발에 조쇄가 채워져 있었소."

"조쇄?"

그 말에 시건도 눈썹을 찌푸렸다. 사예는 얼른 고개를 위아래로 끄덕였다.

"토행의 봉인이 걸려 있던 것을 보아 아무래도 감사가 그대 신수를 암굴에서 훔쳐다가 조쇄를 채워 놓은 모양이오."

"그렇군……. 그래서."

시건은 그제야 이해를 하고 중얼거렸다. 그의 신수가 주인에게 전혀 반응하지 않고 손등의 표식조차 빛나지 않는 이유를 알았다. 사예는 눈을 빛내며 물었다.

"난 조쇄에 대해 잘 모르오. 그게 어찌 채우는 건지도 모르고, 푸는 방도도 모르고. 무려 신수를 구속하는 건데 그냥 묶고 풀고 하는 게 다는 아니겠지. 혹 그대는 아오?"

"아니."

천서제가 엄격하게 금지한 후로 선인들은 조쇄가 무엇인지만 알 뿐이었다. 조쇄 그 자체를 금기처럼 여기고 살아왔기에, 시건이고 사예고 조쇄에 대해서 더 자세히 아는 바가 없었다. 시건의 대답을 들은 사예는 혀를 찼다.

"그럼 그쪽도 도리가 없네. 하긴, 만약 내 알았어도 그걸 써서 보낼 수는 없었을 것이오."

비록 나뭇잎 하나를 도술로 동하까지 보냈다고 해도, 사예의 도술은 거기까지가 한계였다. 그녀는 나뭇잎이 사라진 후에 그녀가 깨달은 사실에 대해 자세히 보내기 위해 붓을 들고 편지까지 썼지만, 그녀가 성심을 쏟아부어 완성한 편지가 실제는 없다고 여기는 것은 불가능했다. 몇 번을 시도해도 영 성공하질 못했다.

결국 지친 그녀는 나뭇잎에 대충 신수의 이름을 써 보내기에 이르렀다. 그래서 사예는 그녀가 안 사실에 대해 시건에게 자세히 전하는 것은 완전히 포기하고 있었다. 그러나 지금, 난데없이 시건이 그녀의 눈앞에 나타났으니 바로 지금이 기회다 싶었다. 사예는 그녀가 본 모든 것을 시건에게 전해야 했다.

"어쨌든 그대 신수는 그것 때문에 갇혀 있었소. 감사가 들킬까 염려되어 호수를 파 정자를 만들고, 그 아래 봉인까지 해서 감춰 놓은 것이 분명하오."

그녀의 말을 조용히 듣고 있던 시건이 물었다.

"그 사실은 어찌 알았지?"

"뭐가?"

"내 신수가 조쇄가 채워진 채 갇혀 있다는 사실. 봉인까지 되어 있었는데 그대가 어찌 알아?"

사예는 눈동자를 위로 굴렸다가 다시 시건을 보며 대답했다.

"내 감사부에 있는 과거의 기록을 보려고 했으나 감사가 허락하지 않았소. 당연히 밤에 몰래 찾아보려고 빠져나갔다가 우연히 그대 신수를 봤소. 물론 청하가 맘대로 날아가서 찾느라 갔던 것이지만."

사예의 태연한 대답을 들은 시건은 못마땅한 얼굴이었다. 물론 큰 표정 변화는 없었지만 조금 찌푸려진 눈썹에서 그 감정이 고스란히 드러났다.

"그리 돌아다니다 발각이라도 됐다면 큰 고초를 겪었을 것이다. 그대 마음은 알지만 그런 일은 더는 하지 마라."

사예는 자못 엄하게 말하는 시건의 눈치를 슬쩍 봤다. 그녀는 아랫입술을 깨물었다가, 괜히 시건의 시선을 피했다.

"……내가 걱정이 되나 보네?"

사예가 슬쩍 떠보듯 말하자 시건은 늘 그렇듯 담담하게 대답했다.

"그래. 위험한 일은 하지 않았으면 좋겠다."

정작 대답을 한 사람은 태연했지만 대답을 들은 사예가 괜히 얼굴을 붉혔다. 사예는 부끄러움을 감추기 위해 괜히 탓하는 어조로 시건에게 투덜거렸다.

"그냥 있다 갈 거였으면 감사부에 무얼 하러 왔겠소? 감사부에서 오래된 기록을 찾아볼 수 있다고 말한 사람이 누구람……. 그대가 감사부에 이리 온 게 곱절은 더 위험하오."

"그래. 내가 잘못했다. 그러니까 앞으로는 그러지 마라."

사예는 계속 부끄러워서 창 문고리를 쥔 손가락만 연신 꼼지락거렸다.

"어차피 이젠 돌아다니지도 못하오. 도깨비들 때문에 감사가 겁을 먹었는지 감사부 경계를 강화한 터라."

사예는 그 강화된 경계를 멀쩡히 뚫고 들어와 있는 시건의 앞에서 말하자니 우습다는 생각이 들었다. 새삼 도술이라는 게 참 유용한 것이구나, 생각하고 있는데 시건이 물었다.

"귀호를 만났나?"

사예는 눈썹을 있는 대로 찌푸리고는 대답했다.

"아니! 내 그자의 머리카락 한 가닥도 구경하지 못했소! 그자는 감사한테 밉보여서 지금 감사부에 오지도 못한다고 하오. 뭐요? 목숨을 걸고 지켜 줄 거라면서."

"그래……."

시건은 가만히 선 채로 투덜거리는 사예를 빤히 쳐다봤다. 투덜거리던 사예는 문뜩 머리카락 이야기를 내뱉은 김에 그녀가 엉망으로 잘랐던 시건의 머리카락을 떠올렸다.

"참, 그러고 보니. 그쪽 머리는 좀 어찌 되었소? 다시 다듬었소?"
"아니."
사예는 고개를 빼고 시건의 머리를 쳐다보려다가, 그가 그녀의 질문에 부정하자 인상을 찌푸렸다.
"아니, 왜 아직껏 다듬지 않은 것이오?"
"그대가 잘라 준 거라."
"……."
사예는 입을 꾹 다물고 시건의 시선을 피했다. 그러나 시건의 눈은 조금도 움직이지 않고 사예에게만 꽂혀 있었다. 그가 조금도 시선을 떼지 않아서 사예는 아까보다 훨씬 부끄러워졌다. 그녀는 그제야, 연회에 참여하기 위해 술시들이 그녀에게 고운 비단옷을 입혀 주고 화장까지 해 줬던 것을 떠올렸다. 이렇게까지 제대로 차려입고 시건과 마주하는 것은 처음이었다. 어쩐지 부끄러운 마음에 슬쩍슬쩍 시건을 쳐다보던 사예는 그는 조금도 부끄러워하지 않는데 그녀 혼자 유난을 떨고 있다는 사실을 깨달았다. 그래서 아무렇지 않은 척하기 위해 헛기침을 하고는 일부러 천연덕스럽게 물었다.
"뭘 그리 빤히 쳐다보시오? 왜. 내가 또 곱소?"
그리고 시건은 이번에도 역시 담담하게 대답했다.
"곱다는 말로는 부족……."
"맴—맴—맴—"
귀를 쫑긋 세우고 있던 사예는 갑작스러운 소리에 화들짝 놀라 움찔거렸다.
"뭐, 뭐요? 이게 무슨 소리요?"
"……양상이다. 누가 오면 신호를 주겠다고 했다."
"……."
사예는 얼굴을 팍 일그러트렸다. 불안한 마음에 일단 숨을 죽이고 주변을 살폈다. 그러나 다가오는 기척은 어디에도 없었다. 그리고 아마도 양상이 냈을 게 분명한 철에도 안 맞는 곤충 소리는 온데간데없이 사라졌다.

사예는 빨개진 얼굴로 헛기침을 했다. 어쩐지 양상이 그 언젠가처럼 뒤에서 지켜보고 있을 것만 같았다. 아까 소리도 부러 낸 것이 아닌가 하는 의심마저 들었다. 얄미운 양상을 속으로 욕하고 있던 사예는 문뜩 그녀가 시건에게 주고 왔던 댕기를 떠올렸다.

"내가 준 댕기는 잘 보관하고 있소?"

"그래."

시건은 그의 왼팔을 들어 보였다. 사예는 눈을 동그랗게 떴다. 그의 옷소매 사이로 매어진 푸른색 댕기가 보였다. 단단히 묶인 댕기는 조금의 틈도 허락하지 않고 그의 팔목에 묶여 있었다. 사예는 그 모습을 보자 갑자기 웃음이 터졌다. 풋, 하고 웃은 그녀는 시건과 눈이 마주치자 얼른 표정 관리를 했다. 그녀는 바닥만 쳐다보며 중얼거렸다.

"아니, 뭘 지니고 다니기까지……."

사예는 고개를 숙였다. 자꾸만 입술 끝이 올라갔다. 사예는 애써 표정을 관리하려고 노력했다. 그녀는 속으로 난 안 웃겨, 하나도 좋지 않아, 하고 연신 생각하며 마음을 다잡았다. 그러나 그녀가 준 댕기를 성심성의껏 팔에 묶고 다녔을 시건을 생각하니 웃음이 안 나올 수가 없었다.

사예가 웃음을 참는 동안 시건은 여전히 그런 사예에게서 시선을 떼지 않고 응시하고 있었다. 그의 시선이 머리 위에서부터 아래로 흘렀다. 시건은 사예가 웃음을 참느라 고개를 숙여 얼굴을 감추는 게 안타까웠다. 이유는 잘 모르겠으나 오랜만에 봐서 그런지 유독 사예에게서 시선을 떼기 힘들다고 생각했다. 윤택이 흐르는 비단결을 따라 움직이던 시건의 시선에, 창문 고리를 잡은 사예의 팔에 걸쳐진 자색 옷고름이 보였다. 유독 고운 모습에 남은 그 작은 흐트러짐 때문에 시건은 손을 뻗었다. 그는 그저 그 고름을 제대로 내려 줄 생각이었다.

문제는, 그의 손이 뻗어 오자 사예가 놀라 뒤로 재빨리 물러난 것이었다. 그러나 이미 시건의 손은 옷고름 끝을 잡은 후였다. 그가 옷고름 끝을 잡고, 사예가 뒤로 물러나고, 그 바람에 고름이 당겨졌다. 스륵, 소리를 내며 고름을 묶어 만든 고리가 빠져나갔다. 그 모든 게 사예에게는 시간이라도 늦춰진 듯 느리게 보였다. 어, 하고 생각하는 순간 고름이 풀어졌다. 풀린 고름이 내려앉았다. 느슨해진 고름 사이 가슴 부근을 덮고 있던 저고리 앞섶이 떴다.

"……."

"……."

침묵이 흘렀다. 사예는 상황을 제대로 이해하기 전에 얼굴부터 빨개졌다. 풀린 옷고름 끝은 여전히 그 고름을 잡은 사내의 손에 들려 있었다. 겨우 정신을 차린 사예는 얼른 손을 들어 저고리를 눌렀다. 그녀는 차마 말이 안 나와서, 그저 눈짓으로 옷고름을 가리켜 보였다. 그 옷고름을 놓으라는 의미였다. 시건은 옷고름을 한 손에 잡은 채로 그런 사예를 빤히 쳐다봤다. 쳐다보다가, 고름으로 시선을 내렸다. 그러고는 손에 든 옷고름을 그의 쪽으로 당겼다.

"어어, 어!"

사예는 당황한 채로 앞으로 끌려갔다. 시건은 계속 옷고름을 그에게로 당겼고, 사예는 이를 악물고 저고리를 누른 채로 그에게 끌려갔다. 훤히 뚫린 창 때문에 사예는 그대로 앞으로 고꾸라질 것만 같았다. 그녀는 본능적으로 빈손을 뻗어 시건의 어깨를 짚었다. 바로 앞에 있는 그에게 기댄 덕분에 땅으로 구르지 않은 것을 다행으로 여겨야 할 지경이었다.

사예는 서로의 앞가슴이 거의 맞닿아 있는 것을 깨닫고는 얼굴을 붉혔다. 닿은 가슴은 부드러운 어머니 품과는 달리 단단한 사내 품이었다. 그 생경함에 그녀가 당황해서 밀쳐 내려고 하자, 그가 다른 팔을 뻗었다. 시건의 팔이 치마로 덮인 사예의 허리를 안았다. 움찔 놀란 사예는 떨리는 목소리로 말했다.

"놓, 놓으시오."

"그래."

시건은 의외로 순순히 대답했다. 사예는 그 고분고분한 대답에 외려 놀라 고개를 들었다. 바로 코앞의 거리에서, 시건과 눈이 마주쳤다. 사예는 숨을 멈췄다. 이제까지 있었던 그 어느 때보다 가까운 거리였다. 검은 눈동자 속의 기이한 빛깔이 선명히 보일 정도로 가까웠다. 그리고 시건이 말했다.

"그대도 놔."

이해 못 한 사예가 눈을 깜빡이는 동안, 시건은 정말로 고름을 잡고 있던 손을 놓았다. 그러나 놓은 손은 고름을 잡고 있던 손뿐이었다. 그는 그녀의 허리를 안은 손을 놓지는 않았다. 대신 저고리를 누르고 있는 그녀의 손을 잡고는 떼어 냈다. 당황한 사예에게로 시건의 얼굴이 좀 더 가까이 다가왔다. 움직이기만 하면 바로 얼굴마저 맞닿을 것 같아, 사예는 완전히 굳어 버렸다. 그녀는 그 언젠가 시건과 이만큼 가까워졌던 밤에 가만히 있었던 스스로를 자책하며 했던 생각을 떠올렸다.

'따, 따귀를 때리든가……. 그럼 아프잖아. 소리를 지르면…… 누가 오면 어째.'

결국 사예는 아무것도 하지 못하고 그저 그의 손이 하는 대로 멍하니 저고리에서 손을 뗐다. 갈 곳 잃은 손이 허공을 방황하다 시건의 어깨를 잡았다. 그에게 완전히 기대자 혼란에 가득 찬 머리와 반대로 몸은 편해졌다. 손에는 그녀가 흔들 수 없을 것 같은 단단한 어깨가 만져지고, 허리에서는 벗어나지 못하게 안은 강한 힘이 느껴졌다. 그 상태에서 시선을 아래로 내린 시건이 입을 열었다. 낮은 목소리가 너무 가까이에서 울렸다.

"그대 옷고름을…… 이리 풀 생각은 없었는데."

사예는 차마 아래를 내려다보지 못했다. 그녀는 그저 얼어붙은 채로, 바로 앞에서 보이는 시건의 속눈썹만 쳐다보고 있었다. 그가 시선을 내린 탓에 살짝 내리깔린 그 속눈썹만. 그리고, 귀가 소리를 들었다. 비단이 쓸리는 소리, 그 소리 후에 앞이 휑해졌다. 찬 공기가 가슴 위를 스쳤다. 순간 어깨를 움츠리는데, 살갗 위로 그보다 더 차가운 것이 닿았다. 사예는 그것이 손이라는 것을 알았다. 몇 번이고 닿았던 시건의 차가운 손이었다. 손은 옷 속을 파고들고, 앞가슴 위에서 쇄골을 덮고 올라와 목뒤로 넘어갔다. 손이 올라옴과 함께 시건의 시선도 위로 올라왔다. 목덜미를 쓸고 올라온 손이 뺨을 어루만지며 앞으로 넘어왔다. 올라온 손가락이 입술에 닿았다.

사예는 손을 따라 올라온 시건의 시선도 그녀의 입술에 닿았다는 것을 깨달았다. 바로 앞에서 와 닿는 타인의 숨결이 점차 뜨거워지는 것도 알았다. 차가웠던 손은 이미 그녀의 몸에서 체온을 빼앗고 그녀와 같은 열기를 나누고 있었다. 입술에 닿았던 시건의 손가락이 떨어졌다. 시건이 눈을 감았다. 그의 고개가 움직였다. 사예는 그를 따라 그녀도 모르게 눈을 감았다. 시건의 어깨를 짚은 손을 꽉 쥐었다. 남은 것은 오로지 닿고, 그 속에서 오가는 것뿐일 순간에.

"맴—맴—맴—"

사예는 눈을 번쩍 떴다. 정신도 같이 번쩍 들었다. 반사적으로 시건을 있는 힘껏 밀었다. 그 반동으로 그녀의 빠져나왔던 상체는 창

안쪽으로 들어갔다.

"안녕히 가시오!"

사예는 팔을 뻗어 창 두 개를 쾅 닫아 버렸다. 창을 닫고 돌아선 그녀는 다리에 힘이 쫙 풀려서 그대로 주저앉았다. 팔과 다리가 모두 후들후들 떨렸다. 온몸이 뜨겁고 제정신이 아니었다. 사예는 떨리는 손을 올리다가, 깜짝 놀라 고개를 내렸다.

"헉."

그녀는 입술을 파르르 떨었다. 직접 보니 가관이었다. 저고리의 고름이 풀린 것은 아무것도 아니었다. 그 속에 입은 속적삼도 벌어지고, 그 안에 속살마저 다 드러나 있었다. 사예는 치마 위, 눌러 묶은 젖가슴 위에 시건이 시선을 꽂고 그의 손을 움직였던 것을 떠올렸다.

"시집은 다 갔다, 다 갔어……."

얼굴이 터질 것 같았다. 심장도 같이 터질 것 같았다. 아니 그냥 온몸이 터져 버릴 것 같았다. 사예는 허둥지둥 풀린 고름을 마구 묶어 드러나 있던 살을 가렸다. 가까이에서 시건이 했던 말이 귓가에 맴돌았다.

'뭐, 옷고름을 이리 풀 생각은 없었어? 이리 안 풀면 어찌 풀었을 건데! 어쨌든 풀 생각을 하기는 했다는 거야? 누구 마음대로!'

부끄럽고, 창피한데 이상하게 떨렸다. 앞가슴을 저고리로 가린 후에도 부끄러움이 남아서 몸을 웅크리고 두 팔을 교차로 해서 가렸다. 그녀는 눈을 질끈 감았다. 그녀가 가까이에서 보고 느낀 모든 것을 잊기 위해 이를 악물었다. 그러나 아무리 눈을 감고 고개를 저어도 잊히지 않았다. 가슴 위로 닿았던 손길과 움직이던 시선. 눈을 감고 바로 다가오던 그 얼굴까지. 아직도 그 손이 닿은 것 같고, 그 눈이 그녀에게 꽂힌 것 같았다.

✼ ✼ ✼

신정당의 후원에서, 양상과 시건은 나무 사이에 몸을 숨기고 있었다. 분위기가 심상치 않은 시건을 외면한 채로 양상은 주변을 살폈다. 양상도 방해하고 싶어서 그런 것이 아니었다. 누군가 다가오는 기척을 확실히 느꼈기 때문에 그로서도 정말 어쩔 수 없는 일이었다. 아주 가벼운 걸음으로, 누군가 후원을 걸어오고 있었다. 양상은 시건이 사예와 이야기를 나누는 동안 만든 결계 뒤에 숨어서 누군지 모를 이가 지나가길 기다렸다. 나무 사이에서 나타난 이는 선녀 자희였다. 자희는 느릿하게 걸어왔다. 양상은 숨을 죽이고 기다렸다. 양상이 선녀가 저대로 지나갈 거라고 생각하고, 기다리고 있을 때였다.

"아이참……."

자희가 혼자 웃었다. 입술 끝이 매끄럽게 올라갔다. 그 순간, 자희와 양상의 눈이 마주쳤다.

"꽃 꺾으러 왔다 쥐 잡게 생겼네."

그 말과 동시에, 자희가 팔을 휘둘렀다. 그 움직임에 양상이 쳐 둔 결계가 강하게 흔들렸다. 양상은 눈을 크게 떴다.

'도술?'

시건과 양상은 결계가 부서지고 그로 인한 충격에 뒤로 날아갔다. 다행히 넘어지지 않고 제대로 바닥에 내려선 둘은 미소 짓고 서 있는 자희를 똑바로 응시하고 섰다. 시건은 자희를 보고 눈을 가늘게 떴다. 자희는 두 사내를 보며 말했다.

"참으로 겁도 없으셔라. 감히 이 감사부, 그것도 금남의 구역인 신정당에 들어서다니."

자희가 손으로 환술의 수인을 맺었다. 서 있던 나무들의 가지가 제멋대로 휘어지며 양상과 시건에게 몰려들었다. 그것이 선인의 음양오행술처럼 진짜가 아니고 환술로 인한 가짜임을 알기에, 양상은 마음을 집중하고 나무 지팡이를 휘둘렀다. 그의 도술에 의해 나뭇가지들은 사라졌다가, 다시 뻗어 오기를 반복했다. 안 되겠다는 사실을 알았는지 자희는 잠시 손을 멈추고 양상과 시건을 쳐다봤다. 의외로, 먼저 입을 연 쪽은 시건이었다. 시건은 자희를 빤히 쳐다보다가, 미세하게 얼굴을 일그러트린 채로 물었다.

"네 어찌……. 아직도 그 생을 부지하고 있느냐?"

양상은 시건을 쳐다봤다. 자희는 눈을 크게 떴다가, 곧 씨익 웃었다. 미소는 곧 얼굴 근육이 일그러질 정도로 진해졌다. 어둠 속에서 자희의 눈이 기괴한 안광을 발했다.

"소녀를 아시어요?"

자희가 그렇게 말하는 순간, 갑자기 또 다른 인기척이 끼어들었다. 셋은 동시에 고개를 돌렸다.

"무슨 소리가……."

또 다른 선녀 하나가 모습을 드러냈다. 선녀 미란이 셋의 모습을 발견하고는 눈을 크게 뜨는 사이, 자희가 환술을 부렸다. 나타난 검은 환술시가 쏜살같이 달려 나가 미란 선녀의 몸을 찢었다. 선녀가 날카로운 비명을 질렀다. 붉은 피가 후원에 뿌려졌다. 피 냄새가 가득 퍼졌다. 미란 선녀는 쓰러지고, 환술시를 없앤 자희가 환술을 부려 하늘 위로 불꽃을 쏘아 보냈다. 환술로 만든 가짜 불똥이 어두운 하늘 위에서 터졌다.

"침입자다! 침입자가 있다!"

자희는 그대로 쓰러진 미란 선녀의 몸을 품에 안고 계속 소리를 질렀다.

"침입자다!"

양상은 바로 시건과 나란히 섰다. 시건이 양상의 나무 지팡이를 잡자마자, 양상이 도술을 부려 둘은 그 자리를 벗어났다. 자희의 고함소리를 들은 선군이 신정당으로 달려오고 있었지만 둘은 이미 그 자리에서 사라진 후였다. 자희는 두 손과 입은 날개옷에 가득 미란 선녀의 피를 묻히고는 온 감사부의 선인들에게 들으라는 듯 부르짖었다.

"미란 선녀! 정신 차리십시오! 미란 선녀!"

불러 온 배를 부여잡고 신음을 흘리던 미란 선녀는, 더 이상 버티지 못하고 그대로 눈을 감았다. 몸이 찢어져 흘러나오는 선녀의 피는 채 식지 못해 뜨거웠다.

※ ※ ※

양상과 시건은 그대로 동하의 능림에 나타났다. 둘은 숲 사이에서 겨우 몸을 제대로 세우고 섰다. 거칠어진 숨을 내쉬며 양상이 말했다.

"대체 어찌 된 일이오? 그 선녀, 아니, 선녀가 맞는지도 모르겠군. 아무튼 그 선녀를 어찌 아시오?"

양상의 물음에 시건은 고민에 잠긴 얼굴로 설명했다.

"내가 아는 바로 아까 그건 선녀가 아니고 요선이다. 내 옛날에 용수궁에 들어 한 궁관을 본 일이 있었는데, 그때 그 궁관이 선녀가 아니고 요선이라는 사실을 알았다. 나는 그 즉시 내 아버님께 그 사실을 고했고, 결국 그 요괴는 선군들에 의해 처형을 당한 것으로 알고 있었다. 헌데……."

"어찌 그 요괴가 아직껏 살아 있단 말이오? 그것도 선녀의 모습을 하고."

양상의 물음에 시건은 인상을 찌푸린 채로 고민했다. 그가 알기로 그 요선이 선녀 행세를 하며 선제인 헌정제의 곁에 붙어 있었던 것이

거의 40년이었다. 그런 요선이 시건에 의해 처형을 당한 후, 시건이 암굴에 가기까지 걸린 시간과 그가 암굴에서 보낸 시간까지 치면 대략 80년이 흘렀다. 그렇다는 것은 그 요선은 현재 적어도 120년 이상을 살았다는 의미였다. 그것만 해도 이상한데, 더 이해 불가능한 부분은 따로 있었다.

"그보다 더 이상한 게 있다, 양상. 저 요선은 지금 환술로 선녀로 둔갑한 것이 아니다."

양상은 고개를 끄덕였다.

"소생도 아오, 그것은 환술이 아니고 도술이오."

"그래. 그리고 그 옛날에도 그랬다. 내가 본 요선은 환술로 둔갑한 선녀가 아니었다. 그때는 내 도술을 알지 못해 그것이 무엇인지 몰랐으나, 이제 보니 알겠더군."

시건이 생각에 잠긴 얼굴로 말하자, 양상이 한숨을 내쉬었다.

"소생이 짐작 가는 바가 있소이다, 장군. 헌데 소생 역시 확답을 내릴 수 없으니 조금의 확인이 필요할 것 같소이다. 안 그래도 지금 그 요선 때문에 장군까지 발각되어 이후 상황이 어찌 될지 알 수 없으니, 서둘러 확인을 하는 게 낫겠소. 장군도 함께 갑시다. 그곳에 가면 아마 그 요선에 대해 어느 정도 답을 얻을 수 있을 것이라 사료되오."

"그곳이 어디인가?"

시건의 물음에 양상은 영 편치 않은 얼굴로 대답했다.

"소생 말고 또 다른 도사, 권교(權交)를 만나야겠소이다."

※ ※ ※

말을 나눈 둘은 그 즉시 도사 권교를 만나러 갔다. 양상이 생각하기에 그 요선이 신선의 은혜를 입었을 리는 없고, 그럼 도술을 익힐 다른 방도란 도사 권교밖에 없었다. 따라서 그 요선에 대해 좀 더 알아보기 위해서는 도사 권교를 만나야 했다. 도사 권교는 양상보다 먼저 도사가 된 인물로, 신선이 되기 위해 산속에서 홀로 수행을 하는 것으로 알려져 있었다. 양상은 그 옛날 이 도사를 만나러 온 적이 있어 그가 수행을 한 산이 어디인지를 알고 있었고, 도술로 단숨에 그곳으로 이동했다. 도착한 산은 남하 동부의 청산(靑山)이었다.

"장군, 전에 소생이 암굴에서 준 부적은 그대로 가지고 있으시겠지? 산이라 원귀가 많을 것이오."

"그래."

고개를 끄덕인 양상은 걸음을 빨리해 깊은 산중으로 들어갔다. 사방이 온통 어두워 길을 잃을 수도 있는 위험한 상황이었지만 양상은 그다지 망설이지도 않고 앞장을 섰다. 그는 나무 지팡이로 바닥을 짚으며 시건에게 말했다.

"사실 아직도 그 도사가 이 산에 있는지는 소생도 모르오. 실제로 소생도 만나 본 일은 없어서. 소생은 그저 도사를 만나러 왔다가 못 만나고 돌아갔을 뿐이었소."

"그때가 언제지?"

"삼백 년 전쯤. 도사가 되고 얼마 안 되었을 때였지. 당시엔 소생의 배움이 부족하여 도사의 결계를 깨지 못했었지."

양상은 제멋대로 자란 수풀을 헤치고 앞으로 나아갔다. 한참을 올라가자, 시건은 멀리 도술로 쳐진 결계를 볼 수 있었다. 양상은 결계가 그 눈에 보이지는 않겠지만 그래도 도사인지라 뭔가를 느끼기는 했는지 거침없이 앞으로 걸어갔다.

"여기로군."

양상이 지팡이로 산 사이의 작은 초가를 가리켜 보였다. 초가 전체에 도술이 걸려 있었다. 시건은 그의 눈으로 봤고, 양상은 그 옛날에는 도술을 제대로 익힌 상태가 아니라 그저 이 초가를 빙빙 맴돌다 돌아갔지만 지금은 분명히 알 수 있었다. 양상은 지팡이로 시건의 앞을 막아서며 말했다.

"물러서시오, 장군."

시건은 일단 뒤로 물러났다. 둘은 예민하게 주변에서 움직이는 기를 살폈다. 제법 많은 수였다. 많은 수의 무언가가 풀숲 사이에서 그들을 노리며 움직이고 있었다. 어둠 속에서 움직이던 그것들은, 단숨에 양상과 시건에게로 달려들었다. 시건은 달려드는 환술시들이 그가 본 적이 있는 환술시라는 사실을 깨달았다. 그건 감사부에서 선녀의 탈을 쓴 요선이 만들었던 환술시인 동시에, 북하에서 사예를 공격하던 그 검은 환술시들이었다.

양상이 지팡이를 휘둘러 환술시들을 하나, 하나 없앴다. 시건도 뒤에서 부적을 던졌다. 검은 환술시들은 손톱을 빼 들고 둘에게 달려들었다. 하지만 양상은 도술로 그런 환술시들을 지팡이가 닿기도 전에 없애 버렸다. 덮쳐드는 모든 환술시를 없앤 양상은 자세를 바로잡았다. 그는 초가 전체에 걸린 도술의 결계를 풀기 위해 마음을 집중했다. 그가 늘 손에 들고 다니는 나무 지팡이는 도술에 필요한 게 아니었다. 본래는 마음을 잡기 위한 용도였다. 손바닥에 낡은 나무 지팡이의 촉감이 느껴졌다.

'사실 이것은 없는 것이다.'

그리고 저 초가를 둘러싼 도술의 결계도 마찬가지였다. 양상은 눈을 떴다. 그는 그대로 도술의 결계 속으로 달려들었다. 팔을 뻗어 나무 지팡이를 크게 휘둘렀다. 지팡이가 결계와 크게 충돌했다. 양상은 이를 악물었다. 찢어지는 소리와 엄청난 압력이 쏟아져 나왔다.

양상은 절대 이대로 물러날 수 없다는 마음으로 버텼다. 어차피 저것은 존재하지 않는 것, 두려움도 물러섬도 없다고 생각하며 버텼다.

우득, 우득 하고 양상이 손에 든 지팡이에 금이 가기 시작했다. 드드드득, 하고 금이 가는 소리와 함께, 양상은 기어코 지팡이를 끝까지 휘둘러 결계를 찢었다. 결계가 찢어짐과 동시에, 손에 들고 있던 지팡이가 박살이 났다. 귀 아픈 소리와 함께 찢어진 결계가 사라졌다. 양상은 반동으로 뒤로 날아가 나뒹굴었다. 시건이 그런 양상을 일으켜 세워 주는 동안, 초가의 진짜 모습이 드러났다.

양상은 시건의 도움을 받아 겨우 몸을 세우며 결계가 사라진 초가를 응시했다. 부서진 지팡이의 조각이 날려 양상의 얼굴에 생채기를 남겼지만 그는 눈도 깜빡이지 않았다. 조금씩, 초가가 무너지기 시작했다. 지붕 끝이 모래처럼 파사삭 가루가 되어 날리고 조금씩 허물어졌다. 기둥과 벽, 틀은 남아 있었지만 금방이라도 무너질 듯 아슬아슬했다. 양상이 결계를 없애기 전에 봤던 초가의 모습과는 전혀 달랐다. 먼지가 걷히고 다 부서진 낡은 초가가 제대로 보였다. 시건에게 고맙다고 인사를 한 양상이 아직도 살짝 떨리는 손을 털며 말했다.

"유감스럽게도 상대의 도술 실력이 생각보다 더 뛰어난 모양이외다."

심지어 그 도술의 당사자가 아까 봤던 그 요선이라면 확실히 좋지 않은 일이었다. 양상과 시건은 결계가 사라진 가옥 안으로 들어갔다. 창호지가 다 떨어진 문을 연 양상은 방 안에서 그가 찾던 이를 발견했다.

"뉘신데 이 같은 무례를 범하오?"

방 안에서 곤색 도포를 입은 사내가 서안 앞에 앉은 채로 물었다.

안에 멀쩡한 사람이 있는 것을 보고 다가가려고 했던 양상은, 곧 이 상황이 너무나 이상하다는 것을 깨달았다.

'다 쓰러져 가는 가옥에, 초도 켜지 않고 서안 앞에 앉아 있는 사내라.'

이상함을 느끼고 걸음을 멈춘 양상의 뒤로 시건이 다가왔다. 시건은 눈을 크게 뜨고 있는 사내를 보고는 바로 방 안으로 들어갔다.

"어찌 이러시오? 이 무슨 무례요? 당장 나가시오!"

사내는 자리에서 벌떡 일어났다. 그리고 일어남과 동시에, 사내의 얼굴이 일그러졌다. 사내의 온몸이 검게 변하고, 그는 검은 환술시가 되어 시건에게 달려들었다. 환술시가 휘두르는 손톱을 피한 시건이 품에서 부적을 꺼내 던졌다. 부적은 환술시에게 날아가 그대로 꽂혔다. 몸을 뒤틀며 비명을 지른 환술시는 펑 소리를 내며 머리카락 한 가닥으로 바뀌었다. 바닥으로 떨어진 머리카락이 그 자리에서 재가 되어 타 버렸다. 시건이 환술을 파하는 수인을 손으로 맺자, 방 전체가 묘하게 뒤틀렸다. 환술이 풀리고 그제야 그 방의 진실이 펼쳐졌다. 양상은 손을 들어 눈가를 가렸다. 시건은 눈을 가늘게 뜨고, 이제는 서 있는 게 아닌 방 안에 누워 있는 사내를 응시했다.

아까만 해도 바르게 앉아 있던 사내는 눈도 감지 못한 채로 쓰러져 몸을 뒤틀고 팔을 뻗고 있었다. 그는 의관도 제대로 갖추지 않은 상태였다. 가슴팍은 피로 얼룩져 속이 비어 있었다. 가슴팍을 찢은 무언가는 그 속을 휘젓고, 뼈와 살에 감춰져 있어야 할 것을 뜯어 갔다. 찢긴 살 주변을 적신 피는 검은 빛깔로 굳어 있었다. 그러나 그 모습이 해를 당한 지 그리 오래된 것처럼 보이지는 않았다.

끔찍한 광경을 시선도 떼지 않고 응시하던 시건이 말했다.

"이자가 도사였나 보군."

손을 내리고 고개를 든 양상이 죽은 이에게로 다가가 살폈다.

"그런 것 같소이다. 이야, 대단한데."

죽은 이의 머리카락을 뽑아 환술을 걸어 움직이게 만들다니, 보통 환술 실력이 아니었다. 심지어 그 환술이 얼마나 긴 시간 유지됐는지를 생각하면 더더욱 그랬다. 내심 감탄하며 양상이 말했다.

"바깥의 상태로 보건대, 도술로 시간의 흐름을 멈춰 놨고. 더군다나 권교는 선도를 입에 댄 불로불사의 몸이라 썩지도 않았고. 아무래도 이자를 해하고 바로 도술을 걸었던 모양이오. 언제 이리 당했는지 도통 시간을 가늠하기가 어렵군."

선단을 취한 선인의 육체처럼 도사의 육체도 썩지 않았다. 사실대로 말하자면 양상은 선도를 취한 자가 죽은 모습을 처음 봤다. 옷이 풀어진 몰골을 보아하니 요선에게 현혹되어 밤이라도 보내려고 했던 모양이었다. 신선이 되기 위해 홀로 수행을 하러 산에 들어온 도사가 요선에 현혹되어 이리 죽다니, 허무하기 짝이 없었다.

'어쩌면 홀로 수행하는 외로움에 더 쉬이 현혹됐을지도 모르지.'

양상이 그리 생각하는 동안, 죽은 도사의 시체를 응시하던 시건은 일단 만들어 가지고 온 부적을 꺼냈다. 그는 화행의 부적으로 도사의 몸에 불을 붙였다. 불이 죽은 도사의 몸으로 옮겨붙었다.

불길이 더 커지기 전에 둘은 그곳에서 빠져나왔다. 시건은 화행의 부적 몇 개를 무너져 가는 초가에 더 붙였다. 얼마의 시간이 지나지 않아, 초가는 금세 불이 붙어 완전히 무너져 내렸다. 불길과 함께 타오르는 초가를 응시하며 양상이 말했다.

"그 요선이 선제 시절부터 존재했다고 했소?"

"짐작 가능한 시간만 백 년이다. 그 이상을 살았을 가능성이 크지."

시건의 대답에 양상이 헛웃음을 흘렸다.

"대략 추측을 하자면 이렇군. 장군이 말하기를, 그 옛날 헌정제 시절에 그 요선이 선녀 모습을 하고 있는 것도 환술의 둔갑술이 아니었다 하지 않았소이까? 지금도 그렇고. 아마 그 요선은 헌정제 이전에 도사 권교에게 접근하여, 도술을 배웠을 것이오. 더불어 말하자면 아마도 그 도술은 상당히 수준급일 것이외다. 참고로 그 요선이 선녀의 모습을 하고 있는 것은 유혼술(幽魂術)이라는 것이오."

"유혼술?"

"그렇소. 도술에 그런 것이 있소이다. 자세히 설명하기는 어려우나, 육체와 별개로 영혼만을 움직이는 도술이오. 가장 쉽게 예를 들자면 바로 선인들이 계약을 맺는 신수가 그 유혼술을 활용한 것이오. 신수들은 유혼술로 영혼 상태로 선인들에게 보내졌기에, 실체가 존재하지 않는 것이라오. 즉 선인과 신수의 계약은 사실은 선인이 신수라는 귀에 씌는 것과 비슷한 상황이외다."

양상은 편치 않은 얼굴로 말을 이었다.

"그리고 그 유혼술은 아무나 쉬이 할 수 있는 게 아니오. 솔직히 말하면 소생은 할 수 없소. 요선이 유혼술이라니 도통 불가능한 일이라고 생각하지만, 이 눈으로 봤으니 믿을 수밖에. 아마 예상컨대, 그 요선은 유혼술을 통하여 영혼이 선녀의 몸으로 들어간 게 아닐까 싶소이다."

양상은 깊은 한숨을 내쉬며 말했다.

"만일 그 요선이 진실로 도사의 간을 취했다면, 이건 정말 쉬이 넘길 일이 아니외다. 그 요선은 요괴 시절에는 인간의 간을 섭취하고 요기를 쌓아 요선이 되었겠지. 피는 단 한 방울만으로도 머리카락이나 손톱보다 더 강력한 힘을 발휘할 수 있고, 간이란 그런 피가 모여 있는 결정체. 헌데 그런 요선이 만일 불로불사하는 도사의 간을 취했다면 어찌 되겠소이까."

시건은 쉽사리 대답하지 않았다. 양상은 머릿속이 복잡하여 그저 떠오르는 말을 쏟아 냈다.

"허나 기이한 일이군. 그 요선은 어찌하여 그렇게까지 하면서 선계에 있는 것이오? 선제의 곁에 있었고, 심지어 지금도 선녀 노릇을 하고 있지 않소이까. 이거 감사부에 있는 여선님은 괜찮을지 모르겠소이다."

침묵하던 시건은 북하에서 사예와 했던 이야기를 떠올렸다. 그때 사예가 물었었다. 천하에 어떤 선인, 혹은 어떤 요선이 천 년 이상을 살 수 있냐고. 그것이 불가능하다는 것을 알기에 했던 물음이었다.

그러나 천 년까지는 알 수 없어도, 그는 적어도 백 년을 산 요선에 대해 오늘 알게 되었다. 그조차 보통의 요선에게 허락된 시간을 훨씬 넘어서는 시간이었다. 그리고 그 요선이 만든 검은 환술시들, 감사부와 이곳에서 나타난 환술시들 모두. 사예가 그전에 무영이라고 불렀던 환술시였다.

"한 가지 묻겠다, 양상."

"무엇이오?"

"만일 요선이 인간이 아닌 선인이나, 아까처럼 도사의 간을 취했다면. 천 년 이상을 사는 것이 가능하리라고 보나?"

그 요선이 도사의 간을 취했다면 선녀 노릇을 하며 주변에 있는 선단을 취한 선인들의 간까지 취하지 않았으리라고 보장할 수는 없었다. 마주 보는 양상과 시건 둘 다 표정은 굳어 있었다. 양상은 시선조차 떼지 않고 답을 요구하는 시건에게, 그의 이상을 말할 때나 들려줬던 진지한 목소리로 말했다.

"불가능한 일은 아니외다."

양상의 대답을 들은 시건은 그를 밀치고 창 너머로 숨었던 사예를 떠올렸다. 그 순간, 커다란 소리와 함께 불에 타던 초가가 완전히 무너져 내렸다. 양상은 마음을 집중하고 도술로 타오르는 불을 없앴다. 불이 사라진 자리에, 무너지고 오로지 검게 탄 초가의 틀만 남았다. 어두운 숲, 바람결에 재와 탄 냄새의 매캐함이 마음속에 걱정과 불안함을 싹 틔웠다.

六
격차

사예는 그 밤 내내 거의 제정신이 아니었다. 시집은 다 갔다고 중얼거리다가 겨우 정신을 차리고는 마음을 다잡았다. 그녀는 어차피 시집 따위 가지 않고 어머니 하선과 평생 같이 살 생각이었으므로 아무 문제 없다고 연신 중얼거렸다. 그러나 도통 마음이 잡히지 않고 밤에 겪은 일만 머릿속에서 무수히 반복되는 것이었다. 사예는 혼자 괜히 얼굴을 붉히고 시건의 손이 닿았던 자리만 연신 만지작거렸다.

그렇게 홀로 혼란에 빠져 있다가 아침에 술시가 가져다준 옷으로 갈아입고 밖으로 나선 사예는, 선녀들을 통해 전해 들은 소식에 어떻게 반응해야 할지 알 수가 없었다.

"지금 그게 무슨……."

당황한 사예가 되묻자 효청이 다시금 설명했다.

"밤을 틈타 역적 류시건이 도사 양상과 함께 이 감사부에 침입을 했다고 합니다. 지금 자희 선녀께서 감사께 자초지종을 아뢰고 계십니다. 역적과 도사가 인기척을 듣고 나온 미란 선녀에게 모습을 들키자 그녀를 해치고 도망쳤고, 그걸 자희 선녀께서 발견한 것이지요."

선녀들은 연신 미란 선녀를 부르며 눈물 흘렸다. 사예는 멍하니 효청을 쳐다봤다. 들은 말이 머릿속에서 정리가 되지 않았다. 도무지 이해할 수가 없어 가만히 서 있는데, 선녀들이 갑자기 자리에서 일어났다. 인사를 하는 선녀들을 보며 사예도 고개를 돌렸다. 입고 있던 날개옷이 피로 물든 자희가 걸어오고 있었다. 사예는 무표정한 얼굴로 자희를 쳐다봤다. 자희는 전에 본 적 없는 딱딱하게 굳은 얼굴을 하고 있었다.

'……저 선녀.'

사예는 다른 선녀들의 위로를 받고 동시에 선녀들을 위로하는 자희의 모습을 계속 응시했다. 아무래도 이상하지 않은가. 설령 선녀에게 모습을 들켰다 해도 양상은 바로 감사부에서 시건을 데리고 사라질 수 있는 능력이 있었다. 무엇하러 수태까지 한 선녀를 공격하여 일을 키우겠는가. 그럴 이들도 아니었거니와, 그럴 필요도 없는 일이었다.

'……헌데, 저 선녀가 그 모습을 봤다고?'

사예는 눈썹을 찌푸렸다. 아무래도 꺼림칙했다. 피 묻은 선녀의 날개옷이 보였다. 피가 제대로 닦이지 않은 선녀의 손이 눈에 들어왔다. 고운 손에 날카로운 손톱, 그사이 묻은 피가 굳어 이미 검게 변해 있었다. 사예는 그 손에 시선을 꽂은 채로 그저 굳어서 가만히 서 있었다.

"참, 귀빈께는 송구하게 되었군요."

사예는 놀라 움찔했다. 선녀들의 시선이 사예에게로 향했다. 자희는 그 사이를 걸어와 사예에게 말했다.

"소녀는 간용군과 함께 지금 당장 선계 용수궁으로 돌아가야 한답니다. 천제 폐하께 소녀가 본 사실을 빠짐없이 고해야 하니까요. 송구하지만, 귀빈께서는 후에 천교가 올라갈 때 그 천교를 타셔야 할 듯합니다."

"아……."

사예는 금방 대답하지 못했다. 선계로 올라가는 게 미뤄졌는데, 이상하게도 마음속에 안도감이 들었다. 차라리 지금 마음으로서는 어딘가 못 미더운 자희와 함께하지 않는 편이 안심이었다.

"저는 괜찮으니 개의치 마십시오."

"이해해 주시니 소녀도 안심입니다. 그럼."

자희는 씁쓸한 얼굴로 웃고는 선녀들에게 말했다.

"소녀는 지금 당장 용수궁으로 돌아갈 예정이니, 모든 선녀들은 마음을 굳게 다지고 천제 폐하의 하명을 기다리셔요."

선녀들이 알았다 대답하자 자희는 그대로 몸을 돌렸다. 사예는 선녀들과 함께 나가는 자희를 따라갔다. 자희의 말대로, 신정당 바로 밖에 용수궁으로 돌아가기 위해 준비한 간용군이 용마를 타고 기다리고 있었다. 나가자마자 자희는 바로 비색의 쓰개치마를 쓰고, 하늘 위로 날아올랐다. 선군이 탄 용마도 날개를 펴고 발을 구르며 날아오르기 시작했다. 사예는 선녀들의 뒤에 서서 그 모습을 불편한 마음으로 쳐다봤다. 날아가는 선녀와 선군의 모습은 금세 구름에 가려졌다. 그렇게, 선녀와 선군은 하계에 모습을 드러낸 역적에 대해 알리기 위해 선계로 날아갔다.

❊ ❊ ❊

동하의 상황은 바빠졌다. 시건과 양상이 감사부에서 모습을 들켰으므로 선인들 쪽에서도 본격적인 대응이 있을 거라고 생각했기 때문이었다. 그리하여, 시건은 애초에 했던 계획을 바로 앞당겼다. 선군이 나서기 전에 먼저 선인들을 치기로 했다. 시건의 명령에 따라 동하에 있던 요선들은 이미 동하로 하계에 있는 요괴들과 요선들을 부르고 있었다. 나무가 무성히 자라 그늘진 능림의 숲 한구석엔 온갖 곳에서 온 요괴들이 모이고 있었다.

양상에 의해 새벽부터 불려 나온 도깨비들은, 아침 일찍부터 갑옷을 입고 있었다. 도깨비들은 한 손에는 도깨비방망이, 한 손에는 도깨비감투를 들고, 발에는 도깨비신발을 신고 그들이 만든 씨름판 주변으로 모여 있었다. 이제 도깨비들은 낯설었던 도깨비신발이 익숙해져 신은 채로 하늘 위에서 놀고 뛰고 나는 등 별의별 행동을 다 할 수 있는 경지에 도달해 있었다. 불편할 거라 예상했던 갑옷도 그들의 장인들이 솜씨 좋게 요술을 부린 터라 무겁지도 않고 가벼웠다. 더불어 그 갑옷에 양상이 만든 부적을 함께 엮어 두었으니 갑옷을 입은 도깨비들은 이제 붉은색도 두렵지 않았다. 도깨비들은 들뜬 목소리로 말했다.

"야, 이걸 입으니까 난 왠지 뭐든 할 수 있을 것 같은 기분이야."

"나도. 난 이 상태라면 팥죽도 먹겠어. 헉!"

도깨비는 자기가 말하고 자기가 놀랐다. 다른 도깨비는 팥을 먹다니, 말도 안 돼! 하고 소리쳤다.

"그런 거 먹으면 탈 나!"

파적이 혀를 차며 말했다.

그사이 앞에서 도깨비들이 모인 것을 확인한 시건이 파적에게 고개를 끄덕여 보이고, 파적이 도깨비들을 둘러봤다. 모인 도깨비들은 인원을 선별해 맞춰 둔 조대로 모여 있었다. 앞으로 나선 파적이 신호를 하자, 모두들 머리에 도깨비감투를 썼다. 모습을 감춘 도깨비들은 그대로 도깨비방망이를 휘둘러 사라졌다.

감투를 쓴 파적과 수십 명의 서하 도깨비들은 바로 서하 태수관 위에서 나타났다. 도깨비들이 감투를 써 모습을 감추고 도깨비신발을 신어 하늘을 날고 있으니 인간이나 선인들 중 그 누구도 하늘에 나타난 도깨비들을 발견할 수 없었다. 낄낄거리며 하늘을 날던 파적과 도깨비들은 서하 중심에 위치한 태수관 위를 맴돌았다. 파적은 도깨비방망이를 든 손에 힘을 줬다. 그는 이 서하의 태수가 전설의 김 서방에게 누명을 씌우고 파적 자신과 아우들을 위험하게 한 장본인임을 똑똑히 기억하고 있었다.

"어디 한번 당해 봐라, 요놈아!"

그 말과 함께, 파적은 도깨비방망이를 휘둘렀다. 방망이 끝에서 튀어 나간 푸른 도깨비불이 허공을 날아, 그대로 태수관 지붕 위로 떨어졌다. 쾅, 소리와 함께 지붕의 기왓장들이 깨지고 부서졌다. 다른 도깨비 둘도 도깨비방망이를 휘둘러 태수관의 지붕을 공격했다. 난데없는 공격에 태수관에 있던 선인들이 신도 제대로 신지 못하고 뛰어나왔다. 파적과 도깨비들은 그 모습에 낄낄대며 몇 번 더 도깨비방망이를 휘둘렀다. 선인들은 아무것도 보이지 않는 허공에서 갑자기 도깨비불이 날아와 태수관 지붕을 내려치니 당황할 수밖에 없었다.

"도깨비! 감투 쓴 도깨비가 있는 것이다!"

"허나 하늘인데 어찌!"

모습을 감춘 채로 도깨비들은 이리저리 날며 도깨비불을 쏘아 보냈다. 태수관 안에 있었던 선인 관리들은 태수관 밖으로 도망치는 수밖에 없었다. 선인 관리들은 바로 화기를 모아 붉은 불꽃을 만들어 하늘로 날렸다. 그러나 도깨비들은 그 붉은색을 무시하고 계속 태수관을 공격할 뿐이었다. 선인들은 당황했다. 도깨비를 그들의 술법으로 직접 공격하려고 했으나, 도깨비가 보이지 않으니 그들로서도 어찌할 도리가 없었다.

선인들이 이러지도 저러지도 못하고 있는 사이, 태수관 여기저기에 쉼 없이 도깨비불이 붙고 불길이 치솟았다. 도깨비들이 쏘는 푸른 불꽃이 여기저기서 타오르고 있을 때, 용마를 타고 백호위 선군들이 하늘을 날아왔다. 선군들은 하늘에 있는 게 분명한 도깨비들을 잡기 위해 화살을 쏘려고 했다. 그러나 도깨비가 보이지 않으니 어딜 어떻게 공격해야 할지 알 수 없었다. 당황해서 그저 활시위만 당기고 있는데, 허공에서 드디어 도깨비들이 모습을 드러냈다. 선인들은 얼른 방향을 잡고 화살을 쐈다. 화살이 날아가자마자 맞은 도깨비가 펑 사라졌다. 허공에서 낄낄거리며 신난 목소리가 들렸다.

"허깨비지롱!"

이제 하늘 위에서 연신 허깨비가 생겨나기 시작했다. 선군들은 나타났다 사라졌다 반복하는 허깨비 때문에 화살만 낭비하고 시간만 뺏겼다. 선군들은 허깨비들을 무시하고 얼른 용마를 돌려 태수관으로 내려가려고 했다. 선군들이 무시하자 허깨비라고 생각했던 도깨비는 당장 날아와 도깨비방망이로 선군을 후려쳤다.

"난 진짜야, 멍청아!"

도깨비방망이에 맞은 선군은 그대로 용마에서 떨어졌다. 도깨비는 다시 감투를 쓰고 사라졌다. 다른 선군들이 도깨비를 도망치게 하기 위해 화기로 붉은 불꽃을 만들어 날렸다. 그러나 이번에도 역시 무용지물이었다. 선군들은 이제 도깨비들에게 붉은색이 전혀 통하지 않는다는 사실을 깨달았다. 무작정 손을 놓고 있을 수도 없어, 선군들이 일단 제멋대로 이리저리 날아다니는 도깨비들을 향해 화살을 쐈다. 그러나 백호위 선군들이 금기를 담아 날린 화살은 도깨비들이 입은 갑옷에 닿자마자 튕겨 나왔다.

그 모습을 본 선군들은 더더욱 당황했다. 도깨비들이 입은 것은 선군처럼 철갑옷을 입은 것도 아니고 허술하기 짝이 없는, 차마 갑옷이라 부를 수 없는 모양새였다. 그러나 선군들의 화살은 그 갑옷을 뚫을 수 없었다. 놀란 선군들을 보며 도깨비들은 킬킬대며 웃었다. 태수관 지붕 위에서, 파적은 쓰고 있던 감투를 벗어 그 거대한 모습을 드러냈다.

"파적! 네놈이 어찌 감히!"

태수관 담 밖으로 몸을 피하고 있던 서하 태수가, 하늘을 향해 소리쳤다. 그는 그 옛날 50년 전의 경험으로 이 난리의 원흉을 한눈에 알아봤다. 그러나 그의 고함에도 불구하고 도깨비들은 멈추지 않았다. 여전히 허깨비와 진짜 도깨비들이 나타났다 사라지며 혼란을 주고 있었고, 다른 도깨비들은 계속 도깨비불로 태수관을 공격하고 있었다. 태수관 밖으로 도망친 선인들은 수기를 모아 태수관의 불을 끄려고 했다. 그러나 도깨비불은 화기가 모인 일반 불이 아니라 요술이기 때문에, 아무리 수기를 모아 보내도 불은 꺼지지 않았다. 결국 선인들은 태수관 밖에서 모여든 인간들과 함께 태수관이 불타는 광경을 지켜봐야만 했다.

도깨비방망이를 높이 든 파적이 푸른 불꽃을 하늘 높이 쏘아 보냈다. 하늘 위로 뜬 도깨비불은 허연 눈과 입을 가지고 있었다. 도깨비불을 발견한 선인들과 인간들이 웅성대는 와중에, 허공에 뜬 도깨비불이 입을 크게 열었다. 그것은 서하에서만 있는 일은 아니었다. 파적과 마찬가지로 동시에 동하, 북하, 남하로 간 도깨비들도 하늘에 푸른 도깨비불을 띄웠고, 각 하의 태수관 위에서 하늘 위로 뜬 도깨비불들이 입을 열어 말했다.

「너희 선인들은 잘 들어라. 천서 이래 하늘과 땅이 선인과 인간의 세상으로 나뉘고, 선인으로 하여금 하계 인간을 보호하고 인간으로 하여금 선계 선인을 존경하며 사는 것이 천하 법도였으나, 너희 선인들은 그 책무를 다하지 않고 방종하여 인간의 삶을 외면하기에 이르

렸노라. 온 천하에 선인들에 대한 원성이 자자하고 땅 위에는 걸괴가 들끓으니 이는 죽은 천서가 개탄할 일이로다. 너희 선인들은 이제 그 책임을 지고 물러나야 할 때임을 알지어다!」

"건방진!"

선인 관리들이 경악으로 입을 벌렸다. 도깨비불은 낄낄대며 하늘을 빙빙 돌며 점점 커졌다.

「하늘 위 천제는 구름 위에 숨어 존재조차 알 수 없으니, 그를 어찌 이 하계의 지배자라 칭하겠는가! 이제 하계는 하계의 몫으로 남기고, 그의 백성인 선인들을 다스림에 만족해야 할 것이다! 오늘부로 동하를 제외한 하계 모든 태수관은 무너질 것이며, 우리는 너희 선인들이 모두 선계로 돌아갈 때까지 멈추지 않을 것이다!」

선인들은 기가 막혀 입을 다물지 못하고, 인간은 그들끼리 수군거렸다. 그들이 그렇게 말하는 도깨비불에 정신이 팔린 동안, 태수관 안에 들어갔던 파적과 도깨비들은 태수관 곳간에 보관된 곡식을 짊어지고 나왔다. 도깨비들은 각자 등에 하나씩 곡식을 짊어진 채로 다시 감투를 쓰고 하늘 위로 날아올랐다. 파적 역시 감투를 쓰고 모습을 감춘 채로, 하늘을 날아갔다.

하늘 위에서 낄낄거리며 점점 커지던 푸른 불꽃은, 거세게 터져 푸른 불꽃을 뿌리며 펑 하고 사라졌다. 그로 인해 생긴 불티들은 태수관 위로 후두둑 떨어졌다. 마지막을 고하듯, 무너진 태수관 전체로 푸른 불이 거세게 타올랐다. 기겁한 선인들에게 선전포고를 남기고, 태수관은 그렇게 불타 무너졌다.

그러나 단 하나, 동하의 태수관은 불타지 않고 유일하게 제대로 서 있었다. 동하의 태수관은 도깨비신발을 신고 도깨비감투를 쓰고 나타난 선인들과 요선들, 그리고 요선들이 만든 녹두군사, 짱돌군사들에게 점령당한 상태였다. 애초에 동하는 버려지고 관심 밖의 지역이라 이 동하에 있는 관리들은 선인 관리들 중에서도 실력이 안 돼서 좌천된 경우가 많았다. 그래서 동하 태수관의 선인 관리들을 포위하는 것은 어려운 일이 아니었다. 더욱이 북하에 계속적으로 파적과 도깨비들이 나타나자 감사는 북하에 대한 경계만 더 강화한 터라, 도깨비 없이도 동하 태수관은 쉽게 점령됐다.

"네 이놈들!"

동하 태수와 다른 선인 관리들은 요선과 선인들에게 오행궁을 빼앗긴 상태로 포위당해 무릎 꿇고 있었다. 빼앗은 오행궁은 당연히 시건과 시건의 수하 선인들이 가졌다. 지금은 소군강의 녹두군사들이 선인 관리들에게 검을 들이대고 있었다. 다른 한쪽에는 요선들이 만든 짱돌군사들에게 포위당해 잡혀 온 태수관의 인간 병사들이 있었다. 검을 든 시건과 부서진 나무 지팡이 대신 새 지팡이를 든 양상은 태수관을 가로질러 걸어왔다. 그들은 잡힌 선인들의 앞에 섰다. 그 옆에 홍례와 함께 온 이 노인, 그리고 이 노인을 따라온 동하의 인간 병사들도 몇몇 있었다.

포위된 선인 관리들 앞에 도착하자마자 시건은 고갯짓을 했다. 짱돌군사들은 인간 병사들을 풀어 줬다. 당황한 그들에게 이 노인이 말했다.

"도깨비불을 봤다면 자네들도 알겠지만, 우린 인간들을 공격할 생각이 없네. 자네들은 애초에 인간을 지키기 위한 병사들이니, 맡은 바 소임만 다한다면 구태여 해를 끼치고 싶지 않네."

인간 병사들이 당황해서 눈치를 봤다. 이 노인과 함께 온 인간들이 그런 인간 병사들을 이끌었다. 그 모습을 본 태수가 소리쳤다.

"이 천하의 역적들! 너희 모두 지금 대역죄를 저지르는 것이다! 이 무슨 천인공노할 짓이란 말이냐!"

씨익 웃으며 양상이 답했다.

“천인공노라. 사람은 이미 오래전부터 분노하고 있었소이다. 그걸 그대들만 몰랐나 보오.”

“무슨……!”

서 있던 시건은 빠르게 검을 뽑아 태수의 목에 들이댔다. 태수는 말을 더 잇지 못하고 멈췄다. 차가운 날이 목 위로 가느다란 상흔을 남겼다. 태수는 침을 꼴깍 삼켰다. 시건은 몸을 숙여 기겁한 얼굴의 태수와 시선을 맞췄다.

“나야 이미 오래전 역적으로 낙인찍힌 바지만, 네 태수로 명받았음에도 불구하고 인간들을 보살피지 않아 천명을 거역했으니, 죄의 무거움으로 따지자면 네 죄가 더하지 않느냐?”

“뭐라!”

“그 목숨 거두지 않는 것을 감사히 여겨라. 그래도 너희에게 하늘로 돌아갈 기회는 주지 않나.”

그 말을 끝으로, 시건은 옆에 서 있던 홍례를 쳐다봤다.

“이자들을 감사부로 보내라.”

“이대로요? 이 고얀 놈들을 지푸라기 인형이나 팥으로 만들어 버려야 되지 않을까요?”

홍례가 그렇게 묻자 선인들이 숨을 들이켰다. 그러나 시건은 고개를 저었다. 그렇게 잡힌 선인 관리들에게 해를 끼쳤다가는 나중에 그들이 선계로 돌아갈 때 문제가 될 수 있으므로, 무력을 사용할 대상은 오로지 천제의 명을 받아 출병할 선군들뿐이었다. 비록 상대가 부정한 선인 관리라도, 불필요한 희생은 최대한 줄여야 했다. 그들이 원하는 것은 선인들을 모조리 숙청하는 것이 아니었으므로, 정도를 넘어서는 것은 곤란했다.

시건의 확고한 부정에, 홍례는 하는 수 없이 도깨비방망이를 휘둘러 요술을 부렸다. 그 자리에 있던 태수와 선인 관리들은 그대로 사라져 버렸다. 바로 지금, 그들은 감사부에 난데없이 떨어져 바닥을 구르고 있을 것이었다.

시건은 몸을 돌리며 요선들에게 말했다.

"군사를 풀어 태수관을 지켜라."

"예."

소군강이 대답을 하자 척척 걸어간 녹두군사들은 태수관을 둘러싸고 경계 태세를 갖췄다. 때마침 각 태수관에서 곡식을 가져온 도깨비들이 속속들이 모여들었다. 양상이 그런 도깨비들을 줄지어 세우며 말했다.

"자, 자. 일단 이쪽으로 오시오. 거 어디서 가져온 곡식인지 기록을 해 두어야 하오. 선인 관리들이 모두 떠나면 각 하의 인간들에게 다시 나눠 줘야 하니."

"난 북하."

"우린 서하."

양상이 도깨비들을 줄지어 세우는 사이 시건이 옆에 서 있던 유신과 이 노인에게 말했다.

"태수관 곳간을 열어 곡식을 풀어라. 미리 언질은 해 두었나?"

이 노인이 고개를 끄덕였다.

"예. 아마 지금쯤 모두 태수관 앞에 모여 있을 것입니다."

시건이 고개를 끄덕이자, 유신과 이 노인은 다른 요선들과 짱돌군사들을 데리고 곳간으로 향했다. 태수관 곳간의 곡식을 풀고 나면 북하에서 훔쳐 온 요선들의 재물들도 풀 예정이었다.

시건이 태수관 안으로 걸어가며 그를 따라오는 현록에게 물었다.

"청진위 선군들은 어찌 되었나."

"동하에서 청진위 선군을 지휘하던 청진위 대장군 허인과 그 수하들을 지금 포위 중입니다."

허인이라, 하고 시건은 중얼거렸다. 시건이 흑귀위 상장군으로 하계 있을 시절 자주 봤던 안면이 있는 선군이었다. 시건은 바로 명을 내렸다.

"데려와."

"예."

선인들은 고개를 숙여 보이고는 바로 몸을 돌렸다. 시건은 고개를 돌려 그가 가로질러 걸어온 태수관 너머를 응시했다. 곡식을 배부한다는 이야기를 전해 들었는지 어느새 담장 너머에서 인간들이 목이 터져라 함성을 지르고 있었다. 그 함성이 너무 커 온 동하가 울리고 있는 것 같았다. 시건은 고개를 들어 하늘을 응시했다. 아마 곧, 그의 도주 사실과 태수관 점령 사실에 대해 들을 벗이 있을 곳을.

'저 소리가 들리느냐, 무진.'

'귀가 터질 정도로 울리는 저 고함이 하늘까지 가 닿느냐.'

하늘은 그저 구름으로 덮여 있었고, 그보다 높이 솟아 있을 궁은 지금 시건이 있는 곳에서는 보이지 않았다.

❇ ❇ ❇

감사부를 지키고 있던 귀호는 불안한 마음으로 서 있었다. 아침에 각 하의 태수관에 있었던 일이 이미 감사에게 전해진 상황이었고, 덕분에 감사부는 온갖 선인 관리들로 포화 상태였다. 태수관을 보고 겁먹은 각 하의 선인 관리들이 다른 관청 또한 공격을 당할까 우려하여 몰려들었기 때문이었다.

더불어 동하의 태수가 감사부 하늘에서 갑자기 나타나 떨어졌고, 그들을 통해 동하 태수관에서 있었던 일에 대해 전해 들은 감사는 완전히 쓰러지기 일보 직전이었다. 그사이 동하 태수관에서 겨우 도망쳤다고 하는 청진위 대장군 허인이 나타나 지금 동하는 역적들이 곡식을 풀어 인간들이 그 역적들을 칭송하고 난리가 났다고 보고했다. 결국 감사는 당장 그 사실을 보고하기 위해 선계로 청진위 상장군을 올려 보냈다.

마당에 서 있던 귀호는 감사를 만나고 나온 청진위 대장군 허인이 그를 향해 다가오는 것을 봤다. 허인은 과거 시건이 흑귀위 상장군일 시절에는 청진위 중랑장이었던 선인으로, 귀호와는 본래 제법 가깝고 말이 통하는 선인이었다. 그는 다른 전 흑귀위 선군들과도 제법 사이가 가까웠고, 비록 흑귀위는 아니어도 하계 난적들을 잡아들이며 공을 세운 시건에 대해서도 존경심을 가지고 있었다. 그들 선군들끼리 모여 무능력한 감사를 비난하고 그와 비교해 시건의 공적을 찬하며 말을 나눴던 기억도 있었다.

그러나 시건과 그의 수하들이 역적으로 암굴에 잡혀 들어가고 귀호가 상장군의 자리에 오른 후에는 거의 제대로 말도 하지 않게 된 사이였다. 허인의 입장에서는 시건이 역적이 된 것도 이해하기 힘들었거니와 귀호 홀로 선군으로 그대로 남은 것은 그보다 더 이해하기 힘든 일이었을 터였다. 그 후에는 하계에서 오가며 얼굴을 마주쳐도 안면몰수하기 일쑤였다. 그러나 다른 선군 중에서도 그런 이들이 많았기에 귀호는 그다지 신경 쓰지 않고 지내고 있었다.

그러나 당연히 그냥 지나쳤던 이제까지와는 달리, 허인은 귀호에게 가까이 다가와 심상치 않은 얼굴로 말했다.

"상장군, 잠시."

귀호와 허인은 잠시 자리를 피했다. 허인이 품에서 편지를 하나 꺼내 귀호에게 건넸다. 귀호가 편지를 받자 허인은 한 걸음 물러났다. 바로 그 자리를 뜰 줄 알았는데 그가 미적거리자 귀호가 허인을 쳐다봤다. 허인은 망설이다가 짧게 말했다.

"그간 송구했습니다."

귀호는 어떤 표정도 짓지 못하고 그저 멍하니 허인을 쳐다봤다. 애초에 명을 따른 것이고, 사과든 찬사든 기대한 적도 없었기 때문에 그는 끝내 아무런 반응도 보이지 못했다. 허인은 바로 고개를 숙여 인사한 후 그 자리를 떴다.

허인의 모습이 완전히 보이지 않게 될 때까지 겸연쩍어하는 얼굴로 서 있던 귀호는, 그 즉시 편지를 펴 내용을 확인했다. 편지를 확인한 귀호의 손에 힘이 들어갔다. 그는 바로 오행궁의 화기를 움직여 편지를 태웠다. 바닥에 떨어진 재를 발로 밟아 남은 불씨마저 끈 채로, 귀호는 빠른 걸음으로 감사부를 걸어갔다.

※ ※ ※

용수궁 위정전에는 소식을 듣고 모든 선인 관리들이 모여 있었다. 관리들뿐만 아니라 이 자리에는 천제 친위군의 두 상장군과 적오위 상장군이 있었고, 백호위 상장군인 혜강도 있었다. 오후에 겨우 선계에 도착한 자희와 간용군 선군들로부터 감사부에서 밤에 있었던 일을 전해 들은 무진은 해가 지고 밤이 되어서야 또 다른 선군의 보고를 들었다.

먼저 들었던 자희와 간용군의 보고로 이미 놀라고 있던 선인들은 하계의 태수관이 불탔다는 이야기에 모두 기겁했다. 안 그래도 시건이 암굴 밖으로 나왔다는 사실을 미리 알았으나 무진에게 고하지 못해 좌불안석이었던 석호는 지금 당장 무진에게 무릎을 꿇고 죄를 빌고 싶은 심정이었다. 얼굴에는 후회와 근심이 가득했다. 워낙 혼란스러운 상황이라 아무도 석호에게 주의를 집중하지 못하는 게 다행이라면 다행이었다.

보고를 들은 무진은 하계에서 올라와 보고를 올린 청진위 상장군에게 말했다.

"짐이 안 그래도 지난밤 감사부에 있었던 일에 대해 전해 들었다. 헌데 그 즉시 이런 일이 일어나다니 그간 하계의 감사와 선인들은 대체 무엇을 하고 있었단 말인가? 그 많은 도깨비들이 이리 모일 때까지 아무런 낌새도 알아차리지 못했다는 게 말이 되는가?"

"송구하옵니다, 폐하."

청진위 상장군은 그저 사죄를 하는 수밖에 없었다. 그들 나름 노력을 했으나, 북하에 지나치게 신경을 쏟은 터라 다른 곳에 신경을 쓰지 못했다. 그러나 그렇다고 북하의 태수관을 사수한 것도 아니니 뭐라 할 변명이 없었다. 도깨비가 입은 허술한 갑옷에 선인들의 공격이 전혀 통하지 않았다고 입에 담기조차 부끄러웠다. 그렇다고 천제의 앞에서 감사 어르신의 무신경함이 지금의 이 사태를 만들었노라 고할 수도 없는 노릇이었다.

무진의 말이 끝나자 선인 관리들이 입을 열기 시작했다.

"폐하, 신이 감히 아뢰건대, 도사 양상이 도술을 부려 무언가 수를 쓴 것이 분명하옵니다. 도사가 하계에서 저리 정도를 모르고 경거망동하는데, 신선들은 대체 무얼 하고 있단 말입니까?"

"허나 신선들은 선, 하계의 일에 나서지 않는다. 지난날 요선 은공이 난을 일으켰을 때 도사 양상을 막기 위하여 신선들의 도움을 청하고자 했으나, 신선들은 응하지 않은 것으로 알고 있다."

무진이 말을 막자 다른 선인들이 말했다.

"아무리 도사가 나섰다고 한들, 이상한 일이 아닐 수 없습니다. 감사부에 역적이 침입한 일도 그렇지만, 도깨비들이 저리 다 함께 합심하여 난동을 부리는 것은 천서 이전에도, 이래에도 없었던 일입니다. 듣자 하니 그 도깨비들이 입은 갑옷을 선군의 화살도 검도 뚫지 못한다고 합니다."

"심지어 그 도깨비들이 이제는 붉은색조차 두려워하지 않으며 하늘까지 날아다닌다고 합니다. 어찌 감히 도깨비가 선인처럼 하늘을 날며 선하계의 위계를 거스른단 말입니까."

누군가 조금 망설이다가 입을 열었다.

"역적 류시건이 비록 역적이나 선군 시절에도 그 재능이 남달랐는데, 간악한 마음을 먹고 가진 재능을 이리 쓰는 것이 아닌가 하옵니다만……."

잠시 무거운 침묵이 흘렀다. 선인 관리들은 은근슬쩍 무진의 눈치를 봤다. 결국 나오고야 만 시건의 이름에 무진은 쉽사리 입을 열지 않았고, 다른 선인 관리들이 눈치를 보다가 말했다.

"역적에게 재능이라니 당치도 않소. 폐하, 역적 류시건이 여전히 역심을 품고 이제는 하계를 점령하고 폐하의 권위에 도전하고 있사옵니다. 역적이 저리 군사를 모으고 선인들을 위협하는 것은, 도깨비들과 더불어 하계를 지배하겠다는 야욕이 아닐는지요? 당장 친위군을 파견하여 그 역적의 무리들을 잡아들여야 합니다. 반드시 이번 기회에 모든 도깨비들을 척결해야 합니다. 또한 하계의 온 요괴들이 나와 동하로 모여들고 있다고 하니, 이번 기회에 요괴와 요선들 또한 뿌리를 뽑아야 할 것이옵니다."

"신의 생각으로는, 폐하. 저 역도들이 인간은 공격하지 않겠다고 하니, 인간 병사들을 앞세워 저들을 잡아들이는 것이 좋을 듯하옵니다."

그 선인 관리의 말에 순간 다른 선인들은 조용해졌다. 그 침묵을 깬 것은 무진의 고함 소리였다.

"어찌 힘없는 백성을 방패막이로 삼자는 말을 그리 쉽게 입에 올리는가! 그리 말하는 그대들이 하계에 있는 감사와 선인 관리들을 탓할 자격이 있는가! 바로 그런 생각으로 인해 지금의 이 사달이 일어난 것 아닌가! 다시는 그 같은 말을 입에 담지 말라!"

무진은 그답지 않게 노한 얼굴로 위정전 내부를 내려다보며 말했다.

"하계 감사와 태수들의 책임을 물어야 하는 것은 사실이나, 현재 시국이 시국인 만큼 그에 대한 추국은 추후로 미루겠다. 암굴에서 죄인들이 도주를 하고 하계에 크나큰 혼란을 일으키고 있으니, 우선은 죄인들을 잡아들이는 게 급선무이다. 혹시나 있을 피해를 막기 위하여, 현재 하계에 명받아 내려가 있는 선인 관리들은 일단 선계로 귀환할 것을 명한다. 그리고 역도의 무리를 처결하기 위해 검용군은 지금 즉시 전군 하계로 하강하라. 선계 제후들은 각 선계를 방비할 최소의 인원을 제외한 적오위, 백호위의 선군을 보내 검용군과 함께 하계로 출병시키도록 하라. 총지휘관은 검용군 상장군이 맡을 것이며, 모든 선군은 그의 지휘를 따르라."

명을 들은 석호는 다른 장수들과 함께 예, 하고 대답하며 고개를 숙였다. 숙였다 드는 얼굴은 긴장으로 굳어 있었고, 두 주먹에는 힘이 한가득 들어갔다.

"이 시기를 틈타 명계에서 어떤 도발을 해 올지 알 수 없다. 하여 간용군과 좌우위, 그리고 두 위의 남은 선군들은 용수궁과 각 선계를 방비하는 데 차질이 없도록 하라. 현재 하계에 하강해 있는 청진위는 감사부에 남아 천교를 타고 선계로 돌아올 선인 관리들을 보호하도록 하라. 또한……."

무진은 잠시 말을 끊었다. 현재 하계에 하강해 있는 흑귀위는 류시건이 이끌었던 군대이고, 그 상장군인 연귀호는 류시건의 수하였다. 더불어 동하 태수관을 점령한 이들 중에는 그 흑귀위의 선군이었던 이들도 있었다. 무진은 그것을 염두에 두고 명을 내렸다.

“흑귀위 선군들은 선계의 방비를 위해, 전원 선계로 귀환하라.”

고요 속에서 잠시 틈을 두고, 무진이 다시 말을 이었다.

“현재 선상태산에서 수행을 하는 선녀들 또한 검용군과 두 위의 보좌를 위해 함께 하계로 하강할 것을 명한다. 선녀들은 하계에 있는 선녀들과 합심하여 선군을 보좌하도록 하라. 하계의 이 같은 상황이 오래 지속되면 인간들이 혼란스러워할 테니 검용군 상장군은 최대한 빠른 시일 내에 역도들을 잡아들이도록 하라. 역도들을 잡아들이는 대로 하계 감사와 태수들의 그간 행적에 대해 문책에 들어갈 것이며, 모든 책임이 있는 선인 관리들에게 지위 고하를 막론하고 죄를 엄히 물을 것이다.”

무진의 말이 끝나자, 조용히 듣고 있던 석호가 입을 열었다.

“송구하오나 폐하. 역도의 무리를 잡아들이라 하심은, 그들을 선계로 압송하라는 말씀이십니까?”

석호의 물음에 선인 관리들이 다시 입을 열었다.

“선계로 압송하여 그 죄를 엄히 물으심이 지당하옵니다, 폐하.”

“아닙니다, 폐하. 선계까지 압송할 필요 없이, 하계에서 즉결 처형을 명하셔야 하옵니다.”

“즉결처형은 너무 약한 처벌이옵니다. 태수관을 불태우고 모든 선인과 폐하를 모욕한 역도들입니다. 또한 감사부에 침입하여 수태한 선녀를 해하는 참혹한 짓을 저질렀습니다. 잡아들여 가장 무거운 벌을 내리셔야 합니다.”

무진은 쉽사리 대답하지 않았다. 그는 그저, 시선을 살짝 내리깔았다. 시선이 닿는 곳에, 그의 손이 있었다. 황룡포의 소맷자락 사이에서 나온 그의 손등, 그 어떤 표식도 새겨지지 않은 그의 손등을.

무진은 암굴 밖으로 나와, 지금 이 사태의 중심에 선 시건에 대해 생각했다.

'어찌하여 그 암굴 밖으로 나왔느냐.'

그에게는 아무에게도 들켜선 안 되는 비밀이 있었다. 그것은 석호는 모르는 사실이었다. 선제인 헌정제 또한 지금의 무진과 같은 비밀을 가지고 있었다. 천자 무진이 이어받아야 했던 헌정제의 삶은, 거짓으로 점철되어 천하의 모든 이들에게 숨겨야 하는 삶이었다.

헌정제의 비밀을 알았을 때, 그때의 무진은 그 사실을 받아들이지 못했다. 그의 아버지였던 헌정제의 모든 것을 부정했다. 나라를 위해 그리했다고 말하며 그 뒤를 이을 것을 명하는 헌정제를 거역하고, 모든 진실을 밝히려 했다.

그러던 와중 헌정제가 벗이었던 류의민을 역도로 몰았고, 강왕과 류의민은 처형당했다. 그때의 무진은 어떻게든 그들을 지켜 주고자 했으나 결국 그들을 지켜 주지 못했다. 그들을 지켜 주겠다고 시건에게 약조를 했었기에 그에 대해 큰 책임을 느꼈다. 대신, 어떻게든 시건만은 살리고자 했다.

그리하여 천자 무진이 선제 헌정제에게 부탁했다. 아무것도 모르고 그저 명을 받아 임무를 다하고 있었던 성실한 선군의 목숨만은 살려 달라고. 죄 없는 시건의 목숨만은 살려 달라고 빌었다. 헌정제는 그 간곡한 청을 들어주는 대신, 무진에게 그의 숙명을 받아들이라 요구했다. 거짓으로 진실을 가리며, 모든 이에게 스스로를 숨기고 살아가야 하는 천제의 삶, 그것이 피할 수 없는 숙명임을 받아들이라고.

그 상황에서 다른 선택지 따위는 없었다. 결국 천자 무진은 헌정제와 거래를 했다. 그의 벗을 살리고, 대신 헌정제의 삶을 이어받기로 했다. 천자 무진이 내건 약조대로 시건은 류가에서 홀로 살아남아 그 암굴에 갇혔다. 헌정제가 내밀었던 조건대로, 천자 무진이 아닌 안희제 무진이 이 자리에 있게 되었다.

'죽은 이와의 약조는 지켜야 하는가.'

안희제 무진은 눈을 감았다 떴다. 그는 위정전에 서 있는 선인들을 응시했다. 모든 선인들이 무진에게 시선을 고정한 채 그의 답을 기다리고 있었다. 거짓으로 진실을 가린 천제의 대답을. 그 사이에서 안희제가 입을 열었다.

"출병한 군은 우선 하계의 역도들을 잡아들이라. 모든 요괴, 요선 및 도깨비는 즉결 처분하고, 역적 류시건 외 선인들은…… 다시 암굴로, 돌려보내도록 하라."

류시건의 신안은 진실을 볼 수 있다. 그리고 무진은 진실이 밝혀지는 것을 막아야 했다. 약조를 했기에, 이것은 그가 내릴 수 있는 최선의 선택이었다. 이미 모든 것이 돌이킬 수 없는 일이었다. 그가 이 자리에 오른 이상, 류시건과는 절대 만나선 안 되는 운명이었다.

❊ ❊ ❊

선녀들이 수행을 하는 선상태산에도 천제의 명이 전해졌다. 모든 선녀들을 총괄하는 선녀 비연진은 천제의 명을 받자마자 수행하던 모든 선녀들을 불러 모았다. 그녀는 현재 선상태산의 선녀들 중에서도 가장 직급이 높고 연차가 많으므로 다른 선녀들을 지도하고 있었고, 이미 오래전에 하계에 하강했던 경험도 있었다.

날개옷을 받기 위해 수행을 하던 여선들과, 이미 날개옷을 받고서도 더 수행에 증진하던 선녀들은 비연진의 명에 따라 모두 한데 모였다. 태산 가장 높은 곳에 위치한 설옥당(雪玉堂)의 강당에 모인 여선들이 비연진의 말을 기다리고 있었다. 선녀 비연진은 그들 사이를 걸어가 가장 상석에 앉았다.

"지금 하계에 역도들이 선인들이 있던 태수관을 공격하고 대대적인 선전포고를 했다. 천제 폐하께서는 군을 출병시키셨으며, 우리 선녀들에게도 하강하여 선군들을 도울 것을 명하셨다. 우리 선녀들은 그 옛날부터 선군과 함께 천제 폐하를 보좌하는 선인이요, 익의를 하사받음으로써 능력을 인정받은 뛰어난 여선들이다. 따라서 이 같은 명을 받고 물러설 이유가 없고, 한 사람의 선인으로서 하계에서 일어난 이 같은 만행을 묵과할 수 없다."

선녀 비연진은 설명을 듣고 고개를 끄덕이는 선녀들을 향해 명을 내렸다.

"정급 이상의 선녀들은 모두 하계로 하강할 채비를 하라! 하계를 어지럽히고 정해진 위계를 뒤집고자 하는 역도들에게 하늘의 지엄함을 보일 것이다!"

공손히 인사를 한 선녀들이 동시에 자리에서 일어났다. 비연진도 준비를 하기 위해 자리에서 일어섰다. 가장 가까이에 앉아 있던 선녀가 일어나 비연진에게 물었다.

"함께 하강하실 생각이십니까?"

"물론이다."

"하오나, 괜찮으시겠습니까?"

선녀가 걱정스러운 얼굴로 물었다. 비연진은 날 선 시선으로 질문한 선녀를 응시했다.

"괜찮지 않을 이유가 없지 않느냐? 대체 무슨 말이 하고 싶은 것이냐?"

선녀는 깜짝 놀랐다가 금방 고개를 숙였다.

"송구합니다. 제가 실언을 했습니다."

비연진은 냉랭한 얼굴로 고개를 돌렸다.

"당장 가서 채비를 하라."

"예."

선녀가 물러나고, 비연진은 몸을 일으켜 설옥당의 난간 끝까지 다가갔다. 구름으로 둘러싸인 선상태산을 내려다보며, 그녀는 그녀가 다시 내려갈 하계에 대해 생각했다. 대략 칠십여 년. 그녀가 하계에서 선계로 돌아온 후 칠십여 년의 시간이 지났다. 익의의 치맛자락을 잡은 비연진의 손에 힘이 들어갔다. 하계는, 뛰어난 선녀로서 갈 필요가 없음에도 스스로 원하여 갔고, 그리하여 인생 최악의 경험만을 남기고 돌아온 곳이었다. 하계에서의 경험은 그녀에게 있어서는 지독하게 끔찍하고, 치욕적인 과거였다.

지금보다 조금 젊었을 때의 비연진이, 하계에서 그녀의 날개옷을 잃어버렸다. 어찌하지도 못하고 그저 발만 구르고 있던 와중에, 나무를 진 한 사내가 그녀에게 다가왔다. 비연진은 그때 봤던 그 인간 사내의 표정을 지금도 잊을 수 없었다. 당황과 놀람, 온갖 감정으로 어우러진 인간 나무꾼은 연도 없는 선녀의 날개옷을 찾아 주겠노라 야밤까지 그 산을 누비고 다녔다. 한낱 인간의 몸으로.

결국 그가 날개옷을 찾아 주지 못했음에도, 비연진으로서는 고맙고, 또 고마울 수밖에 없었다. 자기 일처럼 진땀을 뻘뻘 흘리며 산을 헤맨 인간이 순박하고 정이 넘쳐 마음 주지 않을 수가 없었다. 조심스럽고 수줍어하는 모습에 마음이 기울었다. 그 밤의 일은 분명 그 잠깐의 흔들림으로 이루어진 돌이킬 수 없는 사고였지만, 비연진은 그래도 괜찮다고 생각했다. 그녀는 오백여 년의 세월을 살 선인, 그 인간의 길어야 고작 사십 년 될 세월을 함께 사는 건 결코 가볍게 받아들일 일이 아니었음에도 불구하고 그녀는 받아들였다. 어쩌면 그 뒤를 생각하지 않을 정도로 그녀는 그 잠깐 사이에 그 사내가 마음에 들었는지도 몰랐다.

그렇게 아이를 낳고, 몇 년의 시간이 흐른 후에……. 그녀는 그 모든 것이 거짓이었음을 알았다. 그 사실을 알았을 때 그녀는 코앞에 사내의 얼굴을 두고서도 처음 봤을 때의 그 얼굴을 떠올렸다. 그녀가 익의를 잃어버렸다 말하니 놀라고, 그리고 찾아 주겠노라 했던 그 얼굴. 그 순간 얼마나 치가 떨리고, 가증스럽던지.

'차라리 죽을 때까지 말하지 말 것이지.'

차라리 평생을 속였다면 나았을 터였다. 단숨에 마음속에 받아들인 만큼, 비연진은 단숨에 그 인간을 마음속에서 밀어냈다.

'평생 죄책감은 스스로 안고 살아가지, 어찌하여 그 죄책감을 풀어내고 내 삶은 분노로 젖게 만들었소.'

모든 진실을 알았을 때, 그녀에게는 다른 것을 돌아볼 마음의 여유 따위가 없었다. 그녀는 하계에서 겪었던 그 모든 게 끔찍했고, 인간이라면 더더욱 끔찍했다. 그리하여 몇 년을 살 붙이고 산 사내를 버렸고, 그의 아들을 버렸다.

그 어렸던 아들, 선계로 돌아오던 길에 봤던 그 얼굴조차 잊고 살았다. 그러나 그 이름만은 확실히 기억이 났다. 꿈에, 용이 승천하는 꿈을 꿨다. 그 태몽의 내용을 따 아이의 이름을 몽룡이라 지었다.

'이미 다 의미 없는 일이지.'

시간은 훌쩍 지났고, 그 인간 사내도 그의 아들도 살아 있지 않으리라. 남은 것은 인간과 하계에 대한 혐오와 증오, 감히 존경해야 할 선인에게 반기를 든 역도들에 대한 대항심뿐. 그리하여 그 끔찍한 기억의 그 무엇도 남아 있지 않을 하계에, 그녀는 선녀로서 명을 받아 내려가게 될 뿐이었다.

❋ ❋ ❋

천제로부터 명을 받은 석호는 하계로 내려가기 전에 남선 조현궁에 들러 정왕에게 갔다. 그는 냉랭한 얼굴로 제대로 쳐다보지도 않는 정왕의 앞에 손에 들고 있던 투구를 내려놓고, 무릎을 꿇고 앉았다.

침묵이 흘렀고, 정왕도 석호도 쉽사리 입을 열지 못했다. 애초에 대화가 많은 부자가 아니었고, 무엇보다 전에 있었던 말다툼으로 인한 감정의 찌꺼기가 채 해소되지 않은 까닭이었다. 머뭇거리고 있던 석호는 잠시 기다리다가 결국 참지 못하고 먼저 입을 열었다.

"저는 명을 받아 하계로 갑니다."

"……그래."

설마하니 하계의 일이 이렇게 커질 줄은 몰랐던 정왕도 뭐라고 할 말이 없었다. 하계에서 역도가 직접적으로 반기를 들었으니, 천제의 친위군이자 검이나 다름없는 검용군이 출병하는 것은 당연한 일이었다.

정왕이 입을 굳게 다물자 석호도 더는 시간을 끌지 않았다. 그는 그저 정왕에게 절을 하고 내려놨던 투구를 들고 일어났고, 그대로 방을 나섰다. 방문을 닫는 술시들을 지나쳐 복도를 걸어간 석호는 그대로 전각을 빠져나갔다. 걸어가던 그는 인사를 하기 위해 기다리는 아들 단우와 도화를 발견했다. 석호는 일단 그의 아들에게로 다가갔다. 무릎 한쪽을 꿇고 시선을 맞췄다.

"아버지."

"아버지 다녀온다."

"조심하세요……."

상황을 명확히는 몰라도, 요 며칠 궁의 분위기가 심히 안 좋았던 터라 단우의 표정도 밝지 못했다. 아마 눈치로 그의 아버지가 천제 폐하께 명받은 일이 심히 위험한 일이라고 생각한 모양이었다. 석호는 걱정하지 말라는 의미로 웃으며 그런 아들의 머리를 쓰다듬어 줬다.

몸을 일으켜 세운 석호는 바로 그 옆에 있는 도화를 응시했다. 도화는 하얗게 질린 얼굴로 시선을 내리깔고 서 있었다. 초조한 것처럼 하얀 손가락 끝을 연신 꼼지락거리는 것을 보았다. 석호는 우울한 그녀에게서 드러나는 수심이 누구에, 무엇에 대한 것인지 궁금했다. 그게 그녀의 지아비인가. 아니면 그 옛날 놓아야 했던 정인인가. 지금 대체 무슨 생각을 하고 있나. 그러나 물어 그 답을 아는 게 두려웠다. 그래서 그저 짧게 말했다.

"다녀오겠소."

그 말에 도화는 들릴 듯 말 듯한 목소리로, 겨우 한 음절을 내뱉었다. 너무 작아 석호는 그녀의 대답을 제대로 듣지도 못했다. 저도 모르게 고개를 숙인 석호는, 울컥하고 감정이 치솟아서 말했다.

"나는 꼭…… 류시건을 암굴로 돌려보낼 것이오."

"……."

도화는 아무런 대답도 하지 못했고, 석호는 그대로 몸을 돌렸다. 성큼성큼 걸어가는 내내 마음 깊은 곳에서부터 답답함과 울분이 치솟았으나, 석호는 그저 꾹 눌러 담았다. 과거에 늘 그러했듯, 그 모든 답답함을 한 사람에 대한 증오로 치환시켰다. 이 모든 일이 그놈 때문이라고, 모두 류시건 때문이라고 속으로 되뇌며 무거운 걸음을 옮겼다.

마음을 억누른 채로 나온 석호는, 조현궁 앞에서 그의 용마와 함께 서 있는 적오위 상장군과 그의 뒤로 정렬하고 서 있는 적오위 선군들을 발견했다. 석호는 다가온 적오위 상장군과 말을 나눠 남선에 남을 적오위 인원을 확인했다.

모인 적오위 선군은 서선에서 올 백호위와 함께 용수궁 앞에서 대기하고 있을 검용군과 집결하기로 되어 있었다. 석호는 천제의 친위군을 상징하는 황금술이 달린 투구를 머리에 쓰고, 그의 용마에 올라탔다. 그가 제일 앞에서 날고, 그 뒤에 투구에 붉은 술이 달리고 갑옷에 주작의 상징이 새겨진 적오위 선군들이 탄 용마가 줄을 이었다.

하늘을 날아 용수궁으로 달려가니 그 앞에 벌써 백호위 선군이 대기하고 있었다. 석호는 검용군 군대가 서 있는 곳으로 날아가, 용마를 세웠다. 용수궁 앞에, 검용군, 적오위, 백호위가 한자리에 모여 있었다. 무장을 한 선군들이 조금의 흐트러짐도 없이 늘어서 하강을 기다리고 있었다.

용마에서 내린 석호는 하강 전에 무진에게 출병을 고하기 위해 용수궁 안으로 들어갔다. 술시를 따라간 석호는 무진이 있는 용주당 앞에서 투구를 벗었다. 투구를 벗고 복도를 걸어가던 석호는 방 앞을 지키고 서 있는 술시들과 자희를 발견했지만, 미소 짓는 자희를 무시하고 방 안으로 들어갔다. 방 가장 안쪽에 앉아 있던 무진이 들어오는 석호를 응시했다. 무진에게로 가까이 가 무릎을 꿇은 석호가 고했다.

"폐하, 모든 준비가 끝났습니다. 윤허하시는 대로 즉시 하계로 출병하겠습니다."

"그래……. 짐이 부족하여 자네에게 큰 짐을 안기게 되었군."

"당치 않습니다, 폐하!"

석호는 얼른 고개를 들어 부정했다. 무진은 씁쓸하게 웃었다.

"무운을 비네. 짐은 자네가 잘해 낼 거라고 믿어."

석호는 그 말 한마디에 그가 줄곧 느끼고 있었던 모든 답답함이 해소되는 걸 느꼈다. 그래, 그에게 믿어 주는 주군이 있었다. 믿는다는 무진의 말 한마디가 지금 그에겐 그 무엇보다 큰 힘이었다. 자신을 향해 미소 짓는 무진을 보고 있자니 시건의 도주 사실에 대해 진즉에 고하지 못한 데에 대한 죄책감이 차올랐지만, 그 때문에 석호는 더 굳게 다짐했다.

'반드시 모든 것을 원래대로 돌려놓아야 한다.'

석호는 진심을 가득 담아, 무진에게 인사를 올렸다.

"최선을 다하겠습니다, 폐하."

저 기대를 절대 실망시킬 수 없었다. 그를 절대적으로 믿어 주는, 어쩌면 유일한 한 사람. 그의 힘이 되지는 못할망정, 폐가 될 수는 없었다. 억지로 웃고 있는 무진을 보니 류시건에 대한 증오는 더더욱 타올랐다. 어찌 역적이 된 것만으로도 모자라, 이런 일을 벌여 무진의 마음에 상처를 줄 수 있나. 과거에 둘도 없었던 벗이 아닌가. 역모를 꾀했던 그 아비처럼 진정 벗 간의 의나 충정 따위는 조금도 가지지 않은 놈이었던가. 더군다나 무진의 간곡한 청으로 겨우 목숨이나마 부지한 놈이었다. 그런데 어찌 이리 무진에게 칼을 들이댈 수 있는지 석호로서는 이해할 수 없었다. 그리고 그런 와중에도 류시건의 목숨만은 살리고자 하는 무진이었다.

'가엾은 분.'

마음 같아서는 시건의 목을 베고 모든 것을 끝내고 싶었다. 그러나 그런 일을 저지르면 무진은 설령 상대가 역적이라 해도 마음 아파하리라. 석호는 그 자신의 마음보다, 무진의 마음이 더 중요하다 여겼다. 그의 주군이 배은망덕한 류시건을 살리기로 결정을 내렸다면, 비록 이해할 수 없는 결정이라도 그 결정에 따라야 했다.

인사를 하고 방을 나선 석호는, 문 앞에서 그를 쳐다보는 자희를 무시하고 복도를 걸어갔다. 그러나 이 요괴는 눈치도 없는지 석호를 졸졸 따라오며 말을 붙였다.

"상장군께서 참으로 큰 책무를 맡게 되셨습니다. 지금 이 일이 우리 폐하께 얼마나 중요한 일인지는 아시지요? 어찌 하계에서 이런 일이 다 일어나는지, 참. 소녀 감사부에서 있었던 일만 해도 아직도 이리 심장이 벌렁벌렁 뛰는데, 앞으로 하계에서 벌어질 일을 생각하니 참으로 끔찍……."

석호는 무진이 있을 방에서 어느 정도 멀어졌다고 생각하자, 몸을 홱 돌려 그런 자희의 멱살을 움켜쥐었다. 그러고는 인정사정없이 벽에 자희의 몸을 처박았다.

"어맛!"

"네 어찌 류시건을 아느냐."

"……예?"

자희는 영문을 모르겠다는 얼굴로 석호를 올려다봤다. 상처받은 척하는 가증스러운 얼굴을 보며, 석호가 이를 갈았다.

"네가 폐하의 곁에 온 게 폐하의 즉위 후니 대략 삼십 년이고, 류시건이 암굴에 갇힌 게 오십 년 전이다. 헌데 네년이 어찌 류시건을 알아보고 그에 대해 고할 수가 있느냐. 대체 네 정체가 뭐냔 말이다."

눈을 깜빡이며 석호를 응시하던 자희가, 씨익 미소를 지었다.

"우리 상장군……. 많이 발전하셨네. 그런 것도 다 고려할 줄을 아시고."

"뭐라?"

"아무렴 소녀도 듣는 귀가 있사온데 그 유명한 류가의 장수를 모를 리가 있겠사옵니까."

석호는 불신이 가득한 얼굴로 자희를 응시하다가, 잡고 있던 멱살을 거칠게 놨다. 꺅, 하고 소리를 지른 자희가 너무하다고 중얼거리며 옷깃을 정돈했다. 석호는 그런 자희를 경멸이 가득한 얼굴로 쳐다봤다.

"네년이 정체가 뭐고 무슨 꿍꿍이인지는 모르겠으나, 그딴 것엔 하등 관심도 없다. 내게 중요한 건 오직 한 가지다. 만약 내가 하계로 간 동안 네년이 허튼수작을 부려 폐하께 조금이라도 폐를 끼친다면 내 절대 너를 용서하지 않을 것이다."

석호가 그 말만 남기고 몸을 돌리는데, 자희가 간드러지는 목소리로 석호의 등에 대고 물었다.

"그분께서는 용서하시겠답니까?"

석호가 무시하려는 찰나에, 자희가 말을 이었다.

"우리 어여쁜 도화 선녀님께서는 얼마나 속이 복잡하실까? 마음 주지 않았다고 하나 지아비는 지아비, 헌데 그 지아비가 오랫동안 마음에 담아 두신 정인을 칠흑 같은 어둠으로 보내 버리겠다 이 난리시니. 그분이 그래도 괜찮으시답니까? 정인에 대한 마음 때문에 우리 상장군을 원망하시면 어쩌지요?"

자희의 말은 내뱉는 족족 석호의 마음에 비수처럼 꽂혔다. 여우는 요망하게도 간사한 몇 마디 말로 그의 의심과 걱정을 밖으로 들춰냈다. 녹슨 고철처럼, 석호의 고개가 뻣뻣하게 돌아갔다. 투구를 쥔 손이 부들부들 떨렸다. 더 일그러질 수 없을 정도로 일그러진 얼굴을 본 자희는 깜짝 놀란 척하며 어깨를 움츠렸다.

"어마, 무서워라. 소녀는 다만 상장군을 걱정하는 마음에서 하는 말이어요. 너무 그리 날 세우지 마시어요."

"네년이 날 걱정한다고."

"정확히는, 우리 폐하이시지요."

자희가 천연덕스러운 얼굴로 미소 지으며 말했다.

"듣자 하니 그 류가의 역적이 신안이라 하여 그 눈으로 환술조차 꿰뚫어 볼 수 있다고 하니, 이 소녀의 정체조차 꿰뚫어 볼 수도 있겠지요. 만일 그가 이 선계에 와 우리 폐하를 보면 어찌 되겠습니까?"

자희는 완전히 굳어 버린 석호의 얼굴을 보고는 그를 지나치며 말했다.

"안 그래도 그 역적이 억하심정을 품고 폐하를 곤경에 빠뜨리려 혈안이 되어 있는 듯한데, 만에 하나라도 폐하의 진실을 알게 된다면……. 그 뒤는 보나 마나지요. 또한 상장군께서도 기억하고 계시지 않으시옵니까? 용과 계약한 여선. 분명 그 여선이 하계에서 웬 사내와 있었다고, 적오위 선군이 보고하지 않았사와요?"

"그게 어쨌다는 것이냐?"

"이리 아둔하실 수가. 이상하지 않으신지요? 그 여선이 감사부에 온 후에, 역적 류시건 또한 감사부에 몰래 숨어들었지 않았사옵니까. 그 둘이 내통하지 않았다 어찌 장담하지요? 어찌하여 그 역적이 감사부에서도 신정당에 몰래 나타났겠사옵니까? 그 여선이 머무는, 신정당에 말입니다."

"뭐……라고?"

자희는 진하게 미소 지었다. 충격으로 굳어 버린 석호를 보며, 자희가 마지막으로 말했다.

"어쩌면 그 여선이 북하에서 함께 있었던 사내가 역적 류시건일지도 모르지요. 진실이든 아니든, 무슨 수를 써서라도 그자를 다시 암굴로 돌려보내야 한다는 사실, 굳이 더 길게 말할 필요는 없겠지요. 그럼 소녀는 이만 가 봐야겠네요. 수고하셔요."

자희는 호호 웃으며 뒤로 물러났다. 종종걸음으로 사라지는 자희를 눈도 깜짝이지 않고 째려보던 석호는, 곧 투구를 눌러써 그의 얼굴을 가렸다. 그는 몸을 돌리고 선군들이 기다리고 있을 곳으로 걸어갔다.

곧 있을 전투를 준비하는 몸은 긴장으로 굳어 가고, 마음은 흔들림 없는 벽을 세웠다. 이를 악물고 걸어가는 내내, 요괴가 흘린 말이 머릿속을 떠나지 않았다. 역적 류시건. 환술과 진실. 그리고 용과 계약한 여선. 확신할 수 있는 것은 아무것도 없었다. 어쩌면 그것은 그저 저 요괴의 헛된 망상일지도 몰랐다. 그러나, 류시건이 무진에게 위험한 인물이라는 것만은 확실했다.

'그래, 차라리 잘된 일이다.'

아무리 생각해도, 이만한 기회는 없을 터였다. 이번 일로 정말로 모든 것을 끝낼 수 있으리라. 정왕은 그들이 승리자라고 말했으나, 그건 어디까지나 정왕 본인과 류의민 간의 일이었다. 석호와 시건 간의 악연은 아직 끝나지 않았고, 오십 년 만에 드디어 그 지겨운 관계를 끝낼 때가 되었다. 석호에게 있어 시건은 지긋지긋할 정도로 도화의 마음을 놓아주지 않고, 또한 무진에 대한 은혜도 우정도 모르는 놈에 불과했다. 암굴 밖으로 나오자마자 이리 여러 사람을 흔들어 놓는 류시건을 절대로 저대로 놔둘 수 없었다.

류시건은 반드시, 암굴로 다시 돌아가야 했다. 그의 손으로 류시건을 다시 암굴로 보내는 것. 그것이 그의 지난 세월에 대한 유일한 보상이 되리라. 앞으로의 삶을 위해서도.

❈ ❈ ❈

해가 진 후의 동하 태수관은 도깨비들로 북적거렸다. 도깨비들은 그간 시건의 명으로 해 질 무렵에 노을빛을 피하기 위해 습관적으로 자곤 했던 낮잠을 자지 않도록 훈련받은 상태였다. 해서 하늘이 노을져 붉게 물든 상황에서도 어딘가로 숨거나 졸음에 빠지는 도깨비는 없었다. 그러나 오랜 세월 몸에 익혀 온 습관은 쉬이 변하지 않는지라, 그들은 노을이 지는 동안 내내 기죽은 상태로 저들끼리 얌전히 모여 있었다. 그리고 그렇게 얌전히 있던 도깨비들은 해가 완전히 지고 하늘이 어두워지자마자 기다렸다는 듯 벌떡 일어났다. 그들은 살판난 모양새로 도깨비방망이를 휘두르며 태수관을 이리저리 휩쓸고 다녔다.

도깨비들은 태수관을 여기저기 돌아다니며 처음 보는 궁의 화려함에 혀를 내둘렀다. 그리고 그건 태수관 안으로 들어온 양상이나 이 노인도 마찬가지였다. 동하 바깥의 사정이 그리 좋지 않았는데 태수관 내부는 이 정도라니 확실히 기가 찬 노릇이었다. 태수관 내부를 둘러보고 씁쓸히 웃은 양상은 이 노인과 시건, 파적이 모두 모여 있는 자리에서 말했다.

"소생은 선군이 모두 하강하기 전에 잠시 다녀올 곳이 있소이다."

"도사 권교 때문인가."

시건이 말하자 양상은 고개를 끄덕였다.

"아무래도 감사부에서 본 요선이 자꾸 마음에 걸리오. 도가와 영 관련이 없다고 말할 수도 없으니, 아무래도 그 일에 대해 신선들의 생각을 알아야겠소이다. 소생이 스승님을 찾아뵙고 말씀을 듣고 오겠소이다. 날이 밝기 전엔 올 것이니, 너무 걱정하지 마시오. 도깨비들도 맡은 일 잘하고."

파적을 향해 미소 지은 양상은 그대로 그 자리에서 사라졌다. 양상이 사라지자 시건은 도깨비들에게 말했다.

"각 하로 가 태수관에서 가져온 곡식을 풀어라. 그냥 놓아두면 인간끼리 다툼이 일어날 수 있으니 하나하나 직접 적당량을 나눠 줘야 한다. 한 번에 많이 주지 말고 조금씩 꾸준히 나눠 줘라."

"다른 곳의 인간들은 사정에 대해 잘 모를 테니, 지금 이 일이 어찌 된 일인지 잘 설명을 해 줘야 합니다."

이 노인의 말에 도깨비들은 떨떠름한 얼굴로 대답했다.

"어, 그래."

못 미더운 얼굴로 영 믿음직하지 못한 대답을 한 도깨비들을 보며 이 노인은 좀 걱정이 됐다. 도깨비들의 험상궂은 얼굴과 거대한 크기 때문에 인간들이 모두 겁을 먹을 게 분명한데, 괜찮을지 알 수 없었다.

이 노인의 걱정에도 불구하고, 어둠이 내린 동하 태수관의 곳간

앞에, 낮에 각 하로 갔던 도깨비들이 다시 제각각 모였다. 그들은 낮에 쌓아 놨던 곡식을 하나씩 이고 다시 나가기 시작했다. 도깨비들은 각각의 곡식을 훔쳐 온 곳으로 되돌아가 그 곡식을 인간들에게 나눠 주기 위해 열심히 날아갔다. 도깨비신발을 신은 도깨비들은 이번엔 감투는 그냥 품속에 넣어 두고, 모습을 가리지 않고 날아갔다. 하계 하늘을 곡식을 이고 달려가는 도깨비 무리가 가득 메웠다. 각 하계 곳곳에서 무수히 많은 도깨비들을 발견한 인간들이 놀라서 소리를 질렀다.

파적도 아우들과 함께 곡식을 이고 다시 서하 태수관으로 향했다. 선인들은 이미 그 자리를 떴는지 무너진 태수관 주변은 고요했다. 주변에는 오가는 인간도 없었고 선인도 없었다.

불에 탄 서하 태수관 앞에 곡식을 쌓아 놓고 자리를 잡은 파적은, 낮에 동하의 인간들이 그랬던 것처럼 서하의 인간들이 환호성을 지르고 감사하다며 곡식을 받아 가길 기다렸다. 그러나 아무리 기다려도 그런 일은 일어나지 않았다. 인간들이 도깨비가 나타난 것을 보고는 겁을 먹어 도망치고 숨었기 때문이었다. 결국 기다리다 짜증이 난 파적이 다른 도깨비들 사이에 서서 인간들에게 들으라고 소리쳤다.

"야, 너네는 일 년 내내 농사지은 거 다 빼앗기고서는 분하지도 않냐! 지금 이게 뭔지 아냐! 너네가 일 년 내내 농사지어 거둔 곡식이다! 근데 우린 이거 필요 없어! 우린 메밀이 있거든! 그러니까 가져가든가 말든가!"

"이 김 서방들은 뭘 갖다 줘도 주워 먹을 줄도 몰라! 에이! 바보들!"

"이런 길거리에 메밀묵이 떨어져 있어도 구경만 할 것들 같으니!"

겁먹은 인간들의 반응에 실망한 도깨비들은 그렇게 툴툴대며 곡식을 버리고 하늘로 날아가 버렸다. 눈치만 살피고 있던 인간들은 그제야 슬금슬금 걸어 나와 눈치를 봤다. 혹시 몰라 곡식에 슬쩍슬쩍 손을 대도, 도깨비들은 돌아오지 않았다. 이때다 싶어 인간들이 얼른 곡식을 챙겨 가려고 하는데, 갑자기 옆에서 커다란 도깨비가 뿅 나타났다.

"아직 안 갔지롱!"

"으아아악!"

놀란 인간들은 지레 겁먹고 얼른 도망치려고 했다. 파적과 다른 도깨비들은 도깨비감투를 벗으며 허공에서 나타났다. 그들은 겁먹은 인간을 보며 낄낄 웃어 댔다.

"야, 이 김 서방 놀라 뒤로 자빠진 거 봐라."

"놀랐지? 놀랐지?"

도망치려던 인간 하나를 붙들고 늘어진 도깨비가 쌀가마니 하나를 열며 말했다.

"이리 와, 김 서방. 손이라도 내밀어."

그렇게 말하며 인간을 툭툭 건드렸다. 도깨비 기준에서 살짝 툭툭이었지만 인간은 휘청거렸다. 인간은 억지로 손을 모아 내밀고 부들부들 떨었다. 도깨비는 그 큰 손으로 쌀을 퍼서 인간의 손 위에 쏟아 줬다. 묵직해진 손과 떨어지는 쌀알이 아까워 인간이 어쩔 줄 모르고 있자 도깨비가 쌀알이 달라붙은 손을 휘저으며 말했다.

"안 돼, 더는 못 줘. 남으면 또 줄게. 이제 가!"

도깨비들은 겁먹어 있는 인간들을 하나씩 잡아 왔다. 그렇게 도깨비들의 반 강제 곡식 배부식이 시작되었다. 그래도 좀 시간이 지나자 인간들이 하나둘 곡식을 받아 갈 바가지나 소쿠리를 챙겨 오기 시작했다. 도깨비들이 열심히 곡식을 나눠 주는 동안 파적은 이 노인이 말했던 대로, 옆에 서서 눈치만 보고 있는 인간들에게 그들의 깊은 뜻에 대해 설명하기 시작했다.

“야, 우린 선인들을 몰아내고 하늘에 씨름하러 갈 거야. 너희 김 서방들은 하계에 남아서 늙은 김 서방의 말을 잘 듣고 살면 돼. 이해 됐지?”

인간들은 하나도 이해할 수 없었다. 그러나 이해가 안 된다고 말하면 저 험상궂은 도깨비가 무슨 짓을 할 것만 같아서 그저 알아들은 척 열심히 고개를 끄덕였다. 몇몇은 스스로의 성이 김씨가 아니라서 다행이라고 생각했다. 인간들이 고개를 끄덕이자 파적은 만족스러운 마음으로 다른 도깨비들의 옆에 서서 함께 곡식을 나눠 줬다.

❈ ❈ ❈

선계로의 귀환을 명받은 흑귀위는 모두 선계로 돌아갈 준비를 하고 있었다. 지금 감사부에는 하계에 있던 선인 관리들이 모여 선계에서 천제가 내린 명을 전해 듣고 있었다. 천제는 하계로 하강한 선인들의 귀환을 명했고, 한동안 천교가 선, 하계를 오가며 선인들을 선계로 보낼 터였다.

모인 선인 관리들로 감사부가 정신없는 동안, 귀호는 몰래 감사부를 빠져나왔다. 감사는 현재 본인의 상황이 상황인지라 다른 데에 신경 쓰지 못하고 있었고, 선녀들이나 모인 선인 관리들도 마찬가지였다. 덕분에 귀호는 어렵지 않게 감사부에서 나와 그의 상관이 그를 기다릴 장소로 향할 기회를 잡을 수 있었다. 귀호는 용마를 타고 술법과 환술로 그의 모습을 감춘 채로 동하의 능림으로 날아갔다.

나무가 하늘을 가리고 어둠만 내린 숲에서, 귀호는 그를 기다리고 있는 시건을 발견했다. 뒤에 보이는 가옥은 낯설었고, 흑귀위 선군의 갑주가 아닌 검은 도포만을 걸친 그의 상관 역시 익숙한 모습은 아니었다. 시건의 뒤를 지키고 있는 선인들 또한 익숙한 갑주가 아닌 평범한 도포를 걸치고 있을 뿐이었다.

그러나 기억과 달라도, 더없이 그리운 이들의 모습인 것만은 분명했다. 귀호는 망설임 없이 용마에서 내려 시건에게로 걸어갔다. 빠르게 걸어가서 머리에 쓰고 있던 투구를 벗고는 그 바로 앞에서 무릎을 꿇었다. 전에 제대로 차리지 못한 예의를 그제야 차렸다.

"상장군."

시건은 차마 고개를 들지 못하는 귀호를 응시했다. 그의 말을 믿고 긴 시간을 우직하게 기다린 수하를 향해 시건이 말했다.

"그간 수고했다."

귀호는 숙이고 있던 고개를 번쩍 들었다. 당연한 일이라고 생각하면서도 시건이 그리 말해 주자 기쁨과 뿌듯함이 마음속을 가득 채웠다. 바로 이날을 위해, 그는 그토록 지겹게 버틴 것이었다.

"상장군께서 암굴에서 겪으신 고초에 비하면 아무것도 아닙니다."

그 말에 뒤에 서 있던 선인들이 웃음을 터뜨리며 고개를 절레절레 저었다. 그러나 시건은 그다지 살가운 상관은 아니었으므로, 그 감동의 재회 분위기를 계속 잇지는 않았다. 감정에 젖어 시간 낭비를 할 상황이 아니었기에, 시건은 감격해서 어쩔 줄을 모르는 귀호를 향해 단도직입적으로 물었다.

"지금 감사부 상황이 어떻지?"

"각 하를 떠난 선인들이 감사부로 모였습니다. 천제 폐하로부터 선인 관리들에 대한 귀환 명령이 떨어졌고, 앞으로 천교가 선, 하계를 오가며 선인들을 선계로 돌려보낼 예정입니다. 검용군과 적오위, 백호위가 하강을 하고 태산의 선녀들도 함께 하강을 할 겁니다. 흑귀위는 선계 귀환을 명받았고, 청진위가 남아 감사부를 지킬 예정입니다."

귀호는 숨도 쉬지 않고 열성적으로 답했다. 고개를 끄덕인 시건이 물었다.

"감사는 어찌하고 있나?"

"선인들이 몰려들어 그들을 상대하느라 여유가 없습니다. 그리고 확신할 수 없으나 감사는 이미 전부터 상장군께서 암굴에서 나오신 것을 알고 있는 듯했습니다. 암굴에 선군을 보내거나 조사하는 것을 꺼리는 눈치였습니다."

"그건 아마 내 신수 때문일 거다. 감사가 묵현을 훔쳐 가 조쇄를 채워 둔 모양이라고 한다."

그 말에 귀호는 놀랐다. 그는 진지한 어조로 물었다.

"찾을까요?"

시건은 고개를 저었다.

"아니, 너는 천제의 귀환 명령에 따라 선계로 돌아가라. 선계로 돌아가 내 지시를 기다려."

"예."

설명도 없고 이해할 수 없는 명이었지만 귀호는 그저 그러겠노라 대답했다. 시건은 감사부에서 봤던 요선을 떠올리고는 귀호에게 물었다.

"감사부에 진급의 궁관이 얼마나 있나?"

분명 그가 봤던 그 요선은 자색 익의를 입고 있었다. 그것은 궁관 중에서도 급이 높은 진급 이상의 궁관이 아니면 입지 못하는 옷이었다.

"감사부에 진급의 궁관은 얼마 전 천제 폐하의 하명으로 하강했던 상의뿐입니다. 허나 현재는 선계로 돌아갔습니다. 그 궁관이 상장군을 발견했고, 상장군과 도사 양상이 감사부의 선녀를 해했다고 감사에게 고했습니다. 그로 인해 선인들 사이 여론이 좋지 않은 것으로 압니다."

"그런가. 그건 선녀가 아니고 요선이다."

귀호는 깜짝 놀랐다가, 그의 상관이 어떤 눈을 지녔는지를 떠올리고는 바로 여쭈었다.

"은밀히 살필까요?"

"아니. 그랬다간 네가 위험해질 거다. 선계로 돌아갔다고 하니 일단 다행이군. 최대한 거리를 둬라."

"예."

"그리고 감사부에, 이사예라는 여선이 있다. 선녀는 아니고 얼마 전부터 천제의 교서를 받은 이유로 감사부에 머물고 있었을 것이다. 그 주변을 주의해서 살펴라. 내 암굴에 갇혀 있을 때 봉인을 풀어 준 은인이다. 조금이라도 해를 입어선 안 될 것이다."

"예."

귀호는 아무런 질문도 하지 않고 그저 시건의 명에 고분고분 대답했다. 무엇보다 시건의 봉인을 풀어 준 은인이라는 말이 귀호로 하여금 성심성의껏 사예를 지킬 명분을 부여했다. 시건은 사예가 다른 선인 관리들과 함께 바로 선계로 갈지 어떨지 알 수 없어 구체적인 명은 내릴 수 없었지만, 귀호가 상황에 따라 가장 적절하게 사예를 지킬 거라고 믿었다. 만일 귀호 본인이 사예보다 먼저 선계로 돌아가 사예의 곁을 직접 지킬 상황이 안 돼도, 적어도 믿을 만한 이가 그 곁을 지키게끔 할 터였다.

"그……."

명을 내리던 시건이 그답지 않게 말을 끌자, 귀호는 의아해서 시선을 들었다. 직접 보는 귀호가 놀랄 정도로, 시건은 곤란해하는 얼굴로 말을 잇지 못하고 있었다. 수하의 의아함을 눈치채지 못한 채로 시건은 계속 고민했다. 그는 귀호가 그의 명령을 전했을 때 사예가 어찌 반응할지를 알았다. 문제는 그 모습을 시건 본인이 볼 수 있는 게 아니라는 점이었다. 본다면 그 이야기를 전할 귀호가 볼 터였다.

시건이 그의 긴 침묵에 의아하고 당황스러워 어쩔 줄 모르고 있는 귀호를 힐끔 쳐다봤다. 시건은 그의 여선이 새침 떠는 모양새가 퍽 어여쁘다고 생각해서, 그 모습을 다른 사내 눈에 담게 두는 게 영 마땅찮았다. 그러나 별다른 수가 없었다. 혀를 찬 시건은 품에 가지고 있던 편지를 귀호에게 건넸다. 대신 그의 명을 들은 수하가 절대 다른 마음 품을 수 없게끔 부러 이름을 입에 담았다.

"사예에게 이것을 전해라. 아주 중요한 것이다."

"예."

귀호는 여전히 의아한 얼굴이었지만, 시건의 명에 바로 고개를 숙여 보이곤, 공손히 편지를 받아 품에 챙겼다. 자리에서 일어난 귀호는 허리를 숙여 인사를 하고, 용마를 타고 사라졌다. 숲의 나무 사이에 남은 시건은 그의 뒤를 지키고 있던 선인들과 동하 태수관 쪽으로 걸음을 옮겼다. 그의 뒤에서 선인들은 이유도 묻지 않고 그저 명에 따르는 것 보라고 말하며, 그들이 선군일 시절에 뒤에서 부르곤 했던 귀호의 별명, 연충성을 입에 올렸다. 그 변함없는 귀호의 모습이 너무나 변해 버린 그들 상황에 있어서 그나마 위안으로 다가왔기 때문이었다.

그리고 다른 수하들이 떠드는 이야기를 한 귀로 듣고 한 귀로 흘리며, 시건은 감사부에 있을 사예를 생각했다. 선녀도 아니니 선인 관리들보다 앞장서 천교를 타고 선계로 갈 리는 없겠으나, 천제의 교서를 받았으니 또 모를 일이었다. 그래도 그의 편지를 받으면 그리 섣불리 선계로 돌아가진 않을 터였다.

시건은 용이나 검은 환술시에 대해 상당히 예민하게 반응하던 사예의 모습을 기억하는 터라 그 요선의 정체를 안 사예가 어찌 행동할지를 짐작하기가 어려웠다. 그는 사예더러 감사부로 가라 한 스스로의 행동을 자책할 수밖에 없었다. 그러나 이미 감사부로 간 이상 어쩔 도리가 없다 여겼다. 그는 사예가 그 요선에 대한 사실을 모른 척하고 용수궁으로 가, 무진에게 사실을 고하고 도움을 청하는 게 가장 나은 방도라고 생각했다. 그런 그의 뜻을 편지에 담았으나, 과연 사예가 그의 말을 따를지는 알 수 없었다.

계속 사예 걱정을 하며 걸어가던 시건은 그가 이리 걱정하는 것을 과연 사예가 알까, 생각했다. 아마 짐작도 하지 못할 터였다. 마음 써주고 잘해 줘도 사내의 깊은 마음을 흑심으로만 취급했으니 솔직히 그로서는 서운할 수밖에 없었다.

만일 그의 마음이 연심이 아니고 흑심이었다면, 한 지붕 아래에서 이어지는 밤들을 그리 쉽게 보냈을 리가 없었다. 덜 여문 꽃봉오리처럼 생생한 처녀의 처음이 부서지든 말든 이미 벌리고 헤집어 꿰뚫었을 터였다. 양상의 시답잖은 방해를 받았던 밤 이후에 꿈속에서 그는 몇 번이고 그 꽃을 가졌다. 그의 품 안에서 그 꽃이 피고 젖는 꿈을 꿨다. 그리 안는 것을 꿈꿀 때마다 그는 스스로 품은 마음이 진정 흑심인가 의심하기도 했다.

그러나 실제로 얼굴만 보면 아껴 주고 싶어서 그저 지켜만 봤다. 사예가 또 흑심으로 받아들일까 저어하여 최대한 조심했다. 시건은 스스로가 여인의 마음을 잘 아는 것도 아니고, 스스로에게 여인의 마음을 단박에 녹일 수 있을 만큼 달디단 말을 하는 재주도 없다 생각했다. 그리하여 그가 할 수 있는 건 사예를 지켜보며 그의 진심을 있는 그대로 표현하는 것밖에 없었다. 농이나 수작으로 받아들일까 봐

안 그래도 진지한 언사에 웃음기 하나 보태지 못했다. 그리 전달하는 진심이 주구장창 흑심 취급을 받았으나 그래도 시건은 포기하지 않고 그의 진심을 전했다.

그럼에도 불구하고 사예가 매몰차게 감사부로 떠난 후에, 그는 계속 팔에 매어 둔 댕기를 보며 사예를 떠올렸다. 푸른 댕기를 볼 때마다 얼굴 붉히고 도망치던 모습이 떠올라서 좋았다. 약빠르고 예리한 척하면서도 그런 부분에선 묘하게 허술한 점이 귀여웠다. 흑심을 품은 게 아니냐고 의심하면서도 그를 걱정하던 사예의 모습도 좋았다.

시건은 저절로 그가 마지막으로 본 사예의 모습을 떠올렸다. 그가 감사부로 찾아간 밤. 곱게 단장하고는 저가 곱냐고 맹랑하게 묻던 얼굴과, 겨우 손을 뻗어 닿았을 때 벽 너머로 숨어 버리던 모습을.

'그때 그리하지 말았어야 했는데.'

후회하면서도 그의 품 안에 안겨 있던 그 순간을 잊을 수 없었다. 손끝에 닿은 살의 촉감과 옷자락 속에 가득하던 온기, 코끝에서 스쳤던 분내의 향긋함까지도. 그 순간에 그는 다른 것은 잊고 오로지 모든 감각으로 사예에 대해서만 느끼려고 했다. 손으로 어루만지고, 눈으로 보고, 코로 맡았다. 입술까지 닿기 전에 양상이 방해를 한 것은 차라리 잘된 일이었다. 사예가 그리 도망치지 않았다면 그 순간에 취해 입술만으로 모자라 종래에는, 더 뜨겁고 강렬한 감각을 원하지 않았을 리가 없었다. 애틋한 연심으로 참고 버텨 낸 밤들을 풀린 옷고름 한 번에 날려 버릴 뻔했다.

시건은 습관적으로 팔목에 매어진 댕기를 응시했다. 그는 그 댕기의 주인을 가지고 싶었다. 그 이상으로 행복하게 해 주고 싶기도 했다. 선인으로서 당연히 누려야 할 것도 못 누리고 숨어 살아왔다는 사예에게, 그 가치에 알맞은 삶을 주고 싶었다. 귀호에게 설명할 때는 그저 은인이라고 표현했으나 사실 그 말에 담긴 의미는 더 깊었다. 암굴에 갇힌 후로 모든 것을 잃은 삶은, 사예가 그의 암굴로 떨어진 이후로 다시 되찾는 삶이 되고 있었다. 그의 봉인을 풀어 주고, 그에게 다시 일어설 힘을 주고, 그리고 그의 신수가 있는 곳을 알려 줬다. 그에게 좋을 일만 골라 하니 그가 어여삐 여기지 않을 수가 없었다.

그래서 그는, 그가 잃은 것을 더 간절히 되찾고 싶었다. 역적의 신분으로는 그가 원하는 그 무엇도 해 줄 수가 없었다. 그가 잃은 것을 되찾는 과정에 혼란에 빠진 하계 상황도 바로잡고 그의 정인에게 알맞은 삶을 줄 수 있다면 그보다 더한 득은 없을 터였다. 그래서 시건은 반드시 선계로 가야만 했다. 그는, 본래 그의 자리에서 그의 여자를 그 가치에 걸맞게 가지고 싶었다.

❊ ❊ ❊

어둠이 내린 죽림(竹林) 사이, 흰 도포를 입은 도사가 걸어가고 있었다. 새 지팡이를 손에 든 양상은 대나무를 지나치고 제멋대로 자란 풀들을 밟으며 걸어갔다. 그가 지나가는 자리마다 밟히는 풀이 바닥에 눌려 자국을 남겼다. 사람이 지나다닌 흔적이라곤 전혀 없는 깊은 숲 사이 양상의 발자국만 남았다. 양상은 똑바로 앞을 향해 가지 않고 길게 자란 대나무 사이를 그저 계속 맴돌고 있었다.

"으으음. 이쯤이 맞았던가……."

기억이 가물가물, 하고 중얼거리며 자리에 멈춰 선 양상은 눈을 감았다. 그 자리에 똑바로 서서, 풀로 가득한 아래를 지팡이로 짚었다. 주변에 늘어선 대나무처럼 그의 나무 지팡이도 똑바로 섰다. 눈을 감고 마음을 다잡은 양상이, 그의 나무 지팡이를 한 번 들었다 내리쳤다. 그 순간, 대나무 숲 너머로 감춰져 있던 커다란 연못이 그 모습을 드러냈다. 감았던 눈을 번쩍 든 양상은 걸음을 빨리해 대나무들을 지나쳤다.

몇 걸음 가지 않아, 연꽃과 연잎이 가득한 호수가 눈앞에 바로 펼쳐졌다. 현재 달은 뱀의 달인 사월(巳月), 도무지 연꽃이 필 시기가 아니었지만 연못 위의 연꽃들은 모두 탐스럽게 개화해 있었다. 어두운 연못 위를 반딧불이 날아다니며 비추고, 사방을 둘러싼 대나무 그림자가 연못 위로 늘어졌다. 계절과 장소를 무시한 기이한 조합이었다. 현실은 아니고, 그렇다고 꿈도 아니었다. 있으되 없는 곳, 신선이 만들어 놓은 신선만의 세상. 그곳이 바로 도가였다.

양상은 쭈그리고 앉아 연못에 얼굴을 비췄다. 연못에 비친 스스로의 얼굴을 확인한 그는 시선을 들어 연못 위 가장 크고 탐스럽게 핀 백색 연꽃을 보며 말했다.

"오랜만에 뵙습니다, 스승님."

당연히 연꽃은 대답하지 않았다.

"못난 제자가 스승님의 의견을 여쭙고자 이리 찾아오게 되었습니다."

양상은 시선을 들어 연못 전체를 훑어봤다. 그러나 연못에는 아무런 변화도 없었다. 대답하는 이도 없었다. 한숨을 내쉰 양상이 말했다.

"제가 전에 스승님은 고리타분하고 앞뒤가 꽉 막힌 노인네라고 소리친 건 실수였습니다."

그 말에 기다렸다는 듯, 가라앉은 목소리가 답을 했다.

"정확히 108년 하고도 세 달, 그리고 보름 만의 사죄로군."

양상은 시선을 들어 연못 너머를 응시했다. 어느새 연못 너머에, 양상보다도 희고 빛나는 도포를 입은 신선 하나가 서 있었다. 신선은 연못을 경계로 삼은 채 양상과 거리를 두고 있었다. 그가 바로 양상의 스승이자 이 연못의 주인인 연서진군이었다. 양상만큼 젊은 얼굴을 한 신선은 어둠 속에 있음에도 불구하고 홀로 빛이 나는 듯했다. 양상은 쭈그려 앉아 있던 자리에서 슬슬 일어났다. 그는 오랜만에 봤으나 그 옛날과 전혀 달라진 바가 없는 그의 스승을 향해 말했다.

"그런 걸 다 세고 계셨습니까? 참 의미 없는 일을 하셨군요. 천하에는 그보다 의미 있는 일이 많습니다, 스승님."

"의미가 있어야 하느냐? 네 그리 의미를 좇다 의미보다 더 중한 깨달음을 아직도 얻지 못하였구나."

연서진군의 말에 양상이 쓰게 웃었다.

"정말 심하게 토라지셨군요, 스승님. 허나 오늘은 굉장히 중요한 일로 온 겁니다. 혹 신선들이, 하계에서 수행을 하던 도사 권교의 행방에 대해서 알고 있습니까?"

연서진군은 대수롭지 않아 하며 답했다.

"그가 수행 중에 명을 달리했다 들었다."

양상은 눈을 크게 떴다.

"이미 알고 계십니까? 허면, 그가 어찌 그리되었는지도 아신단 말입니까?"

"이유가 중요한가. 깨달음이 부족해 해를 입었다. 그 이상 어떤 것도 신선이 알 필요는 없고, 개입할 이유도 없다."

양상은 헛웃음을 흘렸다.

"허나 스승님, 요선이 도사를 공격하고 그 간을 취했습니다. 심지어 그 요선은 도술마저 익히고 있습니다. 어찌 이런 일을 가벼이 여길 수 있단 말입니까?"

연서진군의 미간이 미세하게 구겨졌다. 거의 보이지 않는 변화였으나, 표정 변화가 거의 없는 그의 얼굴에서는 굉장히 큰 변화이기도 했다.

"양상, 네 아직도 속세에서 눈을 떼지 못하고 괜한 곳에 시간을 허비하고 있구나. 그리하라고 네게 불로불사의 선도를 하사한 것이 아니거늘. 도사에게 긴 삶을 허락하는 것은 오랜 시간 수행을 하고 깨달음을 얻는 데 무리가 없게 하기 위함이다. 도사 권교가 요선에게 어찌 해를 당했든, 요선이나 선인이 하계를 어찌 어지럽히든 그런 것이 무에가 중요하단 말이냐."

양상은 스승의 말 한 마디, 한 마디가 이어질수록 숨이 턱턱 막혀 오는 것을 느꼈다. 양상은 그 순간, 혹시나 하는 기대로 스승을 찾아온 스스로를 욕했다. 시간이 지나고 사안이 달라져도 달라질 것은 없었다. 괜한 기대였다. 그의 스승은 조금도 달라지지 않았고, 아마 모든 신선들이 마찬가지일 터였다.

"허나 스승님, 이 불초한 제자는 도무지 받아들일 수 없습니다. 본래 신선들은 선인들에게 신수를 보냈고, 때로는 도술로 인간들을 돕거나 도깨비와 교류하지 않았습니까. 헌데 어찌하여 정작 중요한 일에는 모르쇠로 일관한단 말입니까? 깨달음과 힘이란 자고로 약자를 위해 쓰고 그로 인해 또 다른 깨달음과 힘을 이끌 때야 비로소 가치가 있는 것 아닙니까? 어찌 신선들은 그들의 깨달음과 힘을 오로지 숨기고 세상을 멀리하며 현실을 외면하기에 급급하단 말입니까?"

연서진군은 숨도 제대로 쉬지 않고 말하는 양상을 보며 혀를 찼다.

"의미며 가치, 그 어떤 것에도 연연해할 필요가 없다. 그 모든 것이 실제는 없는 것에 불과한데, 그런 것을 얻는 게 무엇이 중요하겠느냐. 신선들은 그 사실을 알고 있고, 그리하여 속세의 일에 관여하지 않는다."

신선은 조금도 흔들림 없는 태도로 말을 이었다.

"그러니 너도 이제 그만 속세에서 눈을 떼고, 자연 속에서 홀로 수행해라. 네 그리 속세에서 벗어나지 못해 아직도 신선이 되지 못했느니."

스승의 말에 양상은 한숨이 나오는 것을 느꼈다. 그러나 애써 참으며, 양상이 말했다.

"스승님, 스승님은 자연 속에서 스스로를 잊고 깨달음을 얻어 신선이 되라 하시지만, 어찌 그럴 수 있습니까? 그리 신선이 되는 것이 무엇이 중요합니까? 기억과 감정 그 모든 것을 잃고 영생을 살아가는 것이 진정 중요합니까? 나무처럼 숨만 쉬고 돌처럼 그저 자리 잡고 살아가는 것, 그게 바로 허송세월입니다."

양상은 인정할 수 없었다. 스승은 그의 삶, 괴롭고 힘들었던 그 삶의 모든 것을 잊고 마음을 비우라고 말했다. 그러나 양상은 그리할 수 없었다.

동하, 그것도 소(所)에서 태어난 인간의 삶은 특히 고달팠다. 본디 소(所)라는 곳의 인간은 날 때부터 태수관 선인 관리의 종으로 태어나는 자들로, 온갖 필요한 잡일과 노역에 동원되어야만 했다.

그중에서도 상황이 좋지 않은 동하의 소에 사는 인간들이 받는 대우는 심하게 부당했다. 보호받는 것은 상상도 할 수 없고, 하계에 관심 없는 선인들의 삶을 위하여 종처럼 부려졌다. 금수만도 못한 취급을 받고 일을 하며, 하루 한 끼를 겨우 배부되는 음식을 받아먹으며 생을 연명했다. 그 한 끼는 흙 섞인 차가운 주먹밥이 전부. 그것 하나를 씹어 먹고, 배고픔과 괴로움에 발버둥 치며 시키는 노동을 하다 생을 마감했다. 겨우 도망치지 않았다면 양상도, 그리 살다 결국 죽었을 터였다.

이제는 먼 기억 속에, 폭풍처럼 몰아쳤던 감정의 흔적만 남았다. 추운 겨울, 부모는 그리 일하다 죽고, 어린 동생은 추위와 배고픔을 이기지 못하고 눈을 감았다. 동생이 죽은 걸 알았을 때 양상이 느낀 감정은 기쁨이었다. 그때 그의 손에는 주먹밥 두 개가 들려 있었다. 자신의 몫과, 동생에게 줄 몫의 주먹밥.

누가 볼까 동생의 몫까지 스스로의 입으로 욱여넣으며, 그는 울었다. 흙 섞인 주먹밥 사이로 기쁨과 자괴감, 슬픔과 경멸이 흘러 들어가 뒤섞였다. 이미 싸늘하게 식은 동생을 안고 누워 자장가를 부르고, 다음 날에도 동생의 몫이라 변명하며 두 개의 주먹밥을 받아먹었다. 그다음 날, 또 그다음 날에도……. 그러다 결국 진실을 들켰을 때, 선군들에게 얻어맞고, 동생의 시체를 빼앗기면서 그는 또 한 번 울었다. 아, 이제는, 주먹밥을 하나밖에 받지 못하겠구나, 그리 생각했다. 그리고 또 그리 생각하는 스스로를 경멸하고, 분노하고, 슬퍼했다.

'돌이켜 보면, 참으로 금수만도 못하게 살지 않았던가.'

그래서 양상은 받아들일 수 없었다. 그가 그때 느낀 모든 감정, 그 모든 게 없다면 지금의 그는 무엇인가. 오랜 시간이 지나도 여전히 변함없는 하계 인간들의 고통, 그로 인해 뜨겁게 분노하는 그의 마음은 무엇인가.

스승의 옆에서 수행을 할 때에는, 그도 그의 감정이 없어질 것이라 여겼다. 감정도 기억도 결국 사라지리라 생각했다. 그러나, 수행 중에 유람 나와 직면한 현실에 그의 마음은 다시금 불타올랐다. 없어졌다 생각했던 감정과 고통의 기억이 다시 타오르고, 놓아 버렸던 열의가 차올랐다.

그 겨울, 결국 참다못해 고향이자 감옥이었던 곳에서 도망쳐 나오다가 선군에게 화살을 맞고 차가운 눈밭에서 죽어 가던 시절을 떠올렸다. 그때 그는 이제 죽겠다 생각했다. 그리고 차라리 죽는 게 낫겠다, 그리 생각하며 눈밭 위에서 웃었다. 죽음을 두려워하며 종인 동시에 짐승처럼 살다가, 막상 죽음이 다가오자 안도했던 그때. 그 기억, 그 감정은 절대 잊을 수 없었다. 그 기억과 감정을 안고, 생애 내내 벗어나지 못한 채로 살아갈 인간들을 외면할 수도 없었다.

"천하의 모든 일로부터 유리되어 그저 영생만 누리고 아무것도 남기지 않고 살아간다면, 신선의 삶이 대체 무슨 의미가 있습니까? 신선들이 얻은 깨달음이란 결국, 현실로부터 도피하기 위해 만든 변명이 아닙니까? 불의를 묵과하고 위험을 피하며 그 영생을 유지할 변명을 찾은 것 아닙니까? 꺾일지언정 휘어지지 않는 나무가 더 곧고 푸른 법인데, 어찌 휘어지며 굽는 나무로 살아야 한단 말입니까?"

연서진군은 양상의 모습을 보며 한숨을 내쉬었다.

"꺾인 나뭇가지는 뿌리로부터 떨어져 나와 메마를 뿐이다, 양상."

신선은 차디찬 목소리로, 아직도 아무것도 놓지 못하고 있는 제자를 향해 말했다.

"살아남는 것은 결국 휘어지며 견디는 것들이다. 네 그리 연연해하는 의미며 가치, 모두 네 말대로 꺾이고 나면 흔적도 남지 않고 지워질 뿐이다. 그리고 살아남은 이들은 그 가치와 의미를 그들 마음대로 정의하며 입맛에 맞게 바꾸지. 그렇다 하여 그리 살아남는 이를 탓할 수는 없다. 그것은 생이 유한한 자들의 숙명이다. 허나 너는 선도를 취했고, 그로 인해 불로불사의 몸이 되었지. 그런 네가 그리 변하는 것을 위해 스스로를 바치다니 어리석은 일이다. 한 입 먹이에 목숨 걸고 싸우는 짐승의 꼴과 무엇이 다르랴."

"허나 스승님!"

"생이 유한한 이들이나 의미며 가치를 찾고 남기기 위해 매달리지. 그들은 삶이 유한하기에 그렇게라도 흔적을 남기고 싶어 하나, 영생을 사는 신선이 어찌 그런 것에 연연해할까."

양상은 그 옛날 그랬던 것처럼 이번에도, 깨어질 수 없고 흔들 수도 없는 벽을 느꼈다. 결국 양상은 한 걸음 물러났다. 그러나 그것이 스승의 생각을 받아들인다는 의미는 아니었다. 그는 그저 스승의 연못으로부터 멀어짐으로써, 그가 있을 곳을 밝혔다.

"현실을 외면하는 것이 깨달음이라면, 이 제자는 그 깨달음을 거부하겠습니다. 그리 사는 것이 스승님은 행복하십니까? 예, 행복도, 삶의 이유도 그 어떤 것도 없고 천하에 그 무엇도 없다고 하셨지요. 그렇다면 신선은 대체 어찌하여 살아 있습니까? 죽어 버리면 그만일진대!"

"양상!"

신선들이 그를 향해 위선이라고 말해도 도리가 없었다. 양상은 도술의 가장 궁극적인 가르침을 부정하면서도, 그 도술을 이용하여 그가 원하는 현실을 추구하고 있었다. 쓸 수 있는 곳에 유용하게 쓸 것이 아니면 그 힘이 아무리 위대한들 무슨 소용이란 말인가.

그러나 그의 물음에 신선이 언제나 똑같은 대답을 할 것을 알기에, 양상은 이제 질문조차 하지 않았다. 그 무엇도 없다는 이유로 반문마저 거부하는 탁상공론에 그는 지쳐 버렸다. 그리하여, 양상은 신선들이 정한 깨달음을 추구하는 것을 멈췄다.

"천하에 그 무엇도 없는데 어찌하여 도(道)에는 답이 있단 말입니까?"

그가 보기에는 신선들이야말로 위선자였다. 답을 정해 놓고 그것으로 변명하고 합리화하며 세상으로부터 스스로를 분리시킨 이들. 그러나 양상은 그가 겪었던 인간으로서의 고통, 그 괴로움을 지울 수 없었다. 그는 세상 밖으로 나가 또 한 번 고통을 봤고, 결국 그 고통을 끊기 위해 다시 세상 밖으로 나섰다.

절대로 좁혀질 수 없는 생각의 격차를 다시금 느끼며, 양상은 그의 스승에게 마지막으로 말했다.

"저는 제 세상에서 제 답을 찾겠습니다."

그로 인해 정해진 깨달음에 도달하지 못하고, 결국 신선이 되지 못하더라도. 양상은 그의 삶을 속 빈 강정으로 만들고 싶지는 않았다.

※ ※ ※

양상은 그 자리를 떠나, 바로 동하로 돌아왔다. 도술을 부려 그가 온 곳은 동하의 백모소, 바로 그가 태어나고, 그의 가족이 죽은 곳이었다. 어둠이 내린 소에, 마르고 행색이 더러운 인간들이 줄줄이 서 있었다. 양상은 오로지 한곳에 시선을 고정한 채 기다리는 인간들의 줄을 따라 걸어갔다. 기다란 줄 끝 허물어져 가는 초가들 사이, 노인 하나와 도깨비들이 쌀을 끓여 만든 죽을 나눠 주고 있었다. 그리고 그 주변을 요선과 짱돌군사들이 지키고 있었다. 양상은 도깨비들 사이에서 유독 작아 보이는 이 노인에게로 다가갔다.

"아직도 끝나지 않았나 봅니다."

"도사님, 오셨습니까."

이 노인과 도깨비가 양상을 발견했다. 이 노인과 양상은 죽을 나눠 주는 여자 도깨비들 사이에서 걸어 나왔다.

"그래도 이제 얼마 안 남았습니다."

소는 태수관 선인 관리들의 시선이 직접적으로 닿는 곳이라 먼저 손을 뻗을 수 없었다. 그리하여 태수관을 완전히 점령하고 난 후에야 와서 인간들을 만나 사정을 설명하고 곡식을 나눠 줄 수 있었던 것이다. 그리 시작된 곡식 배부는 밤이 된 아직까지도 끝나지 않고 있었다.

"낮에 먼저 끼니를 때운 이들에게는 일단 일을 맡겨 두었습니다. 다행히 소의 인간들은 재주가 좋고 기물이 많아 더 빨리 일을 끝낼 수 있을 듯합니다."

이 노인은 그렇게 말하며 양상을 어딘가로 데려갔다. 백모소는 인간들이 선인 관리들의 명으로 목화를 키워 목화솜 이불을 만들어 선계로 진상하는 마을이었다. 이 노인과 양상은 인간들이 솜이불의 솜을 트고 누르는 장소로 와 있었다. 그러나 본래 여기서 인간들이 만들고 있어야 할 솜은 지금 이 자리에서는 볼 수 없었다. 인간들은 솜이 아닌 지푸라기를 엮고 있을 뿐이었다. 일부는 동그랗게 모여 앉아 이야기꽃을 피우며 반쯤 놀고 있었다.

"오셨습니까요."

지푸라기를 꼬고 있던 인간 하나가 이 노인에게 인사했다. 이 노인은 웃으며 옆에 있는 양상을 도사님이라고 소개했다. 젊은 얼굴을 한 양상이 도사님이라는 말에 인간들은 놀라서 한 번씩 양상을 쳐다봤다.

"도사님이면 신선님이 되는 거 아닙니까?"

"그럴 수도 있고 안 그럴 수도 있지요."

양상은 웃으며 대답했다.

"이건 뭐요?"

기웃기웃하던 양상이 무언가 커다란 것을 발견하고는 물었다.

"그건 이불솜 만드는 겁니다. 하도 일이 고되다고 그 옛날에 서하에서 잡혀 온 문씨 어르신이 만들었던 거예요. 그 본래 목화씨가 서하에서 가져온 건데, 서하 소에서는 그리 솜을 만든다고 합니다. 제법 쓸모가 많아서 계속 쓰고 있습죠."

"솜?"

양상은 신기해서 눈을 크게 뜨고 기둥 사이에 세워진 커다란 물건을 이리저리 살폈다. 낡은 나무판자와 밧줄로 묶어 세운 허름한 모양새였다. 여인들이 베를 짜는 기계 같기도 하고, 도통 알 수 없는 모양새였다. 삼백 년 전까지만 해도 다 손으로 해야 했는데, 이런 거대한 것을 어찌 쓴다는 말인지 알 수가 없었다. 기계 옆에 서 있던 인간은 물건 한쪽의 큰 입구를 가리키며 말했다.

"여기다 솜을 집어넣으면 쫙 펴져서 겉싸개에 넣기 좋게 나온다니까요."

양상은 감탄했다.

"이야, 거 옛날엔 죄다 방망이 들고 손으로 두들겨야 됐는데."

"……그걸 어찌 아십니까요?"

"……."

"그거 되게 옛날 일인데……."

양상은 헛기침을 하고는 말을 바꿨다.

"아, 어디선가 주워들었소이다. 하하하!"

"안 그래도 참 좋고 신기하다 이야기를 했더랬지요."

이 노인이 허허 웃으며 말했다. 양상은 바로 옆에 있는 이상한 기계를 가리키며 물었다.

"이건 또 뭐요?"

"그건 옛날에 정 씨가 만든 건데, 솜이불 여러 개를 한꺼번에 옮기느라고 만든 겁니다요. 그게 무게가 제법 되거든요. 요기다 올리고 저 뒤쪽에서 줄을 잡아당기면 솜이불을 수월하게 들어 천교에 실을 수가 있지요. 도깨비들이야 한 번에 옮길 수 있어도 인간들은 어디 그리하나요. 깔려 죽기 싫으면 이런 거라도 만들어야지."

지금 그 기계 위에는 인간들이 이 노인의 가르침을 받아 억새풀을 엮어 만든 갑옷들이 몇 개 올라가 있었다. 별의별 게 다 있다, 하고 웃은 양상이 감탄했다.

“이야, 거중기(擧重機)네, 거중기!”

양상의 말에 인간들이 궁금해하는 얼굴로 물었다.

“그게 무슨 뜻입니까요? 옛날 말이지요?”

“옛날 말의 조합이지. 무거운 걸 드는 기계라는 뜻이외다.”

“역시 도사님이라 옛날 신선님들 말을 잘 아네. 말도 뚝딱 만들고.”

“하하, 지금은 신선들도 안 쓰는 말이라오.”

양상은 그 신선들이 사실 엉덩이만 무거운 노인네들일 뿐이라고 말하고 싶은 걸 꾹 눌러 참으며 그 자리를 벗어났다. 야, 많이 달라졌다, 하고 연신 중얼거리며 양상은 허허 웃었다. 인간들에게 수고하라고 말한 뒤 나온 양상을 따라 나온 이 노인이 양상에게 말했다.

“헌데 도사님, 도사님께서는 이 하계에 남으시는 게 낫지 않겠습니까? 어찌 저 혼자 남아 이 모든 이들을 아우를 수 있겠습니까.”

“흠, 하지만 선계 상황이 어찌 될지 모르고, 선계 상황에 따라 하계도 좌지우지될 테니 소생도 선계로 가는 게 낫지 않나 싶습니다.”

“허나 제가 어찌…….”

곤란해하는 이 노인을 보며 양상이 웃었다.

“뭘, 잘하고 계신데, 하하. 그리고 일전에 말씀하셨지요. 아직 인간이 이 판의 졸에 불과하다고. 헌데 소생이 이런 생각이 들었습니다. 어쩌면 소생이나 선인들처럼 힘 있는 자들이 그 졸에게 승기를 잡을 기회조차 주지 않은 건 아닐까, 하고. 그 가능성을 점쳐 보기도 전에 우선 불가능할 것이라 선입견을 가지고 있었던 건 아닌가 말입니다.”

"도사님?"

이 노인이 의아해하는 얼굴로 양상을 쳐다봤다. 양상은 죽을 받기 위해 서 있는 사람들과, 지푸라기를 엮어 만든 지푸라기 검을 확인하는 인간들을 봤다. 그들은 그들이 만든 지푸라기 검들이 도깨비들의 요술에 의해 진짜 검으로 변하는 모습을 보고는 놀라 환호성을 터뜨렸다.

그 모습을 본 양상은 웃었다. 그 옛날, 그가 이 자리에서 봤던 광경과는 너무나 달랐다. 그때 이 백모소의 인간들은 그들은 평생 덮어보지 못할 두툼한 이불을 하루 종일 만들었다. 여인네들은 손가락이 다 부르트도록 바늘로 이불에 수를 놓고, 사내들은 솜을 누르고 태수관의 노역에 불려 가 일을 하며 삶을 보냈다.

양상은 무거운 솜이불을 잔뜩 등에 이고 날랐던 그 옛날을 떠올렸다. 배도 고프고 힘도 없는 어린아이에게 솜이불은 딱딱하고 무거운 바위나 다름이 없었다. 그때 그는 솜이불이 그리 따뜻한 것인지도 알지 못했다. 그저 선인들이 우릴 괴롭히려고 이리 무거운 것을 만들게 시킨다, 그리 생각했다. 허나 지금은 어떠한가.

"고인 물은 썩는 법. 천서 이래 인간이 발전하지 않고 정체되어 있었던 것은, 어쩌면 선인이 인간을 보호하고 돕는다는 명분으로 외려 인간의 삶을 속박하고 있었기 때문일지도 모르지요."

양상은 이 노인을 향해 미소 지었다.

"남아서 오로지 인간들과 함께 해 보십시오. 도깨비에게 요술이 있고, 선인에게 음양오행술이 있고. 한낱 산짐승도 살아남기 위해 예민한 귀가 있고 빠른 발이 있는데, 인간에게 그들만의 힘이 없을까. 이제라도 그걸 찾을 기회가 생겼다, 그리 여기십시오."

"도사님."

"앞으로 동하는 상황이 급박해질 테니, 그동안은 동하를 떠나 계십시오. 이왕이면 서하와 남하, 북하를 돌아보시는 게 좋을 듯합니다. 보나마나 도깨비들이 인간들에게 설명을 제대로 하지 않았을 게 분명합니다."

"아이고, 이 나이에……."

이 노인은 등을 두드리며 역마살이 꼈나, 하고 중얼거렸다. 양상은 그런 이 노인을 보며 엄살은, 하고 핀잔을 줬다.

"다른 이들과 분담하여 각 하에 사정을 전하십시오. 세 하 중 하나라도 소식이 늦으면 그쪽에서 무슨 일이 생겨날지 알 수 없으니, 서두르시는 게 좋을 테지요"

몸을 돌린 양상은 하늘을 올려다보며 중얼거렸다.

"그나저나 하늘에는 어찌 올라간다……."

그 말에 이 노인이 눈을 크게 떴다.

"도술로 선계에는 가지 못하십니까?"

양상은 혀를 찼다.

"소생이 전에 스승님께 졸라 그분 도술로 따라간 적은 있는데, 직접 도술을 부려 간 적은 없어서……. 아, 이게 가능할는지 모르겠네, 하하……."

양상은 그저 어두운 하늘을 보며 웃었다.

❈ ❈ ❈

감사부에서는 드디어 천교가 내려와 선인 관리들이 선계로 돌아가고 있었다. 그러나 직급이 높은 선녀도 아니고 현재의 하계 상황에서 아예 관심을 끊을 수도 없는 터라, 사예는 일단 선계로 돌아가지 않고 있었다.

미란 선녀의 죽음으로 선녀들 사이의 분위기는 계속 좋지 못했다.

선녀들이고 선인들이고 모이기만 하면 그녀의 죽음을 입에 담으며 역적과 도사의 무리가 크나큰 죄를 지었으니 절대 용서해선 안 된다 수군거렸다. 솔직히 사예로서는 시건이나 양상이 수태한 선녀를 죽였다고 생각하기 힘들었고, 외려 이 상황에 선인들로 하여금 선계로 돌아갈 시간을 주는 그들이 배려 넘친다고 생각했다. 그러나 선인들의 생각은 그렇지 않았다. 그들은 너도나도 도깨비들에게 공격당할까 봐 앞다투어 선계로 향하는 모양새였다.

조용한 가운데서 불편하게 아침 식사를 마친 사예는 산책을 하고 온다는 핑계로 밖으로 나섰다. 미란 선녀에 대해 이야기하며 역적을 몰아붙이는 선녀들 사이에 앉아 있기가 불편했기 때문이었다. 신정당 후원을 넘어 구태여 신정당의 담 밖까지 돌며 선인 관리들과 선군들의 눈치를 보고 오던 사예는, 신정당 문 쪽에서 기웃거리는 선군 하나를 발견했다. 검은 술이 달린 투구를 손에 든 흑귀위 선군은 분명 아까 그녀가 산책을 나갈 때에도 저 문 너머를 지나가고 있었고, 그녀가 산책을 하면서 지나가던 와중에도 저 문을 지나가고 있었고, 그녀가 방으로 돌아가는 지금은 아예 신정당의 문 앞에서 기웃거리고 있었다.

'뭐지?'

하도 수상해서 인상에 남지 않을 수가 없었다. 우연이 세 번 겹치면 인연이라던데, 저리 수상한 선군과 인연일 리는 없으니 고의적인 마주침인 게 분명했다. 더군다나 그 선군의 모습이 도무지 이 신정당에 볼일이 없다고 볼 수 없는 행태인지라, 결국 사예는 그 흑귀위 선군을 향해 걸어갔다.

"신정당에 무슨 용무가 있으십니까?"

선군이 기다렸다는 듯 사예에게 물었다.

"낭자의 성함이 이 사 자 예 자가 맞습니까?"

마음속의 경계심이 해일처럼 불어났다. 사예는 일단 고개를 저었다.

"아닙니다."

선군이 당황한 얼굴로 물었다.

"아니, 맞지 않습니까?"

사예는 눈썹을 찌푸렸다. 사내의 당황한 얼굴에서 일단 이자는 조금 만만하다는 인상을 받았다. 체격이 크고 사내다운 얼굴이긴 했으나 어딘지 모르게 그녀를 어려워하고 있는 기색이 엿보였다. 예서 더 아니라고 해 봤자 상대는 선군, 괜히 나중에 더 곤란해질까 싶어 사예는 일단 고개를 끄덕였다.

"예……. 맞긴 합니다만."

"근데 왜 조금 전에는 아니라고……."

사예는 잠시 말문이 막혀 선군을 쳐다보다가, 곧 천연덕스러운 얼굴로 말했다.

"나리께서도 생각을 해 보십시오. 이른 아침부터 장정이 신정당 앞을 기웃거리며, 그것도 제 이름까지 알아 와 저를 찾으면 제가 어찌 의심을 하지 않을 수 있겠습니까? 무슨 흑심을 품고 이러시는지는 모르겠으나, 이러시면 안 됩니다. 남사스럽게 누가 보기라도 하면……."

사예는 주변에 지나가는 이가 있을까 걱정하며 주변을 살폈다. 그 모습에 선군 연귀호는 더 당황했다.

"아니, 그런 게 아닙니다! 맹세코 다른 마음이 있어서 낭자를 찾은 게 아닙니다. 저는 흑귀위 상장군 연귀호라고 합니다."

"어?"

사예는 눈을 동그랗게 떴다. 그녀가 그의 이름을 알아듣자 귀호의 얼굴이 금세 밝아졌다.

"저에 대해 이미 들으셨군요."

"예에……."

사예는 고개를 끄덕였다. 덕분에 귀호는 크게 안심했다.

시건에게 명을 받은 후에 이사예라는 여선이 누군지 알아낸 귀호는 정작 사예와 마주할 기회가 없어 곤란해하고 있던 참이었다. 결국 대놓고 신정당 앞을 기웃거리는 눈에 튀는 행동을 취할 수밖에 없어 그도 가시방석 위에 맨발로 올라선 심정이었다. 귀호는 신정당 앞에 계속 서 있기가 부담스러워, 일단 한 걸음 물러나며 말했다.

"잠시 시간을 내어 주시지요. 상장군께서 전하라 하신 게 있어서."

그 말에 사예는 호기심 가득한 마음으로 귀호를 따라갔다. 신정당의 담을 따라 둘이 서 있어도 이목을 끌지 않을 만한 곳까지 앞장서 걸어간 귀호가 사예에게 말했다.

"상장군께 말씀을 전해 들었습니다. 혹 낭자께서는 언제쯤 선계로 올라가시는지요?"

"저는 아직 잘 모릅니다. 헌데 그건 왜 물으십니까?"

"상장군께서 낭자의 주변을 살피라 명을 내리셨습니다. 허나 저는 바로 군을 이끌고 선계로 귀환해야 하는지라, 그 일에 대해서는 하계에 남을 청진위 대장군 허인에게 맡겨 두어야 할 것 같습니다. 그는 믿을 만한 자이고, 또한 은밀하게 살필 것이니 낭자를 불편하게 할 일은 없을 겁니다. 염려하지 않으셔도 됩니다."

"예……."

사예는 결국 시건이 직접 그의 수하에게 그녀를 지키라 명을 내린 것을 깨닫고는 어떤 표정을 지어야 할지 알 수 없었다. 사예는 눈앞에 있는 사내가 조심스럽게 행동하는 까닭을 얼핏 알 것 같았다. 그녀는 호기심을 감추지 않고 물었다.

"헌데, 류 장군이 저에 대해 뭐라고 말했습니까? 뭐라 말하면서 저를 지키라고 명을 내렸습니까?"

대체 뭐라 설명했기에 무려 상장군의 직위까지 오른 선군이 그녀를 이리 어려워한단 말인가. 머릿속에 온갖 상상이 모락모락 피어났다. 어두운 밤에 시건과 있었던 남부끄러운 접촉이 떠올라 얼굴이 괜히 뜨거워졌다. 그녀는 그녀에게 그런 짓까지 한 시건이 과연 그녀를 뭐라고 설명했을지 궁금했다. 사예가 기대감 가득 찬 눈으로 묻자, 귀호가 바로 대답했다.

"봉인을 풀어 준 은인이시라고……."

"……."

촛불 꺼지듯 눈동자에서 빛나던 기대가 훅 꺼졌다. 대답을 들은 사예의 얼굴이 딱딱하게 굳었다.

'……그게 다야?'

봉인을 풀어 준 은인. 형식적이기 짝이 없는, 겨우 열 손가락도 넘어가지 않는 말로 그녀를 입에 담았을 뿐이란 말인가. 사예의 굳은 얼굴을 보고 귀호도 놀랐다.

'뭘 잘못한 거지?'

당황한 마음으로 귀호는 침을 꿀꺽 삼켰다. 그는 얼른 시건이 전하라 한 편지를 꺼내 사예에게 건넸다.

"저, 상장군께서…… 전하라 하셨습니다."

"……예."

사예의 얼굴은 그래도 좋아지지 않았다. 사예는 그 편지를 받아 들고는, 그럼, 하고 가볍게 인사를 하고 몸을 돌렸다. 그 모습을 보며 귀호는 생각했다.

'대체 뭘 잘못한 거지?'

귀호는 전혀 알 수 없었다. 무엇보다 그는, 쌩하니 등을 돌려 걸어

가는 저 새침데기 여선과 무뚝뚝한 그의 상관의 조합을 도무지 상상할 수 없었다.

❈ ❈ ❈

편지를 소매 속에 숨겨서 신정당으로 돌아온 사예는, 바로 그녀의 방으로 돌아갔다. 보료 위에 자리를 잡고 앉은 사예는 귀호에게서 받아 온 편지를 던져 버렸다.

'그래, 내가 표정 하나 안 변하고 흑심 없다 시치미 뗄 때부터 알아봤다.'

화가 나고 혼자 왠지 모를 부끄러움에 몸서리가 쳐졌다.

'아니 뭘 기대한 거야?'

기대감에 가득 차서 그녀를 뭐라 설명했냐고 물었던 스스로가 떠올라 손이 부들부들 떨렸다. 스스로에 대한 한심함과 부끄러움에 얼굴을 붉혔다가, 문뜩 시건이 그녀를 찾아왔던 밤을 다시 떠올렸다. 사예는 시선을 돌려 그녀가 그를 밀치고 닫아 버렸던 창을 쳐다봤다.

'혹, 내가 밀어 버려서 거절당했다고 생각했나?'

어쩌면 그럴지도 모르겠다는 생각이 들었다. 하지만 얄미운 도사가 보고 있을지도 모르는데 도저히 그대로 있을 수는 없었다. 거기까지 생각하던 사예는 눈을 질끈 감고 고개를 절레절레 저었다.

'아니다, 이건 아니야. 그 도사님이 보고 안 보고가 중요한 게 아니라고!'

차라리 시건이 거절당했다 생각하는 게 낫다고 연신 중얼거리며, 사예는 입술을 잘근잘근 깨물었다. 그럼 적어도 이제 더 이상 그녀에게 허튼수작을 걸지는 않겠지 생각했다. 그녀는 시건이 지금 하는 위험한 일에 끼어들 마음도, 그와 무슨 사이가 될 마음도 없었으므로 차라리 이 기회에 그가 거절당했다 생각하고 그의 흑심을 접는 편이 가장 나았다. 그럼 사예 또한 바보같이 그의 수작에 놀아나는 일도 더는 없을 터였다. 사예는 그러니 이게 당연한 거라고 자기합리화를 했다. 그녀는 스스로에게 조금도 유쾌하지 않은 합리화를 마치며 스스로 마음을 다잡다가 바닥에 떨어진 편지를 힐끔 쳐다봤다.

못마땅한 심정이 고스란히 드러나는 얼굴로 편지를 응시하던 사예는, 일단 손을 뻗어 편지를 주워 들었다. 시건이 대체 그녀에게 무슨 말을 전하고 싶어서 편지까지 쓴 건지 궁금하지 않을 수 없었다. 괜히 흠, 흠, 하고 목을 가다듬으며 사예는 편지를 들고 제대로 허리를 세워 앉았다. 그녀는 두 손으로 편지를 폈다. 써진 글씨의 줄과 열이 자로 잰 듯 고르고 글자마다 붓끝이 만든 모양새가 단정했다. 한 글자 한 글자를 정성 들여 쓴 게 한눈에 보였다. 사예는 순간 이것이 편지가 아니고 중요한 기밀문서를 필사한 건가 생각했다. 그 글씨를 보는 순간 그녀는 전에 그녀가 신수의 이름을 대충 써서 시건에게 보냈던 나뭇잎을 떠올렸다.

"……."

그건 작아서 어쩔 수 없었어, 하고 합리화한 사예는 일단 편지의 내용을 읽었다. 처음은 별 내용 없었다. 편지는 상황이 상황인지라 제대로 격식을 차리지 못하는 데에 대한 사과로 시작했다.

"뭐야, 이 멋대가리 없는 시작은."

그다음으로 시건은 지난밤에 그녀의 옷고름을 풀고 저지른 무례를 사과하고 있었다. 글자를 읽던 사예는 검은 먹으로 고르게 쓴 글씨에 시선을 고정했다. 검은 글자가 그녀에게 이리 말하고 있었다. 그때는 내가.

그대 자태가 고와 예의를 잊었다.

“푸훗.”

사예는 고개를 편지에 묻고 웃음을 터트렸다. 글인데도 불구하고 그렇게 말하는 시건의 목소리가 들리는 것 같았다. 잠시 어깨를 들썩거리던 사예는 곧 크게 헛기침을 하며 고개를 들었다. 그러나 그게 끝이 아니었다.

글과 말에 한계가 있어 그 밤의 그대 자태를 표현할 방도가 없다.

“푸후훗.”

사예는 다시금 편지에 고개를 묻은 채로 이번엔 발을 동동 굴렀다. 애써 올라간 입술 끝을 내리고 고개를 든 그녀는 중얼거렸다.

“다른 이가 썼나?”

보는 사람도 없는데 남의 이목을 신경 쓰는 것처럼 표정을 관리한 그녀는 편지를 잡은 손을 꼬물거리다가, 슬쩍 몸과 팔을 뻗어 벽 쪽으로 치워져 있는 좌경(座鏡)을 그녀 쪽으로 끌어당겼다. 뚜껑을 열어 접자 안쪽의 면경이 세워졌다. 사예는 스스로가 생각하는 가장 고와 보이는 표정을 지으려고 노력하며 면경에 얼굴을 비춰 봤다. 그녀는 시건이 그 밤에 보고 혹했을 그녀의 자태가 어땠을지 궁금했다. 감사부에 있는 동안 곱게 치장하고 꾸민 얼굴이 면경에 담겼다.

‘그러게, 내가 봐도 곱다.’

완전히 홀로 자아도취의 늪에 빠져서 웃던 사예는, 겨우 정신을 차리고는 다시 편지를 들었다. 그녀는 혼자 민망해져서 어색하게 웃고는 편지를 응시했다. 그러나 그러고도 편지에 집중하지 못하고 연신 면경을 힐끔힐끔거렸다.

숨을 크게 들이마신 사예는 고개를 절레절레 젓고는, 겨우 마음을 다잡았다. 편지에 아직 내용이 많이 남아 있었다. 그녀는 다시 편지를 잡고 제대로 읽기 시작했다. 마음을 다잡고 편지를 읽었다. 편지의 글자를 읽을수록, 설렘 가득했던 얼굴이 점차 굳기 시작했다.

사예는 눈도 깜빡이지 않고, 편지에 시건이 쓴 글을 읽었다. 편지를 잡은 두 손에 점차 힘이 들어갔다. 손끝이 떨리기 시작했다. 다시 한 번, 눈을 움직여 그 밤, 감사부에서 시건이 본 사실과 확인한 사실을 읽었다. 손에 잡힌 편지가 구겨졌다. 힘 들어간 손끝이 떨렸다. 사예는 놀라 숨을 들이마신 채로 그저 굳어 있었다. 저도 모르게, 그녀가 본 선녀의 얼굴을 떠올렸다.

선녀, 자희. 이름이 자희라 했다. 그리고 그 선녀가 웃는 얼굴로 했던 말들.

"귀빈의 상황이 하도 안타까운지라, 부러 천제 폐하께 소녀가 직접 귀빈을 모시러 가겠노라 청을 드렸답니다."

"부모님께서는 선계 어디에 계신지요?"

그 말. 화사하게 웃으며 하던 그 말 하나, 하나가 가벼이 넘길 게 아니었던가. 사예는 완전히 굳은 얼굴로, 시건이 편지에 담은 당부의 말을 읽었다.

혹 아무것도 모르는 상태로 위험한 상황에 처할까 우려가 되어 알게 된 사실을 전하나, 이 사실을 알리는 것이 외려 그대에게 독이 될까 걱정이 된다. 그 요선의 정체를 짐작하기 어렵고 실력의 깊이를 가늠하기 어려우니, 최대한 평정을 가장하고 그대가 안 사실을 드러내지 마라.

사예는 편지에서 눈을 뗐다. 읽은 글자가 시선 밖에서 맴돌다가 그대로 날아갔다. 남은 것은 지독한 추격자에 대한 것뿐. 오로지 생각이 하나에 집중되어 다른 생각을 할 수가 없었다. 머릿속에서 다른 생각은 순식간에 싹 빠져나가고, 오로지 무영과 추적자에 대한 생각만 남았다. 그녀는 몇 번이고 그 요선에 대해 적은 부분을 읽고, 또 읽었다.

이제는 면경 안에, 하얗게 질린 얼굴이 담겼다. 아까와 같은 이의 얼굴이라고는 생각할 수 없을 정도로 봐 줄 수 없이 얼어붙은 얼굴이. 생기라는 빛깔은 제거되고 오로지 충격받은 얼굴만 있었다.

굳은 상태로, 사예는 선계에서 헤어지기 전 하선이 당부했던 말을 떠올렸다.

"설령 용수궁에서 우릴 노리던 이의 정체를 알게 되어도, 절대 나서지 마라."

사예는 멍한 얼굴을 하고 앉은 채로 물었다.

'제가 그럴 수 있을까요? 어머니.'

사예는 눈을 질끈 감았다 떴다. 턱이 아릴 정도로 세게 이를 악물고서도 아픈 것도 몰랐다. 더 일그러트릴 수 없는 얼굴 대신 손안의 편지만 계속 구겼다. 화사하게 웃으며 달게 말을 걸던 선녀. 코앞에서, 바로 코앞에서 그녀의 가족을 오랫동안 괴롭혔을지도 모르는 요괴가 웃고 있었는데 아무것도 몰랐다니. 말을 조심하며 그 요괴에게 고개 숙여 인사까지 했다. 그 요괴에게. 그따위…….

떠올리면 떠올릴수록 치가 떨렸다. 긴 시간을 쫓아온 지독함보다 그 긴 시간을 숨기고 미소 짓던 얼굴이 더 끔찍했다. 아무것도 모르고 취했던 스스로의 행동이 너무 분해서 눈물과 함께 숨이 차올랐다. 어쩌면 그녀가 넋 놓고 있는 순간에도, 그 요선은 앞에서는 웃고 뒤에서는 어머니 하선에게 무영을 보내고 있었을지도 몰랐다. 그녀는 확신하지도 못하는 아버지 백운의 생사를, 그 요선이 이미 결정지었을지도 몰랐다. 그리 생각하니 눈물이 차올라 붉게 충혈된 눈이 아려왔다.

사예는 눈물 고인 눈으로 그녀의 손안에서 구겨진 편지를 응시했다. 편지 제일 마지막에는, 혹시 모르니 확인 즉시 이 편지를 태워 버리라고 써 있었다. 사예는 차오르는 숨을 억눌러 참으며 시건이 보낸 편지를 찢었다. 기억 속에서 웃는 그 얼굴을 찢어 버리듯, 있는 힘껏 찢었다. 분노로 날 선 손가락이 편지를 조각냈다. 기억 속의 화사한 얼굴을 마음으로는 몇 번이고 찢어발겼다.

사예는 편지 조각을 손에 들고 화기를 모아 불을 붙였다. 불붙은 편지 조각을 대충 던졌다. 바닥 위로 떨어진 불꽃 속에서 편지가 뒤틀리며 검게 변했다. 검게 타는 편지의 모습이 기억 속 요괴의 얼굴과 함께 마음에 남았다. 아마 잊을 수 없을 터였다. 그 웃던 얼굴, 천연덕스럽게 건네던 말의 한 마디도.

사예는 멍하니 편지를 태우는 불꽃을 응시했다.

"아……."

편지. 앞에는 남겨 둘걸, 하고 그제야 생각하며 사예는 어깨를 축 늘어트렸다. 힘없이 들린 손이 수기를 움직여 불을 껐다. 남은 것은 이미 타 버린 재와 바닥 위의 검은 자국뿐이었다.

✻ ✻ ✻

동하는 예부터 버려진 곳이라 하여 사는 이가 많지 않았다. 그리하여 동하 곳곳에 관리되지 않은 무성한 숲과 넓은 들판이 그대로 남아 있었다. 명확히 언제부터, 어찌하여 버려진 곳인지는 그 누구도 알지 못했다. 천서제가 하계의 선인들을 선계로 불러들였을 때 북하, 남하, 서하의 왕들이 각각 북선, 남선, 서선으로 옮겨왔을 뿐이었다. 그가 동선이나 동하에 대해 언급한 기록은 남아 있지 않았다. 그리고 천서제가 정한 나라의 근간을 그대로 이어받은 그동안의 천제들 모두 당연하다는 듯이 동하와 동선을 그대로 버려뒀다.

그리하여 버림받은 동하에서 동부 원창(元蒼)의 평야 위에, 도깨비와 요괴, 요선이 섞인 하계군이 진지를 치고 있었다. 동하로 모여든 도깨비들과 요괴들을 모두 능림에 두는 것은 무리였고, 아무리 태수관을 점령했어도 인간들이 있는 곳에서 선군을 맞이할 수는 없었다. 따라서 하계군의 막사는 원창의 너른 들판 위에 있었다. 들판 한구석에 자리 잡은 하계군의 진지 앞에는 요괴가 가득 차 있었다.

그리고 요괴들이 늘어선 평야의 반대쪽에는, 갑주를 차려입은 선군들이 가득 채우고 있었다. 선계에서 하계로 하강한 후 하계군과 마찬가지로 원창에 자리 잡은 선군들은 눈으로 직접 확인한 요괴들의 많은 수에 놀라 내심 긴장하고 있었다. 북하와 동하는 물론이고 서하와 남하의 숲과 들에 숨어 있던 요괴들마저 온통 기어 나와 들판을 가득 메웠으니 그 수는 당연히 선군보다 훨씬 많았다. 하계의 온 도깨비가 모여들어 군대를 이루고 서 있는 것만 해도 까무러칠 일인데, 심지어 요괴가 한가득이라니 선군들은 그들의 눈으로 보고서도 믿을 수 없었다.

현재 선군 진지에는 감사부에 남은 청진위 군대와 선계로 귀환한 흑귀위를 제외하고, 적오위와 백호위, 검용군이 머무르고 있었다. 하늘 위에는 화살을 준비하고 있는 적오위 궁수부대만 용마를 타고 날고 있었다. 용마를 타고 하늘을 나는 것은 큰 이점이기 때문에 많은 선군을 하늘 위에 대기시킬 만도 했으나, 현재는 일부만 하늘을 날고 있었다. 아마 도깨비들도 하늘을 날 수 있다는 사실을 의식한 모양이었다. 진지를 지키는 선군들은 도깨비들을 겁주기 위해 갑주에 동물의 피를 칠한 상태였다. 선군 진지의 가장 뒤에는 선녀들이 하늘을 날며 술법으로 선군들을 도울 준비를 하고 있었다.

선군 진지 하늘 위를 적오위 선군들이 날고 있다면, 하계군 진지의 하늘 위에서는 도깨비감투를 쓴 도깨비군대가 날고 있었다. 파적을 앞세워 하늘 위에서 기다리는 도깨비군대는 서하 도깨비들을 중심으로 추려 낸 인원이었다. 그들은 모습을 감춘 채로 하늘에서 공격을 할 선군들을 막기 위하여 대기하고 있었다. 그들은 갑옷을 붉은 피로 칠한 선군들을 보며 오히려 혀를 차며 손가락질했다. 또한 마찬가지로 도깨비신발과 도깨비감투를 받은 현록 외 선인들도 하늘 위, 서하 도깨비군대 뒤에서 기다리고 있었다.

들판 위에는 요괴가 가장 앞서 있고, 그 뒤로 요선들과 짱돌군사, 그리고 녹두군사가 서 있었다. 그 뒤로는 각 북하, 동하, 남하별 도깨비군대가 진을 치고 기다리고 있고 제일 뒤에는 도깨비감투가 없는 여자 도깨비들이 도깨비신발을 신고 대기 중이었다.

마찬가지로 도깨비신발을 신고 있는 양상은 군대 진격 전에 나눠줬던 그의 머리카락이나 손톱을 도깨비들과 금욕부를 심은 요선들, 선인들이 잘 간직하고 있는지 다시금 확인했다. 그는 모두에게 그것이 있어야 그가 도술을 부릴 때 함께 선계로 갈 수 있다고 신신당부를 했다. 확인을 마친 양상은 도깨비들 위를 날아갔다. 땅에 내려선 그는 하계군의 진지 막사 앞에 서서 하늘의 선군들을 응시하고 있는 시건을 향해 다가가 말했다.

"우리도 말에 요술을 부려 도깨비말을 만들 걸 그랬는걸."

양상의 우스갯소리에 시건은 아무런 반응도 보이지 않았다. 혼자 하하 웃은 양상이 시건에게 물었다.

"헌데 장군, 감사부에 있는 장군 신수는 어쩌실 셈이오?"

"요괴와 허깨비를 만들어 시간을 끌어야겠다. 시간을 끌다 보면 결국 감사가 직접 나설 것이다. 그의 현 상황이 책임을 피하기 힘든 상황이니 이 하계전에서 조금이라도 공을 세울 필요가 있을 터. 신수를 고이 아껴 두려 훔쳐 간 것도 아닐 테니 머지않아 신수를 내보일 것이다. 위험을 무릅쓰고라도 현무를 내보내 승기를 잡으면 그의 모든 잘못을 상쇄할 가능성도 생길 거라 생각하겠지. 그 상황에 선군 총지휘관과 내부 갈등이라도 생긴다면 더 좋겠군."

양상은 일전에, 요선 은공의 부대를 무력화시켰던 시건의 신수를 떠올렸다.

"허면 장군은 감사가 이 전투에 공을 세우기 위해 잡아 둔 장군의 신수를 내보낼 것이라 예상하시는 것이오?"

"아마 그럴 것이다. 지금 그에겐 물러설 곳이 없을 테니. 이 하계 상황의 온갖 책임을 지게 된 상황에 가만히 있을 이가 아니다. 그러나 무진은 그걸 묵과하지는 않을 것이다. 또한 선군들 사이에서도 내부 분열이 일어나지 않을 수가 없다."

천서제가 선인들에게 가지는 의미는 지대했다. 선하계를 분리해 선인들을 하늘의 지고한 존재로 만들고, 나라의 기틀을 잡은 선인. 그가 정한 법률, 제도, 문자가 천 년의 시간 동안 그대로 유지될 정도로 선인들 사이에서 천서제는 존재감이 남달랐다. 그런 그가 율법으로 가장 확고하게 금지한 것이 바로 조쇄였다.

율법에 조쇄에 붙잡힌 신수는 그 즉시 자유롭게 풀어 주고 그와 관련된 이는 누구든 엄히 처벌하게 되어 있으므로, 조쇄에 묶인 신수 현무가 나타나면 선군들은 갈피를 잡지 못하고 혼란에 휩싸일 게 분명했다. 결국 조쇄에 대한 사실이 선계에 알려질 터였다.

시건은 조쇄에 대해 잘 몰랐고 푸는 방도에 대해서도 알지 못했으나, 선계 용수궁에는 그와 관련된 기록이 남아 있을 거라고 생각했다. 시건은 무진을 잘 알고 있었고, 조쇄를 이용하여 개인적인 이득을 누리고자 한 감사를 무진이 결코 용서할 리가 없었다. 설령 상황이 그로 인해 선군에게 불리하게 흘러가게 되더라도 마찬가지였다. 율법에 따라 신수를 되찾고 감사를 벌하게 되면 선군들의 기세도 많이 꺾일 터. 그 후에 도깨비들과 선계로 올라가야만 했다.

"장군, 안희제에 대한 신뢰가 굳건하시군."

갑작스러운 말에 시건이 시선을 돌렸다. 그러나 정작 말을 건 양상은 하늘만 응시하고 있었다.

"장군의 모든 계획이 안희제에 대한 믿음을 기초로 한다는 걸 아오?"

시건은 가타부타 말이 없었지만, 그 또한 양상이 하는 말의 의미를 알았다. 그 말이 사실이었다. 시건의 모든 계획은, 감춰진 사실들이 밝혀졌을 때 무진이 그 같은 부조리를 묵인하지 않고 그에 합당한 처벌을 내릴 것을 기준으로 삼고 있었다. 그 흔들림 없는 믿음을 양상은 어찌 받아들여야 할지 알 수 없었다.

"소생은 그게 더 궁금하오. 과연 안희제께서 장군의 그 같은 믿음에 보답할까."

양상은 구태여, 안희제가 시건의 그 믿음으로부터 이미 한 번 등을 돌렸노라 말하지는 않았다. 그 덕에 지금 시건과 함께 손을 잡고 덕을 보고 있는 양상이 입에 담을 말은 아니었다. 그는 그저 시선을 들어 하늘을 봤다. 하늘을 가득 메운 적오위 선군들이 어느새 화살을 활시위에 걸어 당기고 있었다. 화살 끝에 붙은 불들이 들판의 하늘 위를 온통 밝혔다. 뒤틀리고 일그러진 모습으로 들판을 가득 메운 요괴 군대를 향해, 선군들이 먼저 공격을 개시했다.

❊ ❊ ❊

하늘에서 적오위 선군들이 쏜 불붙은 화살이 요괴들에게로 내리꽂혔다. 선군들이 공격을 개시하자, 기다렸다는 듯 도깨비들은 도깨비방망이를 휘둘렀다. 적오위 선군들이 탄 용마들은 그대로 돌이 되어 땅으로 떨어졌다. 놀란 적오위 선군들은 운보를 사용하여 겨우 돌이 된 용마와 함께 떨어지는 신세는 면했지만, 문제는 그 아래에서 대열을 맞추고 있던 들판 위의 선군들이었다.

하늘에서 갑작스레 떨어지는 용마들을 피하느라 선군들의 대열은 완전히 엉망이 되었다. 그리고 그 틈을 타, 지상에 있던 요괴들이 달려들었다. 요괴의 대다수를 이루고 있는 걸괴들이 먹잇감을 노리고 앞으로 달려들었다. 무너진 대열을 빠르게 정비한 선군들의 제일 앞에서 남은 적오위 궁수부대가 각각 열을 맞춰 자세를 잡고, 화살을 활시위에 걸었다. 신호가 떨어짐과 함께, 선군들의 화살이 불꽃을 품고 날아갔다. 제일 앞의 열이 화살을 쏘고 물러났다. 그 뒤의 열이 나와 화살을 쏘고 물러남을 반복했다. 불이 들판을 태우고 요괴의 몸을 태웠다. 그러나 요괴들은 어떤 두려움도 느끼지 못하고 그저 맹목적으로 앞으로 돌진했다. 불붙은 들판에 그들 스스로 뛰어드는 꼴이었다. 불은 꺼지지 않고 들판의 풀과 요괴의 몸을 먹이 삼아 크기를 키웠다. 그러나 요괴들은 멈추지 않고 계속 앞으로 몰려들었다.

멀리 펼쳐진 불바다를 눈으로 확인한 시건이 명을 내리자, 옆에 있던 도깨비 홍례와 어린 도깨비들이 도깨비방망이를 휘둘러 요선들에게로 도깨비불을 쏘아 보냈다. 요괴들이 쉼 없이 타오르는 불을 향해 돌진하는 동안, 도깨비불 신호를 받은 요선들은 뒤에서 대기 중이던 짱돌군사를 움직였다. 짱돌군사들은 몸에 불이 붙지 않았기 때문에 들판의 타오르는 불길을 뚫고 선군들에게로 돌격했다.

짱돌군사들에게 불화살이 통하지 않는다는 것을 확인한 선군 측에서는 북소리가 울렸다. 적오위 궁수부대 뒤에서 대기하고 있던 백호위가 앞으로 나섰다. 검을 든 백호위 선군들이 탄 용마들이 불타는 요괴들의 시체를 뛰어넘었다. 백호위 선군들은 가장 강력한 금기가 실린 검을 휘둘러 짱돌군사들을 베어 넘겼다. 베어 낸 짱돌군사는 여러 조각으로 나뉘어 다시 작은 짱돌군사가 되어 일어났다.

지상에서 적오위 선군과 백호위, 요괴와 짱돌군사가 돌격하는 와중에 하늘에서는 돌이 된 용마들이 계속 땅으로 떨어졌다. 도깨비들이 용마만 노리자 그간 선군들의 자부심이었던 용마가 외려 선군들에게 독이었다. 돌이 된 거대한 용마들은 쉼 없이 떨어지며 요괴와 선군들을 가리지 않고 짓눌렀다. 도깨비들은 그들의 요술에 어느 쪽 군이 깔려 죽든 관심도 없어 보였다. 석호는 그 모습을 보고 이를 악물었다.

'저 멍청한 도깨비들이 도통 적과 아군을 구분하지 못하고 있지를 않나!'

도깨비감투로 도깨비들이 모습을 감춘 바람에, 용마를 버리고 운보로 하늘에 남은 적오위 궁수부대 또한 실력 발휘를 못 하고 있었다. 하늘에서의 공격으로 단숨에 요괴들을 처리했어야 했는데 이래서는 곤란했다.

마음을 바꾼 석호가 신호를 보내자 북이 울렸다. 울리는 북소리에 하늘 뒤에서 대기 중이던 선녀들이 술법을 부렸다. 그녀들은 다 함께 수기를 모아 구름을 만들었다. 구름이 두터운 층이 되어 지상의 군대와 하늘의 군대 사이를 갈랐다. 하늘 위에서 도깨비의 공격으로 돌이 되어 떨어지던 용마들이 구름에 걸렸다. 선녀들이 구름을 움직이자 적오위 선군들은 각각 운보로 날아 빠르게 뒤로 물러났다. 그 모습에 도깨비들은 영문을 몰라 그저 고개를 갸웃거렸다. 모습을 감춘 채 날아다니는 도깨비들을 잡기 위해 선녀들은 가운데 있는 비연진의 손짓에 따라 구름을 한꺼번에 움직였다. 어마어마한 양의 구름이 한꺼번에 도깨비들만 남은 자리를 휘감았다. 하늘 위에서 구름이 모여들며 휘몰아쳤다.

"어, 어!"

놀란 도깨비들은 구름층에 껴서 허우적댔다. 구름 속에서 보이지 않는 도깨비들의 고함 소리가 들렸다. 그러나 도깨비들의 뒤에 있던 현록과 선인들은 감투를 쓰고 있었으므로 그런 도깨비들의 모습을 볼 수 있었다. 그들은 전 흑귀위 선군들로 모두 수행을 타고난 선인들이라, 수기로 뭉친 구름을 움직이는 것에 대해서는 당연 발군의 실력을 지닌 이들이었다. 그들이 손으로 수인을 맺고 구름이 모이지 않게 방해를 하자, 선녀들은 당황했다. 그러나 선녀들의 수가 훨씬 많았다. 선녀들은 다시 힘을 모아 구름을 움직였다. 현록과 다른 선인들은 최대한 집중해서 선녀들이 움직이는 구름을 멈추고자 노력했다. 누가 장난이라도 치듯 구름이 모였다 흩어졌다 하며 하늘이 혼란스러웠다.

하늘이 그리 혼란스러운 동안 파적과 도깨비들은 그 자리에서 멀리 벗어나 안도의 한숨을 내쉬고 있었다. 동시에 하늘을 확인한 시건이 홍례에게 다른 명을 내렸다. 홍례와 함께 어린 도깨비들이 이번엔 뒤에서 대기하고 있던 여자 도깨비들에게 도깨비불을 쐈다. 신호를 확인한 덕향이 여자 도깨비들에게 소리쳤다.

"야! 우리 차례야!"

덕향과 함께 뒤에서 대기하던 도깨비들은 단번에 하늘 위로 날아올랐다. 하늘 위에서 술법을 부릴 선녀들을 막을 것을 명받은 그녀들이 쭉 줄을 지어 날아갔다. 그러곤 모두 함께 도깨비방망이를 선녀들을 향해 휘둘렀다. 선녀들은 놀라 제각각 술법을 부려 그 요술을 막았다. 도깨비들은 거기서 그치지 않고 하늘을 날아다니며 계속 선녀들을 향해 도깨비방망이를 휘둘렀다. 선녀들은 그런 도깨비들의 요술을 막느라 더 이상 구름을 움직일 수 없었다. 그동안 그 자리에서 벗어난 파적과 도깨비들은 다시금 요술로 선군들을 공격하기 시작했다. 하늘 위에서 선녀와 선군, 도깨비의 술법과 요술이 마구 엉켰다.

용마를 타고 그 상황을 지켜보던 혜강이 말했다.

"확실히 도깨비가 문제로군."

붉은색을 두려워하지 않는 도깨비는 생각 이상으로 위협적이었다. 심지어 지금은 선군의 용마도, 그들이 입은 강철의 갑옷도 모두 의미가 없었다. 그러나 뒤에는 더 많은 도깨비군대가 기다리고 있었다. 뒤에서 대기하는 도깨비군대가 제대로 나서기 전에 많은 전력을 낭비할 수는 없었다.

이 상황을 어찌 타개해야 하나 생각하던 혜강은 잠깐 시선을 돌렸다. 서선에 남으라는데도 아득바득 그녀를 따라온 백호위 대장군 혜렴이 하늘을 응시하고 있었다. 혜강 대신 대장군인 혜렴이라도 선계에 남아 서선을 지켜야 했으나 하도 고집을 피워 어쩔 수 없이 함께 하강한 터였다. 혜강은 그리 고집 피워 하계로 온 혜렴이 하늘에서 도깨비들과 맞서는 선녀들을 응시하고 있는 것을 알았다. 하늘로 날아오른 선녀들 사이 낯익은 얼굴이 하나 있었다는 것을 혜강이 알았는데 혜렴이 몰랐을 리가 없었다.

시선을 눈치챘는지, 혜렴이 고개를 돌렸다. 혜강과 눈이 마주치자 혜렴의 눈이 커졌다. 혜렴은 바로 입을 열었다.

"생각보다 도깨비 수가 많습니다."

혜강은 무미건조한 어조로 답했다.

"진짜 아닌 허깨비들이 섞여 있을 것이다. 어쩌면 요괴 중에도 허깨비가 있을지 모르겠군."

혜강의 말에 옆에서 용마를 타고 있던 석호가 말했다.

"요선들부터 끌어내야겠다. 괜한 데에 계속 시간을 낭비할 수는 없으니."

"방법이 있습니까?"

현재 석호가 총지휘관인지라, 혜강이 말을 높여 물었다. 고개를 끄덕인 석호가 신호를 하자, 북이 울렸다. 뒤에서 대기하고 있던 검용군 선군들이 토기를 모으고, 토행의 술법 수인을 맺고는 수인 맺은 손을 땅에 가져다 댔다. 그들이 모은 토기가 땅으로 스며들자 땅이 진동했다. 선군들이 함께 모은 토기는 땅을 타고 멀리 나아가, 선군과 짱돌군사, 불붙은 요괴들을 지나쳐 요선들이 늘어서서 환술을 부리고 있는 땅까지 가 닿았다. 땅이 흔들리기 시작했다. 땅이 뒤틀림과 동시에, 땅이 뒤집혔다. 뒤집힌 땅이 치솟아 요괴들과 요선들을 그대로 덮치려 했다. 흔들리는 요선들 뒤에서, 대기하고 있던 녹두군사들이 뛰어올랐다. 녹두군사들은 검을 휘둘러 그들을 덮으려는 땅을 조각내며 앞으로 달려 나갔다. 토기로 움직인 땅은 식물의 생생한 목기를 품은 녹두군사들에 의해 부서졌다. 녹두군사들 역시 검을 뽑고 앞으로 달려 나가 선군들과 맞서 싸웠다.

그렇게 하늘 위에서 술법과 요술이 맞부딪치고 지상에서는 요괴와 선군들이 뒤엉키고 있는 동안, 양상은 그곳에서 제일 뒤로 물러나 있었다. 그는 멀리서 혼란스럽기 그지없는 광경을 둘러보며 생각했다.

'하늘과 땅의 간격을 어찌 없앤다?'

그의 스승은, 모든 것이 없다는 것을 받아들인 신선이기에 그 간격을 없앴다. 그러나 양상에게는 그만의 깨달음이 필요했다. 그는 시건이 신호를 보내는 즉시 도술을 부려 여기 있는 수많은 이들과 함께 선계로 올라가야 했다.

'하늘과 땅이라…….'

본래 도술에 따르면, 하늘도 없고 땅도 없는 것이므로 당연히 그 간격도 없었다. 허나 양상은 그런 도술의 근본을 부정하고 있었다. 그는 한숨을 내쉬며 하늘과 땅을 번갈아 응시했다.

'하늘과 땅의 간격이라. 선인들의 세상인 하늘과 인간들의 세상인 땅이라.'

그 간격을 어찌 없앨 수 있나. 천서제 이래, 하늘은 지고한 선인들의 세상이 되었고, 하계는 다스림 받는 인간들의 세상이었다. 선인들이 하계로 하강하여 인간들을 다스리고, 천하를 움직였다. 인간들은 선인들의 도움과 보호를 받으며 짧은 삶을 살았다.

양상은 눈썹을 찌푸린 채로 하늘을 응시했다. 하늘 위에 아리따운 선녀들이 술법을 부리고 미(美)와는 거리가 먼 도깨비들이 도깨비방망이를 휘두르며 대치하고 있었다. 선군들의 거대한 용마가 돌이 되어 떨어지고 하늘엔 그런 선군들을 약 올리듯 허깨비가 나타났다 사라졌다. 그 모습을 보며 양상은 생각에 잠긴 얼굴로 하나, 하나를 되짚었다. 하늘 위 선계는 지극히 높고 멀었다. 땅은 흔들림 없이 고정되어 있고 하늘은 늘 변했다. 늘 움직이는 구름 때문에.

'구름이라…….'

고개를 갸웃거린 양상은 이 노인이 했던 말을 떠올렸다. 구름 위에 사는 자들과 구름 아래 사는 자들. 지금 벌어지고 있는 이 전투가 끝나고 모든 일이 그가 원하는 대로 마무리되면, 선인은 선계에, 인간은 하계에 남게 될 것이다. 천 년 간 이어진 천서제의 규칙에 변화가 생기는 것이었다.

'하늘은 선인이 다스리고 땅은…….'

지금쯤 이 땅의 인간인 이 노인은 또 다른 인간들을 만나기 위해 남하로 향했을 터였다. 어쩌면 그들 모두 동하의 하늘에서 벌어지는 사투를 보고 있을지도 몰랐다. 그러나 시건은 이 싸움을 하계에서 끝낼 생각이 없었고, 이 싸움의 결과는 결국 하늘에서 날 터였다. 비어버린 땅을 인간의 몫으로 남겨 둔 채.

'땅을 인간이 다스린다고.'

인간이 그리할 수 있다고 선인들은 생각하지 않았고, 양상이 보기에 시건이 인간을 믿어서 그 막중한 책임을 이 노인에게 넘긴 것은 아니었다. 그저 지금은 그 자신의 일이 더 중요하기에 그가 할 수 있는 최선의 몫만 하고 떠나겠다는 것일 터였다.

본래는 양상도, 하계에 인간만이 남는 것이 아직 무리라 그리 여겼다. 이 노인이 걱정하듯 그도 걱정했다. 해서 시건이 땅에 남기를 바랐으나 시건은 거부했고, 그는 하계의 일을 하계의 인간에게 떠넘겼다. 그리고 양상은 그의 눈으로 봤다. 그의 고향에 사는 인간들의 모습이 변했듯, 선인들이 떠나가도 인간들은 제 나름 그들의 길을 찾고, 어쩌면 그들끼리 살아갈 수 있을 터였다. 그럼 진정으로, 인간이 하계를 다스리는 날도 올지 몰랐다. 어쩌면 요괴도 선인도 없는 세상에서.

그 이후의 일이 어찌 될지, 어쩌면 갑작스레 하계에 요괴가 나타났을 때처럼 인간 사이에서도 또 다른 골칫거리가 나타날지, 양상으로서는 알 수 없는 일이었다. 그러나 힘이 있다 하는 선인이 그런 걱정을 핑계로 긴 세월 줄기차게 인간의 가능성을 의심했고, 그 결과가 지금이었다. 그 결과로 남은 것은 들판을 피로 물들인 수많은 요괴들뿐이었다. 그러니 이제는 놓아주어야 할 때였다.

'……선인의 하늘과 인간의 땅. 이 까마득한 간격이 없다?'

만일 그렇다면 그것은 하늘의 선인과 땅의 인간이 격차가 없기 때문이리라. 그 말이 양상은 우스웠다.

'간격이 아닌 격차라. 선인과 인간이 같다고.'

그리하여 선계와 하계의 간격이 없다는 것은 양상으로서는 지극히 유쾌한 결론이었다. 구름 위를 선인들이 다스리듯 구름 아래를 인간들이 다스릴 수 있다면, 정말로 그 격차가 없는 것이나 다름없지 않은가. 천 년 전, 천서제가 선인과 인간 사이의 격차를 하늘과 땅의 간격만큼 벌렸고, 이제 그 격차를 무너뜨릴 때가 왔다. 그리고 양상은, 그것으로 하늘과 땅 사이의 간격을 없애야 했다.

나무 지팡이를 든 손에 힘을 주며 양상은 고개를 들었다. 지금 그들은 그 격차를 없애는 길목에 들어서 있었고, 그의 도술로 선계로 가는 것은 그 길의 끝에 도달하기 위해서는 반드시 거쳐야만 하는 관문이었다.

❊ ❊ ❊

동하에서 선군과 하계군이 충돌하는 와중에, 사예는 여전히 감사부에 있었다. 흑귀위 선군들은 선계로 돌아갔고, 선인들은 청진위 선군들의 보호 아래 차례차례 천교를 타고 선계로 돌아가고 있었다. 하지만 사예는 다른 선인들에게 기회를 양보한다는 변명으로 아직 천교를 타지 않고 있었다.

사실 그녀는 근시일 내에 용마를 훔쳐 선계로 돌아가야겠다고 생각하고 있었다. 문제의 요선이 무려 천제의 바로 곁을 지키는 궁관 중의 최고 궁관이라고 하니 천교고 용수궁이고 도무지 안심을 할 수 없었다. 그녀는 용수궁으로 가 천제에게 은밀히 도움을 청하라는 시건의 말은 무시했다. 그녀는 시건에게 그런 요선을 곁에 두고 있는 천제를 어찌 믿을 수 있냐고 따지고 싶었다.

무엇보다 그녀는, 그 요선의 웃는 얼굴을 태연히 마주할 자신이 없었다. 그 웃는 얼굴을 떠올리는 것만으로도 이리 속이 뒤집히는데 직접 보면 어찌 될지 알 수 없었다. 사예는 무언가를 알게 돼도 함부로 나서지 말라고 했던 어머니의 말을 따르기로 했다. 차라리 용마를 타고 선계로 돌아가 몰래 숨어 어머니 하선을 기다리는 것이 가장 나은 선택이겠거니 싶었다.

모든 선인들과 청진위 선군들이 감사부에 모여 있는 상태라 감사부의 옛 기록을 몰래 훔쳐보는 것은 아무래도 불가능할 듯싶었으나, 그래도 아예 빈손으로 돌아가지는 않을 테니 그나마 다행이라고 생각했다. 일단 그녀와 가족에게 무영을 보낸 자가 누군지 알았으니 나름 성과는 있는 셈이었다. 사예는 빨리 하선을 만나 그녀가 안 사실을 전하고 싶었다.

용마를 훔쳐 갈 방도를 강구하려는 마음으로 신정당 밖으로 나온 사예는, 먼 하늘을 응시하고 있었다. 감사부로부터 멀리 떨어져 있음에도 불구하고, 동쪽의 하늘에서 구름의 움직임이 심상치 않음이 보였다. 다수의 선인들이 수기를 모아 구름을 만들어 움직이고 있는 게 분명했다. 저 구름 아래 시건과 도깨비들, 그리고 도사 양상이 있으리라. 신정당의 선녀들도 태산에서 내려온 선녀들을 돕기 위해 대부분 나가 있었고, 감사는 무슨 생각인지 선인 관리들의 방문까지 거부하며 방에 숨어 있었다.

사예가 담장 안쪽에 서서 심란한 마음으로 그저 그 구름의 움직임을 응시하는데, 갑자기 누군가 그녀에게 말을 걸었다.

「선인들이 모두 선계로 돌아가느라 난리인데, 태연하게 구경 중인가.」

사예는 놀라서 고개를 돌렸다. 그녀는 그제야, 느끼지 못했던 상대의 기척을 느꼈다. 차가운 수기가 사예를 덮치고, 시야가 온통 검게 변했다. 사예는 본능적으로 팔을 들어 몸을 가렸다. 그러나 그 거대한 것은 사예에게 해를 가하지는 않았다. 그것은 발을 움직여 사예를 지나쳤다. 사예는 그제야 그녀의 시야를 다 가리고 스쳐 지나간 것의 정체를 확인할 수 있었다. 그것은 거대한 새였다.

사예는 멍하니 입을 벌렸다. 눈앞에 있는 신수의 크기가 너무 커 눈으로 확인할 수 있는 건 날개가 전부였다. 그 거대한 몸만으로 이 감사부를 가득 채우겠다고 생각될 정도로 거대했다. 저 날개를 쫙 펴면 어찌 될지 상상도 할 수 없었다. 가까이 서 있는 담은 물론 안쪽에 있는 전각들까지 신수의 거대한 몸이 가득 채웠기 때문에 사예는 오도 가도 못 하고 갇힌 형상이 되고 말았다. 물론 신수의 몸은 실체가 없어 사예가 마음만 먹으면 그냥 지나갈 수도 있었으나, 그리하는 것이 어쩐지 예의가 아닌 듯 느껴졌다. 그리고 그 신수의 거대한 크기보다 그녀를 더 놀라게 한 것은 따로 있었다.

"……신수가 말을?"

그녀의 말에 확신이라도 주듯, 신수가 말했다.

「그런가. 벌써 선인이 그 사실을 잊을 정도의 시간이 흘렀는가.」

눈앞의 신수가 말한 것이 확실해서 사예가 놀라 멍하니 쳐다보는데, 또 다른 누군가가 말했다.

"오랜 세월이 흐르긴 했지."

사예는 고개를 돌렸다. 다가오는 이는 연로한 선인으로, 사예가 알기로는 지난번 천교를 타고 내려온 행궁장인 중 하나였다. 가장 앞에 서 있던 것으로 봐서 선녀들이 귀가 아프게 말했던 행궁장인의 영수가 분명했다. 늙은 선인은 신수의 거대한 몸을 가로질러 걸어왔다. 마치 거대한 새의 품에 안긴 것만 같은 모양새였다. 신기한 마음에 다시 한 번 거대한 신수를 쳐다본 사예가 선인에게 물었다.

"이 신수의 주인 되십니까?"

"계약을 맺은 선인이냐 묻는 것이라면 내가 맞네. 놀라게 했다면 사과하겠네."

"아니요, 당치 않습니다. 헌데, 저는 말이 통하는 신수는 처음 봅니다."

사예의 말에 행궁장인의 영수, 윤월서는 웃었다.

"여러모로 선인들 놀라게 하기 좋은 신수인 것은 맞지. 일단 크고, 말도 하니까 말이야. 선녀는 아닌 것 같고, 그대는 어찌하여 이 시기에 감사부에 남아 있나?"

"보신 대로 저는 선녀가 아닌지라 바로 천교를 탈 수는 없었습니다. 사정이 있어 그간 감사부에 머물고 있었습니다."

고개를 끄덕이는 윤월서를 보며 사예가 말했다.

"안 그래도 선녀님들께 어르신에 대한 이야기를 전해 들었습니다. 선계에서 행궁장인들의 영수시라고."

"말을 그렇게 해도 사실 별 대단한 것은 없네. 그 오행궁이라는 것이야 젊은 선인들이 더 잘 만들거든."

"그래도 연륜은 무시할 수 없지요."

윤월서가 무언가 입을 열려고 하는데 그 전에, 거대한 신수가 사예에게 다시 말을 걸었다.

「어린 여선, 이름이 어떻게 되지?」

그 말에 사예는 화들짝 놀라 시선을 돌렸다가 바로 사과했다.

“죄송합니다, 어르신. 제가 경황이 없었습니다. 저는 이사예라고 합니다.”

윤월서는 너털웃음을 흘렸다.

“괜찮네. 나보다는 이 녀석이 그대에 대해 더 궁금해하는 것 같으니. 기이한 일이군. 붕(鵬)이 이리 누군가에게 관심을 보이는 일이 없는데.”

윤월서의 말에 신수 붕새가 말했다.

「별로 관심을 보인 건 아니야. 어찌 되었든 안타까운 일이군. 그대 말에 따르면 그대의 신수 또한 말을 잊은 듯하니.」

사예는 놀란 얼굴로 거대한 신수를 쳐다봤다.

“그 말은…….”

사예의 중얼거림에 윤월서가 대답했다.

“신수가 본래 말을 할 수 있었다는 사실을 모르는가.”

“……예. 제 신수는, 말을 하지 못하는데…….”

사예는 고개를 끄덕였다. 그녀는 단 한 번도 말하는 신수를 본 일이 없었고, 청하 또한 말을 하지 못했기에 그게 당연한 일인 줄 알고 있었다. 그저 이 신수가 굉장히 귀한 경우구나, 생각했을 뿐이었다. 그녀가 당황하고 있는 사이 붕새가 말했다.

「그렇다면 그대의 신수도 과거 언젠가는, 조쇄에 묶여 의지를 구속당했다는 것이다.」

사예는 멍하니 붕새를 쳐다봤다. 조쇄. 문뜩 머릿속에 조쇄에 묶여 있던 신수 현무의 모습이 떠올랐다. 어둠 속에 갇혀 주인도 찾아가지 못하고 있던 모습이. 청하 또한 그처럼 조쇄에 묶여 있었을지도 모른다고 생각하니 기분이 이상했다.

「놀랄 일은 아니다. 그게 당연했던 시절도 있었으니까. 선인들은 조쇄로 신수들의 의지를 구속하며 더 강한 신수를 탐내 신수 사냥에 나섰고, 조쇄에 묶인 신수들은 도구로 전락했지. 많은 신수들이 선인들의 의지에 따라 이용당하며 말을 잊고, 정신은 퇴화했다. 그것을 견디다 못한 기린과 몇몇 신수들은 결국 무각도인의 명을 거역하고 다시 도가로 떠나기에 이르렀으니.」

사예는 손등을 만지작거렸다. 그녀는 나무 사이를 신나서 날아다니거나, 붙잡힌 신수 현무에게 시비를 걸던 청하의 모습을 떠올렸다. 굳어 버린 사예를 쳐다본 윤월서가 말했다.

"애초에 무각도인이 신수를 보낸 것이 큰 은혜였고, 신수들의 선택을 받는 것이 무한히 감사해야 할 복임에도 불구하고 선인들이 마음을 달리 먹었지."

붕새는 코웃음을 치더니 말했다.

「참으로 건방지기 그지없었지, 그때의 선인들은. 신수의 선택을 감사히 여기는 것은 고사하고 신수의 양보를 그들의 권리로 착각했으니. 그리하여 그들 스스로 계약의 위계를 거스르고 주인의 자리를 탐냈지.」

"계약의 위계? 주인?"

사예가 이해할 수 없어 붕새의 날개를 쳐다봤다. 붕새의 날개는 아까부터 조금도 미동하지 않고 가지런히 놓여 있었다. 윤월서가 고개를 끄덕이곤 말했다.

"생각해 보면 간단한 것일세. 천하에 어느 종이 주인에게 흔적을 남기나. 주인이 종에게 흔적을 남기는 것이지. 신수와 계약을 맺고 선인의 신체에 표식이 생기는 것은, 그 선인이 신수에게 종속되었다는 의미일세. 지금 선인들이 스스로가 신수의 주인이라 생각하는 것은, 본래는 반대로 된 것일세."

"헉……."

사예는 자기도 모르게 놀라서 숨을 들이켰다. 그런 그녀를 보며 윤월서가 웃었다.

"신선의 도술로 신수들의 혼이 선인들과 인연을 맺게 되었으나, 그 혼이 깃들 육체가 필요했지. 신수들이 선택을 한다는 것은 그들이 깃들 육체를 선택하는 것이고, 선인들은 계약을 함으로써 신수에게 종속되어 그 육체를 내어 주는 것이지. 신수는 그 보상으로 기의 운용을 도와 선인이 술법을 사용할 수 있도록 해 주는 것이고. 그래서 신수와 선인 간의 관계가 계약인 게야."

윤월서의 설명에 사예는 한동안 아무 말도 할 수 없었다. 그럴 리가 없음에도 불구하고 귓가에 청하가 웃는 소리가 들리는 것만 같았다. 영 불편한 마음으로 서 있는데, 붕새가 말했다.

「선인들이 그 진실을 왜곡하고 조쇄로 신수들을 구속했지. 그리고 그 혼란을, 천 년 전의 천서제가 잠재웠고.」

나라의 기틀을 잡으며 천서제는 조쇄를 엄격히 금지했고, 그리하여 선인과 신수 사이도 계약을 기초로 하는 정다운 사이가 확립되었다. 그 같은 안정에는 조쇄를 모두 없애고 엄격한 형벌을 정한 천서제의 공이 컸다. 비록 계약의 본질에 대한 사실과 신수들의 진실까지 모두 밝히진 못했어도, 어쨌든 조쇄로 고통받는 신수들은 더 이상 없었다.

'하나 제외하고 말이지.'

사예가 또다시 조쇄에 묶인 신수 현무를 생각하는 동안 붕새가 중얼거렸다.

「천서제는 대단한 일을 했지. 대단한 일을 했어. 그것만은 그 누구도 부정할 수 없겠지.」

사예는 멍하니 붕새를 쳐다봤다.

"말을 할 수 있는 걸 보니 붕……께서는 조쇄에 묶인 일이 없으신가 봅니다."

신수에게 말을 높이니 어쩐지 이상했지만 안 높일 수도 없어 사예가 그렇게 말했다. 그러자 옆에서 붕새를 쳐다보고 있던 윤월서가 웃으며 말했다.

"너무 커서 채울 수 있는 조쇄가 없었다고 하네…… 허허."

사예는 저도 모르게 거대한 붕새의 다리를 쳐다봤다. 윤월서 역시 그 다리를 보고는 웃다가 말을 돌렸다.

"사실은 이 녀석이 아니라 내가 그대에게 궁금한 게 있네. 내 일전에 얼핏 그대의 오행궁을 보고 의아해서 말이야."

"제 오행궁이요?"

사예가 움찔했다. 그녀의 오행궁은 할머니가 물려준 소중한 것이었다. 저 선인이 언제 그녀의 오행궁을 봤는지 사예로서는 알 수 없었다. 그녀와 저 선인이 마주한 적은 저번에 감사가 열었던 연회 자리에서 선녀들과 함께 인사를 한 게 전부였다. 저도 모르게 경계가 가득한 시선으로 윤월서를 쳐다보자, 그는 조심스러운 태도로 말했다.

"놀랐다면 사과하겠네. 내 평생을 오행궁만 만들고 살아온지라 선인은 누구든지 보는 즉시 차고 있는 오행궁부터 살피는 게 버릇이야. 혹 불편하지 않다면, 내가 잠시 그 오행궁을 봐도 되겠는가?"

사예는 망설였다. 망설이다가, 이자가 오행궁을 만드는 이인데 굳이 그녀의 오행궁을 탐낼 리도 없겠다는 생각에 팔에 차고 있던 오행궁을 내보였다. 오행궁을 넘겨받고 유심히 살펴보던 윤월서는 오행궁을 다시 사예에게 돌려줬다. 그리 오래 걸리지 않아 사예는 내심 안도의 한숨을 내쉬며 오행궁을 돌려받았다. 오행궁을 다시 끼는 사예를 보며 윤월서가 말했다.

"기이한 일이군."

"무엇이 말입니까?"

"그 오행궁, 아주 오래된 것일 테지. 그렇지 않나?"

"예……."

사예는 고개를 끄덕였다. 윤월서는 그럴 줄 알았다는 듯 웃으며 말했다.

"그 오행궁은 내 예상하기에, 가장 처음 오행궁을 만든 선인 유홍(柳弘)의 것일세. 내 확인하고자 한 것은 과연 그의 재주가 맞나 확인한 것인데, 오행궁의 매듭을 보아하니 그의 것이 확실하네. 또한 그 오행궁은 보통의 오행궁과는 달리 아주 특별하지."

"특별하다고 하셨습니까?"

"그렇네. 아주 오래된 이야기지만, 사실 유홍은 천서제 이전, 조쇄를 만들던 조쇄장인들의 심부름꾼이었다고 하네. 천서제가 율법으로 조쇄를 금지하고 그로 인해 조쇄장인들이 몰살당하자 유홍은 일자리를 잃었지. 대신 그는 조쇄장인들의 기술을 응용하여, 하늘로 올라가게 된 선인들이 차고 다닐 오행궁을 발명했네. 솔직히 하늘은 선인들이 음양오행의 기를 모으기에 좋은 환경이 아니었으니까. 결과적으로는 조쇄가 바로 오행궁의 토대가 된 셈이지. 유홍은 심혈을 기울여 다섯 개의 오행궁을 만들었고, 그 오행궁들을 천서제와 다른 선인들에게 선보였지. 하나는 천서제께서 가지셨고, 나머지 셋은 각 선계를 다스릴 세 제후 가문에서 가져갔으며, 남은 하나에 대해서는 밝혀지지 않았네. 헌데 내 보기로……. 그대가 가진 오행궁이 그 나머지 하나인 듯하네."

사예는 그녀의 손목에 있는 오행궁을 응시했다. 설명을 들으니 머릿속에서 여러 이야기가 혼란스럽게 섞였다. 천제와 각 선계의 제후 가문에서 가져간 오행궁, 그러나 행방이 밝혀지지 않은 하나.

사예가 생각에 잠긴 얼굴로 자신의 팔에 찬 오행궁을 쳐다봤다. 그녀가 찬 오행궁은 할머니로부터 물려받은 것으로, 할머니 또한 증

조부에게 물려받은 것으로 알고 있었다. 다른 오행궁들은 오랜 시간을 사용하면 더 이상 사용할 수 없을 정도로 낡아 못 쓰게 되지만, 이 오행궁은 놀랍게도 그리 오랜 세월을 사용했음에도 불구하고 아직껏 멀쩡했다. 아마 앞으로 더 오랜 시간을 사용하기에도 무리가 없을 터였다. 사예의 오행궁을 보며 씁쓸한 얼굴로 웃은 윤월서가 말했다.

"기실, 그 이후에 만들어진 오행궁들은 그 다섯 개의 오행궁을 따라 만들어진 것이었지만 모두 그만한 결과물이 되지는 못했네. 그 다섯 오행궁을 만들었던 제조법의 일부가 사라져 똑같이 만들 수 없게 되었거든. 내 스승님께서는 유홍에게 기술을 배우셨으나 그분도 나도 그저 유홍이 만들었던 바를 따라 하기에 바쁠 뿐이지. 헌데, 그대는 어찌 그 오행궁을 가지게 되었나?"

사예는 침묵했다. 그녀는 그저 어색하게 웃으며 시선을 피했다. 그런 사예를 보며 윤월서도 그저 웃었다.

"대답하기 싫다면 하지 않아도 좋네. 이리 가까이서 그 오행궁을 본 게 내게는 천운이다 싶을 뿐이니. 다섯 개 모두 남아 있었다는 사실을 알았으니 됐네. 하계에서 그것을 볼 줄은 꿈에도 몰랐군. 귀한 물건을 보게 해 주었으니, 나도 보답을 하겠네."

그리 말하며 윤월서는 사예에게 주머니 하나를 건넸다. 사예는 두 손으로 받아 들고 이것이 뭐냐 여쭈었다.

"내가 만든 오행궁일세. 그대가 가진 것에 비하면 부족하지만, 그래도 보답으로 받게. 내 줄 수 있는 게 그것밖에는 없군."

사예는 놀란 얼굴로 주머니를 봤다가, 환하게 웃었다. 오행궁을 공짜로 얻게 되는 것은 결코 흔한 일이 아니었다. 선녀들이 말하기를 행궁장인의 영수인 윤월서가 배포가 크다 하더니 그 말이 참인 듯했다.

"부족하다니요, 제겐 충분히 과한 보답입니다. 감사합니다."

"그렇게 생각해 주면 고맙고. 난 다음 천교가 오를 때 선계로 올라가는데, 그대는 언제 올라가나?"

"저는 조금 더 기다려야 할 듯합니다."

"그래. 그동안 몸조심하시게."

윤월서는 그리 말하고는 몸을 돌렸다. 예상하지 못한 만남이었지만 사예에게는 여러모로 유익한 시간이었다. 늙은 선인은 그의 신수가 있든 말든 무시하고 그 몸을 통과해 걸어가기 시작했다. 사실은 붕새가 너무 커서 그리 통과해 지나가야 하는 것이 당연한 일이기도 했다. 걸어가는 윤월서의 뒷모습을 보며 받은 주머니를 손에 꽉 쥔 사예는 고민했다. 저 신수도 그렇고 선인도, 오행궁이나 조쇄에 대해 많이 아는 것이 분명해 보였다.

'아, 어쩐다…….'

솔직히 그녀는, 그녀 스스로 할 수 있는 건 다 했다 생각했다. 아니 사실 그 이상으로 했다. 그녀는 생전 처음으로 도술을 부려 시건에게 그의 신수가 어디 있는지 가르쳐 주었다. 구태여 이 이상을 할 필요 따윈 없었다.

'그런데, 아…….'

그녀는 찢어 태워 버린 시건의 편지를 떠올렸다. 손에 쥔 주머니만 조물락거리고 있던 그녀는, 결국 입을 열어 걸어가는 선인을 불렀다.

"실례지만 어르신."

"음?"

걸어가던 윤월서가 고개를 돌렸다. 신수의 반투명한 몸속에서 고개를 돌린 그에게 사예가 물었다.

"어르신께서 조쇄에 대해 아시는 듯해 여쭙습니다만, 혹 조쇄를 푸는 방도에 대해 아십니까?”

윤월서의 표정이 굳었다. 그는 아까까지와는 달리 조금 날이 선 어조로 물었다.

“어찌 그런 것을 묻나?”

냉랭한 어조에 잠시 당황한 사예가 얼른 답했다.

“어르신께서 조쇄가 오행궁의 토대가 됐다고 말씀하시지 않으셨습니까. 그래서 문뜩 궁금해져 여쭈었습니다. 오행궁은 선인이 그 필요에 따라 자유로이 착용할 수 있는데 조쇄는 무엇이 달라 신수를 구속할 수 있나 해서요.”

윤월서는 미심쩍어하는 얼굴로 답을 미뤘다. 옆에 있던 붕새가 말했다.

「오행의 각 행으로 이루어진 오행궁과 달리 조쇄는 신수가 계약을 맺은 선인과 상극의 행만으로 이루어진 것. 상극의 행이 본래 계약한 선인과 신수 간에 기가 통하는 것을 방해하고 행에 새긴 피의 주인이 신수의 정신을 구속하지. 음양오행에 따라, 상극으로 기를 막는 조쇄는 또 다른 상극으로 풀 수 있다.」

그 말을 끝으로, 거대한 신수는 사라졌다. 붕새가 윤월서의 표식으로 사라지자 그 몸으로 가득 찼던 자리가 텅 비어 버렸다. 붕새의 거대한 몸이 사라지자 어쩐지 감사부가 굉장히 허전해 보였다. 붕새가 사라진 자리를 바라보다 한숨을 내쉰 윤월서가 말했다.

“붕이 순순히 대답을 하는 것을 보아하니 그대의 물음이 나쁜 의도는 아닌 모양이군. 허나 그대도 알다시피 조쇄는 천서 이래 엄격히 금지된 것. 가벼운 호기심이라도 가지지 말게. 괜한 오해를 살 수도 있으니 말이야.”

그는 그 말을 끝으로 다시 돌아섰다. 사예는 고개를 숙이며 예, 하고 대답했다. 윤월서가 뒷짐을 진 채로 그 자리를 벗어나자 사예도 신정당으로 돌아가기 위해 몸을 돌렸다. 돌아가는 발걸음이 점점 빨라졌다. 사예는 다른 어떤 말보다, 신수 붕새가 말한 조쇄를 푸는 방법에 대해 생각했다. 붕새는 상극으로 기를 막는 조쇄를 또 다른 상극으로 풀면 된다고 했다. 시건의 행은 수행, 그리고 감사의 행이 토행이었다. 음양오행의 원리에 따르면, 상극은 목극토(木剋土)에 토극수(土剋水). 물은 흙이 덮고, 흙은 나무가 누르고 자라는 법이었다.

✽ ✽ ✽

윤월서와 헤어진 사예는 일단 신정당으로 돌아왔다. 머무는 방 안으로 들어와 문을 닫은 그녀는 주머니를 열어 오행궁을 확인했다. 주머니 안에 새것인 듯 반짝반짝 빛나는 오행궁이 두 개 들어 있었다. 사예는 오행궁 두 개를 보며 생각했다.

'하나는 어머니 드리고, 하나는……'

잠시 눈썹을 찌푸렸다가, 사예는 다시 오행궁을 주머니 안에 넣었다.

'두 개 다 어머니 드리지 뭐.'

어차피 줄 사람도 없었다. 아니 없다고 사예는 되뇌었다. 주머니를 손에 꼭 쥔 채로 그녀는 한숨을 내쉬었다. 괜히 생각만 많아졌다. 시건이나 그의 신수에 대한 생각이 자꾸 머리에서 떠나지를 않았다. 조쇄 이야기에 당연하게 그를 떠올리는 건 대체 어찌 된 조화인가.

'조쇄는 괜히 물어 가지고.'

사예는 한숨을 푸욱 내쉬었다. 그녀는 그 무엇보다 무사히 선계로 돌아가는 게 가장 중요했고, 어쩌다 조쇄 푸는 방도를 알았어도 위험을 감수하며 현무를 풀어 줄 생각 따윈 추호도 없었다. 그녀는 시건에 대한 생각을 애써 지우고, 자신의 오행궁을 보며 생각에 잠겼다. 행궁장인은 그녀의 오행궁이 평범한 오행궁이 아니라 말했다. 더불어 과거 선계의 제후 가문만이 받은 오행궁과 같은 것이라고 하니, 마음속에 확신이 들었다.

'역시 우리 집이 보통 집이 아니야.'

하긴 천 년이나 산 요선이 계속 쫓아오는 것부터가 일반적인 일이 아니었다. 더불어 그녀에게는 사진검도 있었다. 오행궁에다가, 심지어 서선 호가의 가보인 사인검까지 생각하면, 그녀의 가문과 각 선계의 제후 가문은 언뜻 연결 고리가 있는 듯했다.

'어쩌면 우리 가문도 그들과 어깨를 나란히 하는 제후 가문 정도 됐을지도 몰라.'

사예는 지금은 역모로 밀려났지만 어쨌든 시건의 류가를 포함하여 존재했던 세 제후 가문이 모두 천 년 전, 즉 천서 이전에는 동하를 제외한 각 하계를 다스렸던 제후 가문들임을 떠올렸다. 천서제가 모든 선인을 선계로 불러들일 때 그 세 가문은 각 선계를 다스리는 제후 가문으로 그대로 임명했다고 알려져 있었지만, 동하와 동선에 대해서는 어떤 기록도 남아 있지 않았다. 그렇게 생각하고 보니 어쩐지 이상했다. 어찌하여 동하와 동선만 다스리는 제후가 없었던 말인가.

'동하가 버려졌던 게 언제부터지? 동선은?'

사예는 곰곰이 생각에 잠겼다. 그러나 그게 언제부터인지 명확히 알 수 없었다. 단 한 번도 동하나 동선의 지배자에 대해 들은 적은 없었다. 그저 그녀의 기억 속에 동선은 버려진 하늘이었고, 동하 역시 마찬가지였다.

'허나 아무리 그래도 천 년이면 천서 시절인데, 만약 우리 가문이 그때 동하를 다스렸던 가문이라면 그에 대해 알려진 바가 없는 건 좀 이상해. 부러 기록을 지운 것이 아니고서야……. 아니면 그 수상한 요선이 진짜로 지운 걸지도 몰라.'

사예는 홀로 열심히 상상의 나래를 펼쳤다. 그 요선이 지금은 선녀 행세를 하며 용수궁에 붙어 있으니 그 옛날에는 무슨 짓을 했을지 알 수 없었다. 동하를 다스렸던 가문이 그녀의 가문이었고 정체를 알 수 없는 요선의 획책으로 동하에서 쫓겨나 이리 헤매이게 된 것이 아닐까 생각을 하니, 어쩐지 아귀가 맞아떨어지는 듯했다. 그러나 솔직히 그녀의 가문을 동하와 엮는 것은 그다지 달가운 일이 아니었다. 동선이나 동하 모두 그 누구도 관심을 두지 않는 곳이었기 때문이었다.

'심지어 지금은 암굴에서 탈출한 무리의 주둔지이기도 하지…….'

그리하여 생각의 끝은 다시 시건에게로 가 닿았다. 한숨을 푸욱 내쉰 사예는 몸을 옆으로 돌려 누운 상태로, 다른 생각을 하기 위해 노력했다. 그녀는 말하는 신수와 늙은 선인과 했던 대화를 되짚었다. 그 신수는 말했다. 그녀의 신수, 청하도 언젠가는 조쇄에 묶인 일이 있을 거라고.

사예는 손등을 들어 쳐다봤다. 잠시 고개를 들고 그녀의 방 주변으로 다가오는 기척이 있나 살핀 사예는, 아무 기척도 느껴지지 않자 안심하고 청하를 불렀다. 손등 위로 표식이 빛나고, 청하가 나와 사예의 주변을 휘감았다. 푸른 용은 빛나는 긴 몸을 사예의 주변으로 늘어트렸다. 그녀의 방 안이 푸른 용의 몸으로 가득 찼다. 사예는 노란 청하의 눈을 마주 보며 말했다.

"너도 조쇄에 묶인 일이 있다는 게 사실이야?"

청하는 사예와 시선을 맞췄다. 사예는 떨리는 마음으로 청하의 답을 기다렸다. 그녀는 청하가 오랫동안 그녀의 가문과 계약을 맺어 왔다고 알고 있었다. 무려 천 년도 더 되는 긴 시간 동안 그래 왔다고 알고 있었고, 그렇다면 청하에게 조쇄를 채운 게 그녀의 조상일지도 몰랐다. 설마, 설마 그럴 리가 없다고 생각하며 사예는 청하를 쳐다봤다. 청하는 대답 없이 사예를 쳐다봤다. 어쩐지 답을 듣기 두려운 반면 궁금해서, 사예는 청하에게 다시금 묻지 않을 수 없었다.

"혹, 우리 가문의 조상이 너한테 조쇄를 채웠어?"

청하는 어떤 의사 표현도 하지 않았다. 그저 노란 눈을 깜빡이며 사예를 쳐다보다가, 슬쩍 시선을 피했다. 그 모습에 사예는 청하가 하지 않은 대답이 무엇인지 바로 알아차렸다.

"어찌……."

사예는 급히 입을 열었다 다물었다. 청하에게 섣불리 질문한 게 후회가 됐다. 그녀는 도통 이해할 수 없었다. 거짓말이라고 부정하고 싶었다. 그녀의 조상이 정말로 조쇄를 채워 그로 인해 말을 못 하게 되었다면, 청하는 어째서 계속 그녀의 가족과 계약을 맺어 왔단 말인가. 언제나 그녀의 가족과 생사를 같이한다고 생각한 신수였다. 그런 신수에게, 다른 누구도 아닌 그녀의 조상이 조쇄를 채웠다니.

사예는 부정의 답을 원하는 마음으로 청하에게 다시 물었다.

"그게 언제야? 천 년 전의 일이야? 그리고 너도 천서제 때 조쇄에서 해방된 거야?"

청하는 잠시 허공을 쳐다봤다가, 긍정인지 부정인지 알 수 없는 태도로 고개를 끄덕이다 말았다. 그러곤 사예의 시선을 피해 이리저리 시선을 애매하게 굴리기 시작했다. 그 모습에 사예는 어떤 반응도 할 수 없었다. 청하는 분명히 그녀의 조상이 청하에게 조쇄를 채웠다는 사실을 인정한 것이었다. 그 사실에 그녀의 표정이 완전히 굳어 버리자 청하는 눈치를 보며 몸을 수그렸다.

봉새는 신수에게 조쇄를 채우는 게 당연했던 시절도 있었다고 말했다. 그러나 그게 당연했다고 하여 잘못이, 잘못이 아니게 되는 건 아니었다. 사예는 청하를 똑바로 쳐다볼 수가 없었다. 그녀는 조쇄를 채우기는커녕 만져 본 적도 없었지만, 그래도 미안한 마음이 들었다. 그녀는 청하의 앞발만 쳐다본 채로 물었다.

"그럼 넌 왜 우리와 계속 계약을 맺은 거야? 우리가 밉지도 않았어?"

청하는 고개를 발딱 들고 앞발을 휘젓기 시작했다. 사예도 청하를 쳐다봤다. 청하는 열심히 앞발을 흔들고 표정을 바꾸며 무언가를 전달하기 위해 노력했다. 사예는 청하가 뭘 표현하고 있는 건지 전혀 알 수 없었다. 그리고 그게 더 슬펐다. 말을 전할 수 없어 몸짓으로 열심히 뜻을 전달하고자 하는 모습이. 전에는 그저 웃어넘긴 행동을 이제는 웃어넘길 수가 없었다. 웃지도 못하고 청하의 모습을 바라본 사예는 그 움직임이 전달하고자 하는 한 가지 의미만은 확실히 이해했다. 청하는 그 일로 원망하고 있지도 않았고, 그녀가 아파하길 바라지도 않았다.

불현듯 떠오르는 생각이 있어, 사예는 저도 모르게 손을 움직여 옷 아래에서 느껴지는 노리개를 만졌다. 그 안의 향갑에는 숨겨 둔 청하의 여의주가 있었다. 용의 구슬은 단 하나의 소원을 들어주는 신비한 구슬로, 용의 상징이자 용에게 있어 가장 중요한 물건이었다.

사실 어릴 적의 사예는 이해할 수 없었다. 가족이 죽고, 무영이 쫓아올 때 어찌하여 그녀의 어머니나 할머니는 여의주에 소원을 빌지 않았는지. 소원을 들어주는 구슬이 있으니 무영을 보내는 그 요선을 잡거나 죽은 가족을 살리거나, 빌 수 있는 소원은 많았을 터였다. 사예는 그런 의문을 품고 물었을 때 하선이 했던 말을 떠올렸다.

"그 구슬은 우리의 것이 아니다. 용의 것이다. 그러니 소원은 용이 빌어야 한다."

"그럼 청하에게 부탁하면 되잖아요. 할머니를 살려 달라고."

그녀의 말에, 기억 속의 하선은 씁쓸한 미소를 짓고 있었다.

"여의주는 용이 이무기 시절부터 고이 품어 키운 소중한 것이라 했다. 더군다나 기회는 오직 한 번뿐이다. 가장 좋은 일에 좋게 써도 부족한 것이지. 그러나 죽은 이를 살리는 건 의미 없는 일이다. 현명한 용은 그런 소원을 빌지 않는다. 세상에는 죽은 이를 위해 해야 하는 일보다, 산 자를 위해 해야 할 일이 더 많다."

당시의 사예로서는 영 알 수 없는 말이었다. 하선이 그간 오로지 살아남는 것만 생각하라고 하던 말과는 언뜻 상반되게 느껴졌다. 그때 보았던 하선의 얼굴과 들었던 목소리를 떠올리는데 얼핏 그런 생각이 들었다.

'생각해 보면 청하, 너는 조쇄에 묶인 상황에조차 이 구슬에 소원을 빌지 않은 것이구나.'

어쩌면 정도를 넘어선 선인들을 여의주의 힘으로 해할 수도 있었을 것이다. 그럼 청하도 그 거대한 신수처럼 아직껏 말을 할 수 있을지도 몰랐다. 그러나 결국 그리하지 않았고, 그리하여 말을 잊은 것이다. 하선이 말한 소중한 것을 소중히 쓰고 싶어 할 거란 말을, 얼핏 이해할 수 있을 듯도 했다.

사예는 무거워진 마음으로 청하를 응시했다. 선녀의 탈을 쓴 요선이 그녀의 가족을 쫓는 이유가 청하 때문인지 아닌지는 알 수 없었으나, 만일 이 뛰어난 신수가 없었다면 이만큼 살아남는 것 또한 힘들었으리라. 그녀의 가족에겐 살아남기 위해서 훌륭한 신수인 청하가 있어야 했고, 청하와 함께하기 위해서는 청하의 소중한 여의주를 지켜 줘야 했다. 또한 그것은 조쇄를 채웠음에도 계속 그녀의 가족과 계약을 맺은 신수에게 지킬 수 있는 최소한의 예의였다.

'만일 여의주에 대한 존중이 없었다면, 과연 청하는 우리와 계속 계약을 맺었을까.'

그녀의 할머니도, 어머니도 신수에 대한 예의를 지켰고, 그리하여 그들은 긴 시간을 무영에 쫓기면서도 이제껏 청하와 함께 살아남은 것이었다.

❋ ❋ ❋

용수궁, 천제가 있는 위정전의 복도에는 술시들이 줄을 지어 걸어가고 있었다. 술시들 앞에는 용수궁의 최고 궁관인 선녀 자희가 있었다. 술시들을 데리고 위정전에서 나온 자희는 용마에서 내리는 흑귀위 선군들을 확인했다. 제일 앞에서 내려선 상장군 연귀호를 향해 자희가 환하게 미소 지었다.

"어서 오십시오, 상장군 나리."

귀호는 무뚝뚝하게 고개를 숙여 보였다. 귀호는 그대로 자희를 지나쳐 위정전 안으로 들어갔다. 그의 태도가 누구에게나 거리를 두고 무뚝뚝하기 그지없었으므로, 자희는 그가 과연 하계에서 신안을 지닌 그의 옛 상관을 만나 그녀의 정체에 대해 들었는지 안 들었는지를 짐작할 수 없었다.

'어차피 저놈이 중요한 것은 아니지.'

자희는 고개를 돌려 위정전 안으로 들어가는 흑귀위 선군들을 응시했다. 흑귀위 상장군이 들어가고 얼마 안 있어, 위정전에서 무진을 알현하고 있었던 선인 관리들이 나왔다. 그때까지 용수궁 앞에 서 있던 자희는 나온 선인들을 향해 인사했다. 선인들도 그녀를 발견하고는 마주 인사했다. 자희는 그들 중에서 표정이 가장 침울한 선인에게 물었다.

"폐하께선 뭐라고 하십니까?"

자희는 현재 하계에서 선계로 돌아오는 선인 관리들을 확인하기 위해 천교의 운행을 직접 담당하고 있었다. 자희가 확인한 선인 관리들 사이에는 감사부에서 변고를 당한 미란 선녀의 지아비가 포함되어 있었다. 지금 유독 표정이 좋지 않은 선인이 바로 그였다. 자희는 안타까움이 가득한 얼굴로 기운이 없는 선인 관리를 향해 말했다.

"얼마나 마음이 아프실지 소녀도 압니다. 소녀는 미란 선녀의 마지막을 바로 곁에서 지켰는걸요. 안 그래도 소녀 또한 폐하의 결정이 지나치게 무르다고 생각하고 있던 참이었습니다. 가엾은 미란 선녀를 위해서라도, 그 역적들 모두에게 참형을 내려야 하지 않겠습니까?"

감사부에서 선녀 미란이 죽은 일로 선인 관리들 사이에서는 말이 많았다. 천제 무진이 역적 류시건과 그 외 선인들을 다시 암굴로 돌려보내기로 결정한 바에 대해, 죽은 선녀와 남은 지아비를 생각해서라도 그리 가볍게 처벌해선 안 된다 목소리를 높이는 선인들이 있었다. 지금 위정전에서 나온 이 선인들은 역적에 대한 온화하기 짝이 없는 처벌의 부당함을 아뢰기 위해 천제를 찾아왔던 자들었다. 그러나 나온 선인들의 얼굴을 보아하니 무진의 마음을 돌리지 못한 모양이었다. 영 기운이 없는 선인 관리들을 보며 자희가 말했다.

"여러분들께서 이리 노력하시다 보면, 폐하께서도 마음을 돌리시지 않겠사옵니까. 수태까지 한 선녀를 해한 역적들을 그대로 살려 두다니요. 있을 수 없는 일이지요. 돌아가신 미란 선녀를 위해서라도 반드시 폐하의 마음을 돌리셔야 합니다. 소녀도 기회를 봐 폐하께 한번 말을 올리겠사옵니다."

"그래 준다면 고맙겠소."

"당연한 일인 것을요."

자희는 공손히 선인들에게 인사를 하고는, 살짝 뒤로 물러나 몸을 돌렸다. 총총걸음을 옮기며, 그녀는 선인들을 비웃었다. 제 아내의 목숨을 가져간 이에게 고맙다며 고개를 숙이는 모습이 우습지 아니한가. 하계에 있는 선녀를 해한 것은 확실히 과한 일이었으나, 이미 벌인 일 이렇게라도 해결을 해야지 싶었다.

'상황으로 인해 일단 선계로 돌아오긴 했으나…….'

솔직히 가장 좋은 때를 놓쳤다는 아쉬움이 계속 남아 있었다. 자희는 바로 그녀의 가까이에서 앉아 말을 나눴던 선인을 떠올렸다. 당장이라도 그 목을 잡아채고 살을 찢고 싶은 것을 겨우 억누르며 그 자리를 버텼는데, 아무것도 하지 못하고 선계로 돌아와야 했다. 그날 밤, 역적 류시건과 도사만 없었어도 그녀는 드디어 이 지겨운 추적을 끝낼 수 있었을 터였다. 방해 요소가 등장하자마자 그녀는 솟구치는 화를 참을 수 없었고, 그래서 멍청하게 등장한 선녀의 몸을 찢어발기고 나서야 그녀는 겨우 마음을 가라앉힐 수 있었다.

'기회는 아직 있어.'

그녀는 생각만으로도 일그러지는 얼굴을 겨우 펴며, 스스로를 위로했다. 그녀는 지금 직접 천교를 관리하고 있었고, 이 틈을 놓칠 수는 없었다. 자희는 은근슬쩍 그녀를 경계하던 그녀의 사냥감을 떠올리며 싸늘한 미소를 지었다.

'그까짓 눈치로 요리조리 숨으며 이제껏 살아남았지? 이 지긋지긋한 것들 같으니.'

제발 이번이 마지막이 되기를. 그녀는 적오위 선군이 주석호에게 올린 보고를 알고 있었다. 그들은 분명 그녀의 사냥감이 웬 사내와 있었다고 했고, 자희는 감사부, 그것도 바로 그 후원에 느닷없이 류시건과 도사가 나타난 것이 사냥감과 전혀 연관성 없을 거라고 생각할 정도로 멍청하지 않았다. 어리석은 주석호에게는 그것이 류시건이 분명하다고 말을 흘렸지만, 자희는 그 사내가 류시건이나 도사 양상 중 하나일 거라고 생각하고 있었다. 어느 쪽이든 사냥감은 그들과 연관이 있는 것만은 분명할 터.

'나에 대해 알았을까? 아직 모를까?'

어느 쪽이든 상관없었다. 어쨌든 그녀는 자신의 눈으로 직접 그녀의 사냥감을 확인했고, 그 사냥감이 선계로 돌아와야 하는 이상 그녀에게서 벗어날 수는 없을 터였다. 자희의 인내심은 이미 한계에 도달해 있었고, 이제 그녀는 그 계집이 천교를 타지 않을 가능성이 있으니 마냥 기다리고만 있을 수는 없다 생각했다. 사냥감을 코앞에 두고선 그저 선계로 돌아와야 했던 때만 떠올리면 속에서 분노가 치솟았다.

일그러지려는 표정을 애써 펴며 자희는 가까스로 스스로의 마음을 다잡았다. 지난 천 년의 시간 동안 그랬던 것처럼, 그 어린 선인 또한 결국 그녀의 손에 죽게 될 터였다. 그녀의 힘으로 처리하는 게 불가능하다면 역적의 무리와 엮어서 처리하는 방도도 있었다.

마음 깊은 곳에서부터 차오르는 사냥감에 대한 살심을 겨우 억누른 자희는 그대로 위정전을 벗어나 용주당으로 향했다. 천제가 선인들과 모여 정사를 돌보는 위정전과는 달리 이 용주당은 천제가 일상생활을 하는 곳이었다. 그리고 천제의 신수여야 하는 황룡의 여의주가 보관되어 있어 용주당이라는 이름이 붙여져 있었다.

그리하여 용주당 안 가장 깊은 곳에, 용의 구슬이 보관되어 있는 방이 있었다. 자희는 그녀를 따라 들어오는 술시들을 물리고 홀로 어두운 방 안으로 들어섰다. 자희가 방 안으로 들어가 문을 조심스럽게 닫았다. 그녀는 시선을 한곳에 고정한 채로 방 가운데를 향해 걸어갔다.

방 가운데에는 높이 솟은 비석 하나가 있었다. 비석은 천서 이전,

그 옛날 분리되어 있던 천하를 통일하고, 최초로 황룡과 계약을 맺어 천제의 자리에 오른 선인 건원제(乾元帝)의 비석이었다. 천서제에 가려져 현재는 그 누구도 제대로 입에 올리지 않는 오래된 이야기였지만, 자희는 역사를 천서 이전과 이후가 아닌 건원제의 통일을 기점으로 나누던 시절부터 살아온 요선이었다. 건원제의 비석 아래에는 뚜껑이 덮인 하얀 자기 항아리와 빛을 받아 오색 빛깔로 화려하게 빛나는 자개함이 놓여 있었다. 항아리는 건원제의 유골이 담긴 유골함이고, 자개함은 이 용수궁에서 가장 귀한 보물인 황룡의 여의주가 보관되는 용주함(龍珠函)이었다.

자희는 거리를 두고 선 채로 용주함을 응시했다. 금으로 된 용 모양의 자물쇠로 잠기고 봉인이 된 화려한 함을 바라보는 자희의 고운 얼굴이 완전히 일그러졌다. 그녀는 집착과 탐욕이 묻어나는 얼굴로 함을 응시했다. 타오르는 시선이 마치 그 안에 숨겨진 구슬을 매만지듯 함 주변을 맴돌았다. 걸린 봉인조차 안에 있는 구슬의 기운을 가리지 못했다. 미세하게 느껴지는 그 기운을 느끼며, 자희는 눈을 감았다. 차마 보지도, 만지지도 못하는 그 구슬을 마음으로 그렸다.

사실 그녀는 지금 당장 저 결계를 깨고 자개함을 부수고 싶었다. 구슬을 감추고 있는 함의 겉껍데기를 산산조각 내고 그 안에 감춰져 있을 구슬을 가져가고 싶었다. 허나 그녀는 저 함을 부술 수 없었다. 그녀의 힘으로는 불가능했다. 그녀가 할 수 있는 건 오직 한 가지였다. 기다리는 것.

'조금만 더.'

아직은 기다려야 할 때였다. 길고 긴 사냥이 끝날 때까지, 그녀는 참고 인내하며 기다려야 했다. 그걸 위해 이 긴 시간, 모든 것을 참아가며 버티지 않았던가. 오만한 선인들의 비위를 맞추고 달디단 말을 혀에 두른 채로. 그녀의 손에 온갖 피를 묻히며 그리 버텨 왔다.

한참 동안 함을 바라보며 그 주변을 맴돌던 자희는 누군가가 다가오는 기척에 바로 일그러진 얼굴을 폈다. 자개함에 고정된 시선을 겨우 돌린 그녀는 뒤로 물러나 바로 몸을 돌렸다. 성큼성큼 걸어가 문을 열고 나가자 걸어오던 선녀가 자희를 발견하고는 말했다.

"자희 선녀님, 여기 계셨군요. 곧 천교가 올라온다고 합니다."

자희는 알려 줘서 고맙다고 답하며 선녀와 함께 용주당에서 나갔다. 구슬이 담긴 자개함은 여전히 봉인되어 잠겨 있었고, 방은 다시금 침묵에 잠겼다.

❋ ❋ ❋

하계 동하의 상황은 지지부진하게 이어지고 있었다. 며칠 동안 들판 이곳저곳에서 선군과 요괴, 요선들의 충돌이 반복됐다. 하늘에 있던 선녀들과 여자 도깨비들은 일단 물러나고, 감투를 쓴 도깨비들과 선군만 남아 대치하고 있었다. 하늘로 날아오른 백호위 선군들은 보이지 않는 도깨비들의 위치를 대략 가늠하며 화살을 쐈다. 그러나 허깨비가 계속 나타나 방해를 하는지라 도깨비들을 공격하는 것은 여전히 쉬운 일이 아니었다.

하늘의 선군들이 도깨비로 인해 발이 묶인 와중에, 시건은 새로운 명을 내렸다. 홍례와 어린 도깨비들이 하늘 위로 도깨비불을 쏘아 올릴 때마다, 감투를 쓴 도깨비들 몇이 번갈아 가며 하늘에서 지상으로 떨어졌다. 도깨비들이 그 무거운 몸으로 지상으로 곤두박질하면 땅이 요동쳤다. 도깨비들이 내려선 충격으로 땅이 울리면, 그 주변의 요괴나 선군들은 속절없이 넘어지고 쓰러졌다. 그야말로 아군, 적군을 구별하지 않고 온통 뒤집어 놓는 무식하기 짝이 없는 공격이었다. 그 공격은 선군에게 어느 정도 해는 입혔지만 요괴들에게도 해를 입

히니 승기를 잡는 데 그다지 효과적인 공격은 아니었다. 왜 하는지 알 수 없을 정도로, 솔직히 그 공격은 양날의 검이었다.

지상에서 선군들은 술법을 이용하여 요괴와 요선들을 공격했다. 적오위가 불화살을 쏘아 녹두군사를 불태우고, 검용군이 토기로 땅을 움직여 요선들을 앞으로 끌어냈다. 그러나 겨우 앞으로 끌어냈어도 요선들이 입은 갑옷에 선군의 화살도 검도 통하지 않는지라 상대하기가 쉽지 않았다. 부서진 짱돌들이 다시 일어나 짱돌군사가 되고, 뒤에서 대기하는 남하 도깨비군대가 도깨비방망이를 휘둘러 녹두를 만들어 뿌리면 요선들이 다시 녹두군사를 만들었다. 불붙은 녹두군사들은 땅으로 내려온 현록과 선인들이 수기를 모아 불을 끄고, 녹두들의 기운을 북돋았다.

뒤에서 대기하고 있던 북하와 동하 도깨비군은, 앞으로 나오는 요괴들 사이에 그들의 요술로 요괴의 허깨비를 만들어 보냈다. 무엇이 진짜 요괴고 허깨비인지 확인할 길이 없는 선군들은 들이닥치는 온갖 요괴들을 향해 검을 휘두를 수밖에 없었다. 검에 베어지는 요괴는 때로는 허깨비라 그냥 사라지고, 때로는 피를 쏟으며 쓰러졌다. 쌓인 요괴들의 시체로 인해 상황은 겉보기에는 선군들이 유리한 듯 보였으나, 도깨비들이 뒤에 남아 있기 때문에 선군들 입장에서는 아직 안도할 상황이 아니었다. 요선들과 도깨비들이 그대로 있으며 환술과 요술로 교란을 하니 하계군의 수가 줄은 건지 아닌지도 명확히 확인하기 어려웠다.

장시간의 충돌이 잠시 멈추고, 해가 진 현재는 선군도 요괴도 도깨비도 모두 뒤로 물러나 있었다. 모든 군사들이 빠져나간 자리에 온통 피로 젖은 들판과 시체만 드러났다. 선군의 불화살이 태워 검게 변한 자리를 붉은 피와 화살에 맞고 불에 탄 요괴의 시체가 가득 메우고 있었다. 압도적으로 쌓인 요괴의 시체 사이, 군데군데 선군의 시신과 돌이 되어 부서진 거대한 용마의 잔해가 남아 있었다.

선군의 진지 앞에서 그 모습을 지켜보던 혜강은 상황이 곤란하다고 생각했다. 도깨비나 요선 따위는 아무런 문제도 되지 않았다. 문제는, 저들을 움직이는 류시건이었다. 류시건은 음양오행술에 대해 잘 알기에 선군들의 움직임을 수월히 예측했다. 또한 그는 오랜 하계 경험을 토대로 도깨비와 요선에 대해서도 잘 알고 있었다. 비록 오십 년의 공백이 있어도, 하계에 하강한 경험이 없는 석호나 그녀보다는 도깨비나 요선에 대한 지식과 경험이 많을 터였다.

들판에 시선을 고정하고 있던 혜강이 옆에 있는 석호에게 말했다.

"아무래도 이상하지 않습니까."

"무엇이."

"지금 저들은, 요괴와 요선을 버리는 것처럼 보입니다."

석호는 혀를 찼다. 맞는 말이었다. 류시건은 요괴와 요선이 선군에 의해 처리되는 것을 오히려 바라는 것 같았다. 그 정도로 요괴들을 무작정 앞으로 내보냈고, 하늘 위의 도깨비들은 적과 아군을 구별하지 않았다. 결과적으로 선군들은 며칠째 지겹게 요괴와 요선들만 사냥하는 모양새였다.

"대체 어디서 저리 많은 요괴가 나타나는 거지?"

석호는 기가 막혀서 중얼거렸다. 아무리 허깨비가 섞여 있다 한들, 가볍게 넘길 숫자가 아니었다. 석호의 말을 들은 혜강은 침묵했다. 그녀는 이 전투가 발발하기 전에 이미 하계에 내려와 하계의 모습을 봤고, 인간들의 삶이 선인들의 삶에 비해 녹록지 않음을 예상했다. 따라서 그녀는 눈앞의 걸괴들이 어찌하여 이다지도 많이 존재하는지 알 수 있었다.

'그건 아마 선인들의 무관심 때문일 것이다.'

선인들은 인간들의 삶을 제대로 돌보지 않았고, 그로 인해 이리 많은 걸괴들이 존재하는 것이다.

'혹 그걸 보여 주기 위해서인가.'

지금 선군들이 하고 있는 이 요괴 사냥은, 본래 그들이 진즉에 했어야 하는 의무였다. 그러나 석호도, 그녀도 이리 많은 요괴가 하계에 있다는 사실조차 몰랐다. 그간 하계에서는 제대로 된 요괴 사냥도 이루어지지 않았음이 분명했다.

'해서, 이 하계에 굶주림에 시달리다 요괴가 된 이가 저리 많다는 걸 보여 주고 싶은 것은 아닌가.'

지금 이 사태를 만든 장본인들은, 선인들과 이 싸움의 상황을 전해 들을 천제에게 하계의 현실을 보여 줄 셈인 것 같았다. 요괴가 이리 많다고 하여 누구 탓을 해야 하나. 전부 선인들의 과오고, 어쩌면 받아들여야 하는 몫이 아닌가.

'어리석은 생각을.'

스스로가 한 생각에 혜강은 그저 고개를 저었다. 그러나 시선을 돌려도 피로 물든 들판은 잔상이 남아 사라지지 않았다. 저 들판에 피를 흘리고 죽어 있는 요괴들은, 본래는 그들의 백성들이었다.

"그런데 아직껏 도사가 모습을 드러내지 않았습니다. 어쩌면 이번에도 도사는 요선 은공 때처럼 사라진 걸지도 모르겠습니다."

혜렴의 물음에 혜강은 고개를 저었다. 그녀는 도깨비 파적을 데려가던 도사가 조만간 또 볼 거라고 했던 말을 기억하고 있었다. 도사는 분명 하계군과 함께 있을 터였다. 그러나 어찌하여 그 모습을 드러내지 않고 줄곧 뒤에 숨어 있는지는 알 수 없는 노릇이었다. 선군 측에서는 도깨비들이 붉은색을 보고도 두려워하지 않는 이유가 도사와 관련이 있을지도 모른다고 생각했고, 차라리 도사를 먼저 잡는 게 빠를 거라고 생각했다. 그러나 그런 선군 측의 생각을 안 것처럼 도사는 하계군의 뒤로 꽁꽁 숨어 모습도 드러내지 않고 있었다.

"도사만 나타나지 않는 것은 아니지."

석호는 그리 말하며 하계군 측을 응시했다.

'왜 숨어만 있나, 류시건!'

시건 역시 앞으로 나서지 않고, 오로지 뒤에 숨어 있었다. 요괴들의 뒤에 숨어만 있다니, 대체 무슨 생각인지 알 수 없었다. 다른 선인들이 술법을 쓰는 와중에도 류시건은 숨어 있기만 했다. 마음속에 초조함이 가득했다. 그의 불안함을 느낀 용마가 울음소리를 내며 제자리걸음을 했다.

석호는 갑갑한 마음을 겨우 억누르며 용마를 쓰다듬었다. 그러나 용마를 진정시키는 그의 마음은 여전히 타들어 가고 있었다. 겨우 요괴를 상대하는 일에 지금 이상의 전력을 낭비할 수는 없었다. 빨리 요괴를 처리하고 본격적으로 도깨비들을 상대해야 하는데, 그 요괴 처리가 늦어지니 답답할 수밖에 없었다. 상대가 요괴와 요선을 앞세우고 힘을 비축하고 있는 게 뻔히 보였다.

'언제까지 요괴로 시간을 끌 셈이지?'

이래서는 끝이 나지 않는다는 걸 모를 류시건이 아니었다. 그래서 석호는 답답했다. 요괴 사이에 허깨비를 섞어 보내는 것을 보아하니 슬슬 요괴의 수가 줄어 가는 모양이었지만, 석호로서는 최대한 빨리 이 상황을 끝낼 것을 명받은 입장이었으므로 이리 시간을 끄는 게 영 탐탁지 않았다. 그러나 아무래도 상대는 먼저 도깨비군대를 움직일 생각이 없어 보였고, 도깨비들이 있는 이상 계속해서 요괴와 환술군사들, 그리고 요괴의 허깨비를 만들어 보낼 게 분명했다.

달리 방법을 강구해야겠다고 생각하며 석호가 용마를 돌려세우는 와중에, 선군 하나가 다가왔다. 고개를 숙여 보인 선군이 석호에게 말했다.

"하계 감사께서 찾아오셨습니다."

"뭐?"

석호는 어이가 없어서 선군의 말을 이해했음에도 다시 되물었다. 그자가 양심이 있다면 어찌 이 자리에 태연하게 얼굴을 들이밀 수 있나 싶어서 헛웃음만 나왔다. 지금 이 상황이 누구 때문인지도 모르는 모양이었다. 당연히 제일 먼저 선계로 돌아갔으리라 생각했는데 아닌 것은 의외였다. 납작 엎드려 후에 내려질 처벌만 기다리고 있어야 할 선인이 어찌 이 자리까지 직접 나타났는지 알 수 없었다. 용마에서 내려선 석호는 일단 선군과 함께 감사가 있는 진지의 막사로 향했다.

막사 안에서 기다리고 있던 하계 감사가 석호를 보고 일어섰다. 다른 선군들을 내보내고, 석호와 감사 둘만 막사에 남았다.

"무슨 일로 오셨습니까?"

"상황을 전해 듣고 내 참을 수 없어 이리 왔소. 겨우 요괴와 도깨비를 잡는 데 어찌 이리 시간이 걸린단 말이오?"

"그걸 몰라서 물으십니까? 감사께서 그간 하계를 어찌 방치하셨기에 저리 많은 요괴가 들끓는단 말입니까!"

감사는 혀를 차더니 말했다.

"무슨 말을 하고 싶은지 알고 있소. 해서 내, 책임을 지기 위해 이 자리에 온 것이오."

"지금 책임이라고 하셨습니까?"

"그렇소."

"책임을 어찌 지시겠다는 겁니까."

석호의 물음에 감사는 주변을 살피더니 다가와 말했다.

"내게 방도가 있소. 요괴들을 모조리 잡고, 도깨비들마저 잡을 방도가 말이오. 상장군 또한 알고 있을 것이오. 지금 상황이 얼마나 좋지 않은지. 상장군은 무슨 수를 써서라도 저 역적들을 잡아들여야 할 터. 내게 당장 저 요괴들과 도깨비들을 처리할 방도가 있으니, 상장군은 내게 기회를 주시오. 내 단번에 저 역도의 무리들을 처리하겠소."

"기회라 하셨습니까."

"그렇소."

석호는 침묵했다. 궁지에 몰린 감사에게 무슨 방도가 있을지 석호는 짐작도 할 수 없었다. 다만, 석호는 지금 벌어진 하계의 일로 감사의 처지가 좋지 못하다는 사실은 알고 있었다. 이런 상황에서 감사의 손을 잡는 게 과연 옳은 일일지 알 수 없었다. 그래도 혹시나, 하는 마음이 조금 생겼다. 석호는 이미 심적으로 답답함이 극에 달한 상황이었다. 그래서 그는 결국 호기심을 이기지 못하고 물었다.

"그 방도가 무엇입니까."

감사는 쉽사리 입을 열지 않았다.

"그 전에 내게 약조를 해 주시오. 내 방도를 따를 것임을. 상장군은 나와 한 배를 타게 될 것이며, 내가 하는 일을 막아서지 않아야 할 것이오. 내 감사로 있던 지난 시간을 걸고 맹세컨대, 확실히 요괴들과 도깨비들을 잡을 수 있을 것이오. 모두가 이 일이 반드시 필요한 일이었으며, 상장군의 선택이 옳았다는 것을 알게 될 것이오."

석호는 고민에 빠졌다. 저리 장담을 하는 것을 보아하니 분명 확실한 방도가 있는 듯했다. 허나 문제는, 감사의 태도가 지나치게 조심스럽다는 점이었다. 무언가 걸리는 것이 있지 않고서야 어찌 저리 조심스럽게 군단 말인가.

계속 망설이는 석호에게 감사가 쐐기를 박았다.

"역적 류시건이 앞으로 나서지 않는 이유를 내가 알고 있소. 그 이유가 궁금하지 않소? 도깨비와 요괴, 다른 선인들을 앞세운 채로 류시건은 숨어만 있는 이유가 말이오."

그 말에, 석호는 마음이 완전히 흔들렸다. 그 또한 이상하게 생각하던 일이었고, 계속 불안하게 생각했던 이유였다. 그의 아버지는 감사와 손을 잡고 류시건과 관련되는 것을 경계했으나, 그는 어차피 이미 하계에 내려와 있었다. 이왕 하계로 내려온 이상 그는 무슨 수를 써서라도 승리해야 했다. 감사의 태도에 대한 경계심과 걱정보다, 반드시 달성해야만 하는 승리에 대한 욕구가 더 컸다. 석호는 두 주먹을 꽉 쥐었다.

'그래, 무슨 수를 써서라도. 설령 위험한 일이라고 해도.'

이 이상 시간을 끌 수는 없었다. 류시건은 단숨에 요선의 정체와 환술을 꿰뚫어 볼 것이며, 무진의 제위를 위태롭게 할 터였다. 도깨비와 한 패를 먹고 하계를 뒤집어 놓았는데, 선계라고 그러지 않으리란 보장이 없었다. 심지어 오랜 아픔을 견디고 버텨 왔던 도화의 마음도 이미 흔들어 놓고 있었다.

감사의 방도가 위험한 일이라도 어쩔 도리가 없었다. 설령 그로 인해 그가 책임을 지게 되더라도, 석호는 감수해야 한다 여겼다. 이 싸움에서 승리만 한다면. 류시건을 다시 암굴로 돌려보내기만 한다면 그 자신은 어떻게 되든 상관없었다.

"좋습니다. 말씀해 주십시오. 그 방도."

❊ ❊ ❊

기이할 정도로 고요했던 밤이 지나고, 해가 떴다. 날이 밝자마자 요괴들은 다시금 선군들을 향해 돌격하기 시작했다. 짱돌군사들이 앞으로 달려갔다. 뚫리지 않는 갑옷으로 무장한 요선들도 앞으로 달려 나가 공격을 하고, 그 사이사이 도깨비들이 만든 허깨비들이 달려갔다.

그러나, 이번엔 평소와 조금 달랐다. 선군들은 요괴들을 적극적으로 공격하지 않았다. 오히려 요괴들과 요선들의 공격에 뒤로 슬슬 물러나는 모양새였다. 하늘 위에서 도깨비들을 상대하던 선군들도 하늘 위로 날아오르지 않았다. 도깨비신발을 신은 채로 뒤에서 그 광경을 응시하고 있는 시건에게, 옆에서 기다리고 있던 현록이 말했다.

"선군들이 물러나고 있습니다."

"그렇군."

"무언가 다른 계책이 있는 것 아니겠습니까."

상황을 응시하던 시건도 상황이 달라졌음을 알고는 바로 명을 내렸다. 옆에서 시건의 명을 들은 홍례와 어린 도깨비들이 다시 도깨비불을 쏘아 올렸다. 신호는 하늘에 있는 감투를 쓴 도깨비들은 모두 물러나라는 신호였다. 신호를 확인한 도깨비들이 하늘에서 내려와, 감투를 벗고 하계군 진지 앞에서 하나, 둘 모습을 드러냈다. 기다리던 도깨비군대들이 뒤로 한껏 물러나기 시작했다. 그러나 물러난 도깨비들과는 달리 요괴들과 허깨비들은 계속 앞으로 돌진했다. 요괴들과 대치하던 선군들은 그런 요괴들에게 밀려 제법 뒤로 많이 물러났다. 요선들도 앞으로 나가 선군들과 검을 맞대고 있는 상황에, 현록이 시건을 불렀다.

"상장군."

시건은 시선을 들었다. 하늘 위에 구름의 움직임이 심상치 않았다. 요괴와 요선들이 달려 나가는 들판 위에서, 구름이 원을 그리며 몰려들고 있었다. 주변의 구름이 빠른 속도로 모여들고 휘몰아치며 심상치 않은 기운을 흘렸다. 구름 사이로 음기가 집중됐다. 하늘 위에 구름이 모여드는 와중에 가운데만이 태풍의 눈처럼 비었다. 시건과 함께 있는 전(前) 흑귀위 선군들은 모두 멍하니 그 광경을 응시했다. 그 움직임이 그들에게 굉장히 익숙한 움직임이었기 때문이었다.

시건은 한곳에 시선을 집중했다. 움직이는 구름 아래에서 눈에 익은 신수가 움직이고 있었다. 납작한 등껍질, 그 위로 유려하게 움직이는 두 개의 머리. 참으로 오랜만에 바깥으로 모습을 드러낸 현무가, 두 개의 머리를 이리저리 흔들었다. 긴 목이 이쪽저쪽으로 흔들렸다. 더 나아가는 것을 거부라도 하듯 다리를 멈추고 섰다. 그러나 거부하는 다리에 채워져 있던 조쇄가 힘을 발휘했다. 현무 묵현은 끄는 이도 없는데 끌려 나가는 것처럼 발을 끌었다.

"신수 현무가……."

선군 측에서 나타난 현무를 선인들은 입만 벌린 채로 응시했다. 결국 구름 아래까지 나온 현무로부터 거센 음기가 흘러나왔다. 신수의 머리 위로 빠르게 모여든 구름 사이 검은빛의 구멍이 열렸다. 조쇄에 묶여 의지를 구속당한 신수는 그저 명받은 대로, 하계의 낮은 하늘 위에 있어서는 안 되는 문을 열었다. 그것은 본래는 북선의 차가운 구름들이 가장 빠르게 모이는 자리에서 열리는 문이었다. 명계로 가는 영혼들의 통로이자 허락받지 않은 모든 것을 그 흐름 속에 가두고 산 자의 출입을 금하는 문, 귀문(鬼門)이 동하의 하늘 위에서 열리고 있었다. 선군 측을 등진 채로, 귀문은 하계군 측을 향해 점점 커졌다.

"이야, 저걸 다시 보게 될 줄이야."

양상이 감탄하듯 말했다. 다른 선인들 역시 마찬가지였다. 저 문은 본래 이곳에 있어서는 안 되는 문이었지만, 전에 시건이 이 동하에서 열었던 문이기도 했다. 그러나 이번에는 그가 아무것도 하지 않았음에도 불구하고, 그 문이 열리고 있었다.

귀문이 커지며 점차 주변의 모든 것을 빨아들이기 시작했다. 선군들을 향해 마구 달려들던 요괴들과 요선들, 녹두군사, 짱돌군사들이 귀문 안으로 빨려 들어갔다. 귀문은 엄청난 기세로 그 아래에 있는 것들을 집어삼켰다. 물러난 도깨비들은 모두 도깨비방망이를 휘둘러 요술로 귀문의 힘을 차단했다. 선인들과 양상, 시건은 도깨비들의 도움으로 몸을 지탱하고 서 있었다. 모든 도깨비들의 요술로 구름의 힘이 차단됐다.

시건은 아무런 말도, 반응도 없이 그의 신수를 응시했다. 신수 중에서도 각 선계를 다스리는 제후 가문의 신수, 그들은 특히 능력이 출중하여 계약한 선인들은 신수의 도움으로 무한히 거대한 기를 움직일 수 있었다. 겨울에 추위가 너무 심해 하계 사정이 안 좋아지면 천제가 그에 대해 남선에 명을 내리고, 남선 제후는 신수 주작의 힘을 통해 화기를 모아 하계의 추위를 조절했다. 서선 제후는 신수 백호의 도움으로 쇠에 금기를 더해 한층 단단히 제련할 수 있으므로, 서선에 선군들의 갑주와 무기를 제련하는 대장간을 두었다. 그리고 북선 제후는 신수 현무의 힘으로 하늘의 구름을 모아 비를 내릴 수 있으므로 가뭄이 들 때마다 큰 역할을 하곤 했다. 그런데 시건이, 그런 현무의 능력을 달리 사용했다.

요선 은공의 난이 일어났을 때, 시건은 제멋대로 날뛰는 수많은 요괴들을 단번에 처리할 방도가 필요했다. 그리하여 그는 신수의 힘으로 명계의 귀문만큼 빠르고 차가운 구름을 모았다. 북선에 귀문이 있다는 것은 익히 알려진 사실이었으나 구름을 모아 또 다른 귀문을 만든 이는 시건이 처음이었다. 빠르게 열린 귀문에 요선들은 대부분 먹혔고, 귀문을 여느라 지친 시건을 도와 흑귀위 선군들이 다시 힘을 모아 귀문을 없앴다. 수행의 선인들로 이루어진 흑귀위 선군들이 힘을 더하니 귀문으로 인한 동하의 피해는 최소화할 수 있었다.

그러나 바로 지금, 시건의 신수 현무는 다시금 동하에 그 귀문을 열고 있었다. 비록 제대로 계약 맺은 주인인 시건이 구름을 모았을 때처럼 크지는 않아도, 들판 위의 요괴들과 환술의 군사들을 모두 집어삼킬 정도로 대단한 위력이었다. 만일 지금 하강해 있는 선군들이

나 선녀들이 수기를 함께 모아 키운다면 도깨비 요술마저 삼킬지도 몰랐다.

하계군 측의 선인들은 모두 당황과 분노가 담긴 심정으로 하늘을 응시했다. 그 사이에서 시건은 무슨 생각을 하는지 알 수 없는 얼굴로 귀문을 응시하고 있었다. 그가 선군으로서 하계의 난적들을 잡았던 방법으로, 그의 신수가 그의 군사들을 집어삼키는 모습을 눈도 깜빡이지 않고 지켜봤다. 이미 예상했던 일이기에 동요하지는 않았으나, 예상했던 일이라 하여 아무렇지 않은 것은 아니었다.

❋ ❋ ❋

신수 현무의 등장은 선군들 사이에서도 혼란을 키웠다. 그들을 귀찮게 하던 요괴들과 요선들이 모조리 그 귀문에 빨려 들어가고 있었으나, 그 광경을 눈으로 보면서도 기뻐할 수는 없었다. 대신 그들이 느낀 것은 당황스러움과 혼란이었다. 그들은 미리 총지휘관으로부터 명을 받아 귀문을 등진 그들의 진지에서 자리를 지키고 있었지만, 그 상태로 하늘에서 시선을 떼지 못했다.

백호위 선군과 함께 있던 혜강은 하늘을 보고는 어떤 반응도 보이지 못했다. 안 그래도 석호가 갑자기 전 선군에게 물러나 대열을 갖추고 대기하라는 명을 내려 의아하게 생각하던 참이었다. 그런데 느닷없이 감사가 나타나더니 선군들 사이에서 고개를 빳빳이 들고 서 있었고, 하늘에는 귀문이 생기고 그 아래에서 신수 하나가 기를 움직이고 있었다. 지금 귀문 아래에 있는 신수는 모든 선인이 모를 수 없는 북선의 신수 현무였고, 현무는 암굴에 류시건과 함께 봉인되어 있지 않는 이상은 류시건 본인과 함께 있어야 했다. 그런데, 그 신수가 선군의 앞에 서 있었다. 혜강은 선군의 진지 앞에 서서 신수 현무를 내보내고, 수행을 움직이고 있는 감사를 멍하니 응시했다.

"이게 대체 어찌……."

옆에서 혜렴이 말도 안 된다고 덧붙였다. 겨우 정신을 차린 혜강은, 두 주먹을 꽉 쥔 채로 바로 석호를 찾아갔다. 이리 말도 안 되는 일이 일어나고 있는데 총지휘관은 숨어서 뭘 하고 있단 말인가! 진노한 얼굴의 혜강은 진지를 가로질러 석호가 있는 막사로 쳐들어갔다. 사나운 기세의 그녀를 검용군 선군들은 차마 막지 못했다. 놀란 혜렴과 백호위 선군들이 급하게 그녀를 따라왔다. 무작정 막사로 들어온 혜강이 바로 석호에게로 다가가 물었다.

"지금 이게 대체 어찌 된 일입니까."

석호는 혜강을 따라 들어온 검용군 선군들을 물렸다. 혜강이 고개를 끄덕이자 혜렴도 백호위 선군들을 데리고 검용군 선군들과 함께 나갔다. 선군들이 나가자 석호는 혜강을 쳐다보지 않은 채로 말했다.

"선군들은 지시가 있을 때까지 나오지……."

"주석호."

"……나오지 못하도록 하고, 돌아가서 명을 기다려."

"주석호!"

석호는 혜강의 시선을 피했다. 혜강은 참지 못하고 팔을 뻗어 그런 석호의 팔을 세게 잡아당겼다.

"피하지 말고 대답을 해라, 대체 이게 어찌 된 일이냐고 묻고 있지 않으냐! 신수 현무를 움직이고 있는 게 감사냐? 그래? 어찌 그럴 수가 있어?"

"……신수 현무를 암굴에서 빼내 조쇄를 채워 데리고 있었던 모양이다. 그 때문에 류시건은 지금껏 나서지 않고 뒤에만 있었던 거고."

"중요한 건 그게 아니지. 조쇄라니. 넌 그걸 알면서도 감사를 그냥 내버려 뒀단 말이냐? 심지어 군의 앞에 세우면서?"

석호는 고개를 돌린 채로 대답하지 않았고, 혜강은 그것이 긍정임을 알았다. 혜강은 문뜩, 암굴과 탈주한 죄인들에 대해서 도통 이해할 수 없는 논리로 넘어가려고 하던 감사의 모습을 떠올렸다.

'현무 때문이었던가.'

암굴에 봉인되어 있어야 할 신수를 훔쳐 와 조쇄를 채운 사실을 들킬까 염려되어, 그곳에 얼씬도 못 하게 막았던 게 분명했다. 감사의 행동도 그렇지만, 감사의 행동을 묵인한 석호를 도통 이해할 수가 없어 혜강은 목소리를 높였다.

"네 어찌 그런 짓을 묵과했느냐! 신수에게 조쇄를 채운 것이 얼마나 중한 죄인지 몰라서 그리했어!"

석호도 버럭 소리를 질렀다.

"어쩔 수 없었다! 이대로 계속 시간을 끌 수는 없단 말이다!"

"뭐라고?"

"요괴 따위에 더 이상 시간 낭비할 수 없단 말이다! 무슨 수를 써서라도 이겨야 하니까! 조쇄를 묵인한 게 얼마나 중죄인지 나도 안다! 하지만 난 그걸 감수하더라도 이겨야만 했다고!"

혜강은 잠시간 아무 말도 하지 못했다. 그녀는 그저 잡고 있던 석호의 팔을 놓았다.

'이겨야만 했다고?'

혜강은 이해할 수가 없었다. 석호는 그래서 천서제가 정한 율법을 무시하고, 신수를 이용했다고 말하고 있었다. 천서제가 정한 율법 아래 살고 있는 선인이, 그것도 천제 친위군의 상장군이.

잠시간 두 사람 다 아무 말도 하지 않았다. 그 잠깐의 침묵 후에, 석호가 말했다.

"돌아가서 선군들의 혼란을 잠재워라. 그리고 다른 선군들과 함께 물러나 있어. 너도 다른 상장군들도 몰랐던 일이고, 이후의 책임은 전부 나 혼자 진다. 감사의 죄를 덮으려는 것도, 내 잘못을 부정하는 것도 아니다. 제 신수가 저리 나타났는데 류시건이라고 아무렇지 않을 수는 없겠지. 일단 요괴들부터 처리하고 나면…….”

그 말을 들으며, 혜강의 마음은 차게 식었다. 그녀는 머리가 싸해지고 당황과 화로 올랐던 열이 단숨에 식는 것을 느꼈다. 머리가 식으니 그녀가 해야 할 일을 알 수 있었다. 혜강은 결정을 내렸다. 그녀는 주먹을 꽉 쥔 손에 금기까지 실어, 할 수 있는 가장 강한 힘으로 석호의 얼굴을 후려쳤다. 퍽 소리와 함께 석호는 그대로 날아갔다. 그는 형편없이 넘어져 바닥을 굴렀다. 금기까지 담아 날린 혜강의 주먹은 비록 여인이었으나 무시할 바가 아니었다. 바닥에 엎어진 상태로 잠시 넋이 나가 있던 석호는 겨우 정신을 차렸다. 얼얼한 얼굴 한쪽을 가린 채로 석호가 소리쳤다.

“야!”

“내가 이미 두 번을 참았다, 주석호.”

석호는 넋이 나간 얼굴로 혜강을 올려다봤다. 마찬가지로 얼얼한 주먹을 펴 손을 턴 혜강은 지나치게 가라앉은 목소리로 말했다.

“세 번은 없다. 또 한 번 이 같은 짓을 하면, 그땐 검을 뽑을 것이다.”

“…….”

“이기기 위해, 무슨 수를 써서라도, 라고? 감히 그딴 말을 갖다 붙이지 마라. 네가 맡은 자리는 오명으로 얼룩진 승리를 얻기 위해 있는 자리가 아니고, 네 선택은 돌이킬 수 없을 만큼 폐하의 검을 더럽혔으니. 달리 방도가 없었다고 말하지도 마라. 그 방도를 찾아 승리를 쟁취하는 게 바로 네 사명이었다.”

혜강은 아무런 말도 못하고 고개를 숙이는 석호를 보며 혀를 찼다.

"네겐 신수가 없느냐? 군사가 없어? 다른 방도가 없다고? 말도 안 되는 소리. 줄곧 이상하다 생각했다. 네 태도가 저번부터 과했지. 네가 승리에 연연해하고 공을 쌓는 데에 눈먼 놈이 아니라는 것을 안다. 도화로 인해 류시건에 대한 네 악감정이 깊은 것을 아나, 설마 그 때문이라고는 생각하고 싶지도 않다. 그렇게까지 행동하는 데는 필시 이유가 있겠지. 아니, 있어야 할 것이다."

그 말에 석호가 강하게 부정했다.

"그딴 건 없다! 그저 그놈이 역적이고, 나는 명을 받았으니 그놈을 잡아야 하기 때문이다!"

혜강은 눈썹을 찌푸렸다. 허술하기 짝이 없는 부정으로 인해 혜강은 석호에게 정말로 도화가 아닌 또 다른 이유가 있음을 직감했다. 그리고 그녀는 그게 다행인지 불행인지 알 수 없었다. 끝까지 말하지 않는 모습을 보아하니 그 다른 이유가 결코 가벼운 이유가 아닌 게 분명했기 때문이었다. 한숨을 내쉰 혜강이 말을 이었다.

"안심해라, 주석호. 나는 그 이유를 네게 묻진 않을 것이다. 그 이유는 폐하께 여쭐 것이고, 대답은 폐하께서 하실 것이다. 또한 너에 대한 처벌도, 폐하께서 내리실 것이다."

석호가 고개를 번쩍 들었다. 몸을 돌리기 전에 마지막으로, 혜강이 말했다.

"물러나 있어야 할 것은 너다. 모든 일에는 정도라는 게 있고, 너는 명백히 그 선을 넘어섰다. 네가 이리할 줄 알았다면 폐하께서는 너를 믿고 보내지 않으셨을 것이다. 어쩔 수 없는 일이었다고, 폐하께도 그리 당당하게 말할 수 있느냐? 네 신수를 앞에 두고 그리 말할 수 있느냐? 네가 책임지겠다고? 도화와 네 아들에게…… 그런 모습을 보이는 게 아무렇지도 않느냐?"

석호는 아무 말도 하지 못했다. 조쇄 사용과 묵인 모두 다른 어떤 변명을 가져다 붙여도 용납될 수 없는 죄였다. 심지어 천서제의 피를 이은 천제의 입장에서는 더더욱 받아들일 수 없는 일일 터였다. 이대로라면 그야말로 하계의 역적들을 잡기 위해 선군 전체가 역적보다 더한 죄인들이 되는 셈이었다. 결국 다시 고개를 숙인 석호를 보며 혜강이 말을 이었다.

"진정 폐하를 실망시키고 싶은 게 아니라면, 너야말로 자리를 지키고 기다려라. 네게 합당한 처벌이 내려질 때까지."

그 말을 끝으로, 혜강은 막사에서 나갔다. 막사에서 나가자마자 그녀는 그녀의 용마를 찾았다. 백호위 선군들이 그녀의 용마를 데리러 간 사이 그녀는 검용군 대장군과 적오위 상장군을 향해 명을 내렸다.

"당장 군사를 보내 감사를 포박하시오. 신수 현무를 멈추게 해야 할 것이오. 요괴가 귀문으로 빨려 들어가고 신수 현무가 이쪽에 있으니 하계군 측에서도 당장은……."

"하, 하오나!"

당황한 장수들을 향해 혜강이 매섭게 소리쳤다.

"천서 율법의 지엄함을 모르는가! 이 자리의 모든 선군들을 죄인으로 만들 셈인가!"

혜강은 백호위와 함께 서 있는 혜렴을 향해 소리쳤다.

"당장 감사를 포박하라!"

명이 떨어지자마자 혜렴이 백호위 선군들을 데리고 감사를 잡으러 갔다. 당황한 검용군 대장군과 적오위 상장군은 석호가 있는 막사로 급히 들어갔다. 그사이 혜강은 다른 백호위 선군이 데리고 온 그녀의 용마에 올라탔다. 망설일 것도 없이 그녀는 용마의 고삐를 거칠게 잡아당겼다. 당황으로 어찌할 바를 모르는 선군들을 내버려 두고, 하얀 용마는 크게 울며 하늘 위로 날아올랐다.

혜강의 명으로 달려간 백호위 선군들은 감사를 에워쌌다. 감사는 당황했다. 현무를 움직이기 위해 수기를 모은 채로, 감사는 외쳤다.

"물러나라! 이는 총지휘관이 허락한 일이다!"

당황한 주변의 적오위 선군들을 향해, 감사가 소리쳤다.

"뭣들 하느냐! 지휘관이 허락한 일이라지 않느냐! 백호위는 어찌 이 중요한 순간에 내 앞을 막아서서 군대의 사기를 흐리는가! 어서 물러나지 못할까!"

혜렴은 그의 사인참사검을 뽑아 들었다. 그는 범상치 않은 양기를 내뿜는 검을 감사를 향해 겨누었다. 백호위 선군들이 그들의 대장군을 따라 검을 뽑자, 혼란스러워하던 적오위 선군들도 백호위 선군들을 향해 검을 뽑았다. 감사를 사이에 두고, 선군과 선군의 대치 태세가 되었다.

"그대는 천인공노할 죄를 저지른 죄인이오. 당장 신수 현무를 멈추시오."

혜렴이 사인검을 감사에게 겨눈 채로 말했다. 감사는 쉽사리 물러나지 않았고, 총지휘관이나 그들의 상장군으로부터 어떤 명령도 받지 못한 적오위도 그저 당황한 상태로 경계를 하고 있을 뿐이었다. 선군들 사이에서, 팽팽한 긴장감이 흘렀다.

❖ ❖ ❖

도깨비들과 함께 물러나 있던 하계군 측에서도, 하늘 위로 날아가는 용마를 봤다. 커져 가던 귀문은 더 이상 커지지 않고 멈춰 있었고, 남은 것은 모인 구름과 그 아래 현무뿐이었다. 조쇄를 채운 이에게 무슨 일이 생겼는지 현무는 이러지도 저러지도 못하고 있었고, 빨려 들어가던 요괴의 시체들이 다시 들판으로 떨어져 내렸다. 그러나, 이미 귀문 안으로 들어간 요괴들은 다시 돌아오지 못했다. 움직이는 구름과 피로 물든 들판 아래 요괴의 시체만 남고 있었다.

"확실히 선군 측에서도 혼란이 있는 듯한데."

어느새 다가와 양상이 말하자, 현록의 옆에서 하늘을 응시하고 있던 유신이 말했다.

"당연합니다. 조쇄에 묶인 신수라니요. 절대 있을 수 없는 일입니다."

양상이 마찬가지로 하늘에 시선을 둔 채 침묵하는 시건을 힐끔 보고는 웃었다.

"그럼 우린 기다려 볼까. 안희제께서 어떤 결정을 내리실지."

말도 안 되는 일이라고 생각하면서도, 선인들 또한 내심 불안했다. 어쨌든 귀문이 열림으로써 요괴들이 처리되었으니, 선군으로서는 저 귀문을 더 키워 효과적으로 하계군을 공격할 수도 있는 상황이었다. 하계의 온 태수관이 불타고 선인 관리들이 선계로 도피하는 상황이니, 선계에 있는 선인 관리들과 천제 측에서도 충분히 흔들릴 수 있을 만한 상황이었다.

나라의 근간인 천서의 율법에 따라 조쇄와 관련된 선인들을 모두 처형을 하는 것이 지당하나, 그리된다면 선군들의 사기가 저하되고 분위기도 침체될 터였다. 처형이 이루어지면 선군들의 지휘 체계에도 혼란이 올 터였다. 그럼 하계의 상황은 정말로 돌이킬 수 없게 될 텐데, 과연 선계 측에서 그럼에도 불구하고 율법을 따르는 결정을 내릴지 확신할 수 없었다. 그들이 방금 눈앞에서 봐야 했던 이 상황은, 사실은 애초부터 절대 있어서는 안 되는 상황이었기 때문이었다.

"아무리 그래도 총지휘관이 어찌 저런 일을 묵과했는지 알 수가 없습니다."

현록이 한 말에 다른 선인들 역시 동의했다. 시건은 아무 반응도 보이지 않았다. 총지휘관이 저 행동을 묵인했는지 모르고 있었는지는 알 수 없는 일이었다. 그러나 그게 중요한 게 아니었다. 그가 아는 무진은, 결단코 조쇄를 묵인할 이가 아니었다. 그러므로 이것은.

'내게도 시험이 되겠지.'

오십 년의 시간. 암굴에 갇힌 동안 시건과 그의 수하들의 시간은 멈춰 있었다. 그러나 암굴 밖의 이들에게는 분명 오십 년의 시간이 흘렀다. 무진은 제위에 즉위했고, 암굴에 갇힌 시건을 외면했고, 하계를 돌보지 않고 있었다. 그런 무진의 행동을 이해할 수 없던 때도 있었고, 현실을 운운하며 애써 받아들이려 했던 적도 있었다. 그러나 이번 기회에, 그는 명확히 알 수 있을 터였다. 그간의 외면이 본의 아닌 현실로 인한 것인지, 아니면…….

'아니, 그렇지 않을 것이다.'

시건은 생각조차 하지 않고 고개를 저었다. 벗에 대한 흔들림 없는 믿음, 그는 그 믿음으로 오십 년을 버텼고, 이제 그에 비하면 아주 짧은 기다림의 시간만이 남아 있었다. 비록 암굴에 있는 그를 꺼내 준 것은 무진이 아닌 다른 이였으나, 시건은 여전히 무진을 믿고 있었다. 그가 아는 무진은 지켜야 할 것과 범하지 말아야 할 것의 구분이 명확한 이였다. 상황에 휘둘려 나라의 근간인 천서제의 율법을 거스를 리가 없었다. 이미 무진도 하계의 문제에 대해 알았을 테고, 이 상황에서 무엇이 옳은 선택인지 알 거라고 믿었다. 그를 도와주기를 바라는 것이 아니었다. 시건은 그저, 무진이 변함없는 무진의 모습을 보여 주길 바랐다.

❋ ❋ ❋

그 어느 때보다 빠른 속도로 선계로 날아간 혜강의 용마가 용수궁의 구름 위로 내려섰다. 그녀가 용수궁에 도착했을 때는 이미 해가 지고 난 후였다. 그녀는 바로 술시를 따라 무진을 만나러 갔다. 무진은 용주당의 방 안에 있었고, 방 안은 조용하고 어두웠다. 촛불이 겨우 밝힌 방 안으로 들어간 혜강은 무진을 향해 무릎을 꿇고 인사를 했다.

"일어나 이리 가까이 오게."

혜강은 일어나 무진에게로 다가갔다. 무진은 역적 류시건과 그 일당에게 확실한 처벌을 내릴 것을 지속적으로 요구하는 선인 관리들 때문에 많이 피곤한 듯 얼굴이 좋지 않았다. 혜강은 그런 무진을 향해 말했다.

"폐하, 갑작스럽게 찾아왔음에도 신의 알현을 허락해 주셔서 황송하기 그지없습니다."

"당연한 일이니 그리 생각할 것 없네. 다만 자네가 경거망동하는 이가 아니라는 것을 알기에 걱정이 되는군. 하계로 하강한 와중에 이리 급하게 짐을 찾은 까닭이 무엇인가?"

혜강은 차분한 태도로 묻는 무진에게 조심스럽게 물었다.

"폐하께서는 혹 지금 하계 상황에 대해 알고 계십니까?"

"선군과 하계군의 대치가 생각보다 첨예하다고 들었네. 다행히 동하 및 각 하계의 인간들은 혼란에 빠지지 않고 그들 본연의 임무에 충실하다고 하더군. 아직 감사부에 머무는 청진위 선군을 통해 듣자하니, 도사 양상과 연관이 있는 인간 하나가 각 하계의 인간 관리들을 만나며 그들과 하계가 혼란에 빠지지 않도록 노력을 하고 있는 모양인 듯하네. 위험한 움직임은 아닌지라 일단은 주시만 하고 있네."

"예……. 그렇다니 다행입니다. 하온데……."

혜강이 망설이자 무진은 의아해하는 얼굴로 혜강을 응시했다. 혜강은 뭐라고 아뢰어야 할지 고민을 했다. 그러나 고민이 길지는 않았다.

"하계 감사 황장명이 암굴에 있어야 할 신수 현무를 빼낸 후 조쇄를 채웠습니다. 그리고 선군과 하계군의 대립 도중에 신수 현무로 하여금 귀문을 열게 하였습니다. 그 옛날, 요선 은공을 잡기 위해 역적 류시건이 썼던 방법입니다. 하계군의 요괴는 대다수 귀문으로 빨려 들어갔으나, 조쇄가 용납될 수 없는 중죄이기에 신은 백호위 선군으로 하여금 감사의 포박을 명하고 급히 선계로 돌아오게 되었습니다."

무진은 금방 반응을 보이지 못했다. 무진은 잠시 그가 들은 말을 이해할 수 없는 것처럼 혜강을 빤히 쳐다봤다. 잠시 뒤, 무진의 얼굴이 삽시간에 일그러졌다.

"조쇄?"

혜강은 순간 멈칫했다. 그녀는 그런 무진의 얼굴을 처음 봤다. 솔직히 말해, 그녀는 일찍이 선녀 수행을 하느라 선상태산에서 오랜 시간을 보냈고, 선군이 된 것은 고작 이십여 년밖에 되지 않는 터라 그 이전에 무진을 본 일이 많지는 않았다. 그러나 그럼에도 불구하고, 혜강은 지금 무진의 상태가 평소와는 많이 다르다는 것을 알 수 있었다. 차마 평소의 그라고는 생각할 수 없을 지경으로 무진은 분노하고 있었다. 혜강은 서둘러 시선을 내리깐 채로 말했다.

"송구합니다, 폐하."

무진은 아무런 말도 하지 않았다. 침묵이 상당히 길었다. 기다리다 못한 혜강이 결국 시선을 들었다. 그러나, 아직도 일그러진 얼굴과 채 다물리지 않는 입이 그의 감정을 고스란히 내보였다. 감추지도 못하고 여실히 드러난 감정을 억누르느라 말을 못 잇고 있던 무진이, 겨우 말했다.

"……자세히, 자세히 말해 보게. 검용군 상장군 주석호는?"

혜강은 다시금 무진의 시선을 피하며 대답했다.

"조쇄와 신수 현무에 대해 알고 있었으나, 하계군과의 대치 상황이 좋지 않아 그에 대해 묵인한 것으로 보입니다."

혜강은 다시 한 번, 제법 길게 이어지는 무진의 침묵을 견뎌야 했다. 한참 만에 겨우 입을 연 무진은 이 상황을 부정했다.

"그럴 리가 없네. 조쇄는 이미 천서제 시절에 모두 없앴고, 그와 관련된 선인들도 모두 처형했네. 조쇄가 남아 있을 리가 없어. 또한 석호가 그것을 묵인했다니, 그랬을 리가 없네."

숨도 쉬지 않고 빨리 말한 무진에게 혜강이 그녀의 생각을 전했다.

"예상컨대, 하계 감사부에 조쇄가 남아 있던 것이 아닐까 사료됩니다. 또한 주석호에 대한 것은……. 사실은, 신이 여쭙고 싶은 바입니다. 폐하. 주석호가 따로 적오위 선군을 하계로 보낸 사실을 아십니까?"

무진은 고개를 저었다.

"아니, 짐은 모르네."

혜강은 웃던 자희와 시선만 피하던 석호의 모습을 떠올렸다.

"신이 그 연유를 물어 알아보니, 주석호는 폐하께서 교서를 보내 부르신 여선을 심하게 경계하고 있는 듯했습니다. 적오위 선군을 보낸 것 또한 그 여선을 선계에 돌아오지 못하게 하기 위해서였습니다. 그 대처가 지나치게 과한 감이 있었으나 신이 하계로 하강해야 하는지라 폐하께 아뢰지 못했습니다. 하온데 그 일은 물론 이번 일까지, 검용군 상장군 주석호의 행동이 계속 정도를 넘어서는 것이 아무래도 마음에 걸립니다. 폐하께서는 혹, 그 연유를 아십니까?"

무진은 잠시간 생각을 정리하는 것처럼 시선을 내린 채로 침묵했다. 혜강은 계속되는 그의 침묵에 인내심 있게 기다렸다. 무진은 어딘가 곤란해하는 것처럼 보였다. 꽤 오랫동안 본인만의 생각에 빠져 있던 무진은, 결국 마음을 정한 얼굴로 응시했다.

“일단은, 짐의 입으로 직접 이 말을 하는 게 굉장히 힘든 일이라는 걸 알아줬으면 좋겠네.”

혜강은 경청하는 의미로 고개를 숙여 보였다. 무진은 설핏 웃음을 짓고는 말했다.

“진실을 이야기하자면 석호도 모르는 더 옛날까지 거슬러 올라가지. 정확히 말하면, 시작은 돌아가신 아바마마부터였네.”

갑작스러운 선제 이야기에 혜강은 놀라 시선을 들었다. 무진은 생각에 잠긴 얼굴로 차분하게 말을 이었다.

“그분은 신수 황룡에게 선택을 받지 못하셨네. 대신 주변의 모든 선인들을 속이고, 스스로가 온전한 선인인 척 거짓으로 포장한 채 일생을 사셨네.”

너무 갑작스러운 이야기라, 혜강은 어떤 반응을 보여야 할지 알 수 없었다. 굳은 얼굴의 혜강을 보며 무진은 씁쓸한 미소를 지었다.

“그리고 그 사실을 간용군 상장군 류의민이 알았네. 아바마마께서는 그 사실이 그에게 알려지자 놀라셨지만 그래도 안도하셨네. 왜냐하면 류의민은 아바마마께서 진실을 들켜도 괜찮을 거라 생각한 벗이었으니.”

무진은 류의민에 대해 생각했다. 헌정제의 오랜 벗, 최측근, 바로 곁에서 늘 천제를 지킨 선군. 시건과 무진이 어릴 적부터 가까운 사이였듯, 헌정제와 류의민이 그랬다. 그랬기에 헌정제가 반선이라는 사실은 류의민에게도 큰 충격이었을 터였다.

“허나 현실은 그렇지 않았네. 간단히 결과만 말하자면 상장군 류의민은 벗과의 의리보다 진실을 택했네. 거짓으로 제위에 올라선 천제를 그대로 묵과할 수 없다 판단했던 것일세.”

“그것은…….”

혜강은 그제야, 모두가 의아하게 여겼던 류의민과 북선 제후 강왕의 역모의 진상에 대해 알 수 있었다. 그러나 무진의 말은 아직 끝이 아니었다.

"진실을 안 건 류의민뿐만이 아니었네. 강왕이 알았고, 그리고 짐도 알았네. 류의민이 천자였던 짐에게 그 사실을 알렸기 때문이지. 그리하여 짐 또한 류의민과 손을 잡았네. 설령 상대가 피를 이은 부친이라 한들, 이는 묵인할 수 없는 일이라 여겼네. 그렇게 아바마마께서는 믿었던 벗에게 한 번, 자식에게 또 한 번 배신을 당하신 걸세."

천자 무진은 혈육조차 부정하고 진실을 밝히고자 했다. 심지어 그로 인해 무진 본인조차 그의 모든 것을 잃게 된다고 해도. 어찌 반선이 모든 인간과 선인을 다스리는 지배자가 될 수 있단 말인가. 옳은 것이 명확히 정해져 있고, 그에서 한 점 어긋남 없어야 한다 생각했던 무진이었다. 그리하여 시건이 하계로 내려가 있는 동안, 강왕과 간용군 상장군 류의민, 천자 무진이 은밀히 손을 잡았다.

그러나 헌정제는 쉽사리 물러서지 않았고, 오히려 강왕과 류의민을 역도로 몰았다. 헌정제의 명에 따라 당시 선계에 있었던 검용군과 좌우위, 백호위가 류가의 역적들을 잡는 데 동원되었다. 류의민과 강왕을 잡아들이는 데 가장 앞장섰던 이는 당시 검용군 상장군이었던 현재의 정왕이었다. 무진이 하계에 있는 시건을 안심시킨 후 겨우 상황을 전복하려 했으나 불가능했다. 상대적으로, 천자일 뿐이었던 무진은 할 수 있는 게 없었다. 상황이 여의치 않음을 깨달은 류의민은 아들인 시건만은 지키고자 했고, 그리하여 무진에게도 그의 책임을 덜 기회가 생겼다.

"아바마마께서 느끼신 배신감, 분노는 이루 말할 수 없었겠지. 스스로를 지키기 위해서도, 분노를 풀기 위해서도 류의민을 용서할 수 없으셨을 걸세. 그 사이에서 짐이 할 수 있는 것은 그저 아무것도 모른 채 역적의 탈을 쓰게 될 시건을 살리는 것밖에 없었네. 죄책감과 책임감으로, 짐은 시건만은 살려야 했네. 또한 그것이 상장군 류의민이 바랐던 일이기도 했지. 그 대신 아바마마께서는 짐으로 하여금 그분의 뒤를 이을 것을 명하셨네."

혜강은 조심스럽게 물었다.

"그럼, 지금 폐하께서는……."

"그렇네. 짐 또한 황룡과 계약하지 못했네. 그리고 석호는 오로지 그 사실만 알고 있네."

"그래서……."

혜강은 그제야, 석호의 지나친 반응의 이유를 알 수 있었다. 석호는 무진이 황룡과 계약하지 않았기에, 용과 계약한 여선에 대해 그리 날을 세웠던 것이다. 진실을 안 혜강의 입장에서도 기함할 일이었다.

무진은 우울한 기색을 숨기지 못했다.

"짐은 이제 아바마마가 가엾네. 당시에는 원망도 했으나, 이 자리를 지키기 위해 거짓을 일삼다 보니 원망만 할 수도 없더군. 그리 평생을 사셨을 것을 생각하니 가엾고, 배신당하고 악에 받치셨던 모습이 떠올라 가엾네. 벼랑 끝에 몰린 심정으로 짐은 아바마마의 뜻대로 이 자리에 올랐고, 이 자리에 오른 이상은 그분의 뜻에 따라 천하를 다스릴 생각으로 살아왔네. 어쩌면 시작부터 그리 어그러져 결국 이런 결과가 되었는지도 모르겠군……."

헤아릴 수 없이 복잡한 마음이, 좋지 않은 표정과 목소리로부터 전해져 왔다. 덕분에 함께 무거운 마음이 된 혜강이, 의아한 점을 물었다.

"송구하오나 폐하, 하오면 지금 황룡은 어찌 된 것입니까?"

"짐도 모르겠네. 또한 아바마마께서도 그에 대한 말씀은 하지 않으셨네. 아바마마께서 어찌하여 용과 계약하지 못하셨는지도 짐은 듣지 못했네. 사실은 그때 아바마마와 짐은 그런 대화를 나눌 상황도 되지 않았지. 그즈음에는 서로 말 한마디 오가지 않았던 터라."

그 말에 혜강은 상황이 훨씬 더 심각함을 깨달았다. 혜강은 이미 서선에서의 보고를 통해 그녀가 하계에서 본 여선이 푸른 용과 계약한 여선임을 알고 있었다. 더불어 혜강은 그 여선이 얼마나 맹랑한지 바로 앞에서 직접 확인한 장본인이기도 했다. 이 상황을 대체 어찌 받아들여야 할지 알 수가 없어서, 혜강은 조금 전에 무진이 침묵했던 것처럼 그녀도 침묵만 고수할 수밖에 없었다.

"석호가 짐이 반선이라는 사실을 알게 된 것은 우연이었네. 석호는 제위에 오른 지 얼마 안 된 짐에게 표식이 없다는 사실을 알고 말았지. 그리하여 짐은 석호에게 짐이 반선이라는 사실을 말할 수밖에 없었네. 그때 석호는 흔들리지 않고 짐에 대한 충성을 맹세하며 곁을 지키겠다 말했었지. 짐에게는 더없이 고마운 일이었어."

"하오나, 이해할 수 없는 점이 많습니다. 이 용수궁에는 폐하께서 부리시는 술시가 있으며, 신은 분명 천서즉위일 연회 때 이 용수궁에서 황룡을 본 일이 있었습니다."

"그것은 요선의 환술일세."

"요선이라고 하셨습니까?"

"그렇네. 지금 용수궁에는 선녀로 둔갑한 요선이 환술로 다른 선인들의 눈을 가리며 짐을 도와주고 있네. 아바마마께서 생전에 어찌 선인들의 눈을 가리셨는지는 모르겠네. 전에 알기로 시건이 그 옛날 용수궁의 궁관으로 둔갑한 요선을 발견하여 그 요선이 처형당한 일이 있었는데, 어쩌면 그 요선이 자희와 비슷한 경우가 아니었을까 추측만 하고 있네. 그 탓인지는 알 수 없으나 아바마마께서는 외부에 모습을 드러내시거나 신수의 모습을 보이는 일이 거의 없으셨지."

혜강은 고개를 끄덕였다. 무진의 말대로 헌정제는 외부와의 소통이 많지 않았다. 위정전에서 선인 관리들이나 선군들과 직접 얼굴을 마주하는 무진과는 달리, 헌정제를 직접 알현할 수 있는 선인은 극히 일부였다. 그로 인해 선인들끼리는 헌정제의 건강이 많이 좋지 못하다는 이야기만 돌았고, 실제로 헌정제가 안 그래도 명이 짧은 천제들 가운데에서도 유독 명이 짧았기 때문에 그 추측은 거의 기정사실화되어 있었다. 모습을 감춘 것 이외에 궁의 술시야 부적으로 어찌 처리할 수 있는 문제라고 쳐도, 없는 황룡의 모습을 만들어 내긴 힘드니 부러 스스로의 모습과 함께 신수도 숨겼던 모양이었다.

"짐의 경우에는, 즉위 후에 우연히 선군에 의해 선계로 잡혀 왔으나 도망친 요선을 발견하고 구해 준 일이 있었네. 은혜를 갚겠다며 그 요선이 선녀로 둔갑한 상태로 줄곧 짐을 도와주고 있지. 자네도 알 걸세. 그 요선은 용수궁의 상의인 선녀 자희일세. 대신 짐은 때때로 처형이 결정된 요선이나 선인을 자희에게 넘겨 왔고."

이제 무슨 말을 듣든 놀라지 않을 수 있을 거라고 생각했으나, 혜강은 다시금 놀라 버렸다.

"하오나 그것은 이해할 수 없는 일입니다. 선녀 자희는 신이 선상태산에서 선녀 수행을 하던 시절 함께 수행을 했던 사이입니다. 기억하는 선녀 자희와 그 요선은 성품이 상이하나, 겉모습이나 기의 흐름은 본래의 선녀 자희를 알고 있는 저 또한 속을 정도로 유사합니다. 어찌 한낱 둔갑술로 그리 완벽하게 선녀의 흉내를 낼 수 있단 말입니까?"

무진은 수심에 가득 찬 얼굴로 고개를 끄덕였다.

"안 그래도 그 문제에 대해 석호에게 전해 들었네. 자네가 진정 선상태산에서 선녀 자희와 함께 수행을 했는가?"

"예, 폐하. 맹세코 그것은 사실입니다."

"기이한 일이군. 짐이 그 요선을 구해 준 후에, 그 요선은 갑작스레 선녀의 모습으로 짐의 앞에 나타나 은혜를 갚겠다며 곁에 있게 해 달라고 청했네. 반선인 짐이 할 수 있는 술법에 한계가 있는지라, 하는 수 없이 그 요선의 청을 받아들였지. 헌데 선녀 자희가 진정 존재했던 여선이라니……. 안 그래도 최근 그 요선이 수상한 행동을 하는 터라 짐도 수심이 크네."

그 말에 혜강은 요사스럽게 웃던 요선을 떠올리며 이를 악물었다. 그런 혜강을 보며 무진이 덧붙였다.

"처음에는 그저 평범한 요선인 줄 알았는데, 갈수록 알 수 없는 일일세. 자네도 봤으니 알겠지만 그 요선의 환술 실력은 타의 추종을 불허하네. 용수궁에 있는 환술시들이나, 천서즉위일에 환술로 만드는 황룡만 해도 알 수 있지. 그 덕분에 이 자리를 유지하고 있는 짐은 입이 열 개라도 할 말이 없고."

혜강은 어째서 석호가 그렇게까지 무리해서 시건을 막으려고 했는지도 알 것 같았다. 단순히 도화나 오랜 열등감의 문제가 아니었다. 류시건이 날 때부터 술법이나 환술을 꿰뚫어 본다는 것은 익히 잘 알려졌던 사실이고, 그런 그가 무진의 진실을 볼 것을 두려워한 게 분명했다.

생각에 잠긴 혜강을 바라보던 무진이 물었다.

"짐에게 화가 나지 않는가?"

혜강은 시선을 들어 무진을 응시했다. 무진은 지친 얼굴을 하고 있었다. 더없이 씁쓸하게 웃는 얼굴이었다.

"어찌 그리 물으십니까?"

"짐은 물론, 선제이신 헌정제 또한 줄곧 선인들을 속여 왔으니까. 배신감이나, 분노를 느끼지 않는가."

무진은 다시금 길게 한숨을 내쉬었다. 혜강이 보기에 무진이 내쉬는 한숨이 그간 숨겨 온 사실을 털어놔 속이 편해 내쉬는 숨 같지는 않았다. 외려 그가 감수해야 할 상황에 대한 고뇌와 지친 마음이 한가득 느껴졌다.

"솔직히 말을 해도 괜찮네. 짐은 그 모든 걸 감수할 생각으로 자네에게 진실을 털어놓은 것이니. 명백히 책임을 느끼지 않을 수 없군. 짐이 반선만 아니었다면 석호 또한 그렇게까지 하지는 않았겠지. 조쇄라니, 어찌 이런 일이."

무진은 의자 팔걸이에 걸친 주먹을 세게 쥐었다. 어찌나 세게 쥐었는지 힘이 들어간 손가락 끝이 하얗게 변한 것이 혜강의 눈에 보일 지경이었다. 그 모습을 보며, 혜강이 답했다.

"그에 대한 답을 드리기 전에, 신이 먼저 폐하께 한 가지 여쭈어도 되겠습니까. 폐하께서는 하계 감사 황장명과 선군 총지휘관인 주석호를 어찌 처벌할 생각이십니까?"

무진은 단호한 어조로 말했다.

"이미 율법에 정해진 바가 아니던가. 조쇄를 신수에게 채운 것은 용서할 수 없는 죄니, 감사 황장명은 율법에 따라 거열형에 처해질 것일세. 석호에 대해서는……. 조쇄를 채운 본인이 아니라고 해도 석호 또한 책임을 피할 수는 없네. 설령 하계 상황이 더 혼란스러워진다 해도, 짐이 그로 인해 율법을 거스른다면 이후 율법을 거스르는 죄인들에게 합당한 처벌을 내릴 수 있겠는가."

"그로 인해 하계에 있는 선군들의 사기가 떨어지고, 선군 내의 혼란으로 인해 하계군이 하계를 점령한다 해도 말입니까."

혜강의 물음에, 무진은 웃었다. 그러나 그 웃음에 담긴 의미는 즐거움이나 우스움 같은 유쾌한 감정과는 거리가 멀어 보였다. 잠시 뜸을 들이다가, 무진이 답했다.

"시건이 암굴에서 나왔다 했을 때……. 짐은 두려웠네."

갑작스러운 이야기에 혜강은 의문이 서린 얼굴로 무진을 봤다. 무진은 얼핏 혜강의 질문과 전혀 연관 없어 보이는 이야기를 늘어놓았다.

"시건이 신안을 가진 사실을 아는가. 그 눈은 그 옛날 류가의 선조이자 수행의 술법을 정립한 선인 류비완이 신선에 의해 얻게 된 힘으로, 음양오행술은 물론 환술조차 꿰뚫어 보지. 시건이 그 옛날 용수궁에 숨어들었던 요선을 발견한 것도 그 눈 덕분이었겠지. 그런 그가 선계로 돌아온다면 짐의 진실을 알게 될 터. 그리고 또한, 시건은 그의 부친인 류의민을 지나치게 닮아 있지."

무진은 그의 바로 앞에 있는 혜강을 보고 있었으나 혜강을 보고 있지 않는 듯했다. 그의 마음속에는 완전히 다른 그 어떤 것, 쉽사리 헤아릴 수 없는 감정이 쌓여 있는 듯했다.

"그래, 짐은 두려웠네. 시건 또한 벗에 대한 의보다, 진실을 밝히는 것을 선택할까 두려웠네. 그리고, 지금도 여전히 두렵네. 비록 오십 년이 지났어도 시건은 여전히 시건일세. 시건이 감사부에서 어인 연유로 선녀를 해했는지는 모르겠으나, 그래도 지금은 선인 관리들로 하여금 무사히 선계로 돌아갈 시간을 주고 그 외의 피해는 만들지 않고 있지. 요괴와 도깨비를 모아 선계에 반기를 든 것은 조금도 시건답지 않은 일이긴 하나, 그 후의 행보는 어느 한편으로는 시건답네. 해서, 이후 하계의 상황이 어찌 되는지는 사실 짐에게는 그리 중요한 일이 아닐세. 설령 하계를 점령해도 시건이 정도를 넘어서지 않을 것임을 잘 알고 있기 때문일세. 물론 그 이후에 시건이 선계로 돌아오려고 한다면 사안이 달라지겠지만……."

한숨과 함께 말을 늘어트린 무진이 말을 이었다.

"어쨌든 그렇기 때문에 당장 하계가 그들에게 점령당하는 것이 두려워 천서제께서 정하신 율법을 거스를 수는 없네. 그건 이 나라에 대한 부정이고, 천 년간 쌓아 온 역사에 대한 부정일세. 두려움이 동시에 안도감을 준다는 건 참 역설적인 일이지."

그 말에, 혜강은 그녀가 하계에서 깨달은 사실들을 무진에게 털어놔도 괜찮겠다고 생각했다. 그녀의 앞에 앉아 있는 천제는 두려움이 있는 와중에도 지켜야 할 선은 알고 있었다. 비록 궁에 요선을 들이고 모두를 속이긴 했으나, 적어도 무진은 주석호처럼 앞뒤 분간을 못하지는 않았다. 바람 앞의 등불이 스스로 꺼져야 할 때임을 아는 것은 가히 불가능한 일이므로, 혜강은 그것만으로도 다행이다 여겼다.

"폐하, 송구하오나 신이 한 말씀 아뢰겠습니다. 신이 처음 하계에 내려가 느낀 것은 하계가 선계와는 많이 다르다는 것이었습니다. 모든 가옥이 초라하고 인간들은 작기 그지없었습니다. 허나 그와 반대로 선인들이 오가는 감사부는 그 위용이 선계의 궁들에 비견될 정도였습니다. 또한 신이 이번에 동하에 몰려든 하계군의 요괴를 통해 보건대, 그사이 걸괴의 수가 지나치게 많아졌습니다. 걸괴가 많다는 것은, 그만큼 굶어 죽은 백성이 많다는 의미입니다."

말을 하는 혜강의 목소리에 점점 힘이 들어갔다. 그녀는 저절로, 들판 위를 물들인 요괴의 시체와 피를 떠올렸다. 그 모든 게, 삶에 치이다 요괴가 된 백성들의 살과 피였다.

"비록 도깨비와 손을 잡고 선인들을 위협했다고는 하나, 역적 류시건은 현 하계 상황을 이 용수궁까지 알리고 그 많은 요괴의 존재를 알린 이이기도 합니다. 어쩌면 폐하께서 말씀하신 대로, 정도를 아는 동시에 현실마저 아는 이가 바로 그일지도 모르겠습니다."

그녀는 이런 말을 아뢰는 것이 모셔야 할 주군을 대상으로 저질러서는 안 되는 불충임을 알았다. 그러나 그럼에도, 해야만 했다. 이것은 주군을 모시는 신하로서가 아니라, 한 사람의 선인으로서 해야 하는 말이었다. 또한 서선과 함께 지당히 서하의 인간들을 돌봐야 하는 제후의 역할을 대신하고 있던 대리로서, 서하 인간들을 서선 선인들만큼 유심히 돌보고 살피지 못한 데에 대한 책임감으로 하는 말이었다.

"선제 시절부터 이어진 평화를 누리며 살아온 선인이, 어찌 반선이라는 이유로 선제 폐하의 치세를 부정할 수 있겠습니까. 비록 헌정제께서 반선이셨다고 하나 그 상황에서도 선계를 모자람 없이 다스린 것이 사실이고, 또한 명계의 귀제가 지속적으로 도발을 해 왔음에도 이 선계를 무던히 지켜 내셨습니다. 정해진 것이 언제, 어떤 상황에나 옳다고 신은 생각하지 않습니다. 하여 신은, 폐하께서 반선이시라는 이유로 그 자리에 적합한 주인이 아니니 물러나셔야 한다는 말은 감히 입에 담지 않겠습니다."

무진은 어떤 반응도 보이지 못하고 혜강을 응시하고 있었다. 그가 지금 어떤 마음인지 혜강은 알 수 없다고 생각했다. 그의 부친이 인정을 받아 기쁜 것 같기도 했고, 그의 비밀을 지켜 줄 듯해 안도하는 듯도 했으나, 그 정도의 감정으로 이해하기엔 지나치게 묘한 얼굴이었다. 그러나 진정 중요한 말은 아직 꺼내지 않았기에, 혜강은 마음을 다잡은 후에 이어 말했다.

"허나 하계는 아닙니다. 폐하께서, 그리고 선제 폐하께서 반선이고 아니고를 떠나 모든 선인이 현 하계 상황에 명백한 책임이 있습니다. 하여 신은, 선인들이 하계를 떠나야 한다는 저들의 의견을 들어볼 가치가 있다 생각합니다. 감히 아뢰건대 저들이 원하는 대로 해주십시오. 저들이 요구하는 기회를 주십시오."

그것으로, 혜강은 그 자리에서 그녀가 느낀 모든 당황과 걱정을 갈무리하고자 했다. 동시에 지엄한 자리에 그 누구보다 불안한 마음으로 앉아 있었을 천제를 향해, 마지막으로 말했다.

"그것으로 신은, 신이 이 자리에서 들은 모든 진실을 묻겠습니다."

그리하여 이 시간이 지난 후에는, 주석호처럼 천제의 비밀을 지키고 그를 돕기 위해 검을 들 백호위 상장군 호혜강만 남을 것이었다. 설령 그 천제가 오로지 선계의 선인들만 다스리는 반쪽짜리 천제가 되더라도.

※ ※ ※

그리하여 하늘이 온통 어둠에 잠기고 구름 사이 찬바람만 부는 한밤중에, 위정전 내에 급하게 선인 관리들이 몰려들었다. 갑작스러운 천제의 부름에 용수궁으로 줄지어 온 선인들은 의아함을 감추지 못했다. 모여든 선인들은 가장 상석에 앉은 무진을 바라보며 그가 입을 열기를 기다렸다. 평소보다 유독 심각한 얼굴로 선인 관리들을 내려다보고 있던 무진이 말했다.

"지금 하계에서 급한 전갈을 받고 이리 그대들을 불러들였다. 하계에 있던 감사 황장명이 율법에서 금지된 조쇄로 신수 현무를 구속했다 한다. 더불어 그 죄를 가리기 위해 신수 현무를 이용하여 하계군을 공격했다 하니 이는 용서할 수 없는 중죄다."

놀란 선인 관리들이 어수선해졌다. 그들은 서로의 얼굴을 마주 보며 스스로가 들은 말이 제대로 들은 게 맞는지를 확인했다. 무진은 손을 들어 그런 선인들을 조용히 시켰다.

"천서 이래 모든 조쇄를 없애고 그와 관련된 죄인들을 율법에 따라 엄히 처형했다. 따라서 감사 황장명 또한 율법에 따라, 거열형에 처해지게 될 것이다. 또한 감사 황장명의 중죄에 대해 알면서도 이를 묵인한 검용군 상장군 주석호 또한 그 책임을 면치 못할 것이다."

무진의 말이 끝나자 선인 관리들이 입을 열었다.

"하오나 폐하, 지금 검용군 상장군에게 책임을 묻는 것은 선군들로 하여금 크나큰 혼란을 야기할 것입니다. 안 그래도 하계 상황이 급박한 와중에 그런 혼란이 이는 것은 선군의 사기와 직결되니 이는 이리 급하게 결단을 내리실 일이 아니옵니다."

"무슨 소리요? 율법에 따라 감사와 검용군 상장군은 즉시 압송하여 처벌을 받아야 하오. 지금 하계가 중요한 것이 아니오. 무려 조쇄에 관련된 일이오!"

"폐하, 조쇄도 중요하지만 현 하계 상황도 중요합니다! 그리 속단할 문제가 아니지 않습니까! 벌을 내리는 것은 하계의 역적들을 잡은 후에 해도 늦지 않습니다!"

"그 무슨 말도 안 되는 소리요!"

선인들끼리도 의견이 충돌했다. 말이 많아져 소란스러워지기 전에, 무진이 흔들림 없는 어조로 단호히 말했다.

"율법에 따라 조쇄와 관련된 선인은 지위 고하를 막론하고 모두 엄히 처형해야 한다. 상황을 변명 삼아 검용군 상장군 주석호의 처벌을 미룬다면 훗날 다른 누군가 그와 같은 죄를 저지르고 어떠한 변명으로 합당한 처벌을 피하게 될지 누가 알겠는가. 본보기로 삼기 위해서라도, 감사 황장명과 검용군 상장군 주석호를 즉시 선계로 압송하여 그 잘잘못을 가릴 것이다."

"지당하고도 현명한 판단이시옵니다, 폐하."

"송구하오나 폐하, 허면 하계에 있는 역적의 무리는 어찌하실 생각이신지요?"

선인들은 아직 혼란스러운 듯 서로 계속 눈치를 봤다. 걱정 어린 선인 관리의 물음에 무진은 망설임 없이 답했다.

"하계 감사의 죄악이 이리 온 천하에 드러난 상황에 더는 시간을 끌 수 없다. 곧 하계로 하강했던 선인 관리들이 모두 돌아오니, 그 후 즉시 하계에서 부정과 비리를 일삼은 선인들에 대해 대대적인 문책에 들어가겠다. 하계군의 요구는 선인들이 하계에서 물러나는 것이니 그리된다면 더 이상 그들이 도깨비나 요괴를 앞세워 하계를 혼란스럽게 할 이유가 없을 터. 하계군과 하계에 대해서는 저들이 원하는 바에 대해 직접 대화를 한 후 결정하도록 하겠다."

"허나 폐하, 저들이 이대로 물러날 리가 없사옵니다. 만일 이대로 폐하께서 선군을 물리고 물러나신다면 저들은 더 오만방자하게 나설지도 모르옵니다. 저들은 더 나아가 명계 귀제와 같이 인적과 명수인마저 탐낼지도 모릅니다. 더불어 상대는 역적이옵니다. 감사부에 침입해 선녀를 해하기도 했습니다."

"그들의 죄를 모두 용서하겠다는 것이 아니다. 역적들을 다시 암굴로 돌려보내야 한다는 짐의 생각은 바뀌지 않았다. 따라서 짐은 저들의 요구를 받아들이고 한발 물러나 저들이 그 후 어떤 행보를 보일지를 지켜보겠다는 것이다. 저들이 스스로 내세운 명분대로 진정 하계를 위해 나섰다면, 이제 물러서야 할 때임을 알아야 할 터. 그러나 저들이 정도를 넘어서고 분에 넘치는 과욕을 부린다면 짐 또한 더는 물러설 이유가 없다."

무진은 선인 관리들 너머에 서 있던 혜강이 고개를 숙이는 것을 보았다. 말을 그리하면서도 무진은, 시건이 이대로 물러날 리 없다는 것을 알고 있었다. 혜강은 물론 다른 선인들 또한 알고 있을 터였다. 하계군이 원하는 것이 선인들이 하계에서 물러나는 것이라고 했으나, 그것만으로 다일 리가 없었다. 류시건은 분명 선계로 돌아오려고 하리라. 그리고, 시건이 선계로 돌아오고자 한다면 가장 필요한 것은 신수였다. 수행을 타고난 뛰어난 선인인 그는 용마나 다른 도움 없이도 술법인 운보만으로 선계로 올라오는 것을 시도할 수 있는 자이기도 했다. 결과적으로, 무진에게는 다른 선택지가 없었다. 본래대로라면 율법에 따라 조쇄에 묶인 신수는 바로 조쇄를 풀어 자유를 찾아 줘야만 했다. 그러나.

'그리할 수 없다.'

그가 받아들일 수 있는 선은 오로지 처음 하계군 측이 도깨비를 통해 고한 대로, 선인들이 하계에서 물러나는 것까지였다. 천자이자 류시건의 벗이었던 무진이라면 지당히 율법에 따라 처벌을 내리고 조쇄에 묶인 신수를 풀어 주었을 것이었다. 그러나, 이 자리에 있는 이는 천자 무진이 아닌 안희제 무진이었다. 천제로서 그는 그가 받아들여야 했던 현실 때문에 그 이상은 수렴할 수 없었다. 이 자리에 올라서며 그가 포기하고, 대신 선택해야 했던 것들, 그가 숨긴 진실. 그 진실은 이제는 그가 영원히 안고 가야 하는 짐이었다.

그에게 당돌하게도 진실을 감추는 대가를 논한 백호위 상장군 호혜강 또한 상황이 그리 단순하지 않다는 사실은 알고 있으리라. 율법은 지켜야 했지만, 지금은 상황이 복잡했다. 시건의 신안은 그의 진실을 볼 수 있었고, 무진은 진실을 본 시건이 그의 아비 류의민처럼 진실을 밝히고자 나설 거라고 생각했다. 그건 막아야 했다. 진실이 밝혀지면 단순히 무진 혼자만의 책임으로 끝날 일이 아니었다. 그것은 전 선계의 혼란이었고, 호시탐탐 하계를 노리는 명계 귀제에게는 절호의 기회가 될 것이며, 그리하여 온 천하의 위계와 법칙이 흔들릴 터였다. 그리하여, 이제는 천자가 아닌 안희제 무진에게 피할 수 없는 마지막 결정만이 남았다.

"짐도 그대들이 무엇을 걱정하는지 알고 있다. 율법에 따라 죄인들을 잡아들일 생각이나, 현 하계가 번잡스러우니 짐 또한 최악의 상황을 걱정하지 않을 수 없다. 하여……."

쥐고 있던 주먹에 힘이 들어갔다. 이런 결정을 내리는 것이 그로서도 쉬운 일은 아니었다. 그는 지금 천 년 전부터 이어진 지고한 율법을 지키겠다 선언하면서도, 한편으로는 그 율법을 거스르려 하고 있었다. 천서제가 정한 이래 천 년 동안 그 누구도 거역하지 않고, 뒤흔들지 않은 율법을 그가 거스르려 하고 있었다. 율법에 정한 죄인들에 대한 처벌은 미루지 않았으나 이것만은 어쩔 수 없었다. 신수를 되찾은 시건이 선계로 돌아오게 둘 수 없기에.

"신수 현무는, 역적 류시건이 암굴로 돌아간 후에 조쇄를 풀고 다시 암굴에 봉인토록 하겠다."

※ ※ ※

하계군 측은 어둠이 내렸어도 잠자리에 들지 못하고 선계의 상황이 어찌 결론지어질지를 기다리고 있었다. 들판 위에는 떨어진 요괴의 시체들만 남아 있었고, 이제 하계군은 녹두군사, 짱돌군사를 부릴 수 있는 몇몇 요선들과 도깨비군대, 그리고 선인들이 남아 있었다. 상황은 시건이 내다본 그대로였고, 더 나아가 이제 신수만 되찾는다면 선계로 향하는 데에 어떤 걸림돌도 없는 상황이었다.

"이제 어찌할 생각이시오, 장군?"

그대로 밤을 꼬박 새고, 날이 밝자마자 시건과 선인들을 찾아온 양상이 물었다. 요괴들이 처리되었으니 더 하계에서 시간을 끌 필요는 없었다. 막사 앞에 서 있던 시건은 아직 어떤 변화도 보이지 않는 하늘에 시선을 고정한 채로 답했다.

"묵현을 되찾는 즉시 선계로 간다. 신호를 하면 바로 도술을 부려라, 양상."

"알았소이다."

양상이 대답하고, 현록은 시건의 명령을 전하기 위해 도깨비들에게로 향했다. 시건은 도깨비 홍례를 불러 명했다.

"감투를 쓰고 선군 측 상황을 알아보고 와라."

체구가 큰 성인 도깨비들을 보냈다가 괜히 위험해질 바엔 어린 도깨비들을 보내는 게 낫겠다 싶어 내린 판단이었다. 덜 자랐다고는 하나 도깨비 기준이고 인간이나 선인의 기준으로는 최소 삼십 년은 산 도깨비들이기 때문에, 선군 측으로 보내도 염탐을 하는 데에는 무리가 없겠거니 생각했다. 시건의 명령에 알았다고 대답한 홍례는 다른 어린 도깨비들과 함께 어른들에게 도깨비감투를 빌려 썼다. 도깨비감투를 쓴 어린 도깨비들이 하늘 위로 사라지고, 시건과 선인들은 기다렸다.

잠시 기다리는 와중에, 하늘 사이에, 선군의 무리가 하강하는 모습이 나타났다. 급작스럽게 만들어졌던 귀문의 영향으로 하늘엔 구름이 많이 껴 있었고, 덕분에 하강하는 선군들의 모습이 구름에 가려졌다. 그러나 내려오는 선군들 사이 먼저 올라갔던 하얀 용마가 함께 있는 모습은 분명히 보였다. 아마 선계 측에서 결정이 내려졌고, 그 명령을 이행하기 위해 선군들이 내려온 것이 분명했다. 그 모습을 확인한 하계군은 조용히 기다렸다.

한참의 시간이 흐른 후에, 선군 측으로 갔던 홍례와 어린 도깨비들이 돌아왔다. 돌아온 홍례가 시건에게 말했다.

"선군들이 누굴 잡아갔습니다."

옆에서 그 말을 들은 유신이 당황한 얼굴로 물었다.

"누구? 누굴 잡아갔느냐? 하계 감사?"

"늙은 선인하고 젊은 선인이던걸요. 머리에 파란색 술이 달린 선인들이 선군들한테 와서, 두 선인을 줄로 묶어 갔지요. 다른 선군들도 그 뒤를 많이 따라갔습니다. 그리고 머리 둘 달린 거북이가 난동을 부렸어요. 그러자 선군들이 늙은 선인을 기절시켰고요."

홍례의 말을 들은 다른 어린 도깨비 하나가 외쳤다.

"거북이가 아냐! 거북이는 목이 그렇게 길지 않아!"

"하지만 거북이 같은 등껍질이 있었단 말이야!"

싸우는 어린 도깨비들을 외면한 채로 안도의 한숨을 내쉰 현록이 시건에게 말했다.

"감사가 잡혀간 게 분명합니다. 현무를 이용해 벗어나려고 했던 모양이군요."

양상도 고개를 끄덕였다.

"그러게 말이오. 과연 천서제는 저들로서도 넘어설 수 없는 벽이었나 보군. 잡혀간 다른 젊은 선인은 어떤 갑옷을 입고 있더냐?"

양상의 물음에 말다툼을 하고 있던 홍례 대신 다른 도깨비가 대답했다.

"그 선인은 황색 술이 달린 투구를 쓰고 있었어요!"

도깨비의 대답에 선인들이 시건을 쳐다봤다.

"검용군 상장군 주석호일 가능성이 크지 않겠습니까."

"맞습니다. 그자가 우리 상장군을 얼마나 싫어했는데요. 보나마나 감사와 손을 잡고 현무를 이용한 게 분명합니다. 그런 인간이 검용군 상장군이라니 야, 세상 말세……."

현록이 박유신의 입을 손으로 막았다. 그 와중에 양상이 시건에게 말했다.

"상황이 긍정적인걸. 곧 장군의 신수가 돌아올지도 모르겠소이다."

다른 선인들도 기대가 서린 안색으로 시건을 응시했다. 그들 중에는 역시 무진이라고 생각하는 이들도 있었다. 그들 모두는 흑귀위 선군 시절 무진과 시건이 얼마나 가까운 벗이었는지를 전부 기억하는 이들이었다.

"반면 선군 측에서는 상당한 혼란이 있겠습니다."

"그러게 말입니다."

어린 도깨비들의 영 신통치 못한 염탐으로 상황을 명확히 확인하지 못하고 어수선한 분위기는 계속 이어졌다. 그러나 그 분위기는 오래가지 않았다. 얼마 지나지 않아, 선군의 진지에서 용마를 탄 선군 둘이 하계군 진지로 달려왔기 때문이었다. 용마에 달린 깃발을 확인한 시건이 허락을 내리고, 도깨비들이 선군들을 시건과 양상에게로 데려왔다.

사절로 온 선군이 그가 가져온 천제의 교서를 건넸고, 교서를 받은 유신이 환술을 파하는 수인을 맺어 그 교서가 가짜인지, 백추지가 맞는지를 확인했다. 확인을 마친 유신이 교서를 시건에게 전했다. 시건은 교서를 펴 그 내용을 확인했다. 글을 읽는 얼굴에는 표정 변화가 없었다. 그래서 다른 선인들, 양상은 그 내용이 어떤 내용인지 짐작하기 힘들었다. 그러나 시건이 교서에 시선을 둔 시간이 길어지자, 양상과 선인들 모두 무언가 잘못됐음을 느꼈다.

"장군."

양상이 시건을 불렀다. 그제야 교서에서 시선을 뗀 시건이 사절로 온 선군을 향해 물었다.

"감사 황장명과 검용군 상장군 주석호가 이미 선계로 압송됐나?"

"그렇소."

다시 교서에 시선을 두었던 시건은 선군에게 짧게 말했다.

"시간이 필요하니 돌아가라."

"허나……."

앞으로 나서려는 선군을 무시한 채로 시건은 돌아섰다. 교서를 손에 들고 돌아선 시건을 양상과 선인들이 따라갔다. 남은 선군들은 선인들이 막아서는 바람에 더는 그 자리에 있을 수가 없었다. 선군들이 다시 용마를 타고 돌아간 후에, 양상이 시건에게 물었다.

"무슨 내용이오, 장군?"

시건은 손에 들고 있던 교서를 양상에게 건넸다. 양상이 교서를 펴 보자 유신도 얼른 고개를 들이밀었다. 붙잡는 현록의 손길을 뿌리친 채로 유신은 양상이 보는 교서를 훔쳐봤다. 교서에 양상과 유신의 눈이 나란히 꽂혔다.

"어……."

양상은 쓰게 웃었고, 유신은 뭐라고 말을 할 수 없었다. 의아해하는 선인들을 보며 유신은 고개를 절레절레 저었다. 양상은 무표정한 얼굴로 서 있는 시건을 쳐다봤다.

교서 내용은, 간단했다. 간단하고도 말하는 바가 명확해 달리 오해할 구석조차 없었다. 교서에는 하계에서 역할을 제대로 하지 않고 이득만 취한 선인들에 대해 책임을 지게 하겠다는 천제의 의지가 담겨 있었다. 천제에게 앞으로 하계 상황에 대해 하계 측과 제대로 대화를 나눌 마음이 있음도 드러났다. 또한 선계의 율법에 따라 조쇄를 통해 신수를 구속한 하계 감사와 그에 동조한 검용군 상장군 주석호 또한 처벌을 면하지 못하리라는 말도 있었다. 그러나, 그는 암굴에서 나온 역적들은 그들의 자리로 돌아갈 것을 명했다. 천제가 대화를 나눌 대상은 하계의 인간일 뿐, 암굴에서 도주한 죄인들이 아니었다.

양상은 교서를 말며 중얼거렸다.

"안희제는 생각보다 그 자리에 잘 어울리는 분이셨군."

그는 그렇게 말하며 가만히 서 있는 시건을 응시했다. 안희제 무진은 율법을 따르는 동시에 한발 물러났다. 그러나 완벽히 물러나진 않았다. 그는 오히려 시건에게 물러나라 명하고 있었다. 내세운 명분이 충족되었으니 이제 물러나 암굴로 돌아가라는 안희제의 충고는 냉정했다. 이제 시건은 명분이 채워졌으니 다시 암굴로 돌아가든지, 아니면 명분을 버리고 진정 역적의 길로 들어설 것인지 둘 중 하나를 스스로 선택해야만 했다.

시건은 표식이 빛나지 않는 그의 손등을 응시했다. 끝내 돌아오지 않는 신수가 교서의 말로 포장한 천제의 심사를 확실히 알려 주고 있었다. 무진은, 시건이 선계로 돌아오길 원치 않았다. 시건은 무진이 그의 귀환을 원치 않는 이유를 알 수 없었다. 그가 아는 무진에게는 비록 일부라 해도 천서제의 율법을 거스르면서까지 그의 발목을 잡고, 그를 암굴로 돌려보내고자 할 이유가 없었다. 그의 아버지가 역적으로 몰릴 때도 자신이 도울 테니 믿으라 했던 무진이 아닌가. 그가 신수를 되찾는 것을 두려워할 이유가 무진에게 있던가.

다른 누구도 아닌 무진이, 상황을 재고 이런 결정을 내렸다는 것을 시건은 믿을 수 없었다. 그가 아는 무진은 이런 상황에조차 고지식하게 율법을 따랐을 이였다. 감사와 주석호를 보면 알 수 있듯, 이 상황에도 율법에 따를 무진이었기에. 시건에게는 무진이 그의 귀환을 바라지 않는다는 사실보다, 그가 누구보다 잘 알고 있었던 무진이 그가 전혀 예상치 못한 결정을 내렸다는 사실이 더 당황스러웠다. 솔직히 말해 이건 무진답지 않게 계산적이었다.

시건은 갈피를 잡을 수 없는 마음으로 하늘을 응시했다. 신수의 모습과 그 신수가 만든 귀문은 사라지고, 남은 것은 하늘을 가린 구름뿐이었다. 지금 그의 자리에서는 아무리 바라봐도 구름 너머의 궁에 있을 무진은 볼 수 없었고, 그 마음도 헤아릴 수 없었다.

그전에는, 하늘과 땅 사이의 거리가 아무리 멀어도 그 속을 꿰뚫어 보던 시절이 있었다. 편지에 써 보낸 문장과 단어 하나로 그 생각을 읽던 시절이 있었다. 그러나 이제는 아니었다. 교서에 써진 글씨는 그들이 주고받던 편지의 익숙한 글씨가 아니라 천제의 말을 대필하여 교서를 작성했을 명백한 타인의 글씨였다. 그가 알아볼 수 없는 타인의 글자체처럼, 이제 무진의 마음도 구름으로 가려지고 아득히 먼 궁처럼 볼 수 없고 알 수 없는 무언가가 되어 있었다.

당연하게 생각했던 일이 부정당하고, 남은 것은 형식적인 교서에 담긴 현실적인 천제의 선택이었다. 예상했던 모든 것이 맞아떨어졌는데 가장 확신했던 마지막 결과에서 어긋났다. 그 이유를 짐작도 할 수 없는 입장에서 시건이 내릴 수 있는 결론은 하나였다.

"많이 변했구나. 무진."

그 사실을 어떻게 받아들여야 할지 시건은 알 수 없었다.

❋ ❋ ❋

감사부에 있던 사예는 곤란한 상황에 처해 있었다. 용마 때문에 고심하던 와중에, 사예는 혹 현무가 아직도 후원의 정자 아래에 갇혀 있는지 알아보고자 했다. 조쇄 푸는 방도를 알았으니 만일 아직 그 아래 있다면 그녀가 손을 써 볼 만도 하다고 생각했다. 그러나 그녀가 밤에 몰래 정자에 가 보기 전에, 감사가 신수 현무를 동하로 데려갔다. 그 탓에 감사부에 있던 선인들과 선녀들 또한 현무의 모습을 보고야 말했다. 사예는 저녁 무렵에 선녀들의 입을 통해 동하의 진척 상황에 대해 전해 들었고, 그 일로 감사부 분위기도 완전히 살얼음판이었다.

다음 날, 선계에서 하계 감사를 잡아가기 위해 하강한 청진위 상장군과 선군들이 동하에 도착했다. 또 다른 청진위 선군들은 감사의 또 다른 죄의 흔적이 있는지 알아보기 위해 감사부로 하강해 저녁 내내 감사부를 뒤졌다. 덕분에 사예는 운신에 제약이 생겼다. 선군들은 감사부 내에 있는 선인 관리들, 선녀들을 일일이 감시했으며 사예 또한 예외는 아니었다. 감사부의 경계가 삼엄해져 선녀들만의 처소인 신정당까지 선군들이 지키고 서 있을 정도였다. 그 와중에 사예가 선군들의 용마를 훔쳐 가는 건 불가능했다. 감사부 전체를 지키고 있는 선군들은 환술과 술법을 사용해 도망치는 선인이 없나 면밀히 감시를 하고 있었고, 덕분에 사예는 밤에 몰래 나서는 것은 시도도 할 수 없었다.

그 와중에 사예는 흑귀위 상장군인 연귀호가 청진위 대장군에게 그녀의 신변에 대한 보호를 맡기겠다고 했던 게 기억이 나, 청진위 대장군을 찾았다. 선녀에게 물어 그가 누구인지 확인한 사예는 바쁜 선군들 틈에서 그를 찾기 위해 이리저리 감사부를 헤집고 다녔다. 그러나 그는 직책이 높은 선군이라 그런지 늘 다른 선군들과 함께 있어 사예가 따로 만날 수가 없었다.

결국 사예는 홀로 감사부에서 빠져나갈 방도를 고심하는 수밖에 없었다. 그녀는 내내 방에만 틀어박혀 고민에 빠져 있었다. 생각을 짜내느라 해가 진 줄도 모르고 방 안에만 있던 사예는 선군들이 신정당을 다시금 확인하러 왔다는 이야기를 듣고는 밖으로 나왔다. 선군들이 신정당 내부를 뒤지는 와중에, 선녀들과 함께 서서 기다리고 있던 사예는 대장군이라는 허인이 그녀에게 눈길을 보낸다는 사실을 알아차렸다.

그리고 때마침 화가 난 선녀들이 선군들의 무례를 참지 못하고 말했다.

"이 야밤에 어찌 이리 무례를 저지르는 겁니까? 모든 확인은 이미 끝난 게 아닙니까!"

"사안이 사안인 만큼 신중을 기하기 위함이니, 협조해 주시오. 물러서십시오."

"아무리 그렇다 해도 정도가 있지요!"

선군들은 쉽사리 물러나지 않았고, 화가 난 선녀들로 인해 신정당이 소란스러워졌다. 사예는 선녀들의 눈치를 보며 조용히 서 있다가, 그들이 말다툼으로 정신이 팔린 사이 조심스럽게 뒤로 물러나 신정당 밖으로 나왔다. 담 너머에 서서 기다리자 오래 지나지 않아 대장군 허인이 홀로 나타났다. 담의 그림자 뒤에 몸을 숨긴 채로 기다리고 있던 사예는 그녀에게 다가온 선군을 확인하고는 말했다.

"흑귀위 상장군께서 저에 대해 말씀을 하신다 하셨습니다."

"예, 맞습니다. 안 그래도 저를 찾으신 것 같아 부러 무례를 범했습니다. 헌데 무슨 일이 있습니까?"

"제게 용마가 필요합니다. 저는 당장 선계로 돌아가야 하나 천교를 탈 수는 없습니다."

"용마는 아무나 가질 수 있는 것이 아니고, 또한 주인이 아닌 자는 쉽사리 태우지 않습니다."

허인이 곤란해하자, 사예는 급하게 말을 이었다.

"그럼 적어도 저를 이 감사부에서 벗어날 수 있게 해 주십시오."

"허나 연 장군께서는 낭자의 주변을 지키고 살피라 하였습니다. 감사부를 벗어나시면 제가 낭자를 보호할 방도가 없습니다."

"괜찮습니다. 선녀들과 선군들의 눈을 피해 감사부를 벗어날 수 있게만 해 주십시오. 그 이후는 제가 알아서 하겠습니다."

사예의 말에 허인은 잠시 고민을 하다 입을 열었다.

"정 그러시다면 마지막 천교가 오를 때에 빠져나가시는 게 좋겠습니다. 마지막 남은 선인들과 선녀들이 모두 천계로 귀환해야 하니, 그쪽으로 시선이 많이 집중될 것입니다. 상장군은 감사의 일로 동하와 선계를 오가는 와중이니, 제가 청진위 선군들을 움직여 빠져나가실 길을 터놓겠습니다. 이번에 천교에 오르는 척하시다가, 중간에 이유를 대고 빠져나오십시오. 제가 감시를 빌미로 뒤를 따르겠습니다."

"허면 제가 감사부에서 빠져나가고 난 후에 장군께서는 어찌하십니까? 돌아오셨다가 제가 사라져 책임이라도 묻게 되시면요? 선녀들이 저에 대해 알고 있으니 제가 도주한 사실이 발각될 게 분명합니다."

"저는 상황을 봐 낭자를 놓쳤다고 둘러대면 되니 개의치 마십시오."

사예는 남의 사정을 봐줄 상황이 아니었으므로 얼른 알았다고 고개를 끄덕였다. 그녀는 잠시 망설이다 물었다.

"혹, 현재 동하 상황이 어찌 되어 가고 있는지 아십니까?"

"감사와 검용군 상장군이 선계로 압송됐다고 들었습니다."

감사부 분위기가 살벌해진 터라 사예도 그 정도는 이미 예상하고 있었다. 그녀는 그보다 조쇄에 묶여 있던 묵현에 대한 게 더 궁금했다.

"허면 류시건 장군이 신수를 되찾았습니까?"

"아닙니다. 천제 폐하께서 신수의 조쇄는 류 장군이 암굴로 돌아간 후에 풀어 주겠다고 명하신 것으로 압니다."

사예는 멍한 얼굴로 허인을 응시했다. 그 말인즉, 시건더러 암굴로 다시 돌아가라는 말이 아닌가.

'천제가 배신을 했구나.'

사예는 천제에 대한 굳건한 신뢰를 보여 주던 시건의 모습을 떠올리며 답답함을 느꼈다.

'허나 감사를 벌하는 상황에 신수의 조쇄를 풀어 주지 않는 건 좀 이상한걸. 율법을 따르는 것도 아니고, 안 따르는 것도 아니고.'

하긴 암굴에 갇혀 있는데도 모른 척할 때부터 알아봤어야 했다고 생각하며 사예는 혀를 찼다. 그렇게 그녀의 마음속에서 천제는 굉장히 수상한 인물로 낙인찍혔다.

'어쩌면 그 요선이 천제에게도 마수를 뻗은 걸까?'

그 요선이 용수궁 최고의 궁관이고 천제의 바로 곁을 지킨다 했으니 그럴 가능성도 있었다. 시건이 그녀에게 보냈던 편지에, 예전에 그 요선이 시건으로 인해 궁에서 쫓겨난 일이 있다고 써 있었다. 그녀는 어쩌면 그 요선이 그 일로 억하심정을 품고 시건과 천제의 사이를 이간질하고 있을지도 모른다고 생각했다.

사예는 일단 알았다고 대답하고는 허인에게 인사를 하고 돌아섰다. 서둘러 신정당으로 돌아가는 마음이 불편하기 그지없었다. 시건이 신수를 되찾지 못했다는 사실이 계속 마음에 걸렸다. 기껏 그녀가 도술까지 부려 묵현이 감사부에 있었다는 사실을 가르쳐 줬는데, 영 속을 알 수 없는 천제 때문에 모두 말짱 도루묵이 되고 말았다.

'끝까지 그놈의 천제를 찾아가 사정을 밝히라고 말하더니. 결국 이리 믿는 도끼에 발등을 찍혔잖아.'

사예는 시건이 이 상황을 어찌 받아들이고 있을지 알 수 없었다. 천제에 대한 믿음이 지나치니 이 상황에도 천제에게 무언가 사정이 있겠지, 하고 속 편한 소리를 하고 있지는 않을까 걱정이었다. 시건이 드디어 천제에 대한 믿음을 버리고 상황을 파악했다고 해도 어차피 달라질 것도 없긴 했다. 조쇄에 묶인 채로 선군들이 데리고 있을 신수를, 힘도 없어 기절이나 하던 반선이 어찌할 도리가 있겠는가. 한숨을 내쉰 사예는 붕새가 말한 조쇄를 푸는 법을 떠올렸다. 그녀가 작심하면, 그 조쇄를 푸는 것이 영 불가능한 일은 아닐 터였다.

'……아니, 아니지.'

지금 현무는 동하에 가 있었고, 그녀는 감사부에 있었다. 현무의 조쇄를 풀어 주려면 그녀 또한 상당한 위험을 감수해야 했다. 그녀는 그렇게 할 수 없었다.

'내 할 수 있는 건 다 했다.'

사예는 더는 안 돼, 하고 생각하며 고개를 절레절레 저었다. 그녀는 마음을 다잡으며 서둘러 돌아갔다. 돌아간 신정당 안에서는 아직도 선녀들과 선군들이 날을 세우고 충돌하고 있었고, 덕분에 사예가 방으로 돌아와도 밖은 밤늦도록 시끄러웠다. 사예의 입장에서는 밤 내내 주변이 시끄럽고 마음이 번잡한 것이 다투는 선녀들과 선군들 때문인지, 아니면 다른 이유인지 알 수 없었다.

❈ ❈ ❈

선계 용수궁 담 너머에 세워진 이층의 정자인 선교정(仙轎亭)은 선계와 하계를 오가는 가마 천교를 기다리는 선인들이 잠시 머무는 정자였다. 선교정 앞에는 거대한 천교가 서 있었다. 천교는 선계와 하계를 잇는 중요한 수단으로, 가마라고 칭해졌으나 뚜껑이 없고 거대한 크기로 인해 수레와도 같았다. 사방으로 천교를 지탱하는 거대한 밧줄이 늘어지고, 그 밧줄을 수많은 천교꾼들이 잡고 있었다. 천교의 운행을 담당하는 요괴들인 천교꾼들은 천교의 줄을 팽팽히 당겨 천교를 하늘 위에 고정시키고 있었다. 천교 주변의 구름을 움직일 선녀들 또한 천교꾼들 뒤에서 기다리고 있었다.

본래라면 이 선교정은 하계로 하강을 기다리는 선인들과 하계에서 올라온 온갖 물자들로 번잡하기 그지없었으나 지금은 아니었다. 한동안 천교가 하계에 있는 선인들을 선계로 데려오기 위해서만 운행했기에, 주위에는 하계에서 올라온 선인들이 모두 떠나고 다시 천교를 내려보낼 준비를 하는 선녀들과 천교꾼들, 용마를 탄 선군들만 자리를 지키고 있었다.

하계의 선인들을 태우기 위해 천교가 오가는 것도 이제 막바지에 이르렀다. 천교가 선, 하계를 오가며 선인 관리들을 데려오는 동안,

선녀 자희는 계속 천교 옆에서 올라오는 선인 관리들과 선녀들을 확인했다. 이른 아침부터 선교정으로 몸소 나온 자희는 천교 앞에 서서 마지막으로 데려와야 할 선인 관리들의 명단을 확인했다. 명단을 옆에 있는 선녀에게 넘긴 자희는 가마의 나무결을 따라 손을 움직이며 옆에서 기다리는 선군에게 물었다.

"천교가 한 번만 더 오가면 더 이상 하계에 남는 관리는 없는 듯하옵니다. 이번에는 마지막이니 특별히 소녀도 함께 내려가 살피겠사옵니다. 선군들은 용마를 타고 하강하셔요."

자희는 그렇게 말하며 선녀들을 쳐다봤다. 선녀들이 수기를 모아 천교 아래 구름을 움직일 준비를 했다. 선군들은 용마에 올라탔고, 자희는 만족한 얼굴로 웃으며 뒤에 서 있던 다른 선녀들에게도 말했다.

"소녀가 하강할 터이니, 다른 선녀들은 궁에서 자리를 지키도록 하셔요."

자희는 상의께서 그런 일까지 하실 필요 없다며 저들이 하강을 하겠다고 말하는 선녀들을 타일러서 궁으로 돌려보냈다. 선녀들을 보내고 혀를 찬 그녀는 천교와 함께 하강하기 위해 팔에 걸고 있던 비색 쓰개치마를 머리에 썼다. 쓰개치마를 두르고 내려갈 준비를 하면서, 자희는 감사부에 있을 그녀의 사냥감을 생각했다.

예상대로 선, 하계를 오가는 천교에 자희의 사냥감은 타지 않았고, 그리하여 이제 그녀가 직접 나서야 했다. 상황이 상황인지라 천교에 환술시를 보낼 수도 없는 노릇이었고, 일을 빠르고 쉽게 해결하기 위해서는 그녀가 직접 가는 편이 나았다.

현재 감사부는 감사 황장명의 일로 청진위 선군들이 조사를 하고 있을 터였다. 그녀의 사냥감은 그 탓으로 인해 도망치지도 못하고 오도 가도 못하는 신세일 게 분명했다. 자희는 그 사냥감이 자희 본인의 정체를 알고 이 상황에서 어찌 빠져나가야 할지 고민하고 있으면 좋겠다고 생각했다. 그야말로 독 안에 든 쥐이니, 스스로 그 상황을 알아 두려움을 느끼고 있다면. 그녀는 그녀의 오랜 시간을 잡아먹은 선인들을 두려움에 떨다 죽게 하고 싶었다. 기다림이 길어질수록 답답함과 분노가 쌓인 터라, 그들이 그 인생 내내 괴로워하고 힘들어하다 고통스럽게 죽길 바랐다.

자희가 손짓을 하자 선녀들이 천교를 지탱하고 있던 구름을 움직였다. 천교꾼들은 밧줄을 잡고 있던 손을 조금씩 뒤로 빼기 시작했다. 팽팽하게 줄이 당겨져 미동 없이 고정되어 있던 천교는, 줄이 조금씩 풀리자 구름 사이로 슬슬 내려가기 시작했다. 사방을 가득 메운 구름 속에서, 자희도 구름 아래로 뛰어내렸다. 비색의 쓰개치마가 펄럭이고, 날개옷이 구름 사이에서 흔들렸다.

'어디 한번 발버둥 쳐 보시지.'

그렇게 자희는, 천교와 함께 서서히 구름 아래로 내려갔다.

※ ※ ※

하계 일로 혼란이 있는 모든 곳 중에서도 현재 남선 조현궁만큼 혼란에 빠져 있는 곳은 없을 터였다. 간밤에 용수궁에서 있었던 이야기를 전해 들은 정왕이 그 자리에서 쓰러져 버렸기 때문이었다. 겨우 뜬 해가 지고 어둠이 내리고 나서야 정신을 차린 그는 자리에 누운 채로 그의 아들을 한심한 놈이라 칭하며 가슴을 쳤다. 술시들이 계속 오가며 그런 정왕의 시중을 들었으나 그는 분노로 도통 진정을 하지 못하고 있었다. 넘쳐 나는 열기로 인한 화병을 이기지 못하고 정왕은 날이 밝고 나서도 계속 누워 있었다.

정왕의 상태와 주변의 이상한 분위기로 인해 무언가 이상하다는 것을 깨달은 석호의 아들 단우는 아침 일찍 그의 어머니를 찾아갔다. 그러나 방에 들어가 그 앞에 앉아 있어도 도화는 도통 아들에게 집중하지 못했다.

"어머니."

"……."

"어머니?"

"응, 응?"

화들짝 놀란 도화가 단우를 쳐다봤다. 단우는 크게 뜬 눈을 깜빡였다.

"왜 그러세요?"

"아……."

"할바마마도 아프신데, 어머니도 아프신 건 아니지요?"

도화는 차마 아들에게 석호가 처한 상황을 이야기할 수 없었다. 그러나 아들은 이미 궁의 무거운 분위기에서 무언가를 눈치챈 모양이었다. 단우는 불안해하는 얼굴로 눈동자를 이리저리 굴리며 중얼거렸다.

"혹 아버지께 무슨 일이 있는 건……."

도화는 새하얗게 질린 얼굴로 단우의 말을 잘랐다.

"아무것도 아니다. 이 어미는……. 잠시 일이 있어 나가 봐야겠다. 그만 방으로 돌아가거라."

"어머니?"

"어서."

유감스럽게도 도화는 정왕보다도 심각할 정도로 혼란에 빠져 있어서, 단우에게 신경을 쓸 수 있는 상태가 아니었다. 그녀는 허둥지둥 자리에서 일어났다. 그러고는 방의 문을 열고 들어온 술시를 향해 단우를 데려가라 명했다. 단우는 하는 수 없이 어기적어기적 일어나

술시를 따라 방에서 나섰다. 단우를 내보낸 도화는 일어선 채로 방을 빙빙 맴돌았다. 그녀는 완전히 얼이 나간 얼굴로, 그녀만의 생각에 빠져 있었다.

그녀 또한 용수궁에서 그녀의 지아비가 어떤 상황에 처했는지를 들었다. 정왕처럼 졸도를 하진 않았지만 그녀도 너무나 놀라 숨이 막히고 심장이 마구 뛰었다. 도화는 차게 식어 덜덜 떨리기까지 하는 손을 겨우 맞잡으며 안절부절못했다.

'어찌 그런 일을…….'

천제가 지아비의 압송을 명했다는 소식에 입 안이 바싹바싹 말랐다. 도화는 도통 가만히 있을 수가 없었다. 앉아 있어도 서 있어도 모든 자리가 가시방석이었다. 그녀 또한 석호가 시건에게 어떤 감정을 가지고 있는지 알고 있었다. 더불어 그녀 자신이 그 악감정을 더하면 더했지 덜어 주진 못했다는 것도 알고 있었다. 허나 아무리 그래도 석호의 결정은 그녀로서도 받아들이기 힘들었다. 그로 인해 석호가 천제로부터 벌을 받게 될 거라는 사실은 더더욱 받아들이기 힘들었다.

'어쩌지…….'

도화는 차게 식은 두 손을 꽉 쥔 채로 고민했다. 정왕의 방에서 시건에 대한 일을 들은 후로 그녀는 줄곧 고민했다. 그녀는 지금도 또렷하게 기억하고 있었다. 시건을 처음 봤던 때, 궁에서 그의 모습을 봤던 때, 그와의 혼담이 오가 더없이 기뻤던 때. 그러나 그녀의 설렘은 오래갈 수 없었고, 지나치게 일방적으로 막을 내려야 했다. 마음을 접을 시간도 그 이별을 받아들일 여유도 없었다. 그리하여 갑작스럽고도 긴, 고통이 시작됐다. 처음에는 그녀 또한 기다리고자 했다. 그의 옆에 서는 미래를 꿈꿨기에 다른 이의 옆에 서는 것은 상상도 할 수 없었다. 해서, 마음에 품은 사내가 다시 그의 모든 것을 되찾을 때까지 수절하며 기다리려 했다.

그러나 그녀의 가문은 그것을 허락하지 않았다. 그녀의 부모는 딸의 혼삿길이 완전히 막힌 것을 침통해했고, 그런 그녀를 석호가 원했다. 거의 휘둘리듯, 도화는 시건을 잊지 못한 채로 다른 사내의 아내가 되고 그 사내의 아들을 낳았다. 웃음보다 눈물이 많았던 시간이 흘렀고, 이제는 모두 돌이킬 수 없는 일이라 생각했다. 해서 이제 겨우 이 자리가 그녀의 자리임을 받아들이며 살고자 했는데.

갑작스럽게 다시 듣게 된 시건의 이야기에 도화는 한동안 마음을 잡을 수 없었다. 지금 선계에서는 온통 그를 역적이라 칭하며 난리였지만, 그녀는 그럴 리가 없다는 걸 알고 있었다. 그녀가 아는 한 시건은 결단코 그럴 사람이 아니었다.

스스로도 갈피를 잡지 못한 채로, 그녀는 어느새 그녀의 방에서 나와 걸어가고 있었다. 도화는 거의 미친 사람처럼 그저 앞만 보고 걸어갔다. 머릿속에 오직 한 가지만 생각하고 있었다. 상황이 비록 안 좋게 됐어도 설마 천제가 석호에게 사형까지 명할 리는 없다고 생각했고, 그 상황에서 그녀는 지금 당장 그녀가 해야 할 일을 찾았다.

걸음은 점점 빨라지고, 이윽고 도화는 뛰기 시작했다. 궁을 가로질러 뛰어간 도화가 향한 곳은 마구간이었다. 놀라 다가오는 술시들을 무시하고 그 안으로 들어간 도화는, 마구간 가장 깊은 곳에 그녀가 찾던 용마를 찾았다. 검고, 거대한 용마. 그녀가 마음 한구석에 담아 뒀던 그 사내에게 참 잘 어울리던 용마였다. 그를 잃은 후, 그처럼 생각하며 지켜본 용마이기도 했다. 볼 때마다 과거 함께 있었던 선인의 모습이 그려져 차마 놓을 수가 없었다. 그것이 지아비인 석호에게 예의가 아님을 알면서도 차마 그 용마를 날려 보내지 못했다.

예민하게 기척을 알아차린 용마 흑뢰가 크게 울며 사납게 발을 굴렀다. 검은 말발굽이 주변을 박살 낼 기세로 있는 힘껏 내리꽂혔다. 주인이 함께 있을 때의 얌전했던 모습은 볼 수 없었다. 검은 날개가 위협적으로 펴지며 시야에 그늘을 드리웠다.

평소 같았으면, 도화는 두려워하며 물러났을 터였다. 시건이 생각날 때마다 찾아왔지만 도화는 늘 흑뢰를 제대로 보지도 못하고 물러나야 했다. 조금만 엿봐도 금세 기척을 알아채고 난동을 부리는 사나운 녀석이라 훔쳐보는 것조차 마음대로 할 수 없었다. 그러나, 오늘은 아니었다. 날뛰는 용마를 보는 순간 오히려 그녀는 혼란스러웠던 마음이 가라앉았다. 혼란과 걱정, 슬픔으로 가득 찼던 마음 가득 단호한 결정만이 남았다.

거친 숨을 내쉬던 도화는 이를 악물고, 흑뢰에게 다가갔다. 팔을 든 그녀는 날뛰는 용마를 진정시키기 위해 애썼다. 차마 바로 앞까지 다가가진 못하고 멈춰 섰으나, 그녀는 목에 힘을 주고 성내는 흑뢰에게 소리쳤다.

"진정해라! 진정해!"

그녀가 고함을 치자 흑뢰는 더 거칠게 울며 발을 굴렀다. 거대한 흑뢰 앞에서 도화는 단숨에 날아갈 듯 가녀렸다. 금방이라도 그 말발굽으로 도화를 짓밟을 것만 같았다. 그러나 도화는 물러서지 않고, 이를 악물었다. 두려움으로 몸이 떨렸다. 그러나 그녀는 물러설 수 없었다.

"네, 네 주인에게 갈 것이다!"

도화는 떨리는 목소리로 소리쳤다. 침을 꿀꺽 삼키고, 마음을 다잡았다. 미쳐 날뛰는 용마에게 제발 그녀의 말이 전해지길 바라며, 도화는 이번에는 흔들림 없는 목소리로, 있는 힘껏 소리쳤다.

"네 주인에게 갈 것이다!"

그 말에 응답이라도 하듯, 흑뢰가 한층 소리를 높여 울었다.

❋ ❋ ❋

아침에 천교가 선계에서 출발했다는 이야기를 전해 들은 사예는 점심 식사 후에 선녀들과 다과를 하며 시간을 보내다가, 늦은 오후가 되자 신정당을 나섰다. 그들이 향한 곳은 선계와 마찬가지로 천교를 기다리는 선인들이 머무는 정자인 하교정(下轎亭)이었다. 하교정 정자 앞에는 이미 선군들이 대기하고 있고, 천교를 타야 할 선인들도 모여 있었다. 선군 사이에는 그녀가 미리 말을 맞춰 둔 청진위 대장군 허인도 기다리고 있었다.

사예는 그녀에게 중요한 사진검과 여의주를 품속에 꼭꼭 챙겨 두고, 천제의 교서는 환술을 풀어 손에 들고 있었다. 어차피 천제의 교서는 이제 사예에게는 아무 의미도 없는 종이 쪼가리에 불과했으므로 굳이 소중하게 품고 있을 필요가 없었다. 전에 행궁장인으로부터 받은 오행궁 두 개는 그녀의 팔에 끼고 있는 상태였다. 짐 보따리를 안고 교서를 든 상태로 사예는 선녀 효청의 옆에 서 있었다. 어차피 사예에게 더 이상 짐은 없었고, 그녀는 초조한 심정으로 이 감사부를 벗어날 일만 생각하고 있었다. 슬슬 천교가 구름 위에 거대한 그림자를 드리우는 와중에, 사예는 허인과 시선을 교환했다. 시선을 확인한 사예는 몸을 돌렸다.

"어디를 가십니까?"

옆에 서 있다 놀란 효청이 물었다. 사예는 급히 대답했다.

"놓고 온 것이 있습니다. 잠시 다녀오겠습니다."

"서둘러 다녀오십시오, 짐은 제가 보관하겠습니다."

효청의 말에 사예는 망설임 없이 가지고 있던 짐 꾸러미와 교서를 효청에게 넘겼다. 가벼운 몸이 된 사예가 몸을 돌려 급한 걸음으로 그 자리를 빠져나가자, 허인이 그가 뒤를 따라가겠다며 나섰다. 선녀들과 선군들은 내려오는 천교 쪽으로 시선을 돌렸고, 그렇게 사예와 허인은 그 자리를 빠져나왔다. 서둘러서 담을 지나 빠져나온 사예는 제법 멀리까지 나온 후에야 발을 멈췄다. 하교정과 연결된 담 너머에서 잠시 기다리자 허인이 그녀를 따라왔다. 허인은 주변을 살피며 앞장섰고, 사예는 그 뒤를 따랐다.

두 사람이 떠난 하교정 앞에는 드디어 천교가 모습을 드러냈다. 거대한 천교가 땅에 내려서기도 전에, 천교와 함께 내려온 선녀가 먼저 땅으로 내려섰다. 꽃 자수가 들어간 비단 자락이 펄럭이며 내려앉고, 선군들이 탄 용마 또한 땅에 내려섰다. 선녀 자희는 쓰고 있던 쓰개치마를 벗어 팔에 걸며, 하교정 앞에서 기다리는 선녀들에게 물었다.

"여기 있는 분들이 전부이신가요?"

선녀 효청이 고개를 저었다.

"아닙니다. 폐하의 교서를 받은 귀빈께서 잠시 잊은 물건이 있어 돌아가셨습니다. 청진위 대장군께서 함께 가셨으니, 곧 오실 겁니다."

효청의 대답에 자희가 고개를 끄덕이며 활짝 웃었다.

"마침 잘되었군요. 안 그래도 소녀가 귀빈 때문에 마음이 많이 무거웠던 참인데. 소녀가 직접 모셔 오도록 하지요."

❊ ❊ ❊

허인과 사예는 감사부를 가로질러 걸어갔다. 사예는 어디가 어딘지 명확히 알 수 없는 감사부를 오로지 허인을 믿고 따라가야 했다. 지금 감사부에는 선인, 선녀들이 다 빠져나가고 각 담과 문을 지키고 있는 청진위 선군들만 남아 있었다. 선군들은 청진위 대장군인 허인의 명을 들었는지 지금 허인과 사예가 지나가는 길목은 지키지 않았고, 덕분에 둘은 수월하게 감사부를 빠져나가는 듯했다.

막 낮은 담을 지나쳐 열린 문 하나를 넘어가던 참에, 뒤에서 결코 익숙하진 않으나 잊을 수 없는 목소리가 들렸다.

"어딜 그리 급히 가시나요?"

동시에, 무언가가 매섭게 쇄도했다. 사예와 허인은 얼른 몸을 피했다. 둘이 서 있던 자리로 옆에 서 있던 담이 쏟아져 내렸다. 몸을 피한 사예가 고개를 돌렸다. 고운 날개옷을 입은 선녀가 웃음을 입가에 건 채로 서 있었다. 선녀는 머리에 쓰고 있던 쓰개치마를 벗고는 태연히 말했다.

"여러모로 번거롭게 하네."

가늘게 뜬 자희의 눈과 눈이 마주치는 순간, 서둘러 이곳에서 빠져나가야 한다는 생각이 날아가 버렸다. 옆에서 검을 빼 든 허인의 목소리가 들렸다.

"가십시오! 여긴 제가 맡겠습니다!"

무슨 헛소리인가.

사예는 두 손 안에 목기를 모았다. 신호탄처럼 푸른 용이 공중으로 그 모습을 드러냈다. 동시에 자희가 웃었다. 술법보다 자희의 뒤에서 기다리고 있던 무영이 더 빨랐다. 무영이 허인과 사예의 뒤를 덮쳤다. 몸을 피하며 사예는 술법으로 가장 가까운 전각의 나무 기둥을 움직였다. 기둥에서 자라난 나무줄기가 자희를 향해 뻗어 나갔다. 서 있는 자희의 모습을 검은 무영이 가로막고, 뻗어 간 나뭇가지는 무영을 찢었다.

사예가 기둥을 움직이는 바람에 서 있던 전각이 소리를 내며 옆으로 기울어지기 시작했다. 사예는 살기를 흘리며 달려드는 무영의 공격을 피하느라 정신이 없었다. 사방을 온통 무영이 둘러싸고 있었다. 몰려드는 무영 탓에 자희에게 신경 쓸 여유가 없었다. 그사이 검을 빼 들고 있던 허인 역시 다른 무영에 의해 가려져 보이지 않았다.

사방이 온통 무영이라 곤란함을 느낀 사예는 운보를 써서 감사부 지붕 위로 날아갔다. 그사이 그녀의 술법으로 인해 기울어지던 전각이 기어이 무너지며 큰 소리를 냈다. 먼지바람이 일며 지붕 아래의 무영들과 자희의 모습이 가려졌다. 먼지가 걷히자, 지붕 위에서 몸을 낮추고 있던 사예는 아까 자희가 서 있던 자리에 자희가 아닌 선군 허인이 서 있는 것을 볼 수 있었다. 그는 웃고 있었고, 손으로 환술 수인을 맺고 있었다. 어느새 무영의 모습은 청진위 선군들의 모습으로 뒤바뀌어 있었다.

'둔갑술?'

상황이 채 이해되기 전에, 감사부 곳곳에서 청진위 선군들이 용마를 타고 날아올랐다. 감사부 곳곳에서 대기하던 청진위 선군들이 전각이 무너지는 소리를 들은 모양이었다. 사예는 그 순간 요선의 꿍꿍이를 알아차렸다. 지금 저 선군들의 눈앞에 펼쳐진 광경은 지붕 위로 올라선 사예와 그녀를 둘러싼 또 다른 청진위 선군일 터였다. 아니나 다를까, 선군들의 시선이 사예에게 주목됐다. 선군들은 하늘을 나는 푸른 용과 지붕 위의 여선을 보며 당황했다. 허인으로 둔갑한 자희가 기세 좋게 소리쳤다.

"잡아라! 저 여선이 천제 폐하의 하명을 어기고 도주를 하고 있다!"

대장군의 명이 떨어지자 선군들이 용마의 고삐를 잡아당겼다. 진짜 청진위 선군들이 탄 용마가 날아오고, 무영이 둔갑한 가짜 청진위 선군들이 지붕 위로 올라왔다. 낭패감을 느낀 사예는 하늘로 날아오른 청하를 불렀다. 청하에 의해 선군의 용마가 날갯짓을 멈췄다. 용마들은 주인의 말을 듣지 않고 그 자리에서 뱅뱅 맴돌았다. 선군들이 당황한 틈을 타 사예는 빠르게 날아갔다. 용마에서 떨어지지 않기 위해 안간힘을 쓰는 선군들 사이를 순식간에 지나쳤다.

청진위 선군으로 둔갑한 무영이 그런 사예의 뒤를 쫓아 감사부 지붕으로 뛰어 올라왔다. 하늘을 날고 있던 청하 또한 사예의 뒤를 따라왔다. 감사부 하늘이 어지러웠다. 지붕에서 하늘 위로 운보를 사용해 날아가는 사예와 그 뒤를 따라 나는 청하, 무영이 둔갑한 가짜 선군과, 사예를 잡기 위해 날아오른 진짜 선군들의 용마들이 가득했다.

날아가며 사예는 어리석은 짓을 했다고 자책했다. 차라리 허인의 말대로 그냥 도망치는 게 나았다. 은밀하게 도주하는 것은 불가능한 일이 되어 버렸다. 그녀는 지금 누가 봐도 감사부에서 도주해 선군들에게 쫓기는 모양새였다. 아래에서 대기하고 있던 선군들이 점점 모여들었다. 그들은 사예를 향해 활을 쐈다. 요선을 잡기는커녕 날아오는 화살을 피해 도망치는 것이 최선이었다.

사예는 냅다 소리쳤다.

"요선이오! 저자는 선군으로 둔갑한 요선이! 아!"

말을 끝맺기도 전에 무언가가 사예에게로 쇄도했다. 사예는 놀라 몸을 피했다. 발아래 전각의 나무 기둥이 그녀를 향해 날카로운 가지를 뻗고 있었다. 사예는 시선을 돌렸다. 허인으로 둔갑한 자희가 다른 지붕 위에서 수인을 맺고 있었다.

"어서 도주하는 죄인을 잡아들여라!"

진짜고 가짜고 할 것 없이 선군들은 사예보다 그들의 대장군이 내리는 명령을 따랐다. 이를 악문 사예는 그대로 지붕 위를 날아갔다. 그녀는 두 손을 모아 계속 목행의 술법 수인을 맺었다. 사예가 지붕 위를 날아가면 그 뒤로 감사부 건물의 나무 기둥들이 자라나 선군들의 길을 막았다. 기둥이 움직이는 바람에 감사부 지붕이 무너지고 기와가 쏟아져 내렸다. 활을 쏘는 선군들을 방해하기 위해 청하는 용마들을 움직여 선군들의 시야를 가리게 했다.

당황한 선군들의 화살 세례가 잠시 멈춘 사이, 사예는 감사부의 지붕을 이리저리 밟으며 멀리 날아갔다. 그러나 가짜 선군들은 그녀를 계속 쫓아왔다. 사예가 술법으로 나무를 키워 막아도 그 수는 도무지 줄어들지 않았다. 사예는 이대로는 끝이 나지 않을 것임을 알았다. 그녀는 전각의 지붕 위에 잠시 멈춰 서서, 몸을 돌려 쫓아오는 무영들을 응시했다. 품속에 감춰 둔 사진검을 꺼냈다. 사진검의 환술을 풀고 두 손으로 제대로 잡자 청하가 사예에게로 날아왔다. 청하가 빛을 내며 사진검으로 빨려 들어가고, 사예는 사진검을 휘둘러 하늘 위에 술법의 인을 그렸다. 사진검이 그린 인을 따라 증폭된 목기가 흘렀다.

인을 그리던 사진검이 멈춤과 동시에, 감사부에 있는 온갖 전각들의 나무들이 마구 자라나기 시작했다. 아까까지와는 차원이 다른 속도였다. 지붕을 거의 집어삼키는 속도로 무너뜨리며 쑥쑥 자라난 나뭇가지들이 거침없이 위로 치솟았다. 선군들이 쏘던 화살은 나무가 세운 벽에 막혔다. 놓치지 않겠다는 듯 둔갑한 자희가 날아오려고 했으나, 때마침 청하로 인해 제멋대로 굴던 선군들의 용마 하나가 자희에게 날아갔다. 거대한 용마가 덤벼들자 놀란 자희가 뒤로 물러났다. 자희가 용마에 발이 묶인 잠깐 사이, 나무들은 엄청난 기세로 자라나 감사부 한가운데에 나무들이 얽히고설킨 벽을 만들었다.

하늘 높이 자라나는 나무들을 등진 채로 사예는 할 수 있는 최대한으로 운보를 써, 감사부를 벗어났다. 그녀가 키운 나무들을 부수는지 등 뒤에서 큰 소리가 들렸다. 사예는 뒤도 돌아보지 않고 날아갔다.

감사부 담을 넘어 날아간 그녀는 감사부 지척의 숲으로 숨었다. 전에 사예를 감사부로 데려다준 양상과 함께 왔던 숲이었다. 나무가 가득한 숲 안에서 사예는 계속 술법을 부려 쫓아오는 가짜 선군들의 길을 막았다. 사진검을 든 손에 점점 힘이 빠져나가는 걸 느끼면서도, 멈추지 않고 계속 사진검을 휘둘렀다.

빠르게 날아 거대한 나무 뒤에 몸을 숨긴 사예는 겨우 거칠어진 숨을 몰아쉬었다. 당장 쫓아오는 무영은 보이지 않았고, 덕분에 사예는 잠시 숨을 돌릴 틈이 생겼다. 쉬는 동안에도 멈추지 않고 주변을 살피다가 든 시선에, 남쪽 하늘에서 내려오고 있는 용마가 보였다. 빛과도 같은 속도로 날아드는 검은 용마였다. 그 순간 더 볼 것도 없이 저놈이다 싶었다. 사예는 청하를 부르며 손을 뻗었다.

'청하!'

"저 용마를 데려와!"

푸른 용은 사예의 의지에 따라, 하늘을 내려오는 검은 용마를 향해 날아갔다.

※ ※ ※

도화는 현재 미칠 노릇이었다. 겨우 조현궁 밖으로 데리고 나오긴 했으나, 흑뢰는 도통 그녀의 말을 듣질 않았다. 마구간에서 밖으로 데리고 나오자마자 제멋대로 날아가는 흑뢰 때문에 도화는 어찌할 바를 몰라 쩔쩔맸다. 당연히 흑뢰의 등에 올라타는 건 시도도 하지 못했고, 그녀는 흑뢰의 고삐 끝만 겨우 붙들고 날개옷으로 날며 끌려다니는 형상이었다. 고삐를 겨우 붙들고 있는 손이 아파 오고, 머리가 어지러웠다. 흑뢰는 귀찮게 따라붙는 그녀를 떼어 내려는 것처럼 날아올랐다가 급히 하강했다가 정신없이 날았다.

"제발, 이러지 마라!"

도화는 간절한 마음으로 빌었다. 그러나 흑뢰는 그녀의 말을 전혀 듣지 않았다. 여기가 어딘지, 지금 어디로 가고 있는지도 모른 채 도화는 흑뢰에게 끌려다녔다. 얼핏 보이는 시야에 익숙하지 않은 광경이 보여서, 도화는 흑뢰와 그녀가 어느새 선계에서 하계 쪽으로 많이 내려왔다는 사실을 알았다.

"제발, 동하로 가라! 동하로 가야 한다! 응?"

도화는 흑뢰가 그녀의 말을 알아들었는지 알 수 없었다. 그걸 알 수 없으니 손이 아파도 흑뢰를 놓아줄 수가 없었다. 그래서 지금 그녀는 흑뢰의 고삐에 매달려 날고 있는 상태였다. 연신 정신없이 날던 흑뢰가 갑자기, 방향을 홱 틀었다. 도화는 눈을 질끈 감았다.

"또 어디를 가니!"

도화는 정말 울고 싶었다. 그녀는 그대로 흑뢰에게 끌려갔다. 제멋대로 방향을 틀어 날아간 흑뢰가 푸르른 숲에 내려섰다. 땅에 겨우 선 도화는 겨우 정신을 차렸다. 그리고, 그런 흑뢰의 위를 누군가가 확 덮쳤다.

"꺅!"

도화는 놀라 소리를 질렀다. 몸을 웅크리고 뒤로 물러나 눈을 가렸다. 그녀는 흑뢰가 몸을 뒤흔들고 난동을 부릴 거라고 생각했다. 겁 없이 흑뢰에게 올라탄 이가 그대로 날아가 떨어지는 장면이 머릿속에 그려졌다. 그러나, 현실은 아니었다. 이상하게 조용해서 도화는 슬그머니 눈을 가리고 있던 손을 치웠다. 눈앞에 보인 광경에 그녀는 그대로 굳어 버렸다.

"흑뢰가……."

도화는 오십 년 만에, 흑뢰가 소처럼 순한 눈을 하고 가만히 서 있는 광경을 볼 수 있었다. 늘 눈에 힘을 딱 주고 선인은 다 잡아먹을 기세로 울어 대던 흑뢰는 더 이상 없었다. 검은 용마는 밤하늘의 별이 빛나듯 초롱초롱한 눈을 깜빡이며 얌전히 날개를 접고 서 있었다. 어안이 벙벙하며 도화는 입을 다물지 못했다. 사납기 그지없는 흑뢰가 이리 얌전히 서 있는 모습은 그 옛날 흑뢰의 주인과 함께 있을 때에나 볼 수 있던 모습이었다. 도화는 넋이 나간 얼굴로 서서히 고개를 들었다.

흑뢰의 등에 올라탄 이는, 하얀 저고리 아래 푸른 비단 치마를 입은 여선이었다. 도화가 처음 보는 여선은 흑뢰의 등에 올라탄 채로 턱을 치켜들고 있었다. 여선이 앞으로 넘어온 댕기 머리를 뒤로 홱 넘겼다. 고개를 돌린 그녀가 손가락으로 용마를 가리키며 도화에게 물었다.

"이 용마. 선녀님의 용마이십니까?"

도화는 멍한 얼굴로 답했다.

"아, 아니오."

그 말에 흑뢰에 올라탄 선인, 사예는 고개를 끄덕였다. 그녀도 그럴 거라 예상했다. 주인이라면 굳이 용마에 타지 않고 질질 끌려가고 있을 이유가 없으니. 사예는 이번에는 눈을 부릅뜨고 물었다.

"그럼 이 용마! 훔치신 겁니까?"

도화는 화들짝 놀랐다. 도둑질이라니, 그녀는 이런 모함을 단 한 번도 받아 본 적이 없었다! 도화는 겁먹고 부들부들 떨며 얼른 부정했다.

"아니오! 맹세코 그런 것이 아니오! 나, 나는……. 흑뢰를 주인에게 데려다주던 길이었소!"

도화의 대답에 사예가 눈썹을 찌푸렸다. 그녀는 흑뢰라는 이름을 이미 들은 적이 있었다.

"흑뢰? 허면 이 용마가 류시건 장군의 용마입니까?"

사예의 물음에 도화는 크게 뜬 눈을 깜빡였다.

"류 장군님을 아시오?"

"……."

"……."

순간, 침묵이 흘렀다. 사예는 무언가를 민감하게 알아차렸다. 그녀는 눈을 가늘게 뜨고, 도화의 모습을 머리끝부터 발끝까지 쭉 훑었다. 색이 고운 날개옷을 입은 것을 보니 상대는 선녀가 분명했다. 오로지 사예의 주관적인 기준으로, 이 선녀는 하얀 얼굴 위 꽃사슴 같은 눈이 제법 인상적이었지만 봐 줄 만한 건 그게 전부였다. 그러나 무엇보다 중요한 것은, 이 선녀가 머리를 위로 틀어 올리고 있다는 것이었다.

"……."

감상과 평가를 속으로 모두 마친 사예는 무표정한 얼굴로 도화의 얼굴을 쳐다봤다. 그녀는 영문을 몰라 눈만 깜빡거리고 있는 도화를 보며 씨익 웃었다. 사예는 더없이 상냥한 목소리로 이렇게 말했다.

"마침 잘되었네요. 제가 지금 막 류 장군님에게 가려던 참이었답니다. 그러니……."

사예는 손을 뻗어 도화가 잡고 있는 흑뢰의 고삐를 빼앗았다.

"이 용마는, 제게 맡기시고! 선녀님은 그만 돌아가 보십시오."

보아하니 이미 가정도 있는 듯한데, 라는 말을 겨우 속으로 삼키며 사예는 헛기침을 했다. 고삐를 빼앗긴 도화는 움찔 놀랐다. 그녀는 고삐를 붙들었던 바람에 붉게 부은 손을 매만지며, 사예를 유심히 쳐다봤다.

"차, 참말이오? 그대가 진정 류 장군님께 가던 중이었소?"

"속고만 사셨나?"

사예는 퉁명스럽게 대답하고는 흑뢰의 고삐를 제대로 고쳐 쥐었다. 도화는 그런 사예를 불안한 듯 쳐다봤다. 사예는 믿지 못하는 기색의 도화를 보며 한숨을 내쉬었다.

"그만 돌아가 보시라니까요. 만일 제가 거짓말을 하고 있다면, 이 녀석이 이리 얌전히 저를 태우고 있겠습니까?"

사예는 그렇게 말하며 팔을 뻗어 흑뢰의 탄탄한 목을 쓰다듬었다. 도화는 그 모습을 보며 한층 더 놀라 숨을 들이켰다. 그러나 흑뢰는 이번에도 역시 얌전히 사예의 손길을 받아들일 뿐이었다. 바로 눈앞에서 보면서도 도화는 이 녀석이 흑뢰가 맞나 계속 고민했다. 갑자기 다른 용마가 된 게 아니고서야 그 사나운 녀석이 이럴 리가 없었다. 그러나 빨갛게 부은 스스로의 손이, 그녀를 끌고 온 녀석이 흑뢰가 맞다는 사실을 증명해 주고 있었다. 도화는 침만 꿀꺽 삼키고 있다가, 결국 고개를 끄덕였다. 눈으로 보고도 믿을 수 없었지만 어쨌든 흑뢰는 저 여선의 말을 듣고 있었다. 흑뢰에게 끌려가는 게 전부인 도화 본인보다 저 여선에게 맡기는 게 훨씬 나겠다 싶었다.

"허, 허면……. 내 믿고 맡기겠소. 꼭 흑뢰를 류 장군님께 돌려 드려야 하오."

"걱정하지 마십시오."

"꼭이오."

사예는 몇 번이고 다짐을 받는 도화에게 시선도 주지 않고 대충 고개만 끄덕였다. 흑뢰의 고삐를 잡아당기려던 그녀는, 차마 억누르지 못한 호기심으로 결국 도화에게 이렇게 물었다.

"헌데……. 선녀님 성함이 어찌 되십니까?"

도화가 사예를 쳐다봤다. 사예는 활짝 미소 지으며 덧붙였다.

"아니, 류 장군님께 누가 이 용마를 찾아 줬는지 말씀을 드려야 하니까요. 그래야 류 장군님이 선녀님께 보답을 하지요."

사예는 눈을 똘망똘망하게 뜨고 선녀의 대답을 기다렸다. 도화는 몇 번이고, 스스로의 이름을 밝힐 것처럼 입술을 달싹거렸다. 그러나, 끝내 이름을 밝히지는 않았다. 그녀는 그저 웃는 것도 우는 것도 아닌 얼굴로 이렇게 말했을 뿐이었다.

"그저 운이 좋아 발견했다, 그리 말씀하시오."

사예는 대답 없이 도화를 응시했다. 도화는 설핏 미소 지으며 뒤로 물러났다. 잠시 도화에게 시선을 두고 있던 사예는, 곧 고개를 돌렸다. 그녀는 있는 힘껏 흑뢰의 고삐를 잡아당겼다. 검은 용마는 커다란 날개를 쫙 펴고는, 등에 여선을 태운 채로 나무 위를 날아갔다. 워낙 빠르기로 유명했던 말인지라 떠나는 뒷모습은 금세 시야에서 사라졌다.

도화는 홀로 그 자리에 남아, 흑뢰와 정체를 알 수 없는 여선이 사라진 곳을 응시했다. 다른 사내의 처가 되고 그의 아들을 낳은 후에도, 그녀는 흑뢰를 계속 붙들고 있었다. 그것이 안 되는 일임을 알면서도 흑뢰를 하늘로 날려 보내지 못했다. 그녀의 마음에서 정인을 보내지 못했기에. 너무나 갑작스럽게 끝맺어야 했던 연심이었다. 끝이었으나 끝이 아니었고 눈물과 아픔만 남아 있었다. 스스로 도무지 인정할 수 없는 끝이었던지라, 시건의 흔적인 용마라도 붙잡고 있었다.

그래도 언젠가는, 그녀 손으로 저 용마를 보내 주겠노라 다짐했다. 그것이 언제가 될지 알 수는 없어도 언젠가 때가 되면, 시건을 마음속에서 완전히 떠나보낼 때 저 용마도 함께 날려 보내겠다고. 그때가 오길 바라면서도, 영영 오지 않길 바란 것도 사실이었다. 그러나 도화는 지금이 그때임을 알았다. 아니, 진즉에 그리했어야 했는데 하지 못했음을 후회했다. 더 늦어서는 안 된다는 걸 알고 있었고 지금이 아니면 안 된다는 것도 알았다.

도화는 흑뢰가 사라진 하늘로 손을 들어 뻗었다. 그 어떤 것도 만져지지 않았고, 빈손은 허공만 맴돌았다. 끝내 그녀에게 잡히지 않았던 용마처럼, 과거 역시 그녀에게 잡힐 수 없었다. 그리 집착하고 미련 놓지 못해 남은 것은 상처로 붉게 부어오른 손바닥뿐이었다. 과거는 돌이킬 수 없었고, 붙잡고 있었던 용마는 기다렸다는 듯 그녀를 떠나 버렸다.

언젠가, 이날이 오면 눈물이 많이 날 거라고 생각했다. 이날을 상상하는 것만으로도 눈물이 차올라서 분명 그럴 거라고 생각했다. 그러나 이상하게도 지금 그녀의 눈에서는 눈물이 나지 않았다. 남은 기억과 감정 모두 용마가 안고 날아간 듯했다. 어쩌면 그녀 스스로도, 잡히지 않는 과거를 붙들고 있는 게 많이 힘들었는지도 몰랐다.

'참으로 오래 걸렸구나.'

미련하게 오래 걸렸다고, 도화는 생각했다. 그래도 그녀 스스로 그 과거를 날려 보냈으니, 이제는 정말로 잊을 수 있을 터였다. 허공으로 뻗은 손을 내리고, 도화는 오랜 세월 그녀의 손길을 기다린 이를 떠올렸다. 잡히지 않는 것을 향해 손을 뻗느라 외면하고 돌아보지 않았던 이를. 그녀는 흑뢰에게 끌려오느라 엉망이 된 날개옷을 제대로 하고, 하늘로 높이 날아올랐다. 그녀에게는 이미 지아비가 있고 아들이 있었다. 돌아가야 할, 가정이 있었다.

※ ※ ※

사예는 용마의 등에 찰싹 붙어 있었다. 그녀는 용마를 타는 게 처음이었고, 그래서 불편하고 힘들어서 어찌할 바를 몰랐다. 사실 그것은 겨우 흑뢰를 끌고 나온 도화가 흑뢰에게 안장도 제대로 못 얹고 나왔기 때문이기도 했다. 어쨌든 덕분에 사예는 고삐만 꼭 잡고 겨우 흑뢰에게 달라붙어 있는 상황이었다. 그나마 다행인 건 흑뢰가 빠르게 날지 않고 느리게 날고 있다는 사실이었다. 그러나, 선계로 돌아갈 작심을 한 사예에게는 그다지 다행이 아니었다.

"왜 이래? 네가 그렇게 빠르다고 유명한 녀석이라면서? 헌데 왜 굼벵이처럼 이리 기어가는 것이야?"

사예는 고개만 든 채로 흑뢰의 고삐를 잡아당겼다. 나무 사이 숨어 있다가 사예를 따라온 청하도 열심히 흑뢰에게 눈치를 줬다. 그러나 흑뢰는 투레질을 하고는 느릿느릿 나무 사이를 맴돌았다. 사예는 답답해서 소리쳤다.

"빨리 가란 말이다! 그 요선이 날 찾아오기 전에 빨리 선계로 가야 한다고!"

도화에게는 대충 둘러댔지만 사예는 전날 작심한 대로 시건에 대해서는 이제 모른 척할 셈이었다. 지금 그녀는 그녀의 상황이 더 중요했고, 어서 선계로 날아가 그 요선이 그녀를 찾지 못하게 숨어 있어야만 했다. 그런데 흑뢰는 아무리 그녀가 채근을 해도 재빨리 선계로 날아가지 않았다. 빠르게 날아가지 않고 느릿느릿 제자리를 맴도는 형상이었다.

고삐를 당기면서, 사예는 이를 악물었다.

'이 녀석이 과연 보통 녀석은 아니구나.'

그렇지 않고서야 고삐를 당기고 청하가 채근을 하는데도 이리 미적댈 리가 없었다. 다른 용마들은 청하의 말을 고분고분 들었는데, 제 고집을 부리는 걸 보아하니 확실히 보통 놈은 아니었다. 흑뢰의 그 몸짓이 왜 시건에게 안 가냐고 투정 부리는 것만 같았다. 도화와 한 대화를 알아들었을 리가 없음에도 불구하고 꼭 알아들은 것 같았다. 드디어 제 주인을 찾아갈 것처럼 들떴다가 사예가 선계로 가려고 하자 기가 팍 죽은 듯, 크게 펼쳤던 검은 날개도 힘없이 푹 늘어졌다.

결국 청하는 두 앞발을 든 채로 고개를 절레절레 저었고 사예도 마찬가지였다. 고삐를 당기던 팔에서 힘을 푼 사예는 한숨을 푹 내쉬었다. 그녀가 힘을 빼자 흑뢰는 더 올라가지 않고 주변을 맴돌다 숲 사이로 내려섰다.

'아, 이걸 그냥…….'

갈기를 다 뽑아 버릴까 보다, 하고 생각하며 사예는 고삐를 쥔 손에 힘을 줬다. 사예는 불편한데 심지어 말까지 안 듣는 흑뢰를 차라리 버리고 가는 게 낫겠다고 생각했다. 익숙하지 않은 용마에 앉은 몸도 불편하고 마음도 불편했다. 사예는 연달아 한숨을 푹푹 내쉬었다. 마음속에 신수를 찾지 못했다는 시건이 떠올랐다. 그녀의, 아니 사실은 청하의 눈치를 슬슬 보는 용마의 새까만 빛깔 때문에 시건의 검은 머리와 눈이 계속 생각났다.

"아……."

사예는 눈을 질끈 감았다 뜨고는 계속 고민했다.

'어머니께서 찾으실지도 모르는데……. 빨리 돌아가야 되는데…….'

사예는 고민했다. 어머니 하선은 늘 그녀에게, 그저 너 살 것만 생각해라, 그리 말했다.

'그래, 난 지금 내 코가 석자란 말이야.'

설상가상으로 선군들에게 도망치는 모습을 제대로 걸려 버렸다. 그리 소란을 피우며 도망쳤고, 더불어 교서도 버리고 왔으니 용수궁에 무사히 손님으로 가긴 완전히 글렀다. 물론, 용수궁에 고분고분 갈 생각도 없었다. 최대한 빨리 선계로 돌아가 숨는 게 최선이었다. 무엇이든 외면하고 도망치며 숨는 것은 그녀에게 일상이었으므로, 이제 와서 힘들 일도 아니었다. 사예는 다시 마음을 다잡고 선계로 돌아가려고 했다. 그러나.

"……."

고삐를 쥔 손에 힘이 들어갔다. 하선은 그녀에게 네가 할 수 있는 최선만 하라 말했고, 그게 그저 살아남는 거라고 말했다. 그간 그녀가 할 수 있는 최선은 그저 도망치는 게 전부라 생각했고, 그래서 그리했다. 하지만 지금도 과연 그런가.

'아니, 아니야.'

그녀는 늘 도망치며 살아왔다. 그러나 지금, 사예에게 최선은 도망치는 게 아니었다. 지금 그녀에게는 선계로 날아갈 수 있는 용마가 있었고, 또한 오랜 시간 무영을 보낸 원수가 누군지도 알고 있었다. 감사부에서 도망친 상황부터 그녀도 이미 죄인이니, 역적과 다시 만난다고 하여 더 나빠질 것도 없었다.

사예는 고개를 돌렸다. 그녀는 동쪽을 쳐다봤다. 지금 그녀가 있는 곳에서는 시건이 있을 동하의 들판이 잘 보이지 않았다. 그러나 사예는 보지 않고서도 그곳에 있을 사내의 모습을 그릴 수 있었다. 그 언젠가 그 눈에 선명히 새겼고, 그 누구보다 가까이 다가왔던 모습이었다. 결국 그녀는 그녀에게 시선을 꽂고 다가오던 사내의 모습을 지워 버릴 수 없었다. 가만히 서서 그녀를 바라보던 시건의 모습도, 또한 그처럼 그녀를 어둠 속에서 응시하고 있던 그의 신수도.

'최선만 하라는 말은, 그래도 할 수 있는 최선은 하라는 의미지요. 어머니.'

그녀는 지금 도망치는 것 말고도, 할 수 있는 게 많았다. 사예는 청하가 용마를 데려오는 사이 환술을 걸어 넣어 뒀던 사진검을 다시 꺼냈다. 손안에 들어오는 크기로 작아진 사진검을 꼭 쥐었다. 그녀는 현무를 묶어 둔 조쇄를 풀 수 있고, 동시에 어디든지 날아갈 수 있다. 그녀는 이 용마를 타고 홀로 선계로 돌아갈 수도 있지만, 시건에게 신수를 되찾아 주고 그와 함께 선계로 갈 수도 있었다. 무엇보다.

그녀 스스로가 그걸 원했다. 그녀가 아니었다면 지금도 암굴에 갇혀 있었을 뿐인 사내. 애초에 봉인을 풀어 주지 않았다면, 시건에게 동하에 남으라 하지 않았다면. 그녀는 시건이 갇힌 암굴로 떨어져, 그의 봉인을 풀어 주던 순간부터 이미 그와 깊이 연관되어 있었다. 외면하고 도망치려 했으나 결국 그리할 수 없었다. 잃었던 자유를 되찾아 주었으니, 이제 잃은 신수를 되찾아 줄 때였다.

이를 악문 사예는 사진검에 걸린 환술을 풀었다. 작았던 검이 금세 다시 커졌다. 양기를 가득 머금은 검이 손에 잡혔다. 이리 무거운 검이 손에 들렸는데 어째서 마음은 한층 가벼워졌는지 알 수 없는 노릇이었다. 숨을 들이마신 사예는 사진검을 손에 꼭 쥔 채로, 흑뢰의 고삐를 고쳐 잡았다.

"그래, 좋아."

사예는 흑뢰의 고삐를 있는 힘껏 당겼다.

"가자, 네 주인에게로!"

흑뢰는 축 늘어져 있던 날개를 쫙 펼쳤다. 앞발을 구르며 크게 울었다. 더 기다릴 것도 없이, 검은 용마는 하늘 위로 날아올랐다. 할 수 있는 온 힘을 다해 날갯짓을 했다.

사예는 용마에게 몸을 딱 붙인 채로 최선을 다해 매달렸다. 포악하기로 유명한 용마는 신이 나서 마음껏 날았고, 덕분에 사예는 아무것도 할 수가 없었다. 그녀는 눈을 질끈 감고 숨을 억누른 채 앉아 있었고, 청하는 최선을 다해 흑뢰의 뒤를 좇아 날았다. 그 이름이 아깝지 않은 속도로, 흑뢰는 빛과 같은 속도로 하늘을 가로지르며 동쪽으로 날아갔다.

❊ ❊ ❊

동하 하계군 측의 진지는 분위기가 좋지 못했다. 시건은 선군 사절이 왔다 간 후에 오로지 그의 생각에 빠져 입도 뻥긋하지 않고 있었고, 덕분에 나머지 하계군은 혼란에 빠졌다. 도깨비들 모두 이제 어떻게 되는 건지 궁금해했고, 기다리던 양상은 결국 시건을 찾아갔다.

"이제 어찌할 셈이시오, 장군."

막사 앞에는 시건의 수하 장수들이 있었고, 그 사이에서 시건은 조금의 반응도 없이 서 있었다. 그가 오십 년 만에 본 그의 신수는 다시금 모습을 감춘 상태였다. 주변에서 다른 선인들도 걱정스러운 시선으로 시건의 눈치를 살피고 있었다.

시건도 그가 중요한 시점에 지나치게 시간을 끌었다는 사실을 알고 있었다. 이건 그가 예상하지 못한 상황이긴 했으나, 그가 인정하지 않는다고 현실이 변하는 것도 아니었다.

사실은, 이 예상하지 못한 상황으로 인해 시건은 더욱더 선계로 돌아갈 필요성을 느꼈다. 무엇 때문에 그의 아버지가 역적이 되었는지, 무진은 어째서 그가 돌아오지 않기를 바라는지. 그가 알아야 할 게 너무 많았다. 해서, 시건은 오명을 무릅쓰고서라도 선계로 돌아가야 했다. 이 땅에서는, 저 하늘에 숨겨진 진실을 알 방도가 없기에.

신수 현무를 본 일로 하루 종일 흥분해 있던 유신이 시건에게 말했다.

"저희가 도깨비감투를 쓰고 가 현무를 빼내 오겠습니다."

"조쇄 푸는 법을 아나?"

시건의 물음에 그 어떤 선인도 대답하지 못했다. 하지만 유신은 물러서지 않았다.

"허나 이대로 손만 놓고 있을 수는 없습니다."

시건은 답답해서 말하는 유신을 보다가 시선을 돌렸다. 묵현의 조쇄를 풀기 위해서는 도깨비감투를 쓰고 적진으로 침투해야 했다. 그러나 조쇄를 푸는 방도도 모르니 들어간다고 다도 아니었다. 신수를 찾기 위해 위험을 무릅쓰느니 조금이라도 빨리 선계로 돌아가 누명과 관련된 진실을 알아보는 편이 나았다. 어차피 누명만 벗으면 신수는 되찾을 수 있을 테니 더 고민할 필요도 없었다. 결단을 내린 시건은 그의 명을 기다리는 선인들을 향해 말했다.

"신수 현무는 포기한다."

스스로의 입으로 내뱉는 그 말이 썼다. 그러나 다른 도리가 없었다.

"모든 선인, 도깨비들은 양상이 나눠 준 부적을 확인하고 대기하라. 선인들은 화살을 챙기고 도깨비들은 무기와 요선들이 쓸 녹두, 돌을 확인해라. 확인이 끝나는 즉시 선계로 갈 것이다."

옆에서 현록이 알았다고 대답하며 고개를 숙였다. 시건은 이번엔 양상을 향해 말했다.

"양상 그대는 하계에 남아도 좋다."

시건의 말에 양상은 영 속을 알 수 없는 얼굴로 시건을 쳐다봤다. 웃는 듯하면서도 곤란해하는 얼굴이었다. 시건은 선군 측을 응시하며 담담하게 말했다.

"선계에 가 해결할 일은 명백히 내 일이다. 어쨌든 무진이 하계의 인간들과는 대화할 의지를 보였으니, 그대의 용무도 끝이겠지. 하계의 입장을 고려해도 그대는 남는 편이 나을 것이다."

양상이 도깨비처럼 단순한 이유나 의리로 이 자리에 있는 것이 아니라는 사실은 시건은 물론 그의 수하들도 알고 있었다. 어쨌든 천제의 명으로 하계 상황은 정리될 가능성이 생겼으니 구태여 양상이 선계까지 올 필요는 없었다. 그러나 양상의 생각은 달랐다.

"그럼 선계에는 어찌 가려고 하시오? 소생의 도술로 가겠다면서."

시건이 양상을 쳐다봤다. 양상의 웃음이 진해졌다.

"안희제께서 영 대화가 안 통하는 분도 아닌 듯하니, 앞으로는 이 하계의 일은 이 씨가 인간들과 함께 잘해 낼 수 있을 것이라 생각하오. 그리고 이리 유능한 도사가 사라지면 선계로 도달하기도 전에 선군에 의해 군대가 초전박살이 날 것이외다."

"그럴 리가요."

옆에서 유신이 투덜거렸다. 그러나 선인들은 양상의 예상치 못한 대답에 놀라 아무 말도 못 하고 있는 상태였다. 하하, 웃는 양상에게 시건이 물었다.

"후회하지 않겠나, 양상."

"장군이 말하셨지 않소. 이 하계에 선인이 필요 없다고. 이 땅을 인간의 몫으로 남기려면, 불로불사하는 도사 역시 떠나야겠지."

그렇게, 양상은 하계를 떠나 모두와 함께 선계로 갈 생각임을 밝혔다.

"소생은 이미 그리 결정했소이다. 거, 이 많은 인원을 선계로 데리고 가려니 책임이 막중하네. 소생이 준비를 좀 할 동안 소란스럽지 않게 해 주시오."

그렇게 생색을 내며 양상은 몸을 돌렸다. 그는 마음을 다잡고 도술을 부리기 위해 자리를 골랐다. 진지 사이에 양상이 자리를 잡고 앉았다. 홍례와 어린 도깨비들이 쉿, 쉿 거리며 양상이 그의 생각에 집중할 수 있도록 주변을 지켰다.

시건은 양상의 뜻을 받아들였고, 다른 말을 하는 대신 기다리던 선인들에게 준비를 하라 명했다. 현록과 선인들은 요선들과 도깨비들의 상태를 살피기 위해 바삐 움직였다. 힘이 좋은 도깨비들이 녹두와 짱돌을 챙기고, 선인들에게 필요한 무기를 챙겼다.

모든 준비가 끝나는 대로, 그들은 드디어 선계로 가게 될 터였다. 누군가는 상상도 하지 못한 일이고 누군가는 오랜 세월 동안 기다렸던 일이었다. 비록 완벽히 계획대로 되진 않았으나 어쨌든, 이제 승천이 코앞이었다.

한편, 선군의 상장군과 대장군들은 모두 막사에 모여 앉아 있었다. 총지휘관인 주석호가 잡혀간 일로 지금 선군 측의 지휘는 검용군 대장군이 맡고 있었다. 검용군 대장군은 다른 장수들을 둘러보며 말했다.

"저 역적들이 기어이 폐하의 명을 거부하는 모양이오."

"명을 따르지 않았으니, 속히 잡아들여 암굴로 보내야 합니다."

"도깨비들의 약점만 되돌릴 수 있다면……."

"허나 도술을 부렸을 게 분명한 도사 양상은 계속 숨어 있고, 현재 이 동하에 있는지조차 알 수가 없소."

혜강이 말하자 다른 장수들도 고개를 끄덕였다. 장수들이 그리 머리를 맞대고 있는 와중에, 갑자기 밖이 소란스러워졌다. 장군들이 모여 있는 막사로 선군 하나가 들어왔다.

"대장군!"

"무슨 일이냐?"

놀란 장수들이 고개를 들었다. 선군이 다급하게 소리쳤다.

"용입니다!"

"뭐?"

이해하지 못한 선군들 사이에서, 혜강이 벌떡 일어났다. 혜강이 당장 막사 밖으로 나가고, 놀란 장군들 역시 그녀를 따라 밖으로 향했다. 막사 밖으로 나간 그들은, 다른 선군들을 따라 하늘을 쳐다봤다. 그리고, 발견했다. 하늘을 가로지르며 날아오는 용마, 그리고 그 뒤를 따라 나는 푸른 빛깔.

"청룡!"

혜강은 이를 악물었다. 하늘 사이로, 푸른 용이 빠르게 날아오고 있었다.

놀란 것은 선군만이 아니었다. 준비를 마치고 이제 선계로 가려고 대기하고 있던 하계군 또한 하늘을 날아오는 용마와 용을 발견했다. 그러나 하계군의 선인들은 선군들과는 달리 푸른 용보다 날아오는 용마에 더 시선을 집중했다. 하늘 사이로, 검은빛이 날아들었다. 빠르고 지체 없는 몸놀림은 그들에게는 너무나 익숙했다.

놀란 선인들 사이에서 시건은 그의 용마 흑뢰와, 그 뒤를 따라 나는 푸른 용을 보느라 눈도 깜빡이지 못했다. 주변의 선인들이 흑뢰의 이름을 부르는 소리도 그에게는 와 닿지 않았다. 그에게는 그저, 용마를 따라 나는 푸른 용, 그리고 흑뢰의 검은 몸 위를 덮은, 용보다 더 선명한 푸른 빛깔의 치마만 눈에 들어왔다. 하늘을 가로지른 검은 용마와 푸른 용은 선군 측의 진지로 날아갔다.

사예를 태운 채로 선군의 진지로 날아간 흑뢰는 그 주변을 빠르게 날아다녔다. 선군들이 쏘는 화살도 이 용마의 빠르기를 따라잡을 수는 없었다. 청하도 힘들게 그런 흑뢰의 뒤를 따라왔다. 바로 지척에서 주변을 날아다니는 용을 본 선군들은 경악했다.

"용!"

"어찌 용이!"

그러거나 말거나 흑뢰 위에 타고 있는 사예는 죽을 맛이었다. 이 놈의 용마가 어찌나 제멋대로 방향을 틀고 빠르게 나는지 사예는 그저 매달린 채로 굳어 있을 수밖에 없었다. 그녀의 발로 직접 운보를 쓸 때와 제멋대로 나는 용마 위에 타는 것은 확연히 달랐다. 이리 대놓고 선군의 진지로 쳐들어올 생각은 없었으나 이놈의 용마는 제 주인에게 돌아간다는 사실에 신이 났는지 도통 제 속도를 줄이지 않고 선군들의 진지로 쳐들어와 버렸다.

고삐와 사진검만 꽉 잡은 채로 용마를 타고 온 것을 속으로 계속 후회하고 있는데, 다행히 흑뢰가 점차 속도를 늦췄다. 사예는 겨우 고개를 돌려, 막사 사이에 선군들에게 둘러싸여 있는 신수를 발견했다. 그녀는 흑뢰의 고삐를 팔에 한 손으로 모아 잡고, 고삐를 쥔 손으로 검집을 누르고 사진검을 뽑아 들었다. 주변을 날던 청하가 온몸으로 빛을 내뿜으며 사예의 사진검으로 빨려 들어갔다. 넘치는 양기를 품은 검을 들고, 사예는 한껏 낮추고 있던 상체를 겨우 세웠다. 흑뢰는 다시 속도를 높이며 신수 현무에게로 날아갔다.

선군들 사이에서, 조쇄에 묶인 채로 있던 현무가 두 개의 머리를 들었다. 정신없이 흔들리는 흑뢰의 위에서, 사예는 이를 악물고 사진검을 휘둘렀다. 허공에서 검이 목행의 술법 인을 그리고, 검으로부터 막대한 양의 목기가 흘러나왔다. 목기는 신수의 다리를 묶은 조쇄를 향해 뻗어 나갔다. 공격적으로 뻗어진 목기가 조쇄의 토기를 짓누르고 구속을 깼다. 조쇄가 끊어지고, 묵현은 억눌려 있던 기를 분출했다. 주체하지 못하고 쏟아져 나온 기에 주변의 선군들은 휩쓸려 날아갔다.

동시에 하계군 측에 있던 시건의 표식이 드디어 빛을 발했다. 채 상황을 깨닫기도 전에, 시건은 달리고 있었다. 숨을 쉬는 것조차 잊고, 도깨비와 요선을 밀치고 앞으로 달렸다. 뒤에서 그를 부르는 수하 장수들의 목소리는 들리지도 않았다. 그는 그저 뛰었다. 도깨비신발로 허공을 딛고 날아올랐다. 검은 용마는 사예를 태운 채로, 선군들의 머리를 넘고 들판을 가로질렀다. 자유를 되찾은 묵현 또한 그 어떤 방해도 받지 않고 시건에게로 향했다.

신수보다 번개처럼 빠른 용마가 먼저 그 주인에게 도달했다. 시건은 예의 검을 꼭 붙든 채로 용마의 위에 앉아 있는 사예를 봤다. 확인이 필요했다. 지금 눈앞의 여선이 진정 그의 여선이 맞는지. 흑뢰가 몸을 낮추어 날자 시건은 뛰어올라 사예의 뒤로 올라탔다. 그는 사예의 고삐 쥔 손을 그의 손으로 감싸 쥐었다. 손안의 온기를 꽉 잡았다. 흔들리는 몸을 그대로 품에 안았다.

그 바람에 흑뢰에게 붙어 있던 사예는 놀라서 고개를 돌렸다. 고개를 돌리자마자 시선에 시건의 얼굴이 가득 찼다. 시건은 사예가 얼굴을 다 확인할 수 없을 정도로 가깝게 앉아 그녀를 양팔 안에 가두고 있었다.

"잠깐만, 난……."

사예는 앞뒤 잴 것 없이 일단 이 최악의 탈 것으로부터 내리고 싶었다. 그러나 흑뢰의 고삐는 그녀의 손을 감싸 쥔 시건에 의해 이미 잡아당겨진 후였다. 사예는 또다시 있을 비행의 고난을 예감하곤 인상을 팍 썼다. 그녀는 고삐와 사진검을 쥔 손에 힘을 꽉 준 상태로 그저 몸을 웅크렸다. 사예와 시건을 태운 흑뢰는 하늘에서 크게 원을 그리며 날았다. 그사이 자유를 찾은 묵현과 사진검에서 나온 청하는 검은 용마 위에 함께 올라타 있는 두 선인의 표식으로 돌아갔다. 흑뢰를 몰아 진지 앞을 가득 메운 도깨비들의 머리 위를 지나치며, 시건이 소리쳤다.

"양상!"

하계군 측 진지 사이에서 눈을 감고 귀를 막은 채 마음을 다잡고 있던 양상이 눈을 떴다. 그는 씨익 웃었다. 이제 드디어, 그가 하늘과 땅 사이의 격차를 없앨 시간이었다. 어려운 일은 아니었다. 그는 이미 깨달았고, 그가 이제껏 한 모든 일이 그 격차를 없애기 위해서였기 때문에.

양상은 손에 들고 있던 지팡이를 들어 올렸다. 그사이 흑뢰가 날갯짓을 멈추고, 시건은 앞에 앉은 사예를 팔로 꽉 안았다. 양상의 지팡이가 땅 위로 내리꽂힘과 동시에, 숨이 막힐 정도로 강한 공명이 사방으로 퍼졌다. 그 자리에 있던 모든 이들이 눈을 질끈 감고 숨을 멈췄다. 도깨비도, 선인들도, 선군들도 예외는 없었다. 그 누구도 눈을 감고 몸을 움츠리지 않고는 견딜 수 없었다. 양상의 지팡이로부터 시작된 충격파가 너른 들판을 모조리 집어삼켰다. 찰나의 순간에 퍼져 나간 도술의 힘은 동하의 땅과 하늘을 가득 메우고, 그 힘으로 인해 인간과 선인, 땅과 하늘 그 모든 간격이 사라졌다.

시건에게 안긴 채로 눈을 질끈 감았던 사예는, 차가운 수기가 그녀의 얼굴을 스치는 것을 느꼈다. 그녀는 천천히 눈을 떴다. 하얀 구름이 얼굴을 스쳐 지나갔다. 아까까지 보이던 광경과는 전혀 다른 광경이 눈앞에 펼쳐졌다. 시선 아래 피로 젖은 들판이 아닌, 아득히 깔린 구름이 층을 이루었다. 겹겹이 쌓인 구름 위로 어느새 지는 해가 오색 빛깔을 드리웠다. 구름과 구름이 시야를 붉고 푸르게 메웠다. 모든 소리가 멎고, 흩날리는 구름 사이 침묵만 흘렀다.

"아이고……."

멀리서, 침묵을 깨고 헛웃음을 흘리는 양상의 목소리가 들렸다. 선인들은 무려 오십 년 만에 보는 구름 위의 풍경에 아무 말도 잇지 못했다. 도깨비신발을 신은 요선들은 어안이 벙벙한 얼굴로 하늘을 쳐다보고, 도깨비들은 구름 사이에서 팔다리를 휘적거리며 구름층의 위아래로 연신 오갔다. 구름 위로 도깨비들이 가득 올라섰다. 지금 도깨비들은 처음 보는 광경에 어리둥절해하고 있었지만, 동하에 남아 있는 선군들은 갑자기 들판 한쪽을 가득 메우고 있던 하계군이 전원 사라진 것을 보고는 얼이 나갔을 터였다.

구름 위에서 날던 도깨비 하나가 물었다.

"여기가 어디야?"

흑뢰는 구름 위에서 날개를 쫙 편 채로 유유히 날고 있었고, 덕분에 사예도 그제야 주변을 제대로 살필 수 있었다. 구름 사이 무너진 기둥과 나무의 잔재가 군데군데 서 있었다. 폐허 사이에서 구름 위에 기를 모아 싹을 틔운 나무들이 듬성듬성 자라고 있었다. 그 모습을 본 사예는 힘이 빠져 겨우 세운 몸을 축 늘어트렸다. 긴장이 확 풀렸다. 몸이 뒤에 앉아 있던 시건에게 닿았다. 사예는 시건의 팔이 아직도 그녀를 세게 안고 있다는 사실을 깨달았다. 시건은 팔로 그녀를 안고 가슴으로 그녀를 받쳐 주고 있었다. 시건에게 등을 기댄 채로 크게 심호흡을 하며, 사예가 말했다.

"동선……. 여긴 동선이오."

시건에게 안긴 채로 옴짝달싹할 수 없는 몸이 그녀의 처지 같았다. 그녀에게는 이제 더 이상 달리 도망치거나, 물러날 길이 없었다. 어차피 더 이상 물러날 방도도, 도망칠 생각도 없었기에 후회는 없었다. 그녀는 시건과 함께 선계로 돌아왔고, 그들은 버려진 동쪽 하늘의 위로 올라와 있었다.

❋ ❋ ❋

차가운 구름의 수기가 가득 찬 북선의 하늘 한가운데, 거대한 구름이 휘몰아쳤다. 구름은 한곳을 향해 모여들며 주변으로 다가오는 모든 것을 빨아들이고 있었다. 몰아치는 거친 흐름을 뚫고, 한 여선이 나왔다. 나온 여선은 당장이라도 다시 그녀를 잡아먹을 것처럼 모여드는 구름으로부터 벗어나기 위해 있는 힘껏 날았다. 발치에서 모인 수기가 폭발하며 모여드는 구름의 힘과 부딪쳤다. 지척의 모든 것을 빨아들이는 강대한 힘에 거역하는 것은 쉬운 일이 아니었다.

결국 견디지 못하고 다시 구름 사이로 빨려 들어가려는 찰나에, 어떤 힘이 그녀를 도와줬다. 밀어내는 힘을 바탕으로 여선은 구름을 딛고 뛰어올랐다. 붉은 옷고름이 구름 사이에서 펄럭였다. 붉은 빛깔의 신수가 그녀를 따라 날아왔다.

숨도 제대로 쉬지 못하고 그 자리에서 도망친 여선은 하선이었다. 겨우 위험한 구역에서 멀어진 하선은 숨을 몰아쉬었다. 구름 위에 겨우 선 상태로, 그녀는 고개를 돌려 그녀가 빠져나온 구름의 틈을 응시했다. 뒤도 돌아보지 않고 달아났기 때문에 아까는 거대했던 구름이 이제는 조그맣게 보였다. 그녀는 숨을 고르며 품에 꼭 쥐고 있던 짐 보따리를 응시했다. 하선은 구름 사이에 자리를 잡고 품 안의 짐을 열었다.

짐 속에는 본래 있던 옷가지와 부적 이외에도, 접은 편지들과 알 수 없는 검은 함, 그리고 서책 세 권이 있었다. 하선은 그중 서책 한 권을 꺼내 들었다. 두껍고 모서리가 다 해진 낡은 서책이었다. 서책의 위쪽에 옛말로 쓴 글씨가 있었고, 그 글씨 아래 작은 글씨로 서책을 쓴 이의 이름이 써 있었다. 그녀가 손에 든 것은, 천 년 전 사라진 사관 백암의 사초였다.

하선은 서책을 든 손에 힘을 줬다. 이 사초가 없었다면 그녀는 원하던 모든 것을 얻지 못했을 터였다. 사초 아래 또 다른 물건들에 시선이 닿았다. 무표정하던 하선의 얼굴 위로 복잡한 감정이 떠올랐다. 안도감과 불안함, 그리움과 분노, 온갖 상반된 감정으로 하선조차 쉽사리 마음을 다잡기가 힘들었다.

하선이 생각에 잠긴 사이, 옆에 있던 신수 자운영이 주변을 정신없이 날았다. 놀라 고개를 든 하선은 구름과 구름을 헤집으며 날아오는 무영을 발견했다. 하선은 얼른 다시 그녀의 짐을 챙겼다. 짐을 품에 안은 채로, 그녀는 신수와 함께 날아갔다. 최대한 빠르게 멀리 날아가 구름 사이로 모습을 숨겼다. 신수는 그런 하선의 기척을 감췄다. 신수가 기척을 가리자 무영은 하선을 찾지 못하고 구름 사이에서 방황했다.

그러나 무영이 쉬이 물러나지 않을 것임을 알기에 하선은 멈추지 않았다. 진실에 도달할 모든 것들을 품 안에 숨긴 채로, 그녀는 서둘러 구름 사이로 사라졌다.

七
해와 달

검푸른 하늘 사이, 달이 하얗게 빛났다. 시리도록 하얗게 빛나는 달에 세워진 궁, 월궁(月宮)의 앞뜰에서는 옥토끼들이 뛰어다니고 있었다. 앞뜰을 가득 메운 옥토끼들의 몸을 뒤덮은 가지런한 털이 옥빛으로 영롱하게 빛났다. 옥토끼들은 한시도 쉬지 않고 생기 넘치게 뛰어다녔다.

희게 빛나는 풀을 뜯어 먹으며 주둥이를 오물거리던 옥토끼 한 마리가, 그런 무리에서 벗어났다. 무작정 풀만 뜯으며 뛰어가다 결국 월궁을 돌아 뒤뜰까지 가 버렸다. 옥토끼는 무리에서 멀어지든 말든 정신없이 풀을 뜯으며 폴짝폴짝 뛰어다녔다. 길을 가로막는 다른 옥토끼가 없으니 완전히 제 세상인 양 헤집고 다녔다.

그때, 신나서 입을 오물거리는 옥토끼의 뒤로 한 소년이 나타났다. 하늘빛 저고리 위에 푸른 배자를 입고 곤색 바지를 입은 이 소년은 월궁의 주인이자, 선인들에게 보내는 선단을 만드는 월신(月神), 그리고 달 자체였다. 달은 옥토끼를 들어 올려 품에 안았다.

"이런, 또 이리 멀리까지 나왔구나. 무리에서 벗어나면 안 된다 내가 몇 번이나 말하지 않았누. 또 한 번 이런 짓을 하면 정말 다시는 찾으러 오지 않을 것이다."

버둥거리던 옥토끼는 달의 협박에 놀라서는 그의 품에 찰싹 달라붙었다. 이제 옥토끼는 허전해진 입에 풀 대신 달의 소맷자락을 물고 오물거리며 씹기 시작했다. 달은 품에 안은 옥토끼의 등을 토닥거리며 앞뜰로 돌아갔다. 앞뜰에 있는 토끼장에 걸어가 장 안을 살폈다.

"어디 보자, 오늘은 다들 똥을 잘 누었나?"

달은 옥토끼를 한 손으로 안고, 빈손으로 옥토끼들이 싼 동글동글한 배변을 살폈다. 달의 풀을 먹는 옥토끼의 변은 푸른색과 백색이 섞인 기이한 빛깔을 하고 있었다.

"음, 좋아."

달은 만족한 얼굴로 옥토끼의 배변을 삽으로 펐다. 푼 배변을 든 채로 달은 월궁의 마루로 걸어갔다. 마루 위에는 돌절구와 방망이가 놓여 있었고, 그 옆에는 동그란 배변이 수북하게 쌓여 있었다. 달은 새로 퍼 온 옥토끼 배변을 이미 쌓여 있던 옥토끼 배변 위에 쏟았다. 그는 돌절구 앞에 자리를 잡고 앉았다. 데려온 옥토끼는 그런 달의 무릎 위에 자리 잡았다. 달은 돌절구에 옥토끼들이 싼 배변을 담은 뒤 방망이질을 하기 시작했다. 방망이질을 하는 달의 손이 바빠졌다. 선계 용수궁에 선단을 보내야 할 날이 코앞까지 다가온 터라, 서둘러 선단을 만들어야 했다. 품에 옥토끼 한 마리를 안은 채로, 달은 돌절구에 담긴 옥토끼 배변을 짓이기는 데 집중했다.

「안녕하십니까?」

한참 집중을 하고 있는데, 낯선 목소리가 들렸다. 달은 놀라 고개를 돌렸다. 지금 이맘때에는 그를 찾아올 손님이 없기 때문이었다. 뛰노는 옥토끼들 사이에, 온통 검은 빛깔의 사내가 서 있었다. 심지어, 사내는 살아 있는 자도 아니었다. 사내는 육신이 없는 영혼의 상태였다. 검은 갓을 쓰고 검은 두루마기를 걸친 사내의 반투명한 몸 뒤의 검은 하늘이 그대로 비쳤다. 달의 무릎에 앉은 옥토끼가 코를 찡긋거렸다. 달은 어리둥절해서 고개를 갸웃거렸다.

"뉘신지요?"

영혼이 검은 갓의 끝을 어루만지며 답했다.

「저승사자입니다.」

그 말을 끝으로 어둠이 시야를 덮었다. 그렇게, 달이 사라졌다.

❈ ❈ ❈

하계의 인간들은 당황스러워 어찌할 바를 몰랐다. 동하에서 구름이 휘몰아치고 웬 난리가 나더니, 이제는 해가 지고 밤이 되었는데도 불구하고 하늘에 달이 뜨지 않았다. 하늘은 온통 어두웠고 보이는 것은 아무것도 없었다. 초롱을 들고 불안해하며 오가던 인간들은 바로 며칠 전 동하에서 왔다고 하는 이 노인을 찾아갔다.

"노인장, 이게 대체 어찌 된 일입니까?"

안 그래도 서하의 태수관에서 인간 관리들을 만나고 있던 이 노인은, 걱정과 불안으로 가득 찬 인간들을 보며 미소를 지었다.

"아무래도 달에 무슨 일이 생긴 모양일세."

"혹 천제 폐하께서 화가 나셔서나, 아니면……."

"그런 것은 아닐 걸세. 천제 폐하께서는 우리의 이야기를 들어 주시겠다 하셨네. 그리 걱정할 일은 아닐 것이야. 근시일 내로 각 하의 관리들이 감사부에 있는 선녀들을 만나러 간다고 했으니, 그때 달이 사라진 이유에 대해서도 알 수 있겠지."

"노인장께서도 선녀님들을 만나러 가십니까요?"

"나는 북하로 가야 해서 그들과 함께 가지는 못할 듯싶네. 일단은 불안해하지 말고 기다려 보도록 하게."

이 노인은 쉬지 않고 몰려드는 인간들에게 같은 이야기를 반복했다. 인간들은 물론이고 인간 관리들, 병사들 모두 이 노인을 찾아왔다. 그들 사이에 이 노인이 도사와 도깨비들과 친하다고 알려져 있기 때문이었다. 인간들은 이 노인이 이 상황에 대해 뭔가 알고 있을 거라고 생각했다.

이 노인은 남하의 인간들을 만나 의견을 나눈 후 바로 서하로 와 피곤함에도 불구하고, 일단 인간들을 안심시키기 위해 노력했다. 그러나 갑작스러운 사태에 이 노인으로서도 마음이 불안할 수밖에 없었다. 그는 도깨비들이 요술로 전한 편지를 통해, 양상과 시건 외 모든 도깨비들이 선계로 갔다는 사실을 알고 있었다. 무엇보다 천제는 이미 하계의 상황을 이해하고 인간들의 이야기를 듣겠노라 선포한 상황이었다. 비록 하계군이 선계로 갔으나 그에 대한 천제의 결정은 다행히 번복되지 않았다. 이 노인은 한편으로 안심을 하면서도, 또 다른 한편으로는 양상과 시건 외 도깨비들이 무사하기를 바라고 있었다. 하계 상황에 진전이 보이니 류시건 장군의 누명도 잘 해결되면 좋겠다고 생각했다. 그런데 갑자기, 하늘의 달이 사라진 것이었다.

달 없는 새까만 밤에 덩그러니 남겨진 인간들은 두려워할 수밖에 없었다. 그래도 날이 밝으면 선계 쪽에서 무언가 말이 나오겠지, 하는 심정으로 이 노인은 기다렸다. 당황하고 있을 동하와 북하, 남하 쪽에 인간 병사들 편에 급히 편지를 보낸 후, 다른 인간들을 다독이고 기다렸다. 그러나 아침이 되자 상황은 더 심각해졌다. 이유인즉슨, 시간이 지나고 닭이 울고 있음에도 불구하고 해마저 뜨지 않은 것이었다. 달이 사라진 것만으로 모자라 해까지 사라졌다. 그리하여,

해도 달도 없는 오로지 어둠만 존재하는 암흑이 시작됐다.

✽ ✽ ✽

선계에서도 이 상황을 알아차렸다. 그러나 천제 무진은 현재 해와 달 말고도 처리해야 할 일이 너무나 많았다. 그는 선계를 살핀 선군으로부터 하계군이 갑작스레 사라진 대신 선계 동선에 나타났다는 이야기를 전해 들은 참이었다. 심지어 버려진 채로 그 누구도 관심 두지 않았던 동선에 도깨비들이 요술로 그들만의 거대한 궁을 짓고 있다는 보고까지 올라왔다. 선인들은 모두 기가 차 말을 잇지 못했다. 그들은 역도들이 동선을 차지하고 선계까지 노리고 있다며 통탄했다.

덕분에 선군들은 비상이었다. 동하로 갔던 선녀들만 감사부에 남고, 선군들은 급히 다시 선계로 돌아왔다. 돌아온 선군들 중 직급이 높은 장수들과 선인 관리들이 용수궁 위정전에 모였다. 그 사이에는 먼저 올라와 있던 흑귀위 상장군 연귀호도 있었다. 무진이 모습을 드러내기 한참 전부터 선인 관리들은 그들끼리 수군대고 있었다. 하계에 나타난 푸른 용과 현무의 해방, 사라진 하계군과 달 등 그들이 입에 올릴 거리가 한두 가지가 아니었다. 그들은 무진이 나와 자리에 앉을 때까지도 그들끼리의 속닥거림을 멈추지 않았다.

잠시 기다려도 소란이 진정되지 않자 무진은 영 진정이 안 되는 선인들을 외면한 채로 명을 내렸다.

"모두 들으라. 하계 감사 황장명은 그의 직분을 무기 삼아 율법을 거스른 죄인이므로, 율법에 따라 거열형에 처할 것이다. 또한 감사의 그 같은 죄를 묵인한 검용군 상장군 주석호는 비록 조쇄를 묵인하는 크나큰 죄를 지었으나 스스로의 죄를 시인하였으므로, 그 목숨을 거

두지는 않겠다. 대신 주석호는 선군으로서의 직책을 파하고 남선 지운도(枳雲島)에 위리안치(圍籬安置)시키도록 하겠다."

놀란 선인들이 모두 서로의 눈치를 봤다. 아무리 그래도 즉위 때부터 곁을 지켰던 주석호에게 위리안치까지 명할 거라고는 그 누구도 생각하지 않았다. 하계에서 있었던 일로 남선의 제후 정왕이 쓰러졌다는 이야기는 이미 널리 알려진 상태였다. 그런 그에게 아들이 직책을 잃고 유배된다는 사실이 알려진다면 어찌 될지 알 수 없었다. 그러나 선인 관리들 중 일부는 그게 지당한 처벌이라 말하며 고개를 끄덕이는 이들도 있었다.

"당분간 검용군은 검용군 대장군이 상장군의 임무를 대신하여 맡도록 하겠다. 검용군 대장군은 세 위를 통솔하여 동선의 동태를 살피도록 하라."

"예, 폐하."

고개를 숙여 대답하던 선인 관리들 중 누군가 입을 열었다.

"송구하오나 폐하, 지금 그보다 시급한 일은 따로 있지 않사옵니까."

모두의 시선이 입을 연 선인에게로 향했다. 무진 역시 시선을 돌렸다. 주변의 다른 선인이 입을 열었다.

"맞습니다. 폐하, 하계에 나타난 신수 청룡에 대해 안팎으로 말이 많습니다. 더불어 신수 청룡과 함께 나타난 여선이 폐하의 교서를 받아 감사부에 머물고 있었다는 허무맹랑한 이야기가 퍼지고 있습니다."

"갑자기 나타난 용은 무엇입니까? 또 폐하께서는 그에 대해 진정 알고 계셨던 것인지요?"

"말도 안 됩니다. 용은 대대로 천자들과 계약을 맺어 이 나라를 다스릴 천제를 선택한 신수이옵니다. 하늘 아래 어찌 용이 둘일 수 있단 말입니까."

"폐하께서 그 일에 대하여 진위 여부를 가려 주셔야 할 듯하옵니다."

무진은 무표정한 얼굴로 시선을 돌렸다가, 다른 선인들을 둘러봤다. 선인들은 모두 무진의 답을 기다리며 그에게 집중하고 있었다. 무진은 상당히 곤란해졌다. 그러나 눈을 매섭게 뜨고 기다리는 관리들 앞에서 시간을 오래 끌 수 없어 일단 입을 열었다.

"그 여선에 대해서는……."

무진이 막 말을 잇는데, 갑자기 카랑카랑한 목소리가 끼어들었다.

"지금 그런 게 중요한가요?"

모든 선인들의 시선이 한 소녀에게로 꽂혔다. 노란 저고리, 붉은 치마를 입고 머리를 뒤로 길게 땋은 소녀였다. 소녀는 품에 옥토끼 한 마리를 안은 채 선인들 사이에 나타났다. 울상인 얼굴로 나타난 소녀는 성큼성큼 걸어 천제에게로 가까이 다가갔다.

"우리 오라버니가 사라졌는데, 그런 게 다 무슨 소용인가요?"

눈을 매섭게 뜨고 천제를 똑바로 응시하는 소녀는 바로 일신(日神), 해였다. 해의 당돌한 언사에 모든 선인 관리들이 눈치를 봤다. 소녀는 비록 어린 외양을 하고 있으나, 여기 이 자리의 그 누구보다 오랜 세월을 살며 낮의 시간을 지켜 온 신선이었다. 이번에 사라진 달은 바로 그녀의 오라비였고, 둘의 사이가 돈독하다는 사실은 익히 잘 알려진 사실이었다. 해와 달은 옛날에는 인간이었으나 신선의 명을 받아 남매가 함께 하늘의 신선이 되었다고 알려져 있었다.

"도깨비 따윈 아무래도 상관없어요! 당장 우리 오라버니를 찾아 주셔요!"

해가 완고한 어조로 말하자 신선들은 당황해서 무진과 해의 눈치만 살폈다. 무진은 내심 안도의 한숨을 내쉬고는 일단 해를 진정시키려고 했다.

"물론 짐도 달을 당장 찾아야 한다고 생각하오. 그러나 무턱대고 선군을 보내 달을 찾기엔 현재 선계의 사정이 좋지 않소. 일단 일부 선군을 보내고, 하계 인간들에게도 지금 이 상황을……."

"천제 폐하께서는 늘 변명만 하고 계시네요. 오라버니를 찾지 못한다면, 저도 하늘로 돌아가지 않을 거여요!"

해는 협박이라도 하듯 소리쳤고, 그 이야기를 들은 선인들 모두가 기함을 했다. 상석에 앉은 무진이 한숨을 내쉬는 사이, 누군가가 기다렸다는 듯 말했다.

「일신께서도 그리 말씀하시니 이 대화를 빨리 끝내야겠군요.」

그 말과 동시에, 분위기가 급변했다. 싸늘한 음기가 위정전 내부에 휘몰아쳤다. 놀란 선인들의 앞에, 검은 영혼의 무리가 들이닥쳤다. 아무런 저항도 받지 않고 벽을 넘어오는 이들은 검은 삿갓과 검은 두루마기를 입은 영혼들이었다. 그들에게는 온기가 없었고, 육체도 없었다.

"저승사자!"

놀란 선인들의 고함을 뒤로한 채, 수십 명의 저승사자들은 무진에게로 가까이 걸어왔다. 검은 갓 아래 숨겨져 있는 저승사자들의 두 눈 중 한쪽은 검은색이고, 한쪽은 하얀색이었다. 검은 눈은 명계로 데려가 귀제의 재판을 받아야 할 영혼을 보는 눈이었고, 하얀 눈은 귀제의 처결대로 벌을 다 받고 이승에서 환생할 영혼을 보는 눈이었다. 저승사자들의 허리춤에는 포승줄이 묶여 있었는데, 이 줄은 진짜 줄이 아니라 영혼의 힘으로 만들어진 도구로 도망치는 영혼들을 묶어 명계로 끌고 가기 위한 줄이었다. 그들의 가슴팍에는 천제가 명수인을 찍은 인물들의 이름이 나타나는 명부가 숨겨져 있었다.

해는 저승사자를 보고는 놀라 뒤로 물러났다. 무진은 저승사자들을 보며 엄히 소리쳤다.

"무엄하다! 태초부터 저승과 이승이 나뉘고 그로 인한 구분이 명백하거늘, 어찌 저승의 사자들이 이승의 일에 나서는가!"

무진의 말에 저승사자들의 가운데에 서 있던 이가 씨익 웃었다. 그는 한쪽 팔에 붉은색 완장을 차고 있었다. 그가 앞으로 나서며 말했다.

「그 옛날 천하가 선, 하계로 나뉘며 선인이 하늘의 제위에 오른 후부터 천제 폐하로 하여금 이승을 다스리고 귀제 폐하로 하여금 저승을 다스리는 게 천하의 법도였으나, 그중 하나가 제 역할을 다 해내지 못하고 천하를 어지럽히고 있으니 이는 통탄할 노릇이라. 귀제 폐하께서 몇 번의 기회를 주셨음에도 불구하고 천제 폐하께서는 그 기회에 응하지 않으셨고, 그로 인해 작금의 사태가 벌어졌습니다. 때마침 하계에서 난동을 부리던 무리가 선계로 승천하고 천제 폐하께서는 이미 스스로의 과오를 인정하시어 하계를 인간들의 몫으로 돌려주겠노라 천명하신 바. 설마 천제 폐하 스스로 하신 말씀을 부정하고 결단을 번복하실 셈은 아니겠지요? 어그러진 하계 상황을 바로잡고자 현명한 결단을 내리신 천제 폐하의 혜안을 칭송하며, 천제 폐하께서는 오늘이야말로 인적과 명수인을 귀제 폐하께 넘기시길 바랍니다.」

"말도 안 되는 소리!"

놀란 선인들이 완강한 어조로 소리쳤다. 무진은 엄한 어조로 대답했다.

"선계와 하계의 상황이 어찌 되든 그것은 이승의 일이다. 저승의 귀제가 이리 나설 일이 아니다. 또한 짐은 하계의 인간들과 대화를 해 보겠다 하였고, 그 대상은 귀제가 아니다. 귀제는 어찌하여 지금까지 모든 일을 수수방관하다 갑자기 이리 나서는가?"

「귀제 폐하께서는 그간 줄곧 하계의 일에 관심을 가지고 계셨고, 이번 일을 통하여 더 이상 물러나서는 안 되겠다 결심하셨습니다. 때마침 도깨비와 선인들이 모두 선계로 오고 하계에 인간만 남았으니, 이제야 비로소 때가 되었다 하셨지요. 하여 저희가 이리 선계로 온 것입니다.」

저승사자의 말이 끝나기 무섭게 선인들이 소리쳤다.

"말도 안 되는 소리입니다, 폐하! 더 이상 들을 가치가 없습니다!"

"저들이 도리를 잊고 넘봐서는 안 되는 지엄한 권한을 넘보고 있사옵니다!"

가장 앞에서 말하던 저승사자는 싸늘한 비소를 머금었다. 그는 턱을 높게 든 거만한 태도로, 무진을 향해 말했다.

「귀제 폐하께서는 천제 폐하와 몰염치한 선인들에게 기회를 주실 만큼 주셨습니다. 하여, 최후의 수단으로 달에 계신 월신을 데려오신 겁니다.」

"뭐라?"

모든 선인들이 놀라 저승사자를 쳐다봤다. 물러나 있던 해도 마찬가지였다.

"이 납치범들!"

울상이 된 얼굴로 해가 소리쳤다. 무진은 달에 대한 이야기로 웅성거리는 선인들을 조용히 시키고 물었다.

"사라진 달이 지금 명계에 있단 말인가?"

저승사자는 고개를 끄덕였다.

「그렇습니다. 귀제 폐하께서 말씀하시기를, 만일 천제 폐하께서 하계 인간들의 인적과 그들의 생사를 주관하는 명수인을 넘겨주지 않으신다면, 선단을 만들 월신은 이승으로 돌려보낼 수 없다 하셨습니다.」

"안 돼!"

옥토끼를 품에 안은 채로 해가 울음을 터뜨렸다. 선인들 또한 저승사자의 협박에 놀라 감히 입을 열지 못했다. 굳어 버린 선인들의 모습을 보며 즐기기라도 하듯, 저승사자는 미소 지으며 말했다.

「빠른 시일 내로, 천제 폐하께서는 현명한 판단을 내려 주시길 바랍니다.」

저승사자들은 그 말을 끝으로 공손히 허리를 숙여 인사하고는 물러났다. 검은 옷을 입은 저승사자들이 빠져나가고, 위정전에는 이제 울먹거리는 해와 선인들만 남았다. 그러나 저승사자들의 음기가 흩어진 후에도 한참 동안, 선인들은 아무런 말도 할 수 없었다.

❋ ❋ ❋

동선에서도 달이 뜨지 않고 해가 뜨지 않는 이 이상한 상황을 알아차렸다. 그러나 도깨비들은 그러거나 말거나 상관하지 않고, 동선의 구름 위에 도깨비 요술로 가옥을 세우고 있었다.

사실 시건의 목표는 동선이 아니었고, 애당초 북선으로 갈 생각이었다. 그러나 선계로 올라오자마자 도술을 써 지친 양상이 그대로 쓰러져 버렸고, 달과 해가 사라진 탓에 시건은 천하에 무언가 예상치 못한 상황이 벌어지고 있음을 깨달았다. 그리하여 그들은 잠시 동선에 주둔하며 기다리게 되었다.

그러나 시건의 이 같은 결정은 도깨비들로서는 도통 이해할 수 없는 결정이었다. 도깨비들은 언제 씨름 대회를 여냐며 아우성치기 시작했다. 시건은 씨름에 눈먼 도깨비들을 달래고 동선에 머무는 이 시간을 안전하게 보내기 위해 이렇게 말해야 했다.

"머지않아 천제가 보낸 선군들이 올 것이다. 여기서 씨름 대회를 열면 중간에 선군들이 와 씨름 대회를 방해할 테니 선군들을 막는 게 우선이다."

그 말에 도깨비들은 경악했다.

"헉! 설마 그런 끔찍한 일이!"

"말도 안 돼!"

"그럼 천하장사도 제대로 가릴 수 없을 거야!"

도깨비들은 상상만으로도 견딜 수 없는 듯 몸을 부르르 떨었다. 시건은 그런 도깨비들에게 말했다.

"요술로 선군들의 공격을 막을 만한 벽을 세우는 게 좋겠는데. 그럼 선군들도 우릴 방해하지 못할 테니."

그리하여 도깨비들은 선군들이 와 그들을 방해하지 못하게끔 요술을 부리기 시작했다. 그러나 그 와중에도 예상치 못한 사태가 발생했다. 선군들을 막기 위해 요술로 담을 쌓던 도깨비들 사이에 벌어진 의견 충돌이 그 발단이었다.

"야! 담은 돌을 차곡차곡 쌓아야지!"

"무슨 소리야! 흙을 발라 높게 세워야지! 그래야 튼튼하지!"

"멍청이들아! 그건 땅이니까 그렇지! 여긴 구름이 땅이니까 구름으로 담을 쌓아야지! 분명 선인들도 그렇게 할 거야!"

그 말과 동시에 도깨비들은 선인들을 쳐다봤다. 당황한 선인들이 대답했다.

"꼭 그런 건 아닌데……."

"봐봐! 역시 담은 돌담!"

"아니야!"

"구름으로 하자!"

그 모습을 쳐다보던 선인들도 그들끼리 대화를 나누기 시작했다.

"뭐라도 상관없는 거 아닙니까? 어차피 요술을 걸 거잖아요."

"아니면 돌을 쌓고 그 사이에 흙을 바르든가……."

그러나 도깨비들은 이미 저들의 생각이 옳다고 주장하며 제각각 요술을 남발하기 시작했다. 도깨비들의 싸움은 과열됐다. 담 높이를 가지고 싸우던 도깨비들의 싸움은 이제 담을 넘어 집에 대한 설전으로 이어졌다. 한동안 지붕은 어떻고 벽은 어떻고 떠들어 대던 도깨비들은 결국 참지 못하고 그 자리를 벗어났다.

"아오, 이 답답한 놈들! 말이 안 통해! 비켜! 내가 보여 줄 테니까!"

"무슨 소리야! 내가 보여 준다!"

여기저기서 도깨비방망이를 휘두르며 경쟁적으로 멋진 가옥을 짓기 위해 노력했다. 구름 위에 지붕과 형태가 다른 가옥이 하나, 둘 생겨났다. 워낙 많은 도깨비가 요술을 부리는 바람에 만드는 가옥이 저들끼리 붙었다. 집을 만들던 도깨비는 다른 도깨비와 부딪치자 소리를 질렀다.

"야! 여기 내가 방 만들고 있었잖아! 안 비켜?"

"아니 집을 왜 이렇게 길게 짓는 거야, 멍청한 놈아! 자리 낭비잖아!"

"이 제멋대로인 서까래는 뭐냐? 무슨 대들보가 이렇게 낮아?"

어떤 도깨비는 제멋대로인 나무를 이리저리 갖다가 지붕에 박고, 어떤 도깨비는 네모반듯한 나무 기둥을 세웠다. 기둥 옆에 다른 기둥이 붙고, 벽 옆에 또 다른 벽이 붙었다. 구름의 아래, 위로 가옥이 붙고 크기가 커졌다. 가옥을 둘러싼 돌담 옆에 흙벽이 세워지고 각기 다른 지붕, 벽, 기와, 난간을 지닌 가옥이 점점 불어났다. 서로 살던 곳이 다르니 기준도 다 달랐다. 누구는 방을 크게, 누구는 대청마루를 크게 만들었다. 그 어느 것도 정해진 것은 없었고 도깨비들은 그 무엇 하나 같은 게 없는 가옥을 만들었다. 도깨비들은 여기저기를 오가며 입과 손을 쉬지 않고 움직였다. 입은 다른 도깨비와 싸우기 위함이었고, 손은 도깨비방망이를 휘두르기 위함이었다.

"야! 뒷간에 구멍을 뚫어 놓으면 어떡해! 싸면 아래로 떨어지잖아!"

"구멍을 안 뚫으면! 고이 담아 두냐?"

"막아 놓고 요술로 없애!"

싸우던 도깨비들이 순간 멈칫했다. 그들은 가까이 보이는 선인들을 쳐다보고는 눈을 크게 뜨고 물었다.

"근데 선인들은 진짜 어떻게 하냐?"

"설마 그냥 아래로 떨어트리는 건 아니지? 제발 아니라고 해!"

"으음……."

곤란해하는 선인들 사이에서 유신이 말을 돌렸다.

"그런데 씨름판은 누가 만드나?"

"엇! 내가! 내가!"

"아니야! 내가!"

다행히 도깨비들은 금세 휩쓸렸다. 그렇게 도깨비들이 저들끼리 싸우며 집을 만드는 동안, 괜하게 힘을 낭비하고 일을 키우는 듯해 도깨비들을 말리려던 시건은 오히려 가옥을 세우는 게 선군을 혼란시킬 수도 있다는 판단하에 그런 도깨비들을 방치했다.

도깨비들은 도깨비방망이를 휘둘러 뚝딱뚝딱 가옥을 지었고, 그리하여 동선 구름 사이에 거대하고 기이한 가옥이 생겼다. 기와 색도 제멋대로, 기와 방향도 각 지붕마다 달랐다. 기둥의 높이도 다르고 지붕 위의 어처구니도 모두 제멋대로였다. 어린 도깨비들이 요술로 장난을 쳐 놔서 몇몇 어처구니는 지붕 위에서 덩실덩실 춤을 추고 있었다. 도깨비들은 가옥 한편에 구름을 모아 씨름을 할 자리도 만들었다. 메밀을 키우고 녹두군사를 만들 녹두를 키우기 위해 밭도 만들었다. 도깨비들은 신이 나서 구름 사이에 생긴 텃밭에 메밀 씨를 뿌렸다. 도깨비신발을 신은 도깨비들이 날아다니면서 계속 요술방망이를 휘둘렀고, 어두운 하늘 사이, 거대하고 기괴한 도깨비의 집은 계속 옆으로 위로 아래로 커지고 있었다.

쓰러졌던 양상이 푹 자고 일어나 눈을 뜬 것은 그 이상한 도깨비집이 모두 세워지고 난 후였다. 양상은 몸을 추스르고 일어나 현록을 통해 잠든 사이의 이야기를 전해 들었다. 그는 지금은 도깨비신발을 신은 상태로 구름 위에 서서 도깨비들이 요술로 만든 거대한 가옥을 응시하고 있었다.

달과 해가 사라졌다는 이야기를 들은 양상은 혹 도깨비요술로 달과 해를 만들 수는 없나, 생각했다. 그러나 눈앞에 서 있는 이상한 집을 보고 있자니 말하면 정말 이루어질 것 같아 그냥 입에 담지 않았다. 고개를 든 양상이 지붕의 처마 위에서 아래로 뛰어내릴 준비를 하는 어처구니를 보며 허허 웃고 있는데, 그런 양상에게로 도깨비 홍례가 날아왔다.

"도사님! 도사님!"

"홍례냐?"

"예! 도사님, 류시건 장군과 여선님 말인데요!"

"그 둘이 왜? 드디어 역사가 이루어졌느냐?"

"네? 역사요?"

어리둥절해서 고개를 갸웃거리는 홍례를 보며 양상은 웃었다.

"응, 아니구나. 아무것도 아니다. 헌데 그 둘이 왜?"

"그 두 분 지금 어디 있지요? 지금 누가, 아니 뭐가 왔는데요."

"응?"

양상은 홍례가 가리키는 방향을 쳐다봤다.

❈ ❈ ❈

그즈음, 사예는 도깨비에게 받은 도깨비신발을 신고 구름 위를 날아가다가 오랜만에 만난 도깨비 덕향에게 붙잡혀 있었다. 다른 도깨비들과 모여 마루에 앉아 있던 덕향은 사예를 보자마자 붙잡고는 이렇게 말했다.

"아이고, 여선님! 신랑은 어디다 두고 혼자 돌아다녀요?"

"……웬 신랑?"

사예는 표정을 일그러트리고는 그렇게 되물었다. 시집도 안 간 처녀한테 이게 웬 막말인가 중얼거리는데 도깨비들이 깔깔깔 웃음을 터뜨렸다.

"에이, 우리가 다 봤는데! 여선님이 그 선인한테 꼭 안겨 있는 거!"

"어유, 남부끄러워서!"

사예는 신이 나서 놀리는 도깨비들 때문에 얼굴이 빨개졌다. 그러나 뭐라고 할 수 있는 말이 없었다. 그녀는 시건에게 안겨 선계로 돌아왔을 때를 기억하고 있었고, 선군은 물론이요 모든 도깨비 앞에서 시건에게 안겨 있던 기억이 떠올라 민망했다. 그녀가 온 곳이 동선임을 깨닫고 얼른 시건의 용마에서 내려서긴 했지만, 도깨비들과 선인들은 이미 그들의 모습을 다 본 후였다.

무엇보다 사예는 그때의 선택이 좀 후회스러웠다. 시건은 비록 그녀에게 수작을 걸어오긴 했지만 흑심도 없다 부정하고 그 이상 어떤 확신도 주지 않았는데, 그녀가 한 행동은 꼭 공공연히 사심을 표현한 것만 같았다.

그런 상황이니 도깨비들이 코앞에서 그녀와 시건을 엮으며 입방아를 찧어 대고 있어도 뭐라고 항변할 방도가 없었다. 아니라고 부정하자니 그녀의 꼴이 우습고 그렇다고 긍정을 하자니 시건이 어찌 나올지 알 수 없어 그럴 수도 없었다. 사예가 아무 말도 못 하고 입만 꾹 다물고 있자 도깨비들은 더 신이 나서 하나둘 말을 보탰다.

"혼인도 안 한 총각 처녀가 어쩜 그래!"

"무슨 소리야, 당연히 날을 잡았으니까 그렇게 와서 철썩 안겼겠지!"

사예는 화들짝 놀라 빽 소리를 질렀다.

"안기긴 누가!"

"시치미 떼긴! 우리가 다 봤는데 뭘!"

"말 타고 그 선인한테로 날아오는 거!"

"맞아, 맞아! 깔깔깔!"

"……."

사예는 이 시끄럽게 구는 깔깔이들이 말을 못 하게 됐으면 좋겠다고 생각했다.

"아유, 조만간 큰판 벌이게 생겼어!"

"그러게, 혼례만 하면 아주 씨름판이 크게……."

웃고 떠드는 도깨비 사이에서 문뜩 무언가를 깨달은 덕향이 사예에게 물었다.

"하지만 여선님은 선인이잖아. 혼례에서 씨름을 하나? 김 서방들은 음식을 올려놓고 절을 하기 바쁘던데."

깔깔대던 도깨비들이 웃음을 멈추곤 호기심 어린 시선으로 사예를 쳐다봤다. 사예는 대화의 초점이 조금 달라진 것에 안도의 한숨을 내쉬며 답했다.

"선인들도 똑같습니다. 헌데 도깨비들은 그리하지 않는 모양입니다."

"그러믄요, 도깨비 혼례는 아주 성대하게 잔치를 치르지요. 김 서방들의 혼례처럼 지루하고 고리타분하지 않아요. 도깨비 혼례는 아주 성대하게…….”

“성대하게?”

도깨비들은 당연하다는 듯 말했다.

“씨름 대회를 열거든요.”

“…….”

사예는 어이가 없어서 말했다.

“혼례에 웬 씨름 대회? 그럼 신랑과 신부가 붙들고 씨름이라도 한단 말입니까?”

“아니요, 신랑이랑 신부 친정의 남자 가족들이 씨름을 하지요. 신부는 신랑을 응원하고.”

“아. 허면 신랑이 신부 가족을 이기면 신부를 데려갈 수 있는 겁니까?”

도깨비들은 고개를 절레절레 저었다.

“아니지요. 신랑은 신부 가족들에게 져야 해요. 그게 신부에 대한 예의예요. 신부 가족은 횟수에 상관없이 얼마든지 신랑에게 도전할 수 있고, 신랑은 신부 가족들에게 계속 짐으로써 신부에 대한 마음이 깊음을 보여 줄 수 있지요.”

“도깨비에게 있어 씨름에서 져 준다는 건 엄청 괴롭고 자존심 상하는 일이니까. 그만큼 신부를 아낀다는 거거든요.”

“신부 가족이 원하는 만큼 승리하면 신부를 신랑에게 보내 주지요. 그럼 둘이 첫날밤을 보내는 거예요. 호호호.”

옆에서 이야기하던 도깨비 하나가 웃음을 터뜨리곤 말했다.

“그래, 그래서! 그때 남하 살 때 홍분이 신랑이 온종일 씨름에서 져 주는 바람에 몸살이 났잖아! 깔깔깔!”

“맞아, 맞아!”

여자 도깨비들이 동시에 폭소했다. 도깨비들이 왜 웃는지 알 수가 없어 의아해하는 사예에게 덕향이 웃으며 설명했다.

"홍분이가 오라비만 넷이거든요. 넷한테 하루 종일 메다꽂힌 탓에 신랑이 몸살이 나서, 첫날밤도 못 치르고 곯아떨어진 거예요! 깔깔깔!"

"그래서 다음 날에 홍분이 가족들이, 첫날밤을 못 치렀으니 혼례가 무효라며 다시 씨름을 하게 됐지 뭐예요! 푸하하하!"

"……."

사예가 아무 말도 못 하고 있는 사이 어떤 도깨비가 의아해하며 물었다.

"근데 그게 홍분이야? 교옥이가 아니고?"

"교옥이 신랑도 그랬지! 홍분이 신랑도 그랬고……."

"아니 북하에 살던 주단이 신랑도……."

"아니 서하에 혜자네도……."

하나, 하나 이름을 덧붙이며 골똘히 생각하던 도깨비들이 말했다.

"사실은 거의 다 그래!"

"맞아! 맞아!"

"깔깔깔!"

"……."

표정을 있는 대로 일그러트리고 도깨비들의 대화를 듣고 있던 사예가 물었다.

"그럼 그렇게 또 씨름을 합니까?"

도깨비들은 고개를 저었다.

"아뇨. 대개는 참다못한 신부가 자기 가족들을 모래밭에 때려눕히고 신랑을 데려가지요! 깔깔깔!"

"……."

사예는 마루를 내려치며 폭소를 터뜨리고 난리가 난 도깨비들을 외면하고 돌아섰다. 그녀는 선인들의 혼례가 참 좋은 방식이라는 걸 깨달았다. 내심 도깨비로 태어나지 않아 다행이라는 생각이 들었다.

몸을 돌린 사예는 서둘러서 전에 동선에 심어 둔 그녀의 나무들을 찾아갔다. 구름 위를 날아가면서 그녀는 저도 모르게 그녀를 위해서 씨름에서 지는 시건을 생각했다. 그녀가 생각하기에 시건이 고집이 센 사내는 아니었으나, 그래도 왠지 모르게 그가 일부러 져 주는 모습은 상상하기 힘들었다.

'하지만 날 위해서라면 그렇게 해 줄 것도 같…….'

거기까지 생각하던 사예의 얼굴이 확 달아올랐다. 그녀는 저도 모르게 시건과의 혼례에 대해 생각했다는 사실을 깨달았다.

'미쳤나 봐! 도깨비도 아닌데 씨름에 져 줘서 뭘 해! 아니, 그 전에! 뭐 했다고 그자와 혼례를 생각해! 그자가 나한테 혼인해 달라고 한 것도 아니고! 어머니한테 허락을 받은 것도 아니고!'

사예는 스스로의 생각이 부끄러워서 참을 수가 없었다. 입 밖으로 꺼내지도 않았지만 괜히 누가 그녀의 속내를 듣기라도 한 것처럼 참을 수 없이 부끄러워졌다. 사예는 속으로 애먼 소리나 해 댄 도깨비들을 탓했다. 고개를 푹 숙인 채로 사예는 빠르게 날아 바로 그녀의 나무를 찾았다.

사예가 심어 둔 청하와 청아의 실체인 나무들은 도깨비들이 만든 담장 안쪽에 안전히 있었다. 나무를 발견하고 다가가던 사예는 그 바로 옆, 도깨비들이 만든 텃밭에 서 있는 요선을 발견하고는 멈칫했다. 그녀는 텃밭 옆에 어슬렁거리고 있는 상대가 전에 북하에서 이름을 전해 들었던 요선 소균강이라는 것을 알고 있었다. 물론 시건과 양상이 요선들에게 금욕부를 새겼다는 사실도 알고 있었지만 그래도 북하에서 들은 게 있는지라 이 요선에 대한 감정이 영 좋지 않았다. 그래서 사예는 이 요선과 그다지 말을 섞고 싶은 마음이 들지 않았다. 시건과 선인들의 명으로 동선의 경계를 지켜야 할 요선이 왜 여기 있는지도 알 수 없는 노릇이었다. 하는 수 없이 눈치만 줄 요량으로 사예는 요선의 뒤에서 헛기침을 했다.

"흠, 흠!"

텃밭을 살피던 요선은 고개를 돌려 사예를 확인하고는 옆으로 조금 비켜섰다. 사예는 얼른 그녀의 나무로 다가갔다. 사예는 나무 두 그루 앞에서 그녀가 남기고 온 부적의 상태를 살폈다. 다행히 청하와 청아의 나무는 멀쩡했고, 부적의 수기도 아직 남아 있었다. 사예는 두 그루의 나무를 확인하고는 안도의 한숨을 내쉬었다. 두 나무 다 제법 건강하게 크고 있는 것 같았다. 사예가 나무에 손을 대고 목기를 모으자 서 있던 나무의 모습이 변하기 시작했다. 쑥쑥 자라난 가지가 형체를 갖추고 청하의 모습이 되었다. 그 모습을 보고 옆에 있던 요선 소군강이 깜짝 놀랐다.

"아니!"

"엄마야!"

사예와 청하는 깜짝 놀라 소군강을 쳐다봤다. 얼어붙은 얼굴로 쳐다보는데, 소군강 역시 얼어붙은 얼굴로 청하를 쳐다보고 있었다. 사예가 눈만 깜빡거리는데, 소군강이 손가락으로 청하를 가리키며 물었다.

"저것이 여선께서 술법으로 만드신 것이오? 그 나무 가지고?"

"그, 그런데?"

사예가 뒤로 살짝 물러나며 대답했다. 소군강은 텃밭에 도깨비들이 심어 키운 녹두알을 따 그의 환술을 부렸다. 녹두알이 자라나 갑주를 갖추고 검을 든 녹두군사가 되었다. 이번엔 사예가 놀랐다.

"아니!"

사예는 요선 따위가 환술로 그녀와 비슷한 생각을 하다니 믿을 수 없다고 생각했다. 사예와 청하는 녹두군사의 모습을 요리조리 살폈다. 녹두군사는 사예가 만든 청하처럼 완벽히 사람처럼 보이진 않았다. 피부는 아직 식물의 초록빛이고 이목구비는 명확하지 않았다. 그러나 검을 들고 씩씩하게 서 있었다. 사예는 그녀의 술시가 보여 주지 못하는 각 잡힌 모습에 놀랐고, 소군강은 마치 정말 사람처럼 호기심에 가득 찬 얼굴로 그의 군사를 쳐다보고 있는 청하의 모습에 놀랐다. 사예는 그녀가 북하에서 들었던 요선 소군강의 군사가 녹두를 키워 만든 군사라는 사실을 알 수 있었다. 그녀는 의아해서 물었다.

"어인 연유로 녹두로 군사를 만든 것이오?"

"녹두가 흔한 것이라……. 그러는 여선께서는……."

"나는 타고난 게 목행이라……. 근데 이 검을 휘두르기도 하오?"

녹두군사는 절도 있게 검을 휘둘러 보였다.

"헉!"

사예는 충격을 받았다. 그리고 술시 청하는 옆에서 녹두군사를 보며 박수를 쳤다.

"헉!"

소군강도 박수 치는 청하를 보며 충격을 받았다. 둘은 서로 감탄해서 말했다.

"환술로 저리하다니 대단하오……."

"그러는 그쪽도……."

둘은 동질감인지 질투인지 모를 복잡 미묘한 감정을 느꼈다. 그리고 둘이 그렇게 나란히 서서 이야기하고 있는 모습을 봐서는 안 되는 선인 하나가 보고 말았다.

"……."

선인들과 도깨비들에게 명을 내리느라 바빴던 시건은 그가 명을 내리는 동안 어딘가로 사라져 버린 사예를 찾아다니던 참이었다. 사예를 발견한 그는 뒤편에 가만히 서서 그녀를 쳐다보고 있었다. 그러나 사예는 시건에게 신경도 쓰지 않고 소군강의 녹두군사를 살피는 데 집중했다. 사예의 시선은 온통 소군강의 녹두군사에 꽂혀 있었다.

그리하여 시건의 마음속에서 요선 소군강이 제법 쓸 만한 존재에서 완전히 박멸해야 될 존재가 되는 순간, 다행히 소군강이 시건의 시선을 알아차렸다. 시건의 피로 새긴 금욕부가 심어진 소군강은 시건의 말을 절대적으로 따르게 되는 상태였기 때문에 시건은 그의 불편한 심사를 굳이 표현할 필요도 없었다. 소군강은 알아서 그 자리를 벗어났다. 녹두군사의 검에 진짜 날이 서 있는지 확인하려던 사예는 갑자기 녹두군사가 펑 하고 연기를 내며 사라지자 화들짝 놀랐다. 도망치듯 가 버리는 소군강의 뒷모습을 보며 인상을 찌푸렸다.

"뭐야."

그녀가 황당해서 쳐다보고 있는데 소군강이 떠난 빈자리를 시건이 메웠다. 이미 그의 존재에 대해서 알고 있던 사예는 시건을 본체만체하고는 손으로 수인을 맺었다. 술시 청하가 다시 평범한 나무의 모습으로 돌아가자, 사예는 괜히 그 나무만 쳐다봤다. 그녀는 저도 모르게 아까 그녀가 했던 생각과, 도깨비들이 했던 이야기를 떠올렸다. 신랑이니, 혼례니 하는 이야기를 떠들어 대던 도깨비들의 말을.

'……솔직히, 누가 봐도 그럴 거야.'

그렇게까지 했는데 혼인할 사이도 아니라는 게 더 이상할 터였다. 그러나 시건은 그녀에게 제대로 그의 마음을 고백한 일도 없었고, 둘 사이에는 어떤 확인도 없었다. 사예는 점점 뜨끈뜨끈해지는 얼굴을 애써 숙여 시건을 쳐다보지 않은 채로 계속 생각했다.

'이쯤 했으면, 뭐가 좀 있어야 되는 거 아냐? 내 그렇게 온갖 선인들 다 보는 앞에서 위험한 일도 했는데, 무릇 사내라면 이런 나한테 좀 더 확실한 뭔가를……. 뭔가…….'

이제 명확한 관계 정립이 필요한 때가 아닌가 싶었다. 그러나 여인네 된 입장으로 차마 먼저 운을 뗄 수는 없는 노릇이었다. 무엇보다 저번에 흑심이 있냐고 물었을 때처럼 시건이 발뺌하여 또 한 번 창피를 당할까 걱정된 것도 사실이었다. 그래서 사예는 시건이 명확한 확신을 줄 때까지 먼저 말 걸거나 다가가지 않기로 작심하고 기다리고 있었다.

그리고 시건은 사예가 피한다는 사실을 깨닫고는 곤란함을 느끼고 있었다. 그는 사예가 자신을 왜 피하는지 알 수 없었다. 그는 이제 그의 여선이 솔직하지 못하다는 사실을 잘 알았기 때문에 이유를 물어봤자 사예가 제대로 대답을 해 주지 않을 것도 알았다. 시선조차 주지 않는 사예의 외면에 시건은 그가 아까까지 저기 서 있던 요선만도 못한 취급을 받고 있다고 생각했다. 시건은 요선이 하찮은 환술로 사예의 시선을 잡아끌었듯 그 또한 사예의 시선을 끌 방도를 찾았다.

"수기를 유지할 수 있도록 술법을 걸까?"

귀를 솔깃하게 하는 말임은 분명했기에 사예는 슬쩍 시건에게로 시선을 돌렸다.

"참말이오?"

"그래."

사예로서는 고마운 일이었다. 수행을 타고난 선인이 술법을 걸어주면 훨씬 안전하게 나무들에게 공급할 수기를 보존할 수 있을 터였다.

"그리해 주시오."

사예가 얼른 대답하자 시건은 머리카락을 뽑았다. 둘은 나무 앞에 나란히 쭈그리고 앉아 나무 아래 머리카락을 심었다. 사예는 시건이 술법을 부리는 걸 처음 보는지라 시선도 떼지 않고 그를 쳐다봤다. 그가 술법을 다 부리자 사예는 슬쩍슬쩍 그의 눈치를 봤다. 시건이 먼저 운을 뗄 때까지 기다리려고 했으나 방금 본 요선으로 인해 물을 것이 생겨 도통 입을 다물고 기다릴 수가 없었다.

"저 소군강이라는 요선 말이오. 내가 그대에게 북하에서 이야기해 주었던 걸로 기억하는데, 내 말을 듣고 저 요선을 한편으로 끌어들인 것이오?"

"그래."

"그땐 그냥 주워들은 게 전부였는데, 실력이 좋긴 한 모양이오."

"그래. 환술 실력이 좋아 다른 요선들에게도 도움이 되었다. 다 그대 덕이다."

사예는 뿌듯해졌다. 그녀는 만족한 얼굴로 웃었다. 사예가 만족하자 시건도 만족했다. 덕분에 소군강은 생명이 연장됐다. 시건이 어떤 생각을 하는지 잘 모른 채 사예는 또 궁금하던 것을 물었다.

"감사부에서, 그 요선이 그대와 도사님이 선녀를 해했다고 했는데 말이오. 어찌 된 일이오?"

"후원에 나타난 선녀를 그 요선이 공격했다."

사예는 그럼 그렇지, 하고 중얼거렸다. 선녀의 죽음을 슬퍼하는 척하던 요괴의 가증스러운 얼굴이 떠올랐다.

"헌데 어찌하오? 선계에서는 그대와 도사님이 감사부에 침입한 것만으로도 모자라 수태를 한 선녀를 해했다고 생각하고 있단 말이오."

"그랬나."

"그렇소. 아, 그때 감사부에 모인 선인들 꼴을 봤어야 되는데. 무슨 일이라도 생기기 전에 천교를 타려고 안달복달 난리도 아니었소. 한데 왜 감사부는 그냥 내버려 두었소? 그냥 도깨비들과 함께 와 감사부도 쳐 버리지. 그럼 바로 신수도 찾고 훨씬 수월했을 텐데."

사예가 말하자 수기를 머금고 빛나는 머리카락을 나무 주변에 심고 있던 시건이 사예를 쳐다봤다.

"그대가 옳은 것은 만들어 가는 거라 했지 않나."

사예는 눈만 깜빡이며 시건을 쳐다봤다. 사예는 괜히 시선을 허공으로 돌리며 중얼거렸다.

"……내가 그랬나?"

"그래."

사예는 바닥만 쳐다봤다. 조금 민망해졌으나 어쨌든 시건이 그녀의 말을 따랐다는 이야기라 기분이 좋아졌다. 하긴 도깨비들이 감사부까지 공격하고 선인들에게 해를 끼쳤다면, 시건이 누명을 벗어도 다시 선계로 돌아오는 건 영 불가능한 일이 될 터였다. 또한 시건에게 양상과 손을 잡고 선계에 반기를 드는 것이 당장 보기에는 옳지 않은 일이라도, 종래에는 옳은 일이 되게 만들어 보라 부추겼던 게 사예 본인이기도 했다. 난 선견지명이 있나 봐, 하고 생각하며 사예는 뿌듯해했다.

그러나 요선의 농간으로 시건의 그런 노력은 그다지 빛을 보지 못하는 것 같았다. 아무튼 그 요선이 문제라고 생각하고 있던 사예는, 다시금 감사부에서 있었던 일을 떠올리며 미간을 구겼다. 그 요선을 코앞에 두고서도 멍청하게 도망쳐야만 했던 스스로의 모습이 떠올라 분하기 그지없었다. 선군으로 둔갑해 그녀를 몰아넣다니 괘씸하기 짝이 없는 요선이었다.

자희에 대한 생각으로 심통 난 얼굴이 된 사예는 시선을 내리다가 시건의 팔에서 무언가를 발견하고는 눈을 크게 떴다.

"어, 오행궁이 있네!"

시건은 그 말에 자신의 팔을 쳐다봤다. 전에 동하 태수관을 점령한 다음 그곳에서 선인 관리들에게서 뺏은 오행궁이었다. 시건이 쳐다보자 사예는 원래 차고 있던 오행궁이 아닌, 행궁장인에게 받았던

새 오행궁 두 개를 보여 주며 퉁명스럽게 말했다.

"아니, 뭐. 그냥 어머니 드릴 오행궁 말고 남는 게 있어서 버릴 바엔 필요한 이한테 주는 게 낫겠다, 했는데. 이미 오행궁이 있으니 그쪽한테는 필요 없겠네."

사예는 그렇게 말하며 자리에서 슬슬 일어났다. 오행궁을 보자마자 어머니 하선과 동시에 시건을 떠올린 스스로가 한심해졌다. 기분이 상한 사예를 따라 일어난 시건은 말없이 자신의 팔목을 쳐다보다가, 팔목에 차고 있던 오행궁을 뺐다. 그러곤 사예에게 내밀었다. 사예는 그가 내민 오행궁을 쳐다보고는 눈썹을 찌푸렸다.

"뭐요?"

"그대가 가진 것과 바꿔 다오."

"이미 있잖소. 뭣 때문에 그리하오? 새것이 탐이 나는 것이오?"

퉁명스러운 사예의 물음에 시건이 답했다.

"그대가 준 것으로 가지고 싶다."

사예는 슬쩍 시건을 올려다보다가, 팔에 찬 오행궁 하나를 빼서 시건에게 건넸다. 시건은 사예가 준 오행궁을 팔에 차고, 그가 차고 있었던 오행궁을 사예에게 줬다. 그리하여 시건의 팔 한쪽에는 그녀가 준 댕기, 다른 한쪽에는 그녀가 준 오행궁이 자리를 잡았다. 시건이 준 오행궁을 팔에 차며 사예는 궁금했던 것을 물었다.

"헌데, 제후 가문에 물려 내려오는 오행궁이 있다 하던데 참이오? 유홍이라는 선인이 만들었던 것이라 들었소."

"그랬지. 허나 지금은 어찌 됐는지 모르겠다. 북선에서는 제후 자리에 올라야 그 오행궁을 받을 수 있었다."

"아……."

북선의 제후였던 강왕 또한 역적으로 처형당했으니 지금은 그 오행궁이 어찌 됐는지 알 길이 없었다. 어쩐지 불편한 이야기가 된 것만 같아 사예는 얼른 말을 돌렸다.

"고맙소. 이리 수기가 넘치니 당분간 안심해도 되겠소."

"고마워할 것 없다."

시건이 바로 대답했다.

"그대 원하는 건 다 해 주고 싶으니."

사예는 당황했다. 얼굴이 확 뜨거워졌다. 어찌 저리 태연한 얼굴로 저리 낯 뜨거운 말을 입에 담는지 이해할 수가 없었다. 너무나 자연스러운 태도의 시건과는 반대로 사예는 놀란 마음에 저도 모르게 퉁명스러운 어조가 튀어나왔다.

"다, 다 해 주긴. 그럼 지금 당장 우리 어머니 모셔 올 수 있소? 선녀 행세하는 그 요선을 당장 요절낼 수 있소?"

"……."

시건은 아무 말도 할 수 없었다. 그는 사예가 그의 마음을 흑심 취급할 때만큼 우울해졌다. 옆에서 사예는 그런 시건의 마음도 모르고 치, 하고 바람 빠지는 소리를 냈다.

"뭐요. 해 줄 수 있는 게 하나도 없네. 어? '봉인을 풀어 준 은인' 한테! 해 줄 수 있는 게 하나도 없어!"

말하다 보니 갑자기 울컥한 사예는 일부러 은인 부분을 강조했다. 그리고 시건은 사예가 왜 그 부분을 강조하는지 알 수 없었다. 사예가 그 말을 왜 했는지 몰라 의아함이 들었으나 시건은 일단 사예의 말을 부정했다.

"봉인을 풀어 준 게 다는 아니지."

사예는 시건의 그 말에 기다렸다는 듯 냉큼 쏘아붙였다.

"그렇지! 신수도 찾아 주고, 용마도 찾아 주고! 그리고 또, 뭐야!"

사예는 말을 하다 보니 억울했다. 그녀는 그렇게 할 수 있는 온갖 것들을 해 줬는데, 정작 시건이 그녀에게 한 행동은 고름을 풀고, 속살을 만지고, 손가락을…….

'아니 입술을…….'

사예는 입을 꾹 다물었다. 시건이 그녀에게 했던 온갖 파렴치한 행동이 떠올랐다. 뭐 하나 확실히 해 두지 않으면서 몸만 탐내는 건가 뭔가. 어쩐지 분한 마음이 들어서 혼자 두 손에 힘을 꽉 주고 있는데, 옆에서 시건이 말했다.

"그대가 내 오십 년을 살렸다."

이게 또 무슨 소리인가 싶어 사예는 시건을 쳐다만 봤다. 시건은 그답지 않게 망설이는 얼굴로 말을 이었다.

"내 암굴에 갇히지 않았다면 결국 이리 그대를 만날 일은 없었을 것이다. 오십 년은 길었지만, 그래도 그대를 만났으니 그 시간이 헛되지는 않았다."

그 암굴에서의 시간은 그에게 있어 살았으되 죽은 거나 다름없는 시간이었다. 눈앞의 이 여선이 아니었다면 그 시간이, 더불어 지금 그의 삶이 영원히 죽은 시간이었을 거라 생각하며, 시건은 말했다. 덕분에 그 시간에도 의미가 생겼고, 남은 생도 살 수 있게 되었다고 말하고 싶었으나 표현하기 힘들었다.

그리고 어렵게 내뱉은 시건의 말을 들은 사예는 고민했다.

'이게 고……백인가? 아닌가?'

이제 원하던 이야기가 나올 때가 됐나, 하고 기대하는 마음으로 사예는 기다렸다. 그러나 시건은 아까의 그 말을 끝으로 다시 입을 다물어 버렸다. 그러고는 조용히 서 있기만 했다. 그는 사예의 시선을 피하고 침묵했다. 그 모습에 사예는 왈칵 성이 났다.

"입에 발린 소릴 잘도 하네! 그리 잘하면서!"

왜 혼인하자 이 쉬운 말을 입에 담지를 못 해, 하고 말하려는 입을 자존심이 억지로 틀어막았다. 사예는 입을 꾹 다물고 다른 말을 찾았다. 고민하는 와중에 갑자기 그가 보냈던 편지가 떠올렸다. 사예는 눈을 감았다 뜨고는 차분한 목소리로 말했다.

"……그리 잘하면서, 왜 편지는 그 모양이오? 감사부에 왔던 그날 밤에 대해서 말이오."

차선책으로 찾은 화두이긴 했으나 이 역시 입에 담기 부끄러운 이야기이긴 했다. 편지에 대해 입에 담는 얼굴이 뜨거웠다. 사예는 애써 태연한 척했다.

"고운 걸 표현할 방도가 없다니, 방도가 왜 없소? 그대는 여인네의 미모를 다른 것에 견주는 것도 못 봤소? 꽃도 곱고, 지금은 없지만, 어쨌든 달도 곱고."

우리 아버지는 그런 말을 참 잘하시는데, 하고 사예는 덧붙였다. 그 말에 시건은 아까보다 더 곤란해졌다.

"그대만큼 고운 꽃을 본 일이 없다. 달을 곱다 생각한 적도 없다."

사예는 고개를 들 수가 없었다. 그녀는 애써 시건을 외면하며 입만 움직였다.

"그럼, 다른 거라도. 달리 곱다 생각한 것이 있을 것 아니오. 뭐 그런 거에 견주어 그만큼 곱다, 하면 되지."

사예의 말에 시건은 잠시 고민을 하다 답을 내렸다.

"그래. 알았다."

"그럼 어디 한번 해 보시오."

허락처럼 떨어진 사예의 말에 시건이 진지하게 답했다.

"지금 그대는 그 밤의 그대만큼 곱다."

"푸훗."

사예는 터진 웃음을 참을 수 없었다. 그녀는 시건이 저런 말을 할 때마다 뭐라고 답해야 할지 정말 알 수가 없었다. 할 수 있는 건 그저 웃음 터진 얼굴의 고개를 푹 숙여 그 웃음을 가리는 것밖엔 없었다.

그녀는 앞에 건드릴 나무라도 있어서 다행이라고 생각했다.

그리고 그런 사예를 보며 시건은 기분이 좋아졌나 보다 생각했다. 시건은 그의 정인이 그가 하는 서툴고 매끄럽지 않은 말에도 기뻐하는 순수함을 가지고 있어 다행이라고 생각했다. 사예가 달이 곱다고 했으나 그가 보기에는 어둠만 내린 하늘 위에서 웃는 사예가 제일 빛나고 고와 보였다. 그는 하얀 저고리로 덮인 사예의 어깨와 등을 응시했다.

함께 선계로 돌아온 이후로 그는 자꾸만 사예를 품에 꼭 안고 싶었다. 계속 곁에서 쉬지 않고 그의 마음을 전하고 싶었다. 눈만 감으면 그의 용마를 타고 그의 신수와 함께 그에게로 날아오던 모습이 떠올랐다. 마치 암굴에 갑자기 떨어지고 그의 봉인을 풀어 주었을 때처럼, 생각지도 못하게 그에게로 돌아왔다. 어찌 이리 어여쁜 짓만 골라 하는지 알 수가 없었다. 이제 사예도 빼도 박도 못하고 그와 함께 위험한 처지가 된 터라 미안하면서도 좋아서 어찌할 바를 몰랐다. 그가 느끼는 고마움, 애정, 모든 것이 넘쳐서 계속 표현하지 않을 수가 없었다.

시선도 못 마주치고 웃는 모습이 좋아서 시건은 저 모습 그대로 품에 가두고 싶다고 생각했다. 함께 용마에 타고 있던 그때처럼. 시건은 그때 품 안에서 느꼈던 따뜻함을 계속 느끼고 싶었다. 어여쁘고 소중해서 계속 품 안에 두고 어루만지고 싶었다. 사예가 그를 기쁘게 한 만큼, 그도 사예를 품에 안고 기쁘게 해 주고 싶었다.

그러나 시건은 굳은 의지로 거리를 두고 서서 사예를 쳐다보기만 했다. 해가 뜨지 않아 며칠째 끝나지 않는 밤을 이리 어영부영 보내야 하는 게 아쉬웠으나 그로서는 어쩔 도리가 없었다. 지금 그는 겨우 선계로 돌아왔으나 아직 아무것도 되찾지 못했고, 그리하여 뭣 하나 제대로 해 줄 수 없는 상황이었다. 그는 자신의 섣부른 욕심으로 눈앞의 가장 소중한 여선과의 결합을 졸속으로 해치우고 싶지 않았다.

그리하여 시건은 아무것도 하지 못하고 사예의 옆에 서 있기만 했다. 옆에 서서, 채 억누르지 못한 욕심으로 팔을 뻗어 안고 싶은 어깨를 보다가, 치맛자락이 덮은 허리 부근을 계속 쳐다봤다. 이건 그가 이제껏 겪어 보지 못한 현실과 욕망 사이의 고뇌였다.

무엇보다 손 뻗으면 안길 듯하다가도 종래에는 도망가 버리던 사예 때문에 무작정 마음 가는 대로 할 수가 없었다. 홀린 듯 옷고름 당겼던 그 밤처럼 저도 모르게 정도를 넘어설까 봐 걱정도 됐다. 그런 고민을 하느라 안 그래도 굳어 있는 얼굴은 더 굳었다. 그러나 어느새 그의 손은 이미 사예에게로 향하고 있었다.

그리고 아무것도 모르는 사예는 시선을 피하고 있다가 문득 그녀가 전에 엉망으로 잘랐던 시건의 머리카락을 다시금 떠올렸다. 전에 감사부에서 머리카락 다듬었냐고 물었을 때 그녀가 잘라 줬기 때문에 새로 다듬지 않았다고 말했던 게 떠올라 그녀는 이 틈에 다시 정리해 주면 되겠다고 생각했다. 그녀는 바로 고개를 돌려 시건의 머리카락을 가리키려고 손을 뻗었다.

"아, 내가……."

그 순간 시건을 향해 뻗은 사예의 손과 수상하게 허공에 들린 시건의 손가락이 닿았다. 화들짝 놀란 사예가 얼른 손을 내리려고 했으나 시건은 바로 그녀의 손을 붙잡았다. 움찔한 사예와 시건의 눈이 마주쳤다. 둘 다 그대로 굳어서는 서로의 눈만 마주 보고 있었다. 사예는 침을 꿀꺽 삼키고 눈을 깜빡였다가, 슬그머니 시건과 마주친 시선을 피했다. 그녀가 시선을 피하자 시건은 저도 모르게 사예의 손을 잡아당겼다.

그때, 제일 중요한 순간에 나타나 방해를 하겠다는 일념으로 홍례와 함께 숨죽여 기다리고 있던 양상이 결국 모습을 드러냈다. 펑, 하는 연기와 함께 양상이 뒤에서 홍례와 함께 나타났다.

"장군, 중한 일이 생겼소이다!"

손을 마주 잡은 상태로 멈춘 시건과 사예가 동시에 양상을 쳐다봤다. 양상과 눈이 마주치자 사예는 있는 힘껏 시건의 손을 뿌리쳤다. 시건이 다시 사예를 쳐다보는 찰나, 양상은 천연덕스러운 표정으로 다가와 말했다.

"손님이 왔소이다. 장군을 만나고 싶어 하니 함께 가시는 게 좋겠소."

"손님?"

얼굴 가까이에 대고 괜히 손부채질을 하고 있던 사예가 이해할 수 없어 되물었다. 그러자 사예를 쳐다본 양상이 사예를 보고 말했다.

"가 보면 알지. 거기 있는 곱단이도 같이 갑시다!"

사예의 얼굴이 확 달아올랐다.

"지금 뭐라고 했소!"

"하하하!"

"대체 뭘 엿들은 거요? 이 도사님은 하나도 달라진 게 없네!"

"그러는 여선님은 못 뵌 사이에 많~이 고와지셨소! 암, 곱다, 고와! 그날 밤엔 못 봤지만 오늘만큼 고왔겠지!"

"이보시오!"

양상은 놀리는 기색이 완연한 얼굴로 웃었다. 그런 양상을 보고 성이 난 사예가 멀뚱히 쳐다만 보고 있는 시건을 확 째려봤다. 분노의 불똥은 시건에게 튀었다.

"어찌하여 가만히 보고만 있는 것이오? 저 도사님이 지금 날 놀리고 있지 않소!"

"놀린다고?"

시건은 이해하지 못한 얼굴로 되물었다.

"고운 여인을 곱다고 하는 게 왜 놀리는 거지?"

"……."

그의 말에 사예는 물론이고 양상과 얌전히 기다리고 있던 홍례까지 굳어 버렸다. 양상의 입에서 다시 웃음이 터지기 전에, 사예가 이를 악물고 억지로 미소 지으며 시건에게 말했다.

"저 도사님은……. 날 곱다고 생각하지 않는데 곱다고 하니까, 놀리는 거지……."

"그럴 리가."

시건은 조금의 망설임도 없이 답했다.

"양상도 눈이 있는데 그대가 고와 보이지 않을 리가 없다."

"……."

"푸하하하하!"

사예는 양상의 폭소를 외면하고 그 자리에서 도망쳤다.

❋ ❋ ❋

도깨비들이 요술로 세운 도깨비집 안, 휑하기만 한 거대한 방 안에 선인과 도깨비, 도사가 모여 앉았다. 그러나 그들이 전부는 아니었다. 방 가운데 검은 삿갓을 쓰고 검은 두루마기를 입은 영혼이 하나 앉아 있었다. 바로 명계에서 온 저승사자였다.

저승사자의 앞에는 배를 잡고 웃느라 기운이 빠진 양상과 그런 양상을 째려보는 사예, 시건이 있었고, 시건만 봤다 하면 씨름은 언제 하냐며 달려오는 파적도 있었다. 집 짓느라 난리였던 도깨비들은 저승사자가 왔다는 말에 모처럼 생긴 구경거리를 놓치지 않으려고 했다. 해서 파적이 저승사자를 구경하려고 득달같이 모여든 도깨비들을 내쫓은 채로 방문을 지키고 앉아 있었다.

실체가 없고 영혼만으로 이루어진 저승사자의 뒤로 방이 비쳐 보였다. 사예는 저승사자의 검은 눈동자와 하얀 눈동자, 창백하고 온기 없는 안색을 쳐다봤다. 저승사자는 검은 갓을 머리에 쓰고 검은 두루마기를 입고 있었고, 팔에는 녹색의 완장을 차고 있었다.

방 안에 앉아 분위기를 보다 먼저 입을 연 건 양상이었다.

"소생은 도사 양상이라 하오. 명계에서 온 저승사자께서도 이름이 있으시오?"

저승사자는 감정이 전혀 드러나지 않는 굳은 얼굴로 말했다.

「저는 저승사자 칠칠입니다.」

"풋."

양상과 사예는 동시에 웃음을 터뜨렸다. 저승사자가 둘을 쳐다보자 둘은 바로 시치미를 뚝 떼고 웃음을 감췄다. 그러나 파적은 대놓고 푸하하 웃었다. 웃지 않은 건 시건과 스스로를 칠칠이라 밝힌 저승사자뿐이었다. 양상이 헛기침을 하는 동안 파적은 저승사자를 삿대질하며 웃었다.

"야, 이름이 뭐 그러냐? 얼마나 칠칠맞으면 이름이 칠칠이야?"

"흠, 흠. 거 이름이 좀 거시기하긴 하네. 저승사자 칠칠 씨……."

순간 저승사자의 무표정한 얼굴이 아주 미세하게 일그러졌다.

「그게 아닙니다. 칠칠이라고요.」

저승사자는 이름을 다시 말함과 동시에 두 손을 쫙 펴서 손가락 일곱 개, 일곱 개, 두 개를 차례로 세워 보였다. 마지막으로 남은 손가락 두 개에 시선을 꽂은 양상, 사예, 파적은 동시에 외쳤다.

"아! 칠, 칠, 이(七, 七, 二)!"

이름을 강조하자 저승사자의 표정은 더 안 좋아졌다. 파적은 고개를 갸웃거렸다.

"그게 더 이상한데!"

"수로 칭하는 이유가 있소이까?"

「저승의 모든 영혼은 생겨난 순서대로 그 이름이 정해져 있습니다. 다른 예시로 현재 귀제 폐하의 명으로 선계로 간 저승사자들을 이끄는 분은 성함이 이육삼(二六三)이지요. 그분은 저보다 훨씬 먼저 생겨난 영혼인지라.」

그 말에 그때까지 반응 없이 앉아 있던 시건이 입을 열었다.

"저승사자가 선계로 갔다?"

저승사자의 두 눈동자가 시건을 향했다.

「그렇습니다. 지금 선계에는 귀제 폐하의 명으로 저승사자들이 가 있습니다. 여기 계신 분들도 아시겠지만, 바로 하늘의 월신이 사라진 일 때문이지요.」

"달이 사라진 것과 명계가 관련이 있소이까?"

「월신은 지금 저승에 있습니다. 귀제 폐하께서는 그대들이 하계에서 한 일을 들으셨고, 선인들이 선계로 돌아오고 그대들 또한 선계로 온 이상 이 이상 시간을 끌 필요가 없다 하셨습니다. 그분께서는 결단을 내리셨고, 하여 월신을 저승으로 모셔 온 겁니다.」

"달을 데려가서 뭘 어쩌게?"

그 물음에 대한 답은 시건이 했다.

"달은 선인들이 취할 선단을 만드는 존재. 그 달이 사라진다면 선인들이 무병장수를 이어 갈 방도가 사라지는 셈이지."

양상은 고개를 절레절레 저었다.

"이거 큰일이외다. 해가 뜨지 않으면 하계 인간들은 선인들과 달리 풀을 피우기도 어렵고, 농사를 짓기도 어렵고. 달이 뜨지 않으면 밤에도 할 수 있는 게 없으니 더없이 곤란한 일이오."

저승사자는 고개를 끄덕였다.

「귀제 폐하께서도 일신이 사라져 놀라셨으나, 그에 대해서는 그다지 중요하게 생각하지 않으십니다. 귀제 폐하께서 원하시는 것은 단 한 가지입니다. 그분께서는 천제 폐하께, 월신을 돌려받길 원하신다면 하계 인간들의 생사를 주관하는 인적과 명수인에 대한 권한을 넘기라 하셨습니다.」

"흠……."

양상은 인상을 찌푸린 채 입을 딱 다물었다. 영 좋은 표정은 아니었다. 옆에서 저승사자의 말을 들은 사예의 입장에서도 이건 아니다 싶었다. 양상이 말한 대로 해와 달이 사라지는 것은 선인들보다는 당장 하계의 인간들에게 더 곤란한 일이었다.

저승사자는 시건을 쳐다보며 말을 돌렸다.

「그러나 제가 지금 여기 온 건 월신이나 선계 때문이 아닙니다. 저는 귀제 폐하의 명으로 여기 왔습니다. 귀제 폐하께서 말씀하시기를, 만일 그대가 선인 류의민이 남긴 유품의 행방에 대해 알고 싶다면 저승으로 찾아오라 하셨습니다.」

저승사자를 제외하고 그때까지 유일하게 무표정했던 시건의 얼굴 또한 이번에는 변화가 있었다. 평정이 깨지고 긴장이 맴돌았다. 사예와 양상도 그런 시건을 쳐다봤다. 이건 누구도 예상하지 못한 일이었다.

"내 선친께서는 선계에서 역적으로 처형당하셨는데, 어찌 그분의 유품을 귀제께서 논하실 수 있단 말인가."

「선인 류의민은 역모를 일으키기 전 저승으로 와 귀제 폐하를 뵙고, 그때 중요한 무언가를 전한 것으로 압니다. 귀제 폐하께서는 아들인 그대가 선계로 돌아왔으니, 그 유품들에 대해 알려 주겠노라 하셨습니다.」

사예와 양상 둘 다, 저승사자를 보는 시건의 표정이 평소와는 명백히 다름을 알았다. 눈에 띄는 변화는 아니었으나 그는 명백히 동요하고 있었다. 시건은 그의 아버지가 귀제에게 무언가를 남겼다는 말을 믿어야 할지 말아야 할지 고민했다.

명계는 선계와 엄연히 구분된 곳이고, 귀제는 선제인 헌정제는 물론이고 현 천제인 안희제에게 어떠한 영향도 받지 않는 자였다. 따라서 시건의 아버지가 다른 선인들의 시선을 피하기 위해서 명계의 귀제에게 무언가를 맡겼을 가능성을 부정할 수는 없었다. 또한 명계로 통하는 귀문은 다른 곳도 아닌 북선에 위치하고 있었다. 시건은 그의 아버지가 명계 귀제에게 중요한 단서를 맡긴 것이, 역적으로 몰리고 가문이 멸문지화를 당할 위험에서 충분히 할 수 있을 법한 결정이라고 생각했다. 그 무엇보다 중요한 단서가 생각지도 않게 그를 기다리고 있었던 셈이었다. 그러나 지금 이 상황에 귀제의 말을 듣고 순순히 명계에 가도 될지 알 수 없었다. 시건은 일단 그가 가장 궁금한 것을 물었다.

"그 유품이 무엇인가."

냉랭한 얼굴의 저승사자는 한발 물러나 선을 그었다.

「저는 이 이상 아무것도 말씀드릴 수 없습니다. 저와 함께 저승으로 가셔서, 귀제 폐하께 직접 들으셔야 합니다.」

※ ※ ※

저승사자가 잠시 시간을 주기 위해 물러나고, 나머지 이들은 반나절이 흐른 후에 다시 모여 앉았다. 반나절이 흘렀어도 여전히 해가 뜨지 않고 달도 뜨지 않아 밖은 깜깜한 어둠이었다. 도깨비들은 주변을 맴도는 저승사자를 따라다니며 저승사자가 씨름을 못 하게 생겼다고 수군거리고 있었고, 요선들은 환술을 부려 날개 달린 녹두군사와 짱돌군사로 도깨비집을 지키고 있었다.

방 안에서 양상과 사예는 시건의 눈치를 봤다. 시건은 어떤 결정을 내렸는지 도통 알 수 없는 얼굴로 앉아 있었다. 그래도 반나절 내내 고민을 했으니 답을 내리긴 했을 터였다. 오랜 시간을 끌지 않고 시건이 말했다.

"난 명계에 다녀와야겠다."

파적이 냉큼 소리쳤다.

"나도 명계에 간다!"

"음? 그게 무슨 소리시오, 파적 씨."

대답은 파적이 아닌 시건이 했다.

"명계에 있을 전설의 김 서방을 만나고 싶나."

"헉."

파적은 속내를 들켜서 깜짝 놀랐다. 시건은 어떻게 알았지, 귀신 같은 놈, 하고 중얼거리는 파적의 기대를 확 꺾었다.

"명계에 가 만나도 그는 영혼의 상태일 테니 씨름을 할 순 없을 것이다."

"뭣! 진짜!"

"음, 그렇겠지."

양상도 고개를 끄덕였다. 파적은 물러나지 않고 말했다.

"요술을 부리면 되지 않을까!"

그 순간 양상도 궁금해졌다. 도깨비 요술로 영혼과 도깨비가 씨름하게 만들 수 있을까. 어쩐지 가능할 것 같다는 생각을 하고 있는 와중에, 시건이 말했다.

"그러니까 요술을 부려서라도 씨름을 하겠다는 건가. 그렇다면 더더욱 안 된다."

"아니, 왜!"

"씨름을 하기 위해 명계에 가는 게 아니다."

파적이 다시 입을 열려던 찰나, 갑자기 방의 창호문 너머에서 현록의 목소리가 들렸다.

"상장군."

"들라."

시건의 답에 현록이 문을 열고 방 안으로 들어왔다. 인사를 하고 앉은 현록이 시건에게 고했다.

"도깨비와 유신이 보낸 술시가 연귀호의 답장을 받아 왔습니다."

"오."

양상은 빠른 연락에 놀라 눈을 크게 떴다. 시건은 저승사자를 만난 후에 그 즉시 유신에게 명을 내려, 귀호에게 연락해 현재 선계의 정황을 알아보라 했다. 유신의 술시는 그 빠르기가 남달라 속도로는 운편기를 신고 가마를 나르는 우견여에 견줄 정도였다. 그러나 다른 선인에게 발각될 위험이 있기에 요술을 부릴 수 있는 어린 도깨비를 함께 보내야 했다. 다행히 그들은 무사히 귀호를 만나고 돌아온 모양이었다. 현록은 지체하지 않고 시건에게 고했다.

"하계에 있던 선군이 모두 선계로 돌아왔다 합니다. 귀환한 군이 동선으로 올 듯합니다. 하계 측에는 하강했던 선녀들이 감사부에 남아 인간들에게 천제의 교서를 전달할 모양입니다."

"선녀라……."

양상은 신음을 흘리며 말을 끌었다. 그가 팔짱을 끼고 무언가 생각에 잠긴 사이, 현록은 보고를 계속했다.

"또한, 청진위 대장군 허인은 선계 측에서는 행방불명된 것으로 알고 있다 합니다. 안 그래도 그 일과 관련하여 신수 청룡에 대한 이야기가 언급되었으나, 천제 측에서는 명확한 답을 하지 않은 듯합니다. 문제의 요선은 아직 용수궁의 궁관으로 있고요."

현록의 말을 들으며 사예는 그 선군의 시신이 감사부에 숨겨져 있을 거라고 생각했다. 그리 능숙하게 둔갑술을 쓰던 요괴니 환술로 가렸는지 또 다른 수를 썼는지 알 길은 없었다.

"선계 측에 저승사자가 나타나 인적과 명수인을 요구한 것은 사실이라 합니다. 그 일로 용수궁 위정전에 선인들이 하루 종일 모여 있었다고 합니다. 그리고 또 아뢸 게 있습니다."

"또 무엇인가."

"선인들이 갑론을박을 하던 중간에 위정전에 또 다른 보고가 들어오기를, 남선에서 백암의 사초가 발견됐다 합니다."

이번엔 사예의 표정이 일그러졌다. 그녀는 시건을 쳐다봤다. 시건 역시 이 일을 쉽게 넘길 수 없었다. 그는 오십 년 전 백암의 사초가 북선에서 발견됐다는 사실을 알고 있었고, 강왕이 흑귀위 선군들을 보내 그 사초를 찾았던 걸 기억하고 있었다.

"선계 측에서는?"

"선계 측에서는 아직 결정이 나지 않은 것으로 압니다."

잠시 침묵하던 시건은 결단을 내리고는 현록에게 말했다.

"유신을 통해 다시 귀호에게 술시를 보내라, 현록. 백암의 사초에 대해 좀 더 자세히 보고하라고. 그리고 분명 선계 측에서는 명계에 사절을 보낼 것이다. 귀호에게 그 사절로 명계에 오라 전해라. 내 명계로 갈 테니 그때 보자고."

"예."

대답을 한 현록이 고개를 숙이고 방에서 나갔다. 양상은 고개를 갸웃거렸다.

"뜬금없이 천 년 전 사관의 사초라니. 장군은 그걸 찾아야 하는 이유라도 있소이까."

"그 사초가 오십 년 전 북선에서 발견되었다. 당시 내 할아버님께서 찾으셨던 것으로 안다. 그 이후에 어찌 되었는지 듣지는 못했으나 여러모로 의문이 많지. 내 가문의 누명과도 연관이 있을 가능성이 크다."

눈썹을 찌푸린 채로 시선을 바닥에 두고 있던 사예가 대뜸 말했다.

"내가 사초를 찾으러 가야겠소."

모두의 시선이 사예에게 집중됐다. 사예는 시건을 보며 말했다.

"내 감사부에서 옛 기록을 찾으려 했으나 볼 수 없었소. 용수궁에는 당연히 못 가고, 남은 건 그 사초뿐이오. 때마침 사초의 행방에 대해 알게 되었으니 가만히 있을 수는 없소. 반드시 그 사초를 봐야겠소."

"여선님은 옛 기록을 왜 보려 하시는데?"

양상이 물음에 사예는 최대한 짧게 말했다.

"옛날부터 우리 가족들은 도망을 다녔소. 그리고 그게 그대들이 감사부에서 봤던 그 요선 때문이지 싶소. 그리 도망 다닌 지가 대략 천 년이 되었으니, 백암의 사초에 그와 관련된 기록이 있을지도 모르오. 어쩌면 그 요선의 정체를 알 수 있을지도 모르고."

"흠. 그 요선. 요선이라."

고개를 끄덕인 양상은 팔짱을 끼고 생각에 잠겼다. 그동안 옆에서 기다리다 못한 파적이 다시 입을 열었다.

"그래, 그럼. 처자는 그 사초를 찾으러 가. 난 명계로 간다!"

시건이 바로 반대했다.

"그럴 순 없다."

"왜!"

"명계에 가 전설의 김 서방이라도 본다면 당장 씨름을 하자 덤벼들 게 분명하니까. 괜한 소동을 부려 귀제가 마음을 바꾼다면 곤란하다. 설령 전설의 김 서방이 말을 걸어도 모른 척하고 내 지시를 따라야 한다. 그리하겠다 다짐할 수 있겠나."

"……."

파적은 대답하지 못했다. 차마 대답하지 못하고 끙끙대는 파적을 보며 양상이 웃었다.

"소생도 동감이오. 파적 씨, 명계에 가면 전설의 김 서방의 영혼을 다시 만날 거라고 기대하지 마시오. 여기 류 장군은 최대한 빨리 유품을 받고 돌아와야 하니, 괜히 갔다가 실망하고 돌아올 바에는 차라리 가지 않는 게 나을 것이외다."

파적은 시무룩해졌다. 그런 파적의 어깨를 두드린 양상이 말을 이었다.

"헌데 장군도 명계까지 홀로 갈 수는 없지 않겠소? 그간 선군들이 올지도 모르니 동선도 지켜야 하고. 그렇다고 또 여선님을 홀로 남선에 보낼 수도 없고."

"선인과 요선에 대한 지휘를 잠시간 현록에게 맡겨 두어야겠다. 그동안 도깨비들로 하여금 계속 요술을 부려 동선을 지키게 하고. 파적, 도깨비 중 일부를 추려 내라. 귀호에게서 사초의 행방에 대한 답이 오는 즉시 유신과 함께 도깨비들을 데리고 남선으로 가 사초를 찾아와라."

"엇."

시건의 말을 들은 사예는 당황했다.

'그럼 내가 저 도깨비랑 함께 가야 하나?'

그녀는 시건과 양상에 비해 상대적으로 도깨비는 본 시간이 짧았기 때문에, 도깨비들에게만 둘러싸여 남선으로 가는 것은 불편하게 느껴졌다. 그러나 시건은 아버지의 유품을 찾으러 명계로 가야 하니 그녀와 함께 남선으로 갈 수는 없을 터였다.

차선책으로, 사예는 양상에게 은근슬쩍 눈치를 줬다. 그녀는 불편한 도깨비와 가느니 차라리 양상과 가는 게 낫겠다고 생각했다. 아니면 도깨비들이 가더라도 양상이 함께라면 좀 더 편하겠거니 싶었다. 그러나 그녀의 눈짓을 알아차렸는지 못 알아차렸는지 양상은 그저 허허 웃었다. 사예가 답답한 마음에 양상에게 대놓고 눈치를 주기 시작하자, 양상이 결국 입을 열었다.

"좀 곤란한걸. 천 년 전 사관의 사초라면 옛 신선들의 말로 이루어져 있을 텐데, 도깨비들이 사초가 맞는지 확인하고 가져올 수 있겠소이까? 선인들이 도문을 읽을 수 있다 해도, 사초는 그 근본이 도술과 연관된 바. 아무래도 소생이 함께 가 확인하는 것이 나을 것이오. 안 그래도 전날 본 그 요선이 마음에 걸려 소생도 사초를 필히 확인해 보고 싶은 마음도 드오. 한데 그리되면 여선님에, 도깨비에, 소생까지 남선행이 될 판인데. 남선에 이리 많은 인원이 갈 필요가 있겠소이까."

"그건 그렇군."

시건의 대답에 사예의 표정도 밝아졌다. 웬일로 양상이 제대로 도움이 되는 말을 하고 있었다. 사예가 모처럼 양상에게 고마움을 느끼는데, 양상이 말했다.

"그러니까 여선님은 명계로 가시오."

"……응?"

잘나가다가 이게 웬 삼천포인가 싶었다. 왜 결론이 그리 나는 건지 사예는 알 수 없었다. 잘못 들었나 싶어 양상을 쳐다보자 그는 웃는 얼굴로 고개를 끄덕였다. 황당해서 사예는 목소리를 높였다.

"아니, 내가 백암의 사초가 필요하다지 않소! 헌데 왜 나보고 명계로 가라는 것이오?"

"해서 소생과 도깨비들이 여선님을 위해 남선으로 가서 사초를 가져온다고 하지 않소이까. 여선님은 잠깐 류 장군과 함께 명계에 갔다가 돌아오면! 백암의 사초가 떠억, 하니 손에 들어오는 것이오! 이야, 이게 바로 힘 안 주고 코 풀기지. 그리고 생각을 해 보시오, 여선님. 백암의 사초에 대해 알려졌으니 선군들도 남선으로 올 텐데, 괜히 여선님이 와 일을 키울 필요가 없소이다. 거 하계에서 용을 데리고 온 선군의 머리 위를 날아왔으니 오죽 눈에 띄었겠소이까! 여선님은 한동안 명계로 가 자중 좀 하시오."

"뭐……."

사예는 어이가 없어서 혀를 찼다. 그녀가 차마 말을 잇지 못하는 동안 양상이 상황을 정리했다.

"자, 그럼. 류 장군과 여선님은 저승사자와 함께 명계로 가고! 소생은 연락을 받는 대로, 파적 씨와 도깨비들과 함께 남선으로 가겠소이다!"

파적은 무슨 소린지 이해 못 했지만 어쨌든 기가 죽은 채로 알았다고 답했고, 시건은 말없이 고개만 끄덕거렸다. 그렇게 사예의 의사는 무시한 채로 결정은 내려졌다.

"자, 그럼 파적 씨는 도깨비들을 준비시키시오. 칠칠이 씨에게도 어서 가서 말을 해야겠소이다. 그나저나 이 칠칠이라는 이름은 뒤에 호칭을 붙이기가 좀 그렇지 않소? 칠칠이는 그냥 칠칠이라 부르는 게 입에 잘 붙는단 말이야……."

양상은 당사자가 들으면 기분이 상할 이야기를 아무렇지 않게 하며 일어섰다. 사예는 벌떡 일어나 방에서 나가는 양상을 당장 따라나섰다. 문을 열고 나가자마자 사예가 양상에게 뭐라고 하려고 하는데, 양상이 몸을 홱 돌리곤 말했다.

"어떠시오, 여선님. 소생이 말 잘했소?"

"그게 무슨 소리요? 앞도 뒤도 없이."

사예는 오히려 놀라서 걸음을 딱 멈췄다. 양상이 흐흐, 하고 웃음을 흘렸다. 그는 손을 들어 입가를 가린 채로 수군거렸다.

"여선님이 자꾸 눈치를 주기에 소생이 나섰지 않았소이까. 고맙다는 말은 하지 않아도 되오."

"아니, 그럼 알면서 그랬다는 거요? 고맙긴 무슨! 대체 무슨 억하심정이 있어서 이리 일을 꼬아 놓는 것이오?"

사예가 탓을 하자 양상이 고개를 갸웃거리며 말했다.

"응? 난 여선님이 하도 눈치를 주기에 류 장군이랑 같이 명계 가고 싶어서 그러시는 줄 알았지!"

"뭐요?"

양상은 뒷짐을 진 채로 웃으며 걸어갔다.

"하하하, 명계 잘 다녀오시오!"

"이보시오, 도사님!"

"감사 인사는 필요 없소이다!"

양상은 한 손을 들어 크게 흔들어 보이고는 사라졌다. 사예는 양상의 시선이 어쩐지 그녀가 아니라 뒤를 향한 것 같다고 느꼈다. 사예가 뒤를 쳐다봤다. 그녀의 뒤에는 어느새 나온 시건과 파적이 멀어져 가는 양상을 쳐다보고 있었다.

아무래도 아까운 마음을 누를 길이 없던 파적은 마루에서 내려가며 시건에게 신신당부를 했다.

"전설의 김 서방을 보면 우리가 김 서방이 환생할 날만 기다리고 있다고 전해 줘야 해! 알았지!"

몇 번이나 시건에게 당부를 한 파적은 바로 다른 도깨비들을 찾아갔다. 사예가 그런 도깨비의 뒷모습을 보며 한숨을 푸욱 내쉬는데, 시건이 사예의 뒤에 서서 말했다.

"남선으로 가고 싶나."

사예는 뒤를 돌아봤다. 그녀는 영 편한 마음은 아니었지만, 결국은 고개를 저었다.

"됐소. 도사님 말대로 사초가 도술과 연관되어 있다면 도사님이 가는 게 낫겠지. 어차피 사초를 가져오면 볼 수 있을 테니까."

중얼거린 사예는 마루를 따라 걸어갔다. 도깨비 요술로 만들어져 넓기 그지없는 대청마루를 걸어가는 사예의 옆에 시건이 따라왔다. 걸어가던 와중에 사예가 말을 걸었다.

"그러고 보니 명계로 가기 위한 것이긴 하지만 어쨌든 오십 년 만에 다시 북선으로 돌아가는 거잖소. 감회가 남다르겠소."

사예는 전에 언젠가 그의 아버지와 누명에 대한 이야기를 했을 때 예민한 반응을 보였던 시건의 모습을 기억하고 있었다. 동시에 그녀는 아까 저승사자에게 아버지의 유품에 대해 들었을 때 시건의 얼굴을 떠올렸다. 만일 그녀도 갑자기 누군가에게 그녀의 어머니나 아버지에 대한 이야기를 들었다면 진정할 수 없을 터였다. 아니, 오십 년 만에 생각지도 못하게 유품에 대해 듣게 되었으니 시건이 흥분을 하고 당장 명계로 날아가도 이상한 일이 아니었다. 시건도 티를 내지는 않지만 속내는 유품을 찾을 생각에 서둘러 명계에 가고 싶을 터였다. 그럼에도 저리 차분한 걸 보고 있자니 참 보면 볼수록 진중한 사내라는 생각이 들었다. 사예는 시건이 여러 부분에서 괜찮은 점이 많지만 그중에서도 그런 점이 제일 괜찮다고 생각했다. 옆에서 함께 걷는 시건을 보며 사예는 마음을 좋게 먹기로 했다.

"이왕 마음을 정한 김에 빨리 다녀오는 게 좋겠소. 혹 늦어지면 여기도 걱정이 될 것 아니오."

"그래."

"돌아갈 생각 하니 좋소?"

"그대와 함께 가는 게 좋다."

"……."

사예는 걸음을 멈췄다가, 고개를 푹 숙이고 빨리 걸어갔다. 시건은 다다다 소리 날 정도로 급하게 도망가는 사예의 뒤를 묵묵히 따라갔다.

❈ ❈ ❈

남선 조현궁은 현재 상중이었다. 검용군 상장군이었던 주석호가 선군의 직책을 잃은 것만으로도 모자라 유배를 가게 되자, 쓰려졌던 정왕은 결국 들끓는 열을 주체하지 못하고 끙끙대다가 결국 일어나지 못했다. 오래 산 지왕보다도 건강했던 정왕인지라 그 같은 끝은 그 누구도 예상하지 못한 바였다.

그러나 이 변고에도 불구하고 천제는 더 이상 죄인들에 대해서는 입에 올리지 않았고 그가 내린 처벌도 번복하지 않았다. 감사 황장명은 이미 용수궁에서 처형을 당한 후였다. 정해진 대로, 석호는 오늘 선군들에 의해 남선 지운도에 유배될 예정이었다. 정왕의 장례식은 손자인 단우와 며느리인 도화가 지켜야 했고, 선인들은 석호의 일로 장례식에도 제대로 참여하지 못했다. 급히 왔다가, 인사만 하고 급히 사라졌다. 정왕이 부리던 조현궁의 술시들은 이미 사라지고, 돌아다니는 것은 도화의 술시들뿐이었다. 한마디로 싸늘하고 조용하기 짝이 없는 장례였다. 해도 달도 없어 조금의 빛도 없는, 어둠만 내린 장례식이었다.

그래도 석호를 남선으로 유배시킨 것은 무진이 할 수 있는 최대한의 배려였다. 적오위는 과거에는 석호가 지휘했던 군대였고, 그들은 그들의 옛 상장군이 삶을 마감한 정왕의 장례식에 잠시간 들를 수 있게 배려했다. 석호는 지운도로 떠나기 전날, 깜깜한 어둠을 틈타 은밀히 적오위의 도움으로 조현궁에 들렀다. 죄인의 신분이었던지라 상복도 제대로 갖추지 못한 상태로, 그는 바깥에서 구름 위에 무릎을 꿇고 이젠 살아 있지 않은 그의 아버지에게 절을 해야 했다. 차마 사당을 들어갈 엄두도 내지 못하고 먼발치에 서 있었다. 고개를 들지도 못하고, 그저 서 있었다.

소식을 들은 도화는 울다 지쳐 잠든 아들을 술시들에게 맡겨 두고 서둘러 석호를 만나러 갔다. 급히 사당으로 걸어간 그녀는 밖에 서 있는 석호의 뒷모습을 발견했다. 적오위 선군들이 도화를 발견하고 한쪽으로 물러났다. 그러나 도화는 차마 석호에게로 가까이 다가가지 못했다. 그녀는 손을 마주 잡은 채로 굳어 있었다.

벌받는 기분으로 기다리는 도화의 손안에 땀이 고였다. 목이 마르고 침도 제대로 넘어가지 않았다. 하계군이 모조리 선계로 올라오고, 지아비는 유배를 당하고, 정왕은 숨을 거두었다. 일이 이리될 줄은 그녀도 예상치 못했다. 그녀가 흑뢰를 풀어 준 사실이 문제가 되지 않은 것은 정왕의 마지막 배려였다. 도화에 대한 배려가 아니라, 어리석은 아들에 대한 배려였다.

그리고 석호가 그 일을 모르진 않을 터였다. 조현궁의 술시들이나 적오위 선군들이 그녀가 흑뢰를 데려가는 것을 보았을 테니 그들이 석호에게까지 모두 입을 다물어 주었기를 기대할 수는 없었다. 직책을 잃고 유배를 명받고, 심지어 그 상황에 정왕에 대한 소식까지 들었으니 속이 말이 아닐 게 분명한데 그녀가 마음의 짐을 더한 것 같아 도화는 어찌해야 할지 알 수 없었다.

도화는 석호가 그녀에게 이게 어찌 된 일이냐고 물어볼 거라고 생각했다. 그때를 상상하며 그녀는 석호에게 할 말을 준비했다. 그가 그리 물으면 도화는 사과와 함께 꼭 하고 싶은 말이 있었다. 그녀가 이제 모든 방황을 끝냈노라고. 흑뢰를 보내 준 건 마지막 정리를 위해서였다고 말할 생각이었다. 해야 할 말이 많았다. 이제 남은 생은 오롯이 그의 배우자로 살 터이니 마음 놓으라고 말해 주고 싶었다. 정왕의 일이 지아비의 책임이 아니며, 어린 아들을 도와 남선을 잘 지키고 있겠노라 안심시켜 주고 싶었다. 기다리고 있을 테니, 부디 몸 성히 다녀오시라 그리 말하며 배웅하려 했다. 그녀의 말이 석호에게 위로가 될 수 있을지 없을지는 알 수 없었다. 다만 도화는 그게 그에게 할 수 있는, 동시에 해 줘야 하는 일의 최선이라고 생각했다.

그러나, 한참을 기다려도 석호는 그녀에게 다가오지 않았다. 도화는 푹 숙이고 있던 고개를 들었다. 석호는 어느새 다른 곳으로 걸어가고 있었다. 그는 물러나서 그를 기다리고 있는 적오위에게로 다가가고 있었다. 도화는 멍한 얼굴로 서 있었다. 그녀가 온 것을 모른다고 생각하긴 어려웠다. 적오위 선군들은 당황한 얼굴로 그녀의 눈치를 보고 있었다.

도화는 석호의 뒷모습에 시선을 떼지 못했다. 그가 당장이라도 몸을 돌리고 그녀에게 달려올 것만 같았다. 그냥 그들 사이에 그게 늘 당연했다. 발견하고, 다가오고, 입을 여는 것 모두 석호가 먼저였다. 그래서 도화는 이번에도 당연히 그러리라 생각했다. 그리고 그녀가 용기 내어 속내를 털어놓으면 결국 받아들이고 알았다 대답할 거라 예상했다. 그녀가 마음 주지 않을 때도 늘 그녀만 보고 그녀의 말을 들었던 석호이므로. 언제나 그래 왔기에.

그러나 석호는 끝내 그녀를 돌아보지 않았다. 무언가 생각과 다름을 느낀 도화는, 얼른 석호에게로 달려갔다. 그녀가 다가오자 적오위 선군들이 망설였다. 석호는 아무런 반응도 보이지 않고 뒤도 돌아보지 않았다. 도화가 바로 뒤에 와 서 있는데도 시선도 돌리지 않았다. 겨우 마음을 다잡고 왔는데 마주한 건 석호의 차가운 외면이었다. 도화는 석호가 이렇게 크고 무섭게 느껴진 적은 처음이었다. 도화가 어떻게 해야 할지 몰라 망설이는데, 다행히 석호가 먼저 입을 열었다. 그러나 그는 등만 보인 채로 이리 물었다.

"……흑뢰를 풀어 줬소?"

아주 오랜만에 입을 연 듯, 갈라지고 가라앉은 목소리였다. 그 목소리에는 늘 도화에게 향해 있던 따뜻한 애정과 온기가 없었다. 도화는 잠시 놀랐다가, 겨우 답했다.

"……예."

도화는 준비한 말을 쏟아 내려 했다. 그러나, 석호는 기다려 주지 않았다. 도화가 막 입을 여는 순간 석호는 그대로 걸어갔다. 뒤도 돌아보지 않고 그 자리를 떠났다. 도화는 굳어서는 그 뒷모습을 쳐다만 봤다. 당황으로 시선만 주고받던 적오위 선군들이 급히 석호를 따라갔다.

도화는 계속 그 자리에 서서 그들을 쳐다봤다. 그러나 석호는 돌아오지 않았다. 그가 고개도 돌리지 않았던 터라, 그녀는 일그러질 대로 일그러진 그의 얼굴조차 보지 못했다. 이미 뒤틀릴 대로 뒤틀린 사내는 그녀에게 무언가를 물을 힘도, 그녀의 말을 들어 줄 힘도 남아 있지 않았다. 탓할 힘도 없었다. 지아비인 그가 류시건 때문에 어떤 입장에 처했는지 몰랐을 리가 없었다. 그런데도 그놈을 그리 도와줬어야 했나. 그의 애정으로 그 미련을 끊어 내겠다는 의지는 이미 꺾였다. 그에게는 더없이 매정하기만 했던 도화에게 지친 상태로, 석호는 그렇게 그녀에게서 등을 돌렸다.

관계에 당연한 것은 없고, 그들의 사이를 잇던 단 하나의 실이 이미 끊어져 버렸음을 그때의 도화는 알지 못했다. 인내는 끝났고, 모든 것을 잃은 남자는 그렇게 아버지의 장례도 지키지 못한 채로 유배를 떠났다.

✻ ✻ ✻

해가 뜨지 않아 여전히 어둡기만 한 아침 일찍, 용수궁의 담 너머에서 용마들이 날아와 구름 위로 내려섰다. 용마에서 내린 이들은 백호위 선군들이었다. 용마 천금에서 내린 혜강은 무진이 다른 선군들과 함께 있는 위정전으로 향했다.

위정전 안에는 각 위의 상장군과 대장군이 모여 있었다. 혜강은 대장군인 혜렴과 함께 나란히 섰다. 선군들이 기다리는 사이 나타난 무진은 상석에 앉아 선군들을 둘러봤다.

"지금 정황이 어찌 흘러가고 있는지 그대들도 잘 알고 있을 것이다. 명계와의 일을 해결하고 달을 구하는 것도 중요하지만, 하계와 현재 동선에 자리 잡은 하계군에 대한 해결도 중요하다. 하계로 출병을 했던 검용군과 적오위, 백호위, 청진위는 동선을 예의 주시하라."

"예, 폐하."

"사라진 청진위 대장군 허인에 대해서는 아직도 확인된 바가 없는가?"

무진의 물음에 청진위 상장군은 고개를 숙이며 답했다.

"예. 송구합니다, 폐하. 당시 감사부에 있던 선녀들의 말에 의하면 대장군 허인은 청룡과 계약한 여선을 감시하겠다며 그 뒤를 따라붙었다가 공격을 받은 것으로 압니다. 다른 청진위 선군들이 감사부에서 도망치는 여선을 발견하고 뒤를 쫓을 당시 본 모습을 마지막으로 자취를 감추었다고 합니다."

무진은 한숨을 내쉬었다.

"기이한 일이군. 혹시 모르니 청진위 상장군 그대는 감사부에 있는 선녀들을 통해 허인의 행방에 대해 알아보도록 하라."

"예, 폐하."

고개를 끄덕인 무진은 다른 선군들을 둘러보며 조금 더 엄한 어조로 말했다.

"남은 간용군과 위 중에서, 짐의 사절이 되어 명계로 갈 선군은 앞으로 나서라. 짐은 명계로 인적과 명수인을 보낼 것이며, 사절은 귀제를 만나 짐의 뜻을 전해야 할 것이다."

무진의 말에 선군들의 얼굴에 혼란의 기색이 비쳤다. 지금 무진은 천제의 고유한 권한인 인적과 명수인을 귀제에게 보내겠노라 천명한 것이었다. 선군들이 당황하고 있는 사이, 그 사이에 서 있던 흑귀위 상장군 연귀호가 나섰다.

"폐하, 신을 보내 주십시오."

모두가 놀란 시선으로 귀호를 응시했다. 무진은 굳은 얼굴로 귀호를 응시했다. 앞으로 나와 무릎을 꿇은 귀호가 고개를 숙인 채로 고했다.

"폐하, 흑귀위는 자랑스러운 오위의 일부이며 그 옛날부터 하계를 지키는 선군의 중추입니다. 하오나 폐하께서는 하계에 크나큰 분란이 있음에도 불구하고 흑귀위를 모두 선계로 불러들이셨습니다."

선군들은 다시금 놀라 귀호를 쳐다봤다. 대체 이게 무슨 당돌한 언사인가 하여 선군들이 차마 입을 다물지 못하는 사이, 귀호는 당당하게 말을 이었다.

"폐하께서 어찌 그리 결단을 내리셨는지, 신도 잘 압니다. 신이 한때 그 역적을 상관으로 모셨기에, 그로 인해 폐하는 물론이요 선계의 모든 선인들이 신과 신의 군대가 주군을 배신하고 하계군의 역모에 가담을 할까 의심하는 것 또한 무리는 아닙니다."

이제 선군들은 당장 앞으로 뛰어나가 연귀호의 입을 막고 싶은 지경에 이르렀다. 그러나 무진은 아무런 표정 변화도 없이 그런 귀호의 말을 듣고 있었다.

“감히 아뢰건대, 주군에게 신뢰받지 못하는 장수는 존재할 가치가 없습니다. 흑귀위 선군들의 용마와 갑옷이 진정 선녀들의 익의만도 못하단 말입니까. 신에게 폐하께 충성을 보일 기회를 주십시오. 폐하의 신뢰를 받을 기회를 주십시오. 끝내 믿지 못하실 것이라면 차라리 이 자리에서 목을 치시고, 과분한 직책을 거두어 주십시오.”

귀호의 말을 듣고 있던 혜강은 지금 저 말이 상당히 귀호답지 않다고 생각했다. 그녀는 하계에서 나태하기 그지없었던 그의 모습을 기억하고 있었다. 갑자기 저리 열성적으로 나서다니 무언가 미심쩍었다. 그러나 혜강은 귀호에 대해 잘 몰랐고, 그래서 그의 갑작스러운 행동에 대해 명확히 짐작할 수 있는 근거가 없었다.

‘분명 류시건의 이름도 입에 올리지 말라 했었지.’

그리 싫어했던 류시건이 돌아온 일로 천제의 의심까지 받았으니, 어쩌면 류시건이 더 싫어졌을지도 모르겠다고 생각했다. 급히 나서는 것 또한 당장 천제의 신임을 받을 기회가 필요하기 때문일지도 몰랐다.

‘신임. 신임이라. 그런 걸 원할 자로 보이지도 않았는데.’

혜강은 명확하지도 않은 추측을 이런 자리에서 함부로 입에 담을 수는 없어, 그저 침묵했다. 그리고 마찬가지로 침묵을 유지하고 있던 무진이, 느리게 입을 열었다.

“짐이 앞서 그대들에게 나서라 한 이유는, 그대 말대로 이것이 그대들의 충성을 시험하는 일이기 때문이다.”

선군들을 하나, 하나 둘러보며 무진은 말을 이었다.

“짐은 명계 귀제에게 인적과 명수인을 보낼 것이다. 허나 진짜를 보내지는 않을 것이다. 짐은 귀제에게 가짜를 보내 시간을 끌 것이고, 귀제의 시선을 돌린 동안 다른 선군들로 하여금 명계에서 달을 구출해 오도록 명할 것이다. 따라서, 지금 짐의 명으로 가짜 인적과 명수인을 귀제에게 전할 사절은 후에 귀제의 분노를 피하기 어려울 것이다. 최악의 경우 명계를 빠져나오지 못하고 목숨을 잃을 수도 있을 것이다."

가라앉은 무진의 목소리가 무릎을 꿇고 앉은 귀호에게로 떨어졌다. 무진은 확인하듯 귀호에게 물었다.

"그래도 그대가 가겠는가."

귀호는 바로 대답하지 않았다. 아주 잠깐의 시간이 흐른 후에, 그는 결연한 얼굴로 고개를 들었다.

"부디 신에게 맡겨 주십시오."

앞서 차라리 목을 치고 직책을 거두시라 말한 귀호의 말은 무진으로 하여금 피할 수 없는 선택을 강요했고, 무진은 결국 고개를 끄덕이는 수밖에 없었다.

"좋다. 흑귀위 상장군, 그대가 짐의 사절로 명계로 가도록 하라."

명을 내린 무진은 다른 선군들에게도 명을 내렸다.

"간용군과 좌우위는 용수궁을 방비하는 데 주력하도록 하라. 그리고 백호위 상장군."

혜강은 갑작스러운 부름에 놀랐으나 바로 고개를 숙였다.

"예, 폐하."

"능력이 출중한 백호위 선군을 추려, 은밀히 명계로 가라. 흑귀위 상장군이 가서 시간을 끄는 동안, 달을 구출해 오도록 하라."

그 명에 혜강의 옆에 있던 혜렴은 내심 놀랐다. 그러나 천제의 앞이라 감히 입을 열지는 않았다. 주위 선군들 또한 예상치 못한 상황이었는지 잠시간 당황한 얼굴들이었다. 그 사이에서 혜강은 조금의 동요도 없이 답했다.

"예, 폐하."

❊ ❊ ❊

"누님."

위정전에서 나오자마자 혜렴은 혜강을 불렀다. 앞서 가던 혜강이 그녀의 아우를 쳐다봤다.

"여긴 궁이다. 상장군이라고 불러라."

혜렴은 못마땅한 기색이 역력한 얼굴로 그의 누이에게 다가갔다. 그는 고집스럽게 말했다.

"정말 명계로 가실 생각이십니까, 누님."

"……물론이다. 명을 받지 않았느냐."

"누님께서 직접 명계로 가시는 것은 너무 위험합니다. 달을 데려오다가 들키기라도 하면 무슨 해를 입을지 어찌 압니까?"

"청진위에게는 그만큼 큰일을 맡길 수 없고, 너도 알다시피 흑귀위는 총지휘관이 명계 사절로 간 참이 아니냐. 더욱이 남선은 현재 혼란스러우니 함부로 적오위를 움직일 상황도 아니지."

혜강은 남선에서 나타났다고 하는 백암의 사초를 떠올렸다. 사초가 갑자기 남선에서 나타났다고 하니 여간 수상한 일이 아니었다. 놀란 남선의 선인 관리가 급히 천제에게 보고를 올린 터라 모두 그 보고를 들었으나 다들 의아하게 생각하던 참이었다. 천서제가 그리 찾고자 했던 사초이니 아마도 적오위 중 일부는 그 사초를 찾기 위해 보내질지도 몰랐다.

'하지만 지금 남선에 그럴 여유가 있나.'

어린 나이에 갑작스럽게 큰 책임을 떠맡게 되어 혼란스러워하고 있을 석호의 아들 단우를 떠올린 혜강은 걱정을 하며 걸어갔다. 그녀에게 여유가 있었다면 도화라도 찾아가 도움을 주었을 텐데, 지금은 그럴 여유가 없었다.

고민하는 혜강의 옆에서, 혜렴은 답답함을 느꼈다. 그는 이토록 담담하게 천제의 명을 받아들이는 그의 누이를 이해할 수 없었다. 반면 혜강은 그런 혜렴의 걱정이 더 답답했다. 그녀는 불만에 가득 찬 얼굴로 계속 따라오는 혜렴에게 결국 참지 못하고 한마디 했다.

"네 지금 상관의 능력을 불신하는 것이냐?"

"그런 것이 아닙니다, 누님. 저는……."

"내 용마와 갑옷 또한 선녀의 익의보다 훨씬 유용하겠지."

혜렴은 이게 무슨 말인가 하다가, 멀찌감치 용마를 끌고 가는 연귀호의 모습을 발견하곤 눈썹을 찌푸렸다. 그사이 혜강은 그녀의 용마 천금을 찾아 걸음을 옮겼다. 한숨을 내뱉은 혜렴은 얼른 그녀를 따라가며 말했다.

"차라리 제가 백호위를 이끌고 명계로 가겠습니다, 누님."

"폐하께서는 내게 명하셨다. 그리고 너, 왜 자꾸 나를 허수아비로 만들려 하느냐? 벌써부터 상장군의 자리를 탐내느냐?"

"예?"

혜렴이 당황해서 되물었다. 용수궁 술시로부터 용마의 고삐를 건네받은 혜강은 혀를 차며 말했다.

"네 저번부터 줄곧 내 일신의 안위를 핑계로 뒤로 물러나 있으라 말하는데, 그리할 거라면 내 어찌하여 선군이 되고 용마를 하사받았겠느냐. 아니면 너. 여인을 지키는 사내 흉내라도 내려 하느냐? 감히 내 앞에서?"

혜강의 날 선 시선이 혜렴에게 향했다. 그녀는 얼굴 가득 불쾌감을 숨기지 않고 드러냈다.

"나는 네게 보호받을 생각이 없다. 나는 지금은 선군으로서 네 상관이고, 훗날엔 서선의 왕이 되겠지. 지금은 선군으로서 내 몫을 다

할 것이고, 왕이 되면 제후로서 네게 명을 내릴 것이다. 그 어디에도 네게 보호받는 여인의 역할은 없다. 그러니 실책을 알았다면 그만 물러나라."

그렇게, 혜강은 달라진 그들 사이를 알렸다. 그 옛날, 가문에서 정해진 대로 혼인할 사이였다면 이런 관계는 애초에 가능하지 않았을 터였다. 그러나 이제 혜강은 마음을 바꿨고, 그리하여 그들 사이도 예전 같을 수 없었다.

혜강은 굳어 버린 혜렴의 얼굴을 외면했다. 그녀는 용마를 끌고 그 자리를 떠나려 했다. 그러나 그녀가 용마에 올라타기 전에, 혜렴이 말했다.

"저는 누님께서 그리하지 않으셨으면 좋겠습니다."

"……."

혜강이 고개를 돌려 혜렴을 쳐다봤다. 혜렴은 긴장한 얼굴로 말했다.

"누님의 뜻을 알았고, 제가 나설 주제가 되지 않는다는 것도 압니다. 그럼에도 불구하고 말씀드려야겠습니다. 저는 누님께서 스스로를 부정하시지는 않았으면 좋겠습니다. 보호받는 여인의 역할은 없다고요? 갑옷을 입는다 하여 누님이 사내가 되는 것은 아닙니다."

"뭐라?"

"선군이 됐다 하여 아예 여인의 삶을 놓으셔야만 하는 겁니까? 누님은 평생 혼인하지 않으실 작정이십니까? 홀로 왕위에 올라, 홀로 그 자리를 지키며 외롭게 사실 겁니까?"

혜렴의 말에 혜강은 이 상황이 질린 듯 고개를 저었다.

"또 그 얘기냐? 마음에 차는 사내가 영영 나타나지 않으면 그럴 수도 있겠지."

"누님!"

기겁한 혜렴의 목소리가 높아졌다. 혜강은 그 소리에 미간을 찌푸렸다. 그녀는 더 말할 생각도 없는 듯 몸을 돌렸다. 그녀는 그대로 용마에 올라탔다. 혜렴은 서둘러 혜강이 탄 용마의 앞을 가로막으며 말했다.

"그렇다면 마음에 찰 기회를 주십시오."

혜강은 눈을 가늘게 뜨고 혜렴을 쳐다봤다. 그녀는 자기도 모르게 시선을 돌려 연귀호가 아직도 주변에 있나 찾았다. 혜렴은 그런 혜강의 태도에 아랑곳하지 않고 말했다.

"제가 명계로 가 달을 구출해 오겠습니다. 누님께서는 저 같은 사내와 혼인하기 싫다고 하셨지요. 그러니 제게 기회를 주십시오."

"용마에 걷어차이고 싶은 게 아니라면 비켜라. 그리고 내 뜻은 이미 말하지 않았느냐, 아우야."

"예, 누님의 뜻은 이미 들었습니다. 누님께서는 누님과 저, 서로를 위해 저와 혼인하지 않겠다고 하셨지요. 하지만 저는 아닙니다. 저는 누님과 혼인할 겁니다. 저를 위해서, 그리고 누님을 위해서 혼인을 해야 합니다."

혜강은 골치 아픈 듯 미간을 손으로 짚었다가, 한숨과 함께 말했다.

"그래, 알았다."

그 대답에 외려 혜렴이 놀라 눈을 크게 떴다.

"예?"

혜강은 대충 고개를 끄덕였다.

"그래. 네 많이 변했구나. 책임감도 늘고 제법 사내다워졌다. 내 너를 무시한 것을 사과하겠다. 이제 됐느냐? 그럼 비켜."

혜강은 용마의 고삐를 잡아당기려고 했다. 혜렴은 완강한 태도로 그 앞에 꿋꿋이 서 있었다.

"저는 누님께 사과를 받고 싶은 게 아닙니다!"

용마 천금이 투레질을 하며 울음소리를 냈다. 혜강은 용마의 고삐를 몰아 방향을 틀었다. 혜렴은 발걸음을 빨리해 그런 혜강의 용마를 따라갔다. 하는 수 없이 용마를 멈춰 세운 혜강이 말했다.

"네 하계에서 하계군과 맞서던 선녀를 보고 있었던 걸 알고 있다."

그 말에 혜렴은 걸음을 멈췄다. 하계로 하강했던 선녀 중에는 그 옛날, 혜렴과 함께 도망쳤던 선녀가 있었다. 거의 삼십 년 만에 본 두 사람이었으나, 드러내 놓고 알은체를 하지는 않았다. 그러나 혜강은 그 선녀가 날고 있는 하늘을 보고 있던 혜렴의 모습을 봤고, 기억하고 있었다. 혜강은 얼굴을 보이지 않은 채로 말을 이었다.

"네 하도 고집을 부리기에 하는 수 없이 서선까지 함께 하강을 하였으나, 그 와중에도 너는 그 선녀의 모습을 좇고 있지 않았더냐. 그런데도 너와 나를 위해서 그 혼인을 해야 한다고?"

"아닙니다, 누님. 저는……."

"나는 내 미래에 너를 포함시키지 않은 지 오래되었다."

혜강은 혜렴의 말을 차게 잘랐다. 그 말을 끝으로, 그녀의 용마는 다시 구름 위를 걸어가기 시작했다. 혜렴은 혜강과, 혜강의 하얀 용마를 쳐다봤다. 누이가 시선조차 돌리지 않고 내뱉은 그 말이 차디찼다. 그 차가움 속에 얼어 버린 마음이 느껴져서, 단순히 온기 없는 것 이상으로 아팠다.

"저는 단 한순간도 누님이 없는 미래를 생각한 적이 없습니다. 심지어 모든 것을 버리고 서선을 떠났던 그때조차 말입니다. 어쩌면 당연하지요. 누님은 제 누님이시니까요."

혜렴은 걸어가는 용마 위에 있는 혜강의 뒷모습을 쳐다봤다. 늘 흔들림 없는 뒷모습. 그 옛날에는 그리 흔들림 없는 누이라 모든 걸 떠넘겨도 된다 생각했다. 그가 없어도 괜찮을 거라고 생각했다. 그러나 이제는 그게 아님을 알았다. 그 굳건함은 그와 함께할 미래를 위해 준비됐던 거였다. 그리고, 그걸 그의 손으로 무너뜨렸다. 너무 굳건했던 벽이라, 이제는 무너진 잔해가 쌓이고 쌓여 그 너머가 보이지도 않았다.

그러나 혜렴은, 그 잔해를 넘어가야 한다 생각했다. 그 잔해 뒤에 이제는 가시 돋친 넝쿨로 스스로를 가리고 접근을 거부하는 누이를 그대로 내버려 둘 수 없었다. 날개옷 입고 있던 선녀 시절보다 갑옷 입은 지금이 더 위태로워 보이는 건 그 때문일 터였다. 가문의 관습, 전통을 떠나 그는 아우이자 사내로서 해야 할 일을 알았다.

"저는 그때 그 선녀를 보고 있었던 게 아닙니다. 아예 몰라봤다고 거짓말까지 하지는 않겠습니다. 분명 알아봤으나, 오래 시선 두지 않았습니다. 그때 하늘을 보고 있었던 것은 선군과 도깨비들의 동태를 살피기 위해서입니다."

혜렴은 긴장한 상태로 말을 이었다.

"오히려 누님……. 누님께서는 저보다 더 그 일을 마음 쓰고 계시는군요. 저는 그게 죄송스러우면서도, 한편은 다행이라는 생각이 듭니다."

그 말에, 혜강의 용마가 멈췄다. 혜강이 고개를 돌리자 혜렴은 더 힘을 얻었다.

"저를 사내로도 여기지 않으신다면서 어찌 그 선녀에 대해 아직도 신경을 쓰십니까?"

인상을 찌푸린 혜강이 입을 열어 답하기도 전에 혜렴은 얼른 다시 입을 열었다.

"타의로 적선하듯 하는 혼인이 싫다 하셨습니까. 저는 지금 저 스스로 누님의 곁에 서길 원합니다. 누님이 스스로 왕위에 오르길 원하시니 선양을 받으신 후에 혼례를 올려도 개의치 않겠습니다. 누님이 익의보다 갑옷을 더 선호하시니 갑옷을 입고 혼례를 치러도 괜찮습니다."

"뭐라?"

혜강의 얼굴은 황당함으로 일그러졌다. 혜렴은 그녀의 당황에도 불구하고 꿋꿋이 말했다.

"누님……. 제게 누님을 연모하느냐 물으셨습니까."

혜강의 얼굴에 서려 있던 일말의 감정이 사라졌다. 둘은 조금의 웃음도 없는 얼굴로 서로를 응시했다. 혜렴은 차마 혜강과 시선을 계속 마주할 수 없었다. 그는 떨리는 마음으로 혜강의 귀에 시선을 꽂은 채로 말했다.

"이제는 저도 압니다. 제가 철없이 입에 담았던 연모가 누님께 상처가 됐다는 걸. 허나 저는 이제 그 선녀를 연모하지 않습니다. 그 감정이 영원하지 않음을 알기에, 지금 누님을 연모한다는 말을 입에 담진 않을 겁니다. 제가 누님께 갖는 감정은 불처럼 타올라 재로 바스러질 연모가 아닙니다. 쇠처럼 시간을 들여 담금질할수록 더 강해질 마음입니다. 제 마음을 금기로 무장하고 두드려 부러지지 않는 갑옷이라 여기십시오."

혜렴은 숨도 쉬지 못하고 말을 내뱉었다. 얼굴에 경련이 일어날 것 같았다. 아무 반응도 보이지 않는 혜강의 앞에서 이리 말하는 게 부끄럽고 힘들었다. 그가 몇 번이고 고민하고 다듬어 준비한 말이 제대로 입 밖으로 나왔는지 알 수 없었다. 그래도 혜렴은 꿋꿋하게 말했다.

"그래서 제가 누님을 홀로 사지로 보낼 수 없나 봅니다."

말을 끝맺은 혜렴은 혜강의 답을 기다렸다. 긴장한 얼굴의 혜렴과, 무표정한 얼굴의 혜강은 석상처럼 서서 대치했다. 한참 동안 아무 반응도 보이지 않던 혜강이 겨우 입을 열어 물었다.

"……준비했느냐?"

"……."

혜강의 물음에 정곡을 찔린 혜렴의 얼굴이 새빨개졌다. 미리 준비했다고 생각하지 않을 수 없는 언사가 줄줄 이어져 혜강도 내심 당황하고 있었다. 누가 보면 병에 걸렸나 의심할 정도로 얼굴이 붉어진 혜렴을 보며 혜강은 혀를 찼다.

"그리 준비할 시간에 술법을 수련했으면 네 실력을 따를 선인이 없었겠다."

"……그런 말씀 하지 마십시오."

"차라리 선계와 폐하를 위해 명계로 가겠다고 하지 그랬느냐. 그랬으면 네가 진정 달리 보였겠지."

그 말에 혜렴은 고개를 푹 숙이고 시선을 피했다. 그런 혜렴을 보며 혜강도 무슨 표정을 하고 무슨 말을 해야 할지 알 수 없었다. 그녀 또한 이 상황이 낯간지럽기 짝이 없었다. 그녀는 그녀의 아우가 저런 말을 하리라고는 상상도 한 일이 없었다. 어쩐지 우습기도 하고 한편으로는 빨리 이 상황을 벗어나고 싶은 마음으로, 혜강이 말했다.

"어쨌든 좋다."

용마 위에 앉은 채로 혜강은 혜렴을 내려다보며 말했다.

"백호위 선군을 추려 명계로 가라. 폐하께는 내가 말씀드리겠다."

그 말에 혜렴은 고개를 번쩍 들었다. 혜렴은 믿을 수 없다는 듯 눈을 크게 뜨고 그의 누이를 응시했다. 혜강은 눈썹을 찌푸린 채로 말했다.

"내 생각은 아직도 변하지 않았다. 내게 너는 여전히 철없는 아우에 불과하다. 진정 중한 것이 뭔지도 모르고 함부로 목숨을 거는 널 보면 더더욱 그렇지. 해서, 네가 성공했을 때 너를 보는 내 눈이 달라질지 나도 궁금하긴 하다."

혜강의 용마 천금은 그대로 몸을 돌려 하늘로 날아올랐다. 멍한 얼굴로 쳐다보는 혜렴을 보며 혜강이 마지막으로 말했다.

"너 또한 이 일이 얼마나 중요한 일인지 알 것이다. 일을 그르쳤다간 명계와 선계의 사이는 돌이킬 수 없이 악화될 터. 네 진정 달을 구해 올 수 있겠느냐?"

넋을 놓고 있던 혜렴은 뒤늦게 소리쳤다.

"……예! 예!"

들리는 고함을 뒤로한 채로, 혜강은 픽 웃었다. 그녀는 혜렴이 한 말을 진지하게 듣지는 않았다. 그저 시간이 지나니 저 녀석도 책임감이라는 게 생길 정도로 철이 들긴 하나 보다, 하고 넘겼다. 물론 그로 인해 계속 혼인을 운운하는 건 영 달갑지 않은 일이었지만, 어쨌든 세월이 약이긴 한 모양이었다.

❋ ❋ ❋

그러나 상황은 혜렴의 생각대로 흘러가지 않았다. 혜렴의 뜻은 예상치 못한 아주 강력한 반대에 부딪쳤다.

"안 돼요."

위정전 안에서, 옥토끼를 품에 안은 해가 단호히 말했다. 그런 해의 옆에서 무진이 한숨을 쉬며 말했다.

"저승사자와 사절이 이미 출발을 했소. 최대한 빨리 명계로 가야 달을 구출하지 않겠소. 어찌 그리 반대를 하는 것이오? 백호위 대장군은 십이지 신수 인지와 계약을 맺은 뛰어난 선인이오. 반드시 명계로 납치된 달을 구해 돌아올 것이오."

무진의 물음에 해는 고개를 도리도리 저으며 소리쳤다.

"말도 안 돼요! 이리 중요한 일을 어찌 나쁜 호랑이에게 맡길 수 있단 말이어요?"

혜렴의 옆에 있던 신수 인지는 기가 팍 죽었다. 혜렴은 당황한 얼굴로 해를 쳐다봤다. 그의 뒤에는 다른 백호위 선군들 셋이 대기 중이었다. 해는 그 사이에서 혜강을 붙들고 서서 신수 인지를 째려봤다.

"전 절대 호랑이와 함께 명계에 갈 수 없어요! 호랑이는 분명 가다가 배가 고프면 저를 잡아먹으려고 할 거여요! 돌아오는 길에 배가 고프다고 우리 오라버니를 한입에 꿀꺽하면 어쩌지요?"

혜렴은 당황한 얼굴로 서둘러 답했다.

"맹세코 그럴 일은 없을 겁니다. 신수가 어찌 신선께 위해를 가하겠습니까. 또한 해님께서 직접 명계에 함께 가시는 것은 너무 위험합니다. 해님께서는 선계에서 저희 선군들이 돌아오는 것을 기다리시는 것이……."

해는 눈을 부릅떴다.

"말도 안 돼요! 우리 오라버니는 제가 없으면 아무것도 못 한단 말이어요! 제가 반드시 가야 해요! 그리고! 선군들끼리 가서 귀문을 어찌 통과하겠다는 거여요? 제가 없으면 아마 명계로 들어가지도 못할 거여요! 귀문에 휩쓸려 다들 떠돌아다니게 될걸!"

해의 말에 무진은 한숨을 내쉬면서도 고개를 끄덕였다. 그 말은 확실히 옳았다. 저승사자도 없는 상황에서 그들끼리 귀문을 통과할 방도는 오로지 해와 동행하는 것뿐이었다. 그러나 해의 말은 아직 끝나지 않았다.

"그리고! 우리 오라버니는 세상에서 호랑이를 제! 일! 무서워한단 말이어요! 납치까지 당했는데 호랑이가 갑자기 나타나면 얼마나 무섭겠어요? 절대 안 돼요! 역시 안 되겠어요! 전 여기 이 언니랑 같이 갈래요!"

혜렴은 소리를 빽빽 지르며 혜강을 붙들고 있는 해를 보며 어이가 없어 헛웃음을 흘렸다. 그는 누님의 신수도 호랑이라고 말해 주고 싶은 걸 겨우 억눌러 참았다. 겨우 얻어 낸 허락인데 이리 시작도 전에 제동이 걸렸으니 혜강을 볼 면목이 없었다.

백호위 선군들이 쩔쩔매고 있는 와중에, 하는 수 없이 혜강이 한쪽 무릎을 꿇고 해와 시선을 맞췄다.

"송구합니다. 하오나 이리 중대한 일을 섣불리 다른 선군에게 맡길 수는 없습니다. 현재 정황상 다른 선군을 보낼 여력도 없습니다. 대장군은 달을 구출해 오겠다는 의지가 강하고 그 실력이 뛰어나니 이 임무를 성실히 수행할 것입니다. 대신 해님께서 원하시는 대로 제가 동행을 하도록 하겠습니다. 그럼 만족하시겠습니까?"

"정말?"

"예."

해는 얼른 고개를 끄덕이며 무진을 쳐다봤다. 반짝반짝 빛나는 눈을 보며 무진은 한숨을 내쉬었다. 혜강은 자리에서 일어나 무진에게 고개를 숙였다.

"송구합니다, 폐하."

무진은 설핏 웃었다.

"자네 잘못이 아니니 되었네. 자네가 함께 간다면 짐으로서도 더욱 안심일세. 해 또한 그걸 원하는 것 같으니, 자네에게 믿고 맡기겠네. 반드시 달을 모셔 와야 하네."

"예. 폐하."

혜강과 혜렴은 나란히 무진에게 인사를 하고, 위정전에서 나왔다. 한 시진 전에 저승사자와 흑귀위 사절이 명계로 향했으니 서둘러 그 뒤를 따라붙어야 했다.

위정전에서 나오며 혜강은 그녀가 자리를 비울 동안 서선의 방비를 맡을 백호위 장군에게 서선 상황을 잘 살피라고 몇 번이고 당부했다. 본래는 대장군인 혜렴이 다른 백호위 중랑장과 낭장들을 데리고 명계로 갈 생각이었으나, 해의 반대로 혜강이 가게 되었으니 대신 혜강과 혜렴 둘만 가는 것으로 결정됐다. 무려 상장군과 대장군이 함께 자리를 비우니 그 아래 있는 장군들의 임무가 막중했다. 백호위의 다른 선군들은 혜강과 혜렴의 용마를 데리고 있는 용수궁 술시들과 함께 위정전 앞에 서 있었다. 위정전에서 나온 해는 혜강의 용마 천금을 보자마자 냉큼 달려갔다.

"와!"

해는 얼굴을 발그레하게 물들인 채로 하얀 용마의 목을 조심조심 쓰다듬었다. 선군 하나가 해를 들어 용마 위에 앉혀 주려 하자 용마는 얼른 뒤로 물러났다. 혜강이 용마의 고삐를 잡고 못마땅해하는 그녀의 용마를 다독였다. 몇 번의 시도 끝에 해는 무사히 옥토끼를 안은 채로 용마 천금 위에 앉았다. 해가 꼭 안고 있는 옥토끼를 보며 혜렴이 물었다.

"그 토끼는……."

"옥토끼도 함께 가야 해요! 이 옥토끼의 짝이 오라버니와 함께 명계로 간 게 틀림없단 말이어요! 짝을 잃어버려 상심한 녀석을 그냥 두고 갈 수는 없어요! 기다리는 동안 얼마나 속이 타겠어요?"

해가 고집스럽게 외쳤다. 혜렴은 정말 참을 수 없는 기분이 되어 중얼거렸다.

"……쪼그만 게 진짜."

어디 놀러 가는 줄 아나, 하고 생각하는데 놀랍게도 해가 그 작은 중얼거림을 들었는지 빽 소리쳤다.

"쪼그맣다고 하지 마요! 난 커요! 엄청 크단 말이어요!"

"예."

"내 말 듣고 있는 거예요?"

"예. 그럼요."

혜렴은 대충 대답하며 그의 용마에 올라탔다. 천금을 쓰다듬던 혜강도 씩씩대고 있는 해의 뒤로 올라탔다. 서로 시선을 교환한 후에, 혜강과 혜렴은 용마의 고삐를 잡아당겼다. 용마들은 발을 구르며 하늘을 날기 시작했다. 명계로 간 사절단의 뒤를 따라잡기 위해, 두 마리 용마는 빠르게 날아갔다.

※ ※ ※

남선 지운도 주변은 적오위 선군들이 지키고 있었다. 지운도의 한가운데, 탱자나무 울타리가 쌓은 담이 서 있었다. 가시가 돋아난 탱자나무 담은 단순히 옆이 아닌 초가의 지붕 위까지 가리고 있어 담 안에 갇힌 죄인의 자유를 속박하고 있었다. 그 안에 있는 석호는 모든 것을 잃고 운신의 자유마저 빼앗긴 채로 시간을 보내고 있었다.

어둡기만 한 하늘 사이에 적오위 선군 셋이 나타났다. 구름 위를 날아 다가온 적오위 선군 중 하나가 탱자나무 담을 지키고 있던 선군에게 다가가 말했다.

"교대 시간이다."

"벌써 시간이 그리되었나?"

지키고 있던 선군들은 수고하라고 말한 뒤 자리를 벗어났다. 그들이 사라지자, 새로 온 선군들은 잠시 주변을 살폈다. 고개를 끄덕인 선군 하나가 환술을 풀어 둔갑술로 감추고 있던 스스로의 모습을 드러냈다. 어둠 속에서, 둔갑술을 푼 선녀 자희가 본래의 모습으로 활짝 웃었다.

"그럼."

자희는 나머지 선군 둘에게 눈짓을 해 보였다. 선군 둘은 사실 자희가 환술로 만든 무영이었다. 그들이 주변을 살피는 동안, 자희는 마음을 집중했다. 선인을 유배시키기 위해 만든 탱자나무 담에는 술법이 걸려 있었다. 그걸 없애고 흔적을 없애려면 자희는 도술과 환술을 모두 사용해야만 했다.

마음을 집중한 그녀가 손을 들어 아래로 내리그었다. 가시 돋친 담이 자희의 손길에 따라 갈라졌다. 자희는 갈라진 틈 사이로 조심조심 들어갔다. 그리고 두 손을 모아 환술의 수인을 맺었다. 갈라진 틈은 가시 돋친 나뭇가지로 가득하던 처음처럼 다시 메워졌다. 그 누가 봐도 티 나지 않을 정도로 완벽한 눈속임이었다. 무사히 담 안으로 들어온 그녀는 초라한 초가를 둘러보다가, 초가 켜진 방을 향해 걸어갔다.

“장군, 안에 계시는지요?”

문이 벌컥 열렸다. 자희는 그 옛날 선군이던 시절과는 달리 초라하기 짝이 없는 행색의 석호를 훑어보고는 코웃음을 흘렸다.

“어머, 실례. 생각지도 못했던 모습이신지라. 몰골이 말이 아니시네요.”

“네 어찌…….”

“버선발로 뛰어나오실 만큼 소녀가 반가우셔요?”

석호는 문을 연 채로 굳어서는 말을 잇지 못했다. 그런 석호를 보며 자희가 웃었다. 웃음을 흘리며 서 있던 그녀의 눈빛이 갑자기 바뀌었다. 그녀는 날랜 속도로 석호에게 돌진했다. 석호가 놀라 물러나는 것과 거의 동시에, 손을 뻗은 자희가 그의 머리카락 하나를 뽑아 물러났다.

“악!”

머리카락이 뽑혀 얼얼한 머리를 잡고 째려보는 석호의 눈앞에서 자희는 머리카락에 환술을 걸었다. 머리카락은 금세 자라나 그 앞에 있는 석호와 똑같은 모습이 되었다. 자희가 환술로 만든 가짜 석호는 석호를 지나쳐 방 안으로 들어가 자리를 잡았다.

영문을 몰라 인상을 찌푸리고 째려보는 석호를 보며 손을 턴 자희가 말했다.

"소녀와 함께 가시지요."

자희가 팔에 차고 있던 오행궁을 빼 석호에게 내밀었다.

"폐하께서 찾으신답니다."

❈ ❈ ❈

어둠이 내린 용주당 안, 안희제 무진은 그의 방에 앉아 누군가를 기다리고 있었다. 허리를 세우고 똑바로 앉아 있는 그의 얼굴에는 생기가 없었다. 얼굴에 진 그림자조차 그의 복잡한 심사는 가리지 못했다. 무진은 느린 속도로 눈을 감았다 떴다. 겨우 주변을 비춘 촛불이 조금 흔들렸다. 무진은 시선을 들었다. 닫힌 문 너머에서 자희의 목소리가 들렸다.

"폐하."

"들라."

문이 소리 없이 열렸다. 문 너머에서 모습을 드러낸 이는 선녀 자희가 아니었다. 문 너머에 서 있던 사내는 그 즉시 무릎을 꿇었다. 바로 허리를 숙여 절을 한 석호는 그대로 고개를 들지 못하고, 일어서지도 못한 채 들리지 않을 소리를 중얼거렸다.

"……폐하."

무진은 씁쓸한 미소를 지었다.

"그러지 말게."

"……폐하, 신이……."

석호는 차마 무진이 앉아 있는 방의 문턱조차 넘어서지 못했다. 문턱 밖에서 꿇고 앉아 그저 머리를 조아렸다. 무진의 얼굴을 볼 수가 없었다. 차마 고개를 들 수도 없었다. 그런 석호에게 무진이 물었다.

"짐을 원망하는가?"

석호는 그 물음에 놀라 고개를 들었다. 그는 당장 고개를 저었다.

"폐하, 당치 않습니다! 천부당만부당하옵니다!"

"짐을 원망하지 않는다면 이리 가까이 오게. 그리 거리를 둬 짐으로 하여금 죄스럽게 하지 말게."

겨우 들었던 석호의 고개가 다시 아래로 축 처졌다. 석호는 떨리는 목소리로 겨우 말했다.

"폐하……. 신이, 사죄를……."

"사죄도 원망도 이리 와서 하게. 어서."

석호는 망설였다. 감히 그가 무진에게 다가가도 되는지, 그에게 사죄를 할 자격이나 있는지 알 수 없었다. 망설이고, 또 망설이다가, 석호는 결국 느릿느릿 몸을 일으켜 앞으로 걸어갔다. 제대로 차려입지도 못한 차림새가 면구스러워 발걸음이 조심스러웠다. 석호는 최대한 몸을 수그리고 무진에게로 다가갔다. 그러나 계속 찔끔찔끔 멈춰 섰다. 무진이 몇 번이고 더 다가오라고 한 후에야, 석호와 무진은 겨우 가까이 마주 보고 앉았다.

그러나 석호는 여전히 고개를 들지 못하고 있었다. 무진은 그런 석호를 물끄러미 응시했다. 무진은 쉽사리 입을 열지 않았고, 석호는 그런 무진이 무슨 생각을 하는지 감히 짐작도 할 수 없었다. 시간이 흐를수록 진땀이 나고 고개는 점점 더 아래로 내려갔다. 조금의 시간이 흐른 뒤에, 무진은 겨우 입을 열었다.

"정왕의 일은 유감스럽게 되었네."

석호는 아무런 말도 할 수 없었다. 목이 굳어 버린 것처럼 끝내 고개를 들지 않는 석호를 향해 무진이 다시 물었다.

"짐을 원망하지 않나?"

"당치 않습니다, 신이 어찌……."

"솔직히 말해도 좋네. 짐이 아니었다면 자네가 그런 죄까지 저질렀을 리가 없겠지. 그걸 알면서도 짐은 자네에게 그리 잔인한 벌을 내렸네. 짐의 부족함으로 자네가 그런 일까지 무릅썼는데도 불구하고, 짐은 자네를 지켜 줄 수 없었네."

석호는 마음 깊은 곳에서부터 뜨거운 감정이 울컥 치솟는 것을 느꼈다. 스스로에 대한 욕지기가 치밀어 올랐다. 자신의 어리석은 행동으로 저리 선한 주군의 마음에 상처를 남겨 버렸다. 무진에게 더없는 폐를 끼쳐 버렸다. 석호는 울 것 같은 얼굴로 무진을 향해 말했다.

"그러지 마십시오, 폐하. 신은 죄인입니다. 죽어 마땅합니다. 어찌 신을 살려 두셨습니까. 신은, 감히 폐하의 용안을 뵐 자격도 없습니다."

"짐의 치부를 가리기 위해 자네가 한 선택을 어찌 짐이 탓할 수 있겠는가. 천하의 모든 선인이 자네를 탓해도 짐은 그럴 수 없을 걸세. 짐이야말로 자네에게 있어 죄인일세."

"폐하……."

"그걸 알면서도, 짐은 또다시 자네를 불렀네."

석호와 무진은 서로를 응시했다.

"자네를 지켜 주지 못한 주군임에도, 짐은 또 한 번 자네에게 중한 명을 내리려 하네. 무슨 일이 있어도, 짐이 믿을 수 있는 가장 확실한 이가 바로 자네이기 때문이지."

"폐하……."

참고 억눌렀던 눈물이 결국 눈가에 고이고 말았다. 석호는 그간 상처받고 고통받은 마음이 모조리 치유되는 것을 느꼈다. 그는 두려웠다. 스스로가 잘못한 것을 알면서도, 무진이 그에게 실망하거나, 그를 더 이상 믿지 않을 것이 두려웠다. 모든 것을 잃은 상황에 무진마저 그를 버리면 그에게는 삶의 이유가 없을 테니까.

그러나, 무진은 여전히 그를 믿는다고 말하고 있었다. 그의 실패에도 불구하고, 여전히 따뜻하게 그를 지켜봐 주고 있었다. 그것만으로도 석호는 큰 힘을 얻었고, 여느 때보다 더없이 집중하여 무진의 말을 들었다.

"남선에서 백암의 사초가 발견됐다 하네."

"사초라 하셨습니까?"

"그렇네. 자네도 그 사초가 어떤 의미를 지녔는지 잘 알 걸세. 그 사초는 천서제께서 승하하신 후 바로 소각되었어야 했으나 아직까지 그 모습을 드러내고 있지. 허나, 짐에겐 그 이상으로 반드시 그 사초를 찾아야 하는 이유가 있네."

무진은 류가의 반역 전에 상장군 류의민과 강왕이 백암의 사초를 봤다는 걸 알고 있었다. 그러나 그에 대해서는 그가 전해 들은 말에 추측을 더했을 뿐이라, 그들이 안 사실이 진정 사초를 통해 알게 된 것인지는 확신할 수 없었다.

"그 이유에 대해 자네에게 말해 줄 수 없어 미안하네. 짐도 사초의 내용을 몰라 자네에게 전할 수 있는 데는 한계가 있네. 현재 백호위 상장군도 짐에 대해 알고 있으나, 명계와의 일이 생겨 그곳으로 보낸 참일세. 하여 짐에게는 이 일을 믿고 맡길 다른 이가 없네."

석호는 결국 무진이 혜강에게 그의 진실에 대해 알렸다는 사실을 알았다. 그래도 혜강이 무진의 상황을 이해한 모양이라고 생각한 석호는 조금 안심을 하며 무진의 말에 집중했다.

"동선이며 남선 상황이 혼란스러워 적오위 선군을 따로 움직일 수도 없네. 용과 계약한 여선에 대해 감춘 일로 모든 선인들이 짐에게 주의하고 있네. 공식적으로 선군을 움직이면 더더욱 주목을 받겠지. 이 상황에 어떤 내용이 있을지 알 수 없는 사초를 다른 이의 손에 맡겨 둘 수는 없고. 그게 바로 내가 유배 중인 자네를 이리 불러들인 이유일세. 반드시 자네가, 그 사초를 찾아 짐에게 가져다주게. 그 누구에게도 그 내용이 알려져선 안 되며, 반드시 짐이 그 사초를 이 손으로 받아야 하네."

무진은 긴장이 서린 얼굴로 말했다.

"짐을 위해 그리해 줄 수 있겠는가?"

석호는 결단이 서린 얼굴로 답했다.

"폐하, 폐하께서 명을 내리신다면 신은 죽음이라도 달게 받을 것입니다."

"짐은 자네에게 이리 큰일을 맡기면서도 자네를 자유롭게 해 줄 수 없네. 자네는 사초를 찾고 다시 유배지로 돌아가야 할 걸세. 그래도 하겠는가?"

무진은 걱정이 서린 목소리로 물었고, 석호는 무진이 그런 걱정은 하지 않길 바랐다. 그는 무진이 그에게 그 어떤 미안함도 갖지 않기를 바랐다. 과분하고, 당치 않은 죄책감이었다. 그 모든 죄스러운 감정은 석호 본인만이 가져야 할 몫이었다. 석호는 허리를 숙여 절을 하며 무진에게 고했다.

"폐하, 신은 이미 폐하께 죽어서도 용서받지 못할 죄를 지었습니다. 이렇게나마 폐하께 사죄할 수 있는 기회를 주시니 신이 무엇을 더 바라겠습니까."

무진은 자리에서 일어나 몸을 수그리고 있는 석호에게로 다가왔다. 그는 석호의 바로 앞에 앉아 바닥을 짚은 석호의 손을 잡았다.

"고맙네. 석호."

"당치 않습니다, 폐하."

"자네만 믿겠네."

무진이 그리 말하는 사이, 문이 열리고 자희가 들어왔다. 자희는 한쪽 팔에 날개옷의 쓰개치마를 걸고, 다른 손에는 활과, 화살이 담긴 화살통을 들고 있었다. 석호는 허리를 들고 그의 바로 앞에 앉아 있는 무진을 쳐다봤다. 무진이 방 끝에서 웃고 있는 자희를 가리키며 말했다.

"자희와 함께 가게. 은밀히 운신하는 데 도움이 될 걸세."

석호는 자희와 가야 한다는 사실이 영 탐탁지 않았으나, 다른 도리가 없었다. 죄인인 그가 선군들과 함께 남선으로 갈 수는 없는 노릇이었다. 저 요선의 실력이 남다르니 확실히 도움이 되긴 할 터였다. 무엇보다, 석호는 불안함에도 불구하고 자희를 함께 보내는 무진의 마음을 알았다. 꿍꿍이를 알 수 없는 요선보다 진실을 모르는 이들이 더 두려운 게 분명했다. 그런 생각에 석호는 다시금 무진에 대한 안쓰러움이 솟구침을 느꼈다.

차마 아무 말도 못 하고 있는 석호에게, 목소리를 한껏 낮춘 무진이 말했다.

"자희를 완전히 믿을 수 없으니 되도록 눈을 떼지 말고, 이왕이면 사초는 반드시 자네 손으로 직접 짐에게 가져오도록 하게."

"……예, 폐하."

마음을 다잡은 석호는 자리에서 일어났다. 그러는 사이 자희가 방을 가로질러 무진에게 다가왔다. 무진은 자희를 보며 엄한 목소리로 말했다.

"자희, 네 반드시 석호의 명만을 따르며 그를 도와야 한다. 간곡히 청하기에 너를 보내긴 한다만, 조금이라도 수상한 행동을 해 석호를 위험하게 한다면 짐이 너를 용서하지 않을 것이다."

“여부가 있겠사옵니까. 소녀를 믿으셔요.”

자희는 공손히 허리를 숙였다. 무진은 영 펀치 않은 얼굴로 자희를 응시했다. 의심과 걱정이 섞인, 못 미더움이 가득한 시선이었다. 자희는 그런 무진의 시선을 피하지 않고 마주하며 환하게 미소 지었다. 결국 무진은 고개를 끄덕였다. 석호는 자리에서 일어나 자희와 함께 물러났다.

방에서 나가기 전에, 방 끝에 도달한 석호는 다시금 무진에게 절을 했다. 그는 이번에는 절대로 무진을 실망시키지 않겠다는 일념으로 방에서 나섰다. 부드럽게 문이 닫히자 방 안을 겨우 비춘 촛불만 흔들렸다. 방은 촛불이 다 밝히기엔 너무 넓어 방 끝에 있는 무진의 모습이 잘 보이지 않았다.

닫힌 문 너머에서, 석호는 자희가 내미는 활을 받아 들었다. 화살통은 팔 한쪽에 멨다. 자희는 용주당 복도를 걸어가며 말했다.

“듣자 하니 백암의 사초는 남선 황주의 선인 관리가 보관하고 있다고 하옵니다. 장군께서는 소녀와 함께 가, 소녀가 사초를 빼내 올 동안 주변을 살펴 주시옵소서.”

석호는 답 없이 고개만 끄덕였다. 자희도 그 이상은 별다른 말을 하지 않았고, 둘은 함께 용주당에서 나갔다. 자희가 환술을 걸어 석호와 그녀의 모습을 감추었고, 석호는 말 한마디 없이 운보를 사용해 날아올랐다. 자희는 입가에 진득한 미소를 지었다. 마지막으로 용수궁을 한 번 돌아본 그녀는, 바로 쓰개치마를 쓰고 날아올랐다. 환술로 감춘 그들의 모습은 어둠 사이로 흔적도 없이 사라졌다.

❋ ❋ ❋

용수궁에서 저승사자와 천제의 사절이 출발하기 전에, 동선에서는 유신의 술시를 통해 명계로 가게 되었다는 귀호의 연락을 받았다. 귀호의 편지에는 무진이 사절을 보내 귀제에게는 가짜 인적과 명수인을 넘기고, 백호위 선군을 따로 명계로 보내 달을 구출해 올 것이라는 계획도 있었다. 저승사자에게 명계로 갈 뜻을 전한 시건과 사예는 명계로, 양상과 파적도 귀호가 보내 준 정보를 토대로 남선의 황주로 떠나게 되었다.

어느새 선군들이 동선 너머에서 대열을 이루고 동선을 예의 주시하고 있었기 때문에, 도깨비들은 경계 태세를 갖추고 있었다. 도깨비들이 세운 담은 요술로 한가득 모은 구름 위에 서 있었고, 그 안쪽 쭉 늘어선 도깨비들은 당장이라도 도깨비방망이를 휘두를 준비를 하고 있었다. 담장을 따라 서 있는 도깨비들은 기분이 많이 상해 있었다. 도깨비들은 씩씩거리며 저놈들 때문에 아직도 씨름 대회를 못 열고 있다 욕을 했다. 그런 도깨비들 사이에 도깨비들이 요술로 만든 허깨비 시건과 양상, 파적과 유신 등도 함께 서 있었다.

담장의 안쪽, 도깨비집 앞에서는 시건과 사예가 먼저 저승사자와 함께 명계로 출발할 준비를 하고 있었다. 도깨비들의 도움을 받아 줄곧 마음에 걸렸던 시건의 머리카락 문제를 해결한 사예는 바로 명계에 갈 채비를 하고는 더없이 가벼워진 마음으로 가옥에서 나왔다. 그러나 푸른 도깨비불 옆에 서 있는 눈에 익은 검은 용마를 발견한 순간, 딱 멈춰 섰다. 사예는 인상을 찌푸리고는 새까만 눈을 반짝거리는 흑뢰를 외면했다. 시건의 용마니까 뭐 그런가 보지, 하고 생각하고 넘겼던 사예는 잠시 후 시건에게 이렇게 물어야 했다.

"아니, 나도 이 용마를 타라고? 왜? 왜 그래야 하오?"

"북선의 귀문 주변은 바람이 강해 그냥 날아서는 갈 수 없다. 용마를 타도 버티기 힘들다."

시건의 친절한 설명에 사예는 아무 말도 할 수 없었다. 그러나 용마를 타고 나는 게 너무 힘들었던 기억으로 각인되어 있는 터라 이해를 했어도 선뜻 그러마 대답할 수 없었다. 물론 지금 흑뢰는 안장이 없는 대신 도깨비 홍례가 요술을 부려 주기로 했기 때문에 그때 사예가 탔던 것보다는 편할 터였지만, 그래도 아닌 건 아닌 거였다. 그러나 귀문 주변의 상황이 그렇다니 사예는 하는 수 없이 한발 물러서 답했다.

"그럼 북선에 가서 타겠소."

"용마를 타고 가는 게 훨씬 빠를 텐데."

옆에서 홍례와 함께 서 있던 양상이 거들었다.

"어서 타고 가시오, 여선님. 최대한 빨리 명계에 다녀오는 게 좋지 않겠소이까. 한 번 같이 탄 거 두 번도 타고 열 번도 타고 그러는 거지 뭐."

사예가 양상을 확 째려보는데 기다리던 저승사자도 입을 열었다.

「그리 싫으시다면 그냥 여기 남으시지요.」

"아니, 꼭 그렇다는 건 아니고……."

저승사자의 냉정한 말에 사예는 하는 수 없이 알았다고 고개를 끄덕였다. 그녀가 동의를 하자 시건은 서 있는 흑뢰에게 다가가 상태를 살폈다. 내려진 고삐를 잡은 채로 시건이 사예에게 말했다.

"내가 먼저 탈 테니 그대는 내 뒤에 타라."

사예는 고민했다. 시건이 먼저 타고 그녀가 그 뒤에 올라타면 그녀는 팔로 시건의 몸을 안고 있어야 했다. 머릿속에 시건의 허리를 안고 달라붙어 있는 스스로의 모습이 그려졌다.

'헉, 어찌 그래.'

생각만 해도 벌써 낯이 뜨거워지는 것 같아 그건 안 되겠다 싶었다. 차라리 전에 그랬던 것처럼 그녀가 먼저 타는 게 낫겠거니 싶어서 사예는 얼른 말했다.

"아니, 내가 먼저 타겠소."
"……먼저 타겠다고?"
사예는 고개를 위아래로 크게 움직였다.
"저번에도 그랬잖소."
사예가 이해할 수 없는 이유로 표정을 굳힌 시건은 고민하다가 결국 흑뢰에게서 한 발 물러났다. 그의 여선이 그걸 원한다니 그의 불편함 정도는 감수할 수 있었다. 아무것도 모르는 얼굴로 사예는 냉큼 발을 딛고 먼저 흑뢰의 위에 올라탔다. 흑뢰의 등이 높았지만 도깨비 신발로 날아오르니 그 위에 타는 게 어려운 일은 아니었다. 무사히 흑뢰의 등 위로 올라탄 사예는 날개를 피해 자리를 잡았다. 들린 치마 아래 속치마와 속바지 끝이 보였으나 어쩔 수 없다 싶었다. 구겨진 치맛자락을 정리하고 있던 사예는 아래에서 쳐다보기만 하는 시건의 행동이 의아해서 물었다.
"왜 안 타고 그리 서 있소?"
"……흑뢰가 그대 말을 잘 듣는군."
시건의 말에 사예는 고개를 돌려 검은 용마의 머리를 쳐다봤다. 검은 용마는 정말로 숨만 내쉬며 얌전히 서 있었다. 그녀는 보란 듯이 흑뢰의 목을 쓰다듬으며 천연덕스럽게 말했다.
"그러게 말이오. 처음부터 그냥 내 말이라면 고분고분 잘도 듣는데, 어쩜 이렇게 순한지 모르겠소. 내 아는 용마 중에 제일 순하지 싶소."
시건의 눈썹이 미묘하게 찌푸려졌다. 그는 난폭한 흑뢰를 길들이기 위해 그도 모르게 그가 보내야 했던 길고도 힘들었던 사투를 떠올렸다. 그가 심통 부리는 흑뢰로 인해 떨어지고 굴렀던 수많은 날을 떠올리고 있는 동안, 아무것도 모르는 사예는 시건에게 고삐를 달라고 손을 내밀었다. 시건은 당당한 사예를 보며 차라리 잘된 일이라고 생각하기로 했다. 만일 흑뢰가 난폭하게 굴어 사예가 다치기라도 했다면 그는 그가 그토록 공을 들여 길들인 용마를 그의 손으로 처리해야 했을지도 몰랐다.

시건이 순순히 사예에게 고삐를 건네는 모습을 옆에서 보고 있던 양상이 대뜸 물었다.

"그러고 보니 여선님은 이 용마를 어찌 데려온 것이오? 이 용마가 감사부에 있었소이까?"

사예는 시건에게서 고삐를 넘겨받으며 대충 대답했다.

"뭐, 그렇소. 아무튼 빨리 갑시다!"

고개를 끄덕인 시건 역시 흑뢰의 뒤로 올라탔다. 사예는 바로 뒤에서 느껴지는 그의 존재감에 몸을 움츠렸다. 상체가 저절로 용마 쪽으로 기울었다. 시건이 등 뒤에서 말했다.

"그리 수그리면 힘들 것이다."

"그건 그런데……."

사예는 앞으로 넘어온 시건의 손에 화들짝 놀라 허리를 세웠다가, 그대로 굳어 버렸다. 다행히 뒤에 앉은 시건의 몸이 닿지는 않았지만 그래도 이건 뭔가 사면초가의 느낌이 강하게 들었다. 침만 꼴깍꼴깍 삼키며 사예는 석상처럼 굳어 있었다. 그리고 시건이 팔로 사예의 허리를 안았다. 사예는 화들짝 놀랐다.

"지금 뭐 하는 거요!"

"에고!"

양상의 옆에 서 있던 홍례는 두 눈을 가렸다. 시건은 사예의 허리에서 손을 떼고 위로 들었다. 그가 곤란해하는 얼굴로 말했다.

"그대가 고삐를 쥐면 나로서는 어쩔 도리가 없다. 다시 말하지만 내가 먼저 타고 고삐를 잡는 편이 낫다."

"……."

사예는 인상을 찌푸린 채로 고민을 하다가 얼른 답했다.

"전처럼 이 상태로 그대도 고삐를 잡으면 되지 않소."

"그래. 알았다."

시건은 바로 손을 뻗어 고삐를 잡은 사예의 손을 잡았다. 덕분에 뒤에 앉은 시건의 몸이 한껏 가까워졌다. 사예는 바로 등 뒤로 다가온 그 때문에 당황하고, 자신의 손등을 완전히 감싼 단단한 손바닥 때문에 또 한 번 당황했다. 앞에 앉으나 뒤에 앉으나 곤란하기는 매한가지였다. 고삐를 쥔 손바닥 안에 땀이 고였다. 손가락 하나 꼼짝할 수가 없었다. 손을 맞잡은 시건의 엄지손가락이 묘하게 그녀의 손가락을 쓰다듬는 것 같았다. 사예로서는 이 상황을 어찌 벗어나야 할지 알 수 없었다. 결국 사예는 의심이 가득 서린 눈으로 시건을 쳐다봤다.

"정말 용마를 꼭 타고 가야 하는 게 맞소?"

"……여러모로 그 편이 낫다."

시건은 사예의 시선을 피했다. 시건을 째려보던 사예는 수상함을 느꼈지만 그녀가 귀문에 대해 잘 아는 것이 아니기 때문에 어쩔 수 없이 그냥 넘어가기로 했다. 그녀는 홍례를 쳐다보곤 말했다.

"나 없는 동안 내 나무를 잘 돌봐 줘야 한다. 와서 확인할 거야."

"예. 걱정 마세요, 여선님."

사예가 고개를 끄덕이자 홍례가 도깨비방망이를 휘둘렀다. 안장 없는 시건과 사예를 불편하지 않게 요술을 부려 주고, 동시에 도깨비감투 대신 요술을 부려 그들의 모습을 감춰 주기 위함이었다. 홍례가 요술을 부리자 저승사자와 시건, 사예, 그리고 흑뢰의 모습이 온데간데없이 사라졌다.

"됐어요!"

"몸 조심히 다녀오시오!"

시건이 용마의 고삐를 당겼다. 검은 용마가 날개를 펴고 크게 울었다. 저승사자가 구름 위에서 날아오르고, 용마가 그 뒤를 따라 날았다. 홍례는 그들이 빠르게 날아갈 수 있게 마지막으로 도깨비방망이를 휘둘러 요술을 부려 줬다. 도깨비 요술의 도움으로 저승사자와 용마는 한층 빠르게 날아갔다. 그들의 움직임은 보이지 않았으나 흑뢰의 날갯짓으로 인해 이는 바람이 느껴졌다. 하늘만 쳐다보고 있던 양상은 느껴지는 바람이 완전히 사라지자 홍례에게 말했다.

"자, 이제 우리도 준비를 해야겠다."

"예, 도사님."

양상과 홍례는 몸을 돌렸다. 양상은 험상궂은 얼굴로 도깨비방망이를 들고 서 있는 도깨비들을 지나쳤다. 양상은 한쪽에서 기다리고 있던 파적과 그 외 두 명의 도깨비들, 유신과 함께 섰다. 양상은 남선에 가 본 경험이 없는지라 도술로 단번에 남선까지 갈 수는 없었고, 그들은 도깨비신발을 신고 남선까지 직접 날아가야 했다. 또한 양상과 도깨비들이 길을 모르기 때문에 선계에 대해 잘 아는 유신이 남선까지 길을 잡아 줘야 했다. 양상이 도깨비들과 함께 기다리고 있던 유신에게 물었다.

"장현록 장군에게는 말했소이까?"

"예. 지금 선군들의 동태를 살피느라 여력이 없으시니 조용히 출발하면 될 듯합니다."

양상이 유신과 이야기를 나누는 동안 파적도 아우인 홍례와 대화를 나누었다.

"야, 우린 간다. 집 잘 지켜!"

"예, 다녀오세요, 형님!"

홍례는 꾸벅 몸을 숙여 인사했다. 도깨비들과 양상, 유신은 도깨비감투를 머리에 썼다. 그들의 모습은 아까 저승사자와 흑뢰가 그랬듯 순식간에 온데간데없이 사라져 버렸다. 그들은 동선에 가득 서 있는 도깨비들의 머리를 뛰어넘고, 그 너머에서 동선을 주시하는 선군들의 머리 위를 유유히 날아갔다.

❈ ❈ ❈

혜강과 혜렴, 그리고 해는 지금 북선의 하늘을 날고 있었다. 해는 북선의 찬바람 때문에 몸을 떠는 옥토끼를 품에 꼭 안은 채로 혜강에게 쉬지 않고 말을 걸었다. 그 이야기의 대부분은 그녀의 오라비인 달에 대한 이야기였다.

"우리 오라버니는 참 착해요. 사실은 너무 착해서 탈이어요. 난 우리 오라버니가 언니처럼 멋있는 사람이랑 혼인했으면 좋겠어요! 언니는 착하고 말 잘 듣는 남자 신랑감으로 어때요?"

그 말에 조용히 옆에서 용마를 끌고 있던 혜렴이 참지 못하고 입을 열었다.

"누님이 타고난 금행은 음기가 강하기 때문에 마찬가지로 음기가 강한 달과는 상성이 좋지 않습니다."

"앗, 그게 참말이어요?"

해가 눈을 동그랗게 뜨고 묻자 혜강은 그렇긴 하다고 대답했다. 사실 그렇게 치면 혜렴이 타고난 화행이야말로 혜강이 타고난 금행과는 상극이라 서로 간에 음양의 조화가 이루어져도 오행으로 치면 맞지 않는 관계였다. 하지만 혜강은 구태여 그에 대해 입에 담지는 않았다. 어쩌면 그 때문에 서선 제후들이 그들의 배필과 사이가 좋지 않았을지도 모른다는 생각이 들어 영 기분이 좋지 않았기 때문이었다. 불은 쇠를 녹이는 법. 양기가 강한 화행의 선인과 음기가 강한 금행의 선인은 좋은 만남이 될 수 없었다. 그러나 쇠는 불을 쐬고 담금질해야 강해지는 법이기도 했다.

혜렴의 방해에도 해는 조금도 기죽지 않고 해강에게 연신 재잘거렸다.

"어쩐지! 그래서 내가 언니가 좋나 보다!"

그래서 나완 맞지 않나 보다, 하고 혜렴은 생각했다. 한참을 조잘거리던 해는 목소리를 죽이고 혜강에게 말했다.

"난 언니가 참 마음에 들어요."

그 말에 혜강은 곤란해하는 얼굴로 말했다.

"사실은 제 신수도 호랑이입니다."

해는 배시시 웃으며 고개를 슬쩍 돌렸다.

"나도 알아요. 언니 신수는 예쁜 하얀 호랑이죠?"

"어찌 아십니까?"

"나는 다 알아요. 실은 낮의 일은 모두 다 알아요. 그래서……."

신나서 말을 하던 해는 갑자기 입을 꾹 다물었다. 혜강이 의아해하는데 해는 그저 고개를 저었다. 해는 말을 돌렸다.

"난 언니가 호랑이랑 어울리지 않는다고 생각해요."

"어찌 그리 호랑이를 싫어하십니까?"

해는 우울해하는 얼굴로 대답했다.

"우리 어머니는 호랑이 때문에 돌아가셨어요. 음, 음. 사실은 나랑 오라버니도 호랑이한테 잡아먹힐 뻔했어요. 하지만 다행히 도망쳐서 신선 할아버지를 만날 수 있었죠. 신선 할아버지가 우리를 하늘로 올려 보내 줬어요. 사실 할아버지는 오라버니보고 낮을 지키고 저한테 밤을 지키라고 했는데, 오라버니가 밤에는 제가 알면 안 되는 일이 많이 있다고 반대해서 제가 낮을 지키게 됐어요."

"그렇군요. 좋은 오라버니……."

혜강은 말을 하다 멈칫했다. 알면 안 되는 일? 그녀도 모르게 인상을 찌푸리는데 해는 오라버니가 인정을 받자 그저 좋은지 헤헤거리며 웃었다. 신이 나서 다리까지 달랑달랑 흔들던 해는 갑자기 진지한 목소리로 말했다.

"아무튼 그래서, 난 호랑이가 너무 싫어요. 우리 오라버니도 호랑이를 제일 무서워해요. 천하에 호랑이가 왜 이렇게 많은지 모르겠어요. 아주 호랑이는 전부 다 잡아다 죽여 버려야 돼!"

혜강과 혜렴은 아무 말도 할 수 없었다. 둘은 은근슬쩍 시선을 교환했다. 신수를 모두 호랑이로 둔 이 남매는 그저 조용히 용마를 모는 쪽을 택했다.

두 선인이 대답 없이 용마만 모는 동안에도 해는 지치지 않고 호랑이를 욕했다. 혜강과 혜렴은 더 열심히 용마의 고삐를 잡아당겼다. 덕분에 용마는 하늘을 빠르게 가로질렀다. 한참의 시간이 흐르고, 조용히 용마만 몰던 혜렴이 입을 열었다.

"귀문이 가까워지고 있군요."

바람이 몸이 흔들릴 만큼 세지고, 구름은 한층 빨라졌다. 차가운 수기로 가득 찬 구름 사이를 날아가던 용마는 귀문과 적당한 거리를 두고 멈춰 섰다. 아직은 거리가 멀어 작게 보이는 정도였지만, 벌써부터 구름의 기세가 남다른 게 피부로 느껴졌다. 저승사자와 천제의 사절은 이미 명계로 들어갔는지 모습도 보이지 않았다. 혜강과 혜렴은 용마에 탄 채로 귀문을 응시했다. 둘은 저절로 동하에서 감사가 만들었던 또 하나의 귀문을 떠올리고 있었다.

혜강은 일단 해에게 조심스럽게 물었다.

"어찌 귀문을 통과할 수 있습니까?"

"내가 알아서 할게요. 그냥 계속 가요. 귀문으로 들어가야 해요."

혜강과 혜렴은 서로를 쳐다보고는, 일단은 그들 주변으로 결계를 쳤다. 그리고, 다시 용마를 몰았다. 구태여 용마를 채근할 필요도 없었다. 바람은 너무나 빠르게 귀문을 향해 불고 있었고, 용마는 바람을 타고 금세 날아갔다. 점차, 명계 귀문이 가까워졌다. 혜강과 혜렴은 동하에서 봤던 것과는 차원이 다르게 큰 귀문을 보며 내심 놀랐다.

귀문이 점차 가까워질수록, 온몸이 긴장으로 굳었다. 끔찍할 정도로 거대한 귀문의 크기에 혜강과 혜렴 둘 다 굳어 버렸다. 두 마리 용마는 열심히 날갯짓을 했지만 귀문의 빠르고 강한 흐름을 이길 수 없었다. 두 선인이 미리 친 결계는 아무 소용도 없었다. 용마들은 곧 방향을 잃고 구름의 흐름에 따라 엉뚱한 방향으로 날아갔다. 혜강은 팔로 해를 안았다. 숨도 못 쉴 정도로 거칠고 빠른 흐름이었다. 귀에 스치는 구름 소리가 크게 울리고, 바람이 연신 몸을 때렸다. 눈을 뜨는 것조차 벅찼다. 온 살갗이 바람결에 찢기고 귀문 안으로 빨려 들어가는 것만 같았다. 할 수 있는 건 용마에게 매달리는 것밖엔 없었다. 혜강과 혜렴은 정신 차리지 못하고 귀문의 흐름에 휩쓸렸다. 용마는 빙빙 돌며 구름 사이에서 방황했다. 이대로 완전히 휩쓸리겠다고 생각하던 찰나, 갑자기 바람이 사라졌다. 바람에 맞아 아프던 뺨이 진정되기 시작했다.

"무슨……."

혜강은 제대로 눈을 떠 주변을 살폈다. 바람의 흐름이 완벽히 차단되어 있었다. 그들 주변으로 또 다른 결계가 쳐진 것처럼, 바람은 튕기고 그들로부터 비켜 갔다. 용마는 그제야 제대로 날갯짓을 하며 날기 시작했다. 혜강은 이게 그녀의 앞에 앉은 꼬마 신선이 한 일이라는 것을 알 수 있었다.

"어찌하신 겁니까?"

마찬가지로 안정을 되찾은 혜렴 또한 궁금해하는 얼굴로 해를 쳐다봤다. 해는 씨익 웃으며 말했다.

"이건 도술이에요."

"도술……."

혜강은 저절로 도사가 부렸던 도술을 떠올렸다. 혜강은 지금까지 도술을 두 번 본 셈이었다. 화살과 거대한 도깨비가 단숨에 사라지게 만들었던 도사의 도술, 그리고 귀문의 흐름을 차단하는 도술. 도술은 참으로 이해할 수 없다고 생각하는 와중에, 해가 채근했다.

"어서 가요! 오라버니를 구해야 해요!"

"예."

혜강과 혜렴은 용마를 몰았다. 해의 도움으로 구름의 거친 흐름으로부터 아무런 영향도 받지 않으며, 두 용마는 휘몰아치는 구름 사이의 구멍으로 들어갔다. 두 용마의 모습은 거친 귀문의 흐름 사이에서 순식간에 사라졌다.

❋ ❋ ❋

요술로 속도를 빠르게 한 양상과 유신, 도깨비들은 서둘러 남쪽으로 날아갔다. 도깨비들이 요술을 부린 터라 그들은 쉴 필요도 없이 단숨에 남선의 황주에 도착할 수 있었다. 달도 뜨지 않은 밤, 신수 주작과 계약한 주석호가 유배를 간 탓에 온 구름을 뜨겁게 데울 신수의 힘이 충만하지 않은 남쪽 하늘은 어둡고 차갑기 그지없었다.

지붕 위에 올라선 채로 유신이 양상에게 물었다.

"시간이 오래 걸리겠지요? 도사님."

"잘 모르겠소이다. 남선에 오면 분명 사초를 찾으러 선군들이 와 있을 거라 생각했는데, 그건 아닌 것 같소이다."

"그럼 어찌합니까?"

"음, 혹 예서 기다리시겠소이까? 다 같이 움직이자니 아무래도 번거롭고, 소생이 도술로 은밀히 정황을 살피고 오겠소이다."

"왜요, 이제 와서 도망이라도 가시려고요?"

"하핫, 무슨 그런 말도 안 되는 소리를!"

유신도 양상이 하늘까지 같이 온 마당에 지난 은공의 난 때처럼 갑자기 사라지리라고는 생각하지 않았다. 그저 늘 그랬듯 그의 실없는 소리를 입에 담았을 뿐이었다. 그러나 양상은 본인 스스로도 의심받을 만하다 생각했는지 말을 바꿨다.

"차라리 천리안으로 보는 게 낫겠소이다. 어차피 이 많은 남선을 소생이 다 뒤지고 다닐 수도 없는 노릇이니. 도주할까 염려하는 선인 무서워서 어디 가겠나, 이거."

"농입니다, 도사님. 편하실 대로 하세요."

"하하. 잠시만 기다려 보시오."

그리 말한 양상이, 지붕 위에 자리를 잡고 앉았다. 그는 천리안으로 귀호가 편지에 적어 보낸 선인 관리가 있는 곳을 찾을 셈이었다. 그동안 유신과 도깨비들은 옆에서 선인들이 사는 집이 어떤지 구경하고 있었다.

지붕 위에 자리를 잡고 앉은 채로 한참의 시간이 흘렀다. 유신은 양상의 옆에서 계속 선계 상황을 예의 주시하고 있었고, 내내 기다리기만 한 도깨비들은 지루함을 느끼며 반쯤 졸며 잠꼬대를 하고 있었다. 파적이 손을 휘적휘적 저으며 말했다.

"으으, 메밀묵……. 하늘에 메밀묵이……."

"저건 구름이에요, 형님."

"메밀묵 얘기하니까 배고파……."

유신은 그런 도깨비들을 보며 혀를 쯧쯧 찼다. 그 와중에도 꼼짝도 하지 않고 앉아 천리안으로 사방을 훑어보던 양상은 드디어 무언가를 발견하고는 소리를 냈다.

"음?"

"왜 그러십니까, 도사님?"

몸을 일으킨 양상이 바로 손짓을 하며 말했다.

"사초가 어디 있는지 알 것 같소이다. 갑시다!"

유신은 얼른 도깨비들을 불렀다. 그러나 도깨비들은 금방 일어나지 않았다. 투정을 부리며 기와 위에서 빈둥거리는 도깨비들 때문에 유신이 쩔쩔매는데, 양상이 달려가며 소리쳤다.

"메밀묵이!"

"뭣?"

"어디, 어디?"

도깨비들은 발딱 일어났다. 유신과 도깨비들은 얼른 날아가는 양상을 따라갔다.

❊ ❊ ❊

양상이 천리안으로 본 이들은 바로 환술로 모습을 감추고 있던 선녀 자희와 석호였다. 둘은 하늘을 날아 한 선인 관리의 집을 찾아온 참이었다. 지붕 위에 내려서서 주변을 살피다가, 자희가 먼저 환술의 수인을 맺었다. 그녀는 둔갑술을 부려 순식간에 구렁이로 변신했다. 석호가 숨을 죽이고 있는 동안, 구렁이로 변한 자희가 지붕 아래로 내려갔다. 구렁이는 순식간에 담을 넘고 지붕 아래 서까래 사이로 들어가 구석으로 사라졌다. 그동안 석호는 주변을 살피고 있었다.

석호가 지붕에서 기다리고 한참이 지났다. 석호는 인내심을 가지고 기다렸다. 꼼짝도 하지 않고 기다린 결과, 구렁이가 다시 모습을 드러냈다. 구렁이는 기둥을 타고 올라오고 있었다. 속도가 조금 느렸는데, 이유는 구렁이가 몸으로 두꺼운 서책 하나를 감고 있어 운신이 자유롭지 않았기 때문이다. 끙끙대며 올라오는 구렁이 주변을 석호가 유심히 살피는데, 갑자기 무언가가 하늘에서 날아와 구렁이를 공격했다.

"악!"

구렁이는 구름 위로 떨어졌다. 펑 소리를 내며 자희는 다시 선녀 모습으로 돌아왔다. 놓친 서책이 바닥으로 떨어졌다.

"누구냐!"

자희의 비명을 들었는지 누군가 안채에서 문을 열고 나왔다. 그리고 동시에 바닥에 떨어졌던 서책이 하늘로 솟구쳤다. 석호도 얼른 사초를 따라 시선을 돌렸다. 그러나 하늘에는 아무것도 없었다.

"무슨!"

자희는 바로 환술 수인을 맺었다. 자희가 만든 무영은 안채에서 나온 선인을 공격했다. 선인과 대치를 한 상태로, 자희가 소리쳤다.

"사초를!"

석호는 그 즉시 하늘로 날아올라 허공을 날아간 사초를 쫓아갔다. 아까 자희가 바닥으로 떨어졌을 때 석호에게 걸린 그녀의 은신술도 풀려 있었다. 달려가는 석호에게로 푸른 불이 날아왔다.

'도깨비!'

석호는 바로 화살을 걸고 활시위를 당겼다. 그가 움직인 화기가 화살촉 끝에서 붉은 불꽃을 틔웠다. 날아간 화살의 불꽃과 푸른 불과 만났다. 석호는 지붕 위를 날아가며 화살을 쐈다. 떨어진 불화살과 푸른 불꽃이 지붕 위로 후두둑후두둑 떨어졌다. 그러나 지붕의 기와가 부서지고 불꽃이 날아도 선인들이 몰려드는 사태는 벌어지지 않았다. 석호는 도깨비가 무슨 수작을 부린 것이 분명하다고 생각했다.

그러나 석호의 생각과 달리 주변이 소란스러워지지 않은 건 주변으로 결계를 친 유신 덕분이었다. 석호가 다시 활시위를 당기는 순간, 유신은 허공에서 수기를 모았다. 유신에 의해 모인 수기가 석호가 쏜 화살의 불꽃을 껐다.

그 모습을 본 석호는 눈을 크게 떴다. 감투를 써 보이진 않았으나 도깨비들 사이에 수행의 선인이 있었다. 석호는 눈을 부릅떴다.

“류시건! 류시건이냐!”

유신의 옆에 있던 파적은 당황해서 일단 도깨비방망이를 휘둘렀다. 그 순간 허공에서 시건이 나타났다.

“그래! 내가 류시건이다! 씨름이나 한판 하자!”

파적과 도깨비들은 석호를 유인하기 위해 날아갔다. 허깨비는 파적을 따라 몸을 돌려 지붕 위를 뛰어갔다. 석호는 팔을 방정맞게 흔드는 류시건 허깨비를 따라갔다. 도깨비들은 속았구나 생각했지만 유신은 그럴 리가 없다는 걸 알고 있었다. 유신은 도무지 그의 상관이라고는 생각할 수 없는 모양새로 뛰는 류시건 허깨비를 외면했고, 석호는 오로지 한 생각으로 도깨비들을 따라갔다. 그는 저들 사이, 혹은 저들이 향하는 곳에 진짜 류시건이 있을 거라고 생각했다. 이를 악문 석호는 느껴지는 수기의 흐름을 따라 쉼 없이 화살을 쐈다.

도깨비들과 유신, 시건의 허깨비는 선인들의 으리으리한 가옥이 모인 마을을 벗어나 구름만 쌓인 하늘을 날아갔다. 그들은 하늘에 몸을 띄운 채로 서로를 공격했다. 어두운 하늘에서 석호가 쏘는 붉은 불꽃과 도깨비의 푸른 불이 만나고 터지며 사방으로 불티를 흘렸다.

“왜 숨어만 있나! 류시건!”

석호는 이를 악물고 다시 허공으로 화살을 겨누었다. 분이 가득 찬 얼굴로 그가 화살을 쐈다. 불길이 하늘 위로 호선을 그렸다. 그 순간, 무언가 검은 것들이 빠르게 날아왔다. 나타난 자희의 환술시, 무영은 어느새 석호의 뒤에 자리를 잡고 섰다. 무영은 손톱을 빼 들고 허공으로 달려들었다.

"어?"

허공에서 놀란 도깨비들의 소리가 들렸다. 도깨비들은 달려드는 무영을 요술을 부려 사라지게 했다. 유신도 술법을 써서 무영을 공격했다. 그러나 무영은 계속해서 나타나 달려들었다. 검은 무영이 구름과 구름 사이를 넘나들며 도깨비들과 유신을 사방에서 공격했다. 무영은 그 수로 밀어붙여 도깨비들을 포위했다. 도깨비들도 그들의 허깨비를 마구 만들었다. 무영과 허깨비가 하늘에서 마구 엉켰다. 화살을 다 쏜 석호는 활을 놓고 그의 손으로 직접 화기를 모았다. 석호가 소리쳤다.

"사초를 내놔라!"

"뭐? 뭘 내놔?"

파적은 그렇게 대답을 함으로써 본인의 위치를 알렸다. 석호가 화기를 모아 목소리가 들린 위치로 불꽃을 날렸다. 몸을 피한 파적이 영문을 모르겠다는 얼굴로 도깨비방망이를 휘둘렀다. 요술을 부리던 다른 도깨비가 외쳤다.

"근데 메밀묵은 대체 어딨냐!"

❋ ❋ ❋

대답을 해야 할 도사 양상은 더 높은 위치에서 그 광경을 여유롭게 내려다보고 있었다. 그는 모두가 서로를 공격하며 바쁜 와중에 홀로 하늘에 떠 있었다. 그는 도깨비의 물음에 혼자 웃었다.

'메밀묵이 있다고 하지는 않았는데, 메밀묵이라고 소리쳤을 뿐.'

양상은 도깨비가 들으면 화를 낼 생각을 하며 손에 들고 있는 사초를 살폈다. 서책 위에 붉은 글자로 사관 백암의 이름이 쓰여 있었다. 글자를 확인한 양상은 사초를 유심히 살폈다. 혹시 모르는 마음에 사초를 대충 펴 보며 살폈지만 걸린 도술은 위험한 도술은 아니었다. 그저 사관이 사초를 새기는 데 필요한 도술로, 타인이 읽는 데에는 아무런 무리가 없었다. 글자 하나마다 도술의 힘이 있어서, 각 글자를 손가락으로 만지면 그 때나 장소와 관련된 무수한 기록들을 저절로 읽을 수 있었다. 그런 방도로 기나긴 세월을 두꺼운 서책 한 권에 모두 보관한 셈이었다. 고개를 끄덕인 양상은 사초를 품에 소중히 간직한 채로 도깨비들을 다시 쳐다봤다.

'그 요선이 없군.'

양상은 긴장을 유지하며 주변을 살폈다. 계속 나타나 도깨비들을 공격하는 검은 환술시를 보아하니 그 요선도 분명 이 주변 어딘가에 있는 게 분명했다. 혹 모르니 조금 더 멀리서 상황을 지켜봐야겠다고 생각하며 양상은 발을 움직였다. 그가 조금 날아가야겠다고 생각한 순간이었다.

"아?"

어둠으로 가득 차 있던 하늘 한가운데서 빛이 쏟아졌다. 양상은 빛에 찔린 듯 본능적으로 눈을 질끈 감았다. 빛이 주변의 모든 어둠을 집어삼켰다. 눈을 감았던 양상은 허공에 떠 있던 발이 무언가에 닿음을 느꼈다. 양상은 눈을 살짝 떴다. 그가 내려선 곳은 나무로 이루어진 다리 위였다. 눈을 제대로 뜬 양상은 그가 내려선 다리 바로 아래가 잔잔한 수면임을 깨달았다. 수면을 쳐다봐도 아무것도 비치지 않았다. 양상은 머리에 쓰고 있던 도깨비감투를 벗었다. 감투를 벗자 수면에 도깨비 감투와 사초를 손에 들고 있는 자신의 모습이 비쳤다.

지금 양상은 어두운 하늘 한가운데가 아니라, 수면 위를 가로지르는 나무 다리 위에 서 있었다. 시끄럽게 들리던 도깨비들의 소리도 들리지 않았다. 스스로의 숨 쉬는 소리, 뛰는 심장 소리만 들릴 정도로 사방이 고요했다. 양상이 서 있는 다리는 저 멀리까지 쭉 뻗어 있었고, 건너편에는 하얀 안개가 자욱해 무엇이 있는지 보이지 않았다. 다리 아래의 물 또한 어디가 끝인지 알 수 없었다. 동서남북 어느 방향에도 다리나 물의 끝이 보이지 않았다.

"아, 이거 큰일인데……."

유신이 했던 농을 떠올리며 양상은 중얼거렸다. 이렇게 생각지도 않게 배신자 낙인이 찍히는 것인가, 하고 양상이 혀를 쯧쯧 찼다. 그는 다리 너머를 좀 더 유심히 살폈다. 다리 저편 안개 사이로 언뜻 인영이 보인 듯했다. 양상은 다리를 건너 발견한 인영을 향해 다가갔다. 다리 위에 그의 발걸음 소리만 울렸다.

한참을 걸어가자 양상은 다리 중간에 앉아 낚싯대를 드리우고 있는 노인 하나를 발견할 수 있었다. 머리에 삿갓을 쓴 노인은 다리에 앉은 상태로 잔잔한 수면을 바라보고 있었다. 그는 양상이 가까이 걸어왔어도 고개조차 돌리지 않았다. 양상은 잠잠한 낚싯대를 보곤 웃었다.

"낚시가 잘 됩니까."

"월척을 낚았지."

"그 월척이 소생입니까, 도인이시여."

삿갓 아래 드러난 입이 웃었다. 시선은 오로지 수면에 닿은 낚싯줄에 고정한 채로, 도가의 가장 유명한 신선 무각도인이 말했다.

"자기평가가 과하군, 도사 양상."

새로운 발걸음 소리가 들렸다. 양상은 시선을 들었다. 반대편에서 모습을 드러낸 이는 그가 익히 잘 아는 신선이었다.

"스승님."

연서진군은 아무 말도 하지 않았다. 무각도인은 수면을 응시한 채로 말했다.

"이로써 그대는 인간으로 태어나 도가는 물론이요 선, 하계까지 오간 이가 되었느니. 천하 그 누구도 이리 다양한 계를 넘나들지는 않았을 것이다. 그쯤 하면 만족을 알 때가 되지 않았나."

"만족이라니, 무슨 말씀을 하시는지 모르겠습니다. 소생은 단순히 여러 계를 노닐고자 이리 두 팔 걷어붙이고 나선 것이 아닙니다."

"차라리 그 편이 나았을 것이다. 심심풀이로 던진 돌에 개구리는 맞아 죽는 법이지. 도사 양상, 그대의 움직임이 선, 하계의 선인과 인간들로 하여금 어떤 영향을 끼치고 있는지 모르는가."

양상은 태연한 얼굴로 답했다.

"돌을 막아 주는 이가 있다면 가엾은 개구리가 죽을 리가 없지요."

무각도인은 혀를 찼다.

"아직도 모르고 있는가, 도사 양상. 그대가 하는 모든 일이 불필요하게 일을 키우고 있음을. 흘러가는 대로 내버려 두어라. 더 이상 선, 하계의 일에 나서지 마라."

"그럼 선인들이 하계의 인간들을 방치하고 돌보지 않는 현실은 누가 바로잡는단 말입니까?"

"그대가 하는 일이 양 계를 바로잡는 일이라고 보나. 외려 천하를 어지럽히고 있다는 생각은 하지 않나. 지금 그대와 손을 잡은 선인들과 도깨비의 행보로 인해 양 계는 물론이요 명계 또한 혼란에 빠졌다. 인간들은 아무것도 모르고 그대들이 만든 상황 속에서 혼란에 빠져 있지. 인간을 위해서라는 것은 그대의 자기만족일 뿐이다. 신선들 또한 더 이상은 그대의 만행을 묵과할 수 없다.”

“아니…….”

양상은 어이가 없어서 헛웃음을 흘렸다.

“그러니까, 천하가 어지러워지는 것을 막기 위해 소생을 막으시겠다?”

양상으로서는 도무지 이해할 수 없는 사고방식이었다.

“문제가 있다면 그 근본을 찾아 해결하는 것이 일의 지당한 수순 아닙니까! 문제는 소생이나 도깨비가 아니지요! 애초에 선인들이 그들의 역할을 해내지 않고 그들의 지위를 이용하여 이득만 취하고, 신선들은 그를 나 몰라라 했기 때문이 아닙니까! 인간이 그들이 처한 현실조차 인지하지 못하는 지금을 만든 이가 대체 누구입니까!”

“그대가 아는 것이 천하의 전부라고 생각하나, 도사 양상. 그대는 아직도 인간의 눈으로 천하를 보고 있을 뿐이다.”

양상은 신선의 말을 이해할 수 없었지만 일단 물었다.

“천하가 이리 어지러운 데에 또 다른 이유가 있단 말입니까.”

도인이 드디어 고개를 돌려 양상을 응시했다. 그러나 삿갓으로 가려진 얼굴의 절반은 잘 보이지 않았다. 보이는 것은 그림자가 진 얼굴 아래, 하얀 수염뿐. 이어지는 무거운 침묵이 긍정임을 확신한 양상이 혹시나 하는 생각에 입을 열었다.

“혹, 그 요선도 연관되어 있습니까. 아니면, 천제의 신수가 아닌 다른 용이 연관되어 있습니까.”

아무래도 의아한 점이 많았다. 양상은 제대로 설명을 듣지는 못했기에 그간 들은 바를 토대로 대충 짐작만 하고 있을 뿐이었다. 수상한 요선, 그리고 그 요선에 쫓기고 있었다는 여선과, 그 여선의 신수인 용. 그러나 그가 아는 사실이 작금의 현실과 무슨 연관이 있는지를 추측하기에는 단서가 너무 부족했다.

"허허허……."

도인은 웃음을 흘리더니 답했다.

"궁금하다면 직접 보면 되겠구나."

신선의 그 말에 양상은 손에 들고 있던 백암의 사초를 들었다. 모서리가 모두 낡디낡은 서책은 두껍고, 겉표지에는 신선들의 문자가 써져 있었다. 양상이 사초를 내밀어 보이며 말했다.

"이 사초에 대체 무엇이 감추어져 있단 말입니까."

도인은 대답 없이 미소 지으며 고개를 살짝 들었다. 삿갓 아래 가려져 있던 눈이 보였다. 양상은 드러난 신선의 검은 눈이 조금도 웃고 있지 않음을 알았다. 신선의 눈은 양상이 손에 든 사초에 고정되어 있었다. 힘이 들어간 손으로 사초를 잡고 응시하는 양상에게, 무각도인이 말했다.

"보아라, 도사 양상. 진실이 무엇인지. 그대가 원하는 진실은 그 사초에 있다."

八
불멸과 필멸

시건과 사예를 태운 용마 흑뢰는 저승사자를 따라 북선의 하늘을 날고 있었다. 홍례가 요술을 부려 준 탓에 이번의 비행은 저번처럼 힘들지 않았고 오랜 시간이 걸리지도 않았다. 덕분에 며칠을 걸려 날아야 하는 거리를 반나절 만에 도착했다.

북선에 오자마자 사예는 바람의 흐름이 달라진 것을 느꼈다. 차가운 수기로 가득 찬 구름을 몇 번이나 뚫고 들어갔다. 잡은 시건의 손이 더 차가워진 느낌이었다. 사예는 몸을 움츠린 채로 저승사자에게 말을 걸었다.

"헌데, 영혼 아닌 산 자도 귀문을 통과할 수 있소?"

「귀문으로 들어가기 전에 포승줄을 묶을 겁니다. 두 분은 산 육신이 있으니 귀문의 영향을 받지 않을 수는 없으나, 제가 포승줄로 잡는다면 적어도 휩쓸려 날아가지는 않을 겁니다.」

사예는 저승사자의 허리춤에 묶인 포승줄을 쳐다봤다. 그녀는 호기심으로 눈을 동그랗게 뜬 채로 물었다.

“하계에서부터 그 포승줄로 영혼을 묶어 데려오는 것이오? 영혼들이 순순히 그대들을 따르오?”

「대개는 반항을 합니다. 그래서 줄로 잡아서 데려가야 하는 것이지요. 또한 영혼의 도구는 명확한 형상을 갖춘 것이 아니므로 원하는 대로 모습을 바꿀 수가 있습니다. 이것이 줄 형태를 하고 있는 것은 영혼을 묶어 가기 위한 용도 때문이지, 반드시 줄 모양이어야만 하는 것은 아닙니다.」

사예는 그렇구나, 하고 고개를 끄덕였다. 그렇게 저승사자가 하는 일에 대해 물어보며 날아가는데, 어느덧 하늘 저 멀리 거대한 구름이 보였다. 잿빛 먹구름이 소용돌이치고 있었다. 사예는 고개를 들고 멀리서 휘몰아치는 구름을 응시했다. 그녀가 감사부에 있을 적에 멀리서 봤던 동하의 광경과 비슷했다.

“저것이 귀문이오?”

“그렇다.”

사예는 바람이 점차 강해짐을 느꼈다. 댕기 머리와 치맛자락이 바람 때문에 이리저리 흔들렸다. 날아가던 몸을 멈춘 저승사자가 말했다.

「이쯤에서 혹시 모르니 줄을 묶는 게 낫겠습니다.」

사예와 시건은 얌전히 저승사자의 포승줄에 묶였다. 반항할까 봐 걱정했던 흑뢰는 사예가 눈치를 주자 얌전히 있었다. 그걸 본 시건은 이제는 정말로 이상하다고 생각하는 지경에 이르렀고, 사예는 천연덕스러운 얼굴로 아무것도 모르는 척했다.

「귀문으로 바로 가겠습니다. 꽉 잡으십시오.」

사예는 고개를 끄덕였다. 저승사자가 먼저 날아가고, 그 뒤로 포승줄에 묶인 용마가 따라갔다. 용마 위에는 마찬가지로 포승줄로 줄줄이 엮인 시건과 사예가 앉아 있었다.

귀문이 점차 가까워질수록 사예는 정신을 차릴 수가 없었다. 그녀는 북선에 온 것도 처음이고 귀문을 보는 것도 처음이었다. 몰아치는 바람결에 귀가 잘려 나갈 것 같았다. 이런 바람은 처음이었다. 사예는 눈을 질끈 감고 이를 악문 채로 몸을 웅크렸다. 있는 힘껏 고삐를 잡고 상체를 숙여 흑뢰에게 달라붙었다. 그러나 바람이 너무 강해 도통 몸을 간수할 수 없었다. 몸이 사정없이 흔들렸다. 제대로 날아가고 있는 건지, 방향이 제대로인지 어떤 것도 인지할 수 없었다. 정신도 차릴 수 없을 정도로 심한 바람이었다.

그리고 바람 때문에 흔들리는 몸을 뒤에 앉아 있던 시건이 팔로 꽉 안았다. 그러나 사예는 그의 손이 고삐를 놓은 것도, 그 대신 그녀를 힘껏 안은 것도 알아차릴 수 있는 상태가 아니었다. 그녀는 그저 빨리 지나가라는 심정으로 흑뢰에게 달라붙어 있었다. 시건은 그런 사예를 품에 꼭 안고 함께 몸을 수그리고 있었다.

저승사자는 그 막대한 구름의 흐름에 어떤 영향도 받지 않고 날아갔다. 그의 손에 들린 포승줄 또한 귀문의 영향을 받지 않았다. 그러나 아무리 포승줄에 묶였다 해도 살아 있는 존재인 용마과 두 선인은 귀문의 영향으로 당장이라도 구름에 휩쓸릴 것만 같았다. 저승사자는 포승줄을 바투 쥐고 용마가 날아가지 않도록 있는 힘껏 끌어당겼다. 그러나 바람이 너무 강해 용마를 끌어당기기 쉽지 않았다. 저승사자는 얼른 포승줄을 여러 개 더 만들어 용마의 온몸에 칭칭 감았다. 그러곤 줄다리기하듯 용마를 끌어당기며 귀문 가운데로 날아갔다.

모두에게 힘든 시간이 지났다. 사예는 어느 정도의 시간이 지났는지 알 수 없었다. 온몸을 때리던 바람이 사라진 걸 느낀 그녀는 겨우 눈을 떴다. 저승사자는 어느새 포승줄을 편하게 한 손으로 잡고 있었다. 흑뢰도 이제 스스로의 힘으로 제대로 날고 있었다.

사예는 주변을 둘러봤다. 사방이 온통 어둠이었다. 경계도 그 무엇도 없었다. 어둠과 그 사이를 메운 음기만 느껴졌다. 사예는 고개를 돌려 시건의 등 너머로 보이는 귀문을 응시했다. 사예는 놀라 눈을 크게 떴다. 귀문 주변으로 그 흐름에 휩쓸린 온갖 것들이 맴돌고 있었다. 그러나 그 사이에서도 폭풍처럼 몰아치는 구름의 흐름이 가장 매서웠다. 사예는 그녀가 저 사이를 뚫고 들어왔다는 사실을 믿을 수가 없었다.

저승사자는 흑뢰의 몸에 급히 칭칭 묶은 포승줄을 일부 풀었다. 그러나 전부 풀지는 않았다. 흑뢰를 묶은 한 가닥의 포승줄을 잡은 채로 저승사자가 말했다.

「명계 내부에서도 귀문의 영향으로 언제 어떤 흐름에 휩쓸릴지 모르니, 일단은 포승줄을 완전히 풀지는 않겠습니다. 계속 저를 따라오십시오. 귀제 폐하께서 계시는 귀성궁(鬼成宮)으로 안내해 드리겠습니다. 그곳에 가면 포승줄을 풀어 드리도록 하지요.」

사예는 알았다고 대답하며 고개를 끄덕였다. 그리고 저승사자는 그녀와 시건을 빤히 쳐다봤는데, 그 표정이 영 좋지 못했다. 양쪽이 다른 빛깔인 저승사자의 눈이 미동도 없이 사예와 시건에게 꽂혔다. 안 그래도 낯선 빛깔이라 불편해하던 사예는 그 눈이 지나치게 노골적으로 그녀를 응시하자 한층 더 불편해졌다.

불현듯, 사예는 그 눈길의 의미를 알아차렸다. 그녀는 시선을 내렸다. 귀문을 통과하는 사이 그녀를 안고 붙잡았던 시건의 팔이 여전히 그녀의 몸을 꽉 안고 있었다. 사예는 당황했다. 저승사자는 눈치를 줄 만큼 줬다고 생각했는지 몸을 홱 돌렸다. 사예는 고삐를 잡고 있는 터라 시건의 팔을 차마 뿌리치지는 못하고 그저 시건에게 이렇게 말하는 수밖에 없었다.

“이제 떨어지시오.”

그러나 시건은 손을 놓지 않았다.

"귀제에게 가는 길도 위험하다고 하지 않나. 이편이 안전하다."

"뭐라고?"

사예는 결국 고개를 돌려 시건을 쳐다봤다. 그러니까 결국 이 손을 놓지 않겠다는 말이었다. 몇 번 얼렁뚱땅 넘어갔더니 이젠 그녀를 만만하게 보는 것이 분명했다. 사예가 도끼눈을 뜨고 쳐다보는데 시건이 여느 때와 같은 얼굴로 답했다.

"계속 떨어져 있었으니 지금은 이대로 있게 해 다오."

사예는 넋을 놓고 시건을 쳐다보다가, 얼른 저승사자의 눈치를 살폈다. 저승사자는 둘의 대화를 외면하고 인내심을 가지고 길만 안내하기로 작정한 것 같았다. 다행이라고 생각한 사예는 마음을 다잡고 더 단호하게 말했다.

"그래도 안 되는 건 안 되는 것이오. 그리고 그런 말도 하지 마시오."

"왜?"

시건은 뭐가 문제인지 잘 모르는 것 같았다. 사예는 울컥 성이 났지만, 그 문제를 그녀가 먼저 입에 담고 싶지 않았다. 결국 그녀는 모든 게 저승사자 탓인 것처럼 저승사자를 연신 쳐다보며 말했다.

"남부끄러우니까!"

사예의 말에 시건도 저승사자를 힐끔 쳐다봤다. 그는 사예에게로 몸을 더 숙이고 그녀의 귓가에 속삭였다.

"그럼 그대에게만 들리게 말할게."

"푸훗."

단호하던 사예의 얼굴이 무너졌다. 웃음을 터뜨린 그녀는 숨결이 닿은 귀를 손으로 막아 버렸다. 그 바람에 놓은 고삐를 얼른 시건이 잡았다. 그때 저승사자 칠칠이가 성을 냈다.

「아, 적당히 좀 합시다!」

"......"

"......"

저승사자의 얕은 인내심으로 인하여 둘은 결국 흑뢰에서 나란히 내리게 되었다. 사예는 시건이 두 팔로 안고 있었던 허리가 허전해짐을 느꼈다. 그런 본인의 생각이 부끄러워서 고개를 푹 숙이고 도깨비 신발로 날았다. 이제 저승사자 칠칠이의 포승줄은 사예, 시건, 흑뢰에게 줄줄이 이어져 있었다.

시건이 바로 옆으로 날아오자 얼른 표정 관리를 한 사예는 주변을 지나치는 저승사자와 영혼들을 구경했다. 어둠 사이사이 저승사자와 영혼들이 날아갔다. 저승사자들은 영혼을 포승줄에 묶어 끌고 날고 있었다. 어떤 영혼은 고개를 푹 숙이고 저승사자에게 끌려가고 있었고, 어떤 영혼은 온몸이 포승줄에 칭칭 감긴 채로 입까지 막혀 있었다. 어떤 저승사자는 아예 거대한 관을 끌고 가고 있었다. 아마 제법 거칠게 반항을 했던 모양이었다. 사예는 아까 저승사자가 포승줄이 반드시 줄 모양인 건 아니라고 했던 말을 떠올렸다.

영혼들을 구경하며 날아가는데, 어둠 저 멀리 굉장한 음기가 느껴졌다. 사예는 저승사자에게 물었다.

"저기 뭐가 있는 것이오?"

「귀첩대문(鬼涉大門)입니다. 귀문을 통과한 이들 중에서도 저승사자에 의해 끌려온 영혼의 확인을 하기 위한 입구지요. 두 분은 귀제 폐하의 명을 받아 오셨으니 바로 통과하실 수 있습니다.」

셋은 그대로 날아 귀첩대문의 앞까지 도달했다. 사예는 눈을 크게 떴다. 높이 솟은 거대한 대문은 실체가 아니었다. 그 대문은 영혼들로 이루어져 있었다. 영혼들은 곡소리를 내며 서로의 몸을 받치고 그들의 몸으로 거대한 대문을 세우고 있었다. 서로를 업고 업어 서서 고통에 찬 신음을 흘리며 자리를 지키고 있었다.

영혼들이 만든 대문 앞에는 저승사자와 포승줄에 묶인 각 영혼들이 길게 줄을 지어 늘어서 있었다. 포승줄에 묶인 영혼들은 겁에 질린 얼굴로 대문을 만들고 서 있는 영혼들을 쳐다봤다. 대문 앞에서 갑주를 차려입은 영혼들이 잡혀 온 영혼의 이름을 확인하고 하나씩 들여보냈다. 사예는 갑주를 입은 영혼들을 가리키며 물었다.

"저들은 누구요?"

「저들은 명계의 질서를 수호하는 명계 귀군입니다. 저렇게 문을 지키거나 영혼들을 압송하거나 벌받는 영혼들을 감시하지요.」

"저 영혼들은 왜 저리 서로를 이고 있는 것이오?"

「저건 저들이 받고 있는 벌입니다. 귀제 폐하께서 저들에게 이 문을 만들라고 처벌을 내리신 것이지요. 저리 벌을 받는 영혼들은 단순히 옥사에 수감되는 영혼들보다 죄가 중한 경우입니다. 저리 벌을 받다가 옥사에 수감되는 경우도 있고요. 더 중한 죄인의 경우에는 고문을 받는 경우도 있지요.」

고개를 끄덕인 사예는 고통에 잠긴 신음 소리를 흘리고 있는 영혼들을 뒤로한 채 저승사자를 따라갔다. 저승사자 칠칠이는 줄 서 있는 영혼들의 머리 위를 날아 대문의 한가운데 서 있는 귀군에게 날아갔다.

「저승사자 칠칠입니다. 귀제 폐하의 명으로 선인 둘을 데려왔습니다.」

저승사자는 품에서 작은 패를 하나 꺼내 귀군에게 보였다. 귀군은 그 패를 받아 확인하고는 다시 저승사자에게 넘겼다.

「통과!」

귀군들이 옆으로 물러나고 저승사자 칠칠이가 그 사이를 지나갔다. 저승사자를 따라 사예와 시건도 문을 지나갔다. 귀군들은 다시 잡혀 온 영혼들을 확인하는 데 집중했다.

대문 너머에는 다른 귀군이 늘어서서 저승사자들에게 영혼들의 포승줄을 넘겨받고 있었다. 귀군에게 영혼들을 넘긴 저승사자들은 제각각 다른 곳으로 날아갔다. 시건과 사예는 그들 사이를 유유히 날아가는 저승사자 칠칠이의 뒤를 따라갔다.

날아가는 와중에 무언가 큰 소리가 들렸다. 사예는 목을 빼고 소리가 들리는 쪽을 쳐다봤다. 소란의 진원지에는 굉장히 많은 수의 저승사자가 서 있었다. 일부는 글자가 써진 붉은 기를 들고 있었고, 누군가는 영혼의 힘으로 만든 꽹과리를 치고 있었다. 가까워질수록 꽹과리의 귀 아픈 소리가 울렸다. 수많은 저승사자가 기를 든 저승사자의 뒤로 줄지어 따르고 있었다.

사예는 의아해서 발을 멈추고 저승사자에게 물었다.

"저들은 뭘 하고 있는 것이오?"

저승사자 또한 발을 멈추고 몰려 있는 저승사자를 보며 설명했다.

「저들은 '저노조' 입니다.」

"저노조가 뭐요?"

「저승사자 노동조합. 저승사자의 권리를 수호하기 위해 귀제 폐하와 맞서지요. 지금은 과다 업무와 부당 대우를 비판하며 저승사자의 근무 환경 개선을 위해 시위를 하고 있는 것이지요.」

"시위?"

「그렇습니다. 물론 평화 시위로서 모두 함께 명계를 순회하는 정도로 그치지만요. 오늘은 꽹과리가 껴서 그런지 좀 시끄럽긴 하군요. 수도 좀 많고.」

저승사자 칠칠이는 꽹과리를 치고 있는 저승사자를 손으로 가리켜 보였다.

「저 저승사자는 팔에 붉은색 완장을 차고 있지 않습니까? 바로 저자가 저노조 서하 대표입니다. 저승사자마다 각 하 별로 관할이 나누어져 있거든요.」

저승사자의 손가락을 따라 시선을 돌렸던 사예가 이번엔 저승사자 칠칠이의 팔을 쳐다봤다. 그녀는 칠칠이의 팔에 찬 녹색 완장을 가리키며 물었다.

"그쪽도 뭔가를 차고 있지 않소? 그럼 그쪽도 그 대표라는 것이오?"

「저는 '저품조' 동하 대표입니다.」

"그건 또 뭐요?"

「저승사자 품앗이 조합. 저승사자가 시위에 참여하느라 업무에서 빠졌을 때 각 조합 회원이 그 업무를 분담하지요. 시위를 해도 정해진 업무는 해내야 하니까요.」

사예는 고개를 끄덕였다. 그녀는 감탄했다.

"명계는 참 특이하네. 하계는 그런 게 없지 않소?"

"그래. 특이하군."

사예가 시건에게 묻자 그는 고개를 끄덕였다. 저승사자는 당연하다고 답했다.

「육신이 죽어도 영혼은 모든 기억이 남는 법이니까요. 이승의 인간들이 그 상태로 정체되어 있어도 저승의 영혼들은 계속 쌓인 기억을 가지고 있지요. 그러니 지식과 경험이 쌓이고 쌓여 이제는 스스로 권리도 요구하고 시위도 하고 그러는 겁니다. 기억이 남지 않은 이승의 인간일 때는 그리하지 못하지만.」

저승사자는 태연하게 답했지만 사예의 입장에서는 신기한 일이었다.

"저승사자도 하계에서 살다 죽은 인간의 영혼인 것이오? 인간의 영혼은 벌을 받고 나면 다시 하계에서 환생을 하는 것으로 아는데,

그럼 저승사자는 어찌 되는 것이오? 벌을 안 받고 환생도 안 하오?"

「그게 아닙니다. 귀제 폐하께서는 저승으로 잡혀 온 영혼의 죄에 알맞은 판결을 내리는데, 판결이 내려진 영혼 중 일정 자격에 부합하는 이는 저승사자나 귀군으로 자원할 수 있습니다. 기본적으로는 지은 죄가 크지 않아 단순히 옥사에 수감되는 경우의 영혼들이지요. 참고로 저승사자나 귀군은 복무하게 되면 명계에서 처벌을 받는 기간이 일부 줄어들기 때문에 영혼들의 인기 직종입니다. 어쨌든 정해진 기간을 채우고 나면 저승사자나 귀군도 평범한 영혼이 되어 다시 이승으로 가 환생을 하게 됩니다.」

"그렇소?"

「예. 허나 만일 저승사자가 명부에 이름이 새겨진 영혼을 잡지 못하고 놓치는 경우는 직무유기로 더 오래 저승사자의 업무를 해야 합니다. 환생일자가 늦춰지는 것이지요.」

사예는 하계에서 인간들이 선인들에게 저리 항의를 했다면 어찌 됐을까 상상을 해 보았다. 말도 안 되는 일이었다. 그랬다간 그 인간들은 당장 선군에 의해 잡혀가 큰 고초를 겪게 될 게 분명했다. 그리 생각하니 사예는 시위를 한다는 저승사자들의 모습이 더 놀라웠다. 달을 납치해 간 일로 귀제에 대한 인식이 좋지 않았는데 의외였다.

"생각 외로 귀제께서는 너그러운 분이신 모양이오. 그러니 저승사자들이 저리 시위를 해도 그냥 내버려 두시는 것 아니겠소."

그러나 저승사자 칠칠이는 사예의 생각에 동의하지 않았다.

「아니오, 귀제 폐하께서는…….」

그때, 꽹과리를 치고 있던 저승사자가 소리쳤다.

「귀군이다!」

사예는 저승사자의 고함에 놀라 고개를 돌렸다. 어둠을 뚫고 명계의 귀군이 떼를 지어 날아오고 있었다. 일렬로 정렬되어 있던 저승사자들의 열이 흐트러졌다. 갑주를 차려입은 귀군이 우르르 달려와 시위를 하고 있던 저승사자들에게로 달려들었다. 귀군들은 손에 몽둥이를 들고 인정사정없이 저승사자들을 잡아 때렸고, 저승사자들은 포승줄을 휘두르며 거부했다. 순식간에 영혼들이 한데 얽혀 시끄러워졌다. 귀군들은 저항하는 저승사자들을 패대기치고, 저승사자는 그런 귀군들을 포승줄로 묶어 날려 버렸다.

「네 이놈, 사일구(四一九)! 당장 그만두고 하계로 내려가지 못하겠느냐! 직무유기로 명계에서 50년은 더 썩어 봐야 정신을 차리겠느냐!」

「닥쳐라, 오일육(五一六)! 이 귀제의 앞잡이야! 아무리 환생이 하고 싶어도 아닌 건 아닌 거다!」

「으아아악!」

「이놈들! 어서 돌아가라! 돌아가란 말이다!」

순식간에 시위의 현장은 난장판이 되어 버렸다. 사예는 멍한 얼굴로 욕을 하며 싸우는 저승사자와 귀군들을 쳐다봤다. 그런 사예의 옆에서 저승사자가 말했다.

「귀제 폐하는 저승사자가 시위를 하든 말든 그냥 관심이 없으십니다. 대신 귀찮으니 한 번에 쓸어버리시죠.」

"음……."

사예는 뭐라고 말해야 할지 알 수가 없었다. 귀제에 대한 첫인상은 여전히 좋지 않았다. 그리고 명계는 정말 이상한 곳이구나 생각했다.

❇ ❇ ❇

귀군과 저승사자의 소란을 뒤로하고, 셋은 귀제가 그들을 기다리고 있을 귀성궁으로 향했다. 어둠 사이 귀군들에 의해 끌려가는 영혼들이 계속 보였다. 사방이 온통 끌려가는 영혼들이라 분위기도 좋지 않았다. 조용히 저승사자를 따라 날아가는데, 문뜩 사예는 왠지 시건이 그녀에게 점점 가까워진다고 느꼈다. 바로 옆에서 날고 있는 시건을 보자 그녀는 그게 착각이 아님을 깨달았다. 저승사자의 방해로 용마에서 내렸을 때와는 달리 그들은 아예 나란히 붙어서 날아가고 있는 상황이었다. 사예는 저승사자의 눈치를 보며 시건에게 작게 말했다.

"왜 자꾸 달라붙는 것이오?"

"미안. 여기가 음기가 강해서. 자꾸 그대에게 의지하게 된다."

사예는 움찔거렸다. 확실히 명계는 음기로 가득 차 주변이 온통 싸늘했다. 주변도 온통 영혼들이니 더 말할 필요도 없었다. 사예는 다른 곳에서도 차가웠던 시건의 몸이 이렇게 음기가 가득한 곳에서는 얼마나 차게 식었을지 상상도 할 수 없었다. 그녀의 손에 언뜻 닿는 그의 손등이 얼음장처럼 차가워서 몸에 소름이 돋을 지경이었다. 아무리 시건이 수행을 타고난 선인이라 해도 저리 몸이 식으면 아무래도 곤란하지 않을까 싶었다. 조금 안된 마음에 고민하고 있는데, 시건이 우울한 목소리로 쐐기를 박았다.

"여기 어둠이 암굴과 비슷하군. 꼭 갇혀 있던 때로 돌아간 것 같아서."

"……."

결국 사예는 이 불쌍한 사내를 뿌리칠 수 없었다. 사예가 느끼기에도 그랬다. 사방이 어두컴컴한 명계는 시건이 오십 년이나 갇혀 있었던 암굴과 비슷했다. 그건 단순히 해와 달이 뜨지 않아 어두운 하늘의 빛깔과는 엄연히 달랐다. 어두워도 다채로운 빛깔인 하늘과는 달리 암굴이나 명계의 어둠은 다른 어떤 빛깔도 섞이지 않은 완벽한 어둠이었다. 지금 그녀가 느끼기에도 그때가 떠올라 기분이 좋지 않은데, 그 어둠 속에 오십 년이나 갇혀 있던 이는 어떻겠는가. 안쓰러운 마음에 사예는 결국 시건의 접촉을 묵인했고, 덕분에 시건은 금방 손이라도 잡을 것처럼 사예의 옆에 바로 붙어서 날았다.

다행히 저승사자 칠칠이는 포기도 빠른 편인지, 더 이상 시건과 사예의 남부끄러운 행태에 대해 지적하거나 눈치를 주진 않았다. 저승사자는 무표정한 얼굴로 어둠 사이 빛나는 궁을 가리켜 보였다.

「저곳이 바로 귀제 폐하께서 계시는 귀성궁입니다.」

사예는 빛나는 궁조차 영혼들이 서로를 업어 세워진 궁이라는 사실을 깨달았다. 영혼들이 서로를 잡거나 업고 서서 만들어진 궁 앞에, 또 다른 영혼들이 끝없이 늘어서 있었다. 아까 귀첩대문에서 봤던 것보다 더 많은 영혼들이었다. 모두가 귀제를 만나 하계에서 지은 죗값에 따른 처벌을 받기 위해 기다리고 있는 영혼들이었다. 저승사자 칠칠이는 귀성궁의 문 앞에 서 있는 귀군들에게도 아까 귀첩대문에서 귀군에게 보였던 패를 똑같이 꺼내 보이고는 영혼들의 머리 위로 날아갔다. 사예와 시건도 그런 저승사자를 따라갔다.

귀제가 머무는 궁의 내부 역시 영혼들이 서서 지탱하고 있었다. 사예와 시건은 신음 소리를 내며 서 있는 영혼들의 벽을 지나치고, 영혼들이 서로를 짊어지고 세운 문들을 수없이 넘어갔다. 한참을 들어간 후에 둘은 드디어 귀제가 있는 방으로 들어갈 수 있었다.

귀제가 영혼들에게 판결을 내리는 방은 사방으로 문이 열린 거대한 방으로, 각 문으로 동하, 서하, 남하, 북하에서 잡혀 온 영혼들이 제각각 줄을 서서 들어오고 있었다. 동하에서 온 영혼들은 동쪽의 문으로, 서하에서 온 영혼들은 서쪽의 문으로 들어왔다. 남하와 북하도 마찬가지였다. 사예는 영혼들이 줄을 서서 향하는 방의 한가운데에 거대한 무언가가 있는 것을 발견했다. 앞서 있던 저승사자가 말했다.

「저분이 바로 귀제 폐하이십니다.」

사예는 고개를 들었다. 거대한 방의 한가운데, 커다란 영혼 하나가 앉아 있었다. 이 영혼은 면류관을 쓴 머리가 다섯이고 팔은 열 개였다. 방의 천장이 아무리 높아도 이 영혼에게는 바로 머리가 닿을 듯 가까웠다. 그가 앉은 거대한 의자 또한 의자 다리가 있는 게 아닌 영혼들이 떠받치고 있었다. 의자에 앉은 귀제의 다섯 머리 중 넷은 동서남북 각 방향을 향해 있었고, 각 방향의 문에서 들어오는 영혼에게 제각각 벌을 내리고 있었다.

「—따라서, 그대는 앞으로 이 명계에서 도합 72년 일곱 달 동안 귀첩대문 중앙 기둥의 하단부 역할을 수행하게 될 것이며, 그 후에는 4년하고 세 달 동안 옥사에 수감된 뒤 환생을 하게 될 것이다.」

「흠, 서른둘 되던 해에는 집에 불이 났는데 내자와 식솔들을 버리고 홀로 탈출했군. 부모로서 역할을 다하지 않았어. 이건 명계에서 오십 년을 벌을 받아도 모자랄 중죄로…….」

처벌을 받은 영혼들이 울부짖는 소리도 울렸다.

「아이고, 너무하십니다! 그리 오래 벌을 받다니요! 선처해 주십시오!」

「어찌 그리 과한 처벌을 내리십니까! 한 번만 봐주십시오, 제발! 다음 생엔 착하게 살겠습니다!」

귀제의 머리들은 그런 영혼들에게 단호하게 외쳤다.

「말도 안 되는 소리! 짐의 판결은 번복되지 않는다!」

각 머리가 그렇게 각 하의 영혼들에게 처벌을 내리는 동안, 가운데에 있는 머리 하나는 눈을 부릅뜨고 사예와 시건을 응시하고 있었다. 귀제의 가운데 머리 쪽으로 바로 날아간 저승사자가 말했다.

「귀제 폐하, 저승사자 칠칠입니다. 명하신 대로 선인 류시건을 데려왔습니다.」

사예와 시건은 저승사자를 따라 귀제에게로 가까이 날아갔다. 가까이 오니 귀제는 한층 더 거대해 보였다. 너무 거대해서 그의 머리는 더 이상 보이지 않았다. 사예와 시건이 볼 수 있는 건 귀제의 반투명한 옷자락과 영혼들로 이루어진 그의 의자 다리일 뿐이었다. 사예는 이를 악물고 서로를 지탱하고 있는 영혼들을 애써 외면했다.

「그래. 그대가 바로 신수 현무와 계약을 맺은 선인 류시건인가.」

귀제는 근엄하고 엄숙한 목소리로 물었다. 그의 목소리는 너무나 낮고 쉽사리 잊기 힘든 울림을 가지고 있었다. 사예는 처음 시건과 암굴에서 만났을 때 그의 목소리가 굉장히 낮다고 느꼈지만, 영혼의 상태인 귀제의 목소리는 그보다 한층 낮게 들렸다. 시건이 데리고 있던 용마 흑뢰도 놀랐는지 날개를 움직이며 뒤로 물러났다.

「안 그래도 짐이 그대가 하계에서 벌인 일에 대해 전해 들었도다. 선인 류의민에 관련된 일로 짐의 수심이 말이 아니었는데, 때마침 그대가 선계로 돌아왔으니 이때가 바로 적기이다 싶었느니.」

사예와 시건은 나란히 서서 고개를 들고 귀제의 옷만 쳐다봤다. 그러는 동안에도 귀제의 다른 머리 넷은 잡혀 오는 영혼들에게 처결을 내리느라 바빴다. 얼굴이 보이지도 않는 와중에 목소리가 섞여 정신이 없었다. 귀제는 각기 다른 머리로 영혼들에게 판결을 내리는 와중에도 전혀 흔들림 없는 목소리로 시건에게 말했다.

「저승사자를 통해 선인 류의민이 남긴 유품에 대해 전해 들었을 것이다. 선인 류의민은 명계로 찾아와 짐에게 몇 가지 물건을 맡겼노라. 선인 류의민이 무엄하게도 천제의 하명이라는 거짓으로 이 명계에 발을 들여놓았으나, 짐이 넓은 아량으로 류의민의 사정을 이해했으며 그의 뜻을 받아들였노라. 짐은 비록 천제의 하명이 아니라도 그의 방문이 심히 중한 일이라 판단을 내렸다. 이것이 얼마나 은혜로운 일인지 그대는 알아야 할 것이다. 짐이 그때 류의민의 뜻을 받아들여 주지 않았다면 그대는 영영 그대 아비의 유품을 손에 넣을 기회가 없었을 것이다. 또한 짐은 선계의 선인들과 그 어떤 관계도 맺지 않고 중립을 유지해야 함에도 불구하고, 깊은 배려로 선인 류의민의 간청을 받아들였도다…….」

'왜 이리 사설이 길지.'

조용히 듣고 있던 사예는 내심 드는 불안함으로 슬쩍 시선을 들어 귀제를 쳐다봤다. 그러나 귀제의 얼굴은 너무 높이 있어 잘 보이지 않았다. 표정을 확인할 수 없는 상대와 대화하는 것은 힘든 일이었다. 아니나 다를까, 이런저런 말을 잇던 귀제는 갑자기 말을 멈추고 말을 잇지 않았다. 사예가 뭔가 이상하다는 것을 느낄 즈음 당사자인 시건도 답답함을 느끼고 있었다. 그다운 인내심으로 참고 있었으나 이제는 한계였다. 결국 시건이 입을 열려고 고개를 들었을 즈음에, 귀제가 말했다.

「허나 그 물건은 지금 짐에게 없다.」

순간, 인내심으로 참아 내고 있던 시건의 얼굴이 확 일그러졌다. 사예는 그답지 않은 그 표정 변화에 화들짝 놀라 얼른 물었다.

"그럼 어디에 있단 말입니까?"

다행히 그녀가 먼저 물은 탓인지 시건은 입을 열지 않았다. 귀제는 머리가 너무 위에 있어서 지금 이 상황을 모르는지 무심하기 짝이 없는 어조로 태연히 답했다.

「어떤 여선에게 주었다.」

사예는 뒷골이 댕 하니 울린다고 생각했다. 그녀는 바로 시건의 눈치를 슬쩍 봤다. 그는 영 속을 알 수 없는 얼굴로 위만 쳐다보고 있었다. 사예가 그의 침묵에 더 불안감을 느끼기 시작할 무렵, 조용히 서 있던 시건이 나지막하게 말했다.

"후안무치하기 짝이 없군."

「음? 뭐라?」

바로 옆에서 시건의 말을 들은 사예는 얼른 시건의 손을 꽉 잡아 눌렀다. 도무지 상상하기 어려운 일이긴 했으나, 그녀는 화가 난 시건이 당장 귀제를 공격이라도 할 것 같다고 생각했다. 아니면 욕이라도. 그녀의 응급처치가 통했는지 다행히 시건은 싸늘한 얼굴이긴 했지만 사예에게 손이 잡힌 채로 얌전히 있었다. 사예는 얼른 귀제에게 아무렇게나 말했다.

"이게 대체 어찌 된 일입니까? 폐하께서는 죽은 이의 유품을 가지고 계신다며 저승사자를 보내시고는, 어찌 이제 와 그 유품을 다른 이에게 주었다 말씀하십니까? 세상에 이런 법도가 어디 있습니까? 저승을 다스리는 지배자의 말이 어찌 이리 앞뒤가 다르단 말입니까?"

「짐은 그 유품을 가지고 있다고 말한 적이 없다. 그 유품에 대해 알려 주겠다고 하였다. 저승사자가 짐의 뜻을 제대로 전하지 않았는가.」

"그건……."

듣고 보니 그도 그런 듯했다. 그러나 사예는 저게 완전히 말장난이라고 생각했다. 누가 들어도 오해할 만하지 않은가. 귀제의 뻔뻔함에 황당해하고 있던 사예는 맞잡은 시건의 손에 힘이 들어가는 것을 깨닫고는 바로 정신을 차리고는 말을 돌렸다.

"대체 유품을 가져갔다는 여선이 누구입니까?"

「모른다. 짐은 명계를 다스리고 모든 영혼의 죄를 벌해야 하므로 할 일이 너무나 많다. 그러니 어찌 한낱 여선의 이름 따위를 기억할 수 있겠는가.」

"……."

진정 후안무치도 이런 후안무치가 없구나. 사예는 입술 끝만 올려 미소 지었다. 이제는 사예도 더 이상 귀제와 대화를 하고 싶지 않았다. 그녀가 어찌해야 저 대책 없고 안하무인에 권위 있는 척만 하는 거대한 영혼 덩어리를 가장 후련하게 손봐 줄 수 있을까를 고민하는 와중에, 귀제가 말했다.

「하지만 명계로 찾아온 그 여선은 짐이 맡았던 유품에 대한 권한을 주장했으며, 짐은 그 여선의 주장이 합당하다 여겼다.」

"권한?"

사예는 눈썹을 찌푸리고는 시건에게 슬쩍 물었다.

"혹 누이가 있소?"

"아니."

"친척 중에 짐작 가는 이라도 있소?"

"없다."

가문이 풍비백산 났는데 짐작 가는 이가 있을 리가 없었다. 사예는 콧방귀를 뀌고는 따지듯 귀제에게 물었다.

"대체 그 여선이 무슨 권한을 가지고 있었다는 말입니까? 아들이 여기 멀쩡히 살아 있는데, 어찌 짐작도 가지 않는 타인이 유품을 가질 자격이 있을 수 있습니까?"

「흠, 그 여선은 선인 류의민의 죽음과 관련하여 연관이 있음을 증명했다. 그 연관성에 대해서는 짐이 이미 확인한 바. 선인 류의민의 죽음은 천 년 전 행방을 감춘 선계의 사초와 연관이 있다. 그 여선은 그 사초를 가지고 있었으며, 동시에 사초를 가지고 사라진 당사자인 사관 이백암의 신수 자운영을 데리고 있었다.」

따지려고 작정하고 있던 오만불손한 마음이 와르르 무너졌다. 꽉 맞잡고 있던 손의 힘이 풀렸다. 풀린 손가락의 힘에 시건이 사예를 쳐다봤다. 그러나 사예는 그의 시선조차 눈치채지 못하고 위만 쳐다봤다. 사관의 사초. 신수. 귀제에게 들은 말이 귓가에 맴돌고 머릿속을 어지럽혔다. 그러나 끝내 머릿속에 남는 것은 오로지 익숙한 신수의 이름뿐이었다. 신수 자운영. 자운영은 어머니 하선의 신수였고, 본래는 아버지 백운의 신수였다.

사예는 아무 말도 하지 못했다. 심장이 세게 뛰기 시작했다.

'설마 어머니께서!'

온갖 생각과 의문이 머릿속에 맴돌았다. 시건의 가문이 역모로 몰릴 때 어머니 하선은 태어나지도 않았다. 그때는 아버지 백운이 신수 자운영을 데리고 세상을 유람하던 때였다. 그런데 그 자운영이 본래는 사관 이백암의 신수라니.

'아니, 그보다…….'

도통 이해할 수 없는 모든 것은 뒤로 제쳐 두고, 제일 중요한 것은 따로 있었다. 명계로 오기 전에 전해 들은 바로, 남선에서 백암의 사초가 발견되었다고 했다. 그런데 귀제는 자운영을 데리고 있던 여선이 사관의 사초를 가지고 있었다고 말했다.

'그럼 지금 우리 어머니는?'

사초가 남선에 나타났는데 그녀의 어머니는 어디에 있단 말인가.

어머니 하선의 안위에 대한 걱정 앞에 어떤 여유도 가질 수 없었다. 사예는 바싹 말라 오는 입을 벌린 채로 차마 다물지 못했다. 불안과 걱정으로 어찌할 바를 몰랐다. 이번엔 늘어진 사예의 손을 시건이 꽉 잡았다. 사예는 깜짝 놀라서 손을 세게 잡은 시건을 쳐다봤다. 그의 검은 눈, 침착한 표정을 보며 사예도 놀란 마음이 아주 조금 진정되는 것을 느꼈다. 그러나 여전히 심장이 빨리 뛰고 마음이 불안한 것은 어쩔 수 없었다. 사예가 안절부절못하는 얼굴로 서 있는 동안 귀제는 태연한 목소리로 말했다.

「그 여선을 찾아 아비의 유품을 되찾도록 하라.」

사예가 시건을 쳐다봤다. 사예를 쳐다보고 있던 시건은 귀제에게로 고개를 돌리고 말했다.

"이해할 수 없군. 사초와 연관이 있다고 해도 그것이 유품을 생면부지의 타인에게 준 합리적인 연유로 들리지는 않소. 귀제께서는 그 연유에 대해 명명백백히 밝혀 주시오."

귀제는 완강한 태도로 말했다.

「짐은 이 이상은 말해 주지 않을 것이다. 그대가 그 연유와 그 여선의 행방에 대해 듣고 싶다면, 짐의 명에 따라야 한다.」

"명?"

시건의 되물음에 귀제는 그렇다고 대답했다.

「짐은 저승을 다스리는 지배자요, 이승으로부터 오는 모든 영혼의 죄를 판별하고 그에 합당한 벌을 내린다. 그동안 짐은 수많은 영혼의 죄를 가려 왔으며, 그리하여 하계에서 선인들이 인간을 상대로 어떤 폭정을 일삼았는지 알게 되었다. 따라서 이제 더는 선인들의 횡포를 묵과할 수 없다. 선인들로 인해 지나치게 많은 영혼이 명계로 몰려들고, 그리하여 환생의 순환에도 큰 문제가 생겼노라. 하여 짐은 달을 저승으로 데려와 천제로 하여금 선택의 기로에 서게 하였다.」

"그 일에 대해서는 알고 있소. 헌데 그게 나와 무슨 상관이란 말이오?"

「지금 이 저승에는 천제의 명으로 온 사절이 와 있노라. 그들은 천제의 명으로 인적과 명수인을 가져왔으며, 지금 이 저승의 옥사에서 기다리고 있지. 보아라, 짐의 손에 인적과 명수인이 있다. 천제는 하계에 대한 모든 권한을 포기했으며, 이제 하계는 짐의 손아귀에 있노라.」

열 개나 되는 귀제의 팔 중 두 개가 시건과 사예 쪽으로 뻗어졌다. 귀제가 손을 움직이자 허공에서 음기가 모이며 상자 하나가 생겼다. 상자 뚜껑이 열리고 그 안에 담긴 두꺼운 서책과 용 모양의 조각이 올라간 금빛의 인장이 보였다. 천제가 보낸 가짜 인적과 명수인이 분명했다. 거대한 귀제의 손아래에서 그 인적과 명수인은 너무나 작아 보였다. 시건은 일단 저 인적과 명수인을 가져온 천제의 사절이 귀호가 맞는지 확인해야겠다고 생각했다. 그는 답을 들을 수 없을지도 모른다는 생각을 하면서도 일단 물었다.

"혹 인적과 명수인을 가져온 사절이 누구인지 아시오?"

인적과 명수인이 든 상자의 뚜껑이 쾅 닫혔다. 허공에 상자가 둥실둥실 떠다니는 동안, 귀제가 시건의 물음에 답했다.

「모른다. 허나 그 선인은 신선이 물 기운을 빌어 만든 영혼인 신수 상양(商羊)와 계약을 맺었다.」

그 말에 시건은 사절로 온 선인이 귀호라는 사실을 확인할 수 있었다. 상양은 귀호의 신수였다. 귀제의 대답에 아까부터 들었던 하선에 대한 귀제의 대답을 떠올린 사예가 문뜩 의아해서 물었다.

"귀제 폐하께서는 아까부터 계속 신수에 대해서 말씀하시는데, 특별한 이유가 있습니까? 신수에 대해서 잘 아십니까?"

「물론이다. 신수란 신선이 만든 가장 순수하고 강력한 영혼. 또한 짐은 영혼을 다스리는 지배자이니라. 영혼에 대해서는 그 누구보다 잘 알고 있다.」

신수가 도가의 신선들이 선인들에게 보내 준 존재라는 사실은 이미 알려져 있었다. 그러나 신수의 도움으로 술법을 부리는 선인의 입장에서는 그 신수들이 귀제가 다스리는 하계 인간들의 영혼과 같다고는 생각할 수 없었다. 선인들이 생각하기에 인간의 영혼이란 육신에 얽매이는 존재이기 때문에 그들이 다루는 오행의 순수한 기나 계약을 맺는 신수에 비해 그 격이 낮았다.

그러나 귀제의 입장에서는 그 모든 게 비슷한 개념인 모양이었다. 어쩌면 천하를 보는 기준이 음양오행의 기로 천하를 판별하는 선인과 다르기 때문일지도 몰랐다. 천하를 단순히 저승과 이승으로 칭하는 것만 봐도, 저승사자나 귀제가 다른 존재들을 단지 영혼이 아닌 자와 영혼으로 구별한다는 것을 익히 알 수 있었으므로. 참으로 이분법적이고 단순하기 짝이 없는 구분이었다. 사예는 내심 얕잡아 보는 마음이 들었으나 그 마음을 숨기고는 떠보듯 물었다.

"그리 신수에 잘 아시면, 제 신수에 대해서도 아십니까?"

「물론이다. 푸른 용은 신선이 그의 연회에 온 이승의 동물 중 다섯 번째로 도달하여 그 공을 치하하기 위해 십이지의 진지로 승격시켜 준 신수이니라. 그 후에 신선을 찾아온 선인 진사담의 요청으로 그와 가장 처음 계약을 맺었느니라.」

"……어?"

사예는 너무나 쉽게 나온 귀제의 대답에 놀랐고, 그 대답의 내용에 또 한 번 놀랐다. 진사담은 목가장서를 새기고 목행의 술법을 정리한 최초의 선인으로 익히 잘 알려진 선인이었다. 그러나 그 선인의 첫 신수가 푸른 용이라는 사실, 심지어 십이지 신수라는 사실은 전혀 들어 보지 못한 바였다. 머릿속에서 생각이 이리저리 얽혔다.

'뭐야, 그 유명한 진사담이 청하랑 계약을 맺었고, 청하는 우리 가문이랑 계속 계약을 맺었는데, 그럼 뭐야, 뭐야!'

사예는 때는 이때다 싶어 얼른 입을 다시 열었다.

"허면! 진사담이 죽은 이후에는 어찌 되었습니까? 청하가 언제부터 저희 가문과 계약을 맺었는지도 아십니까? 저희 가문이……."

귀제가 질문이 늘어나자 귀찮아졌는지 거대한 손을 휘두르며 짜증을 냈다.

「에잇! 이 이상은 말하지 않겠노라! 짐의 조건을 수락하면 그때 말해 줄 것이다!」

'쳇.'

사예는 혀를 찼다. 치사하다, 하고 생각하는 와중에 시건이 물었다.

"대체 그 조건이 무엇이오?"

귀제는 헛기침을 해 목을 가다듬었다. 사예는 영혼이 왜 목을 가다듬는지 이해할 수 없었다. 귀제는 시건의 물음에 자세히 답했다.

「흠, 짐은 이제 이 인적과 명수인과 함께 이승에 대한 권한을 손에 넣었도다. 허나 짐은 저승의 영혼들을 다스리는 것만으로도 이미 일이 많으니, 이승의 일마저 신경 쓸 수는 없다. 저승사자들은 벌을 받아야 하는 저승의 영혼들이고, 귀군 또한 마찬가지. 따라서 짐의 명에 따라 이승을 대신 다스릴 이가 필요하다. 짐은 그 대리자의 역할에 가장 적합한 이가 바로 그대라고 판단했느니라. 선인 류시건, 짐의 명에 따라 이승의 인간들을 다스리도록 하라. 그대는 인간이 아니고 선단을 취했기에 오랜 세월을 살며 짐의 명을 따를 수 있고, 어차피 이제는 선계 선인으로서의 삶은 이어 갈 수 없을 테니 그야말로 이 일에 적임자다. 짐의 명을 따른다면, 짐은 유품을 가져간 여선의 행방과, 여선 그대가 궁금해하는 모든 것에 대해서도 대답해 주도록 하겠노라.」

귀제의 말이 끝나자 시건과 사예는 서로를 쳐다봤다. 둘 다 아무런 말도 하지 않았지만 이 상황이 곤란하다는 뜻은 말없이도 통했다. 그 순간 사예는 아직도 손을 잡고 있는 시건의 손을 발견했다. 그녀는 손을 빼려고 했다. 그러나 시건은 손에 힘을 주고 놓지 않았다. 사예는 시건에게 손을 놓으라는 의미로 열심히 눈빛을 쏘아 보냈다. 그녀의 눈빛을 외면한 시건은 사예의 손을 꼭 잡은 채로 귀제에게 물었다.

"한 가지 묻겠소. 나로 하여금 명에 따라 하계를 다스리라는 게 무슨 의미인지 모르겠소. 인적과 명수인을 내게 넘기겠다는 의미요?"

「아니다. 그대가 태어난 이승의 인간들에 대해 하나도 빠짐없이 인적에 적어 짐에게 고하면, 짐이 명수인을 찍어 그들의 생사를 주관할 것이니라. 그래, 마침 짐도 아직 이 명수인을 확인하지 않았으니 어디 한번 확인해 볼까.」

귀제는 음기를 움직여 인적과 명수인이 든 상자 뚜껑을 다시 열었다. 그 안에서 명수인이 위로 둥실 떴다. 차가운 바람이 불고 허공에서 펼쳐진 인적이 촤라락 넘어갔다.

「어디 보자……. 음, 그래. 이자가 좋겠군. 김돌석, 나이는 열여덟, 바로 어젯밤에 고을 훈장의 짚신에 몰래 노상방뇨를 했군. 이 정도면 저승의 기준으로 세 달 동안 이 저승 귀첩대문 동쪽 기둥의 하나가 되어야 하는 죄이지.」

귀제의 말에 사예는 화들짝 놀랐다. 그녀는 뒤에 무슨 말이 더 있겠지 생각했다. 그러나 귀제의 뒷말은 이랬다.

「이자를 죽여 명수인을 확인해 보도록 해야겠다.」

사예는 당황했다. 천제의 사절인 연귀호는 분명 가짜 인적과 명수인을 가지고 왔을 터였다. 그런데 그걸 지금 이 자리에서 귀제가 확인을 한다니 곤란했다. 사예는 그녀도 모르게 귀제를 막기 위해 소리쳤다.

"잠시만! 지금 겨우 그런 일로 그리 어린 인간을 죽이겠다고 하시는 겁니까?"

「그렇다. 그게 왜?」

"허나! 조금 더 찾아보시면 그보다 더 중한 죄를 지은 인간이 있지 않겠습니까? 겨우 노, 노상방뇨를 한 죄로 십여 년밖에 살지 못한 인간을 죽이시겠다니요? 다시 한 번 생각해 보시지요."

「적게 살고 오래 살고가 뭐가 중요한가. 어차피 죽으면 다 저승으로 와 벌을 받고 다시 이승에서 환생을 할 터인데.」

귀제의 대답은 당장 귀제를 막아야 한다고 작심하고 있던 사예의 입을 단숨에 막아 버릴 정도로 얼토당토않았다. 사예는 정말 아무 말도 하지 못하고 입만 뻐금거리며 귀제를 쳐다봤다. 귀제는 바늘 하나 들어갈 틈 없는 완고함으로 말을 이었다.

「무엇보다, 현실적으로 생각해 봤을 때 차라리 이편이 낫다. 어린 나이에 빨리 죽으면 그만큼 죄를 조금 지었을 테니 저승에서 벌을 조금만 받고 금방 환생할 것이 아닌가. 이승에서 오래 살아 늙고 병이 드느니 최대한 빨리 죽고 다시 건강한 새 몸으로 환생을 하는 편이 낫겠지. 그리고 짐의 판단은 언제나 옳다! 한번 내린 판단은 결단코 번복될 수 없다!」

시건은 아무 말도 하지 않았고 사예도 마찬가지였다. 그러나 곧 입 밖으로, 걸러지지 못한 생각이 나오고 말았다.

"……귀제 폐하께서는 죽음에 대한 두려움을 모르시는군요."

귀제는 그 말에 오히려 불쾌해하며 소리쳤다.

「당연하다! 짐은 죽음을 바로 곁에 두는 자! 죽음을 두려워하는 이가 어찌 죽은 이들의 사후를 판단하고 처결을 내릴 수 있겠는가!」

'그러나 인간은 그렇지가 않다.'

사예는 겨우 입을 다물었으나, 마음 한편이 불편하게 끓어오르는 것을 참을 수 없었다. 선단을 취하지 못하고 무영에 쫓겨 살아야 했던 사예나 그녀의 가족들은 늘 죽음을 두려워하며 살았다. 그리고 사후를 알지 못하기에 일평생 죽음을 두려워하는 게 바로 인간의 삶이었다.

사예는 하계의 중심에서 가장 오랜 세월을 산 선인이, 짧은 인간의 삶을 이해하지 못하고 그의 역할을 해내지 못하던 모습을 바로 옆에서 봤었다. 인간의 삶이 덧없고 짧으므로 그에 연연할 수 없다 변명하던 감사의 모습이 귀제의 모습과 겹쳐지자마자, 다른 생각은 모두 사라졌다. 머릿속에 오로지 결론만이 남았다.

'저자는 인간의 목숨을 주관해서는 안 되는 자구나.'

죽음을 두려워하지 않는 이가 타인의 생명을 다루는 것만큼 무서운 일이 없다. 귀제는 죽음에 대한 두려움을 모르기에 인간의 생명을 손안의 공깃돌처럼 가벼이 다룰 자였다. 그는 장수하는 선인들보다도 더 자격이 없는 이였다.

'이건 완전히 겨 묻은 개 피하려다 똥 묻은 개 만난 격이군.'

사예는 그제야, 조금 거리를 두고 귀제와 명계에 대해 생각할 수 있었다. 사방에서 몰려드는 영혼들과 그들의 죄에 대해 벌을 내리는 귀제, 하계에서 영혼들을 잡아 오는 저승사자와 귀군. 그러나 저승사자도 귀군도 귀제의 처결에 따라 벌을 받는 영혼의 일부였다. 사예는 귀제의 곁의 모든 영혼이 그저 그를 스쳐 지나가며 벌을 받고 하계로 가 환생을 할 영혼들일 뿐이라는 사실을 깨달았다. 귀제는 그 사이에서 계속 영혼의 죗값을 저울질하는 자였다. 오로지 정해진 바와 스스로의 결단에 의해 명계의 모든 것을 결정하는 자.

'어쩌면, 타인의 의견을 듣지 않는 게 당연할지도.'

귀제는 저승의 가장 완벽한 군주인 동시에, 오로지 그 자리에만 어울리는 자였다. 이자의 손에 하계 인간들의 생사를 결정할 권한이 넘어가는 건, 있어서는 안 되는 일이었다. 사예는 어째서 선계 쪽에서 귀제와의 기싸움에서 물러나지 않으려고 했는지 얼핏 이해할 수 있을 것 같았다.

'이 일을 어쩐다…….'

사예는 시건의 눈치를 힐끔 봤다. 시건도 아버지의 유품에 대해 알고 싶겠지만, 사예 또한 당장 귀제에게 그녀의 어머니에 대해 묻고 싶었다. 그러나 그 답을 듣기 위해 귀제의 거래에 응할 수가 없었다. 사예가 쳐다보자 시건이 그녀를 힐끔 쳐다봤다가, 귀제에게 말했다.

"시간이 필요하오."

「그게 무슨 소리인가. 왜 시간이 필요하단 말인가. 이보다 합리적이고 명확한 선택지가 어디에 있단 말인가! 유품에 대해 알고 싶지 않은가!」

사예는 으름장을 놓는 귀제의 목소리를 들으며 저자가 달을 납치하고 천제에게 협박을 했을 때부터 알아봐야 했다고 혀를 찼다. 이리 쉽사리 저승사자를 따라 명계로 오는 게 아니었다. 그녀는 최대한 치솟는 짜증을 억누르고 티 내지 않기 위해 노력하며 말했다.

"폐하와 달리 저희는 늘 옳은 판단을 할 수 있다는 자신이 없기 때문에 생각을 할 시간이 필요합니다. 부디 아량을 베풀어 주십시오. 또한 저희가 결정을 내린 후에 명수인과 인적에 대해 확인을 하셔도 늦지 않을 것입니다."

귀제는 못마땅한 듯 금세 대답하지 않았다. 그러나 곧 한발 물러났다.

「좋다. 그대들은 짐이 아니니 선택을 내리는 데 있어 망설임이 있을 수도 있지. 짐이 아량을 베풀도록 하겠노라. 그러나 이곳은 영혼들이 죗값을 치르는 명계, 산 자들이 자유롭게 오랜 시간을 보내며 명계의 규율을 흐리게 놔둘 수는 없느니라.」

동시에, 귀제가 시건과 사예에게로 손을 뻗었다. 긴 옷깃 속에 있던 가늘고 긴 손가락이 뱀처럼 쭉 늘어났다. 뻗어진 거대한 손가락들이 그대로 시건과 사예를 덮쳤다. 손가락이 시야를 꽉 채우자 놀란 사예가 본능적으로 몸을 웅크리고 시건이 그녀를 덥석 안았다.

"무슨……!"

「따라서, 결정을 내릴 때까지 그대들을 저승의 옥사에 가둬 두도록 하겠다!」

눈 감았다 뜬 사이 손가락이 그대로 앞을 가로막는 창살이 되었다. 음기는 모여들어 시건과 사예, 흑뢰를 가두는 벽이 되었다. 어느새 그들은 음기로 가득 찬 옥사 안에 있었다. 귀제의 목소리가 어둠 속에서 크게 울렸다.

「빠른 시일 내로 결정을 내리도록 하라! 그러나 만일 짐의 명을 따르지 않을 시에는, 그 옥사에서 영원히 빠져나올 수 없을 것이다!」

쾅!

음기가 세게 충돌하며, 그대로 옥사 문이 닫혀 버렸다.

✻ ✻ ✻

어둠 속에서 옥빛의 영롱한 빛깔이 움직였다. 이쪽으로 갔다, 저쪽으로 갔다 방황했다. 가만히 그 모습을 바라보던 소년, 달이 말했다.

"이리 오너라."

이리저리 움직이던 옥토끼가 고개를 들었다. 차가운 명계 옥사의 안쪽에 앉아 있던 달은 그런 옥토끼에게 손짓을 했다. 저승사자에게 잡혀 명계로 끌려온 달은 지금 함께 잡혀 온 옥토끼와 나란히 옥사에 갇혀 있었다. 달은 누이인 해가 없으면 어떤 능력도 쓸 수 없었고, 그래서 옥사에서 아무것도 못 하고 기다리고 있어야 하는 상황이었다. 달은 섣불리 탈출을 감행하는 짓은 하지 않았다. 그저 그의 실종으로 선계나 혹은 도가 측에서라도 무슨 수를 내겠거니 생각했다.

'해가 걱정을 많이 할 텐데…….'

그 자신보다 걱정을 하고 있을 누이가 더 걱정이었다. 현재 정황이 어찌 돌아가고 있는지조차 알 수 없으니 갑갑했다. 정도 많고 착한 그의 누이가 그를 찾겠다고 위험을 무릅쓰지나 않을까 염려스러웠다. 그러나 지금의 달로서는 기다리는 것 말고는 다른 도리가 없었다. 달은 계속 창살 주변에서 기웃거리는 옥토끼에게 시선을 돌리고는 다시금 손짓을 했다.

“이리 와라. 거기서 기웃대다 무서운 귀군에게 잡혀간다.”

옥토끼는 화들짝 놀랐다. 불행히도 옥토끼는 겁을 먹고 아예 창살 밖으로 뛰쳐나가 버렸다.

“앗! 안 돼!”

달은 화들짝 놀라 헐레벌떡 일어나 달려 나왔다. 그러나 창살에 막혀 창살 밖으로 도망가 폴짝폴짝 뛰어가는 옥토끼를 따라갈 수 없었다.

“안 돼! 어디 가느냐! 이리 와라!”

있는 힘껏 손을 뻗었으나 옥토끼는 계속 뛰어갔다. 창살에 걸린 달의 몸은 밖으로 나올 수 없었고, 그는 팔만 창살 너머로 내밀어 휘둘렀다. 옥토끼는 순식간에 어둠 속으로 훌쩍 사라져 그 빛깔조차 보이지 않았다. 창살을 붙든 채로 달은 울상을 지었다.

“어쩌지…….”

달은 계속 초조해하는 얼굴로 창살 주변을 맴돌며 안절부절못했다. 그는 혹시나 옥토끼가 조금 진정을 하고 그의 목소리를 듣지 않을까 싶어, 애가 타는 목소리로 소리쳤다.

“토끼야!”

그러나 달의 부름에 대답한 이는 토끼가 아니었다.

「토끼가 뭐.」

“헉!”

달은 깜짝 놀라 창살에서 한 걸음 물러났다. 창살 너머에 체구가 큰 귀군 하나가 나타났다. 갑옷을 입은 이 영혼은 넓은 어깨와 건장한 체구가 여느 귀군보다 한층 위압적이었다. 달은 겁먹은 옥토끼처럼 놀라 동그래진 눈을 한 채로 벌벌 떨었다. 달을 보는 귀군의 표정은 화가 나거나 굳어 있지 않았지만, 그의 큰 체구와 사내다운 얼굴만으로도 달이 겁먹기엔 충분했다. 달의 시선에 맞춰 허리를 조금 숙인 귀군이 그런 달을 보며 물었다.

「토끼가 어쨌다고?」

맞아, 토끼! 하고 중얼거린 달은 용기를 내어 답했다.

"저 송구하지만, 제 토끼가 창살 사이로 도망을 갔습니다. 익숙하지도 않은 명계에서 길이라도 잃을까 걱정이 됩니다. 혹 괜찮으시다면 제 토끼를 찾아 주시겠습니까?"

귀군은 눈썹을 찌푸리고는 손가락으로 턱을 긁적이며 말했다.

「음. 나를 보내 놓고 거기서 도망치려고 하는 것 아냐?」

귀군의 말에 달은 창살 앞에 찰싹 붙어서 결연한 얼굴로 답했다.

"아닙니다! 절대 그러지 않을 겁니다! 부탁드립니다! 절대 도망가지 않겠습니다! 옥토끼를 찾아 주십시오! 여기서 가만히 앉아 기다리고 있겠습니다!"

「음…….」

귀군은 고민하는 듯 인상을 쓰고 신음 소리를 흘렸다. 달은 간절함이 담긴 목소리로 말했다.

"저희 어머니 성함을 걸고 맹세하겠습니다!"

달의 결연한 태도에 고민하던 귀군은 결국 고개를 끄덕였다.

「좋아. 토끼만 찾아오면 된다 이거지?」

"예, 예!"

「알았다. 잠깐만 기다려.」

거대한 귀군은 그렇게 말하고는 몸을 돌렸다. 달은 멀어지는 귀군의 뒷모습을 계속 바라보다가, 그의 뒷모습이 보이지 않게 되자 천천히 창살에서 떨어졌다. 안도의 한숨을 내쉰 달은 옥사 안에 다시 자리를 잡고 앉았다.

'명계에도 인심은 있구나. 다행이다.'

달은 한결 가벼워진 마음으로 토끼를 데려올 귀군을 기다렸다.

❈ ❈ ❈

해와 함께 명계로 들어온 혜강은 명계의 상황을 살피고 있었다. 혜강과 해는 현재 해의 도술로 모습을 감춘 채 숨어 있었고, 혜렴은 잠시 자리를 비운 상태였다. 해는 낮의 시간에 일어나는 일은 모두 알 수 있었지만, 달이 납치당한 것은 밤의 일이고 또한 이곳이 명계이므로 달이 어디에 있는지 알 수가 없었다. 따라서 혜렴이 명계를 살피고 정황을 알아보러 간 참이었다.

혜렴은 한참이 지나고서야 혜강과 해가 있는 곳으로 돌아왔다. 그는 혜강과 해의 가까이까지 날아와 은신술과 술법을 풀고 모습을 드러내고는 혜강에게 그가 알아 온 사실을 고했다.

"일단, 명계에 온 천제 폐하의 사절은 귀제께 인적과 명수인을 바친 후 지금 옥사에 갇혀 있는 듯합니다. 귀제가 무슨 까닭으로 사절을 돌려보내지 않았는지는 모르겠습니다."

"인적과 명수인이 가짜인 것을 들킨 것은 아니냐?"

"그랬다면 연귀호를 살려 두었을 리가 없습니다. 어쩌면 확인을 할 때까지 가둬 둔 것일지도 모르지요."

해가 냉큼 물었다.

"우리 오라버니는요? 오라버니는 어디에 있나요?"

"아무래도 달께서도 옥사에 갇혀 계신 듯합니다. 송구하오나 어디에 갇혀 계신지는 확인하지 못했습니다."

혜렴의 말에 혜강이 고개를 끄덕였다. 혜렴이 혜강에게 말했다.

"일단 연귀호를 만나 탈출시킨 후 함께 달을 찾아야 하지 않겠습니까. 그편이 훨씬 수월할 겁니다."

혜렴의 말을 들은 해가 반대했다.

"안 돼요! 먼저 오라버니를 구해야 해요!"

해의 품에 안긴 옥토끼도 혜렴의 뜻에 반대라도 하듯 마구 몸을 버둥거렸다. 옥토끼를 고쳐 안은 해는 단호한 어조로 말했다.

"만일 그 선군을 구하다 잘못돼서 귀제에게 발각되기라도 하면 오라버니를 구하기가 더 힘들어질 거여요! 그 선군은 무슨 일이 생겨도 스스로를 지킬 방도가 있겠지만, 우리 오라버니는 지금 아무것도 할 수 없다고요!"

혜강과 혜렴은 시선을 교환했다. 해의 말이 틀린 것도 아니기에 혜강이 알았다고 답했다.

"알겠습니다. 저희는 달님을 구하러 온 것이니 일단 달님의 안전부터 확인을 해야겠습니다. 혹 도술로 지금 그분이 계신 곳을 확인할 방도가 있습니까?"

해는 곤란해하며 답했다.

"음, 음. 모르겠어요. 신선 할아버지가 제게 허락한 건 오로지 바깥의 낮 시간뿐이에요. 명계 안에서 명계의 일에 대해서는 알 수가 없어요."

해는 그리 말하면서 혜강의 눈치를 봤다. 해는 혜강이 그럼 안 되겠다고 선군을 먼저 구하자고 말할까 봐 걱정하는 얼굴이었다. 혜강은 겁먹은 얼굴로 서 있는 해에게 미소를 지어 보였다.

"예, 알겠습니다. 그래도 해님의 도술로 계속 저희를 지켜 주십시오. 일단 옥사를 가서 직접 달님을 찾아보는 수밖에는 없겠습니다."

"네, 네!"

해는 얼른 고개를 끄덕이며 대답했다. 해가 안도의 한숨을 내쉬는 동안, 혜렴은 혜강을 걱정스러워하는 얼굴로 보다가 말했다.

"허나 그럼 오랜 시간이 걸릴 터인데……. 누님께서는 괜찮으시겠습니까?"

"나는 괜찮다."

혜강이 조금도 망설이지 않고 말했으나 혜렴은 걱정을 거둘 수 없었다. 사방에 음기가 가득하고 양기를 타고난 혜렴조차 몸이 식어 가는 명계였다. 본디 몸이 찬 혜강은 더 영향을 많이 받을 수밖에 없었고, 체온이 내려가면 그만큼 몸이 굳어 움직이기도 수월하지 않을 터였다. 그럼에도 불구하고 조금도 티 내지 않고 용마의 고삐를 잡는 혜강을 보며 혜렴은 망설였다. 그는 혜강의 눈치를 보다가 겨우 입을 열었다.

"그래도 누님, 혹 힘드시면 제가……."

손이라도, 하고 혜렴이 말하기 전에 해가 혜강에게 찰싹 달라붙어 말했다.

"언니 많이 추워요? 그럼 내가 손 잡아 줄까요?"

"괜찮습니다."

"에이, 손이 이리 찬데!"

"……."

혜렴은 혜강의 손을 잡고 앞뒤로 크게 흔드는 해를 째려봤다. 곤란해하는 얼굴로 있던 혜강이 혜렴을 쳐다보고 물었다.

"내게 뭐라고 하지 않았느냐?"

"……아닙니다, 누님."

혜렴은 혜강의 옆에서 얄밉게 웃는 해를 속으로 욕하며 용마를 잡아끌었다. 혜강의 도움으로 해는 다시 용마 천금 위에 올라탔다. 혜강과 혜렴도 용마에 올라타는 사이, 해의 품에 안겨 있던 옥토끼가 버둥거리다 해의 품에서 벗어나 폴짝 뛰었다.

"앗!"

놀란 해가 손을 뻗으며 소리쳤다.

"토끼! 토끼가!"

"해님!"

혜강이 얼른 해를 붙잡았다. 해가 말했다.

"토끼! 토끼를 쫓아가요!"

"예?"

"토끼를 쫓아가요! 오라버니를 따라온 옥토끼를 찾아가는 걸지도 몰라요! 어서!"

"아니, 개도 아닌데 그런 게 가능할 리가……."

혜렴이 당황해서 덧붙였지만 해는 얼른 가자고 채근했다. 혜강과 혜렴은 용마의 고삐를 잡아당겼다. 두 마리 용마는 어둠 속에 빛나는 옥토끼를 따라잡기 위하여 빠르게 날아갔다.

❋ ❋ ❋

귀제에 의해 만들어진 옥사에 갇히자마자, 사예는 손을 잡고 있는 시건의 손을 뿌리쳤다. 그녀는 헛기침을 하며 시건과 한 발짝 떨어졌다. 시건은 별다른 말은 하지 않았다. 다만 그는 다른 손으로 잡고 있던 흑뢰의 고삐를 놓고 놀란 흑뢰를 진정시켰다.

사예는 옥사의 창살 가까이 다가갔다. 그들이 있는 곳은 사각형의 옥사로 한쪽이 창살로 가려져 있었다. 창살 너머를 내다보니 밖은 어두웠다. 주변에는 다른 옥사도 귀군도 보이지 않았다. 밖은 그저 위, 아래 어디를 봐도 끝이 보이지 않는 어둠뿐이었다. 감시하는 귀군도 보이지 않아 이게 그나마 죄인 아닌 손님 대접인지 뭔지 알 수가 없었다. 혹시 몰라 손에 기를 모아 보니 별 무리가 없어 나가는 방도가 영 없지는 않겠구나 싶었다. 그러나 이 옥사에서 나가도 잘 모르는 명계

안에서 길을 잃을 가능성이 더 크니 함부로 나설 수는 없었다.

창살 가까이에서 음기가 느껴져서 사예는 몸을 웅크렸다. 옥사를 이룬 벽과 창살은 모두 귀제의 힘으로 만들어진 터라, 저승사자의 포승줄과 같이 영혼의 힘이었다. 그래서 사방에서 음기가 느껴졌다. 창살은 겨울에 맺힌 고드름 같기도 했고, 얼핏 뼈 같기도 했다. 사예는 주변에 가득한 싸늘함 때문에 걱정스러운 마음이 들어 시건을 쳐다봤다.

"음기가 가득한데 좀 괜찮소?"

그녀의 물음에 시건이 바로 답했다.

"괜찮지 않다. 그러니 그대 곁에 있어도 되겠나."

"어?"

사예는 당황했다. 그녀는 혹 농인가 하여 시건을 계속 쳐다봤지만 시건은 농이 아닌 듯 진지하게 그녀의 답을 기다리고 있었다. 고민을 하던 사예는 어쩔 수 없는 상황이지 싶어 결국 고개를 끄덕였다. 그녀가 허락하자 시건은 그의 용마를 구석에 세워 두고 바로 사예의 옆으로 다가왔다. 잠시 후, 시건과 사예는 옥사 구석에 나란히 앉았다. 무릎을 세우고 앉은 사예는 옆에 앉은 시건에게 말했다.

"……손을 잡아도 된다 한 적은 없는데."

시건과 사예의 시선이 아래로 향했다. 사예는 눈을 매섭게 뜨고는 은근슬쩍 그녀의 손을 다시 잡은 시건의 손을 홱 뿌리쳤다.

"자꾸 이럴 것이오? 용마를 탔을 때야 탔으니까 그랬다 쳐도! 아까도 그렇고 지금은 상황이 다르지 않소! 내게 흑심이 없다고 해 놓고선 어찌 이리 틈만 나면 수작을 건단 말이오? 아니면 뭐, 지금 그쪽이 나하고 무슨 사이라도 되오? 내 손에 그쪽이 준 가락지라도 하나 끼워 놨소?"

끝내 노골적인 언사를 입에 담은 사예가 시건의 손을 뿌리친 손을 펴 보이며 마구 따졌다. 시건은 아까 먼저 손을 잡은 이가 그가 아니라 사예라고 굳이 지적하지는 않았다. 그는 그저 사예의 손을 빤히 쳐다보다가 곤란해하는 얼굴로 물었다.

"가락지가 필요한가?"

'아오…….'

사예는 확 짜증이 나서 빽 소리쳤다.

"그렇소! 금가락지, 은가락지, 옥가락지 다 필요하오!"

"그래, 알았다."

"알긴 뭘 알아!"

사예는 어이가 없어서 외쳤다. 그녀는 몸을 한껏 웅크린 채로 앉은 엉덩이를 움직여 시건에게서 떨어졌다.

"이제 더는 마음대로 내 손을 잡거나 내 몸에 손대거나 하지 마시오! 어찌 그리 잘났다는 가문 출신의 사내가 과년한 처자 손을 그리 덥석덥석 잡소? 아니, 도깨비는 신부를 위해서 씨름도 진다는데! 그쪽은 뭐요? 이건 나에 대한 예의가 아니지!"

사예의 불만을 조용히 듣고 있던 시건이 고개를 끄덕이고 말했다.

"알았다. 그럼, 그대가 내 손을 잡아 다오."

"어?"

당황해서 목소리가 커졌다. 이자가 왜 이리 대화가 통하지 않나 싶어서 사예는 황당해하는 얼굴로 시건을 쳐다봤다. 시건은 사예를 향해 손을 내밀고 말했다.

"난 그대가 어찌 대해도 개의치 않을 테니."

"……."

사예는 눈을 크게 뜬 채로 굳어서 시건을 쳐다만 봤다. 시선이 저도 모르게 시건이 내민 손으로 향했다. 어찌할 바를 몰라 굳어서 쳐다보기만 하는데, 갑자기 뒤에서 소리가 났다.

히히히힝.

"헉?"

굳어 있던 몸의 긴장이 이상한 소리에 깨졌다. 사예는 깜짝 놀라서 뒤를 쳐다봤다. 있다는 사실을 잊어버리고 있었던 흑뢰가 검은 눈을 반짝이며 그들을 쳐다보고 있었다. 갑자기 낸 소리도 그렇고 흑뢰의 눈이 왠지 모르게 웃는 것만 같아서 사예는 얼굴이 확 붉어졌다. 그녀는 어쩔 줄 몰라 하며 고개를 돌렸다. 바로 옆에서 쳐다보는 시건의 시선을 피했다.

시선을 피했음에도 손을 내민 채로 계속 응시하는 시건의 시선이 느껴졌다. 그럴 리 없겠지만 등 뒤의 용마까지 그녀의 대답을 기다리며 귀를 세우고 있는 것만 같았다. 두 쌍의 검은 눈이 그녀에게 꽂혀 있었다. 점점 얼굴이 뜨거워졌다. 침만 꼴깍꼴깍 삼키던 사예는 결국 홧김에 손을 내밀었다.

"……그럼, 그럼! 손만 잡아 주겠소!"

"고맙다."

시건은 사예가 내민 한 손을 두 손으로 꼭 잡았다. 잡은 시건의 손이 차디차서 사예는 그냥 잡아 줄 걸 후회했다. 소중한 것이라도 품듯 손을 매만지는 시건을 보고 있자니 어쩐지 미안해졌다. 그의 손가락이 손등을 조심스럽게 쓰다듬는 느낌이 싫지 않아서 사예는 시선만 피한 채로 얌전히 앉아 있었다. 의식하는 것처럼 보일까 염려되어 손가락에 들어간 힘을 빼려고 노력했다. 그러나 손가락을 움직이지 않으려고 생각하니 오히려 손가락이 계속 움찔거리는 것 같았다. 민망하고 부끄러운 마음에 사예는 계속 시건을 외면한 채로 있었다.

둘이 그렇게 나란히 앉아 있는 동안 뒤에서 흑뢰의 투레질 소리만 들렸다. 조금의 침묵이 지나고, 시건이 잡고 있던 사예의 손을 놔줬다.

"손이 식었다."

사예도 시건이 잡고 있던 그녀의 손이 차가워졌음을 느꼈다. 고민하던 사예는 시건이 잡지 않은 반대쪽 손을 내밀었다. 그런데 나란히 앉은 상태라 손을 내밀어도 시건이 잡으면 좀 불편할 것 같았다. 자리를 바꿔야 하나 고민하고 있는데, 시건이 팔을 확 뻗어 사예의 허리를 둘러 안았다.

"헉?"

사예는 그대로 시건의 품에 폭삭 안겼다. 시건은 뻗은 팔로 사예의 허리를 두르고 손으로는 사예가 새로 내밀었던 손을 잡았다. 잡힌 손은 시건과 나란히 붙은 게 아닌 반대쪽 손이었지만 시건이 그리 안으니 아주 수월하게 그의 손에 잡혔다. 자리를 바꿀 필요 따윈 없었다. 시건은 그 상태로 아까 놓아줬던 사예의 손도 그의 남은 손으로 꽉 잡았다.

시건의 품에 완전히 안긴 상태로, 사예는 잠시 멍해 있었다. 그의 얼굴이 바로 앞에 있고 가슴이 그녀의 어깨와 완전히 닿아 있었다. 잠깐의 정적이 흐르고 사예는 정신을 차렸다. 그녀는 냅다 소리쳤다.

"이게 대체 뭐 하는 짓이오! 손만 잡으라고 했잖소!"

"손만 잡았다."

시건은 사예의 시선을 피한 채로 그녀의 손만 쳐다봤다. 사예도 시선을 내려 손을 쳐다봤다. 확실히 시건의 두 손은 사예의 두 손만 잡고 있긴 했다. 다만 그의 두 팔 중 하나가 사예를 안고 있을 뿐이었다. 사예는 이를 갈며 말했다.

"그걸 말이라고 하오? 당장 놓으시오. 안 놓으면 때릴 것이오."

사예는 그녀의 손을 꽉 잡은 시건의 손을 뿌리치려 했다. 시건은 힘을 꽉 줘서 버둥거리는 사예의 손이 움직이지 못하게 했다.

"때리고 싶으면 때려라."

"뭐요?"

"말했잖나. 그댄 내게 무슨 짓을 해도 상관없다."

"……."

사예는 버둥거리던 손을 멈추고 시건의 얼굴을 쳐다봤다. 그는 가까운 거리에서 조금도 시선을 돌리지 않고 그녀의 눈만 응시하고 있었다. 눈이 마주치자 잡힌 듯 시선을 돌릴 수 없었다. 사예는 저도 모르게 긴장해서 침을 꿀꺽 삼켰다.

사예가 이러지도 저러지도 못하고 안겨 있는데, 시건이 그녀에게 시선을 고정한 채로 말했다.

"때려도 된다. 잡아도 되고, 만져도 된다."

말을 하는 시건의 얼굴이 조금 가까워졌다.

"안아 주면 더 좋고."

그 말에 흐르는 침묵 사이로 뛰는 심장 소리가 들렸다. 사예는 그 소리가 자신의 심장 소리인 줄 알고 놀랐다가, 자신이 아닌 시건의 심장 소리임을 알고는 더 놀랐다. 그녀 스스로의 심장 소리가 묻힐 정도로, 그의 심장이 크게 뛰고 있었다. 심장이 그렇게 뛰는 주제에 시건은 진지하기 짝이 없는 얼굴로 사예만 쳐다보고 있었다.

그의 뛰는 심장 소리가 자꾸만 귓전을 때렸다. 그 덕분에 사예의 얼굴이 점점 달아올랐다. 줏대도 없는지 그녀의 심장도 그의 심장 소리를 따라 빠르게 뛰기 시작했다. 빠르기로 경쟁하는 것도 아닌데 왜 이 난린지 알 수가 없었다. 눈치도 없는지 때아닌 호승심, 의미 없는 객기라도 부리는 양 시건의 심장 소리를 따라잡으려 호들갑이었다. 가슴속에서 날뛰는 멍청이가 쥐 죽은 듯 조용해졌으면 좋겠다고 생각했다. 숨도 크게 내쉴 수가 없었다.

살짝 기울어진 시건의 얼굴이 더 가까이 다가왔다. 그의 얼굴이 바로 눈앞으로 다가오자 사예는 얼른 정신을 차렸다. 그녀는 그에게 안긴 상태로 고개만 뒤로 빼 버렸다. 고개를 뒤로 빼자 다가오던 시건이 멈칫했다. 그러나 그의 얼굴은 멈추지 않고 더 사예에게로 다가왔다. 몸을 뒤로 빼지 못하게 허리를 안은 팔에 힘이 들어갔다. 사예는 더 이상 피할 수가 없었다. 눈을 감고 다가오는 그의 얼굴을 보며 사예는 고민했다.

'어쩌지, 어쩌지.'

안절부절못하며 고민하는 사이 이미 너무 가까웠다. 사예는 결국 눈을 질끈 감았다. 다가온 시건의 코끝이 사예의 코끝 위로 닿았다. 저도 모르게 어깨가 움츠러든 순간.

무언가 묵직한 것이 다리를 확 눌렀다.

"뭐야!"

깜짝 놀란 사예가 시건을 있는 힘껏 밀쳤다. 뒤에 있다 마찬가지로 놀란 흑뢰는 크게 울며 뒤로 물러났다. 시건의 품에서 벗어난 상태로 사예는 그녀의 다리를 누른 정체 모를 것을 쳐다봤다.

"……토끼?"

푸른 치마 위에서, 옥빛으로 빛나는 토끼 한 마리가 치맛자락을 씹고 있었다.

"웬 토끼가?"

"……."

내팽개쳐졌던 시건이 굳은 얼굴로 팔을 뻗었다. 그는 무성의하게 토끼의 귀를 잡아 들어 올렸다.

"엇! 그리하면 어찌하오! 아프잖소!"

사예는 허공에서 버둥거리는 토끼의 엉덩이를 얼른 두 손으로 받쳐 줬다. 시건이 토끼 귀를 손에서 놓자 사예가 토끼를 받아 품에 안았다. 시건은 사예의 품에 안긴 토끼를 보며 말했다.

"옥토끼로군. 아무래도 달이 명계에 옥토끼를 데려왔던 모양이다."

"옥토끼?"

"그래. 달에 사는 영물로 알고 있다."

사예는 눈을 반짝이며 시건에게 말했다.

"마침 잘됐소! 내게 좋은 생각이 있소!"

"좋은 생각?"

"그렇소. 귀제가 저리 치사하게 나오는데, 어쩔 도리가 없지 않소. 그대는 유품의 행방에 대해서 알아야 하지 않소? 그리고 이건 좀 이상하게 들릴 수가 있는데……."

시건은 그녀답지 않게 말을 끄는 사예를 물끄러미 응시했다. 사예는 조금 눈치를 보다가 말했다.

"유품을 귀제에게서 받아 간 선인이 아무래도 우리 어머니가 아닌가 싶소. 우리 어머니의 신수가 자운영이오. 원래는 우리 아버지 신수였는데……. 사관 백암이랑 무슨 연관인지는 나는 잘 모르겠고……. 근데 또 사초가 남선에서 발견됐다 하니 우리 어머니가 걱정도 되는데……."

주저리주저리 덧붙이던 사예는 팔에 안은 옥토끼를 고쳐 안으며 말을 돌렸다.

"어쨌든! 귀제에게 들을 답이 너무나 많은데 저자는 도통 말이 통하는 상대가 아닌 듯싶소. 해서, 내 생각하기에는 아무래도 우리가."

"우리가?"

목을 빼고 창살 너머를 살핀 사예는 시건에게 가까이 다가가 목소리를 한껏 낮추고 그의 귓가에 속삭였다.

"여기서 빠져나가 달을 납치해야겠소."

"……."

사예는 입을 다물고 침묵하는 시건에게 열심히 설명하기 시작했다.

"생각해 보시오. 지금 귀제는 달을 인질로 잡고 천제를 협박하고 있지 않소? 만일 달이 귀제의 수중에 있지 않으면, 귀제는 저리 기고 만장할 수 없을 것이오. 더군다나 지금 귀제가 가진 인적과 명수인은 가짜가 아니오? 눈에는 눈! 이에는 이! 우리가 달을 납치해 천제에게 보내겠다고 협박을 하면, 귀제도 천제를 협박할 거리가 없어지니 곤란해지지 않겠소?"

시건은 열심히 생각을 늘어놓는 사예를 빤히 쳐다봤다. 그는 가까이에서 재잘재잘 말하는 사예가 참 어여뻐서 이 시간이 조금 길었으면 좋겠다고 생각했다. 안 그래도 품에서 놓친 게 아쉬웠는데 이리 가까이 있으니 다시금 두 팔로 꼭 안고 싶다고 생각했다. 품에 안았을 때의 온기와 부드러움, 스스로가 느끼는 설렘이 좋았다.

"더불어 만일 우리가 달을 데리고 있으면, 천제도 달 때문에 우리 눈치를 봐야 할 것 아니오? 귀제에게는 유품과 우리 어머니의 행방에 대해 알아내고! 천제에게는 달을 되찾고 싶으면 우리 말을 들으라고 할 수 있고! 그야말로 일석이조! 일거양득! 누이 좋고 매부 좋고, 꿩 먹고 알 먹고! 그리고 또, 뭐야!"

시건은 그리 말하는 사예를 보며 말도 참 야무지게 잘한다고 생각했다. 어쩜 저리 말도 잘하는지. 반짝이는 눈과 열심히 움직이는 입술에서 시선을 뗄 수가 없었다. 그 입술이 움직이는 모양새가 자꾸만 조심하려는 그의 마음을 희롱했다. 벌써 몇 번이나 코앞에서 놓친 탓에 그의 자제심은 금 간 둑처럼 아슬아슬했다. 사예에게 들은 책망 때문에 더 조심하고자 노력은 하는데, 보고 있자면 자꾸 만지고 쓰다듬고 안아 주고 싶어서 가만있을 수가 없었다. 쌓인 욕망이 이미 끝까지 차올라 넘치기 일보 직전이었다.

한계까지 차오른 욕망이 금방이라도 넘쳐 단숨에 덮칠 준비를 하고 있다는 걸 아는지 모르는지 사예는 그저 신이 나서 자신의 계획에

도취되었다. 덕분에 시건만 죽을 맛이었다. 이리 협소한 공간에 단둘이 가까이 앉아 있으니 보이는 것은 사예, 맡아지는 건 사예의 향기, 들리는 건 사예의 목소리. 온통 사예뿐이라 욕망은 자꾸만 커져 갔다.

그러나 시건의 생각을 모르는 사예는 실컷 자신의 계획을 늘어놓은 후 매정하게 일어나서는 시건에게 등을 돌렸다. 사예는 창살 주변으로 걸어가 밖을 살폈다.

“일단 여기서 나가서 달을 찾는 게 좋겠소. 그래야 달을 데려가지.”

“그래.”

욕심을 꾹꾹 억누르며 시건은 바로 그러마 대답했다. 그는 대개의 경우 스스로 계획을 세우고 그에 맞게 명을 내리는 편이었지만, 상대가 사예라면 이야기가 달랐다. 기본적으로 그의 머릿속에는 사예가 내세운 계획을 평가하거나 합리적으로 따진다는 개념이 존재하지 않았다. 그것은 사예가 원한다면 설령 불가능한 계획이라도 가능하게 만들 작심을 한 사내에게는 불가능한 사고였다.

그러나 정작 그런 시건을 돌아본 사예는 그의 그런 마음도 모르고 불만이 생겨 말했다.

“진심으로 동의하는 게 맞소?”

“그렇다.”

“그런데 왜 표정은 항상 그 모양이오? 무언가 마음에 걸려서 그러는 게 아니면 좀 웃든가.”

사예가 투덜거리는 말을 들은 시건은 그의 여선이 원하는 대로 웃었다.

“그래. 알았다.”

“…….”

사예는 그대로 얼어 버렸다. 눈을 두어 번 깜빡인 후, 사예는 새빨갛게 물든 얼굴로 버럭 소리쳤다.

"웃지 마시오!"

"왜. 이상한가?"

"엄청 이상해!"

"그래."

"웃지 말라니까!"

사예는 이제 아예 시건에게 등만 보인 채로 창살에 달라붙어서 소리쳤다. 그녀는 화제를 돌리기 위해 아무 말이나 입 밖으로 내뱉었다.

"이, 이 토끼가 생각보다 무거워서 그런가. 막 덥네."

"이리 다오."

시건이 다가와 팔을 내밀었다. 사예는 빨개진 얼굴을 반대 방향으로 돌린 채로 시건에게 옥토끼를 건넸다. 버둥거리는 옥토끼의 거부 의사는 당연히 무시됐다. 옥토끼는 그대로 시건의 손에 넘어갔다. 사예는 창살 밖만 내다본 채로 얼굴에 오른 열을 식히고 있었다. 그리고 시건은 중요한 순간에 방해하고 그도 못 안긴 사예의 품에 안긴 주제에 그녀의 팔까지 아프게 한 건방진 옥토끼를 대충 옥사 구석으로 던져 버렸다. 등을 돌리고 있어 그 모습을 보지 못한 사예는 마음을 안정시키기 위해 이 옥사에서 나갈 방도를 찾기로 했다. 그사이 옥토끼를 던지고 가뿐해진 시건은 그런 사예의 곁으로 다가가 내려진 그녀의 손을 잡았다.

"아무래도 술법을 써서 나가는 게……."

손이 잡히자 사예는 놀라 시건을 홱 쳐다봤다. 그녀는 눈썹을 확 찌푸리곤 물었다.

"옥토끼는 어디 갔소?"

"버렸다."

"뭐요?"

사예는 시건의 손을 뿌리치며 버럭 소리를 질렀다. 얼른 옥사를 둘러본 사예는 옥토끼를 발견하고는 경악했다. 시건에게 버림받은 옥토끼는 옥사 안에서 정신없이 뛰어다니고 있었다. 이유인즉 발치에서 귀찮게 거치적거리는 미물을 처단하기 위해 흑뢰가 앞발을 있는 힘껏 내리찍고 있기 때문이었다. 놀란 사예의 옆에서 시건은 그의 영리한 용마를 대견해하며 고개를 끄덕였다. 자고로 용마라면 주인의 마음을 저 정도는 헤아릴 줄 알아야 하는 법이었다.

그러나 사예의 생각은 달랐다. 기겁을 한 사예는 잽싸게 팔을 뻗어 흑뢰의 무자비한 말발굽 공격에서 옥토끼를 구출했다. 그리하여 옥토끼는 결국 다시 사예의 품으로 돌아왔다. 사예는 오들오들 떠는 옥토끼를 품에 안은 채로 시건과 흑뢰를 째려봤다.

"토끼를 마음대로 버리면 어찌하오? 혹 이 옥토끼가 우릴 달에게로 데려가 줄지도 모르지 않소!"

시건을 타박하자마자 옥사 너머에서 낯선 목소리가 들렸다.

「토끼? 토끼가 거기 있나?」

"응?"

시건과 사예는 고개를 돌려 옥사의 창살 너머를 쳐다봤다. 창살 밖에 귀군 하나가 나타났다. 영혼이지만 큰 체구가 전달하는 위압감이 남다른 귀군이었다. 풍기는 기운도 다른 귀군과 차원이 달랐다. 그는 거대한 몸을 조금 숙이고는 시건과 사예에게 시선을 맞추고 말했다.

「토끼가 거기 있나?」

"그렇소."

「겨우 찾았군. 지금 그 녀석이 도망친 바람에 주인이 애타게 기다리고 있다. 이리 넘겨.」

귀군이 큼지막한 손을 내밀었다. 사예는 품에 안은 옥토끼를 꽉 안아 뒤로 감추면서 귀군을 위에서부터 아래로 살폈다.

"옥토끼 주인? 허면 달을 말하는 것이오?"

「달? 하늘에 달 말하는 건가? 쟁반같이 둥근 달?」

귀군이 커다란 두 손으로 동그란 원을 만들어 보이며 물었다. 그 때 사예의 옆에 서 있던 시건이 귀군에게 갑작스럽게 물었다.

"혹 도깨비 파적을 아나?"

「음?」

귀군이 손을 모은 그대로 고개만 돌려 시건을 쳐다봤다. 사예도 어리둥절한 얼굴로 시건을 쳐다봤다. 시건과 눈이 마주치는 순간, 사예는 갑자기 눈을 크게 떴다. 도깨비 파적이 명계에 가고 싶어 했던 모습과, 시건에게 끝까지 신신당부를 하며 부탁했던 말이 퍼뜩 떠올랐다. 사예는 돌연 탄성을 터뜨렸다.

"설마!"

사예는 바로 고개를 돌려 창살 너머의 귀군을 삿대질했다. 그녀는 소름이 돋아서 숨을 크게 들이마셨다. 말도 안 된다고 생각하면서도 이미 머리는 답을 내리고 있었다. 사예는 귀군을 향해 소리쳤다.

"전설의 김 서방!"

창살 너머의 영혼은 겸연쩍어하는 얼굴로 미소 지었다.

「도깨비도 아닌데 그 이름을 어찌 알지?」

토끼를 찾으러 온 귀군은 하계 도깨비 사이의 전설, 천하장사 중의 천하장사인 전설의 김 서방의 영혼이었다.

❋ ❋ ❋

전설의 김 서방은 현재는 영혼 귀군의 번으로 일일오(一一五)의 이름을 가지고 있었다. 죽은 영혼은 바로 전 생애 인간의 모습을 그대로 유지하는 경우가 많은데, 그리하여 전설의 김 서방도 바로 이전에 가졌던 인간의 모습을 그대로 유지하고 있었다. 전설의 김 서방이 살아 있던 당시 하계 선군들에게 그의 체포령이 내려져 있던 터라, 하계에 있었던 시건도 그의 초상을 본 적이 있었다. 한눈에 귀군 일일오의 얼굴을 알아본 것도 바로 그 덕분이었다.

귀군 일일오와 시건, 사예는 창살을 사이에 두고 마주 보고 서 있었다. 사예로부터 그간의 자초지종을 전해 들은 일일오가 심각한 얼굴로 중얼거렸다.

「그런가……. 내가 죽은 사이 파적이 그런 일을.」

사예는 옥토끼를 고쳐 안으며 귀군 일일오에게 말했다.

“그렇소. 파적과 도깨비들은 그대의 원수를 갚기 위해 선인들에게 반기를 들었다가 오십 년을 암굴에 갇힌 걸로도 모자라, 현재는 하계 인간들을 괴롭히는 선인들을 몰아내기 위해 싸우다가 선계로 와 있소. 허나 도깨비들이 선계에 대해서 뭘 알겠소? 우리가 얼른 명계에서 나가 동선으로 돌아가야지 도깨비들을 도와줄 텐데, 이리 갇혀 있으니 어찌하오?”

「헌데 도깨비들은 천하 일에 관심이 없는데, 어찌 그리 큰일을 벌였는지 모르겠군.」

“도깨비도 일단 살고 봐야 할 것이 아니오. 그대 일로 파적이 그리 하계에서 난동을 피운 후 도깨비들이 얼마나 살기가 힘들었겠소? 선인들이 도깨비들을 서하에서 쫓아내고 동하로 도망쳐서 힘들게 살았다 하오.”

「그런가? 난 선인들이 씨름을 못 하게 방해라도 했나 했지.」

“……살기가 힘드니 씨름도 하기 힘들었겠지!”

사예는 태연한 얼굴로 그렇게 덧붙였다. 그녀는 그런 파적을 암굴에 잡아넣었던 장본인이 바로 이 옆에 있는 선인이라고 말하는 아둔한 짓은 하지 않았다.

"안 그래도 파적이 우리가 명계로 간다고 하니 그쪽에게 안부를 전해 달라며 신신당부를 하였소. 이리 만난 것도 참으로 인연이지 싶소. 그래서 말인데……. 혹, 그쪽이 우리를 좀 도와줄 수 없겠소?"

사예가 귀군 일일오의 눈치를 보며 슬쩍 물었다. 걱정이 서린 얼굴로 고개를 숙이고 생각에 잠겨 있던 일일오는 의아해하는 얼굴로 사예를 쳐다봤다.

「도와 달라고?」

"그렇소. 우린 이 옥사에 계속 있을 수 없소. 서둘러 나가 달과 함께 선계로 돌아가야 하오."

「그러니까 거기서 나오고 싶다 이건가?」

"그렇소. 헌데 우리가 술법으로 나가면 너무 눈에 튀어서 금방 들통이 나지 않겠소? 좀 조용히 빠져나가 달을 만날 수 있도록 도와줄 수 없겠소?"

일일오는 금세 대답하지 않았다. 고민하는 그를 보며 사예가 계속 덧붙였다.

"만일 도깨비들이 동선을 포위한 선군들에게 잡힌다면 다시 암굴로 가서 평생을 보내게 될지도 모른다오. 암굴에서 나왔을 때 신나서 메밀묵을 해치우던 모습들이 눈에 선하네……. 암굴에 다시 가면 그 메밀묵도 못 먹고, 씨름도 못 할 테고……. 우리가 달을 데리고 빨리 나가야 귀제는 물론이고 천제도 도깨비들에게 함부로 대하지 못할 터인데……."

일일오는 과연 도깨비에 대해 잘 아는 이라 그런지 그게 도깨비들에게 얼마나 큰 고난인지 아는 모양이었다. 사예는 근심이 가득한 일일오의 얼굴을 보며 빠르게 이어 말했다.

“그쪽도 하계에 살아 봐서 알 것이 아니오. 달이 없어졌으니 하계 인간들은 또 어떻겠소? 이만저만 힘든 게 아니오. 선계는 또 어떻고? 아기 선인들은 달이 납치당한 바람에 받아야 할 선단도 받지 못할 상황이오. 귀제가 달을 납치해 간 바람에 모두들 아주 곤란해졌단 말이오.”

사예의 계속되는 말에 잠시간 고민을 하던 일일오는 결국 고개를 끄덕였다.

「……좋아. 옥사 문을 열어 그 토끼 주인에게 데려가 주겠다.」

“참말이오?”

사예는 놀라 되물었다. 너무 쉽게 대답이 나와서 말을 꺼낸 사예 본인도 믿을 수가 없었다. 사예는 속으로 역시 도깨비의 친구야, 하고 생각하며 쾌재를 불렀다. 그때 사예의 옆에 있던 시건이 말했다.

“허나 우릴 도운 게 귀제에게 발각되면 그대는 처벌을 면치 못할 것이다. 분명 환생 시기가 늦춰질 텐데. 귀군으로서의 직책도 잃게 될지 모른다.”

사예는 답답한 마음에 시건을 쳐다봤다. 다행히 일일오는 아무렇지 않은 얼굴로 미소 지었다. 그는 허리춤에서 검을 빼 들었다. 그가 손에 든 검은 날이 선 검이 아니었다. 영혼의 힘으로 만들어진 반투명한 검이었다. 사예는 그의 검이 저승사자가 영혼의 힘으로 만든다고 말했던 포승줄과 비슷하다고 생각했다. 일일오가 옥사 창살 바깥쪽에서 그의 검을 휘두르자 창살은 너무나 쉽게 허물어졌다.

「지금 너희가 돌아가지 않으면 도깨비들이 위험하다고 하지 않았나.」

창살을 허문 검을 손에 든 채로, 일일오가 말했다.

「파적이 날 위해 오십 년을 버렸으니, 나도 그 정도 시간은 버려야 예의겠지.」

※ ※ ※

옥사 창살을 베어 준 귀군 일일오는 시건과 사예에게 손짓을 했다. 옥사로부터 빠져나온 시건과 사예는 술법과 은신술을 써 기척을 감췄다. 둘과 용마의 모습이 보이지 않는 것을 확인한 일일오가 신기해하고 있는데 시건이 말했다.

"달을 찾기 전에 먼저 찾아야 할 선인이 있다. 여기 천제의 사절이 와 있다고 알고 있다."

「그렇다. 옥사에 갇혀 있지.」

"그를 먼저 만나야 한다. 그에게 먼저 안내해라."

일일오는 의아해했다.

「그 사절을 구해 내는 게 도깨비와는 무슨 연관이 있나?」

사예는 천연덕스럽게 답했다.

"그 사절이 선군인 걸 모르오? 지금 다른 선군들과 대치 중인 도깨비들을 돕기 위해서는 그 선군의 힘이 꼭 필요하단 말이오!"

「그래? 그런 건가?」

일일오는 영혼이지만 얼굴을 긁적거렸다. 그는 선계 사정을 잘 모르니 그럴 수도 있나 보다, 하고 생각했다. 일일오는 모습이 보이지 않는 사예를 향해 알았다고 답하고는 앞장섰다. 안도의 한숨을 내쉰 사예와 흑뢰의 고삐를 잡은 시건은 그런 일일오를 따라 날아갔다. 사예는 일일오를 따라가며 주변을 살폈다.

주변은 온통 어둠이었다. 사예는 귀군 일일오가 무슨 기준으로 날아가고 있는지 알 수 없었다. 한참을 날아가는데, 드문드문 시건과 사예가 갇혀 있었던 것 같은 옥사가 하나씩 보였다. 기와지붕 아래 창살과 벽으로 이루어진 한 칸짜리 네모난 옥사들이 어둠 사이를 제멋대로 떠다니고 있었다. 옥사 중에는 비어 있는 옥사도 있었지만 벌을 받는 영혼들이 갇혀 있는 옥사도 있었다. 계속 날아가자 사방이 별이 잔뜩 떠 있는 밤하늘처럼 보였다. 차츰 옥사와 갇힌 영혼의 수가 늘어나고, 옥사 앞을 지키는 귀군도 있었다. 멀리 있는 옥사와 가까이 있는 옥사의 빛이 어둠을 한가득 메웠다. 각 옥사를 지키는 영혼들과 갇힌 영혼들 또한 특유의 빛을 품고 있었다.

사예는 지나치며 어떤 귀군이 옥사 벽 위에 무언가로 숫자를 쓰는 모습을 볼 수 있었다. 방금 그 옥사에 갇힌 영혼은 창살에 달라붙어서 울고불고 난리였다. 자세히 보니 모든 옥사 벽에 귀군이 새긴 숫자가 있었다. 아마 옥사에 수감된 각 영혼들의 숫자인 모양이었다. 사예는 어둠 속에 떠다니는 옥사들이 제멋대로 날아다니는 것처럼 보여도, 사실은 제법 비슷한 숫자끼리 모여 있다는 사실을 알 수 있었다.

일일오는 어둠 속을 계속 유유히 날아갔다. 일일오를 따라가던 중 사예는 이 귀군이 혹시 귀제를 찾아왔다는 그녀의 어머니에 대해 알고 있을지 궁금했다. 어떤 귀군이 지키는 옥사가 멀어지자 사예는 얼른 일일오에게 물었다.

"혹시 말이오, 귀제를 찾아왔다는 여선에 대해 알고 있소? 그리 오래되지는 않았을 터인데."

일일오는 그다지 오래 고민하지 않고 답했다.

「음, 귀문 밖에서 귀제를 협박하던 여선을 말하는 건가?」

"……응?"

「맞는 것 같은데. 그 여선이 귀문 안으로 들여보내 줄 때까지 저승사자들과 잡혀 오는 영혼들을 공격하겠다고 귀제를 협박했다. 실제로 공격하기도 했지. 귀제 폐하께서는 어쨌든 영혼을 저승으로 데려와 벌을 내린 후 다시 이승에 환생을 시켜야 하는 입장인지라, 결국 저승사자를 보내 그 여선을 귀문 안으로 들여 만난 것으로 알고 있다.」

사예는 순간 아무 말도 할 수 없었다. 잠시 당황해 있던 그녀는 곧 시건이 쳐다보는 시선을 느꼈다. 놀란 사예가 얼른 감탄한 척 말했다.

"여, 역시 우리 어머니야."

「아, 그 여선이 어머니인가 보군. 어쨌든 그렇게 들어온 그 여선은 귀제를 만나고 저승사자의 도움으로 다시 귀문 밖으로 나갔다. 그 외에는 잘 모르겠군.」

"아……."

사예는 머릿속으로 귀제에게 들은 하선에 대한 이야기와, 일일오에게 들은 이야기를 정리했다. 그러나 그것만으로는 현재 하선이 어찌 된 것인지, 백암의 사초는 또 어찌 된 영문인지 알 수 있을 리가 없었다.

고민에 빠진 채로 한참을 날아가던 중 사예는 그들이 꽤 깊은 곳까지 들어왔다는 사실을 알았다. 아까는 가득 차 있던 옥사가 이제는 대부분 비어 있었다. 일일오가 비어 있는 옥사를 지나쳐 한 옥사 앞에서 멈춰 섰다.

「여기다.」

시건과 사예는 은신술을 풀고 감추고 있던 기척을 드러냈다. 옥사 안에 있던 선인이 놀라 창살 앞으로 뛰어왔다.

"상장군!"

옥사 안에는 천제의 사절로 왔을 흑귀위 상장군 연귀호가 그의 용마와 함께 갇혀 있었다. 옥사에 갇혀 있던 귀호를 확인한 시건이 일일오에게 시선을 줬다. 일일오는 그의 검을 휘둘러 옥사의 창살을 베었다. 사라진 옥사에서 귀호가 나왔다.

"두 분이 무사히 만나셨군요."

"그래. 네 덕이 크다, 귀호. 그간 수고했다."

"아닙니다. 지금 선계에서 온 백호위 선군도 명계에서 달을 찾고 있을 테니 서두르는 것이 좋을 듯합니다."

귀호가 옥사에서 나오고, 세 명의 선인은 다시 모습을 감추고 일일오의 뒤를 따랐다. 시건과 귀호는 각자의 용마 고삐를 잡아끌며 일일오를 따라갔다. 일일오는 지나가는 귀군들의 인사를 받으며 무탈하게 더 깊은 옥사로 들어갔다. 세 명의 선인은 조심스럽게 그런 일일오의 뒤를 따랐다. 얼마 지나지 않아 가까운 곳에서 주변보다 한층 강한 음기를 느낄 수 있었다. 음기가 느껴지자마자 사예의 품에 안겨 있던 옥토끼가 냉큼 품에서 뛰어내렸다.

"앗!"

옥토끼는 폴짝폴짝 뛰어 한 옥사로 들어갔다. 옥사 안에서 놀란 소년의 목소리가 들렸다.

"토끼야!"

일일오와 선인들은 옥사 앞까지 가 내부를 확인했다. 창살 너머에서 푸른 옷을 입은 소년이 옥토끼를 안고 눈을 크게 뜨고 있었다.

「찾던 토끼가 맞나?」

일일오가 물었다. 옥토끼를 찾은 소년, 달은 얼른 고개를 끄덕였다.

"예! 정말 토끼를 찾아 주셨군요. 감사합니다."

은신술로 모습을 감추고 술법으로 기척을 가리고 있던 세 선인은 그제야 모습을 드러냈다. 달은 놀란 얼굴로 셋을 쳐다봤다. 모습을 드러낸 사예가 바로 달에게 물었다.

"혹시 달님이십니까?"

"예, 그렇습니다. 헌데 뉘신지요?"

어안이 벙벙한 얼굴로 되묻는 달에게 사예가 웃으며 답했다.

“저희는 달님을 구하러 온 선인들입니다. 이리 어두침침한 옥사에 갇혀 있었으니 얼마나 무서우셨습니까? 이제 안심하고 저희를 따라 오시지요.”

달이 눈을 크게 떴다.

“정말이십니까? 정말 저를 구하러 오신 분들이십니까?”

“그럼요. 그러니까 그 옥토끼를 데리고 달님을 찾아온 것 아니겠습니까?”

“하지만 저분은 저를 감시하신다고 했는데.”

달이 일일오를 보며 우물쭈물 말했다. 사예는 안심하라는 듯 더 활짝 웃으며 말했다.

“이 귀군은 저희가 설득했답니다. 걱정하지 마십시오. 자. 보세요.”

사예가 일일오를 쳐다봤다. 일일오는 예의 검을 들며 달에게 뒤로 물러나라고 말했다. 달이 물러나자 일일오가 검으로 창살을 잘라 냈다. 창살이 무너지자 달은 놀라 어찌할 바를 모르는 얼굴로 귀군과 선인들을 쳐다봤다. 달은 연신 고개를 꾸벅 숙이며 인사를 했다.

“감사합니다! 정말 감사합니다! 이 은혜는 꼭 갚겠습니다!”

“뭐 이 정도 가지고. 어서 이리 나오시지요. 저희와 함께 가시면 됩니다. 귀제가 어찌 나올지 알 수 없으니, 일단 함께 명계에서 빠져나가야겠습니다.”

사예가 손짓을 하자 달은 옥토끼를 품에 안은 채로 창살 너머로 나왔다. 달이 무사히 나오자 만족한 얼굴로 웃은 사예가 귀군에게 물었다.

“혹 저승사자의 도움 없이 귀문을 빠져나갈 수 있는 방도를 아오?”

「그건 불가능하다.」

일일오의 답을 들은 달이 망설이다 말했다.

"제 누이인 해라도 있으면 제가 도움을 드릴 수 있을 텐데……."

"해님 말입니까?"

"예. 해가 있으면 저도 도술을 쓸 수 있어 귀문의 영향을 받지 않을 수도 있습니다. 헌데 지금은 해가……."

달이 말을 다 끝맺기 전에, 음기 사이를 뚫고 갑작스러운 불꽃이 그들을 향해 쇄도했다.

바로 반응한 것은 가장 뒤쪽에 서 있던 귀호였다. 그는 바로 수기를 모아 덮쳐드는 화기를 막았다. 허공에서, 화기와 수기가 강하게 충돌했다. 각 술법이 충돌하며 쏟아진 불티와 물방울이 사방으로 튀었다.

"어! 토끼가!"

달이 놀라 소리쳤다. 불꽃이 사라지고 그 뒤에서 옥토끼 한 마리가 달에게로 뛰어들었다. 그리고, 그 뒤에서 갑자기 어린 소녀 하나가 모습을 드러냈다. 붉은 치마에 노란 저고리를 입은 어린 신선, 해였다.

"오라버니!"

"해야!"

옥토끼 두 마리를 팔로 안은 달이 소리쳤다. 해의 도술로 모습을 감추고 있던 혜강과 혜렴도 모습을 드러냈다. 옥토끼를 따라온 그들은 텅 빈 옥사 사이를 헤매다가 갑작스럽게 느껴진 수기의 기운을 따라 이곳으로 온 참이었다. 혜강과 혜렴 두 사람은 그들의 눈앞에 있어서는 안 되는 선인들, 그리고 그들과 함께 있는 선군을 보며 경악을 금치 못했다. 사인참사검을 뽑아 손에 들고 화기를 쏘았던 혜렴이 소리쳤다.

"흑귀위 상장군 연귀호! 천제 폐하의 명으로 사절이 되어 온 그대가 어찌하여 저 역적들과 함께 있소!"

혜강은 그 대답을 들을 필요도 없다고 생각했다. 함께 있는 이들은 류시건과 문제의 여선이었다. 혜강의 옆에서 울먹거리는 얼굴로 서 있던 해가 소리쳤다.

"이 납치범들! 우리 오라버니를 돌려줘!"

해가 그렇게 말하자 화들짝 놀란 달이 말했다.

"아니다, 해야! 이분들은 나를 구해 준 분들이셔! 나쁜 분들이 아니다!"

혜렴과 마찬가지로 검을 뽑아 든 혜강이 달에게 말했다.

"달님, 저희는 천제 폐하의 하명으로 해님과 함께 달님을 구하러 온 백호위 선군입니다. 저희와 함께 이 명계에서 빠져나가셔야 합니다."

달이 고개를 끄덕이고는 답했다.

"예. 헌데 이분들이 저를 구해 주셨습니다. 이분들과 함께 명계에서 빠져나가야 합니다."

혜강은 단호하게 답했다.

"그럴 수는 없습니다. 지금 달님께서 함께 있는 선인은 선계에서는 역적이요, 선군 연귀호는 천제 폐하의 하명을 받아 왔으나 저들과 함께 있는 것으로 보아 천명을 거역하고 역적과 손을 잡은 자입니다. 위험하니 저희에게로 오십시오."

듣고 있던 사예는 어이가 없어서 헛웃음을 흘렸다.

"무슨 말도 안 되는 소리? 달님께서는 저희에게 구해 준 은혜를 꼭 갚겠다고 하셨습니다. 그러니 우리와 함께 가실 겁니다. 그렇지요?"

"어……."

달은 당황했다. 사예는 냉큼 해에게도 말했다.

"해님께서는 오라버니를 구해 준 은인들에게 예의를 지키시지요! 오라버니가 걱정이 되지도 않으십니까? 오라버니를 되찾고 싶으시다면 그 선군들을 버리고 저희에게로 오십시오!"

"뭐라고!"

사예의 말을 들은 해는 화들짝 놀라 겁을 먹었다. 사예의 말을 들은 귀군 일일오는 옆에 서 있던 시건에게 속삭였다.

「저 처자네 집은 협박이 가풍인가 보지?」

"……."

침묵하고 있던 시건이 결국 입을 열었다.

"백호위 상장군……. 호혜강인가."

"그렇다."

"천제로부터 달을 구출해 오라 명을 받은 것으로 알고 있다. 비록 달을 옥사에서 데리고 나오긴 했으나 이곳은 아직 명계다. 사안의 시급함을 먼저 따지는 것이 어떠한가."

"무슨 소리지? 허면 명계에서 빠져나가기 위해 우리가 너희와 손이라도 잡아야 한다 이 말인가? 우리는 해님을 모시고 있고, 해님의 힘으로 달님과 무사히 명계에서 빠져나가 선계로 돌아갈 수 있다. 역적 류시건, 무슨 생각으로 달님을 모셔 가려 하는지는 모르겠으나 달님이 어떤 존재인지를 안다면 이쯤에서 물러나라. 어리석게 지난 감정에 연연해 죄를 더하지 말고 폐하의 명을 따르는 것이 현명한 선택일 것이다."

"어리석은 건 그쪽이다. 이쪽은 선인이 셋에 귀군까지 있다. 무력으로 우위에 있는 건 그쪽이 아니라 이쪽이지."

사예는 잘한다! 하는 마음으로 시건의 옆에서 눈을 반짝이며 서 있었다. 사이에 이상하게 끼어 버린 해와 달은 어찌할 바를 모르는 얼굴로 서로의 눈치만 보고 있었다. 양측 간에 팽팽한 긴장감이 흘렀다. 혜강과 혜렴은 여전히 검을 든 채로 경계 태세를 유지하고 있었고, 귀호와 귀군은 혹시 모를 상황에 바로 반응할 수 있도록 긴장을 유지하고 있었다.

마찬가지로 긴장을 하고 있던 사예는 일이 꼬였다는 생각에 시건을 슬쩍 쳐다봤다. 해가 선군과 함께 나타났으니 이대로 달이 순순히 납치당해 주길 기대할 수는 없었다. 무엇보다 언제 어디서 귀제나 다른 귀군이 나타날지 알 수 없어 불안했다. 시건도 비슷한 생각을 했는지 사예를 쳐다봤다. 사예는 한숨을 푹 내쉬며 고개를 절레절레 저었다. 시건은 검을 들고 있는 두 선군에게 시선을 돌렸다.

"현명한 선택을 해야 하는 게 누구일지는 굳이 말하지 않아도 되겠지. 여기서 소란을 피워 봤자 귀제에게만 좋을 일이다. 우리는 너희 목적인 달님을 모시고 있고 너희는 해님의 힘으로 명계에서 수월히 빠져나갈 수 있다 했다. 그렇다면 적어도 이 명계에서 빠져나갈 때까지는 서로 손을 잡는 게 어떠한가."

"……명계에서 빠져나간 후에는?"

"더 이상의 대화는 없겠지."

혜강은 잠시 시선을 돌려 해와 혜렴을 쳐다봤다. 해는 달이 걱정되는지 안절부절못하는 얼굴로 있었고, 혜렴은 곤란해하는 얼굴로서 있었다. 혜렴과 시선을 교환한 혜강은 결국 고개를 끄덕였다. 분하지만 류시건의 말은 일리가 있었다. 가장 시급한 문제는 일단 귀제의 손아귀에서 벗어나는 것이었다.

"좋다."

혜강과 혜렴은 그 대답과 함께 들고 있던 검을 내렸다. 명계에서 귀제의 눈을 피해 무사히 해와 달을 데리고 빠져나갈 때까지, 그들은 그렇게 일시적으로 손을 잡았다.

❋ ❋ ❋

해와 달의 도술로 모습을 감춘 채로 어색한 동행이 시작됐다. 옥토끼 두 마리를 해와 달이 나눠 안고, 그들은 귀군 일일오를 따라갔다. 그들은 이제 복잡한 옥사 사이에서 빠져나왔다. 제일 앞장을 선 귀군 일일오가 어디로 가는지 궁금해하는 일행에게 설명했다.

「환생로(還生路)는 저승에서 벌을 다 받은 영혼들이 환생을 기다리는 곳이다. 그곳만은 귀군이 큰 영향력을 발휘하지 못한다. 그러니 그냥 명계를 통과해 귀문까지 가는 것보다는 그곳을 통과해 가는 것이 가장 안전할 것이다.」

명계에서만은 귀군 일일오에 비해 아는 게 없는 선인들과 신선들은 그저 고개를 끄덕였다. 그들은 그저 조용히 귀군 일일오를 따라갔다.

어둠을 헤치고 나아가니 귀제를 만나기 전에 봤던 것처럼 무수히 많은 영혼들이 모여 있는 광경이 보였다. 그러나 영혼들은 그때처럼 벌을 서고 있지는 않았다. 다만 그들은 엄청난 줄을 이루고 서 있었다. 늘어선 영혼들이 이어지는 줄이 저 멀리까지 길고 길었다. 그들이 만든 줄이 길다 못해 옆으로 꺾이고 굽어져 마치 미로와 같은 벽을 만들고 있었다. 영혼들이 그들의 몸으로 세운 미로는 귀문 방향으로 장엄하게 펼쳐져 있었다.

환생을 해야 하는 몇몇 영혼들이 귀군의 안내를 받아 와 줄의 제일 끝에 서고, 영혼을 인도한 귀군들이 물러나 사라지는 모습이 종종 보였다. 영혼들이 선 줄의 제일 끝에는 막 도착한 영혼들을 줄 세우는 또 다른 영혼들이 보였다. 이 영혼들은 귀군처럼 갑옷이 아닌 하얀 옷을 입고 있었고, 손에 홍두깨 같은 것을 들고 있었다. 그 영혼들은 금방이라도 다듬이질을 해야 할 것 같은 홍두깨로 줄을 가리키며 줄을 흐트러트리는 영혼들을 정리했다.

홍두깨를 들고 줄을 정리하고 있는 영혼은 명계의 환생 체계를 책임지는 귀선사(鬼選使)였다. 귀선사 또한 귀군이나 저승사자와 마찬가지로 중죄를 짓지 않은 영혼 중, 원하는 이가 자원하여 맡을 수 있는 직무였다. 그러나 저승사자나 귀군과는 달리 귀선사는 오랜 시간 벌을 받고 이미 반성하여 죄를 뉘우친 영혼들을 상대하는 일이기 때문에 맡은 일이 힘들지 않아 직무를 맡아도 저승에서 보내는 년수가 줄어들지 않았다. 한마디로 귀선사는 저승 내에서는 일종의 자원봉사자와 같았다.

귀군 일일오는 홍두깨를 든 귀선사 하나에게로 다가갔다. 이 귀선사는 머리를 위로 올려 비녀를 찌른 여자 영혼이었다. 귀선사가 의아해하는 얼굴로 귀군 일일오에게 물었다.

「무슨 일이오?」

「귀제 폐하께서 잡아 온 달이 데려온 옥토끼가 사라졌소. 혹 귀문을 통해 빠져나가지 않았는지 확인해야 하오. 먼저 빠져나가게 해 주시오.」

귀선사는 눈썹을 찌푸리곤 말했다.

「토끼 따윈 오지 않았소.」

「직접 확인해야 하오.」

「안 왔다니까 그러네. 어디 한번 확인해 보든가.」

귀선사가 투덜대며 길을 비켰다. 귀군 일일오는 일단 귀선사가 비켜서 틈이 생긴 영혼들의 줄 사이로, 모습을 감춘 그의 일행이 지나갈 수 있도록 그 또한 비켜서 길을 텄다. 그러고는 귀선사에게 괜한 질문을 하며 시간을 끌었다.

「혹 토끼 말고 무언가 다른 수상한 움직임은 없었소?」

「없었소. 무슨 일이라도 있소?」

「아니…… 그런 건 없는데 혹시나 해서.」
귀군 일일오가 시간을 끄는 사이 다섯 명의 선인과 신선 둘, 용마 넷은 영혼들의 줄 사이를 지나갔다. 특히 몸체가 큰 용마들은 주인을 따라 아슬아슬하게 영혼들 사이를 지나가야 했다. 시간을 제법 끈 귀군 일일오는 적당히 물러나 귀선사에게 인사를 했다.
「알았소. 그럼 이만.」
귀선사는 더 이상 귀군 일일오에게 별 관심을 두지 않았다. 그 후로 귀군 일일오는 영혼들 사이를 걸어가는 중간중간 보이는 귀선사에게 질문을 하며 같은 방도로 길을 텄다. 일렬로 줄 선 영혼들 사이를 날아가는 동안 환생을 기다리는 영혼들의 투덜거림이 들렸다.
「아니, 아직도야? 무슨 환생이 이리 오래 걸려?」
「요즘 하계 사정이 안 좋다 하지 않소. 거 이리 기다려 환생을 해도 일 년을 못 채우고 저승으로 돌아오는 경우가 부지기수라 하오. 저기 저 친구는 삼 년을 기다려 삼 개월 살고 돌아왔다지, 아마.」
「내 참, 답답해서.」
영혼들의 불평이 들릴 때마다 그 사이를 몰래 걸어가는 선인들의 고개가 아래로 내려갔다. 그렇게 한참을 영혼들 사이를 지나가니, 드디어 환생을 기다리는 영혼들의 끝이 보였다. 그 끝에는 귀선사가 네 명이 서 있었고, 그들의 옆에는 저승사자들이 서 있었다. 귀선사는 각 영혼들에게 그들이 찾아가야 할 모체(母體)를 설명해 주고 있었다. 설명을 들은 영혼들은 저승사자와 함께 귀문을 통과하여 하계로 가야 했다.
귀군 일일오는 우선 네 명의 귀선사에게 날아갔다. 그러곤 그들에게 또 한 번 옥토끼에 대해 물으며 시간을 끌었다. 네 명의 귀선사는 의아해하는 얼굴로 고개를 젓고는 말았다. 귀군 일일오는 적당히 질문 몇 가지를 한 뒤에 알았다고 물러났다. 그동안 선인들과 신선들은 영혼들의 줄을 완전히 빠져나왔다. 귀군 일일오는 계속 옥토끼 찾기를 시전하고 있었다.

「대체 영문을 알 수가 없군. 귀찮은 토끼 같으니라고.」

귀군 일일오는 그렇게 말하며 귀선사들에게서 등을 돌렸다. 선인 및 신선들은 환생로를 완전히 벗어나 어둠을 날아가는 귀군 일일오를 계속 따라갔다. 귀군 일일오는 저승사자와 함께 귀문으로 향하는 영혼들과 같은 방향으로 날아갔다. 얼마 가지 않아 저 멀리 귀문이 보이기 시작했다. 저승사자와 함께 가는 영혼들은 귀문을 보며 신나서 더 빨리 날아갔다. 신난 그 모습들을 보며 사예는 그녀가 하계에서 봤던 모습들을 떠올렸다. 저 영혼이 과연 몇 년을 명계에서 벌을 받고 하계에 환생을 하게 되는 걸지, 앞으로 하계에서 몇 년이나 살고 다시 명계로 돌아오게 될지 사예로서는 짐작할 수도 없었다.

귀군 일일오는 잠시 방향을 틀어 저승사자와 영혼들로부터 거리를 뒀다. 제법 거리가 벌어지자 귀군 일일오가 멈춰 섰다. 귀군 일일오는 아무도 보이지 않는 어둠 속에서 대충 아무 곳이나 응시하며 말했다.

「미안하지만, 난 이만 가 보도록 하겠다. 내 자리를 너무 오래 비웠어. 이것만으로도 이미 환생이 5년은 늦어질 거다.」

일일오의 말을 듣자니 갑작스레 미안함이 들었다. 사예는 하는 수 없이 알았다고 답했다.

"미안해할 것 없소. 정말 고마웠소. 파적도 참으로 고마워할 것이오. 반드시 그대 이야기를 전해 주도록 하겠소. 혹 우리와 관련하여 무슨 일이 생기면 그저 모르는 척하시오."

「이 방향으로 쭉 가면 귀문이다. 저승사자와 영혼들이 계속 날아다닐 테니 조심해야 한다.」

"알았소."

일일오는 멀리 보이는 귀문을 가리켜 보이며 말했다. 고마운 마음에 일일오에게 손을 열심히 흔들어 주던 사예는 그녀를 쳐다보는 혜강을 발견했다. 눈이 마주치자 움찔한 사예는 새침한 얼굴로 혜강에게 물었다.

"어찌 그리 보십니까?"

혜강은 그녀의 의문을 물을지 말지 고민하는 얼굴로 잠시 있다가, 결국 입을 열었다.

"저 귀군에게 말한 파적이 도깨비 파적이오? 저 귀군은 파적과 연관이 있어 그대들에게 도움을 준 것이오?"

사예는 알려 줄까 말까 고민하다가 배배 꼬인 어조로 답했다.

"그렇습니다. 저 귀군이 불쌍하게 암굴에 오십 년이나 갇혀 있던 파적의 이야기를 듣고 어찌나 슬퍼하던지. 선인들의 횡포 때문에 도적질을 하고 선계까지 올라온 도깨비들이 가여워 저희를 꼭 도와야겠다고 하지 뭡니까. 한낱 도깨비에 영혼도 저리 천하가 잘못 돌아가는 걸 알고 있는데, 어찌 선계 선인들은……. 쯧쯧."

혀를 차는 사예를 빤히 쳐다보던 혜강은 불편한 마음이 들었다. 안 그래도 이 여선의 신수나 상황에 대해서는 참으로 궁금한 바가 많았다.

"그대는 천제 폐하께 교서를 받아 용수궁의 귀빈으로 갈 수 있었소. 헌데 어찌하여 마음을 바꿔 역적에게로 돌아선 것이오? 그대의 일로 폐하는 큰 곤경에 빠지셨고, 선계의 많은 선인들 또한 혼란에 빠졌소. 그것이……."

혜강은 말을 하다 뭐라고 이어야 할지 판단이 서지 않아 입을 다물었다. 그녀는 주석호가 하계에 적오위 선군을 보냈을 때 들었던 이야기를 떠올렸다. 주석호는 이 여선이 웬 사내와 함께 있다고 말했다. 류시건을 옥사에서 풀어 준 이가 도사 양상일 거라고 생각했는데, 지금에 와서는 알 수 없는 일이었다. 만일 도사가 아니고 눈앞의 여선이라 해도 이해할 수 없는 일 천지였다.

그리고 사예는 말을 하다 멈춘 혜강을 물끄러미 쳐다봤다. 혜강이 혼란스러워하고 있는 게 바로 보여서, 사예는 조금 진지하게 답해야 할 필요성을 느꼈다. 어찌 말을 할까 고민하다가, 시선을 돌려 옆에 있는 시건을 쳐다봤다. 사예는 혜강의 물음에 대한 답으로 시건을 입에 담긴 민망하니 오로지 다른 이유만 입에 담기로 했다.

"저는 선계 용수궁으로 갈 수 없는 이유가 있습니다."

"이유?"

"그렇습니다. 그건 바로 그 용수궁의 자희라는 선녀 때문입니다."

"……자희? 혹 상의인 선녀 자희를 말하는 것이오?"

"예. 그 선녀가 감사부에서 저를 해하려 했습니다."

"……뭐라고?"

심상치 않은 대화에 다른 이들의 시선도 집중됐다. 용마 흑뢰를 끌며 조용히 날아오던 시건이 말했다.

"그 선녀……. 그 옛날 헌정제 시절에도 선녀 행세를 하고 있던 요선이지. 내 그 요선의 정체에 대해 고하여 용수궁에서 쫓겨난 것으로 알았으나, 지금에 와서 다시 용수궁에서 선녀 행세를 하고 있으니 도통 이해할 수 없는 일이다."

"그보다 훨씬 옛날부터 우리 가족을 해하려고 하기도 했고요. 그러니 제가 어찌 용수궁으로 마음 편히 갈 수가 있었겠습니까? 천제 폐하께서는 어찌 그리 수상한 요선을 곁에 두고 계신 겁니까?"

시건에 사예까지 덧붙인 말에 혜강은 우뚝 걸음을 멈췄다. 갑자기 서 버린 그녀 탓에 다른 이들 모두 멈춰야 했다. 그 사이에서 혜렴은 아예 멈춰 설 정도로 동요를 보인 혜강 때문에 더 놀랐다.

"누님."

혜렴이 일단 걱정스러워하는 얼굴로 혜강의 이름을 불렀다. 그러나 아까보다 한층 혼란스러워진 혜강은 그런 혜렴에게 괜찮다 답을 할 여유가 없었다. 어째서 또 그 요선의 이야기가 나오는가.

'그 요선이 선제 폐하의 시절에도 있었던 요선이라니. 이 무슨 말도 안 되는…….'

말이 하나씩 더해질수록 점차 그 요선에 대한 불신만 깊어져 갔다. 무진과도 선녀 자희에 대해 이야기를 나눴으나, 무진은 이런 사실까지는 모르고 있었다. 생각이 제대로 정리되기도 전에 혜강은 사예에게 입을 열어 묻고 있었다.

"어인 연유로 그 요선이 그대와 가족들을 쫓아왔단 말이오? 그 연유를 아시오?"

심상치 않은 혜강의 얼굴을 보며 사예는 이 선군이 혹 그 요선에 대해 무언가를 알고 있나 의심했다.

"모릅니다. 아마도 제 신수와 관련된 게 아닐까 예상하고 있지만, 정확하지는 않습니다."

혜강은 불현듯 머릿속에 얽혀 있던 어떤 생각들이 자리를 잡고 일부가 그림처럼 짜 맞춰지는 것을 느꼈다. 혜강은 자희가 주석호를 부추겨 하계에 떨어진 사예를 추적하게 했었던 일을 기억하고 있었다.

'허면 그때 그 요선이 부러 저 선인을 노리고 주석호를 충동질했단 말인가?'

용수궁에 있던 무진 또한 그 요선이 자꾸 수상한 행동을 보인다며 걱정했다. 그 요선이 옛날부터 용과 계약한 여선을 쫓아왔다는 사실 또한 이상했다. 그러나 모든 그림을 맞추기에는 혜강이 아는 단서가 턱없이 부족했다. 고민하던 혜강이 사예에게 급히 물었다.

"혹 계약한 용과의 인연이 얼마나 되었는지 물어도 되겠소?"

사예는 시건과 시선을 교환했다.

"천 년 이상입니다. 용과 함께 쫓겨 다닌 것은 대략 천 년이고요."

"어찌 그리……. 그리 오랜 시간 동안 그 요선이 그대 가족들을 쫓았다 어찌 확신하오? 요선은 그리 긴 생을 살 수 없소."

답은 사예의 옆에 있던 시건이 했다.

"도사 양상과 다른 도사 권교를 찾아갔을 때 확인했다. 감사부에서 보았을 적에 도사 양상은 그 요선이 도술을 쓴다 확신했고, 요선이 또 다른 도사인 권교와 연이 닿지 않은 이상은 도술을 배울 방도가 없었지. 허나 나와 도사 양상이 찾아갔을 때 도사 권교는 이미 죽어 있었고, 심지어 시체의 장기가 사라진 상태였다. 그 요선이 불로불사하는 도사의 간을 취했고, 그리하여 요선이 살 수 없는 긴 생을 얻었음이 분명하다. 그러니 헌정제 시절부터 지금까지 선녀 행세를 하고 있는 게 아니겠나."

이번엔 심지어 도사였다. 혜강은 여전히 답을 찾을 수 없었다. 알 수 있는 건 단 한 가지, 이 모든 게 말도 안 된다는 사실뿐이었다.

'대체 그 요선은…….'

요사스럽게 웃던 얼굴이 떠오르자 점점 걱정이 커졌다. 걱정은 당연히 모든 사실을 모르는 채로 요선을 곁에 두고 있던 무진에게 닿았다. 반선의 몸으로 제위를 유지하고 있는 천제와 그 곁에 맴도는 수상한 요선. 무진은 요선의 도움으로 제위를 유지하고 있다고 말했다. 사라진 황룡과, 시기적절하게 나타나 도움을 주는 요선. 그 모든 게 우연인가.

혜강은 스스로가 어떤 얼굴을 하고 있는지조차 알지 못했다. 심각하게 일그러진 혜강의 얼굴을 응시하던 사예가 물었다.

"혹, 장군께서는 무언가 아십니까? 그 요선에 대해서나, 아니면 다른 무언가에 대해서. 아시는 게 있는 겁니까?"

모두의 시선이 혜강에게 집중됐다. 요선에 대해 몰랐던 이도, 알았던 이도 모두 혜강의 입이 열리기만을 기다렸다. 그중에서도 혜강은 그녀에게 질문을 한 사예의 표정이 더없이 진지함을 알 수 있었다. 긴장과 떨림이 얼굴 위에 한가득 담겨 있었다. 그 얼굴을 보며 혜강은 고민했다.

'……아니, 지금 내 입에 담을 일이 아니다.'

그 수상한 요선이 어찌하여 무진의 곁에 있는지는 물론이고, 혹 사라진 황룡과 무언가 관련이 있을지도 모른다는 의문 같은 것을 함부로 입에 담을 수 없었다. 그녀는 천제의 비밀을 지키기로 이미 약조를 했다. 입을 다무는 대신 현재 선, 하계의 질서를 유지할 것을 약조했다. 심지어 그 상대가 선, 하계를 혼란스럽게 하는 이들이라면 더 말할 것도 없었다.

"……나는 모르오. 다만 선녀 자희가 나와 선녀 시절부터 함께 수행을 하던 사이였기에 조금 놀랐을 뿐이오."

혜강은 그리 말하고 멈췄던 발을 다시 움직이려 했다. 그사이 이해할 수 없는 상황 때문에 고민하고 있던 혜렴이 문뜩 해를 보고 물었다.

"그러고 보니! 해님께서는 낮의 이승의 일에 대해서는 뭐든 안다고 하지 않으셨습니까? 혹 그 요선에 대해 아십니까?"

이번엔 모두의 시선이 해에게로 향했다. 놀란 혜강이 해를 뚫어져라 쳐다봤다. 혜강의 대답으로 실망했던 사예가 기대감으로 가득 차 해를 쳐다봤다. 사예는 숨도 쉬지 못하고 해에게 질문을 쏟아 냈다.

"정말입니까? 정말 모든 일을 알 수 있습니까? 그럼, 그 요선에 대해서나 우리 가문에 대해서나, 지금 우리 어머니께서 무사하신지도 다 아십니까?"

옥토끼를 안은 채로 멀뚱멀뚱 서 있던 해가 화들짝 놀랐다. 모두가 긴장한 얼굴로 쳐다보자 해는 당황해서 얼굴이 발갛게 달아올랐다.

"저, 저는, 저는……."

"해야."

달이 부드러운 어조로 누이를 불렀다. 해는 얼른 시선을 돌려 옥토끼를 안고 쳐다보는 그녀의 오라비를 응시했다. 침을 꿀꺽 삼킨 해가 질문을 한 혜렴을 향해 답했다.

"맞아요. 저는 낮의 일을, 오라버니는 저와 함께 있으면 밤의 일을 모두 알 수가 있어요. 하지만 우린 아무 말도 할 수 없어요. 신선 할아버지가 만약 세상일에 대해 함부로 입에 담으면 우릴 호랑이밥으로 던져 주겠다고 했단 말이어요. 우린 아무것도 말해 줄 수 없어요."

해는 고개를 절레절레 저으며 옥토끼로 얼굴을 가려 버렸다.

"아……."

사예는 답답한 마음에 해와 달을 번갈아 쳐다봤다. 해와 달은 입을 꾹 다물었고, 결국 분위기는 초반보다 한층 무거워졌다. 뒤에서 물러나 있던 귀호가 입을 열었다.

"해님과 달님이 그렇다고 하시니, 일단은 가지요. 귀문이 코앞이니 이대로 계속 여기 있을 수는 없습니다."

귀호의 말에 한 사람만 빼고 다들 동의했다. 모두 다시 걸음을 옮기는 와중에, 사예만 움직일 생각도 하지 않고 그대로 서 있었다. 홀로 뒤로 처진 사예에게 시건이 다가와 손을 잡았다. 사예는 시선을 들어 시건을 쳐다봤다. 시건이 잡은 사예의 손을 잡아끌었다. 사예는 못마땅한 마음을 억누른 채로 시건을 따라갔다. 그와 함께 가며 사예는 해와 달을 쳐다봤다. 이대로 포기할 수 없었다. 다른 건 몰라도 적어도 하선에 대해서만은, 반드시 알아야만 했다.

❈ ❈ ❈

사예 일행과 헤어지고 환생하는 영혼들의 줄로 되돌아간 귀군 일일오는 그 줄을 빠져나가 바로 옥사로 돌아갔다. 어둠 사이로 둥실둥실 떠다니는 옥사로 돌아온 일일오는 귀군들이 모여 있는 걸 발견했다. 일일오는 그들을 발견하곤 인사를 하는 귀군들에게 다가갔다.

「무슨 일이 있나?」

「아무래도 옥사에 침입자가 있는 듯합니다.」

일일오는 귀제가 뭔가 눈치를 했구나, 하고 생각했다.

「함께 가시지요. 귀제 폐하께서 가둬 놓은 월신과 천제의 사절을 확인하라고 하셨습니다.」

「그래. 알았다.」

일일오는 곤란한 마음을 숨기고 귀군들과 함께 날아갔다.

날아간 귀군들은 옥사 내부를 확인했다. 당연하게도, 그곳에 잡혀 있어야 할 천제의 사절과 달은 어디에도 없었다. 귀군 몇이 귀제에게 이 사실을 고하기 위해 날아가고, 남은 귀군들은 귀제의 명을 기다렸다. 얼마 지나지 않아 당장 명계를 샅샅이 뒤져 그들을 잡아들이라는 귀제의 명이 떨어졌다. 귀군들은 짝을 지어 날아가고, 일일오는 남은 귀군과 함께 저승사자들을 찾아갔다.

어느새 자리를 펴고 앉아 다시 시위를 준비하고 있던 저승사자들은 다가오는 귀군을 보고는 경계 태세를 갖췄다. 그 사이에는 귀제에게 받은 임무를 마치고 돌아온 저승사자 이육삼과 잠시 상황을 살피기 위해 온 칠칠이도 서 있었다.

경계를 풀라는 뜻으로 손을 들어 보인 귀군 하나가 저승사자들에게 가까이 다가가 말했다.

「지금 당장 시위를 멈추고 저승사자들을 모아 주시오.」

「무슨 일입니까?」

칠칠이가 묻자 귀군이 답했다.

「지금 옥사에 잡혀 있던 이들이 탈출을 했소. 당장 그들을 잡아들이라는 귀제 폐하의 명이오. 지금 이 사안은 명계 전체의 안전과 관련된 일이니 시위를 중지하고 명을 받드시오.」

귀제의 명으로 선계로 갔다 돌아온 저승사자 이육삼이 인상을 찌푸리고는 물었다.

「옥사에 잡혀 있던 이들이라니? 영혼인가?」

「아니오.」

「그럼 천제의 사절이냐? 달에서 데려온 월신이냐?」

「둘 다.」

혀를 찬 이육삼이 그의 포승줄을 풀어 허공으로 던졌다. 영혼의 힘인 포승줄은 이육삼의 의지에 따라 허공에서 여러 갈래로 나뉘며 명계 곳곳으로 퍼져 나갔다. 이육삼이 소리쳤다.

「저승에 있는 저승사자들은 모두 모여라!」

저승사자 이육삼은 현재 저승사자 중 동하 지역을 관리하는 지부장이자 저노조의 동하 대표이기도 했다. 이육삼의 포승줄이 그의 명을 명계 곳곳으로 전달했다. 다른 저승사자들은 어두운 허공에 이육삼이 보낸 포승줄이 만든 글자를 확인했다. 시위 후에 쉬고 있던 저노조의 저승사자들은 언제 귀제와 귀군에게 시위를 했냐는 듯이 바로 부름에 응답했다. 명계 곳곳에 흩어져 있던 저승사자들이 모여들고, 검을 든 귀군들도 하나둘 모여들었다.

귀군들 사이에 서 있던 일일오는 입을 굳게 다문 채로, 무수히 많은 영혼들이 한자리에 모이는 모습을 응시했다. 귀제는 이미 무언가를 알아차린 듯하고, 귀군과 저승사자들이 모여들고 있었다. 그가 도운 선인들이 이미 명계에서 빠져나간 게 아니라면, 그들이 귀문을 빠져나가는 일은 점점 더 어려운 일이 될 터였다.

「가시지요.」

「음, 그래.」

이 일을 어쩐다, 하고 생각에 잠겨 있던 일일오는 동료 귀군의 부름에 퍼뜩 정신을 차렸다. 걱정스러운 마음을 숨기며 일일오는 일단 그의 동료 귀군을 따라갔다.

❈ ❈ ❈

명계를 빠져나가려던 선인들과 신선들은 곤란함에 빠져 있었다. 그들은 멀리 보이는 귀문을 보며 주변을 살폈다. 귀문 지척은 경계가 삼엄했다. 단순히 영혼들을 안내하는 저승사자만 있는 게 아니었다. 귀군들이 검을 뽑은 채로 귀문 앞에서 진을 치고 기다리고 있었고, 저승사자들은 포승줄을 손에 쥔 채로 날아다녔다. 해와 달의 도술로 모습을 감춰 존재를 들키지는 않았지만, 적어도 귀제가 이 상황에 대해 알아차린 것만은 분명했다.

"이제 어찌할까요, 상장군."

귀호가 시건에게 물었다. 귀문을 응시하고 있던 시건이 답했다.

"해님과 달님을 용마에 태우고 최대한 빠르게 빠져나가는 편이 낫겠다. 저들이 우릴 잡을 수 없게."

말을 들은 혜강이 그녀의 옆에 서 있는 해를 보며 말했다.

"내 용마가 이미 해님을 태운 일이 있으니 해님은 내가 모시겠다."

혜강의 말에 시건이 고개를 끄덕이고는 귀호에게 명했다.

"귀호. 달님은 네가 모시도록 해라."

"예."

시건의 용마 흑뢰는 사납기가 이루 말할 데가 없으므로 귀호도 그게 당연하다고 생각했다. 그렇게 귀호가 아무것도 모르고 헛다리를 짚는 동안 시건은 잡고 있던 사예의 손을 잡아끌었다. 그와 함께 흑뢰에 올라탈 이는 이미 정해져 있었다.

"미안하지만 이번엔 흑뢰를 빠르게 몰아야 하기 때문에 내가 앞에 타야 한다. 싫어도 이번 한 번은 그리해 다오."

"……알았소."

시건의 말을 들은 사예는 결국 고개를 끄덕이는 수밖에 없었다. 귀군이나 저승사자 모두 벌을 다 받고 나면 하계에 다시 환생해야 하는 영혼이라고 하니 술법으로 무작정 공격할 수 있는 상대가 아니었다. 그랬다간 하계와 명계 영혼들의 순환 체계에 문제가 생길 터였다.

결정이 나자 혜강은 바로 해를 그녀의 용마 위에 태웠다. 한쪽에서는 귀호가, 달을 태우지 않으려고 거부하는 그의 용마를 설득하고 있었다. 귀호의 용마는 주인의 간곡한 설득 끝에 겨우 달을 태워 날아갈 준비를 했다. 그동안 시건이 흑뢰에 올라타고, 사예도 그 뒤에 올라탔다. 용마에 달을 태우고 안심하고 있던 귀호는 사예가 흑뢰 위에 올라탄 모습을 보고는 기겁했다. 그는 자신의 눈을 몇 번이고 비비고 감았다 떴다.

'마, 말도 안 돼.'

흑뢰가 다른 이를 태우고도 얌전히 있다니, 믿을 수 없었다.

반면 그 말도 안 되는 광경을 연출한 장본인인 사예는 지금 다른 생각에 빠져 있었다. 그녀는 긴장으로 침을 꿀꺽 삼키고는, 앞에 앉은 시건을 쳐다봤다. 어색한 손놀림으로 시건의 허리 부근 옷자락을 살짝 잡았다. 사예는 시건의 뒤에 올라타긴 했지만 차마 그를 두 팔로 꽉 안을 수는 없었다. 그의 허리를 안은 것도 아니고 어설프게 옷자락을 잡은 손에 제대로 힘을 주지 못하고 있는데, 시건이 그런 사예의 팔을 손으로 잡아 움직여 그의 허리를 제대로 안게 했다.

"그리 잡으면 위험하다."

사예는 얼른 시건의 손을 뿌리치려고 했다.

"내가 알아서 할 것이오. 이거 놓으시오."

시건이 사예의 팔을 잡은 손에 힘을 줬다.

"그대가 제대로 안아 줘야 내가 힘내서 흑뢰를 몰 수 있을 것 같다. 그러니 세게 안아 다오."

"……."

시건의 말에 잠시 넋을 놓고 있던 사예가 얼른 주변의 눈치를 봤다. 살짝 고개를 돌렸다가 이젠 아예 숨 쉬는 것조차 잊어버리고 굳어 있는 귀호와 눈이 마주쳤다. 사예는 화들짝 놀라 다시 고개를 바로 했다. 귀호 아닌 다른 선인들까지 시건의 말을 들었는지 아닌지를 살필 여유 따윈 없었다. 그녀는 터져 나올 것 같은 고함을 겨우 억누르며 시건을 안은 손을 풀려고 했다. 그러나 시건은 허리를 안도록 잡은 사예의 팔을 놓지 않았다. 사예는 당황과 난감함이 섞인 어조로 타박했다.

"그런 말 하지 말라고 했잖소. 이렇게 다른 이도 많은 데에서……."

"미안."

대답하는 시건의 목소리에 조금도 조심하는 기색이 없어서 사예는 이를 악물고 시건을 혼냈다.

"사과만 하면 다요? 목소리 좀 줄이시오."

시건은 전과 다를 바 없는 목소리로 답했다.

"안 그러려고 노력은 하는데. 그대 생각으로 가득 차서 다른 이 이목을 신경 쓸 여력이 없다."

이제는 사예야말로 다른 이들의 이목을 살필 여력이 없었다. 그녀는 빨개진 얼굴을 감추기 위해 고개를 푹 숙이고 시건의 등 뒤로 숨는 수밖에 없었다. 덕분에 사예가 한층 가까워져 만족한 시건이 그제야 사예의 손을 놓고 고삐를 제대로 잡았다. 그리고.

"……."

"……."

"……."

귀가 막힌 게 아니고서야 들리는 대화를 못 들었을 리 없는 세 명의 선인은 제각각 다른 생각을 하고 있었다. 귀호는 그의 눈앞에 있는 이가 진정 그가 모셨던 상관이 맞나 의심했다. 시건이 한 말이 자꾸만 그의 귓가에 반복돼서 소름이 돋았다. 낯부끄러운 대화 덕에 본인의 궁금증 하나는 해결하게 된 혜강은 그녀가 보고 들은 것을 외면하기로 했다. 마지막으로 혜렴은 시건이 했던 말에 감탄하며 머릿속에 꼭꼭 기억을 해 뒀다. 그들 외에 혜강과 귀호의 뒤에 앉은 해와 달은 호기심 가득한 시선으로 시건과 사예를 쳐다보고 있었다.

그렇게 서로 다른 생각을 하며 용마에 올라타고 있을 때였다. 어둠으로 가득 찬 명계에, 귀제의 목소리가 다섯 가지로 울렸다.

「참으로 통탄할 노릇이로다.」

「참으로 통탄할 노릇이로다.」

「참으로 통탄할 노릇이로다.」

「참으로 통탄할 노릇이로다.」

「참으로 통탄할 노릇이로다.」

"무슨……."

어둠 사이로 무언가가 엄청난 속도로 날아왔다. 너무 빨라서 제대로 보이지 않았으나 그것은 바로 귀성궁에서부터 뻗어 나온 귀제의 손이었다. 단숨에 날아온 거대한 손이 어둠을 휩쓸고 놀란 선인들과 용마들을 순식간에 덮쳤다. 그들 모두를 동시에 관통한 손은 쉬지 않고 주변까지 빠른 속도로 휘저었다. 휘적거리던 귀제의 손이 어느새 사라지고, 모두 몸을 스치고 지나간 차디찬 음기를 느꼈다. 동시에, 누군가가 소리쳤다.

「저기다! 저기 도망친 죄인들이 있다!」

해와 달의 도술이 풀린 게 분명했다. 누가 먼저랄 것도 없이, 시건과 귀호, 혜렴과 혜강은 용마의 고삐를 잡아당겼다. 날개를 활짝 편 용마가 쏜살같이 어둠 사이를 날아갔다. 아까 나타났다 사라진 귀제의 손이 다시 나타나 날아가는 용마들을 따라왔다. 사방에서 귀제의 목소리가 웅웅 울렸다. 아마도 다섯 개의 머리에 있는 모든 입이 동시에 말을 하고 있는 것 같았다.

「이놈들! 이 저승에서 짐의 눈을 피할 수 있는 곳은 어디에도 없느니라!」

「이놈들! 이 저승에서 짐의 눈을 피할 수 있는 곳은 어디에도 없느니라!」

「이놈들! 이 저승에서 짐의 눈을 피할 수 있는 곳은 어디에도 없느니라!」

「이놈들! 이 저승에서 짐의 눈을 피할 수 있는 곳은 어디에도 없느니라!」

「이놈들! 이 저승에서 짐의 눈을 피할 수 있는 곳은 어디에도 없느니라!」

"왜 도술이 풀린 겁니까!"

용마의 고삐를 잡아당기며 혜강이 소리치자, 해 역시 소리를 질렀다.

"아무래도 귀제 때문인 것 같아요!"

아니나 다를까 귀제는 거대한 손을 휘두르며 소리쳤다.

「이 저승은 짐에 의해 존재하고 짐에 의해 움직인다! 도술 따위로 짐의 눈을 가릴 수 있을 성싶더냐!」

용마의 고삐를 잡은 네 선인은 있는 힘껏 고삐를 잡아당겼다. 네 마리의 용마는 재빠른 속도로 귀군과 저승사자 사이로 돌진했다. 용마들이 검을 뽑고 몰려드는 귀군 사이를 쏙 빠져나가고, 저승사자들의 포승줄을 피해 몸을 틀었다. 몰려드는 저승사자와 귀군을 술법으로 공격할 수는 없었다. 할 수 있는 건 그저 용마를 열심히 몰아 그들의 공격을 피하는 것밖엔 없었다. 설상가상으로 중간중간 덮쳐 오는 귀제의 거대한 손도 피해야 했다. 귀제의 손은 한계도 없는 듯 계속 늘어나며 용마들을 따라왔다. 정신이 없는 와중에 귀제의 목소리도 끊임없이 귀를 아프게 했다.

「천제와 손을 잡고 감히 짐을 기만했겠다! 가만두지 않겠다!」

「결코 용서할 수 없다, 이놈들!」

「짐을 능욕한 건방진 놈들!」

정신없이 날아다니던 와중에 사예는 고개를 돌려 시선으로 귀제의 손을 찾았다. 영혼은 공격할 수 없으나 귀제는 아니었다.

'손이 그리 많으니 하나 정도야!'

사예는 시건을 안은 채로 손만 움직여 수인을 맺었다. 손등 위의 빛나는 표식에서 푸른 용이 나왔다. 용이 어둠을 가르며 날아감과 동시에 그녀의 손안에 모인 목기가 나무줄기로 자라나 귀제의 손을 향해 뻗어 나갔다. 뻗어 나간 줄기가 귀제의 손을 칭칭 감고 움직이지 못하도록 붙들었다. 동시에 용마를 몰고 있던 혜렴이 그의 사인참사검을 뽑았다. 사인참사검이 어둠을 가로지르며 화행의 인을 그렸다. 혜렴의 신수 인지의 힘을 더한 사인검은 어마어마한 양기를 흘리며 불꽃을 내뿜었다. 뻗어 나간 불꽃이 사예가 귀제의 손에 감아 놓은 나무줄기를 따라 더 거세게 타올랐다. 불꽃은 순식간에 귀제의 손을 옮아맨 가지까지 번졌다.

「으아아악!」

「아아아아아악!」

「아아아악!」

사방으로 귀제의 고함이 울려 퍼졌다. 술법으로 인한 불꽃은 영혼으로 이루어진 귀제의 손에도 해를 입힐 수 있었다. 불꽃이 옮겨붙은 탓에 귀제의 거대한 손이 물러나 사라졌다.

귀제의 손이 다치자 놀란 귀군과 저승사자들은 하던 공격을 멈췄다. 혼란스럽게 날아다니던 용마 네 마리도 잠시간 날갯짓을 멈출 수 있었다. 용마가 멈추자 조금 여유가 생겼다. 순간 무사히 합공을 성공한 혜렴과 사예의 눈이 마주쳤다. 두 사람은 어색하게 서로의 시선을 피해 버렸다. 둘 주변으로 능력을 보인 신수 둘이 날고 있었다.

혜렴을 외면하고 시건의 뒤에서 고개를 내민 사예는 저승사자 사이에서 또 다른 익숙한 얼굴을 찾을 수 있었다. 사예는 있는 힘껏 소리를 질렀다.

“저승사자 칠칠이!”

포승줄을 손에 들고 있던 저승사자 칠칠이가 고개를 들어 사예를 쳐다봤다. 사예는 시건의 뒤에서 고개만 내민 채로 소리쳤다.

“그대들 저승사자들은 귀제에게 대항하여 시위를 하고 있지 않았소! 한데 어찌하여 지금은 귀제의 명에 따르고 있는 것이오?”

포승줄을 빙빙 돌리며 저승사자 칠칠이가 답했다.

「시위는 시위이고, 하명은 하명이지요. 저노조의 규칙은 우리의 권익을 수호하기 위해 저승의 규율을 흔들지는 말자는 것입니다. 귀제 폐하께 하는 시위는 때와 장소가 정해져 있으며 그 외에는 귀제 폐하의 하명에 따르는 것이 당연합니다. 우리의 의지를 보이는 것이 저승 전체의 질서를 흔드는 것과 부합하는 것은…….」

저승사자 칠칠이의 성실한 대답에 옆에 있던 저승사자 이육삼이 핀잔을 줬다.

「뭘 구구절절 설명하고 있냐. 귀군들은 뭘 하고 있나! 어서 저 죄인들을…….」

사예는 열심히 머리를 굴려 저승사자에게 할 말을 찾았다.

"기다려! 진짜 순진하기 짝이 없는 저승사자들이네! 그대들이 그리하니 귀제는 그대들의 시위를 보지도, 듣지도 않고 귀군에게 명해 방해하는 것이 아니오? 더군다나 지금 옆에 있는 귀군들은! 바로 아까까지만 해도 그대들을 공격하던 이들이 아니오!"

사예가 따지듯 말하자 귀군과 저승사자들이 서로를 마주 봤다. 그러나 그들은 아무런 동요 없이 이렇게 답했다.

「지금은 시위 중이 아니니 상관없습니다.」

「물론 때로 의도치 않은 충돌이 일어나긴 하지만 그래도 우리 시위의 가장 기본적인 규칙은 평화적인 방법으로써 우리의…….」

사예는 진지하게 대답하는 저승사자들을 보며 저승사자가 되기 위한 필수 조건이 무엇일지 대충 알 수 있었다. 아마 말이 통하지 않는 답답함이나 머리를 쓸 줄 모르는 아둔함이나 천하를 아름답게만 바라보는 왜곡된 시각이라든가 뭐 그런 것일 게 분명했다.

사예가 할 말을 잊은 와중에 귀군들 사이에서 한 귀군이 앞으로 나섰다. 사예와 시건은 위풍당당하게 나타난 귀군이 누군지를 확인하고는 눈을 크게 떴다. 그는 시건과 사예를 도와준 전설의 김 서방, 귀군 일일오였다. 그는 시건과 사예 쪽에 등을 돌린 채로 저승사자와 다른 귀군들을 마주 보고 섰다. 모두의 시선이 일일오에게 향했다.

「……뭔가? 귀군 일일오.」

저승사자 이육삼이 물었다. 일일오는 이육삼과 다른 저승사자, 귀군들을 보며 답했다.

「난 생각이 다르다. 나는 귀군이고, 귀군은 명계의 질서를 수호하지. 그런데 지금 저승의 질서를 거스르고 있는 이는 이 선인들이 아니라 바로 귀제 폐하다.」

「뭐?」

저승사자와 귀군들이 놀라 술렁거렸다. 일일오는 조금의 동요도 없이 말을 이었다.

「애초에 귀제 폐하께서는 왜 달을 데려오셨지? 아무리 하계에 문제가 많고 선인들의 행태가 오만해도 그건 분명 잘못된 일이었다. 저승의 지배자가 할 일이 아니었어. 귀제 폐하께서 그 같은 일을 하지 않았다면 저 선인들도 이 저승으로 오지 않았을 거다. 그렇지 않나?」

용마에 탄 선인들은 서로 눈치를 봤다. 시건의 등 뒤에서 고개를 내밀고 일일오를 쳐다보고 있던 사예가 큰 목소리로 대답했다.

"그럼, 그럼! 당연하지."

"그야…… 그렇지."

혜렴도 얼떨결에 고개를 끄덕였다. 혜강이 황당해하는 얼굴로 혜렴을 쳐다보자 그는 얼른 입을 다물었다. 그러나 사예는 이때다 싶어서 얼른 덧붙였다.

"또한 그대들도 하계에서 살다 온 영혼들이라 하지 않았소? 생각을 좀 해 보시오. 인간들이 사는 하계에 달과 해가 사라졌으니, 얼마나 놀라고 무섭겠소? 지금 인간들은 아마 사는 게 사는 것이 아닐 텐데! 제아무리 저승의 지배자라지만, 이래도 되는 것이오? 더불어 귀제께서는 인적과 명수인을 확인해 보겠다는 명목으로 고작 열 몇 살 산 어린아이를 죽이겠다 하셨소! 이게 맞는 말이오? 시작부터 이럴진대, 그럼 귀제 폐하께서 선계의 천제 폐하나 선인들과 다를 바가 무엇이오?"

저승사자들은 쉽사리 입을 열지 못했다. 저승사자들이 서로 시선을 교환하며 망설이는 와중에, 이번엔 귀군들이 단호한 태도로 입을 열었다.

「그렇다고 해도 우리에게 그것을 탓할 권한은 없다, 일일오.」

「우리는 귀제 폐하의 명에 따라야 합니다. 더군다나 일일오 당신, 아까 자리를 비우지 않았습니까. 그 탓으로 벌써 오 년의 처벌을 더 받아야 합니다. 이 이상 환생일자를 늦출 위험한 일은 하지 마시지요.」

일일오는 버럭 성을 냈다.

「환생일자가 뭐가 어쩌고 어째? 샌님 같은 저승사자들은 환생일자가 늦춰지든 말든지 개의치 않고 파업을 하고 시위를 하는데, 귀군은 환생이 늦춰질 게 두려워 벌벌 떤단 말이냐!」

체구부터 거대한 일일오가 고함을 치니 그 위력은 어마어마했다. 화들짝 놀란 귀군들을 향해 일일오가 소리쳤다.

「영혼이 귀군이 되기 위한 조건은 정의로워야 하고 올곧아야 한다! 그래야 죄인들을 철저히 감시하고 올바로 질서를 잡을 수 있기 때문이지! 고로 난 내 죄를 인정한다! 내가 저 선인들을 옥사에서 꺼내 준 장본인이다! 그러니 난 그에 합당한 처벌을 받을 거야! 환생 때문에 내 죄를 외면한다면 내 앞으로 어찌 영혼들을 죄인으로 잡아 가두고 감시를 할 수 있겠느냐! 하지만 그 전에, 귀제 폐하도 그분의 잘못을 인정해야 한다! 그렇지 않는다면 그분 또한 영혼의 죄를 가려낼 자격이 없어!」

「귀군 일일오!」

놀란 귀군들이 일일오의 이름을 부르는 찰나에, 사방의 음기가 이상할 정도로 진동하기 시작했다. 그 자리의 모두가 놀라 주변을 살폈다. 주변의 기가 혼란스럽게 섞이며 휘몰아쳤다. 심상치 않은 음기의 흐름 사이, 잠시 잊혔던 귀제의 목소리가 사방으로 울려 퍼졌다.

「그 누가…… 감히 짐에게 옳고 그름을 논하는가.」

멀리서 고함 소리가 울려 퍼졌다. 소리가 나는 곳에 귀제가 영혼들에게 판결을 내리고 있는 귀성궁이 있었다. 소리의 원인은 궁의 지붕을 세우고 있던 영혼들이었다. 영혼들은 소리를 지르며 무너지고 있었다. 궁 안에 앉아 있던 귀제가 그 거대한 몸을 일으켰기 때문이었다. 거대한 귀제에게 부딪친 영혼들이 떨어지며 궁의 지붕이 허물어져 내렸다. 다섯 개의 머리, 열 개의 팔을 지닌 거대한 귀제가 지붕이 무너진 귀성궁 가운데에 우뚝 섰다. 일어선 귀제는 너무 거대해서 제법 거리가 상당함에도 불구하고 커 보였다. 어둠에 가려져 일어선 귀제의 머리는 제대로 보이지도 않았다. 열 개의 팔을 뻗으며, 다섯 머리 중 가장 가운데에 있는 귀제의 머리가 말했다.

「너희 중 그 누구도, 저승 밖으로 나갈 수 없다.」

귀제의 거대한 팔을 따라 무수한 음기가 휘몰아쳤다. 그 흐름이 심상치 않아 시건은 시선을 돌려 귀문을 찾았다. 역시나였다. 귀문을 이루고 있는 음기와 구름의 흐름이 귀제의 손을 따라 움직이고 있었다. 귀제는 지금 귀문을 닫으려고 하고 있었다. 빠져나갈 길을 차단하려는 귀제의 의도를 알아차린 시건이 흑뢰의 고삐를 고쳐 잡으며 소리쳤다.

“귀호!”

흑뢰가 빠르게 날아가고, 그 모습을 본 귀호도 용마를 거칠게 몰았다. 귀호의 용마가 바로 흑뢰의 뒤를 따랐다. 놀란 혜강과 혜렴도 얼른 용마를 몰아 그들을 따라갔다. 모습을 드러냈던 신수 두 마리도 주인을 따라 날아왔다. 시건과 사예 두 사람을 태우고 있음에도 불구하고 흑뢰의 빠르기는 따라잡을 수 없을 정도였다. 상대적으로 둘을 태운 귀호와 혜강의 용마가 조금 뒤로 처졌다.

귀문이 점점 가까워지자 강한 기의 흐름으로 용마의 몸이 휩쓸리기 시작했다. 혜강과 귀호의 뒤에 탄 해와 달이 도술로 귀문의 강력한 힘을 차단했다. 덕분에 용마들은 수월히 귀문을 향해 날아갈 수 있었다. 그러는 동안에도 귀문은 귀제의 힘에 의해 빠른 속도로 모여들며 줄어들고 있었다.

흑뢰의 고삐를 잡아당기는 시건의 손등 위로 신수의 표식이 빛났다. 빛나는 표식 위로 현무가 그 모습을 드러냈다. 어둠을 나는 현무묵현에 의해 기의 흐름이 바뀌었다. 시건이 고삐를 잡고 있던 손으로 수인을 맺자 휘몰아치던 귀문의 흐름이 그대로 멈췄다. 시건은 귀문을 이루는 수기의 흐름을 붙잡았다. 삽시간에 모여들던 구름이 멈춰서 그 자리에서 맴돌았다. 그에 분노한 귀제가 그의 두 팔을 휘둘렀다. 그 힘에 대항하며 시건이 계속 귀문이 줄어들지 못하게 막는 동안, 귀제는 달을 향해 또 다른 손 하나를 뻗었다. 달과 함께 용마에 탄 귀호는 용마를 빠르게 몰며 귀제의 손을 피했다. 귀제의 머리 두 개가 동시에 소리쳤다.

「저승사자와 귀군은 무얼 하고 있느냐! 어서 선인들을 잡아들이라!」

「저승사자와 귀군은 무얼 하고 있느냐! 어서 선인들을 잡아들이라!」

귀제의 명령에 귀군들이 움직이려고 했다. 그러나 일일오가 다시 귀군들의 앞을 막아섰다.

「멍청한 놈들! 말귀를 못 알아듣나! 이러니까…….」

몰려드는 귀군들과 일일오가 맞섰다. 일일오는 과연 영혼의 힘도 남다른지 단숨에 귀군 다섯을 맨손으로 집어 던졌다.

「우리가 귀제의 앞잡이 소리를 듣는 거다!」

일일오는 맨손으로 몰려드는 귀군들을 처리했다. 일일오와 귀군이 그렇게 맞서고 있을 때, 저승사자들은 조금 물러나 그 상황을 지켜보고 있었다.

「어찌하실 생각이십니까.」

저승사자 칠칠이가 옆에 서 있던 이육삼에게 물었다. 이육삼은 굳은 얼굴로 도망치는 선인들과 서로 싸우기 시작한 귀군을 응시했다. 그의 주변에는 각 하의 지부장인 저승사자들이 모여 있었다. 지금 있는 영혼들 중 이육삼의 영혼 순번이 가장 앞서 있으므로 자연스레 다른 저승사자들이 그의 답을 기다리는 상황이었다.

저승사자들의 가운데에서, 한숨을 내쉰 이육삼이 말했다.

「……지부장이고 대표 자리고 다 내려놔야겠군. 귀군조차 아는 걸 외면하는 저승사자라니.」

옆에 서 있던 다른 지부장들이 말했다.

「말이 안 되는 일이긴 했습니다.」

「선인들의 작태가 괘씸하여 묵과하고 귀제의 명을 따랐지만, 저 귀군의 말이 틀린 것도 아니지요.」

이육삼은 쓴웃음을 흘렸다. 저승사자들은 명계에 속해 있지만, 늘 하계를 오가며 하계의 모습을 볼 수 있었다. 그들은 죽어 가는 인간을 보고, 제발 놔 달라고 비는 영혼을 붙잡고 명계로 데려왔다. 그런 현실을 알고 있기에, 귀제가 달을 데려오라 명했을 때 순순히 그 명을 따랐다. 물론 이면에는 또 다른 이유도 있었다. 고집스러운 이육삼이 귀제의 명을 따른 이유는, 그가 이제 한 달만 채우면 환생을 할 수 있기 때문이기도 했다. 단 한 달만 참으면 되기에 선계에 있는 천제에게 귀제의 명을 전하라는 되지도 않는 명도 따른 것이었다. 그러나.

「오늘 이 자리에서, 우리가 이대로 물러난다면 앞으로 우리가 어찌 영혼들을 잡아 명계로 데려올 수 있겠나. 귀제는 어찌 영혼들의 죄를 저울질할 것이며, 귀군은 어찌 영혼들을 옥사에 잡아 가두고 형을 집행할 수 있겠나.」

저승사자들은 서로 시선을 교환했다.

「우리가 어찌, 그런 우리의 권리를 위해 귀제와 맞설 수 있겠느냐.」

귀군이 정의롭고 올곧아야 한다면 저승사자 또한 마찬가지였다. 그들은 모든 감정을 버리고 타인을 심판대 위에 올려놓는 자들이었다. 이육삼은 그의 포승줄을 꺼냈다. 그 모습을 본 다른 저승사자들 또한 그들의 포승줄을 꺼냈다. 그들의 시선은 거대한 몸을 휘두르며 날아다니는 용마들을 공격하는 귀제에게로 향해 있었다.

「정말로 괜찮으시겠습니까.」

칠칠이가 이육삼에게 물었다. 이 일로 이육삼은 또다시 엄청난 시간을 명계에서 보내야 할지도 몰랐다. 칠칠이를 힐끔 쳐다본 이육삼은 손으로 칠칠이의 어깨를 툭툭 치고 말했다.

「걱정 마라. 환생 못 해도 동하 지부장은 때려치련다. 이제 너 해.」

「누가 그런 걱정을 한답니까.」

피식 웃은 이육삼이 그의 포승줄을 휘둘렀다. 다른 저승사자들도 그들의 포승줄을 휘둘렀다. 저승사자들의 포승줄이 귀제를 향해 뻗어 나갔다. 수십 개의 포승줄이 귀제의 거대한 몸을 휘감았다. 온몸이 포승줄에 붙들린 귀제가 분노한 목소리로 소리쳤다.

「네 이놈들! 이게 무슨 짓이냐!」

귀제가 저승사자들에게 시선이 팔린 사이, 네 마리 용마는 빠르게 귀문을 향해 날아갔다. 시건은 현무의 도움을 받으며 귀제가 닫으려고 한 귀문을 벌리고 있었다.

분노한 귀제는 포승줄을 풀기 위해 노력했지만, 영혼을 붙잡기 위한 도구인 포승줄은 꿈쩍도 하지 않았다. 그러나 귀제는 붙들린 와중에도 저승사자들은 공격하지 않았다. 대신 그는 힘을 써서 용마들을 공격하려고 했다. 용마 주변의 어둠이 그 뒤를 따라 모여들었다. 어둠은 뾰족한 날이 되어 용마들에게 쇄도했다.

용마 중에서도 혜강과 해를 계속 태우고 있던 탓에 가장 먼저 지친 용마 천금이 뒤처졌다. 혜강은 바로 뒤에서 달려드는 귀제의 공격을 막기 위해 손으로 수인을 맺었다. 어둠 속에서 신수 백호가 나타나 달려드는 귀제의 공격을 막아섰다. 굳건한 금기가 그들 사이에 막을 만들었다. 혜강이 술법을 써서 날아드는 귀제의 공격을 받아쳤다. 그 사이 시건과 귀제의 기싸움으로 귀문은 줄어들지도, 늘어나지도 못하고 그대로의 크기를 유지하고 있었다. 어느새 용마 네 마리는 이미 귀문의 흐름 코앞까지 와 있었다.

「멈춰!」

「멈춰!」

「멈춰!」

「멈춰!」

「멈춰!」

귀제의 다섯 입이 동시에 소리쳤다. 어둠이 다시 용마들을 향해 돌진했다. 이제 어둠은 아예 용마들을 집어삼킬 기세로 파도처럼 덮쳐들었다. 용마 네 마리는 있는 힘껏 날아 귀문 사이의 구멍으로 들어갔다. 제일 먼저, 시건과 사예를 태운 흑뢰가 귀문을 빠져나가고 그다음 혜렴, 귀호가 빠져나갔다. 어둠을 날던 신수들 또한 귀문을 빠져나왔다. 그리고 마지막으로 귀문을 빠져나가려던 혜강의 용마에게 귀제의 공격이 덮쳤다. 당황해서 뛰어다니는 신수 백호를 무시한 채 어둠은 하얀 용마에게 엉겨 붙었다. 용마 천금의 날개가 검은 어둠의 검은 손아귀에 붙들렸다. 용마는 그대로 어둠에 의해 뒤로 끌려갔다.

"오라버니!"

"해야!"

어둠에 파묻힌 상태로 해가 소리를 질렀다. 먼저 귀문 밖으로 빠져나가 있던 흑뢰의 위에서, 사예가 다시 수인을 맺었다. 사예의 손에서 모인 목기가 모이고 싹을 틔우며 귀문 사이로 뻗어 갔다. 뻗어나간 가지가 어둠에 붙들린 하얀 용마를 옭아매고 끌어당겼다. 어둠은 잡은 먹이를 놓치지 않기 위해 있는 힘껏 용마를 붙들었다. 흑뢰가 하늘을 크게 돌자 사예가 만든 나뭇가지가 하얀 용마를 밖으로 당겼다. 어둠과 나무의 힘겨루기 사이에서 하얀 용마가 끙끙댔다. 사진참사검을 꺼내지 못한 바람에 사예도 힘에 부쳐서 이를 악물었다.

"누님!"

얼른 혜렴이 사인참사검을 휘둘렀다. 불꽃이 검날을 타고 귀문 사이에서 춤을 췄다. 불꽃의 환한 빛이 흰 용마를 붙잡은 어둠을 밝히고 그사이 더 자라난 나뭇가지가 하얀 용마를 끌어당겼다. 그 뒤를 따라 신수 백호가 귀문 밖으로 빠져나왔다. 불꽃 때문에 잠시 물러난 어둠이 다시금 귀문 사이에서 빠져나오려 했다. 그와 동시에, 시건이 다시 수인을 맺었다. 귀제와 시건의 기싸움으로 애매하게 주변을 맴돌고 있던 귀문의 구름이 급속도로 모이기 시작했다. 현무가 날며 수기를 움직였다.

이번엔 아까와 반대였다. 귀문 밖의 시건은 귀문을 닫으려 하고, 귀문 너머의 귀제는 귀문을 다시 열려고 했다. 구름이 계속 휘몰아치며 그 자리에서 맴돌았다. 명계에서 빠져나와 여유가 생긴 귀호가 뒤에서 함께 수기를 모아 시건을 도왔다. 구름이 귀 아픈 소리를 내며 크게 원을 그리며 돌았다. 모이고 모인 구름이 서서히 가운데를 향해 모여들었다. 아까까지는 명계였지만 지금 그들이 있는 곳은 북선의 하늘, 이 하늘의 모든 구름은 시건의 수족이나 다름없었다. 시건은 그의 신수와 함께 하늘의 수기와 구름을 온통 뒤흔들었다.

「이놈들!」

귀제의 분노한 고함을 끝으로, 귀문이 완전히 닫혔다. 모여든 구름은 계속해서 휘몰아쳤다. 귀문이 닫히고도 시건은 한동안 정신을 집중하고 수기를 모으고 있었다. 귀제가 계속해서 귀문을 열기 위해 안간힘을 쓰고 있기 때문이었다. 귀문 주변의 구름이 심상치 않게 모이며 계속 커다란 소리를 냈다. 사예는 수인을 맺고 있는 시건의 뒤에서 그의 몸을 꽉 껴안았다. 시건은 귀문을 닫기 위해 한시도 시선을 떼지 않고 수기를 모으고 있었고, 언제까지 이대로 있을 수는 없었다. 그 순간, 사예는 명계에 귀제를 찾아왔다고 했던 그녀의 어머니를 떠올렸다. 그녀의 어머니는 영혼을 공격하겠다며 귀제를 협박했고, 그 협박으로 귀제와 만났다. 또한 귀제는 저승사자들의 포승줄에 묶인 와중에도 저승사자들을 공격하지 않았다. 정신이 번쩍 드는 것 같았다. 사예는 시건의 몸을 안은 채로 얼른 소리쳤다.

"귀제 폐하! 폐하께서 포기하지 않으신다면 우리는 계속 귀문을 닫아야 하고, 그렇다면 하계에서 잡혀 온 영혼들은 벌을 받으러 명계로 들어갈 수 없을 겁니다! 환생을 해야 하는 영혼들도 명계에서 나와 하계로 갈 수 없을 겁니다! 그것이 진정 폐하께서 원하시는 바입니까!"

「뭐라!」

귀문 너머에서 귀제의 고함 소리가 들렸다. 사예는 여기서 소리쳐도 들리긴 하나 보다, 하고 생각하곤 마음 놓고 소리쳤다.

"명계의 군사들도 저승사자들도 모두 혼란에 빠져 있지 않습니까! 폐하께서 진정 명계의 지배자고 영혼들을 다스리는 분이시라면, 지금 명계의 혼란부터 다스리셔야 하지 않습니까!"

귀문 너머에서, 포승줄에 묶여 있던 귀제가 주변을 둘러봤다. 귀군은 귀군끼리 서로 싸우고 있고, 저승사자는 영혼을 묶어야 할 포승줄로 귀제 자신을 묶고 있었다. 그의 생각대로 이루어지지 않은 상황에 귀제의 얼굴이 한껏 일그러지는데, 포승줄을 잡고 있던 이육삼이 말했다.

「보십시오, 귀제 폐하. 지금 저 뒤에 폐하의 판결을 기다리는 영혼들이 있습니다.」

귀제는 천천히 고개를 돌렸다. 거대한 그에게는 지금 그가 있는 곳으로부터 귀성궁까지의 거리가 그리 멀지 않았다. 그리고 그 사이에 수많은 영혼들이 서 있었다. 귀제가 궁에서 일생의 죄를 확인하고 판결을 내렸어야 하는 영혼들이었다. 아래쪽에는 벌을 받다가 귀제가 일어서는 바람에 떨어진 영혼들이 쓰러져 있었다.

「폐하께서는 어찌하여 천제와 하계를 저대로 내버려 둘 수 없다 하셨습니까?」

「그것은…….」

귀제는 말을 하다 멈췄다. 선인들이 인적과 명수인을 남용하여 죽는 이가 무수히 늘어나고, 그로 인해 명계는 포화 상태였다. 형기를 마치고 하계에 환생을 하러 내려가야 하는 영혼이 넘쳐 나는데, 정작 하계 상황은 그들 모두를 바로 환생시킬 여건도 되지 않았다. 먹고 살기가 힘이 드니 수태를 제대로 하는 여인의 수도 줄어 가고, 기껏 환생해도 채 몇 개월도 살지 못하고 명계로 돌아오는 경우가 부지기수였다.

해서 귀제는 이 상황을 바로잡고자 했다. 귀제는 명계를 다스리고 영혼을 주관하는 자. 영혼이 재판을 받고 처벌을 다 받고 나면 무사히 환생할 수 있도록 그 순환을 책임지는 게 바로 자신의 역할이었다. 비록 이승의 문제라고는 하나 그 문제로 인해 그가 주관하는 순환 체계에 문제가 생겼으니 당연히 나서야 했다.

「귀제 폐하께서는 그릇된 판단을 내리지 않으시지요. 허나 이번만큼은, 그 방도가 잘못되었다는 사실을 인정하셔야 할 겁니다. 지금 폐하를 기다리고 있는 저 영혼들을 보십시오. 진정 중요한 게 무엇인지 잊으셨습니까?」

각 하에서 모여든 수많은 영혼들이 판결을 받지 못하고 기다리고 있었다. 귀제는 멍한 얼굴로 그를 기다리는 영혼들을 쳐다봤다. 귀제는 큰 충격을 받았다. 그는 고개를 내려 포승줄에 묶인 자신의 다섯 팔을 봤다.

저 영혼들의 시간. 재판이 늦어지면 그만큼 영혼들은 명계에서 의미 없는 시간을 버리고 환생이 늦춰지는 셈이었다. 그런 영혼들의 시간을 아끼기 위해 머리를 다섯 개로 만들고 팔을 열 개로 만든 이가 바로 귀제 자신이었다. 그런데 지금, 다른 누구도 아닌 그가 저 영혼들의 시간을 버리고 있었다. 귀제 본인이, 저들의 환생을 막고 있었다.

용솟음치던 어둠들이 가라앉고, 닫힌 귀문 안 저승의 세상에는 본래대로 영혼들만 남아 있었다. 저승사자들이 포승줄을 놓고, 귀군 일일오와 대치하던 귀군들도 무기를 빼 들었던 팔을 내렸다. 그리고, 일어난 귀제로 인해 떨어진 영혼들이 겨우 몸을 일으켰다. 언제나처럼, 영혼들은 그들에게 판결을 내려 줄 저승의 지배자를 기다리고 있었다.

❋ ❋ ❋

귀문 밖에서 수기를 모으고 있던 시건도 겨우 손을 내렸다. 귀문을 닫고 있던 수기의 흐름도 자연스럽게 놓았다. 귀문의 구름이 원을 그리며 서서히 열리기 시작했다. 그러나 그것은 귀제가 억지로 열려고 했던 때와는 분명 다른 움직임이었다. 귀문은 다시 원래의 모습으로 돌아가려고 하고 있었다. 시건을 꽉 안고 있던 사예는 고개를 내밀고 시건에게 물었다.

"이제…… 된 것이오?"

"그런 모양인데."

명확히 안쪽의 사정이 어떻게 돌아가는지는 알 수 없었으나 어쨌든 귀제가 포기를 한 듯했다. 네 마리 용마는 일단 귀문에서 멀리 벗어나기 위해 날아갔다. 마치 서로 계획한 듯, 침묵과 함께 날아갔다.

귀문과 일정 거리를 두고 멀어지자, 용마들이 날갯짓을 멈췄다. 나란히 날아가던 네 마리 용마는 언제 함께 날았냐는 듯 둘, 둘로 나뉘어 서로를 마주 보고 대치했다. 이번엔 단순한 침묵이 아닌 팽팽한 긴장이 흘렀다. 시건, 사예, 귀호, 달. 그리고 반대편에는 혜강과 해, 혜렴. 그들은 서로를 주시하며 경계하고 있었다. 어느새 주인의 곁에 선 네 마리 신수도 서로를 응시하고 있었다.

비록 아까까지 같은 목표로 함께 날아왔다 하더라도 이제부터는 아니었다. 명계 밖으로 나온 이상, 이제 그들끼리의 피할 수 없는 싸움이 남아 있었다. 그들은 서로가 서로를 섣불리 공격하지 않고 응시했다. 혜강과 혜렴은 일단 상대가 셋이고 또한 아까 받은 도움도 있는지라 내심 망설이고 있었고, 시건과 사예, 귀호 역시 혜강과 혜렴에게 전혀 도움을 받지 않았다고 말할 수는 없는지라 망설이고 있었다. 그 대치를 먼저 깬 것은 다름 아닌 달이었다. 갑자기 귀호의 뒤에 타고 있던 달이 내려섰다.

"저기……."

"오라버니!"

달이 용마에서 내리자 해도 얼른 혜강의 용마에서 내렸다.

"해님!"

혜강의 부름을 무시하고 해는 달에게 날아갔다. 해와 달은 용마도 타지 않고 술법도 부리지 않았지만 그대로 하늘을 날고 있었다. 남매는 손을 꼭 마주 잡고 대치하고 있는 선인들을 보고 섰다. 달이 곤란해하는 얼굴로 말했다.

"일단, 저를 구해 주셔서 정말 감사합니다. 하지만 이제 해도 만났고 명계에서 나왔으니, 저희는 그만 가 볼까 합니다."

"말도 안 되는 소리!"

사예가 빽 소리를 질렀다. 그런 사예에게 달이 어색하게 미소 지으며 말했다.

"도와주신 은혜를 갚고 싶지만, 이미 말씀드렸듯 저희는 세상일에 나서서는 안 됩니다. 선인들 사이의 일은 선인들끼리 해결하는 게 좋겠습니다. 저희에게 무엇을 물으셔도 답을 해 드릴 수도 없습니다."

혜강과 혜렴은 달을 구해 내는 목표를 이루었으므로 이대로 해와 달을 보내도 상관이 없었다. 그러나 사예는 절대 그럴 수 없었다.

"은혜를 갚고 싶다면 갚아야지요! 배은망덕도 이런 배은망덕이 어디 있습니까!"

조용히 주시하고 있던 혜강이 말했다.

"그만두시오. 일찍이 알았으나 진정 도의(道義)를 모르는 여선이로군. 허면 그대는 신선들이 정해진 바를 거스르고 그대가 원하는 바를 들어줘야 한다 우길 셈이오?"

사예는 어이가 없어서 헛웃음을 흘렸다.

"정해진 바? 그럼 요선이 선녀 행세를 하는 건 선계 어디에 정해진 바인지요? 천하 일이 모두 정해진 바대로 흘러갔다면 내 신수도 그리고 우리 가문도 이리 살진 않았겠지. 그리고 우리는 달님을 구하느라 많은 것을 포기해야 했습니다. 그러니 달님도 그에 합당한 보답을 해 주셔야지요."

동의라도 하듯 사예의 옆에서 청하가 달을 향해 삿대질을 했다. 울컥한 해가 입을 열려는 찰나에 달이 해에게 고개를 저어 보였다. 해가 달의 눈치를 보는데, 사예가 말했다.

"저도 달님께 무리한 요구를 하지는 않겠습니다. 단 세 가지, 제가 묻는 말에 가능한 대답을 해 주십시오. 말씀하신 대로 호랑이밥이 될 만한 위험한 질문이라면 답을 하지 않으셔도 괜찮습니다."

순간, 사예는 시건의 눈치를 봤다. 어쩌면 부친의 유품에 대해서도 물을 수 있는데 너무 홀로 나섰나 하는 걱정이 들었기 때문이었다. 다행히 시건은 담담한 얼굴로 사예에게 고개를 끄덕였다. 안심한 사예는 이제 달을 쳐다봤다. 달은 고민을 하다가, 결국 동의했다.

"좋습니다. 세 가지가 무엇입니까?"

사예는 긴장을 한 얼굴로 질문을 정리했다. 그녀가 묻고 싶은 것과, 시건이 알아야 할 것들을 머릿속으로 정리했다. 그러나 해와 달이 곤란해하지 않을 정도로 묻기 위해 생겨나는 질문들을 골라내야만 했다. 당장 어머니는 어디에 있고 그 요선은 무슨 생각이냐고 따져 묻고 싶은 마음을 겨우 억눌렀다. 세 가지 질문을 벌었으니 여유가 있었다. 고민을 하는 와중에 옆에서 그녀를 쳐다보고 있는 청하가 눈에 들어왔다. 사예는 생각을 정리하고는 입을 열었다.

"먼저, 제가 지금 묻는 질문은 이미 과거의 일이니 대답하기 곤란한 문제는 아니리라 생각합니다. 과거에 제 조상이 이 신수에게 조쇄를 채웠다 들었습니다. 혹 그에 대해 아십니까?"

귀제가 청하에 대해 알던 것처럼, 어쩌면 해와 달도 청하에 대해 알지 않을까 싶어 한 질문이었다. 사예의 물음에 모두의 시선이 사예의 옆에서 날고 있는 청하에게로 향했다. 갑작스레 관심을 받게 된 청하가 눈동자를 옆으로 이리저리 굴렸다. 해와 달은 서로를 쳐다봤다. 달은 잠시 고민하다가, 고개를 끄덕였다.

"예."

"어찌 된 일인지 말씀해 주실 수 있으십니까?"

사예의 질문에 달은 설핏 웃었다. 사예의 말대로 이미 과거의 일이라 그런지, 달은 대수롭지 않아 하며 답했다.

"그때는 그게 당연한 시절이었습니다. 신수사냥기였지요. 신수를 사냥하는 선인들은 조쇄로 신수를 구속하고, 신수가 있는 선인들은 자신들의 신수를 지키기 위해 조쇄를 채워야 했습니다. 조쇄를 채우지 않은 신수는 언제 어디서 타인에게 사냥을 당해도 이상하지 않는 때였으니까요."

"아……."

"물론 그 조쇄가 신수에게 부정적인 영향을 끼친다는 사실은 변함이 없었지만, 적어도 나쁜 마음을 먹은 선인들을 피하기 위해서는 그게 최선이었지요. 그리하여 현재 선계에 존재하는 대다수의 신수가 조쇄에 묶인 경험이 있습니다."

달의 대답을 들은 사예는 청하를 시선으로 찾았다. 달의 설명이 맞는지 주변에서 날고 있던 청하는 고개를 끄덕이고 있었다. 그 모습을 보며 사예는 안도의 한숨을 내쉬었다. 그렇다면 적어도, 그녀의 조상이 청하에게 나쁜 의도로 조쇄를 채운 것은 아니라는 의미였다. 사예는 그간 혹시나 하는 마음으로 해 온 걱정을 덜었다. 제대로 설명을 들으니 확실히 마음이 편해졌다.

사예는 조금 가벼워진 마음으로 다른 질문을 생각했다. 그러나 떠오르는 질문은 오로지 한 가지였다. 해와 달은 그녀의 이 질문에 대답하기를 꺼려 할 게 분명했다. 그러나, 그걸 알면서도 포기할 수 없었다. 당장 알아야만 했다. 앞서 했던 질문보다 떨리고, 긴장될 수밖에 없었다. 결국 사예는 떨리는 목소리를 애써 억누르며 물었다.

"지금, 제 어머니는 어디에 계십니까? 그분은 무사하십니까? 그것만 알려 주십시오."

"그건……."

해가 고개를 절레절레 저으며 달을 쳐다봤다.

"안 돼요. 신선 할아버지가……."

사예는 답답한 마음에 입을 열었다.

"부탁드립니다. 그럼 저희 어머니 생사라도 알려 주십시오."

해와 달이 사예를 쳐다봤다. 어머니 생사에 대한 절박함, 그건 이 신선 남매가 그 누구보다 잘 알고 있었다. 해와 달이 서로를 마주 보며 고민을 하는 사이 사예는 점점 더 긴장했다. 덕분에 시건의 허리를 안은 손에 힘이 들어갔다. 그걸 깨달은 시건의 시선이 사예를 향했음에도 사예는 오로지 해와 달에게 시선을 고정한 채 답을 기다렸다. 고민을 하던 해와 달은 결국 그들이 너무나 잘 아는 그 애절한 감정을 모른 척할 수가 없었다. 해는 사예의 시선을 피하며 우물쭈물 답했다.

"언니네 어머니는 무사해요. 지금은, 남선에 있어요."

해의 대답에 사예는 몸의 긴장이 확 풀어짐을 느꼈다.

"남선……."

'다행이다.'

정말 다행이라고 생각하며, 사예는 겨우 숨을 느긋하게 몰아쉬었다. 그제야 여유가 생겨 시건과 눈짓을 주고받은 사예는 해와 달을 보며 고민했다. 질문은 하나가 남아 있었다. 고민이 되지 않을 수 없었다. 당장 가족을 쫓아오는 수상한 요선의 정체가 궁금하지 않다면 그건 거짓말이었다. 그러나, 사예는 아까 하선에 대한 행방을 대가로 이제 요선의 정체에 대해 답을 듣기란 불가능하리라는 것을 이미 알고 있었다. 해와 달은 하선에 대해 답을 한 것만으로도 이미 표정이 좋지 않았다.

"감사합니다. 마지막으로, 이건 질문이 아니라 부탁입니다."

사예는 달을 응시하며 말했다.

"저와 제 어머니가 선단을 취하지 못했습니다. 달님이 만든 선단은 용수궁에 보내진다고 알고 있지만, 혹 저와 제 어머니를 위한 선단을 따로 만들어 주실 수는 없는지요?"

달은 사예를 물끄러미 응시했다. 아까부터 줄곧 이해할 수 없는 질문만 쏟아지는 탓에 영문을 알 수 없는 혜강과 혜렴의 입장에서도 이 이야기는 확실히 놀라운 것이었다. 모두의 시선이 집중된 가운데 달이 웃으며 답했다.

"선인을 위해 선단을 만드는 것이야말로 제 일이니, 그것은 따로 부탁하실 일도 아닙니다. 두 분의 선단을 만들어 보내겠습니다. 드시면 바로 효험을 보실 수 있도록 특별히 신경 써서 만들겠습니다. 그러니 걱정하지 마십시오."

달의 대답에 사예는 활짝 웃었다. 사예가 만족한 듯 고개를 끄덕이자 해와 달도 이제 됐다 싶었는지 마지막 인사를 했다.

"저를 구하기 위해 와 주시고 도와주셔서 정말 감사합니다. 부디 잘 해결하시고 모두 무사히 돌아가셨으면 좋겠습니다. 해야. 인사를 드려야지."

"감사합니다."

해는 달의 손을 잡은 채로 고개를 꾸벅 숙였다.

"조심해서 가십시오."

혜강과 혜렴은 해와 달에게 인사를 했다. 해는 혜강을 향해 손을 흔들어 보였다. 나란히 손을 잡고 선 남매는 그렇게 인사를 하고는, 몸을 돌려 하늘 너머로 사라졌다. 도술을 썼는지 그들의 모습은 곧 보이지 않았다.

잠시 그대로 하늘을 응시하고 있던 다섯 명의 선인들은 바로 다시 경계 태세를 갖추었다. 하늘은 아직 어두웠고, 이제 남은 건 용마 네 마리에 올라탄 그들뿐이었다. 시건과 사예, 귀호를 응시하고 있던 혜렴은 혜강에게 작게 속삭였다.

"어찌하시겠습니까, 누님."

"……."

사실은 물을 필요도 없는 질문이었다. 저쪽은 신수를 되찾은 류시건에 연귀호, 더군다나 용과 계약한 여선까지 있었다. 물론 류시건이 아까 귀문을 두고 귀제와 겨루느라 제법 힘이 빠졌으리라 예상하더라도, 저 여선의 실력이 어느 정도인지를 가늠할 수가 없으니 함부로 나설 수가 없었다. 더군다나 혜강은 사예가 술법으로 자신을 도와줬던 사실을 기억하고 있었다. 그러나 그렇다고 해서 저들을 이대로 순순히 보내 줄 수는 없는 노릇이고, 완전히 사면초가였다.

무엇보다 혜강은 아까 달과 사예가 했던 대화가 더 신경 쓰였다. 명계에서 알게 된 정신없는 사실들이 머릿속을 떠돌고 있었다. 방금 얼핏 들은 이야기 또한 마찬가지였다. 명계에서 나오면 대화 따윈 없으리라 했건만, 혜강은 입을 열어 묻지 않을 수 없었다.

"한 가지 물어도 되겠소?"

시건의 뒤에 앉아 있던 사예는 그게 자신을 향한 질문이라는 것을 알았다. 고개를 끄덕이자 혜강이 물었다.

"아까 그대는 선단을 취하지 못했다 말했소. 그 또한 그 요선과 관련이 있는 것이오?"

"저희 어머니의 선단을 받으러 가던 중 용수궁 가까이에서 습격을 받아 할아버지께서 돌아가셨습니다. 아마 그 요선이 방해한 것이었겠지요. 그 이후에는 용수궁 근처에도 가지 않았습니다."

혜강은 입을 굳게 다물고 침묵했다. 황룡은 사라졌고, 무려 천 년도 이전부터 계약을 맺어 왔다는 용과 선인이 등장했다. 그리고 천 년 동안 그들을 쫓아왔다는 정체를 알 수 없는 요선. 그 요선은 천운처럼 반선인 천제에게 나타나 그의 곁에 머물고 있다.

'정말 알 수 없는 노릇이군.'

아직 판단할 수 없는 사항은 남겨 두고, 혜강은 사예와 함께 용마에 앉아 있는 시건을 쳐다봤다. 그녀는 류시건에 대해 말하던 무진의 모습을 떠올렸다. 그는 진실이 밝혀지는 것을 두려워하고 있었다. 류시건이, 부친인 류의민이 그러했듯 벗을 배반하고 진실을 택할 것을 두려워했다.

'저자가 그런 선택을 할까. 아닐까.'

혜강은 알 수 없다고 생각했다. 그에 대한 확신을 할 수 없는 상태에서, 죄도 짓지 않은 저자를 역적으로 규탄해야 하나.

'저자는 이미 암굴에서 오십 년을 보냈다.'

그 오십 년이 없었다면 어쩌면 지금쯤 높은 직위의 선군일 터였다. 혜강은 명계 속에서 그 속의 지배자인 귀제의 힘을 막으며 술법을 부리던 시건의 모습을 직접 목격했다. 그런 실력을 지닌 선인이 잃은 시간, 잃은 직위. 그 모든 게 아깝지 않다고 그 누가 말할 수 있겠는가. 어쩌면 이것은 처음이자 마지막 기회일지도 몰랐다. 고민하던 혜강이 시건에게 말했다.

"역적 류시건. 네게도 한 가지 묻겠다."

시건은 대답 없이 혜강을 쳐다봤다. 혜강은 시건의 시선을 똑바로 보며 물었다.

“폐하께서는 네게 큰 마음의 빚을 가지고 계신다. 허나 그분은 그럼에도 불구하고 너희 가문의 죄를 용서할 수는 없는 위치에 계시지.”

진실이 어쨌든지 간에, 류의민의 선택은 천제를 끌어내리는 명백한 반역이었다. 천제의 입장을 기준으로 판단했을 때 류의민과 강왕이 역적이 아니라고 말할 수는 없는 노릇이었다. 그래서 혜강은 물었다.

“과거의 일을 잊고, 폐하께서 손을 내밀면 잡을 마음이 있느냐?”

혜강은 진심으로, 무진과 시건의 관계를 돌이키는 방도는 그뿐이라고 생각했다. 그러나 혜강의 그 말을 시건은 모욕으로 받아들였다. 어째서 그리해야 하는지 이유를 묻기도 전에, 그는 유품에 대해 나 몰라라 하던 귀제를 대하던 때의 냉랭함으로 혜강에게 답했다.

“류(流)가 내 근본인데 반류(反流)하라 요구하나.”

한 치의 망설임도 없는 시건의 말에 혜강은 그녀가 안 사실을 류시건에게 전하고 싶은 충동을 느꼈다. 제 가문의 일을 잊는 것이 물을 거슬러 흐르게 하는 것과 매한가지라고 말하는 이에게, 네 가족이 역심을 품었다고, 그것이 누명이 아니었다고 말한다면. 그렇게 진실을 알게 되면.

‘그러면…….’

류시건은 정말로 천제가 두려워하던 결정을 내리게 될 것인가. 벗의 거짓을 들추고 진실을 밝히기 위해 검을 들까. 아니면 아버지의 역심을 부정했던 그 굳건한 믿음이 흔들리고 충격으로 무너질까.

“좋다. 네 입장에서는 그럴 수도 있겠지. 허나 네가 아는 것이 전부가 아니고, 폐하의 결단에도 그분 나름의 이유가 있다. 너는 폐하와 과거부터 오랜 시간을 가까이 지낸 벗이었지. 다른 모든 것을 떠나, 네게 그분의 이유를 받아들일 여지가 남아 있느냐? 옳고 그름,

그래. 정해진 게 늘 옳은 건 아니지."

혜강의 시선이 아주 잠깐 사예에게 닿았다. 그러나 아주 잠깐이었다. 혜강은 다시 시선을 시건에게로 돌리며 물었다.

"중요한 건, 네가 그걸 받아들일 수 있느냐는 것이다. 어쩌면 옳지 않을 수도 있는 그분의 이유를, 받아들일 수 있겠느냐?"

혜강의 말은 상당히 의미심장했다. 그간 선계에 있었던 혜렴은 물론 귀호가 듣기에도 그랬다. 그러나, 시건은 조금도 망설이지 않고 답했다.

"틀렸다."

"틀렸다고?"

"그래. 중요한 것은, 무진이 나를 이해시킬 시도조차 하지 않았다는 것이다. 그것이 어떤 이유이건, 나를 이해시키는 것도, 설득하는 것도. 해야 할 이는 따로 있었지."

시건의 말에는 그 후의 결정에 대한 의미는 포함되어 있지 않았다. 그러나 혜강은 그 이후의 모든 대답까지 시건에게 요구하지는 않았다. 요구할 수 없었다. 그건 류시건의 말대로 그녀가 물을 질문도, 들을 대답도 아니었다.

지금 혜강이 마주하고 있는 이는 분명 역적이지만. 그녀는 어쩐지 저들을 공격할 수가 없었다. 그것이 상대적으로 약세인 무력적 상황 때문이든, 다른 이유이든 간에.

그래서 그녀는 그저, 용마의 고삐를 잡아당겼다. 그녀의 하얀 용마가 날개를 쫙 폈다. 더 이상의 말도, 행동도 없이 혜강의 용마는 몸을 돌렸다. 귀호에게조차 시선도 주지 않은 채로 그녀는 시건에게 등을 보였다. 단호한 태도였으나 그 단호함 때문에 경계심과 긴장이 무너졌다. 혜강이 용마를 몰자 혜렴도 고삐를 당겼다. 두 용마가 방향을 바꿔 날아가고, 그 뒤를 두 마리의 호랑이 신수도 따랐다. 뒤도 돌아보지 않은 채로, 그들은 북선의 하늘을 가로질러 점점 멀어졌다. 시건의 뒤에 앉아 그 모습을 지켜보던 사예가 시건에게 물었다.

"저대로 보내도 되는 것이오? 아무래도 뭔가 알고 있는 것 같지 않소?"

"글쎄……. 잡는다 하여 득이 될 것 같지 않고, 보낸다 하여 해가 될 것 같지도 않다."

"그걸 어찌 아오? 본래 아는 사이였소?"

"그건 아닌데……."

사예가 날카로운 시선으로 시건을 째려봤다.

"아는 사이도 아닌데 그럼? 지금 믿던 도끼한테도 발등 찍힌 상황 아니오? 저리 가다가 갑자기 변심하여 선군이라도 보내면 어쩔 셈이오?"

사예의 말에 시건은 그녀를 보곤 물었다.

"그럼 지금이라도 잡을까?"

"아니 그건 또 뭔가……."

시건의 물음에 이번엔 외려 사예가 망설였다. 그래도 저 둘은 달을 구하러 명계까지 온 선군이고, 얌전히 돌아가는 모습을 보아하니 이제 와서 공격을 하기도 좀 그랬다. 무엇보다 그녀가 답을 하면 시건은 정말로 저 선군 둘을 잡으려고 나설 것 같았다. 사예가 대답을 기다리는 시건을 보며 고민하는 사이 이미 혜강과 혜렴은 제법 멀어지고 있었다. 뒤에서 시건과 사예의 모습을 보다 못한 귀호가 황급히 화제를 바꿨다.

"그런데 상장군께서는 괜찮으십니까? 귀제 때문에 너무 무리하신 것 아닙니까?"

귀호의 말에 사예는 움찔했다. 시건은 귀호에게 시선을 돌리고는 고개를 저었다.

“나는 괜찮다. 그런데 혹 명계에 사절로 오기 전에 흑귀위 선군 중 누군가에게 나에 대해 언질을 한 적이 있나.”

“없습니다. 혹 말이라도 새어 나갈까 하여 그 누구에게도 언급하지 않았습니다. 그러나 선계 측에서는 그대로 넘어가지 않겠지요.”

답을 하는 귀호의 얼굴이 좋지 않았다. 그는 어쨌든 현재 흑귀위 상장군이었고, 그가 시건과 함께 있는 모습을 백호위 선군들이 봤으니 지금 아무것도 모르고 선계에 있을 흑귀위 선군들은 조만간 곤욕을 치르게 될 터였다. 시건도 같은 생각을 했는지 표정이 좋지 못했다. 옆에서 둘의 대화를 듣고 있던 사예가 말했다.

“일단은 돌아가는 게 어떻소? 지금 당장 뾰족한 수가 나는 것도 아니고.”

시건은 사예의 말에 알았다고 답하고는 귀호에게 고개를 끄덕였다. 귀호도 일단 용마 고삐를 고쳐 잡으며 돌아갈 준비를 했다. 그사이 시건은 바로 다시 사예를 향해 시선을 돌렸다.

“모친이 무사해서 다행이군.”

“아……. 맞아, 아까는 고마웠소. 내가 너무 내 궁금한 것만 달에게 물었나 싶어서…….”

달에게 한 세 가지 질문의 태반이 사예 본인만을 위한 것이나 다름없었으니 계속 신경이 쓰일 수밖에 없었다. 고맙기도 하고 미안하기도 했다. 그러나 시건은 아까 그랬듯 그다지 마음 쓰지 않는 듯했다.

“아니다. 그대 모친의 행방을 알았으니 되었다. 그대가 현명하니 알아서 잘하리라고 믿고 있었다.”

그 말에 사예는 뿌듯해서 웃다가, 문뜩 쳐다보는 시선을 느꼈다. 사예는 표정을 굳히고는 고개를 슬쩍 돌려 귀호 쪽을 쳐다봤다. 귀호는 입을 벌린 멍청한 표정으로 시건과 사예 쪽을 보고 있었다. 귀호와 눈이 마주치자 사예는 바로 미소를 지우고 고개를 반대쪽으로 돌려 버렸다.

"어, 어쨌든 수고했소. 귀제에 맞서서 귀문을 쥐락펴락하고, 괜히 이름난 장수가 아니었네. 대단했소."

사예의 말투는 사예 본인이 듣기에도 어색하기 짝이 없었다. 그러나 사예로서도 어쩔 도리가 없었다. 그녀는 빨리 이 상황을 끝내고 동선으로 돌아가자고 말하려고 했다. 그러나 시건이 어딘가 곤란해하는 어조로 말했다.

"아니다. 더 잘하고 싶었는데……."

"거기서 뭘 어떻게 더 잘하오? 충분히 잘했소."

"그대 때문에 긴장해서 집중을 못 했다."

"……."

이제 사예는 목뼈에 문제라도 생긴 양 귀호가 보이지 않는 반대쪽으로 고개를 고정했다. 그녀의 노력을 아는지 모르는지 시건은 태연하게 용마 고삐를 바로 잡으며 말했다.

"이제 동선으로 출발하겠다."

"어? 잠깐만!"

사예는 자리 바꿔야지, 하고 말하려고 했다. 그러나 시건은 바로 흑뢰의 고삐를 잡아당겼다. 동시에 흑뢰가 날갯짓을 하기 시작했다. 덕분에 사예는 꼼짝 없이 그대로 시건을 껴안고 그의 뒤에 앉아서 날아가야 했다. 신수들이 주인들의 뒤를 따라 유유히 날았다.

뒤에서 기다리고 있던 귀호도 용마를 몰아 시건을 따라갔다. 그간 그의 상관이 할 수 있을 거라고는 상상도 할 수 없는 낯부끄러운 대화가 줄기차게 이어지는 바람에 충격만 받고 있던 귀호는 드디어 힘든 시간이 끝났다는 생각에 안도의 한숨을 내쉬었다. 여인 때문에 술법을 쓰면서 긴장했다는 류시건이라니 그의 동료 선군들이 들으면 눈 뜨고 꿈꿨냐고 비웃을 게 분명했다. 사실 그 스스로도 자신이 계속 헛것을 보고 듣고 있나 싶을 정도였다. 그는 최대한 빨리 동선으로 갔으면 좋겠다고 생각했다.

그러나 용마를 타고 가는 와중에 굳이 안 들려도 될 대화가 귀호에게 들려 버렸다.

"헌데 더 빨리 갈 수 없소? 그냥 빨리 가지."

"흑뢰가 많이 지친 모양이다."

"그래? 하긴 그럴 수도 있겠소. 그럼 내려서 쉬었다 가든가. 그 김에 내가 앞에 앉겠소."

"그 정도는 아니고……."

나란히 붙어 앉은 선인 둘을 보고 있는 귀호는 왠지 흑뢰가 느리게 나는 이유를 알 것만 같았다. 아무리 사람이 변했어도 설마 그건 아니겠지, 하는 생각으로 귀호는 흑뢰가 정말 지쳤다고 생각하기로 했다. 다만 귀호는 스스로의 정신 건강을 위해 흑뢰에게서 상당히 거리를 두고 따라가기로 했다.

귀호가 무슨 생각을 하는지도 모르고 앉아 있던 사예는 문뜩 시건과 너무 붙어 앉아 있다는 사실을 깨달았다. 지금은 위험하지도 않겠다, 그녀는 시건의 허리를 안고 있던 힘을 풀고 대충 옷자락을 잡았다. 허리를 안고 있던 힘이 느슨해지자 시건이 고개를 돌려 사예를 쳐다봤다. 사예는 시건이 쳐다보자 그녀도 시선을 들어 시건을 쳐다봤다. 눈이 마주치자마자 시건이 고개를 돌렸다. 그가 다시 흑뢰의 고삐를 세게 당겼다. 여유롭게 날던 흑뢰의 날갯짓이 거세어졌다. 확 빨라진 속도에 놀라서 사예가 시건의 허리를 와락 안았다. 사예는 울컥해서 소리쳤다.

"하나도 안 지쳤잖아!"

시건에게서 대답은 없었다. 흑뢰가 속도를 높이는 바람에 귀호의 용마도 급하게 속도를 높였다. 서로 다른 감정의 세 선인을 태운 두 마리 용마와 그들의 신수가 북선의 하늘을 가로질러 가는 사이, 검푸른 하늘의 빛깔이 서서히 변해 가고 있었다. 하늘에서 검은빛만 뽑아낸 듯 푸른빛만 남았다. 쌓이고 쌓여 드리워진 구름의 산 사이로 드디어 붉은 해가 떠오르고 있었다.

❈ ❈ ❈

명계의 일이 해결되고 해가 뜨기 전에, 아직 하늘이 어두컴컴하던 때 남선으로 갔던 유신과 도깨비들은 주석호와 무영과의 대치를 계속하고 있었다. 도깨비들은 감투를 쓴 채로 날아다니며 도깨비방망이를 휘둘렀다. 그들의 요술에 무영이 나타났다 사라졌다 반복했다. 석호는 그 사이에서 술법을 써 유신과 맞섰다. 도깨비들이 도깨비감투로 모습을 감췄어도 흥분해서 계속 고래고래 소리를 지르는 탓에 석호나 무영이 도깨비 위치를 가늠하는 것은 어려운 일이 아니었다.

어두운 하늘에서 계속 불길과 구름이 충돌하고 흩어지고 반복하는 사이, 도깨비 하나가 소리쳤다.

"야! 도사는 대체 어디 갔냐!"

하늘 어디에도 도사 양상은 없었다. 유신도 당황한 얼굴로 중간중간 주변을 살피고 있었지만, 양상의 모습은 전혀 보이지 않았다. 덕분에 백암의 사초가 어떻게 됐는지도 알 수 없는 상황이었다. 도깨비도 유신도 혼란스러워하는 와중에, 하늘 가운데에 나타난 선녀 자희가 말했다.

"멍청한 도깨비들 같으니. 아직도 모르겠느냐? 너흰 모두 도사에게 속은 것이다."

"뭐라고?"

도깨비방망이를 휘두르던 도깨비들이 멈췄다. 무영 사이에 선 채로, 자희는 한쪽 입술 끝을 올려 미소 지었다. 그녀는 감투를 써 보이진 않지만 대충 소리로 짐작되는 도깨비들의 위치를 바라보며 말했다.

"본디 신선이란 자들은 세상일에 관심을 두지 않고 나 몰라라 하기 일쑤지. 무엇보다 그 도사는 이전에도 함께하던 요괴들을 버리고 저 혼자 살겠다고 도망을 친 전적이 있느니. 도술로 만들어진 사초만 가지고 내뺀 것이 분명하단 말이다."

도깨비들은 시선을 교환했다. 그 사이에서 파적이 잠시 멈췄던 팔을 다시 움직여 도깨비방망이를 휘둘렀다.

"팥 같은 소리 하고 있네!"

도깨비방망이 끝에서, 푸른 도깨비불이 터져 나왔다. 혀를 찬 자희는 손을 모아 빠르게 환술의 수인을 맺었다. 무영이 달려들고, 도깨비불이 그런 무영에게로 날아갔다. 유신도 다시금 술법을 부려 화기를 모으는 석호를 공격했다. 하늘에는 여전히 해도 달도 없었고, 그들 사이의 싸움은 아직도 끝나지 않고 있었다.

❈ ❈ ❈

끝없이 이어진 다리 위에서, 양상은 먼 곳을 쳐다보고 있었다. 겹겹이 쌓인 안개들은 마치 그 자체로 산인 양 미동 없이 자리를 지키고 있었다. 안개가 내려앉은 고요한 수면 위에는 조금의 흔들림도 없었다. 얼어붙은 듯 미동 없는 수면. 움직이지 않는 수면의 깊이가 어느 정도인지, 그 아래에는 과연 무엇이 있는지 아무것도 알 수 없었다.

고개를 들어 안개가 가린 수면 너머를 물끄러미 바라보던 양상은 다시 시선을 내렸다. 그의 한 손에는 천 년 동안 감춰진 진실이 담긴 백암의 사초가 들려 있었고, 한 손에는 도깨비감투가 들려 있었다. 사초에는 정말로 진실이 담겨 있었다. 이제는 양상도 알았고, 또한 신선이 덧붙여 들려준 진실이.

"이제 알겠는가, 도사 양상."

양상은 시선을 돌렸다. 나무 다리 위에 늙은 신선이 앉아 있고, 그 옆에 양상의 스승인 연서진군이 있었다. 무각도인은 여전히 수면 위에 낚싯대를 드리운 채였다. 신선은 고개를 돌려 물만 응시한 채로 말을 이었다.

"힘 있는 자가 나서는 것은 오만이요, 힘없는 자들에게 있어서는 그야말로 재해와도 같은 것이지. 그 옛날, 천하가 제각각의 나라로 나뉘어져 서로 다툼만 일삼던 시기가 있었지. 그때 내가 선인들에게 신수를 보내 주었다. 그들이 이전에 가지지 못한 힘을 주었지. 그리하는 게 진정 힘 있는 자의 몫이라 생각했으니까. 오만이었지. 그리고 재해였어. 천하는 통일이 되었으나 힘을 얻은 선인들이 그 힘을 과용하기 시작하여 균형이 무너졌고 격차가 생겼다. 선인들이 신수를 억압하고 도구로 사용해 짐승도 도깨비도 인간도 그 누구도 선인을 상대할 수 없었고. 그로 인해 인간의 삶은 억압받고 요괴가 많아지고 그 요괴가 강해져 요선이 생겼지. 더없이 혼란스러웠다. 혼란을 바로잡고자 한 행위가 다시 혼란이 된 셈이었던 게야."

양상은 말없이 백암의 사초만 응시했다. 도인은 먼 곳을 응시하며 말했다.

"많은 신수들이 선인들 곁을 떠나 다시 도가로 돌아왔을 때 나는 아무 말도 할 수 없었다. 결국 신수들도 내 오만으로 인해 상처 입었을 뿐. 그럼에도 불구하고 선인들 곁에 남은 신수들도 있지. 그러나 그 신수들 또한 예전의 위대함과 현명함을 모두 잃었느니."

양상이 고개를 돌려 무각도인을 쳐다봤다. 도인은 양상을 보지 않은 채 수면만 응시하며 말을 이었다.

"나와 같은 실수를 하지 말아라, 도사 양상. 그대 나서는 것이 지금은 마치 인간을 위하는 일인 듯하나, 훗날에는 결국 인간을 망치는 일이 될 것이다. 그대는 이미 선인들과 도깨비를 하늘로 보냄으로써 인간들에게 하계의 주도권을 주었다. 그들이 가져 보지 못한 힘을 준 것이지. 아무것도 모르는 어린아이들에게 잘 간 칼을 쥐여 준 셈이다. 그들이 과연 그 칼을 쓰는 방도를 알까? 아니. 그들은 그 칼의 날카로움에 취해 결국 서로를 찌르게 될 것이다."

조용히 도인의 말을 듣고 있던 양상이 설핏 웃고는 말했다.

"예. 어쩌면 그럴지도 모릅니다. 제게는 도인께서 말하는 그 훗날까지 굽어볼 혜안이 없습니다. 도인만큼 오랜 세월을 살지 못했고, 그만큼의 경험이 있는 것도 아니지요. 허나."

얼굴에 잠깐 솟았던 미소가 흔적도 없이 사라졌다. 양상은 조금의 웃음도 없는 표정으로, 평소의 그답지 않은 태도로 도인에게 말했다.

"그리 잘 아시는 분이 어찌하여 그 칼을 도로 빼앗을 생각은 하지 않으십니까? 어린아이가 손에 칼을 들고 휘두르면 그 칼을 빼앗으면 됩니다. 돌이킬 수 없다, 기다린다는 것은 변명입니다."

양상은 손에 들고 있는 백암의 사초를 보이며 말했다.

"이 사초 안의 진실, 이것으로 소생을 이해시킬 수 있으리라 생각하셨습니까? 아니요, 소생은 전혀 이해할 수 없습니다. 외려 이 사초가 애초의 결심을 더욱 굳건히 다져 주고 있습니다. 이 사초에 담긴 진실을 이대로 묻어 두어서는 절대 안 된다고. 이 진실은 밝혀져야 합니다. 그리하여 모든 것이 제자리를 되찾아야 합니다."

도인은 양상을 쳐다보지도 않은 채로 혀를 쯧쯧 찼다.

"말은 쉽구나, 도사 양상. 진실이 밝혀진다면 천하가 뒤집힐 것이다. 그대는 몰라. 건원제 통일 이전 이 천하가 어떤 혼란에 빠져 있었는지. 내가 선인들에게 그 난세를 바로잡을 칼을 주었다. 그러나 결국 돌고 돌아 다시 이런 혼란이 찾아왔지. 평화와 안정은 과연 존재하는가? 잡았다고 생각하는 순간 평화는 다시 혼란 뒤로 도망치고, 천하는 결국 늘 제자리걸음이다. 발전은 없고 변화도 없다. 현실이 그렇지. 어느 한 부분이 해결되면 또 다른 문제가 생긴다. 분란을 바로잡기 위하여 하는 모든 행동이 결국 또 다른 분란이 될 뿐."

양상은 쓰게 웃었다.

"하여 아예 손을 떼고 나 몰라라 하시겠단 말씀이십니까. 형편없는 합리화일 뿐입니다. 그 어떤 것도 인간들이 고통받는 현실을 설명해 주진 않습니다. 신선들은 정해 놓은 깨달음에 천하의 모든 이치를 짜 맞추고 싶은 겁니까? 도인께서는 스스로의 오판이었다고 말씀하시지만, 그 오판을 바로잡기 위한 어떤 수고도 기울이지 않으시는군요. 그야말로 무책임하십니다."

"뭐라고?"

도인은 그제야 시선을 돌려 양상을 쳐다봤다. 양상은 신선의 시선을 피하지 않고 똑바로 마주하며 말했다.

"도인의 선택은 현실을 외면하고 도망친 것일 뿐, 답이 아니지요. 허나 소생은 아닙니다. 소생은 도망치지 않을 겁니다."

"해서, 그 사초를 가지고 인간과 선인의 세상으로 돌아가려 하느냐? 그 현실에는 답이 있느냐? 말하지 않았느냐, 도사 양상. 지금의 분란을 해결해도 분란은 다시 찾아온다. 힘 있는 자가 손을 더하는 것은 일을 키우고 더 큰 분란을 초래할 뿐이다. 떨어져서 보거라. 거리를 두어라. 현실 속에서 그대는 진정한 깨달음을 얻을 수 없다. 그 안에서 아등바등해도 달라지는 것은 없다. 그 속에서는 모든 것이 의미 있어 보이나, 실상 벗어나고 보면 그 어떤 것도 의미가 없다. 속세에 답 따위는 없다. 속세에서 벗어나는 것만이 답이지."

낚싯대를 놓고 도인이 자리에서 일어났다. 노인은 일어섰음에도 양상과는 키 차이가 제법 났다. 그러나, 그리 자그마한 노인임에도 불구하고 무시할 수 없는 분위기가 있었다. 사방으로 가득 찬 물의 냄새와 시야를 하얗게 물들인 안개로 인한 분위기로 인해 모든 것이 무겁게 가라앉아 있었지만, 그 무엇보다 저 작은 노인의 기세가 더 불편하게 양상의 마음을 짓눌렀다. 머리에 쓴 삿갓으로 얼굴을 가린 채로 도인은 느릿느릿 걸음을 옮겼다. 나무 다리 위에서 움직이는 발걸음 소리조차 나지 않았다. 그는 가만히 서 있는 양상을 스쳐 지나갔다.

"그대는 아직 수행이 많이 부족하구나. 그대가 도가의 일원으로 존재하는 이상 더는 그런 행동을 묵과할 수는 없다. 오랜 시간, 자연 속에서 수행하며 마음을 다잡도록 하라. 그대가 성실한 수행을 통해 깨달음을 얻었을 때, 그때 비로소 그대를 도가 밖의 세상으로 보내주도록 하겠노라."

"도인!"

놀란 양상이 신선을 바라보며 소리쳤지만 신선은 뒤도 돌아보지 않았다.

"아주 오랜 시간이 필요하겠지. 그대 없이도 선, 하계의 시간은 흐를 테니 지금의 그 분란도 결국 어떤 방향으로든 일단락이 될 터. 그 후에는 그대 또한 깨달을 수 있겠지. 발버둥 쳐 봤자 천하는 늘 그대로임을."

도인의 작은 뒷모습을 응시하던 양상은 고개를 돌려 그의 스승을 응시했다. 연서진군은 무표정한 얼굴로 가만히 서 있을 뿐이었다.

그 모습을 보며, 양상은 그도 결단을 내려야 할 때가 됐음을 깨달았다. 이 신선들은 정말로 그를 도가 밖으로 내보내지 않을 생각이었다.

양상은 고개를 숙였다. 사초와 도깨비감투를 잡은 손에 힘이 들어갔다. 도인이 하는 말대로 그가 하는 모든 일이 결국 쓸모없는 일이 될지, 아닐지 알 수 없었다. 그러나.

'그렇다고 하여 모든 일에서 손을 떼고 방관하는 것이 진정 답인가?'

아니다. 힘 있는 자의 행동이 재해가 되었다고 겁에 질려 도망치는 것은 답이 아니었다. 그것은 어디까지나 세상에서 도망친 신선들의 변명에 불과했다. 분란은 늘 끝나지 않고 평화란 오지 않는다고. 그런 변명을 하며 신선들은 그들만의 세계에 있었다. 양상은 시선을 들어 주변을 쳐다봤다. 소란도 없고 그 무엇도 없는 광활한 세계였다. 그리고 그 안에서, 천하를 굽어본답시고 모든 것을 외면하는 신선의 모습.

"외면했기에 분란이 끝나지 않은 것은 아닙니까?"

도인이 고개를 돌려 양상을 쳐다봤다. 양상은 여전히 사초를 응시한 채로 말을 이었다.

"칼을 잘못 쥐여 준 셈이라 이 말씀이지요. 저들이 칼 쓰는 방도를 모른다고요. 그렇다면 칼 쓰는 방도를 가르쳐 주었어야 하는 것이 아닙니까?"

"양상."

뒤에 서 있던 연서진군이 입을 열었다. 그러나 양상은 그침 없이 말했다.

"빼앗을 생각도 없고 그것이 답이 아니라 생각했다면, 적어도 그 칼을 쓰는 방도는 가르쳐 주었어야지요. 소생은 그리해야겠습니다.

도인께서 소생이 인간들에게 쓸 줄도 모르는 칼을 쥐여 주었다고 하셨으니, 이제 소생은 그 칼을 쓰는 방도를 가르쳐 주러 가야겠습니다."

그 말과 함께, 양상은 몸을 돌렸다. 그는 손에 들고 있던 백암의 사초와 도깨비감투를 내려놓고, 그의 스승을 향해 두 손을 모아 절을 올렸다. 나무 다리 위에서 몸을 굽히고 절을 한 채로, 양상이 말했다.

"스승님. 이 불초한 제자는 이제, 도사의 길을 포기하고자 합니다."

도가의 일원이라 더 이상 묵과할 수 없다고 말한다면, 그렇기에 신선이 그를 세상으로 내보낼 수 없다 말한다면 양상에게 남은 방도는 하나뿐이었다. 양상은 절을 한 채로, 그의 스승의 발을 보며 말했다.

"도가의 가르침을 받아들이지 못하고, 진즉 합당한 길이 아님을 알았으나 미련하게도 고집부렸습니다. 그간 도가에서 주는 영생을 이용하고 도술을 이용했습니다. 이제 그 모든 것을 내려놓겠습니다."

"……양상."

연서진군은 신음처럼 제자의 이름을 불렀다. 그 모습을 지켜보고 있던 무각도인이 물었다.

"진심이더냐. 도사 양상. 그대 진정 신선이 되는 수행의 길을 포기하고 인간으로 돌아가겠느냐."

양상은 자리에서 일어났다. 고개를 들고, 몸을 돌려 무각도인을 쳐다봤다.

"그것만이 이 진실을 가지고 지금 세상 밖으로 나갈 수 있는 유일한 방도라면. 예, 그리할 것입니다."

"허허허……."

무각도인이 웃었다. 도인은 구태여 양상에게 다시금 진정 마음을 정했냐고 되묻지는 않았다. 고개를 끄덕인 도인은 한쪽 팔을 들어 올렸다. 도인의 하얀 옷깃이 안개 사이에서 펄럭거렸다.

"좋다. 그것이 진정 그대 뜻이라면."

바싹 메마른 손이 허공에서 움직였다. 어떤 의미도 없어 보이는, 아주 가벼운 움직임이었다. 그러나, 그와 동시에 양상은 제 속의 무언가가 변했음을 느꼈다. 아주 찰나의 순간, 무언가가 그의 몸속에서 빛을 잃고, 그대로 사라졌다. 곧 그 빛은 흔적도 남지 않아 존재조차 하지 않았던 것 같았다.

"동하 백모소의 인간 양상. 그대는 이제 인간의 시간을 살게 될 것이다. 그대 입으로 모든 것을 내려놓겠다고 하였으니, 이 시간부로 그 어떤 도술도 사용하지 마라. 내 허하지 않을 것인즉, 만일 다시 도술을 사용하면 그대가 살아온 시간에 대한 기억조차 없애야 할 것이다."

위로 솟았던 신선의 손이 아래로 떨어졌다.

"신선은 인간사에 관여치 않지. 그대는 이제 자유다. 원하는 곳으로 가, 원하는 일을 하도록 하라."

신선은 미련도 없이 뒤돌았다. 그리고 또 한 번, 소리도 내지 않고 나무 다리를 건너갔다. 그 모습을 빤히 보던 양상은, 스스로를 내려다봤다. 정말로 그의 속에서 무언가가 변했나. 알 수 없었다. 그의 안에서 사라진 것은 그가 무엇인지조차 인지하지 못하고 있던 것이었다. 어쩌면, 사실은 아무것도 변하지 않은 걸지도 몰랐다. 수없이 긴 세월이 그에게 어떤 영향도 끼치지 못했으니.

"……스승님."

내려놨던 사초와 도깨비감투를 손에 든 양상은, 침묵만 유지하고 있는 연서진군을 불렀다. 그의 은인. 그의 스승. 그의 일생에서 가장

긴 시간을 함께 보낸 이. 서로의 뜻이 달랐다고 하여 그 존재마저 부정할 수는 없었다. 그 긴 시간 동안 서로 반목했던 시간이 더 많았더라도, 양상에게 연서진군은 스승이자 아버지였고 그의 형제였다.

"죄송합니다."

그래서, 차마 연서진군을 똑바로 쳐다볼 수가 없었다. 도가의 가르침과 스스로의 신념이 맞지 않다는 것을 깨달은 와중에도, 가장 마음에 걸렸던 것은 바로 그의 스승과의 관계였다. 계속 곁에서 가르침을 받는 사이는 될 수 없어도, 적어도 양상은 스승이 그의 목숨을 살려 준 것을 후회하지 않기를 바랐다. 그의 목숨을 살리고 영생을 주고, 그에게 가르침을 줬던 그 모든 시간을. 그리하여, 그의 가족이자 벗인 그 관계를 부정하지 않기를 바랐다.

"내게 사과하지 마라, 양상."

"스승님."

"사과는 내가 하마."

양상이 고개를 들었다. 그의 스승은 여느 때와 같은 얼굴로, 끝내 듣고 싶지 않았던 말을 했다.

"너를 살리지 말았어야 했다."

"……."

"네 결국 이 길의 끝에 도달하지 못할 것임을 알면서도 데려온 내 실수였다."

연서진군이 손을 드는 것과 동시에, 안개로 뿌옇던 세상이 흔들렸다. 차분히 가라앉아 있던 수면이 일렁거리고, 스승의 모습이 무너졌다.

"결국 나 또한 깨달음이 부족했던 모양이지. 그러니 내게 죄스러워하지 마라."

양상은 흐려지는 스승의 모습을 응시했다. 그는 스승이 하는 말이 그에게 상처 주기 위함이 아님을 알았다. 그의 스승은 그답지 않게 양상을 위로하고 있었다. 그래서, 양상은 말했다.

"감사합니다, 스승님."

이번에는 어쩐지 웃으며 말할 수 있었다. 그건 사실은, 그들이 함께했던 그 긴 시간 동안 단 한 번도 입 밖으로 내뱉지 않은 말이었다.

"살려 주셔서, 정말 감사합니다."

연서진군은 미간을 찌푸렸다. 오랜 세월 동안 이어진 관계로 인한 깨달음으로, 양상은 그의 스승이 겸연쩍어하고 있다는 사실을 알았다. 빛에 의해 시야가 잠식되는 와중에 희미하게 남은 스승이 마지막으로 말했다.

"가라, 양상. 인간의 삶이 유한하니, 그 생에 다시는 볼 일이 없을 것이다."

그 말을 끝으로, 시야가 온통 빛으로 하얗게 채워졌다. 양상은 눈을 감았다 떴다. 어둠이 익숙하지 않아 눈을 몇 번 깜빡였다. 어느새 신선들의 세상은 사라지고, 그는 검은 하늘 위를 날고 있었다.

"어이쿠."

도깨비신발을 신은 덕분에 양상은 하늘 위에서 떨어지지 않고 버틸 수 있었다. 천만다행이었다. 무각도인의 말을 떠올려 보면 이제 도사가 아닌 인간인 자신은 더 이상 도술을 쓸 수 없음이 분명했다.

'어쩐다.'

일단 이대로 있으면 짐만 될 것이 분명하니, 사초를 가지고 어디 숨어 있어야겠다고 생각했다. 양상은 고개를 돌려 도깨비들과 유신을 찾았다. 구름 사이, 선인 하나와 검은 환술시가 날뛰고 있는 게 보였다. 허공에서 푸른 도깨비불이 쏘아지는 것으로 보아 도깨비감투를 쓴 도깨비들이 있는 게 분명했다. 양상은 검은 환술시 사이에 있는 선녀를 확인했다.

'요선도 저기에 있군.'

양상은 일단은 자리를 피해 있다가, 상황을 봐 유신에게 사초를 전해야겠다고 생각했다. 그가 안 사실을 모두 전한 후에 그대로 하계에 내려가 이 노인에게로 돌아갈 생각이었다. 그는 이제 인간이 되었으니 그편이 가장 나을 터였다.

양상은 순간 그가 만든 부적으로 붉은색에 대한 두려움을 없앤 도깨비들을 걱정했다. 그러나 부적에 새긴 글자에 도술의 힘은 그대로 남아 있는지 도깨비들은 흥분하여 날뛰는 데 아무 문제가 없어 보였다. 양상은 내심 다행이다 싶었다. 부적을 쓰길 잘했다는 생각이 들었다.

'그럼 슬슬 가 볼까…….'

그리 생각하고 도깨비감투를 쓰려던 참이었다. 푸욱. 하고 그대로 몸이 꿰뚫렸다.

생각과 호흡과 움직임 모든 것이 멈췄다. 움직인 것은 오로지 가슴 한가운데에서 홧홧하게 타오른 뜨겁고 아픈 불길이었다. 그의 이상만큼 뜨겁고, 그보다 더 매서운 것이었다. 불같이 뜨거운 고통이 새어 나와 먹물 번지듯 그의 옷을 검게 물들이기 시작했다. 터져 나오려던 신음조차 고통에 먹혔다. 양상은 가슴 깊은 곳에서부터 뜨거운 것이 솟구쳐 오름을 느꼈다. 비명 대신 터져 나온 그것이 끝내 울컥 넘어왔다. 참지 못하고 쿨럭, 기침이 터졌다.

뚫린 자리에서 흥건하게 쏟아진 피가 입 밖으로 한 웅큼 쏟아졌다. 입 안과 콧속 가득 비릿함만 남았다. 양상은 기침을 하며 겨우 고개를 돌렸다.

"어찌……."

어찌 여기에.

분명 저기 있는 걸, 확인했는데. 말과 동시에 채 나오지 못한 핏물이 기침과 함께 나왔다. 고개를 겨우 끝까지 돌렸다. 분명 아까 그가 저 멀리에서 확인한 얼굴이, 지금은 바로 그의 등 뒤에 있었다. 그의 뒤에서, 그에게 팔을 뻗은 채로. 어두운 하늘 사이 독기 품은 눈동자만 요사스럽게 빛났다.

"요괴가 오랜 시간 인간의 간을 취하면 요선이 되고, 요선이 선인의 간을 취하면 100년을 넘게 살게 되는데, 도사의 간을 취하면 어찌 되는지……."

살을 꿰뚫고 나온 피 묻은 고운 손가락이 움직였다.

"소녀가 가르쳐 드려요?"

가슴팍을 관통한 손이 거칠게 빠져나갔다. 양상의 몸이 크게 흔들렸다. 뚫린 자리에서 붉은 핏물이 넘쳤다. 피와 살이 기어코 그의 몸을 떠나 허공으로 흩뿌려졌다. 피 묻은 손이 힘 빠진 손에 잡힌 사초와, 도깨비감투를 노렸다. 양상은 사초만은 놓치지 않으려고 어떻게든 힘을 줬다. 그러나 손톱 세워진 손이 살갗까지 쥐어뜯으며 잡힌 것들을 빼앗았다.

양상은 더 이상 버틸 수가 없었다. 겨우 지탱하던 몸이 기어코 기울어졌다. 어둠만이 깔린 까마득한 높이. 그 높이가 아찔하게 느껴졌다. 양상은 그가 긴 세월 당연하게 생각했던 그의 생명이 삽시간에 그의 몸을 떠나고 있음을 느꼈다. 어렴풋이 신선이 했던 말이 떠올랐다.

"인간의 삶이 유한하니……."

그 한계가 바로 그의 코앞에 와 있었다.

붉은 피를 뿌리며, 양상의 몸은 그대로 구름 아래로 떨어졌다.

✽ ✽ ✽

도깨비들과 함께 감투를 쓴 채로 주석호와 선녀를 상대하고 있었던 유신은 도깨비들에게 일을 맡겨 둔 채 잠시 뒤로 물러났다. 이쯤에서 정말로 사라진 도사 양상을 찾아야 할 필요성을 느꼈기 때문이었다. 유신이 양상을 찾기 위해 움직이려고 하던 참이었다.

"어? 저기!"

유신은 도깨비의 삿대질에 고개를 돌렸다. 그사이 다른 도깨비가 반사적으로 방망이를 휘두른 모양이었다. 푸른 도깨비불이 홱 날아갔다.

"악!"

허공에서 갑자기 피로 젖은 날개옷을 입은 선녀가 나타났다. 선녀가 인상을 쓰고 도깨비를 노려봤다. 선녀가 쓰고 있었는지 도깨비감투가 허공에서 떨어져 구름 아래로 사라졌다. 유신은 눈살을 찌푸렸다.

'도깨비감투?'

그건 저 선녀가 가지고 있을 수 없는 물건이었다. 무언가 느낌이 좋지 않았다. 유신은 시선을 돌려 양상의 모습을 찾았다. 그러나 어느 쪽 하늘을 응시해도 양상은 보이지 않았다.

그 와중에 똑같이 생긴 선녀가 둘인 걸 보고 도깨비가 소리쳤다.

"뭐야! 허깨비냐?"

도깨비 사이에 있던 선녀 자희의 모습이 또 다른 무영으로 변했다. 도깨비들이 소리를 지르며 도깨비방망이를 휘둘렀다. 선녀가 피 묻은 손을 휘둘러 환술을 부리자, 무영이 다시 도깨비들에게 달려들었다. 그 와중에 날아간 푸른 도깨비불이 자희를 비췄다. 유신은 순간 자희의 손 한쪽에 들린 서책을 보고 말았다. 붉은 피가 묻은 것을 얼핏 본 유신은 그걸 사초의 붉은 글씨로 봤다.

"사초? 사초인가!"

유신은 냅다 자희에게로 날아갔다.

"저걸 빼앗아!"

유신이 술법의 수인을 맺자 구름이 몰려들어 자희의 앞을 막아섰다. 도깨비들은 도깨비방망이를 휘둘러 자희를 공격했다. 유신의 말을 들은 주석호도 술법을 부렸다. 도깨비 요술과 석호의 불꽃이 동시에 자희에게로 쇄도했다. 무영이 공격을 막기 위해 자희의 앞에 섰다. 그때 하늘 어딘가에서 무언가가 날아와 백암의 사초를 든 자희의 손을 공격했다.

"아!"

기척도 없는 갑작스러운 공격에 자희의 손이 베였다. 자희의 피와 함께 허공으로 백암의 사초가 떨어졌다. 주석호는 바로 몸을 날려 떨어지는 사초를 향해 날아갔다. 유신과 도깨비들도 움직이려는 순간, 피 흘리는 손을 잡은 채로 자희가 말했다.

"멍청한 놈들! 그럴 시간이 있을까? 도사는 죽었다! 하늘 아래로 떨어졌단 말이다!"

"뭐라고?"

"사초를 빼앗고 그 몸을 찢었다!"

유신과 도깨비들의 움직임이 멈췄다. 자희는 어둠 속에서 검게 물든 손을 휘두르며 깔깔 웃었다.

"심장이 뚫리고 이미 온몸이 부러져 산산조각이 났겠지!"

도깨비들의 눈에 피 묻은 손이 보였다. 이제 붉은색을 두려워하지 않는 그들이었지만, 그럼에도 불구하고 도깨비들은 그 색을 외면했다. 그 옛날 그 색을 보면 도망가던 그때처럼, 그 손에서 시선을 피한 채 소리쳤다.

"무슨 헛소리야!"

자희는 농락이라도 하듯 손을 입가로 가져가 손가락을 따라 흐른 핏줄기를 혀로 핥으며 말했다.

"그게 아니라면, 내게 사초를 넘기고 도망이라도 갔을까?"

도깨비와 유신이 잠시 넋을 놓는 사이 사초를 잡아 든 주석호가 그대로 그 자리에서 달아났다. 자희가 그 뒤를 따르며 환술을 써 무영을 더 만들었다. 이제까지와는 비교도 할 수 없는 어마어마한 숫자였다. 검은 환술시는 마치 먹구름이 몰려오듯 무리 지어 도깨비들에게 날아왔다. 도깨비들이 도깨비방망이를 휘두르며 무영을 공격하는 동안, 유신은 재빠르게 무영의 사이를 빠져나가 양상을 찾았다. 그러나 방향을 확실히 잡고 나아가질 못했다. 넓은 하늘 어디서부터 찾아야 할지 알 수가 없었다. 구름 사이를 날고, 아래를 살폈다. 그러나.

"……."

멈춰 선 유신이 넋을 놓고 구름 아래를 응시했다. 내려갈 수 있는 최대한을, 최선을 다해 내려왔지만 양상의 모습을 찾을 수는 없었다. 멍하니 있던 유신은 일단 위로 다시 올라갔다. 어쩔 줄을 모르고 날고만 있는 유신에게 도깨비들이 다시 날아왔다. 검은 환술시가 막아선 사이 석호와 선녀 자희가 자취를 감춘 바람에 도깨비들은 더 이상 그 뒤를 쫓지 못하고 돌아온 참이었다. 유신에게로 돌아온 도깨비 중 파적이 외쳤다.

"야! 어떻게 된 거야! 도사는!"

유신은 멍하니 답했다.

"……모르겠다."

"뭐?"

"모르겠어……."

유신은 멍하니 고개만 저었다.

'도사가 죽으면 어찌 되지? 아니, 도사가 죽나?'

도사와 신선은 영생을 사는 것 아니던가. 유신은 알 수 없었다. 그리고 도깨비들도 알 수 없었다. 도깨비들은 서로를 쳐다봤다. 망연자실한 얼굴로 쳐다보다가, 파적이 목이 터져라 소리쳤다. 온 답답함을 모으고 모아 하늘에 퍼뜨렸다.

"양상! 양상!"

어두운 하늘에 파적의 고함만 메아리쳤다. 그러나, 답은 없었다. 그 이름의 주인도 나타나지 않았다. 도깨비와 유신은 넋 나간 얼굴로 그 주변을 연신 날아다니며 기다렸다. 도사가 순식간에 사라지고 나타나던 것처럼 그들 눈앞에 나타나길 기다렸다. 유신은 물론이고 도깨비들도 말이 없었다. 메밀묵 타령도, 씨름 이야기도 하지 않고 기다렸다. 그들은 지금 어찌해야 할지 갈피를 못 잡고 있었다. 유신은 그중에서 가장 당황하고 있었다.

'하계로 내려가 도사님을 찾아야 하나?'

하지만 상대는 신통방통한 도술을 쓰는 도사가 아니던가. 그리 쉽게 죽을 이던가. 무엇보다 사초를 빼앗겼다는 사실을 최대한 빨리 동선에 알려야 했다. 머리 나쁜 도깨비들만 동선에 보낼 수도, 그렇다고 하계에 보낼 수도 없었다.

갈피를 잡지 못하는 상황에서 유신은 일단 기다렸다. 그는 양상이 아무렇지 않은 얼굴로 웃으며 그들 앞에 나타날 거라고 믿었다. 아니, 진심으로 그러길 바랐다.

도깨비들과 유신은 계속 그 주변을 맴돌았다. 그리고 제법 길게 느껴지는 시간이 지났을 때였다.

"해가 뜬다."

도깨비의 말에 유신은 고개를 들었다. 정말이었다. 어느새 해가 뜨고 있었다. 유신은 명계와 선계 간의 일이 해결되었음을 알았다. 계속 어둡기만 하던 하늘이 드디어 맑은 빛깔을 되찾고 있었다. 그러나 해가 뜨고 날이 밝아도, 도사 양상은 끝내 그들에게 돌아오지 않았다.

〈3권에서 계속〉

1판 1쇄 찍음 2016년 04월 20일
1판 1쇄 펴냄 2016년 04월 29일

지은이 선 지
펴낸이 정 필
펴낸곳 **(주)뿔미디어**

출판등록 2002년 9월 11일 (제1081-1-132호)
주소 경기도 부천시 원미구 소향로 17, 303(두성프라자)
전화 032)651-6513 **팩스** 032)651-6094
E-mail bbulmedia@hanmail.net
홈페이지 http://bbulmedia.com

ISBN 979-11-315-7075-3 04810
ISBN 979-11-315-7073-9 04810 (SET)

※파본은 구입하신 서점에서 교환하여 드립니다.